La chambre bleue

BRENDA JAGGER

LES CHEMINS DE MAISON HAUTE	*J'ai lu* 2818/**8***
RETOUR À MAISON HAUTE	*J'ai lu* 2169/**5***
LE SILEX ET LA ROSE - 1	*J'ai lu* 1604/**4***
LE SILEX ET LA ROSE - 2	*J'ai lu* 1605/**4***
ANTONIA	*J'ai lu* 2544/**4***
LA CHAMBRE BLEUE	*J'ai lu* 2838/**7***

Brenda Jagger

La chambre bleue

traduit de l'anglais par Martine LEROY-BATTISTELLI

Éditions J'ai lu

A Philip, comme toujours

Ce roman a paru sous le titre original :

A WINTER'S CHILD

1

Pour Miriam Swanfield, être aimée allait de soi, tant elle était sûre de son charme. De même, s'estimant généreuse, elle n'avait jamais hésité à revendiquer sa part des bienfaits que ce monde semblait prendre tant de plaisir à prodiguer.

La charmante jeune fille rose et blanche, qui possédait déjà une volonté de fer, s'était muée en une jolie femme au teint nacré, un peu boudeuse, et que rien n'aurait pu faire capituler. Toute sa vie, elle avait pris soin de paraître innocente et vulnérable, et avait ainsi acquis une position à laquelle elle était bien décidée à ne jamais renoncer.

Née Miriam Harper, dans une petite ville industrielle de l'ouest du Yorkshire, elle était la fille d'un modeste marchand de tissus. A dix-huit ans, ayant pris en horreur le train-train du négoce paternel, elle s'était échappée par un moyen classique, c'est-à-dire en se mariant. Toutefois, contrairement à ce qu'on aurait pu prévoir, elle n'avait pas choisi un quelconque boutiquier, ce qui n'aurait pas changé grand-chose à son existence, mais un homme riche. En même temps que les félicitations, on ne lui avait pas ménagé les mises en garde. S'il était en effet possesseur d'une fortune considérable, l'heureux élu, qui frisait la cinquantaine, avait aussi un caractère bougon, un tempérament emporté et, qui plus est, un fils de cinq ans.

Dur, égoïste, libertin, Aaron Swanfield n'avait guère donné de bonheur à sa première femme dont la mort l'avait peu affecté. Pauvre Miriam. A Faxby, on murmurait qu'il l'avait épousée parce que le seul moyen de l'avoir était de lui mettre la bague au doigt. Une fois qu'il aurait payé ce tribut et pris son plaisir, il se désintéresserait d'elle et la laisserait seule, nuit après nuit, dans sa grande et lugubre maison de Montfleuri, à tenir les comptes du ménage, si elle en était capable, et à élever l'enfant difficile dont la venue, après sept années d'une union stérile, avait jeté le père dans un grand embarras et s'était révélée fatale pour la mère.

C'était l'éternelle histoire. Une jeune fille dans tout son éclat et un homme sur le retour, lassé des plaisirs dispendieux pris à la sauvette dans une chambre de l'*Hôtel de la Couronne*. Un mois de désir passionné et, ensuite, personne n'en doutait, la nouveauté, sinon la fraîcheur même de la jeune épousée, se fanerait, si bien que le barbon regretterait de ne pas avoir choisi une femme mûre et compétente pour tenir sa maison et mater son fils. Quant à la pauvrette, elle comprendrait vite qu'il ne suffit pas de faire un riche mariage, puisque son époux ne lui dispensait son argent qu'avec parcimonie.

Pauvre Miriam.

Pourtant, le jour de ses noces, elle était entrée dans l'église la tête haute, rayonnante apparition enveloppée de dentelles et de roses blanches, symboles de sa virginité. Et elle avait si bien su toucher le cœur de son époux que, trente ans durant, elle était demeurée son enfant gâtée et adorée, sa « jolie Mimi ».

Jusqu'à ce jour, il n'avait pensé qu'à gagner de l'argent ; elle lui avait appris à le dépenser. Il était peu sociable et traitait son entourage avec indifférence, voire avec mépris ; Miriam, qui aimait non seulement chanter et danser mais aussi être écoutée et regardée, avait bientôt transformé Montfleuri, cette sinistre demeure, construite avec la dot de la première femme d'Aaron, en un lieu chaleureux qui lui servait de théâtre. Il était cynique, solitaire et n'attendait des femmes que la satisfaction de ses appétits charnels. Avec son babillage, son amour des fleurs, des fêtes, des robes du soir, sa passion des cadeaux de Noël enrubannés, elle l'avait charmé, apprivoisé et rendu bêtement heureux.

Cher Aaron. Quelle anxiété touchante et ridicule il avait manifestée quand elle avait mis au monde leur premier enfant, neuf mois tout juste après le mariage, ce qui n'avait pas manqué de provoquer des insinuations malveillantes dans le voisinage. Puis, à intervalles de sept années, étaient nés deux autres bébés, Jeremy, le seul garçon, et une seconde fille, tout aussi jolie que sa mère, au dire d'Aaron qui, en vieillissant, se faisait sentimental. Grâce à son mari et à ses trois enfants, Miriam avait été bien près de se sentir parfaitement comblée.

Elle chérissait ses filles et adorait son fils. Puis il y avait Benoît, l'enfant du premier lit qui, lui, n'aimait personne, et dirigeait l'usine avec efficacité, laissant à son père le temps de s'occuper de Miriam. Elle régnait sur la plus belle demeure de la région, au côté de cet époux qui la vénérait et ne contestait jamais le montant des factures. Dans les eaux paisibles de la bonne société de Faxby, où la concurrence était néanmoins féroce, personne ne nageait avec plus de bonheur et de grâce que Miriam. Elle avait tout ce qu'elle désirait, et n'entendait ni perdre cette situation ni la voir changer.

– J'ai l'impression que je vieillis, remarqua un jour Aaron.

– Quelle bêtise, cher ami.

A ses yeux, il avait toujours été vieux. Sans doute, pensa-t-elle, a-t-il simplement voulu dire qu'il pourrait disparaître un de ces jours. Inutile de s'appesantir sur cette idée, pour le moment.

– Mais non, cher Aaron. J'ai encore trop besoin de vous. Jeremy n'a que dix-huit ans, et Polly est encore presque un bébé. Comment ferais-je sans vous ?

– J'y veillerai.

Elle n'en avait jamais douté.

Aussi, trois mois plus tard à peine, quand il s'était effondré sur la table, au moment du petit déjeuner, renversant les pots de confitures, la corbeille à toasts et la théière d'argent, elle avait ressenti un immense chagrin, mais n'avait éprouvé aucune crainte concernant son avenir.

– Allez chercher Benoît, murmura-t-il.

Quand son fils aîné, qui n'était pas, tant s'en faut, son préféré, était arrivé de l'usine, Aaron avait tendu vers lui une main tremblante, non pas en signe d'affection, mais afin de donner plus de poids à ses instructions.

– Occupe-toi de ma femme, balbutia-t-il. Je te paie assez cher pour cela. C'est toi qui mèneras la barque.

– Oui, père.

Benoît était un être froid, efficace, et Aaron avait tout fait pour qu'il devînt un homme clairvoyant et rusé car, étant lui-même entouré de tant de douceur et de beauté, il lui fallait quelqu'un sur qui il pût s'appuyer. Malgré tout, il n'y avait jamais eu beaucoup d'affection entre eux.

– Occupe-toi de ma femme, de ton frère et de tes sœurs. Et assure-toi bien que Miriam ne manque jamais de rien.

– Mais je n'ai besoin de rien, murmura celle-ci, enveloppée dans ses voiles de deuil, le jour des obsèques. Je n'ai besoin de rien. Sauf, bien entendu, que tout continue comme par le passé. Mon petit Benoît, nous savons bien tous deux que c'était là le vœu le plus cher de ton père.

Elle leva la tête et lui adressa un sourire confiant,

exactement comme elle avait souri à son père le jour de ses noces. Elle était persuadée que les dispositions testamentaires de son mari, qui avaient beaucoup diverti les gens de Faxby, et que sa fille aînée, toujours à court d'argent, trouvait iniques, avaient été exclusivement établies à son avantage.

Aaron avait promis de prendre soin d'elle et, en léguant à Benoît la présidence de la société, il avait simplement voulu s'assurer que, sous sa direction, l'usine continuerait à prospérer et donc à fournir les revenus dont dépendaient les petites fantaisies de Miriam. En donnant à Benoît le contrôle des finances familiales, qu'avait-il cherché sinon à épargner des soucis à sa veuve ? En effet, ce serait à Benoît, et non à elle, que sa progéniture bien-aimée mais prodigue devrait s'adresser pour obtenir une allocation plus importante, des capitaux, une voiture ou une maison neuves, une participation dans le conseil d'administration des usines Swanfield, toutes questions d'ordre pratique que Miriam ne s'était jamais donné la peine d'essayer de comprendre.

Que Benoît s'en charge donc. Qu'il s'occupe des marchandages et des discussions qui ne manqueraient pas de se produire quand le fils et la fille cadette de Miriam se rendraient compte, comme l'avait fait leur aînée avant eux, que, bien qu'ayant hérité d'une fortune importante, ils ne pouvaient en disposer sans l'autorisation de ce demi-frère peu commode, et n'avaient droit qu'à un revenu mensuel.

Qu'il se charge donc de les convaincre du bien-fondé de ces dispositions, si du moins il en était capable, ce dont Miriam doutait un peu. Sa conclusion était la suivante : son mari voulait la voir continuer à dépenser son argent, sans en assumer les responsabilités, comme il en avait toujours été jusqu'à présent. Puisque sa disparition était une tragédie inévitable, il laissait à Benoît le soin de le remplacer. Pour Miriam, il n'y avait rien de plus simple.

Une seule chose, pourtant, l'avait tourmentée. Benoît avait également hérité de Montfleuri, non par son père, mais par sa mère morte depuis longtemps, puisque c'était avec la dot de celle-ci que la propriété avait été acquise, Miriam n'en ayant que l'usufruit. Or, Benoît avait épousé une femme qui aurait pu contester l'autorité de Miriam.

– Chère Nola, avait murmuré Miriam, deux mois après l'enterrement, pourriez-vous descendre, le matin, quand le cuisinier présente les menus ? A 8 heures ?

La jeune Mme Swanfield, qui sortait rarement de sa chambre avant midi, avait eu l'air stupéfaite. Satisfaite de cette réaction, Miriam avait aussitôt organisé son empire domestique à son entière convenance, procédant ainsi qu'elle avait toujours fait, comme Aaron – et elle insistait sur ce point – aurait voulu qu'elle fît. Elle était si occupée, entre ses thés, ses parties de tennis et de croquet, ses dîners, ses « chers enfants » et ses « chers amis » que le déclenchement de la guerre, au cours de l'été 1914, ne signifia d'abord rien d'autre pour elle que le déplaisir de voir ses femmes de chambre la quitter, au beau milieu de la saison des garden-parties, pour un emploi mieux rémunéré et moins contraignant à la fabrique de munitions. Quel ennui ! Jusqu'au jour où son fils s'était engagé, bien avant l'instauration du service obligatoire, et où il avait été tué, avec deux cent cinquante mille de ses compagnons, à la bataille de Neuve-Chapelle.

Il avait vingt et un ans, et c'était son préféré. Sa fille aînée était trop sérieuse et pas assez jolie pour lui plaire. La plus jeune, elle, l'était un peu trop. En revanche, Jeremy était exactement ce qu'elle estimait qu'un homme devait être : suffisamment brillant pour avoir décroché un diplôme avec mention à Oxford, sans être trop pédant. Assez courageux pour avoir répondu à l'appel aux armes, sans en tirer vanité, et juste assez âgé pour avoir contracté, sans son consentement, un mariage hâtif, quelques jours avant de partir pour le front.

Cette union l'avait énormément contrariée. C'est une princesse qu'il lui aurait fallu, et certainement pas ce bout de femme qu'il avait choisi. C'était la belle-fille de son notaire, une petite qui aurait été parfaite pour le fils de son médecin, mais certainement pas pour le sien. Elle avait eu du mal à lui pardonner et, du reste, cela n'avait même pas été nécessaire, puisque sa mort, trois semaines plus tard, avait définitivement réglé la situation. Mais, peu à peu, elle avait réussi à enfouir son chagrin sous la masse des soucis quotidiens de la guerre : s'accommoder des restrictions, se procurer du sucre et du charbon, faire marcher la grande maison en l'absence de son maître d'hôtel qui, pour des raisons qu'elle avait mal saisies, s'était engagé lui aussi, sans son chauffeur et ses jardiniers qui, tous, avaient été « pris », dix-huit mois plus tard, dès le début de la conscription obligatoire, sans compter que sa dernière femme de chambre digne de ce nom l'avait quittée pour devenir conductrice de trams à Faxby. Miriam dut sacrifier la plus grande partie d'une pelouse à la culture des pommes de terre et des choux, s'occuper elle-même de ses fleurs et apprendre à vivre sans les livraisons régulières de l'épicier et le joyeux carillon qui, six fois par jour, annonçait la venue du facteur. Elle décida que les scones seraient désormais tartinés avec de la margarine et, quand le blocus allemand commença de peser sur la population, elle refusa d'avoir recours au marché noir et envoya sa cuisinière faire la queue, comme tout le monde, pour acheter du sucre et de la viande.

Elle présida des comités chargés de trouver un toit aux réfugiés belges, et récolta des fonds pour venir en aide aux épouses des soldats britanniques qui ne pouvaient décemment pas vivre avec l'allocation hebdomadaire de vingt shillings octroyée par le gouvernement. Sa bienveillance s'étendit même aux « enfants de la guerre » qui vinrent au monde peu après l'installation provisoire à Faxby d'un bataillon de fusiliers. Ainsi, il ne lui restait plus une minute pour songer au sort de la veuve de Jeremy qui, au lieu de porter tranquillement le deuil, s'était rendue à Londres pour y conduire une ambulance, puis en France où elle s'était engagée dans la Croix-Rouge comme infirmière.

Une fille instable, sans doute. Qu'était-elle devenue ? Son beau-père, M. Lyall, devait bien le savoir. Mais Miriam trouvait plus commode de l'oublier. Aussi avait-elle été fort surprise quand, six mois après la fin de la guerre, Benoît lui avait annoncé que cette belle-fille, cette étrangère, qui par la vertu d'une cérémonie civile de dix minutes l'avait supplantée en tant que plus proche parente de Jeremy, allait rentrer chez elle.

Chez elle ? Qu'avait-il voulu dire ? Elle le savait très bien, mais elle lui posa tout de même la question. Cher Benoît. Toujours si affairé et si bourru. Avec quelle facilité il intimidait tout le monde, ses sœurs Polly et Eunice, et même le mari de celle-ci qui était chef de service à l'usine. Tout le monde, mais pas Miriam. Et il était bon de le lui rappeler de temps à autre.

– O mon Dieu, je me souviens à peine d'elle ! dit-elle, ce qui était faux. Comment devrai-je l'accueillir ? Ça fait quatre ans, Benoît. Et toutes ces histoires qu'on raconte sur les hôpitaux militaires. Et Polly qui est encore une jeune fille.

Que la guerre fût cause de l'inconduite d'une domestique et d'un simple soldat, passe encore, mais quand il s'agissait de l'innocence de sa propre fille et des effets que la fréquentation d'un grand nombre de blessés pouvait avoir eus sur sa bru, c'était tout autre chose.

A quoi avait-elle bien pu assister pendant ces quatre années ? Quelles histoires inconvenantes risquait-elle de raconter ? Et, surtout, serait-elle capable de se réadapter à un monde redevenu « normal » et conforme à la vision qu'en avait Miriam ? Le thé sur la pelouse. Les fraises au sucre et à la crème. Les bonnes manières. Les longues fiançailles. Plus de ces passions hâtives et désordonnées, mais des idylles délicates et durables. Des jeunes filles portant gants et corset, avec une seule ambition, prudente et raisonnable : rester vierge jusqu'au mariage. Une profusion de bonnes d'enfants, de cuisinières, de valets de chambre se tenant discrètement en coulisses. Des journées paresseuses, comme avant-guerre, toutes remplies de chants d'oiseaux et dorées par un soleil radieux.

Dans sa naïveté, Miriam avait cru que, le jour même de l'armistice ou, à la rigueur, le lendemain, toutes les restrictions cesseraient automatiquement. Le héros regagnerait sa chaumière ou son château, ôterait son uniforme, et reprendrait sa vie d'antan. On coucherait les morts par rangées, sous des pierres blanches festonnées de coquelicots. Les blessés – et l'imagination de Miriam n'allait pas au-delà d'une manche vide, d'une béquille, ou d'un bandeau sur l'œil – iraient mener une existence paisible, dans une bienséante obscurité. Les commerçants retrouveraient leur obséquiosité et les artisans leur savoir-faire. L'ordre, non seulement parmi les nations, ce qui ne concernait guère Miriam, mais aussi entre les classes sociales, serait instantanément restauré. Et voilà que le sucre continuait d'être rationné, les femmes de chambre de moins de quarante ans difficiles à trouver, et que son maître d'hôtel, promu officier après Passchendaele et couvert de médailles gagnées sur la Somme, refusait de rentrer à son service et prenait la direction d'un hôtel de la ville. Miriam se dit alors que sa patience avait des limites.

Elle avait envie de lancer des invitations, d'organiser une garden-party en mai, comme jadis, pour fêter son anniversaire, et de donner quelques dîners dans l'espoir de dénicher un jeune homme bien sous tous rapports qui la déchargerait de sa fille Polly. Et, en ces temps où il devenait de plus en plus difficile de trouver une secrétaire pouvant faire office de dame de compagnie, elle avait songé que la « jeune madame Jeremy » lui rendrait peut-être de grands services.

– C'est que je n'ai fait que l'apercevoir. Je me souviens à peine d'elle, murmura-t-elle, en fermant les yeux comme pour mieux évoquer l'image de la petite pensionnaire que lui avait amenée Jeremy.

Une fille assez jolie pour qui aime les brunes, ce qui n'était pas le cas de Miriam, une fille aux grands yeux noirs, réservée et un peu hésitante. « Maman, voici Claire. » Et il n'avait pas eu besoin d'ajouter « Je l'aime », car sa voix et son regard étaient assez éloquents. Miriam avait également remarqué l'émerveillement qui transformait le visage de Claire, un émerveillement qu'elle-même n'avait jamais ressenti, car seule la jeunesse peut le susciter, et Aaron... eh bien, Aaron lui avait apporté autre chose. Quelque peu déçue que Jeremy ait choisi une femme si différente d'elle, elle prit néanmoins le parti de n'en rien laisser paraître.

– Maman... n'est-ce pas qu'elle est merveilleuse ?

Non. Miriam ne la trouvait pas merveilleuse. Mais si le dévouement était dans sa nature, comme Jeremy semblait le penser (« Elle m'adore, maman, disait-il, je suis l'homme le plus heureux de la terre »), pourquoi n'en ferait-elle pas profiter la mère de son époux disparu ? Quelle meilleure façon de se faire pardonner l'impertinence de lui avoir ravi la première place, puisque c'était elle, sa femme de trois semaines, et non sa mère, qui avait reçu les objets personnels de Jeremy, son paquetage, ses lettres, son journal et même le télégramme annonçant sa mort ?

En effet, Miriam pensait avoir droit à une compensation. Si cette enfant était capable de soigner des blessés, elle saurait envoyer des invitations. Puisqu'elle avait conduit des ambulances, elle pourrait bien l'emmener faire ses courses, aller chercher des paquets à la gare, repousser les visiteurs importuns et se rendre utile en accomplissant une foule de menues besognes. En contrepartie, Miriam la traiterait avec la plus grande bonté, inutile de le dire. L'idée était excellente, mais elle n'en parlerait pas à Benoît pour le moment, afin de ne pas gâter la petite comédie qu'elle lui jouait.

Quand elle avait épousé son père, Benoît avait cinq ans. C'était un enfant silencieux et renfrogné, grand pour son âge, solidement charpenté, mais d'une maigreur et d'une pâleur inquiétantes. L'expression un peu déconcertante de ses yeux noirs rappelait que son expérience de la vie se résumait à la mort de l'un de ses parents et à l'indifférence de l'autre. N'ayant que treize ans de plus que lui, Miriam voulut jouer les grandes sœurs, dans l'espoir de créer entre eux des rapports d'affection fondés d'un côté sur la générosité et, de l'autre, sur la gratitude. Son seul but était de lui plaire et de l'amuser : ce fut un échec. Il se borna à être poli avec elle, car sinon son père l'aurait battu. Elle fut donc d'abord déçue, puis blessée et enfin profondément irritée, l'accusant en secret de l'enfermer dans un rôle de « marâtre », alors qu'elle se savait si bien faite pour jouer les bonnes fées. La naissance de ses propres enfants, qui l'avaient aussitôt adorée, la lava de tout soupçon. Il était désormais évident que la faute incombait uniquement à Benoît. En définitive, il n'était pas timide, comme elle l'avait charitablement prétendu, mais insociable. Sans être précisément ingrat, il était incapable d'apprécier les bonnes intentions qu'elle entretenait à son égard. Dès lors, elle se contenta de le nourrir, de le vêtir et, pour le reste, ne se préoccupa plus de lui.

Mais c'était un homme aujourd'hui, et son mari le lui avait légué pour qu'il soit un roc contre lequel elle puisse s'appuyer. Et, en effet, quelle sécurité et quel plaisir de se reposer sur lui, ne serait-ce que pour voir jusqu'où il la laisserait aller.

– Oh ! Benoît, ne comprends-tu pas... murmura-t-elle, ravie de le voir jeter un coup d'œil furtif sur la pendule du salon.

Il avait certainement des rendez-vous importants ce matin, des rendez-vous avec des hommes dont le temps était précieux. Bien. Elle tenterait de le retenir encore deux minutes et, si elle y parvenait, elle estimerait avoir gagné.

– Excuse-moi, mon cher Benoît, mais ce sont des choses que les hommes ont parfois du mal à comprendre. Cette petite était très bien élevée, pour autant que je me souvienne. Mais maintenant... ! On ne sait même pas si ce sont des officiers qu'elle a soignés.

– Je pense que tous les hommes ont la même anatomie, répliqua sèchement Benoît, en regardant de nouveau la pendule.

– Oh ! ce n'est pas ça, dit-elle, sans se décontenancer. Je veux parler du langage, du comportement, mon cher petit, des choses qu'un simple soldat est susceptible de dire... ou de faire. Je pense que tu comprends.

A son sourire fugace, elle vit qu'il la comprenait, et même trop bien peut-être. Ce pauvre Aaron, qui l'avait tant aimée, était si facile à abuser. Mais Benoît, qui ne l'aimait sans doute guère, ne se laissait pas impressionner par les montagnes qu'elle faisait de la moindre motte de terre. Quel être irritant, si distant, si dédaigneux ; mais c'était un adversaire à sa taille.

– Quel dilemme... mon cher petit. Il va falloir que

j'explique bien cela à tout le monde. A l'heure du thé, peut-être.

Elle tirait fierté de lui causer tant de souci et de le voir s'impatienter si facilement. Pourtant, pendant le thé, se sentant toujours d'humeur provocante, elle trouva un prétexte pour se plaindre de Benoît à sa propre femme.

– Nola, ma chérie, je ne voudrais pas soulever une tempête dans un verre d'eau...

– Je n'en doute pas, Miriam.

En voyant l'expression d'ennui qu'avait prise le visage de sa belle-fille, Miriam comprit qu'elle l'écoutait à peine et que ce qu'elle avait à lui dire ne l'intéressait nullement.

Que Benoît se fût marié par intérêt, elle n'en avait jamais douté. Pour quelle autre raison aurait-il épousé cette Nola Crozier, fille d'un négociant en laine de Bradford, issue d'une famille fortunée qui comptait de nombreux membres à l'étranger, des cousins vaguement artistes qui jouaient des sonates de Beethoven ou qui fréquentaient l'université, dans des villes aussi lointaines que Leipzig ou Budapest ? Ces parents qui avaient une disposition naturelle pour les langues et qui aimaient les voyages conféraient à Nola une touche d'exotisme que Miriam trouvait un peu suspecte.

Benoît ne lui avait même pas fait la cour. Du reste, Mlle Crozier n'y comptait nullement. L'affaire avait été menée froidement, sans passion, à l'image de Benoît Swanfield, et conclue avec succès. L'union avait été négociée dans la tradition des magnats de l'industrie, de la même manière que les parents de Nola s'étaient mariés. On avait offert à la fiancée un solitaire d'une valeur appropriée à la situation, le montant de la dot avait été fixé, et Mlle Crozier, à qui sa mère n'avait pas appris grand-chose, si ce n'est à jouer du piano et à parler français et allemand, était devenue Mme Swanfield. Elle vint alors s'installer à

Montfleuri, avec ses valises frappées à ses initiales, son trousseau somptueux et ses airs un peu hautains. Elle se conduisait comme une invitée peu coopérative, jamais ponctuelle et toujours brouillonne.

Elle n'était pas jolie au sens traditionnel du terme, et certainement pas au goût de Miriam pour qui la beauté se signalait par un teint clair, des yeux bleus et des formes généreuses. Elle avait été consternée par le peu de relief des seins de sa bru, les reflets roux de sa chevelure, l'aspect terne – que dire de mieux – de sa peau et, surtout peut-être, son amour des robes simples et droites, taillées dans des étoffes de couleurs tristes, grisâtre, moutarde ou vert passé. Mais, qu'elle le voulût ou non, cette curieuse fille était justement conforme à l'image des femmes qu'on voyait dans les magazines de mode, maintenant que la guerre avait balayé les drapés vaporeux et les corsets indispensables à la mode de la Belle Epoque.

D'une grande maigreur, et brusque dans ses mouvements, elle avait une figure pâle et pointue, et ses cheveux auburn qui retombaient en frange sur son front lui donnaient l'air d'un renard. Elle avait de petites mains sèches, des yeux verts en amande et un corps de garçon, sans hanches ni poitrine, qui convenait parfaitement à ces nouvelles robes étriquées qui s'arrêtaient – quelle honte – à quinze centimètres au-dessus d'une mince cheville gainée de soie. Elle avait de longs colliers d'ambre, une multitude de chaînes d'or et de médaillons, de grandes boucles d'oreilles, et le front ceint d'un bandeau brodé de motifs astrologiques. Elle se fardait les yeux, fumait des cigarettes turques enfoncées dans un long fume-cigarette à bout doré, arborait toujours un air las, et parlait très bas, sur un ton monocorde, ce que Miriam trouvait effroyablement ennuyeux.

– Quelles misères mon mari vous a-t-il encore faites ?

La réponse ne l'intéressait pas du tout, mais Miriam prit encore plus de plaisir à lui rapporter ce que Benoît lui avait dit le matin, et le trouble où la nouvelle l'avait jetée.

– Je sais que cela part d'un bon sentiment. Et je me rends compte qu'il a des affaires très importantes à régler. Mais, tout de même, ma chère Nola, je trouve qu'il a manqué de tact en m'annonçant si abruptement la chose...

D'un geste gracieux, elle agita ses manches de dentelle, ses bracelets, ses doigts étincelants de bagues. Elle jouait à la « jolie Mimi », qu'il ne fallait manier qu'avec les plus grandes précautions.

– C'est certain, répondit Nola en ajustant sa cigarette. Je dois vous avouer que... j'avais oublié que Jeremy avait une femme, voyez-vous.

Ce n'était pas vrai, bien entendu. Elle avait dit cela uniquement pour ennuyer Miriam. Mais, en vérité, Nola n'avait jamais beaucoup aimé les mariages. Eduquée pour devenir une épouse et une mère, elle avait rempli ses devoirs selon l'idée qu'elle en avait. D'un point de vue social et financier, elle avait fait un excellent mariage et, dans les trois premières années, elle avait mis au monde deux enfants, de beaux garçons en bonne santé qu'on avait rapidement envoyés en pension. Ils ne lui manquaient pas. Elle ne s'étonnait pas d'être lasse de Miriam, de Montfleuri et de l'homme qui l'avait épousée pour sa dot. Après tout, Montfleuri était la maison de Miriam, comme la triste demeure de Bradford était celle de sa mère. Là aussi, elle s'était ennuyée. Accoutumée à l'ennui, elle avait ses méthodes personnelles pour le surmonter. Quand elle vivait chez ses parents, elle se distrayait en lisant des romans français et allemands et, depuis quinze ans qu'elle était mariée, elle s'était tour à tour adonnée à la musique, à la peinture à l'huile, à l'aquarelle, au théâtre, à la philosophie, à la poterie, à la danse grecque, à la peinture sur tissu, sur éventail, sur paravent, abandonnant une passion pour se jeter dans une autre avec la même soudaineté. Elle s'était enthousiasmée pour l'orchestre Hallé, les Ballets russes et la photographie. Elle se livrait aussi à des divertissements moins avouables.

Les mariages n'en faisaient pas partie.

– Voyons, Nola, murmura Miriam en prenant un air scandalisé. Vous devez vous souvenir...

En réalité, Nola ne se rappelait que très vaguement la jeune mariée, tout en ayant conservé un souvenir assez vif de la jalousie que Miriam avait éprouvée à son égard. « Votre petit garçon est devenu un homme », avait-elle lancé. Mais, quand Miriam l'avait accusée de négliger ses propres enfants, elle avait répondu par un rire insolent.

– Voyez-vous, ma chère Miriam, il y a une différence entre aimer un enfant et l'étouffer.

– Ah ! je vois. Cela explique-t-il que vous vous empressiez de partir pour Bayreuth ou pour Vienne, afin d'assister à des festivals de musique, toutes les fois que vos garçons reviennent à la maison pour les vacances ?

Trop fine pour attaquer sa belle-mère de front, Nola s'était contentée de sourire en haussant les épaules. Cette année-là, la première de la guerre, il n'avait pas été question de Bayreuth ni de Vienne. La perspective d'un affrontement entre ses cousins de Leipzig et de Hambourg, et ceux de Bradford et de Manchester, lui paraissait si épouvantable qu'elle préférait ne pas y penser. Aussi, au mariage de Jeremy, quand un invité un peu éméché lui avait demandé ce qui allait se passer entre les Heinrich Crozier et les Henry Crozier, elle avait haussé les épaules à son habitude et déclaré que le mieux serait, à son avis – comme le disait un auteur dramatique célèbre –, que les deux groupes de cousins fassent feu sur leurs officiers respectifs et rentrent chez eux.

Elle se rappelait l'air choqué qu'avait eu Miriam en l'entendant tenir de tels propos. Jeremy s'était raidi, et même Benoît qui ne prêtait généralement guère d'attention à ce qu'elle disait avait froncé les sourcils. Et la jeune mariée ? Nola fit un effort de mémoire. Une simple gamine. Et les gamines ne l'intéressaient pas, surtout quand elles étaient timides et bien élevées. Une petite pensionnaire serrant un bouquet de mariée, empruntée dans ses gestes, terrorisée par Miriam et si entichée de son Jeremy que c'en était pathétique, comique et... *enviable.* Etait-ce la seule impression qu'elle avait gardée d'elle ? Non, sans doute. Mais, entre la miniature sur ivoire et une amitié d'un genre particulier, qui s'était justement désagrégée au moment du mariage, Nola avait alors d'autres chats à fouetter.

– Allons, Nola, insista Miriam. Vous devez vous souvenir de Claire.

A travers le nuage de fumée qui l'entourait, Nola sourit en tortillant son collier d'ambre et ses amulettes égyptiennes.

– Et pourquoi ? demanda-t-elle.

– Pourquoi, en effet ?

Ce n'était pas Miriam qui avait parlé, mais sa fille, Eunice Hartwell, qui était peut-être la seule de la famille à croire à la fragilité de sa mère, au secours de qui elle venait bien inutilement d'accourir.

– Ce n'est pas une chose à dire, Nola. Surtout que vous ne le pensez même pas.

– Ah bon ? Et qu'est-ce que je pense, Eunice ?

Eunice n'avait pas le moindre espoir d'échapper au piège dans lequel Nola s'apprêtait à l'enfermer. Pauvre Eunice, se dit machinalement Miriam. Pauvre Eunice, réplique affadie de sa mère, une brave femme aux façons un peu déconcertantes, toujours prête à prendre la défense d'un mari qui ne le méritait pas, et à repousser toute critique à l'égard des quatre enfants turbulents qu'elle lui avait donnés.

Pauvre Eunice. Jeune fille ardente et sans beauté, elle était aujourd'hui une femme lourde et émotive, qui distribuait son affection avec maladresse et sans discernement. Elle était tombée amoureuse, à la première occasion, du premier garçon qui s'était présenté, emportée dans un grand tourbillon de bonheur et saisie d'une adoration qui s'était révélée injustifiée mais définitive. Jamais elle ne pourrait aimer un autre homme. Elle l'avait proclamé dès le début. Comme c'était une femme incapable de refuser quoi que ce soit aux êtres qui lui étaient chers, elle était restée dévouée à son Toby pendant ces quinze années. Les entreprises montées par son mari ayant périclité l'une après l'autre, elle avait surmonté sa timidité et harcelé son père, puis son frère Benoît, pour le faire embaucher aux usines Swanfield.

Pauvre Eunice. Toby n'était pas apprécié à l'usine. Il croyait possible de vivre agréablement et sans se fatiguer ; il aimait se prélasser devant un verre, à l'*Hôtel du Nord* ou aux courses de York, et il manifestait une indifférence très aristocratique quand on lui présentait une facture. Si Eunice continuait à être éblouie par sa classe et sa fantaisie, il n'en allait pas de même pour Benoît.

Pauvre Eunice. Etait-ce pour demander de l'argent à son frère qu'elle avait parcouru les trois kilomètres qui la séparaient de Montfleuri, abandonnant sa grande maison, remplie d'enfants turbulents et de chiens indisciplinés, une maison où les bonnes faisaient rarement le ménage et où le repas n'était jamais prêt à l'heure ? En voyant son regard anxieux, Miriam et Nola se dirent toutes deux que c'était certainement la raison de sa visite.

Eunice, pour sa part, était incapable de penser à autre chose.

Pourtant, elle disposait d'un revenu suffisant. Mais comme le reste de la famille, elle ne pouvait toucher à son capital si Benoît jugeait que ce n'était pas absolument nécessaire. Elle possédait des actions dans les usines Swanfield et, comme le lui faisaient souvent remarquer les amis de son mari, elle avait le droit de les vendre. Sans doute. Mais uniquement à Benoît, et à condition qu'il voulût bien les acheter. Grâce à son père, elle était une femme riche qui, souvent – bien trop souvent –, n'avait pas un sou en poche. Les gages des domestiques et la note de l'épicier lui causaient un souci permanent ; le seul moyen qui lui restait de se sortir momentanément d'embarras était donc de mendier auprès de son frère, de le supplier ou de lui mentir. Benoît ne se laissait pas facilement abuser et, comme elle avait horreur du mensonge, elle en venait parfois à haïr son demi-frère avec une violence qui l'épouvantait elle-même.

Eunice Hartwell aurait préféré ne haïr personne. Elle aurait voulu se montrer honnête, généreuse et sincère, ne pas être contrainte d'extorquer par la ruse ce qu'elle estimait lui appartenir de droit. C'est à cause de Toby qu'elle était obligée d'agir ainsi, et elle aimait Toby. C'était son père qui avait donné à Benoît la tutelle de l'héritage, et elle aimait son père. Autrefois, d'un peu loin peut-être, elle aimait bien Benoît.

Quelle torture. Rien que d'y penser, elle en avait les larmes aux yeux. Mais comme elle ne voulait pas pleurer devant Nola, elle s'efforça de penser à celle qui avait été si brièvement la femme de Jeremy.

Elle se souvenait d'elle, bien entendu. Une fille grande et mince, avec une épaisse chevelure sombre retombant sur la nuque en lourds rouleaux, un être radieux, serein. Pour Eunice, elle était le type même de la femme amoureuse. Elle était à la fois ravie et ravissante, comme doit l'être une jeune mariée, et pourtant, elle savait que presque tout le monde était opposé à ce mariage, aussi bien Miriam qu'Edward Lyall, son beau-père. Celui-ci, qui était également le notaire des Swanfield, estimait que la fille de sa femme n'était pas un parti digne de Jeremy. Mais, avec son charme et sa spontanéité, le jeune homme avait plaidé sa cause, et Benoît avait fini par se rendre. Benoît ! Eunice Hartwell se sentit gagnée par la colère. Benoît ! Dire qu'il avait accepté ce mariage stupide, avec toutes les dépenses qu'il avait entraînées. En revanche, il refusait de donner à Toby un salaire en accord avec leur train de vie. Un salaire qui lui éviterait de courir à Montfleuri, chaque fois qu'elle découvrait une facture dans la poche de son mari ou dans le pot en cuivre posé sur le guéridon de l'entrée. Aujourd'hui, c'étaient une note du collège et la lettre très sèche d'un négociant en vins qui les menaçait, à mots couverts, d'envoyer l'huissier. Jamais elle n'aurait pensé que le vin pouvait coûter si cher. Et tous ces suppléments à régler à Porterhouse, pour l'équitation, l'escrime, le tir, activités qui, selon Toby, étaient indispensables à un gentleman. Comment se faisait-il que la facture fût élevée ? Où était passé l'argent du mois dernier ? Voilà ce que Benoît allait lui demander. S'efforçant d'oublier un moment qu'il lui faudrait affronter son demi-frère, elle songea à Jeremy et à sa jeune femme.

Une jolie femme, un peu intimidée, un peu mélancolique, mais sereine. Tout le contraire d'Eunice, déjà enceinte le jour de son mariage, car elle s'était empressée de se donner à Toby dès l'instant où son père l'avait menacée de reprendre son consentement. En pensant aux deux jeunes époux et à ce qui les avait séparés, elle fut prise de compassion et elle s'écria, avec des larmes dans la voix :

– Il faudra l'accueillir du mieux possible. Pauvre petite... comment peut-elle supporter ça ?

– Quoi donc ? demanda Nola.

– Mais enfin... vous le savez très bien, dit Eunice, stupéfaite. Sans parler de tout le reste, quelle tristesse d'être veuve à vingt-trois ans.

– Oui, quelle tristesse, murmura Nola, en expirant langoureusement la fumée de sa cigarette. Mais... d'un autre côté... quelle chance.

– Nola ! Vous dites des choses épouvantables.

Eunice était scandalisée, elle qui ne pouvait envisager sans frémir la mort de son mari qu'elle avait fait affecter dans un service spécial, en 1915, dès les premières rumeurs de mobilisation générale.

Mais Nola, qui n'était pas si sentimentale, se contenta de hausser ses maigres épaules.

– Croyez-vous ? Ce que je pense, moi, chère Eunice, c'est qu'elle est veuve depuis... quatre ans, c'est bien ça ? Elle s'est occupée de blessés, ce qui a pu l'aider à surmonter son chagrin. Et puis, on oublie.

– Moi, je n'oublie pas, déclara Miriam.

– Bien sûr, maman.

Eunice croyait que Miriam pensait à Jeremy, mais en réalité, c'était vers Aaron, son mari, qu'allait son souvenir. L'émotion la prit au dépourvu et ses yeux s'emplirent de larmes, ce qui ne lui arrivait pas fréquemment.

Pourtant, elle avait épousé Aaron pour son argent, elle ne l'oubliait pas. Elle se rappelait très nettement son ivresse à l'idée d'être riche, et sa constante félicité de voir cette perspective se réaliser. En revanche, elle était incapable de retrouver dans sa mémoire l'instant où elle avait commencé à l'aimer. Quel événement précis avait déclenché ce phénomène ? S'était-il produit, dans son cœur, un glissement progressif et imperceptible de la reconnaissance à l'affection ? Et, puisqu'elle s'était elle-même rendu compte si tard de l'importance véritable de ce sentiment, Aaron en avait-il jamais eu conscience ? De nouveau, les yeux de la « jolie Mimi » se voilèrent de larmes.

Mais elle avait toujours su chasser sa mélancolie. Comme deux de ses enfants, sa fille cadette et son pauvre Jeremy, elle était née en mai, et ce mois tout rempli du parfum des fleurs leur avait donné à tous trois, pensait-elle, une nature facile, de la gaieté et un optimisme à toute épreuve. De même, l'étouffante journée de septembre où Eunice était venue au monde était responsable de l'agitation et du besoin de se raccrocher à n'importe quoi qu'elle observait chez sa fille aînée.

Comme beaucoup de femmes oisives, Miriam, qui ne manquait ni de sensibilité ni du sens de l'observation, avait sa conception personnelle des mystères de la vie, son idée sur le destin, et elle pensait depuis longtemps que ce n'était pas tant le zodiaque, mais le temps, qui influençait le caractère d'un nouveau-né.

Miriam regarda Nola. Mars. Un grand vent, sans doute ; une journée de violentes averses avec de brusques trouées de soleil avait fait d'elle une enfant qui ne savait jamais ce qu'elle voulait et une femme toujours insatisfaite. Miriam ne savait plus quand était née Claire Lyall – Mme Jeremy Swanfield –, mais elle espérait qu'elle était venue au monde au mois de juin, par une de ces chaudes et généreuses journées qui suscitent des natures agréables. Une fille au caractère souple ne la ferait pas enrager, comme Nola ; elle ne l'agacerait pas, comme Eunice, et ne l'épuiserait pas, comme Polly qui, avec ses dix-neuf ans, était romanesque, avide de plaisirs et, par conséquent, impossible. Pour Miriam, cette jeune veuve de vingt-trois ans, sans toit et sans ressources autres que ce que Benoît voudrait bien lui accorder, semblait un véritable don du ciel.

La porte s'ouvrit et Miriam crut voir Aaron entrer dans la pièce. Pourtant, jamais son mari n'avait eu ce détachement, cette ironie qui caractérisaient son beau-fils.

Benoît Swanfield approchait de la quarantaine. Il était grand, très brun, avec une figure olivâtre où se lisait un extraordinaire contrôle de soi. Il avait des yeux très enfoncés, d'un noir intense, et une bouche légèrement pincée. Son allure athlétique se devinait sous la sécheresse de l'homme d'affaires. Les trois femmes réagirent aussitôt à sa présence, mais chacune d'une façon différente.

– Oh ! Benoît, dit Eunice, en sursautant comme si elle était prise en faute.

Pauvre Eunice. Miriam ne doutait plus qu'elle eût un impérieux besoin d'argent.

– Tiens, tiens, Benoît... à cette heure. Quelle bonne surprise, dit Nola, d'une voix traînante.

En même temps, elle avança la main vers le cendrier plein à ras bord, et le manqua intentionnellement, en faisant tinter ses breloques et ses chaînes. Elle regarda son mari avec un air provocateur et elle laissa tomber la cendre de sa cigarette sur la surface lustrée de la table et sur la moquette.

Nola et ses petits jeux pervers, pensa Miriam qui ne goûtait pas ce genre d'amusement. Le jeu du plus fort, ou encore un jeu sadique : si tu m'attrapes, châtie-moi.

– Benoît, il faut que je te parle, dit Eunice.

– Quand tu voudras.

– Enfin... si tu as le temps, reprit-elle, effrayée par cette apparente docilité.

– Mais bien sûr.

– Oh ! rien ne presse. Je reste ici tout l'après-midi.

Qu'avait-il fait pour qu'elle se dérobât ainsi ? Rien. Il l'avait seulement regardée, devinant ce qu'elle avait à lui dire. Il mesurait d'avance la part de mensonge et de vérité que contiendrait son plaidoyer. Il savait pourquoi elle avait besoin d'argent, et comment avait été dépensée la dernière mensualité. Il avait compris qu'elle était une gestionnaire lamentable, une mère trop faible et, bien mieux qu'elle, il connaissait la nature insouciante et influençable de Toby, sa veulerie et son incompétence. Jamais il ne lui dirait le fond de sa pensée, car elle refuserait de le croire. Il lui donnerait quelques conseils, mais elle ne pourrait jamais s'adresser à lui pour obtenir le réconfort qui lui faisait tant défaut ; elle ne supporterait pas une rebuffade. Epouvantée par sa propre ingratitude, Eunice se reprit à haïr son frère.

N'ayant rien à lui demander et par conséquent rien à redouter de lui, Miriam sourit à Benoît. Elle se rappela qu'il était né en plein milieu d'un mois de décembre glacial, par une nuit où la neige tombait si abondamment que la voiture du médecin s'était embourbée sur la route de Montfleuri. Aaron Swanfield avait donc été obligé d'aider sa femme à accoucher, délaissant ensuite le nouveau-né pour tenter de réconforter la jeune mère agonisante.

Miriam, qui était une enfant de mai, imaginait combien le monde avait dû paraître hostile à Benoît, en ces premiers instants de son existence. Sa naissance avait été une bataille dont il était sorti vainqueur. La vie lui apparaissait-elle toujours sous cet aspect ? Réprimant un frisson, elle lui dit :

– Nous parlions du problème de notre jeune veuve.

– Est-ce vraiment un problème ?

– Oh ! cela dépend de toi. Après tout, tu es le chef de famille, n'est-ce pas ? Je ne voudrais pas lui proposer de venir s'installer chez nous et m'apercevoir ensuite que tu n'étais pas d'accord. Que dois-je lui dire ?

– Mais voyons, Miriam, ce qu'il vous plaira.

C'était bien son intention. Mais malgré son habileté, son audace et la promesse que Benoît avait faite à son père, elle se gardait de prendre des initiatives qui risquaient de le contrarier.

2

Dans le train qui la ramenait chez elle, Claire Swanfield essayait vainement de se rappeler le visage de son mari défunt. La dernière fois qu'elle l'avait vu, il avait vingt et un ans. C'était un jeune homme grand et mince, tout en angles et en aspérités qu'une existence confortable aurait certainement adoucis. Il avait un sourire moqueur, des yeux bleus et des cheveux châtain clair.

Il avait vingt et un ans et il était plein d'assurance. Elle avait dix-neuf ans, elle était timide, éperdue d'adoration et n'arrivait pas à croire à son bonheur. C'était un jeune chevalier, une sorte de Galaad, goûtant aux joies légitimes du mariage avant de partir à la quête du Graal. De plus, c'était un Swanfield. Invitée à une partie de tennis à Montfleuri, Claire, qui n'était rien, avait attiré son attention et, dans ce climat de patriotisme et d'héroïsme si propice à l'éclosion d'un sentiment amoureux, elle avait su la retenir.

En reparcourant mentalement le chemin qui la séparait de cette autre réalité, de ce monde si lointain d'avant la guerre, elle retrouva l'image floue de la jeune fille bien élevée qu'elle était alors, façonnée dans le moule de la pension. Elle venait de rentrer à Faxby, et elle avait l'impression de pénétrer en intruse dans l'existence monotone que sa mère partageait avec son second mari, Edward Lyall, le notaire des Swanfield. Romantique, sérieuse, indécise et naïve, elle avait vu en Jeremy Swanfield le héros prêt à se lancer dans une glorieuse aventure, et elle n'en revenait pas qu'il eût choisi de déposer son épée à ses pieds.

L'amour, ou une forte attirance physique, les avait embrasés assez durablement pour qu'ils surmontent toutes les oppositions. Jeremy allait être envoyé au front, et il était bien compréhensible qu'il voulût d'abord éprouver sa virilité. Leur vie conjugale se résumait à trois jours et trois nuits dans un hôtel de Londres. Elle se donna sans réserve et il la prit avec avidité, mais ils n'eurent pas le temps de pousser plus loin cette première exploration. Après cette courte lune de miel, il partit pour la France. Elle retourna chez sa mère où elle retrouva le climat de tension habituel et les éternelles chicanes avec son beau-père. Trois semaines après, Jeremy était tué.

Ce n'était pas le souvenir de son chagrin et de ses larmes qu'elle avait conservé, mais celui de l'impression très concrète de recevoir un coup de marteau. Elle était montée dans sa chambre pendant que sa mère, les Swanfield et Edward Lyall se concertaient à son sujet. Que faire d'elle, où l'envoyer, quels étaient ses droits, à qui appartenait-elle ? Pendant trois jours, elle avait appartenu à Jeremy Swanfield, et si le souvenir de ces moments si brefs avait déjà commencé à s'estomper, au moins était-elle délivrée des contraintes de l'adolescence. Alors elle se leva, fit sa valise et, dès le lendemain matin, elle prit la fuite. L'état second dans lequel elle se trouvait lui permit de ne pas s'interroger sur le sort de sa mère qui devrait affronter la réprobation des Swanfield et les reproches de son mari qui l'accuserait de n'avoir aucune autorité sur sa fille. Elle n'était pas partie très loin, du point de vue de la distance réelle, mais elle savait que c'était un voyage dont elle ne reviendrait jamais. Elle connut les hôpitaux militaires, les postes d'évacuation, les tentes envahies par l'eau et les rats, les tranchées, la boue, l'effondrement de la grande aventure de Jeremy. Elle laissa derrière elle l'enfant, l'adolescente passionnée, la jeune mariée euphorique, bref l'ancienne Claire Lyall, pour n'être plus que « Swanfield », celle qui nettoie les plaies, prépare les membres gangrenés pour l'amputation, lave les yeux attaqués par les gaz, étanche le sang coulant des artères sectionnées, et celle qui trouve un mot ou un geste de réconfort pour les mourants, quand il lui en reste la force.

Très vite, son ancienne existence lui apparut comme un rêve lointain. Le souci que se faisait sa mère pour les problèmes domestiques et ses éternels « Que vont dire les Swanfield ? » lui semblaient dérisoires, si bien que ses lettres étaient courtes, rares et même parfois méprisantes. Elle ne se rebellait pas ouvertement ; elle évoluait. Puis elle rencontra Paul.

Elle avait alors vingt et un ans et les expériences qu'elle avait vécues ne semblaient pas l'avoir entamée. Elle restait la même jeune fille mince et droite, avec des yeux noirs et une masse de cheveux sombres retombant en frange sur des sourcils arqués. Son visage ovale avait une placidité trompeuse, presque orientale. Au premier abord, on la trouvait non seulement jolie, mais aussi douce et féminine, ce qui aurait fait plaisir à sa mère. Mais en réalité, sans la rendre insensible, la guerre lui avait ôté tout sentimentalisme et toute illusion. Claire ne demandait plus la raison de ce massacre. Elle savait qu'il n'y en avait pas. Mais puisqu'elle ne pouvait le faire cesser et qu'elle se trouvait au cœur de la tourmente, elle s'adapta. Elle restreignit son horizon aux convois de blessés qui arrivaient journellement, et acquit la prudence des survivants, se limitant à des rapports superficiels. Il lui semblait préférable – et même indispensable – de sacrifier la possibilité d'une joie afin de ne pas risquer de souffrir. Jusqu'au jour où elle fit la connaissance de Paul.

Ils se rencontrèrent sur le bateau qui les ramenait en Angleterre. Paul profitait d'une permission pour clarifier sa situation conjugale, sa femme attendant un enfant dont il ne pouvait manifestement pas être le père. Claire allait rendre visite à des amis dans le Devon. Debout sur le pont, face au vent froid, ils s'évaluèrent mutuellement. Ils étaient tous deux des pions dans la partie meurtrière que se livraient de vieux généraux, et ils étaient conscients que leur jeunesse avait été sacrifiée pour rien, même s'ils avaient la chance de survivre. Il venait de passer huit mois d'affilée dans les tranchées, et il avait les yeux pleins du spectacle des corps étendus dans la boue. Elle s'occupait des victimes, soit pour leur donner les derniers soins, soit pour les déclarer « survivants » et les convoyer vers l'Angleterre. Cette fois, c'étaient des aveugles. Ils avaient escaladé la passerelle en file indienne, en se tenant par l'épaule, avec un médecin pour les guider, et Claire en arrière-garde. Dès qu'elle fermait les yeux, elle revoyait cette lugubre procession traînant les pieds, trébuchant à chaque pas, et cette vision resterait sans doute à jamais gravée dans sa mémoire. Malgré tout, s'ils étaient moralement traumatisés, Paul et elle, et s'ils étaient passés du stade de la simple désillusion à celle d'une tacite acceptation du mal, leur corps, leurs sens refusaient de renoncer à la jeunesse.

Comme Jeremy, Paul avait quitté l'université pour aller au front. Lui, dont la seule expérience de chef se résumait à commander une équipe de cricket, s'était vu confier du jour au lendemain la responsabilité de vies humaines. La mort lui était bientôt devenue familière et il avait réussi jusque-là à lui échapper. Quant à Claire, elle s'était mariée dès sa sortie de pension, puis on l'avait envoyée dans ces camps où elle côtoyait la mort de si près qu'elle avait commencé à prendre ses distances avec la vie. Ils passèrent une journée ensemble à Londres, puis elle partit pour le Devon. Sur le quai de la gare, il l'embrassa avec passion. Alors, elle monta vite dans son compartiment et referma la portière, désespérée mais fière d'avoir surmonté son désir. Elle était sauvée ; du moins le croyait-elle. Quelques jours plus tard, après avoir réglé ses problèmes conjugaux, Paul vint la retrouver.

– Me voici. Si vous me renvoyez, je ne sais pas si je serai capable de m'en aller.

Il n'eut pas besoin d'ajouter : « Il se pourrait bien que je sois mort dans une semaine ou deux », car elle le comprit tout de suite. Ils se promenèrent main dans la main sur les chemins de la campagne anglaise qui lui semblait moins réelle que la boue des champs de bataille, et elle n'eut pas le cœur de le repousser.

Quinze jours durant, ils firent l'amour avec cette même impression de condenser les semaines en instants et les années en jours, qu'elle avait ressentie avec Jeremy. Puis, comme par miracle, comme s'ils s'étaient mutuellement fait don d'une seconde virginité, ils surmontèrent leur hâte pour découvrir une harmonie physique et spirituelle qui leur paraissait intemporelle.

Désormais, il remplissait toute sa vie. Ses lettres, ses permissions, le bonheur d'être avec lui, de dîner en sa compagnie dans un bistrot, de partager un lit étroit dans une auberge de France ou dans un hôtel de la côte anglaise, marcher ensemble dans les rues où régnait l'ambiance pesante de la guerre ou sur des plages hérissées de barbelés, lui parler, l'écouter, le regarder, le toucher.

La guerre maintenant, c'était Paul. Il n'y avait plus que lui qui comptait. Quand elle recevait une lettre, elle se disait qu'il était peut-être déjà mort. Elle était bien placée pour imaginer toutes les façons les plus atroces de mourir. Elle savait aussi quels dégâts l'éclat d'un obus, le tir d'une mitrailleuse, les gaz asphyxiants, le sabre peuvent faire, quand ils ne tuent pas. Elle imaginait l'infirme qu'elle risquait de retrouver un jour, dans un lit d'hôpital. Tous les matins, elle se levait avec cette pensée. Elle mangeait, dormait et travaillait avec. Pourtant, il fallait tenir.

D'un commun accord ils résolurent de ne faire aucun projet, mais c'était plus fort qu'eux. Afin d'éviter un scandale, Paul reconnut l'enfant de sa femme, compromettant ainsi ses chances de pouvoir divorcer, une fois la guerre terminée. De toute manière, jamais il n'intenterait une action quelconque contre « cette pauvre Gwen », car il appartenait à un monde où ce genre de choses était impensable. Si, en revanche, elle acceptait de divorcer, il lui en serait reconnaissant et épouserait Claire. Sinon, ils s'installeraient ensemble quelque part, pas à Faxby, avec son étroite mentalité provinciale, et encore moins dans la ville puritaine dont le père de Paul deviendrait sans doute l'évêque, mais dans un coin du monde où un amour sincère pourrait trouver sa place. Ils étaient tous deux trop prudents, trop sages, trop superstitieux pour espérer un avenir aussi merveilleux, mais ils y croyaient malgré tout et ils étaient décidés à n'accepter aucun compromis.

Elle avait vécu quatre semaines d'angoisse, avant d'apprendre qu'il avait succombé à ses blessures, un après-midi de septembre 1918. L'ami auquel elle avait confié la mission de la prévenir au cas où Paul serait tué avait été abattu une heure avant et, en définitive, ce fut un mot embarrassé de sa femme qui la mit au courant. Pour Gwen Daneleigh, cette lettre était le remboursement d'une dette. En reconnaissant son enfant, Paul l'avait sauvée de la honte, et elle ne s'accordait pas le droit de lui en vouloir d'aimer Claire. Elle avait même essayé de s'en réjouir, car c'était une brave fille. Pourtant, s'il avait vécu, cet amour lui aurait causé bien des ennuis. Certes, elle n'avait pas souhaité sa mort, mais maintenant qu'il n'était plus, la pénible procédure du divorce lui était épargnée ; il n'y aurait pas de scandale et elle était libérée de l'angoisse que quelqu'un – sa mère ou celle de Paul – découvrît que Paul n'était pas le père de son enfant. Désormais, personne n'en saurait jamais rien. Quand elle se trouva en face de Claire, dans un salon de thé de Londres, elle fut surprise par l'intensité de sa douleur muette, et gênée de voir que la jeune femme avait deviné l'indifférence de celle qui était la veuve officielle de Paul Daneleigh.

– Que puis-je faire ? demanda-t-elle. Voulez-vous que je vous donne un souvenir de lui ?

– Non, répondit Claire.

Et elle prit congé sans dire un mot.

La guerre se termina le mois suivant, le 11 novembre, donnant lieu à une explosion de joie en Angleterre, tandis qu'un grand silence s'abattait sur les tranchées. A Londres, à Leeds, à Manchester, à Faxby, on dansait dans les rues, on allumait des feux de joie, les femmes et les hommes s'embrassaient, festoyaient, chantaient à en perdre la voix. Pendant ce temps, en France, deux armées courbant le dos sous la pluie de novembre se regardaient de part et d'autre des barbelés, comme elles l'avaient fait pendant quatre ans, mais le bruit des armes s'était tu. La guerre avait entraîné la mort de neuf millions d'êtres humains. Elle laissait trente-sept millions d'infirmes. Mais maintenant c'était fini. Des signatures illisibles au bas d'une feuille de papier y avaient mis un terme. Le dernier coup de feu avait été tiré ; du moins, c'est ce qu'on disait. On avait gagné ; cela aussi on le disait. Mais des deux côtés, dans la boue des tranchées, il y avait des hommes pour qui rien n'avait plus aucune importance.

Cette nuit-là, dans le service de Claire, deux hommes moururent. Trois autres ne tiendraient certainement pas jusqu'au lendemain après-midi. Elle avait encore des plaies à panser, d'ultimes messages à envoyer aux familles à qui elle racontait de pieux mensonges. « Il n'a pas souffert, ça s'est passé très vite. » C'était généralement faux, mais elle écrivait désormais ces mots sans même y penser. Il restait du travail à faire, des trains sanitaires à vider et à remplir, et ces affreux télégrammes à envoyer. Et, déjà, invisible, insidieuse, plus mortelle encore que les gaz, s'annonçait la grippe espagnole qui causerait plus de victimes dans le monde que la guerre elle-même.

Elle regagna Londres en décembre, sans avertir personne, et passa Noël toute seule dans une pension de famille, les yeux rivés sur un mur nu, accueillant la nouvelle année, la première de la paix, dans la plus grande indifférence. Ensuite, elle erra pendant un mois ou deux, accomplissant un triste pèlerinage dans les hôtels de la côte où elle était allée avec Paul, le perdant de nouveau chaque fois, se punissant elle-même, jusqu'à ce que le ton insistant des lettres de sa mère et le manque d'argent la ramènent à Faxby.

Dieu sait pourtant qu'elle n'avait aucune envie d'y retourner. Mais à l'instant où le train entra en gare, elle comprit que sa destination n'avait pas la moindre importance. Elle n'avait parlé à personne de sa liaison avec Paul. Elle savait sa mère incapable d'imaginer qu'une femme puisse être autre chose qu'une mère et une épouse, et peut-être redoutait-elle les pressions conjuguées que Benoît Swanfield et Edward Lyall chercheraient à exercer sur elle.

Allait-on tenter de l'intimider ? Ce n'était pas certain. Malgré tout, elle regagnait le bercail sous les auspices d'un malentendu, comme la veuve d'un homme dont la famille devait espérer qu'elle conservait le souvenir. Pauvre Jeremy. Elle s'efforça une énième fois de reconstruire son visage, et vit aussitôt surgir les yeux moqueurs de Paul Daneleigh et sa longue figure osseuse. Paul, et une masse floue d'inconnus identiques. Mais elle saurait donner le change, car la guerre et son éducation de « demoiselle » lui avaient appris à feindre. Quand le train se fut immobilisé, elle enfila le manteau de style cosaque, à col et doublure de fourrure, qu'elle avait acheté avec ses derniers sous, sachant combien sa mère tenait à ce qu'elle soit élégante. Elle prit son sac et ses gants, ajusta son petit chapeau à plumes, tout en répétant les explications qu'elle avait préparées pour justifier ses cheveux courts. Elle réalisa alors qu'elle avait perdu l'habitude de donner des explications à qui que ce soit.

Après avoir voyagé, pendant quatre ans, dans des conditions difficiles et dangereuses, elle était parfaitement capable de s'occuper seule de ses bagages. Mais cela aurait été contraire aux usages de la bonne société de Faxby ; aussi, au moment de poser le pied sur le quai, elle se rappela qu'il lui faudrait en laisser le soin à Edward Lyall.

– Claire ?

Etait-ce une question ? Elle tourna la tête et fit un petit signe de la main, légèrement désinvolte. Mais en réalité, son assurance n'était qu'une façade. Si elle était incapable de se rappeler les traits de son mari, elle n'avait pas oublié le visage de son beau-père ; il n'avait pas changé, il avait toujours cette figure sombre et pincée, ces étroites épaules de bureaucrate, et l'air mécontent de quelqu'un qui a une tâche désagréable à accomplir ou qui est constamment à bout de nerfs.

– Bonjour, Edward. Comment allez-vous ?

– Oh !... Je ne me plains pas. Et toi ? Tu as fait bon voyage ?

– Assez. Vous m'avez l'air en forme, Edward.

– Ah oui... en effet. C'est toujours mon problème, comme tu sais. J'ai l'air en forme, si bien que tout le monde croit que je me porte bien, ce qui est loin d'être vrai.

Il est toujours le même, songea-t-elle en s'écartant pour le laisser s'occuper des bagages qu'il considérait avec une certaine inquiétude, vu leur état de délabrement. Il n'était que trop évident que ces sacs et ces valises avaient séjourné dans des campements militaires, traîné dans la boue des postes de secours et emprunté des convois sanitaires, dans des conditions auxquelles Edward Lyall préférait ne pas penser. Pourvu qu'ils n'aillent pas contaminer le coffre de sa voiture, la chambre d'hôte ou le grenier.

– Mon Dieu, Claire... comment as-tu pu accumuler tant de choses ?

Ils ne s'étaient pas vus depuis près de quatre ans et n'avaient nulle envie de renouer le contact. Mais étant contraints de cohabiter, ils avaient depuis longtemps pris le parti de se supporter.

– Viens, maintenant. Ta mère doit nous attendre. Je lui ai dit que nous serions là pour le thé.

Claire comprit que la cérémonie quotidienne du thé, avec les toasts beurrés et la confiture de groseilles, avait beaucoup plus d'importance, aux yeux d'Edward, que son retour. Elle monta dans la vieille Talbot et, avec une petite grimace de dégoût vite réprimée, ferma les yeux.

Elle n'était pas née à Faxby ; elle n'y avait même pas passé son enfance. Pourtant, quand on lui demandait d'où elle était, c'était le seul nom qui lui venait aux lèvres. Faxby n'était pas la plus florissante des villes industrielles du Yorkshire. Elle se composait de deux parties, le vieux bourg, avec ses rues pavées et pentues dont les noms rappelaient que la cité devait sa prospérité à la laine et aux moulins à eau, et la ville neuve édifiée à l'époque victorienne, pour satisfaire aux idées de grandeur des princes du textile, cette nouvelle aristocratie engendrée par la révolution industrielle.

Ces hommes s'étaient d'abord préoccupés de construire des usines pour abriter leurs machines, et c'était à qui édifierait la cheminée la plus haute, et les grilles de fer forgé les plus somptueuses. Autour de ces palais de l'industrie, ils firent bâtir d'interminables rangées de petites maisons basses, sans aucun souci d'esthétique ou d'hygiène, leur objectif primordial étant d'entasser le plus d'êtres humains possible – c'est-à-dire d'ouvriers – par mètre carré. Puis, lorsque la fièvre se fut apaisée et que les fortunes furent bien assises, les lainiers s'inquiétèrent de l'embellissement de leur cité. On éventra le lacis des vieilles rues et des maisons vétustes pour aménager une place où l'on construisit l'hôtel de ville vers lequel convergeaient plusieurs larges avenues bordées d'immeubles de bureaux, d'entrepôts, de banques, qui reçurent des noms appropriés, rue de la Corporation, rue de la Providence, rue de la Persévérance.

Une salle de concert et une poste centrale vinrent ensuite ajouter à la splendeur de la place. Aux extrémités opposées, on bâtit deux hôtels qui semblaient mutuellement s'ignorer, de même que l'élégante église anglicane paroissiale paraissait bouder les chapelles méthodistes trapues et carrées qui ceinturaient la ville comme des sentinelles chargées de veiller sur les valeurs mercantiles qui ont nom économie, industrie et sobriété.

De la voiture, Claire ne remarqua aucun changement visible, mais elle savait que, là aussi, la guerre avait eu des répercussions, autant par les profits qu'en avaient tirés les usines, que par les énormes pertes en vies humaines. En effet, comme tant d'autres villes, Faxby avait envoyé des soldats sous les drapeaux, et ses enfants s'étaient fait massacrer dans les mêmes tranchées, côte à côte, par le même matin brumeux. Pour ne pas trop penser au désespoir qui avait dû envahir ces rues le jour où étaient arrivés les fatals télégrammes, elle entama la conversation avec Edward que cela contraria énormément, car il estimait qu'on ne pouvait pas parler et conduire en même temps.

Upper Heaton, la paisible banlieue où habitaient les Lyall, n'était qu'à une douzaine de kilomètres, avec ses vieux arbres, ses jolies places de l'époque des George, ses maisons entourées de jardins clos. Un univers préservé qui semblait ne pas avoir été atteint par la catastrophe universelle.

– Nous sommes arrivés, déclara Edward.

Avait-elle envie d'entrer ? Avait-il envie de lui ouvrir la porte, de sentir à nouveau sa jeunesse agresser sa tranquillité, de supporter qu'elle le prive de la possession totale de sa mère ? Certainement pas. Il avait cinquante-trois ans quand il avait succombé aux charmes d'une femme de trente-deux ans, au teint frais et à la poitrine opulente, une veuve dans le besoin qui servait de dame de compagnie à un voisin. Il voulait la mère, mais pas la fille. Pendant huit ans, la pension avait résolu la question, puis il y avait eu la guerre. Et maintenant ? Le cœur battant, Claire vit une étrangère en tablier amidonné lui ouvrir la porte, et elle entra dans le salon, où l'attendait une femme qui lui sembla aussi une inconnue.

– Maman.

– Claire.

Elles s'embrassèrent avec des gestes un peu empruntés.

– Tu as bonne mine, maman.

– Ma chérie... enlève tes gants et ton chapeau.

Claire obéit, découvrant ses cheveux brillants, lisses et courts.

– Mon Dieu ! s'exclama Dorothée.

Certes, elle s'y attendait, elle avait lu dans les journaux que telle était la nouvelle mode. Mais ce qui la choqua fut de constater que, loin d'avoir l'air d'un garçon manqué, sa fille semblait plus femme que jamais. Sophistiquée. C'est le seul mot qui lui venait à l'esprit et elle n'osait espérer que ce style recevrait l'approbation d'Edward.

– Voici le thé, dit-elle en reprenant position sur un terrain familier. Tout est prêt. Assieds-toi donc.

En s'installant docilement à sa place, Claire se demanda combien de fois elle avait vu se dérouler cette scène et combien de fois elle y assisterait encore. Sa mère, la théière à la main, examinait d'un air préoccupé la consistance de la confiture. Le temps des restrictions n'étant pas encore terminé, elle étala sur le toast d'Edward sa ration personnelle de beurre et celle de la bonne.

– Maman, comme je suis contente de te revoir.

Les liens qui les unissaient n'avaient pourtant jamais été très étroits. Quand Claire était petite, Dorothée n'avait pu vraiment se consacrer à son rôle de mère en raison des soucis que lui causait son premier mari, un homme mou et dépensier ; puis, devenue veuve, elle avait dû affronter la pauvreté. Ensuite, il y avait eu Edward. Elle n'avait jamais considéré la maternité comme une joie, mais seulement comme une charge. Elle se sentait peu d'affinités avec Claire qui, ayant les yeux noirs de son père, pouvait tout aussi bien en avoir hérité le caractère.

Si elle avait ressemblé à sa mère, peut-être Edward l'aurait-il acceptée plus facilement et aimée davantage. Il se sentait toujours mal à l'aise en voyant côte à côte sa Dorothée blonde et rose, et cette fillette brune au type presque étranger.

– Mais de qui tiens-tu donc, ma petite fille ? demandaient les dames d'Upper Heaton.

Leur air malicieux rappelait à Edward que sa Dorothée avait eu jadis des relations intimes avec un autre homme. C'est pourquoi il commença inconsciemment à exclure Claire de leurs sorties, chaque fois que c'était possible, à lui déconseiller de venir à l'église où il jouait parfois de l'orgue. Il lui arrivait de se dire que la pension avait sauvé de la catastrophe ses nerfs, sa digestion et sa vie conjugale.

Quand elle rentrait à Upper Heaton pour les vacances, Claire se tenait prudemment à l'écart. Edward usait de tous les stratagèmes d'un malade imaginaire pour concentrer sur lui l'attention qu'aurait pu lui ravir l'intruse. Elle n'avait aucun espoir, aucun désir de lui faire plaisir et, malgré l'excellence de ses bulletins de notes et sa bonne éducation naturelle, elle ne lui avait jamais procuré la moindre satisfaction jusqu'au jour où, à la stupéfaction générale, elle avait épousé Jeremy Swanfield.

Les Swanfield avaient toujours eu une grande importance aux yeux d'Edward. D'une part, ils étaient ses plus gros clients, mais c'était aussi une famille qu'il jugeait digne de la plus haute estime. Pourtant, le jour où Miriam invita Claire à venir jouer au tennis, sa première réaction fut de lui interdire d'accepter.

– C'est trop risqué, dit-il à Dorothée. Elle va me faire honte.

Mais, en définitive, il avait jugé plus grand encore le risque de vexer Miriam par un refus. Après avoir réduit Claire aux larmes par ses mises en garde, ses consignes et ses critiques, il la conduisit à Montfleuri, où elle fit la connaissance de Jeremy.

Claire se souvint tout à coup de cet après-midi d'été et du merveilleux frisson qu'elle avait éprouvé quand le séduisant jeune homme qui ne la quittait pas des yeux lui avait murmuré : « Il faut qu'on se revoie. » Pourtant, ce garçon dont la gaieté l'avait conquise et à qui elle serait sans doute restée fidèle s'il avait vécu n'avait toujours pas de visage. Elle ne réussissait à retrouver ni ses traits ni sa voix. Il avait disparu.

– Du thé sans sucre, et pas de gâteaux, ironisa Edward. Ce qui prouve que nous avons souffert, nous aussi. Enfin, peu importe, puisque nous dînons ce soir à Montfleuri.

– Ah bon ?

Avait-elle réagi trop vivement ? Le sourcil froncé de sa mère lui rappelait : « Il ne faut pas contrarier Edward. » En tout cas, si elle avait été un peu trop brusque, il fit semblant de ne pas s'en apercevoir, tant il se délectait à l'idée de dîner à Montfleuri, de fumer un cigare avec Benoît après le repas, et de voir Miriam sourire de toutes ses fossettes.

– Ils veulent te voir, c'est bien naturel, expliqua Dorothée.

Cédant plus facilement qu'elle ne l'aurait voulu à la prière muette de sa mère qui semblait lui dire : « Il n'y a pas dix minutes que tu es ici. Ne fais pas d'histoires, je t'en supplie », elle murmura docilement :

– Oui. Je comprends.

Personne ne parla directement de ses états de service en France, ni de la guerre qui avait mutilé toute une génération, ni de la paix fragile dans laquelle Claire ne voyait aucune garantie pour l'avenir.

– Te rends-tu compte que nous avons failli mourir de faim, en 1918 ? lui rappela-t-on à plusieurs reprises.

Et vous, est-ce que vous vous rendez compte que je suis morte en France, en 1918 ? aurait-elle pu leur rétorquer.

Il y avait en effet des moments où elle le pensait. Un mur s'était dressé entre elle et ces étrangers qui n'avaient pas connu l'horreur.

Elle devina que sa mère avait passé toute la guerre à s'ingénier à satisfaire l'appétit difficile de son mari. Elle allait de magasin en magasin, et attendait patiemment son tour, pour pouvoir acheter du sucre ou quelque autre gâterie. Claire savait que sa mère était prête à parcourir des kilomètres sur des chemins de campagne, à risquer sa réputation et ses chaussures, à subir toutes les humiliations, afin qu'Edward eût des œufs frais et une ration de crème supplémentaire. Sans compter tous les seaux de charbon qu'elle avait charriés pour chauffer son bureau, quand la bonne était partie travailler à l'usine de munitions.

Edward aimait que ce soit Dorothée qui lui prépare ses repas, car elle savait équilibrer parfaitement son régime alimentaire. Pendant le blocus, elle avait accompli des miracles pour contenter son appétit. Il avait besoin de toutes ses forces pour gérer les affaires du tribunal militaire de Faxby qui, depuis le début de la conscription, en 1916, examinait les demandes de ceux qui cherchaient à se faire exempter.

C'était une tâche ardue et impopulaire. Cette fois, on n'expédiait pas les conscrits vers les lointains rivages des colonies de l'Inde ou de l'Afrique, ce qui aurait laissé aux blessés – des soldats de métier – le temps de se remettre pendant le long voyage de retour. Cette guerre-là se déroulait tout près, en France, à quelques heures du sol britannique, et le spectacle des bateaux revenant chargés de soldats atrocement mutilés était difficile à supporter.

– Oui, murmura Claire, incapable d'ajouter autre chose, elle qui avait justement si souvent accompagné ces convois.

De même, elle n'était pas en mesure d'apprécier ce qu'il en avait coûté à Edward de venir la chercher à l'arrivée du train, car elle ignorait que le tribunal avait refusé d'exempter un bagagiste qui avait ensuite perdu ses deux jambes près de Béthune. Le malheureux venait souvent mendier dans la cour de la gare en se propulsant sur une caisse de bois équipée de roulettes. Edward ne pouvait pas poser les yeux sur lui sans frissonner.

Il y avait cependant un point qui ne souffrait aucune discussion. La guerre était finie, c'était une chose certaine, et de même que tous ceux qui n'y avaient rien perdu, Edward estimait qu'il valait mieux n'y plus penser.

– A quoi bon en parler, mon petit ? Que gagnera-t-on à s'appesantir sur ce qui, Dieu merci, est terminé ? Il faut regarder devant soi et non derrière, et je ne saurais te dire à quel point je suis heureux de revoir du beurre. Je n'arrive même pas à imaginer qu'on puisse un jour manger de nouveau du bon foie gras ou un camembert à cœur.

– Je vais t'aider à défaire tes bagages, dit Dorothée.

Elles montèrent ensemble dans la chambre rose que Dorothée avait décorée selon ses goûts personnels, et où Claire s'était toujours sentie une invitée.

– Seigneur... quelle valise !

Dorothée était une femme pratique qui n'avait jamais pu s'offrir le luxe de faire la délicate. Elle se mit aussitôt à genoux pour détacher les sangles de ses grandes mains adroites, parfaitement à l'aise avec Claire, du moment que leurs rapports restaient au niveau du linge, du raccommodage, de l'horaire des trains, ou de l'état de la mer pendant la traversée de la Manche. Elle sépara les affaires de sa fille en trois tas bien distincts, comme lorsque Claire rentrait à la maison pour les vacances, un pour le lavage, un pour le reprisage et le dernier pour une vente de charité. Si elle fut surprise et choquée de voir que Claire s'était débarrassée des camisoles et des jupons de coton amidonnés qui composaient son trousseau, au profit de cette nouvelle lingerie qui avait un air licencieux, elle ne le montra pas, et se contenta de mettre de côté ces vaporeux dessous de soie, de dentelle et de crêpe de Chine, pour que la bonne ne les découvrît pas.

Tout en rangeant, Dorothée évoquait les questions domestiques ou paroissiales qui étaient au centre de sa vie, et parmi lesquelles elle se sentait à l'aise. Qui remettrait les prix à l'exposition florale annuelle d'Upper Heaton ? Qu'allait-il se passer maintenant que les bonnes avaient acquis une déplorable mentalité, qu'elles dépensaient en manteaux de fourrure les salaires fastueux gagnés dans les usines de munitions, et qu'on les voyait... qui l'eût cru... déambuler dans le rayon des chapeaux chez Taylor & Timms ?

– Au moins, conclut-elle, maintenant que la guerre est finie, il n'y a plus de bandages à rouler ni de passe-montagnes à tricoter. Et plus de files d'attente.

– Vous avez dû passer des moments terribles.

Avec un sourire fugitif, Claire s'assit dans un fauteuil et alluma une cigarette. Elle ne fumait pas avec l'élégance nerveuse d'une Nola Swanfield, mais avec un air de tranquille volupté qui, à Faxby, ne se voyait que chez les messieurs.

– Tu fumes, dit Dorothée. J'aimerais mieux que tu t'abstiennes.

Alors, fermant les yeux, Claire inspira une nouvelle bouffée, non par provocation, mais par jeu.

– Je sais, maman. Pas devant Edward.

Dorothée, toujours agenouillée auprès des valises, haussa les épaules. Elle s'indignait facilement et n'était douce qu'avec son mari qu'elle était toujours prête à défendre.

– Tu le trouves agaçant, je le sais. Mais il a horreur de se trouver confronté à... euh... à des choses auxquelles il ne s'attend pas. Et jamais il ne pourrait imaginer que tu puisses fumer une cigarette.

– Alors, comment sais-tu qu'il me désapprouverait ?

– Mais, Claire ! Parce que je le sais.

Combien de fois avait-elle entendu ces mots ? Aujourd'hui, elle était plutôt amusée et se sentait davantage l'envie de comprendre sa mère que de la critiquer. Elle savait que Dorothée laverait elle-même sa lingerie de soie et la ferait sécher en cachette, pour que la bonne n'aille pas tout raconter à la bonne des voisins qui, à son tour, mettrait le quartier au courant de la vie débauchée que menaient les femmes au front. Quelle importance ? Elle avait porté ces parures pour le plaisir de Paul, et n'en avait pas honte. Elle regrettait seulement d'avoir été trop jeune et trop timide pour donner la même joie à Jeremy.

– Entendu, maman. Je ne fumerai pas devant Edward. Et je ne me laisserai pas surprendre à fumer ailleurs.

Elle avait cédé facilement, sans douleur. Mais Dorothée ne pensait jamais avoir remporté une victoire s'il n'y avait pas d'abord eu de combat.

– Ça va peut-être te sembler bête, Claire. Mais, le reste mis à part, c'est la maison d'Edward.

– Je sais, maman.

– Et il a les poumons fragiles.

– Il lui arrive pourtant de fumer le cigare s'il se trouve quelqu'un comme Benoît Swanfield pour lui en offrir.

Si la remarque était vraie, elle n'était pas très charitable et peut-être pas nécessaire. Claire pensait que sa mère allait se récrier, mais, au nom magique de Swanfield, Dorothée s'apaisa et prit un air grave, comme il sied à une dame d'honneur quand elle parle de sa reine.

– Quel homme intelligent. Edward a une très haute opinion de lui. Repose-toi un peu cet après-midi, car il voudra sûrement avoir un entretien avec toi.

– Edward ?

– Mais non, Claire, voyons, M. Benoît Swanfield... Tu ne vas pas te conduire comme une idiote, j'espère ?

– A propos de quoi, maman ?

– A propos de ta situation vis-à-vis des Swanfield.

– Quelle situation ?

Dorothée Lyall se redressa et soupira.

– C'est ça, tu vas te conduire comme une idiote, j'en étais sûre.

Et elle faillit ajouter : « Tu es bien comme ton père. »

– Qu'est-ce qu'Edward veut que je fasse, maman ?
– Mais, bon sang, il n'est pas question d'Edward.
– Avec toi, maman, il est toujours question d'Edward. Dis-moi plutôt ce qu'il veut.
– Et pourquoi devrais-je ne pas tenir compte de lui ? Tu sembles oublier, Claire, que lui et moi...
– Je sais. Nous sommes d'accord. Que veut-il ?
– Seulement ton bien. Et ne me regarde pas avec cet air sceptique, parce que c'est la vérité. Les Swanfield sont des gens importants, les plus importants que nous connaissions, et si Mme Miriam Swanfield est assez bonne pour vouloir t'accueillir à Montfleuri, alors... Dieu sait qu'il y a plus d'une fille à Faxby qui donnerait n'importe quoi pour une chance pareille.
– Non, maman.
– Que veux-tu dire ?
Dès l'instant où son mari lui avait fait part de ses désirs, Dorothée avait deviné la réponse de Claire, Elle avait déjà préparé un petit discours pour communiquer son refus à son mari. Mais jamais elle ne pourrait lui transmettre l'inébranlable fermeté qu'il y avait dans le ton de Claire. C'était de sa part une décision mûrement réfléchie et non une attitude de défi ou de l'entêtement. Pouvait-elle dire à sa fille, cette personne posée et sensée, qu'Edward s'était réjoui quand Benoît Swanfield l'avait informé des intentions de sa famille au sujet de Claire ? Elle aurait son appartement, sa femme de chambre et un revenu mensuel. Elle bénéficierait du crédit des Swanfield dans les meilleurs magasins de la ville et disposerait de l'automobile. Enfin, privilège suprême, elle pourrait recevoir librement la visite de ses parents et de ses amis à Montfleuri. Ce serait, pour Edward, un regain de jeunesse. Comment le lui dire ? En devinant avec quelle facilité sa fille avait deviné, Dorothée rougit.
– Je regrette, maman.

– Claire... tu sembles oublier qu'Edward et moi... nous sommes heureux ensemble. Tu n'as jamais tenu compte de ce que... tu ne veux pas reconnaître que...

Elle n'arrivait pas à terminer sa phrase. Alors, sachant ce que sa mère voulait dire, Claire vint à son secours.

– Que tu l'aimes bien ?

– Evidemment.

Soulagée de ne plus avoir à se demander pourquoi elle ne pouvait pas dire tout simplement : « Je l'aime », Dorothée rit et regarda sa montre. Elle avait perdu la première bataille, mais elle avait confiance en sa propre obstination et comptait bien revenir à la charge une autre fois.

– Ciel, il est temps que j'aille me préparer. Sois prête à l'heure, Claire, je t'en prie. Nous allons chez les Swanfield et tu sais comme Edward s'énerve facilement.

– Oui, maman.

Les joues de Dorothée reprirent leur teinte rosée.

– Bon... on a bien bavardé. Hein... Claire ?

– Oui, maman.

– As-tu une robe du soir ? Enfin une robe convenable. Du style...

– Du style qui plaît à Edward ? Oui, j'en ai une.

– Bien. Sois en bas à 18 h 30, au cas où la voiture ne voudrait pas démarrer et qu'il faille appeler le garagiste. Repose-toi un peu, pour le moment, ma chérie. Nous rentrerons tard.

Elle ferma la porte sans bruit, afin de ne pas déranger Edward qui faisait la sieste dans son bureau, à l'étage au-dessous. Claire s'allongea sur son lit et, dans la paix et le silence qui l'entouraient, elle ferma les yeux et reconstruisit l'image de Paul qui finit par envahir la pièce et chasser celle d'Edward.

3

Miriam Swanfield accueillit sa belle-fille retrouvée avec une émotion qu'elle jugeait indispensable à la situation. Elle y prenait visiblement un tel plaisir que Claire ne put y résister.

– Ma chère enfant, il me semble que c'était hier.

– Oui... oui, c'est vrai.

En réalité, elle se rendit compte que le souvenir qu'elle avait gardé de Miriam était inexact. En quatre ans, l'imposante douairière s'était rétrécie à la taille d'une petite dame un tantinet trop lourde pour ses pieds minuscules. Claire n'avait pas l'impression que « c'était hier », mais, au contraire, qu'un siècle entier s'était écoulé depuis qu'elle était entrée pour la première fois dans le salon. Elle laissa pourtant Miriam la prendre par le bras, et la présenter fièrement aux Swanfield réunis.

– Vous vous souvenez d'Eunice ?

Vaguement. Ah oui, cette femme gentille mais un peu brusque qui avait fondu en larmes à son mariage. Elle n'avait pas vieilli d'un jour, elle s'était seulement transformée en une petite fille fatiguée et craintive.

– Oui... bien sûr.

– Et voici Toby, dit Eunice en poussant son mari en avant de peur qu'on ne l'oublie, et pour lui assurer la part d'attention qui lui revenait.

Claire se trouva face à un homme souriant et distingué qui lui fit tout de suite penser à un lévrier racé mais fragile.

– Quel plaisir de vous revoir.

– Et Nola ?

Elle tendit la main à une femme qui ne lui offrit en retour que le bout de ses doigts en la considérant de ses yeux mi-clos.

– Est-ce que nous nous connaissons ?

– Je crois, dit Claire.

Elles n'étaient dupes ni l'une ni l'autre. Mais à l'époque Claire était une enfant et elle n'intéressait pas Nola pour qui une femme était soit une rivale soit une alliée. Aujourd'hui elle n'était plus une enfant. La main de Nola retomba sur sa hanche.

– Eh bien... je pense qu'on se reverra.

– Venez vous asseoir à côté de moi en attendant Benoît, dit Miriam qui n'avait pas lâché le bras de Claire. Ici, mon petit, sur le canapé. Ma parole, comme vous êtes élégante !

A la vérité, la robe rouge foncé de Claire, avec son allure de tunique orientale et sa ceinture à franges nouée sur les hanches, n'était pas plus à son goût qu'à celui de Dorothée et d'Edward Lyall. Elle était trop simple, trop sévère et, malgré tout, trop suggestive. Elle révélait une silhouette longue et souple, une idée de la féminité qui leur était étrangère et, par conséquent, suspecte.

Comme elle avait renoncé depuis longtemps à l'idée d'avoir une fille avec des boucles et une robe d'organdi, Dorothée ne fit aucune remarque en voyant Claire descendre de sa chambre. Elle avait dit à Edward que les Swanfield devaient être habitués à ce nouveau style, puisque Nola avait des goûts excentriques.

En réalité, on remarquait dans la façon dont le corps mince de Claire se mouvait sous la légère tunique, style Ballets russes, une grâce et une souplesse qui manquaient à Nola. Il y avait chez elle une distance dépourvue de froideur – contrairement à Benoît –, faite de nuances subtiles, d'un mélange de mélancolie et d'humour, de douceur et de fermeté qui conféraient à son visage lisse un grand pouvoir de fascination.

Miriam fut séduite par les mains de Claire, avec leurs ongles pointus et brillants. Elle aimait ses longues boucles d'oreilles de jais qui accentuaient la courbe de son cou et l'ovale de son visage. Elle aimait jusqu'à ses épais cheveux noirs dont la coupe géométrique était déconcertante et piquante à la fois.

Ce n'était pas la petite pensionnaire dont elle avait gardé le souvenir, ni la fille docile et accommodante qu'elle avait espérée pour lui tenir compagnie. Une fois de plus, le destin s'était montré généreux avec Miriam ; comprenant mieux qu'elle-même ce qu'il lui fallait, il lui avait envoyé un être attirant et agréable, qui lui conviendrait beaucoup plus qu'une fille soumise et reconnaissante. Ce ne fut qu'après avoir installé Claire près d'elle et songé à la chance qui venait de lui échoir, que Miriam se souvint de Jeremy. Aussitôt, ses yeux s'emplirent de larmes et, s'approchant plus près de Claire que celle-ci ne le souhaitait, elle murmura :

– J'ai conservé sa chambre telle qu'il l'a quittée. Après le dîner, je vous y emmènerai.

– Oh ! Oh !... merci.

Sur le coup, Claire ne comprit pas tout de suite de quoi il était question.

Sans avoir jamais vu la chambre de Jeremy, elle s'efforça d'imaginer le petit garçon, puis le jeune homme qui l'avait occupée, mais ce fut Paul qui lui apparut. Son visage se crispa et elle ne put que laisser croire à Miriam que son fils en était la cause. Elle était sûre que Paul n'en aurait pas pris ombrage. Et Jeremy ? Elle ne l'avait pas assez connu pour préjuger de sa réaction.

– Ma chère petite... ne nous torturons pas ainsi.

Le chagrin de Miriam se communiqua à Eunice qui avait le cœur tendre et la larme facile.

– Pauvre Jeremy. C'est terrible, murmura-t-elle en tendant la main vers son mari, non seulement pour saisir le mouchoir qu'il lui tendit, mais pour s'assurer qu'il était toujours là, sain et sauf.

Elle n'eut pas le temps de prolonger ce geste de tendresse, car la porte s'ouvrit et son frère entra.

– Bonsoir, dit Benoît, sans s'adresser à personne en particulier.

– Oh ! Benoît... balbutia Eunice, comme si elle était prise en faute.

– Benoît... cher ami ! s'exclama Edward sur un ton emphatique pour bien montrer qu'il avait l'extraordinaire privilège de pouvoir l'appeler par son prénom.

– Oh ! monsieur Swanfield, marmonna Dorothée qui lui serra la main en rougissant, tellement troublée par son désir de faire bonne impression qu'elle ne comprit pas les banalités qu'il lui adressait et répondit à côté.

Ne trouvant rien à dire, Toby Hartwell toussa avec un sourire crispé.

– Benoît, viens ici, mon cher petit, et avoue que tu n'as pas reconnu Claire, reprit Miriam.

Il s'approcha de Claire et lui serra la main en déclarant qu'en effet elle avait changé. Ce n'était pas le compliment que lui suggérait Miriam, car il semblait signifier simplement qu'elle avait grandi. Y avait-il là de quoi s'étonner ? Tout en lui souriant amicalement, comme c'était son habitude, Claire songea qu'il eût été le seul à pouvoir empêcher son mariage avec Jeremy, et qu'il ne l'avait pas fait.

Le jour où il l'avait appelée pour l'informer de sa décision, elle était arrivée à Montfleuri, terrorisée, les jambes tremblantes et l'estomac noué.

– Mon frère est persuadé qu'il ne peut vivre sans vous, lui avait-il dit. En temps normal, je penserais que vous êtes tous deux trop jeunes, et que Jeremy est trop étourdi pour prendre une décision aussi importante. Mais, dans les circonstances présentes, il est impossible de décréter qu'un homme qui va bientôt conduire les soldats au feu n'est pas mûr pour se marier. Je sais bien qu'il n'a aucune expérience, ni dans un domaine ni dans l'autre. La seule chose dont je puisse vous assurer, c'est que, quoi qu'il arrive, vous ne manquerez pas d'argent.

Vous ne manquerez pas d'argent. Comme Jeremy avait ri.

– Sacré Benoît, avait-il remarqué. C'est la réponse qu'il donne à tout. L'argent... c'est la seule chose qu'il connaisse. Tu sais, Claire, je vais te faire un enfant avant de partir... au cas où. Un brave petit bonhomme qui me ressemblera, et maman veillera à ce que Benoît ne te refuse rien.

Il n'y eut pas d'enfant.

– Mon voyage s'est très bien passé, dit Claire en réponse à la question de Benoît. Quel plaisir de retrouver des trains qui sont à l'heure... ou presque.

– C'est vrai. A propos, Miriam, il me semble que le dîner est un peu en retard, ce soir. Je me trompe ?

– Polly, répondit Miriam, donnant le nom de sa plus jeune fille en guise d'explication.

– Evidemment, répliqua Benoît sans surprise.

– Elle doit se coiffer et changer de robe, poursuivit Miriam, visiblement ravie du mécontentement de son beau-fils. Tu connais les jeunes filles.

– Oui. Elles ne sont jamais à l'heure. Malheureusement, j'ai un train à prendre dans la soirée. Vous l'aviez oublié ?

Claire remarqua alors l'air consterné d'Eunice et la lueur de satisfaction maligne qui brillait dans les yeux de Nola. Elles ignoraient toutes deux que Benoît devait partir, c'était évident. Pour des raisons sans doute totalement différentes, sa femme et sa sœur avaient besoin de savoir combien de temps il serait absent.

– Eh bien, je vais envoyer la bonne lui demander de se dépêcher, proposa Miriam qui, elle, était au courant de tout et se moquait bien de l'horaire des trains comme des retards de sa fille. Mais si elle s'énerve, elle risque d'être encore plus longue. Tu ne crois pas ? Que dois-je faire ?

Une fois de plus, il allait lui dire : « Comme vous voudrez », quand un bruissement d'étoffe, accompagné d'une bouffée de parfum et d'un rire étouffé, l'en empêcha.

Toutes les têtes se tournèrent vers la jeune fille qui venait d'entrer.

– Je suis en retard ? Ô mon Dieu... oui, je suis en retard.

Elle esquissa une révérence et s'avança en exécutant quelques pas de danse. Sa robe bleu saphir pailletée d'argent voletait autour de ses jambes qu'on devinait longues et fines. Un nuage de cheveux blonds encadrait un visage aux yeux bleus et au sourire radieux qui laissait voir des dents parfaites. Elle semblait informer la société réunie qu'elle était extrêmement satisfaite de sa personne et que, si on voulait la rendre encore plus heureuse, il suffisait de continuer à la regarder.

– Vous m'attendiez ?

– Ça valait la peine d'attendre, dit Toby Hartwell, un gentil garçon qui aimait beaucoup les enfants.

– Quelle ravissante jeune fille vous êtes, mademoiselle Polly, dit Edward.

Elle fit une nouvelle révérence puis, d'une démarche dansante, elle vint se planter devant Benoît, dans l'espoir qu'il la vît avec les mêmes yeux que Toby, Edward et tous les hommes de Faxby, c'est-à-dire comme une femme.

– Je pense que nous pouvons passer à table, maintenant, dit Benoît.

Nola éclata de rire.

La salle à manger de Montfleuri était une grande pièce au décor surchargé, carrée et haute de plafond. Les meubles d'acajou massif correspondaient aux goûts de somptuosité d'Aaron, plutôt qu'à ceux de Miriam. L'argenterie ouvragée, les tentures sombres, l'opulence qui s'y déployait, tout semblait conçu pour défier l'éternité. Accroché au-dessus de la cheminée de marbre blanc, le portrait d'Aaron Swanfield souriait à celui de sa femme, qui lui faisait face.

L'artiste avait donné à Miriam une pâleur argentée, d'immenses yeux bleu myosotis et une beauté irréelle, un peu impersonnelle. Enchantée de la précision qu'il avait apportée aux détails de sa toilette et de ses bijoux, elle lui avait commandé les portraits d'Eunice, de Jeremy et de Polly. Leur physionomie était empreinte du charme et de la vivacité qui étaient, pour Miriam, les qualités primordiales.

Mais Jeremy était mort, Eunice était malheureuse, et Polly ? Assise entre Edward et Nola, encadrée par la solennité de l'un et le silence boudeur de l'autre, elle était éteinte et voûtée. Claire, qui sentait combien elle était dépitée à cause de la froideur de Benoît, et blessée par le rire méchant de Nola, lui adressa un clin d'œil, au moment où Edward lançait une réflexion particulièrement pudibonde. Si quelqu'un devait être son amie dans cette maison, ce serait Polly. Quatre années seulement les séparaient, mais Claire avait vécu l'expérience de la guerre et elle n'arrivait pas à considérer Polly autrement que comme une enfant. Soudain, au beau milieu de la conversation, la file des aveugles trébuchants fit irruption dans sa mémoire. Elle frissonna.

– Claire, ma chère Claire, dit Miriam. Vous ne mangez pas. Oh ! je sais pourquoi. Mais ça ne sert à rien... à rien du tout. Il n'aimerait pas vous voir vous tourmenter ainsi, soyez-en sûre. Vous devez être fière de votre fille, ajouta-t-elle à l'adresse de Dorothée.

– Oh oui... répliqua celle-ci prise de court, oui... oui, bien sûr. Nous sommes... elle a été très courageuse.

– Quelle époque effroyable, dit Edward. Mieux vaut oublier.

– J'adore votre coiffure, remarqua Polly.

– Je pense que vous savez que j'ai été affecté à la direction d'une usine de munitions, expliqua Toby d'un air contrit. Dommage d'avoir manqué les grandes choses. Mais c'était aussi un travail indispensable.

– Oh oui... tout à fait, approuva Claire.

– Et dangereux, intervint Eunice, terriblement dangereux. Il y a eu des explosions qui ont causé des victimes, dans ces usines, sans parler des produits chimiques qui rendaient les gens tout jaunes...

– C'est possible, interrompit Benoît qui semblait pourtant ne pas écouter. Mais cela a au moins eu le mérite d'épargner le chômage à certains, ce qui ne va pas durer.

Il y eut un grand silence.

A Montfleuri, on continuait à laisser les messieurs fumer dans la salle à manger, après le repas. Claire suivit Miriam au salon, pour prendre le café, en pensant que l'heure de l'épreuve suprême était arrivée. « Asseyez-vous près de moi », lui dirait-elle, en lui montrant les albums remplis de photos de Jeremy à tous les stades de sa vie, Jeremy bébé, Jeremy sur son premier poney, Jeremy dans sa première et dernière voiture, Jeremy étudiant, Jeremy officier, le preux chevalier, le fils bien-aimé. Ensuite, il faudrait accomplir le pèlerinage à sa chambre, où tout était resté tel qu'il l'avait laissé avant d'aller se faire tuer.

– Claire. (La main de Polly effleura son bras.) Venez voir mes robes.

Un sursis ?

– Claire ? dit Dorothée, jetant un regard anxieux vers Miriam, pour quêter son approbation.

Mais Eunice avait accaparé sa mère à qui elle parlait à voix basse.

– Il ne nous a pas prévenus qu'il partait ce soir. Il n'a rien dit à Toby.

Suivirent des chuchotements véhéments qui détournèrent l'attention de Miriam assez longtemps pour que Claire pût prendre la fuite.

La chambre de Polly était exactement ce que Dorothée aurait aimé pour Claire et sans doute pour elle-même. Elle foisonnait de boutons de roses, de dentelles blanches, de coussins de satin en forme de cœur qui créaient une atmosphère d'innocence un peu fade. C'était un cadre propice aux émois romantiques.

Polly laissa à peine le temps à Claire de s'asseoir sur un pouf et lui offrit une cigarette.

– Vous fumez, je pense ?

Claire sourit en se disant que Polly aurait été déçue si elle lui avait répondu par la négative.

– J'en étais sûre. C'est tellement révélateur du caractère des gens. Vous ne trouvez pas ?

– Votre mère est-elle au courant ?

– Oh ! elle le sait, bien sûr, répondit Polly. Elle vient toujours fouiller dans ma chambre, dès que j'ai le dos tourné. Mais, du moment qu'elle ne me voit pas, elle ne se manifeste pas. C'est la règle du jeu. Quelle bêtise !

Elle fumait avec la nonchalance affectée d'une novice, tout en se regardant dans la glace du coin de l'œil. Puis, éparpillant la cendre un peu partout, elle ouvrit son armoire en grand et en sortit toutes ses toilettes, l'une après l'autre. C'était un véritable arc-en-ciel de voiles et de satins pastel, de tissus brochés d'or et d'argent, d'étoffes perlées et de mousselines de soie. Ses robes n'étaient pas aussi moulantes que celles de Nola ou de Claire, mais assez tout de même pour inquiéter Miriam qui craignait que sa fille ne se mît à copier les « garçonnes », ces filles à la poitrine et aux hanches plates qui étaient alors à la mode.

– Je les ai confectionnées moi-même, annonça Polly. Je n'ai d'ailleurs rien fait d'autre, depuis que j'ai quitté l'école. Ça et attendre la fin de la guerre. Quel ennui !

– Au moins, vous vous êtes occupée en attendant.

Polly se regarda dans le miroir, trop accaparée par sa propre image pour remarquer l'air un peu ironique de Claire qui, pendant ces deux années, avait vu plus de linceuls que de robes du soir.

– Que pouvais-je faire d'autre? demanda Polly soudain maussade. Benoît voulait que je continue mes études, mais les profs eux-mêmes lui ont dit que c'était inutile. Alors, j'ai sorti ma machine à coudre, et j'ai entrepris de fabriquer toutes ces robes, de façon à avoir quelque chose à me mettre le moment venu. On ne trouvait plus rien dans les magasins et, de toute manière, il n'y avait pas beaucoup d'occasions de sortir non plus. C'était d'une tristesse inimaginable. Mais tout finira par rentrer dans l'ordre, les gens vont recommencer à recevoir... et moi, je suis prête. Elle vous plaît ? (Elle tenait devant elle une robe de satin émeraude, ornée de perles de cristal et de paillettes dorées, excitée comme une enfant à un goûter d'anniversaire.) Dites-moi, qu'en pensez-vous ?

– Superbe. Mais où avez-vous trouvé le tissu ?

Cette question ravit Polly.

– J'étais sûre que vous me le demanderiez. Il n'y a plus rien de pareil dans les boutiques depuis le début de cette affreuse guerre. Plus rien que des serges, des tweeds et des tissus bon marché. J'ai déniché tout ça au grenier.

Elle se tut, esquissa une de ses petites révérences, décidée à s'applaudir de sa propre ingéniosité si Claire tardait trop à le faire.

– Oui. Au grenier. Il y a toutes les vieilles robes du soir de ma mère, entassées là par dizaines. Ce sont des modèles de l'époque de la reine Victoria, bien entendu, mais les tissus sont merveilleux. Maman m'a dit de choisir tout ce que je voulais, du moment que je ne touchais pas à sa robe de mariée. Alors, j'ai tout pris... tout. Des mètres et des mètres de tulle, de mousseline et de satin. Regardez ce tissu orange et noir, comme c'est coquin. Quand ma chère maman a-t-elle pu porter cela ? Dans une seule de ses robes, je m'en suis taillé plusieurs. Je me demande pourquoi les filles sont tellement plus minces aujourd'hui.

– Parce qu'elles font du tennis, à l'école peut-être. Ou de la bicyclette.

Polly prit un air dubitatif. Elle aurait préféré une explication plus tragique.

– Oh ! moi, je n'y ai jamais fait grand-chose, à part l'école buissonnière. Pourtant, on ne peut pas dire que je sois trop grosse, n'est-ce pas ?

Claire secoua la tête.

– C'est ce que je pensais. J'ai une amie qui prétend que c'est d'avoir été privée de crème et de sucre pendant quatre ans, et de s'être démenées pour vendre des drapeaux au profit des veuves de guerre et des réfugiés belges. C'est logique, d'ailleurs, quand on pense que nos mères restaient assises toute la journée à boire du thé et à s'empiffrer de gâteau au chocolat. Dites, vous ne trouvez pas que j'ai trop de poitrine ? Ah ! tant mieux. Il m'arrive d'avoir des doutes.

Elle recommença de s'admirer dans la glace, quand elle surprit, derrière elle, l'image de Claire, plus petite, plus menue, mais fine et attirante. Elle a de la classe, songea-t-elle. Du chic. Et, surtout, elle n'est pas sous la coupe d'une famille qui vous force à rester une petite fille insipide, bien à l'abri des ennuis, alors qu'on rêve depuis longtemps d'être une créature troublante, audacieuse, élégante, et de faire son expérience de la vie.

– Quelle chance vous avez, murmura-t-elle.

– Vous croyez ?

– Oui... vous avez juste l'âge qu'il faut. Vous êtes trop âgée pour qu'on vous traite de fofolle, mais assez jeune pour porter des jupes courtes, des chapeaux cloches et des boas. Vous n'avez pas idée comme j'ai envie d'un boa. Mais Benoît ne veut pas en entendre parler, vous pensez bien. Il dit que ça me donne mauvais genre, ce qui est vraiment un comble, puisque Nola en porte. De plus, vous avez été mariée, Claire ; par conséquent, vous êtes libre d'agir à votre guise. Par exemple, fumer, boire et sortir la nuit. Ce n'est pas comme moi, on ne cesse de me répéter que je dois être prudente, tant que je n'aurai pas trouvé un homme.

– Je pense que ce ne sera pas long, Polly.

– Pour trouver un homme ? (Elle s'illumina ; c'était le plus grand compliment que Claire pouvait lui décerner.) Oh oui, des masses, j'espère. Mes débuts ont été lents, à cause de la guerre. Tous les garçons intéressants sont partis et j'étais trop jeune pour les accompagner. Je suis donc restée avec des blancs-becs, ou bien des tarés ou de vieilles badernes... et ce brave Toby qui essaie de faire croire qu'il aurait été pilote de chasse si Eunice ne l'en avait empêché. Pauvre Eunice. Tout le monde l'appelle comme ça. Je me demande pourquoi.

– Je ne sais pas. Elle a l'air... gentille.

– Oh ça, oui, soupira Polly en se laissant tomber à genoux à côté de Claire, sa jupe bouffant autour de ses jambes gainées de soie, laissant entrevoir une jarretière de dentelle brodée de roses.

Elle s'était tellement ennuyée pendant le dîner qu'elle avait bu plus que de raison. Avec un authentique maître d'hôtel, cela ne se serait jamais produit, mais Atkins était trop occupée avec les carafes, les bouteilles et les seaux à glace pour faire attention aux verres qu'elle remplissait.

– Eunice est bien intentionnée, dit Polly, répétant les paroles de sa mère. Mais il n'y a rien à tirer de

Toby. Il est adorable, intelligent, et sans doute serait-il devenu pilote de chasse sans Eunice. Mais, en dehors du cricket, de l'aviron et des voitures rapides, il n'est absolument bon à rien. Pauvre Toby. Je l'aime bien. Je me demande pourquoi.

– Parce qu'il a l'air triste, peut-être. Ça plaît beaucoup aux femmes.

Polly réfléchit, la tête inclinée sur le côté. Elle croisa les jambes, s'étira, ronronnant presque de bonheur à l'idée d'un avenir tout rose, et ravie que Claire l'eût considérée comme une femme.

– Oh... certainement, mais imaginez ce que c'est d'être mariée avec quelqu'un qui ne réussit jamais rien... J'aurais horreur de ça. Moi, je voudrais un homme fort et sûr, qui m'emporterait avec lui... et qui n'accepterait jamais un refus.

– Comme votre frère Benoît, peut-être.

Le saisissement de Polly, qui songeait à un cheik du désert ou à un flibustier avec un anneau d'or à l'oreille, était comique.

– *Benoît !*

Claire comprit que jamais Polly n'avait considéré Benoît comme un homme capable d'avoir des désirs ou des émotions, mais comme le symbole de l'autorité, l'obstacle à tout ce qu'elle avait eu envie de faire depuis la mort de son père.

– Mon Dieu, non, pas Benoît. Comment pouvez-vous avoir une telle idée ?

– Parce que c'est un despote, assurément. Et c'est justement le genre d'homme que vous prétendez chercher.

– Vous ne le connaissez pas.

– Très peu. C'est vrai.

– Alors, méfiez-vous. On dit qu'il ressemble à mon père, mais c'est complètement faux. Papa était autoritaire, bien sûr, et personne n'osait le contredire. Mais je ne l'ai jamais craint. Avec lui, je me sentais toujours en sécurité, car lorsqu'il assurait que tout irait bien, on pouvait avoir confiance. Il aimait me voir heureuse. Il adorait m'offrir des cadeaux. La seule chose qui intéresse Benoît, c'est de savoir combien de temps j'ai travaillé mon piano et combien de verbes français j'ai appris. Il a très peur que j'aille seule en ville, et surtout que je fréquente des endroits comme l'*Hôtel de la Couronne*, où il y a du monde et de la musique. Et pas parce qu'il a de l'affection pour moi, ne croyez pas ça. Il ne veut pas de complications, c'est tout. Benoît n'aime personne, et si Nola n'était pas une telle garce, je la plaindrais.

– Croyez-vous qu'elle se trouve à plaindre ?

Polly haussa les épaules avec une brusquerie enfantine.

– Je ne sais pas. Personne ne le sait. Mais ce qui est sûr, c'est qu'elle ne lui tient jamais tête... pas vraiment. Oh ! je ne la critique pas, puisque je n'ose pas, moi non plus. Ni Jeremy. Maman elle-même prend des précautions avec lui. Il ne vous écoute pas. Il se contente de dire « Faites ceci, faites cela », et il s'en va.

Au souvenir de ce père rassurant qui, soudain, lui manquait tant, elle se sentit le cœur gros.

– Sincèrement, Claire, j'ai passé des moments épouvantables. Quand Jeremy a été tué, je ne pensais pas que ça pouvait être pire. Mais, ensuite, j'ai dû rester ici, jour après jour, à m'ennuyer et à attendre qu'il se passe quelque chose, que la vie démarre, en pensant que, lorsque ce moment viendrait, je serais vieille. Je ne sais comment vous le dire sans vous paraître cruelle, car je ne le suis pas, mais il m'est arrivé d'envier les filles comme vous, qui ont perdu leur fiancé ou leur mari à la guerre. C'est affreux, bien entendu. Mais elles, au moins, elles ont vécu, elles *ont* quelque chose... vous comprenez ?

– Je comprends.

Mais Polly retrouva très vite son entrain. Son seul désir était de rattraper le temps perdu et de profiter de sa jeunesse. Elle avait envie de papillonner, de danser, de sortir avec des garçons puis, quand elle se serait bien amusée, de se marier, d'avoir des enfants, de rester toute la matinée au lit, comme Nola, et de donner des ordres à ses domestiques, comme sa mère. Mais, en l'emprisonnant à Montfleuri, la guerre l'avait reléguée trop longtemps dans l'enfance et, frustrée dans ses instincts naturels, elle commençait à éprouver de curieuses sensations en présence de vieux pasteurs ou d'instituteurs en retraite. Elle recherchait même l'attention de son beau-frère Toby et du médecin asthmatique et grincheux qui soignait Miriam.

– Enfin, c'est fini. Si seulement on n'en parlait plus... Vous ne trouvez pas que c'est morbide cette manie de comptabiliser le nombre des victimes et d'en déduire que trois ou quatre femmes sur dix, au moins, resteront célibataires, parce qu'il n'y a plus assez d'hommes ?

– C'est malheureusement vrai, Polly.

– Oh oui. C'est ce que dit Nola. Elle pense qu'on va vers une société dominée par les femmes. Tout ça parce qu'elle a été suffragette.

– Nola ? Vraiment ?

Depuis qu'elle était avec Polly, c'était la première fois que Claire souhaitait véritablement obtenir une réponse à une question.

– Enfin, pas vraiment. Elle a dû y toucher un peu, comme pour le reste. Une année, c'est la sculpture, une autre la botanique et l'autre, le vote des femmes. Elle n'a jamais pris part à des manifestations, car Benoît ne l'aurait pas permis. Elle se contente d'en parler pour faire enrager maman. Tout ça ne va pas bien loin.

– Les femmes ont pourtant le droit de vote depuis l'an dernier.

– Oui, mais seulement les femmes de plus de trente ans. Et qui voudra avouer son âge, je vous le demande. Pour pouvoir voter, il faudra s'inscrire, et tout le monde sera au courant. Combien de femmes l'accepteront ? Benoît dit que le gouvernement compte là-dessus, et c'est pour ça qu'il a imposé cette limite d'âge.

– C'est bien possible. Moi, en tout cas, je n'ai pas une aussi piètre idée des femmes.

Ce n'était pas la réponse qu'attendait Polly. Elle se méprit sur son véritable sens et ce fut avec une certaine agressivité qu'elle poursuivit :

– Maman prétend qu'une femme intelligente peut obtenir ce qu'elle veut, sans voter et sans constituer un comité. Pour une fois, je suis d'accord avec elle. Vous n'avez jamais été suffragette, vous, Claire ?

– Non, j'étais trop jeune à l'époque. Et puis, ma mère ne m'aurait pas laissée manifester, elle non plus.

En avait-elle jamais eu envie ? En théorie, oui. Mais elle tenait avant tout à être admirée et courtisée par Jeremy, aimée de Paul et lui être indispensable. Son plus grand désir n'avait-il pas été de porter l'enfant de Paul ? En somme, ses aspirations n'étaient pas différentes de celles de Polly. Elle n'avait donc pas le droit de lui en vouloir, sous prétexte que les hommes qui l'avaient aimée étaient morts et qu'on lui avait volé sa jeunesse, alors que Polly avait encore tous les espoirs permis. Pourtant, elle éprouvait à son égard de l'agacement et de l'hostilité. Sentant que ce face-à-face n'avait que trop duré, elle se leva.

– Nous devrions peut-être descendre, dit-elle.

– Oh, zut... vous avez raison. Mais il faudra qu'on se voie souvent, Claire. Si jamais Benoît acceptait de vous laisser la voiture – sans le chauffeur, bien sûr –, nous pourrions nous promener sans qu'on nous pose de questions. Si on allait faire un tour à Leeds pour voir les boutiques ? Que diriez-vous de mardi ?

Claire répondit hypocritement que mardi ou n'importe quel jour de la semaine lui convenait. Puis elles descendirent. Dans le hall, elles rencontrèrent les messieurs qui sortaient de la salle à manger.

– Oh !... salut Claire, dit Toby, soulagé d'échapper à la compagnie réfrigérante de Benoît.

Bien qu'il n'y eût aucun ton de libertinage dans sa voix, il sursauta en voyant la silhouette de sa femme sortir de l'ombre.

– Bon sang, Eunice... quelle peur tu m'as faite !

Mais ce n'était pas son mari que cherchait Eunice.

– Benoît !

– Oui ?

– Pourrais-je te dire un mot ?

– Tout de suite ?

– Oui. Tout de suite. S'il te plaît.

Pour avoir eu elle-même à quémander un congé à ses chefs, afin d'aller retrouver Paul pour quelques heures – les dernières, peut-être –, Claire comprit qu'Eunice devait parler à son frère tout de suite, avant que s'évanouisse le courage qu'elle avait eu tant de mal à rassembler.

Benoît consulta sa montre. Son visage était dépourvu de toute expression.

– Je crains que ce ne soit pas le bon moment.

Il n'y avait ni menace ni impatience dans sa voix, mais Eunice se troubla.

– C'est que j'ai quelque chose à te demander... enfin, quelque chose à te dire, depuis plusieurs jours.

– Je le sais, Eunice.

– Et comme tu pars pour Londres ce soir...

– Précisément. Je n'ai donc que trois quarts d'heure devant moi, et beaucoup à faire. Pourriez-vous me consacrer un moment, Claire ? Passons dans mon bureau, si vous voulez. Je ne vous retiendrai pas longtemps.

Surprise, Claire s'immobilisa sur la dernière marche. Pourquoi moi ? se demandait-elle.

– Mais bien sûr, dit Edward, répondant à sa place. Je pense que vous souhaitez aussi ma présence ?

– Si c'est nécessaire, je vous appellerai.

N'avait-il pas vu, ou avait-il fait semblant de ne pas voir, le geste désolé qu'avait adressé Eunice à son mari, et le sourire qui semblait dire « tant pis ! » par lequel il lui avait répondu ? N'avait-il pas remarqué l'obséquiosité avec laquelle Edward, un homme qui se froissait facilement, s'était éclipsé, comme un garçon de course qu'on congédie d'un claquement de doigts ? Ne comprenait-il pas que tous ces gens avec qui il jouait au chat et à la souris ne le lui pardonneraient jamais ?

Il l'introduisit dans son bureau et lui désigna un fauteuil. Cette pièce, où régnait un ordre parfait, était aussi impersonnelle que l'homme qui l'occupait. Il s'assit derrière un bureau d'acajou, recouvert de cuir rouge à liséré d'or. Il regarda de nouveau sa montre, calculant le nombre de minutes dont il disposait, afin d'en tirer le meilleur parti.

– Bien, Claire. Nous avons certaines questions à régler, je crois.

– Vous voulez parler de mes projets d'avenir, je suppose ? demanda Claire qui souhaitait en finir au plus vite.

– Ah !... Vous avez donc des projets ?

– Pas vraiment. Pas encore, du moins.

Ce n'était pas une réponse propre à satisfaire un homme pressé. Pourtant, il ne parut pas surpris, étant sans doute habitué à en recevoir de semblables de la part de Miriam, Polly ou Eunice. Claire, qui n'avait pas l'intention de se laisser enrôler dans le troupeau domestique des femmes – et des hommes – qui venaient quémander argent, faveurs ou attention, sentit la mauvaise humeur la gagner.

– Je ne sais pas encore ce que je vais faire, monsieur Swanfield. Je suis venue à Faxby pour voir ma mère. Pour la suite, je n'ai rien de sûr.

Malgré la pénombre qui régnait dans la pièce, elle crut le voir sourire avec un peu d'ironie. En somme, il la considérait de la même façon qu'elle avait regardé Polly fumer, une demi-heure plus tôt. Cette condescendance l'irrita. Elle n'était pas une enfant, loin de là, et elle eut brusquement envie qu'il le sache.

– Dans ce cas, dit-il, comme s'il s'agissait d'une simple formalité, puisque vous n'avez encore rien prévu et que mon temps est limité, puis-je en conclure que vous viendrez vivre à Montfleuri, afin que je puisse, de mon côté, prendre *mes* dispositions en conséquence ? Je sais qu'on vous en a déjà parlé. C'est une solution qui me semble parfaitement satisfaisante, je dirais même évidente.

– Je ne voudrais pas vous paraître ingrate, monsieur Swanfield, et je ne voudrais surtout pas offenser la mère de Jeremy, mais cette solution ne me semble pas du tout évidente.

– Vous envisagez donc de vivre chez votre mère, à Upper Heaton ?

– Oh non ! Mon beau-père n'apprécierait pas de me voir rester trop longtemps à Upper Heaton. Ni moi non plus d'ailleurs.

– Je comprends. (Il semblait au courant des tensions domestiques à Upper Heaton.) Alors, où envisagez-vous d'aller ? Je sais, vous m'avez dit que vous n'aviez encore rien décidé. Puis-je donc vous proposer, en attendant, d'accepter l'invitation de Miriam ? Elle semble vivement souhaiter votre compagnie, et puisque vous n'avez rien d'autre en vue... Puis-je considérer l'affaire réglée... pour le moment ?

– Je suis désolée, dit-elle.

– De quoi ?

– De vous causer tant de souci.

– Il ne tient qu'à vous d'y remédier.

– En obéissant à vos recommandations ?

Il eut un mouvement d'impatience.

– Je suis pressé, Claire.

– Je sais. Vous allez à Londres. C'est bien ça ?

Elle ressentait la puissance de sa volonté, mais cela ne l'impressionnait pas. Sans doute, si elle avait encore eu un avenir avec Jeremy ou avec Paul, aurait-elle ménagé le pouvoir de Benoît. Mais, pour le moment, elle n'éprouvait plus aucun désir et, par conséquent, elle était libre.

– Nous n'agissons pas par charité, dit-il. Comme vous devez le savoir, vous avez des droits.

Se méprenait-il sur ses raisons ? Pensait-il qu'elle cherchait simplement à obtenir davantage ? Oui, sûrement. Alors, elle secoua la tête.

– Des droits ? Non... non. Je ne crois pas.

– Mon petit, reprit-il, ce ne sont pas des propositions que je vous soumets. C'est ainsi. Vous êtes la femme légitime de mon frère. A sa mort, vous avez hérité de sa place dans cette maison et de sa part de la fortune des Swanfield. Vous le savez très bien.

Elle secoua encore la tête, non pour nier le fait lui-même, mais sa justice.

– Je ne crois pas.

Par le ton de sa voix, par le geste de sa main, elle semblait plutôt repousser que prendre quelque chose, et moins contester la véracité de ses déclarations que les refuser.

– Claire... je vous serais très reconnaissant de bien vouloir m'expliquer, si vous le pouvez, ce que veulent dire ces enfantillages. Edward Lyall ne vous a-t-il pas mise au courant des dispositions testamentaires de mon père... du moins en ce qui vous concerne ?

– Il a dû le faire.

– Il l'a fait. Deux fois même. Une première fois lors de votre mariage, et une seconde quand Jeremy a été tué. Je lui ai donné des instructions. Ne vous les a-t-il pas transmises ?

– Si. Si... bien sûr, il me l'a dit. Il me l'a même écrit pour être certain que je comprenne.

– Et vous avez compris ?

Elle se redressa avec un soupir, tel un enfant s'apprêtant à réciter une leçon.

– Oh oui ! Votre père vous a confié la gestion de sa fortune et vous pouvez en disposer à votre guise. J'ai compris l'aspect juridique, en tout cas.

– Il n'y a rien d'autre à comprendre.

Il se leva pour prendre un cigare dans un coffret d'argent. Il la regardait d'une façon qui la mettait fort mal à l'aise. Le moment était venu de s'expliquer.

– Monsieur Swanfield, j'ai été la femme de votre frère pendant trois jours. Je l'ai connu très peu de temps avant de l'épouser et, ensuite, nous avons correspondu pendant quelques semaines. Je ne peux prétendre que ces trois jours me donnent le droit à recevoir de l'argent de sa famille, pour le restant de mes jours. Je n'ai rien fait – ou certainement pas assez – pour en mériter autant.

N'avait-elle pas parlé dans le vide ? Ses paroles ne se perdaient-elles pas dans l'obscurité ? Comment l'atteindre ? Peut-être était-ce impossible, après tout. Mais, au bout d'un moment, la voix de Benoît lui parvint, sèche, dédaigneuse, mais circonspecte, car il redoutait peut-être que cet apparent désintéressement ne fût une ruse pour obtenir davantage.

– Voilà une idée curieuse, Claire. Et je serais étonné qu'elle rencontre l'adhésion générale. Vous vous apercevrez que les lois de notre pays, qui ne sont pas plus mauvaises qu'ailleurs, ne sont pas en accord avec vous.

– Ça n'a pas d'importance.

– Eh bien, vous verrez que les Swanfield, eux non plus, ne sont pas d'accord avec vous. Pas plus que les Lyall, ni aucune famille où il y a une fille à marier. Cela a-t-il de l'importance pour vous ?

– Non, je ne crois pas. Vous avez le droit d'avoir votre opinion, et moi la mienne. Pour le moment, ce dont j'ai le plus besoin, c'est d'être un peu seule.

– Philosophie bien commode. Dois-je en conclure

que vous comptez refuser la rente que je vais vous proposer ?

– J'avais pensé que cette rente éventuelle serait fonction de mon installation à Montfleuri.

– Vous ne m'étonnez pas, déclara-t-il. Pourtant, ce n'est pas le cas. Pour commencer, vous aurez... disons deux cent cinquante livres par an. Pas assez pour vous tourner la tête, je vous l'accorde, mais suffisamment pour mener une existence relativement confortable. C'est à peu près ce que Polly gaspille en bêtises, bien que beaucoup de nos ouvriers fassent vivre leur famille avec moins. Si vous n'en voulez pas, cet argent sera mis de côté jusqu'à ce que vous soyez dans de meilleures dispositions. Ou jusqu'à ma mort. Auquel cas, vous serez en butte à toute une bande d'hommes de loi et de banquiers. Bon... et maintenant, je vous serais obligé de vous dépêcher... que dois-je faire ?

– Il n'y a absolument aucune condition ? Aucune ?

– Si, il y en aura quelques-unes. Je dois avoir la preuve que vous êtes capable de gérer votre argent. Je vous demanderai peut-être d'autres choses, de temps en temps, et je vous avertis que je les obtiendrai certainement. Le respect de certaines traditions familiales, par exemple. Une fois que vous aurez pris l'habitude de recevoir ces deux cent cinquante livres, vous n'aurez certainement pas envie d'y renoncer.

– Car vous me les retirerez quand vous voudrez ?

– J'en ai le droit. Mais je n'en userai pas à la légère. Cependant, c'est moi qui choisirai les conditions, dans mon intérêt, et non dans celui d'Edward Lyall. Vous y trouverez certainement avantage.

Il lui offrait la liberté. Du moins la liberté par rapport à Edward et à l'humiliante obligation d'adopter sa façon de voir, afin de recevoir les quelques shillings hebdomadaires nécessaires pour acheter des billets de train, pour prendre une chambre à l'hôtel ou louer un appartement. Avec deux cent cinquante livres par an, elle pourrait respirer, elle pourrait choisir. Que dirait Edward en découvrant qu'elle allait non seulement échapper à son contrôle, mais que c'était M. Benoît Swanfield qui lui en donnait les moyens ? En imaginant la mine déconfite de son beau-père, elle éprouva un sentiment de gaieté malicieuse, même si la pensée de lui annoncer la nouvelle ne la réjouissait guère.

– Vous allez donc accepter ma proposition ?

– Oui. Merci.

– Bien... à dire vrai, je n'en doutais guère.

– Moi, j'en doutais. Ne croyez surtout pas que je sois naïve ou que je n'aie pas conscience de ce que l'argent peut acheter, et de la liberté qu'il procure. Mais je pense sincèrement qu'il faut le gagner.

– Eh bien, gagnez-le en venant tenir compagnie à Miriam.

– Vous avez dit que ça ne faisait pas partie des conditions.

– Ce n'en est pas une. Miriam le voudrait bien, je pense, mais je ne peux vous l'imposer. Je vous propose simplement un moyen de surmonter vos scrupules.

– Je vous en prie, prenez-moi au sérieux, monsieur Swanfield.

– C'est difficile, tant que vous n'aurez pas compris quel est l'intérêt véritable de l'argent, outre sa valeur superficielle qui consiste à pouvoir acheter des choses et ce que vous appelez l'indépendance.

– C'est-à-dire ?

– Le pouvoir, Claire.

– Ah oui... j'ai souvent entendu cela.

– Alors, croyez-le. Les idéaux, les philosophies, les religions peuvent avoir leur utilité. Mais ce qui gouverne tout, c'est l'argent. C'est lui qui est derrière tout ce qui se fait dans le monde. C'est le seul moyen, pour un individu ou un pays, d'en manipuler efficacement un autre. Quel gouvernement se lancerait dans cette folie qu'est la guerre, s'il n'y avait pas un profit à réaliser d'une façon ou d'une autre ? Voyez : ces dernières années, mes métiers à tisser ont fabriqué du drap d'uniforme au kilomètre. Mais laissons cela. Il est convenu, n'est-ce pas, que tant que vous n'aurez pas acquis votre autonomie financière, vous me permettrez de vous donner de l'argent ?

– Vous pensez que je ne l'aurai jamais, cette autonomie financière, c'est bien ça ?

– Non. Je pense que, l'année prochaine à la même date, vous songerez à vous remarier et que nous négocierons le déblocage de votre capital.

Elle sourit, nullement offensée par l'idée qu'il se faisait de ses objectifs et de ses capacités.

– Oh ! je ne suis pas exigeante, monsieur Swanfield. Pour le moment, je me contenterai d'un petit appartement à Faxby. Et d'un emploi quelconque.

– Très bien. Miriam va être déçue, évidemment. Mais je lui présenterai la chose le plus adroitement possible.

– Je... je pourrais peut-être le lui annoncer moi-même.

– Votre conscience est très exigeante.

– Oui, c'est vrai, monsieur Swanfield.

– Cela vous ennuierait-il de m'appeler Benoît ? Après tout, puisque je suis votre beau-frère, c'est plus normal que de me dire « monsieur Swanfield ».

– Oh ! bien sûr, Benoît... Excusez-moi.

Elle eut un brusque élan de sympathie envers lui, mais il la glaça aussitôt par une réflexion ironique.

– Inutile de vous excuser. J'ai remarqué que votre mère a aussi des difficultés avec mon prénom.

– Ma mère...

Mais, sentant qu'il était inutile de prendre la défense de Dorothée, Claire se tut. Sa mère était une femme timide, bonne et maladroite. Benoît avait noté sa maladresse : le reste ne l'intéressait pas.

– Merci, Benoît, reprit-elle.

– Il me reste dix minutes. Auriez-vous l'amabilité de m'envoyer Edward Lyall ?

– Oh oui ! (Elle était prête à envoyer son beau-père n'importe où et, de préférence, à l'autre bout du monde.) Puis-je savoir pourquoi ?

– Parce qu'il faut bien que quelqu'un le mette au courant de votre nouveau statut financier... ne croyez-vous pas ?

Elle se sentit soulagée d'un grand poids. Benoît s'en était-il aperçu ? Son visage impassible ne trahissait rien. Tout en traversant le hall, elle se rendit compte que sa fatigue s'était dissipée, et qu'elle avait retrouvé un peu de son détachement et de sa détermination. Elle entra dans le salon et fit signe à Edward. Tout le monde se demanda comment elle pouvait sourire, après avoir été enfermée si longtemps avec le trésorier-payeur, avec le grand inquisiteur.

4

Contre toute attente, ce fut Nola qui lui trouva un appartement.

Claire pensait recevoir des avances de la part de Polly ; elle fut donc surprise d'entendre Nola à l'autre bout du fil.

– Voulez-vous prendre le thé avec moi, cet après-midi ? A 15 heures ? A l'*Hôtel de la Couronne.*

Edward était si flatté que la voix de Mme Nola Swanfield eût pénétré chez lui qu'il accepta, sans trop ergoter, de prêter sa voiture à Claire.

Ce choix de l'*Hôtel de la Couronne* l'intriguait. Il y avait à Faxby deux hôtels de très bonne réputation, proches de la gare, l'*Hôtel du Centre* et le *Grand Hôtel du Nord.* Leur clientèle était principalement constituée par des voyageurs de commerce, et ils servaient de cadre aux repas annuels de diverses associations. Il arrivait à ces dames de la bonne société de se donner rendez-vous dans l'un de ces deux établissements, mais leur préférence allait aux *Délices*, un salon de thé qui s'était ouvert juste avant la guerre. Outre ses jolies nappes en dentelle et ses serveuses distinguées, en coiffe et en tablier blancs, il offrait l'avantage, unique à Faxby, de posséder des toilettes discrètes qui permettaient à ces dames de rester en ville plus longtemps. Le salon de thé, installé depuis peu chez Taylor & Timms, le grand magasin de la ville, était, à la rigueur, fréquentable, mais les tables étaient trop exposées à la vue de tous ceux qui passaient dans le rayon de la mercerie et des chapeaux, et la porte des toilettes était tellement en évidence que rien n'aurait pu contraindre des femmes comme Dorothée Lyall ou Eunice Hartwell à la franchir.

L'*Hôtel de la Couronne*, en revanche, avait toujours eu mauvaise réputation. Il était situé dans un vieux quartier, jadis opulent, qui avait décliné quand le centre de Faxby s'était déplacé vers l'hôtel de ville.

Claire passa devant de hautes maisons à la splendeur décrépie qui se dressaient toujours fièrement derrière des rangées d'arbres et un rideau de pluie printanière. L'*Hôtel de la Couronne* lui apparut exactement tel qu'elle se le rappelait, une relique d'un temps révolu, et ce ne fut qu'après avoir arrêté la voiture devant l'entrée qu'elle se rendit compte que le bâtiment était en travaux.

Elle entra néanmoins et avança prudemment parmi un amas de planches, d'échelles et de pots de peinture. A son grand soulagement, elle fut aussitôt prise en charge par un gamin posté là en sentinelle. Après lui avoir fait traverser un couloir, il lui indiqua une porte, et détala à toutes jambes.

Elle frappa, puis entra en entendant un murmure de voix. Elle aperçut Nola, auprès de qui se tenait, à distance respectueuse, un homme qui, visiblement, venait juste de s'écarter. Sur le plateau posé devant eux, il n'y avait pas les accessoires habituels du thé, mais des coupes, un paquet de cigarettes turques et un seau à glace d'où émergeait le col mince d'une bouteille vert foncé.

– Tiens, Claire... bonjour.

Reprenant avec un abandon provocant sa pose alanguie sur les coussins du canapé, Nola adressa à Claire un geste de la main si indifférent qu'elle se demanda si l'invitation qu'elle avait reçue avait été oubliée, regrettée, ou si elle se trouvait être particulièrement inopportune.

En tout cas, Nola ne laissa rien paraître. Elle pria Claire de s'asseoir en exécutant toute une série de gestes qui lui restaient de sa passion pour les Ballets russes.

– Je vous présente le major Hardie. Kit... voici ma belle-sœur, la femme de Jeremy. Dites-moi, Claire, vous ne vous souvenez pas de Kit Hardie, n'est-ce pas ? Non, je crois qu'il n'était plus là.

Le major lui donna une vigoureuse poignée de main. Le coin de ses paupières était bordé de fines rides moqueuses ; ses yeux étaient d'un bleu intense, des yeux de chasseur habitué à guetter le faisan ou le renard, dans les brumes matinales de l'automne. Un gentilhomme campagnard qui avait dû commander ses soldats avec autant de naturel que ses gardes-chasse et ses rabatteurs. Son air d'autorité était adouci par une désinvolte bonne humeur et la nonchalance railleuse des gens habitués à être obéis.

– Bonjour.

Elle détecta dans sa voix une trace très lointaine d'accent du Nord. L'Ecosse, peut-être. Un parfum de terroir mêlé à un cosmopolitisme raffiné. Sans doute un châtelain ruiné, comme il y en avait tant. Il installa Claire dans un fauteuil et lui servit une coupe de champagne. Elle s'aperçut qu'elle n'était pas insensible à son charme et éprouva un léger dépit à l'idée qu'il le gaspillait pour Nola.

– Oui, dit cette dernière, qui avait tout deviné. Mon ami, le major Hardie.

Et, brusquement, elle sourit et posa un instant sa main sur le genou du major.

Mon ami. Ma découverte. Ma distraction. Elle sourit encore. Il est à moi, ma chère. Claire hocha la tête. Ni l'une ni l'autre ne se sentait gênée ou choquée.

Je suis une épouse infidèle, semblait dire le sourire de Nola. Irez-vous le raconter à mon mari ?

Non, rétorqua silencieusement Claire. Alors, comprenant qu'elle n'avait pas l'intention de la juger, Nola sourit encore plus largement. Elle n'en attendait pas moins. Il n'était pas question d'amitié ni de loyauté, mais d'un « arrangement » entre deux femmes qui pourraient se rendre service à l'occasion.

Mentez pour moi, lisait-on dans son regard, je mentirai pour vous, de temps à autre.

Claire leva sa coupe. Le major l'imita.

– A quoi buvons-nous ? demanda-t-il.

– A ce que vous voudrez. A l'*Hôtel de la Couronne*... qui nous évitera de périr d'ennui l'hiver prochain.

Devant l'air interrogateur de Claire, Nola poursuivit :

– Avez-vous oublié les hivers de Faxby, ma chère enfant ? Froids, interminables, et pas d'autre ressource que d'étouffer au sein de sa famille. Mais Kit va changer tout ça... n'est-ce pas, chéri ? Il vient de reprendre cet hôtel en main et il va s'arranger pour que nous goûtions tous au vice et à la décadence... Ou, du moins, à la bonne cuisine, aux vins fins et au jazz. Pour ça aussi, il mériterait une décoration.

Claire le considéra avec un certain étonnement. Quelles connaissances de l'hôtellerie pouvait avoir un homme comme lui, en dehors de ce qu'en sait un client qui désire être bien servi, sans se préoccuper du reste ? Quelles notions culinaires possédait-il, lui qui n'avait à se donner que le mal de commander des plats raffinés dans les grands restaurants de Londres ? Quelles compétences avait-il pour prendre en main l'*Hôtel de la Couronne*, un établissement qui périclitait et qui n'avait jamais eu bonne réputation ?

– Les propriétaires m'ont donné carte blanche, ce qui serait très généreux de leur part, s'ils avaient quelque chose à perdre. J'ai un an pour faire mes preuves. Si j'échoue, le lot tout entier, moi compris, sera vendu aux enchères.

Sans rien connaître de cet homme, Claire ne pouvait pas l'associer à l'idée d'un échec. Malgré tout, étant donné les circonstances, l'entreprise lui semblait hasardeuse.

– Vous croyez que la ville a besoin d'un hôtel supplémentaire, major Hardie ?

En effet, qui venait à Faxby, en dehors des voyageurs de commerce qui se déplaçaient par le train ? Il faudrait vraiment leur fournir de bonnes raisons pour qu'ils désertent les deux hôtels situés près de la gare.

– Non, répondit-il, surpris de sa remarque. Je pense en effet que Faxby a exactement le nombre d'hôtels qu'il lui faut, et du genre qu'il mérite. Les chambres sont convenables et le service ne laisse presque rien à désirer. Mais, si vous voulez inviter quelqu'un à dîner... alors là... Au *Grand Hôtel du Nord*, on vous servira de la soupe épaisse et du chou bouilli, tandis qu'à l'*Hôtel du Centre*...

Il simula un frisson d'épouvante.

– Et à l'*Hôtel de la Couronne*, que propose-t-on ?

– Rien pour le moment. Le plafond de la cuisine s'est pratiquement effondré sur ma tête le jour de mon arrivée, ce qui n'aurait pas été bien grave en soi, si mon ami belge ne s'était trouvé là, lui aussi. C'est un chef qui ne manque pas de talent, et il n'a pas très bien réagi en voyant s'abattre sur lui une tonne de plâtre en décomposition. Il a tout de même fini par se calmer, d'autant qu'il est réfugié et qu'il ne sait pas où aller. Il a maintenant un plafond flambant neuf et des fourneaux rutilants, qui n'attendent plus que le jour de l'inauguration. Si vous avez envie de bien traiter un ami, vous serez peut-être tentée par un consommé de tortue ou un soufflé aux huîtres. Suivi... par exemple, d'une langouste à la bordelaise... qu'en dites-vous ?... ou une selle de chevreuil. C'est très, très bon. Et, comme dessert, des fraises au curaçao et au cognac, enrobées d'une épaisse couche de chantilly.

– Où comptez-vous trouver tous ces produits, par les temps qui courent, major Hardie ?

– Peut-être ne me croirez-vous pas si je vous dis que c'est possible. En y mettant le prix, naturellement. Mais il y a des gens à Faxby qui ont les moyens, tous ces magnats du textile et ces maîtres de forges qui se sont reconvertis dans l'armement. Il paraît qu'il y a plus de millionnaires au mètre carré ici que dans n'importe quelle autre ville de la région, Bradford mis à part.

– C'est possible. (Sans s'en rendre compte, elle avait l'air de s'inquiéter pour lui et de vouloir l'éclairer.) Mais les millionnaires de Faxby ne mangent pas de langouste à la bordelaise. Est-ce que vous connaissez bien notre ville, major ?

– Oh !... assez bien.

Claire en doutait. D'abord, s'il avait séjourné longtemps à Faxby, ville où il n'y avait pas pléthore d'hommes séduisants et bien élevés, il ne serait pas resté inaperçu. On l'aurait invité partout, à Montfleuri, en particulier, et on se souviendrait de lui. Puisqu'elle n'avait jamais entendu parler du major, il n'avait dû y passer qu'un week-end, à l'occasion de quelque partie de chasse.

– Ici, on ne dîne pas dehors, major. D'ailleurs, Londres excepté, existe-t-il un endroit où cette coutume se pratique ? Faxby n'est pas une ville chic. Nous n'avons aucun théâtre, en dehors de la salle des Princes qui n'est, en réalité, qu'un music-hall ; par conséquent, on ne peut pas aller souper après le spectacle. Quant à la clientèle des cinémas, elle n'a pas les moyens de venir chez vous. Enfin, pour ceux qui peuvent se permettre d'inviter des amis à dîner, ils les font venir chez eux, puisqu'ils ont des domestiques.

– Je sais. Il en a été ainsi jusqu'à présent, mais est-ce que cela va continuer ?

– Je ne vois pas de raison pour que ça ne continue pas.

– Alors, permettez-moi de vous en citer une. Les restrictions alimentaires vont cesser et, sous peu, les boutiques vont crouler sous les marchandises. Mais qu'en sera-t-il des domestiques ?

Claire était née dans un monde où les domestiques faisaient tellement partie du paysage qu'elle n'imaginait pas la vie sans eux, même si des femmes comme sa mère ou Miriam Swanfield passaient leur temps à se lamenter sur le manque d'efficacité de leurs bonnes, leur propension à tomber malades, à éclater en sanglots ou à se laisser séduire par des militaires.

– Je ne sais pas si ces filles voudront se replacer, maintenant qu'elles savent qu'elles peuvent gagner davantage à l'usine, en travaillant moins. Il faut beaucoup de personnel pour préparer et servir un dîner de vingt-cinq couverts. Il sera peut-être alors plus commode d'inviter ses amis à l'*Hôtel de la Couronne*.

– Je l'espère.

– Merci. Mais je vois que vous n'y croyez pas.

Claire sourit et inclina légèrement la tête.

– Major Hardie, vous êtes un homme courageux.

– Mais bien sûr, intervint Nola, toujours à moitié endormie. Sa brochette de décorations est là pour en témoigner.

– Oh ! pour ça...

Mais avant que le major ait pu se défendre de sa bravoure, on frappa à la porte.

– Major Hardie, l'entrepreneur est là.

Il quitta les deux femmes en s'excusant. Au moment où la porte se refermait sur lui, Nola regarda Claire et dit :

– Il était maître d'hôtel à Montfleuri. Vous ne pouviez pas le savoir, évidemment.

Silence.

– Non. Je ne savais pas.

Mais quelle importance, après tout ? La guerre avait balayé tous ces stupides préjugés de classe, et c'était un bien. D'ailleurs, Claire n'y avait jamais cru. Pourtant, de génération en génération, on mettait les jeunes filles en garde contre les trop séduisants domestiques. Il est difficile de se débarrasser entièrement d'un tabou. Il en reste toujours quelque chose. Alors que l'infidélité de Nola ne l'avait pas choquée, elle était déroutée parce qu'elle avait choisi comme amant l'ancien maître d'hôtel de son mari. Elle imaginait trop bien la façon dont Benoît, Miriam, Dorothée et beaucoup d'autres gens considérés comme « convenables » réagiraient en apprenant la chose. Sans partager leur instinct de classe, leur étroitesse d'esprit, elle était cependant mal à l'aise. Et surtout, elle se trouvait ridicule.

– Oui, répéta Nola, le maître d'hôtel de la famille. Quel scandale, hein ! Il s'est engagé dès le début de la guerre, à l'été 1914. C'est pour ça que vous ne le connaissez pas. Et, de toute façon, les jeunes filles comme il faut ne s'intéressent pas aux serviteurs. Mais si c'est ça qui vous tracasse, permettez-moi de vous rassurer. Tant qu'il était à Montfleuri, je ne l'avais jamais remarqué. Tout comme Miriam, sans doute, qui n'a commencé à l'apprécier que le jour où il est parti et où elle s'est rendu compte qu'il faisait tout marcher dans la maison. Je l'ai rencontré à Londres, il y a un an environ, au cours d'une réception, et je n'ai vu alors en lui qu'un homme terriblement séduisant... et en uniforme, ce qui ne gâte rien, surtout quand il est orné de tant de médailles. Vous me comprenez.

– Oui, je comprends.

– Je ne plaisante pas quand je dis qu'il a toute une brochette de décorations. Le sens du devoir, c'est l'expression consacrée, mais en ce qui concerne Kit, il ne faut pas oublier que son idée du devoir se réfère totalement et avant tout à lui-même. Il a récolté la gloire et des médailles, c'est vrai, mais il s'en est sorti. Kit Hardie est de la race des survivants. C'est aussi un opportuniste. Il profite de tout. Donc, à moins que vous ne vouliez qu'on profite de vous, ce qui ne manquerait peut-être pas de charme, prenez garde. Les propriétaires de l'hôtel sont des Crozier, mes cousins Arnold et Bernard. Il profite de moi et je profite de lui. Il est ambitieux. Je m'ennuie. Tout est là.

C'était une explication suffisante. Un homme séduisant qui contentait ses sens et lui occupait l'esprit. Pour le moment. Quand viendrait le temps du détachement, elle aviserait.

– Alors, Claire Swanfield, dit-elle d'un ton enjoué, qu'en pensez-vous ?

– Du moment que ça vous convient... Je ne vois pas en quoi ça me regarde.

– Me convient ? dit Nola, avec un peu d'ironie, en songeant que, malgré son air d'assurance, cette fille était encore assez jeune pour être sentimentale. Que ça me convienne ou non, quelle autre possibilité voyez-vous, ma chère ?

– Je ne sais pas. On peut toujours espérer.

– Bien entendu. On peut toujours espérer un miracle.

Après avoir résumé en quelques mots sa philosophie de la vie, elle en vint sans transition au véritable motif de son invitation.

– Il paraît que vous cherchez un logement ?

– C'est exact.

– Ce ne sera pas facile à trouver.

Claire comprit aussitôt que Nola allait l'aider. A condition qu'elle y mît le prix. Quel serait ce prix ? Pas autre chose, sans doute, que de lui servir d'alibi, dans une ville de province où les regards étaient inquisiteurs, les langues bien pendues et l'adultère une affaire sérieuse. Quoi de plus naturel et de plus innocent que d'aller rendre visite à sa belle-sœur ? Claire se demanda si elle avait envie de jouer ce rôle. Pas particulièrement. D'un autre côté, se sentait-elle retenue par un quelconque sentiment de loyauté envers les Swanfield ? Certainement pas. Et puis, cet appartement, elle en avait besoin à tout prix.

– Il n'y a pas grand-chose sur le marché, dit Nola. Avec tous ces gens qui se sont mariés pendant la guerre, vous pensez. Et maintenant que nos héros reviennent à leur femme et à leurs enfants, le moindre logement vaut de l'or. Vous avez trouvé quelque chose ?

– Rien qui soit dans mes moyens.

– Bien... bien... il ne faut pas désespérer. J'ai ce qu'il vous faut. Ici même... vous traversez la rue, et c'est juste au coin. Une chambre, un salon, avec salle de bains particulière. Kit Hardie l'a quitté la semaine dernière. Désormais, il habite ici, et cet appartement est libre. Je vais vous emmener le visiter. C'est une vieille maison, tout à fait charmante. A propos, mes cousins Crozier en sont également propriétaires.

Maintenant que Nola avait défini ses conditions et que Claire les avait comprises sinon totalement acceptées, elles se levèrent d'un même mouvement.

– C'est d'accord, Nola.

– Parfait, ma chère amie. Dans notre intérêt commun, j'espère.

– Je n'en doute pas.

– Alors, allons-y.

Kit Hardie, qui discutait dans le hall avec un entrepreneur, les regarda s'approcher. Nola avançait d'un pas assuré parmi les gravats, comme si elle ne les voyait pas, ses queues de renard se balançant dans son dos. Claire marchait prudemment – elle pensait à ses chaussures –, sans hâte, prête à échanger un sourire avec les ouvriers dont Nola ne semblait même pas remarquer la présence. Jolie, cette petite Mme Swanfield, pensa Kit Hardie. Ce ne devait pas être une conquête facile, contrairement à Nola qu'il n'avait même pas eu besoin de conquérir, puisqu'elle s'était jetée à sa tête, émoustillée par la nouveauté que représentait pour elle cet homme du « commun ». Pourtant, même au temps où il cirait les chaussures des autres, il n'avait pas le sentiment d'être quelqu'un de commun. Rien ni personne n'avait réussi à le lui faire croire. Il s'était endurci et, très jeune, il avait compris la nécessité de préserver ses arrières, et il savait exploiter toutes les situations.

Il avait toujours été un lutteur, farouche, habile, parfois sournois. Il le reconnaissait volontiers, puisqu'il avait grandi dans un monde où les coups en traître étaient monnaie courante. C'était un monde cruel que celui des hommes du « commun », d'une dureté que ne peuvent même pas imaginer ceux qui ont connu une enfance facile. Comme Jeremy Swanfield qui aurait pu rester un petit garçon jusqu'à cinquante ans. Et Nola qui ne savait que gaspiller ses privilèges. Tous ces gamins promus capitaines ou colonels, qui étaient partis pour la première fois à la bataille – rarement une deuxième fois – comme à une partie de cricket. Et Claire ? Lui que ses origines modestes n'avaient jamais embarrassé dans ses rapports avec les femmes, il se surprit à s'interroger à son sujet.

A cette heure, elle savait qu'il avait été le maître d'hôtel des Swanfield. Nola avait dû le lui dire. S'il n'avait pas cherché à l'induire en erreur, il n'avait pas tenté non plus de la détromper. Ce grade d'officier, on ne lui en avait pas fait cadeau. Il l'avait arraché de haute lutte, il avait risqué sa vie pour l'obtenir ; il l'avait *gagné* et n'en avait pas honte. Mais comment cette fille allait-elle réagir ? Elle n'était sûrement pas comme Nola qui avait été attirée par ses origines plébéiennes, et qui cherchait des restes de vulgarité sous le vernis qu'il avait acquis. Il ne se faisait aucune illusion sur Nola. Aucune illusion sur rien. Il ne pouvait pas se le permettre. Il songea pourtant qu'il serait un peu déçu si Claire Swanfield lui manifestait maintenant de la gêne, si elle se conduisait comme une petite institutrice guindée, ou pis encore, si elle se montrait curieuse de savoir comment un homme du commun procède en amour. Comme certaines épouses de ses supérieurs, et comme Nola.

Mais le sourire de Claire restait aussi amical et aussi direct.

– Vous avez l'air très occupé, remarqua-t-elle, histoire de dire quelque chose.

– Oui. Ces énergumènes ne cessent de me raconter qu'ils ne pourront pas terminer à temps. Mais, moi, j'ai meilleure opinion d'eux. Je pense qu'ils vont y arriver.

– Kit, dit Nola, interrompant une conversation qui n'était pas centrée sur elle, donnez-moi vos clés.

– Oui. Je vais envoyer Alan pour vous ouvrir le portail. Alan... descends, veux-tu !

Un jeune homme se tenait en équilibre sur une planche soutenue par deux échelles. Il posa son pinceau, esquissa un salut militaire et atterrit sur le sol. Avec son pantalon de toile maculé de peinture et son torse nu, on l'aurait pris pour un ouvrier, jusqu'au moment où, avec l'accent traînant des écoles distinguées que Claire associait à Jeremy, il déclara :

– Bien, major. A votre service.

– S'il te plaît, Alan, conduis ces dames à l'appartement et occupe-toi d'elles.

– Oui, major. Tout de suite, major.

– Arrête de faire l'imbécile, Alan. Sois gentil. Ah !... Alan !

– Major !

– Mets ta chemise.

Alan enfila une chemise élimée à carreaux rouges et bleus. Ses bras levés laissaient voir ses côtes saillantes et une peau claire qui semblait d'une blancheur maladive auprès du hâle plein de santé de Kit.

Dans une pareille époque, il ne fallait plus s'étonner de voir un garçon de bonne famille gagner sa vie en faisant des travaux de peinture chez un parvenu.

– C'est Alan Ash, expliqua Kit Hardie. Il n'est pas méchant. Il prétend qu'il est lieutenant, et ça doit être vrai. Ancien élève d'Eton, d'Oxford et de Dieu sait quoi...

– Et le seul inconvénient de l'appartement, car il sera votre voisin, ajouta Nola. Enfin, pas pour longtemps, je pense, puisqu'il s'apprête à partir pour... pour où ça, déjà, Alan ?

– Figurez-vous que, parfois, je ne le sais pas moi-même, répondit Alan. Edimbourg ? Le Cap ? Sidi-bel-Abbès ?

– Pour le moment, contente-toi d'aller ouvrir la porte à ces dames, intervint Kit. Mets la bouilloire à chauffer et surveille ton langage.

– Ne vous inquiétez pas, major. Si c'est bien la personne dont nous avons entendu parler, et qu'elle ait été infirmière au front, quelques grossièretés ne l'effraieront pas. D'ailleurs, je crois que Mme Swanfield et moi, nous nous sommes déjà rencontrés.

Ç'aurait très bien pu être vrai. Pendant quatre ans, Claire s'était penchée sur ce même visage, dans toutes ses variantes. Cent fois, elle avait accompagné ce corps disloqué dans les convois sanitaires. Sur les postes de secours, elle avait essuyé de plein fouet son délire, sa souffrance, ses désillusions, ses obscénités, ses accès de lubricité, et des élans de tendresse encore plus troublants. Il avait fait partie de la fière compagnie des chevaliers errants, avec Paul et Jeremy. Devinant d'instinct qu'il appartenait, comme elle, à la cohorte nombreuse des demi-survivants qui – contrairement au major Hardie – seraient longs à guérir, elle lui sourit, reconnaissant leur parenté, sans vouloir y attacher trop d'importance.

Il devait avoir vingt-six ans – l'âge de Paul. Il était aussi grand que le major, mais il n'avait que la peau sur les os – comme Jeremy. Il avait une figure étroite, des cheveux fins et clairs, des yeux d'un bleu délavé et un teint pâle de malade que Claire connaissait bien. Derrière son apparente insouciance, on sentait un être vieux, las et désabusé.

Sans avoir à le demander, Claire devina qu'il était parti à la guerre dès la fin de ses études. Maintenant, comme des centaines et des milliers de jeunes officiers, il était déraciné, désorienté et ne trouvait rien qui retînt son intérêt dans l'univers mesquin de la paix.

Elle ne souhaitait pas en savoir davantage. Mais, comme elle ne pouvait pas faire autrement, elle l'accompagna jusqu'à Mannheim Crescent pour visiter l'appartement. La maison lui plut immédiatement.

– Une dame qui a eu des revers de fortune, remarqua Alan Ash, en poussant l'élégante grille de fer forgé délabrée.

Ils traversèrent un jardinet enfoui sous un enchevêtrement de buissons et de mauvaises herbes, et dissimulé derrière un écran de grands arbres noueux.

– C'est bien, dit Claire.

– Oh ! c'est une merveille. Un petit coin de paradis. Le rêve du soldat.

Il ouvrit la porte d'entrée qui pivota sur ses gonds, avec des grincements de protestation.

Le vestibule était très sombre. La maison, bâtie une centaine d'années plus tôt, selon les goûts de splendeur d'un magnat du textile, avait dû avoir fière allure. Puis, quand l'explosion industrielle avait noyé le centre de la ville sous la fumée, ses propriétaires avaient certainement émigré sur les hauteurs, dans les environs de Montfleuri, ou à Upper Heaton. Mannheim Crescent était alors tombé en décadence et, quand sa population d'avocats, de médecins et de petits artisans était partie à son tour, le quartier était devenu carrément mal famé.

Les jardins, les façades, les gouttières n'étaient plus entretenus. Les maisons, trop grandes pour la bourse des nouveaux occupants, avaient été divisées en appartements de plus en plus exigus, en locaux divers affectés à des cours de danse et de musique, ou qui servaient de lieux de réunion à des sectes religieuses et à des partis politiques, ou de domicile provisoire à des gens sans emploi déterminé.

– Splendide, hein ! s'exclama Alan. Vous disposerez de ce qui a dû être la salle à manger et le petit salon. Anna Pavlova – du moins elle aime qu'on l'appelle ainsi – donne des leçons de danse de l'autre côté, dans ce qui était, sans doute, le grand salon. Quant à moi, j'ai la jouissance d'un réduit au bout du couloir, qui mesure environ deux mètres carrés et qui donne sur la serre que j'utilise comme atelier. Je peins, du moins j'essaie de peindre... ce qui me sert d'excuse pour ne pas travailler, en dehors de quelques petits boulots pour le major. Si vous voulez, je ferai votre portrait... ça, c'est un prétexte pour être seul avec de jolies femmes.

– Vous perdriez votre temps, Claire. C'est un très mauvais peintre, dit Nola avec irritation.

– Pourtant, je n'ai pas eu beaucoup de réclamations, répliqua-t-il, tandis que Nola s'arrêtait devant l'appartement de Kit Hardie.

– Ouvrez, ordonna-t-elle.

– *Madame !*

– C'est très bien, dit Claire.

Elle franchit le seuil sans regarder, simplement pour ne plus les entendre. Puis, au bout de quelques instants, elle s'aperçut que, loin d'être misérable comme elle s'y attendait, la pièce était propre, fraîche et bien proportionnée. Il n'y régnait pas une odeur d'humidité et de moisi, mais un discret parfum de lavande et une vague odeur de tabac. Le mobilier était sans prétention, mais les deux fauteuils et le canapé étaient solidement campés sur des pieds de chêne sculpté. Malgré leur forme et leur style différents, ils s'harmonisaient grâce à un habillage de chintz vert et blanc. Il y avait une bibliothèque, une table, un buffet et une grande cheminée. Tout était vide, mais d'une propreté absolue.

– Un homme soigneux, le major, remarqua Alan Ash, en allumant une cigarette et en jetant l'allumette encore enflammée dans la cheminée.

Derrière la porte-fenêtre, Claire venait d'apercevoir un jardin clos et deux marches basses qui menaient droit à une forêt vierge de végétaux cultivés ou sauvages. Il s'y mêlait différentes teintes de vert, de la sauge au laurier, soutachées çà et là du jaune vif d'une jonquille, d'une branche de forsythia pointant ses fleurs étoilées entre les rhododendrons vernissés croulant sous les bourgeons. Une petite pluie tombait, une brume légère s'enroulait gracieusement autour des plus hautes branches de la double rangée d'arbres si vieux et si négligés que leurs ramures avaient fini par s'entremêler.

Le jardin était désert. Au-delà du mur de pierre moussu, on ne voyait que le ciel bas et un orme gigantesque dont le feuillage, en été, devait procurer une retraite assurée. Dans le jardin, elle pourrait être seule et, dans la maison, au milieu de tous ces gens qui allaient et venaient, elle serait anonyme. C'était un pas vers la liberté : pour l'instant, elle ne pouvait en espérer davantage. En effet, elle se sentait déjà emprisonnée bien plus qu'elle ne l'aurait voulu dans le filet que sa mère tissait autour d'elle. Dorothée Lyall ne se rendait pas compte qu'elle avait besoin de sa fille. Mais Claire, elle, le savait. Et tant que ce besoin subsisterait, il lui serait impossible de quitter Faxby.

– Vous feriez bien de le prendre, dit la voix de Nola, derrière elle. Vous ne trouverez rien d'autre.

On n'a rien construit pendant la guerre, et aujourd'hui les gens s'installent dans des garages, dans des cabanes en bois ou dans de vieux wagons de chemin de fer. Si vous ne vous décidez pas rapidement, vous devrez vous résigner à habiter à Upper Heaton ou à Montfleuri.

– Vous savez, Nola a toujours raison, renchérit Alan.

– Kit ne vous a-t-il pas dit de mettre la bouilloire à chauffer ? répliqua Nola.

– Venez, Claire, dit Alan. Il vaut mieux que vous voyiez la cuisine tant qu'elle est à peu près dans l'état où Kit l'a laissée. J'espère que vous serez à la hauteur. Nous sommes censés la partager, mais je n'y mets presque jamais les pieds. Si vous étiez charitable, je pourrais vivre à vos crochets.

Située au bout d'un étroit couloir vert foncé, la cuisine était une pièce carrée, d'une grande propreté. Le sol était recouvert d'un linoléum rouge sombre. Il y avait une table de bois blanc, des étagères accrochées aux murs, et un petit évier de pierre placé près d'une fenêtre garnie de rideaux de chintz. Une énorme cuisinière à charbon occupait tout un pan de mur, mais Claire remarqua un fourneau à gaz qui lui sembla d'une utilisation beaucoup plus commode.

– Vous connaissez ces machins-là ? demanda Alan en remplissant la bouilloire.

Elle sourit. Elle n'avait jamais fait cuire un œuf, ni coupé une tranche de pain ou allumé du feu, avant 1914. Maintenant qu'elle avait appris, elle se demandait si elle consacrerait beaucoup de temps à ces besognes.

– Je pense que je me débrouillerai.

– Je ne sais pas si ça suffira. Kit est un véritable sorcier dans ce domaine. Ce serait dommage que le niveau baisse.

– Je suppose que c'est lui qui a tout nettoyé.

– Evidemment. C'était une vraie porcherie avant

qu'il s'installe ici. Moi, je ne m'en étais même pas aperçu. Je suis venu habiter dans cette maison une ou deux semaines avant lui... en attendant d'aller ailleurs. Comme mon séjour n'était que provisoire, il me semblait inutile de changer quoi que ce soit. Mais Kit ne voit pas les choses ainsi. A peine arrivé, il a entrepris de persécuter les souris. Je parie que personne, dans sa compagnie, n'a eu les pieds gelés. Il devait veiller à ce que tout le monde ôte ses chaussures mouillées et se réchauffe les pieds avec des sacs de sable. C'était sûrement le genre d'officier à se raser matin et soir, quoi qu'il arrive.

– Pas vous ?

– Seigneur, non. J'avais une barbe jusqu'aux genoux. C'est un bon camouflage.

– Quand vous êtes-vous engagé ?

– En août 1914, ma chère... comme tout le monde.

– Au sortir d'Oxford ?

– Je pense que c'était plutôt Cambridge.

– Où vous a-t-on envoyé ?

– Ici et là. Je ne m'en souviens plus.

Comme Paul et Jeremy, il avait dû faire partie de ces trois millions de volontaires qui s'étaient entraînés au combat avec des cannes, faute de matériel suffisant, car le gouvernement ne comptait que sur cinq cent mille engagés. Il avait peut-être manqué les deux premières semaines de la guerre, au moment où les deux armées se cherchaient à travers l'Europe, sous le commandement de généraux qui en étaient restés aux charges de cavalerie, aux manœuvres enveloppantes effectuées en plein jour, sur terrain découvert – et de préférence par beau temps – et pour qui la mobilité représentait l'essentiel de la stratégie. Quand il arrivait à ces deux armées de se rencontrer, elles avançaient et se repliaient à tour de rôle. Puis, un jour de fin septembre, des Allemands avaient creusé des trous, s'y étaient abrités, y avaient installé des barbelés et des mitrailleuses, et ils étaient restés là, trop fatigués pour continuer à marcher.

Jeremy en était encore à s'entraîner... avec une canne, quelque part dans la plaine de Salisbury, et Paul allait partir pour la France quand, songeant qu'il ne serait pas facile de déloger des troupes enterrées de la sorte, le commandement allié, que ces tranchées intriguaient, estima que le mieux serait de faire pareil. Les quatre années suivantes, tout le monde pataugea donc dans la boue, en se lançant des bombes et des obus, et en diffusant des gaz toxiques qui, selon le vent, retournaient parfois à leur envoyeur. De temps à autre, les adversaires se ruaient les uns sur les autres, baïonnette au poing, par-dessus leurs fortifications, pour gagner un mètre ou deux de terrain, après avoir subi d'énormes pertes.

Alan Ash se trouvait-il du côté de Neuve-Chapelle, en mars, quand Jeremy, atteint par une balle, s'était empalé sur les barbelés ennemis, où il était resté crucifié, jusqu'à ce qu'un tireur compatissant l'achevât ?

– Ce nom me rappelle quelque chose, répondit-il.

Etait-il sur la Somme le 1er juillet 1916, quand l'armée britannique avait perdu soixante mille hommes en une seule journée, ce qui ne l'avait pas empêchée de poursuivre l'assaut et d'avancer d'un peu plus de cinq kilomètres en trois mois, au prix de quatre cent vingt mille tués et blessés ?

– Est-ce que j'ai l'air de quelqu'un qui se laisse prendre dans ce genre de guêpier ?

– Vous étiez à Passchendaele ?

– Qui n'y était pas ?

Cet été-là, dans les Flandres, il avait beaucoup plu. La campagne avait commencé sur un terrain détrempé et défoncé par les obus, où les soldats s'embourbaient jusqu'à la taille. Pourtant, malgré les gaz toxiques qu'on employait pour la première fois, les deux armées tinrent bon et se massacrèrent mutuellement, laissant six cent mille des leurs sur le champ de bataille. Les Alliés y gagnèrent huit kilomètres et le village déserté de Passchendaele, qu'ils restituèrent très vite aux Allemands, car il n'avait aucune utilité particulière.

Etait-il près d'Amiens, en septembre de la même année, quand un obus anglais au tir trop court avait déchiqueté les jambes de Paul qui était resté sur place à se vider de son sang jusqu'au soir ?

– Je crois me rappeler qu'il pleuvait beaucoup, remarqua Alan Ash. Un jour, j'ai eu un mal de chien à enlever mes chaussures, après avoir passé cinq jours dans les tranchées, avec de l'eau jusqu'aux chevilles.

– En dehors de cela, que vous est-il arrivé ?

– Oh !... pas grand-chose. J'ai pris soin de ne pas déployer plus de courage qu'il ne le fallait. Pas comme Kit Hardie. En voilà un qui a fait une belle guerre.

– Vous ne l'aimez pas ?

– Voyons, Claire... quelle question ! Bien que vous ne le connaissiez que depuis une demi-heure, vous avez sûrement compris que c'est un type merveilleux. Il sait tout faire. Chez nous, le maître d'hôtel était tout juste capable d'ouvrir la porte et de barboter du vin. Et encore, il s'y prenait très mal.

– Où est-ce chez vous, Alan ?

– Ce n'est pas tout près. Un bon bout de chemin. Je vais à Edimbourg, pour voir quelqu'un. Je ne vous l'ai pas dit ?

– Nola en a parlé. Je n'ai pu m'empêcher de remarquer qu'elle n'a pas l'air de vous porter dans son cœur.

– Ça prouve qu'elle a du goût !

– Il doit y avoir une raison ?

– Oh oui... une ou deux. Elle vous le racontera peut-être un jour, quand elle aura bu un verre d'absinthe ou respiré une bouffée de chloroforme. Mais, moi, je ne peux rien vous dire, car un gentleman ne doit pas parler de ces choses. J'ai beau être l'homme à tout faire du major, n'oublions pas que je suis un gentleman de naissance.

– Et pas le major, n'est-ce pas ?

– Mais si, mais si. Peut-être est-il un gentleman de nature. Il réussira sûrement... et pas moi. Mais vous auriez tort de vous apitoyer sur moi... enfin, si c'était votre intention.

– Absolument pas. C'est trop fatigant.

– Vous êtes très maligne, infirmière Swanfield.

– Vous aussi. Vous avez réussi à me laisser entendre, sans me le dire, que vous aviez eu une liaison avec Nola... ce n'est pas vraiment digne d'un gentleman.

– Oh ! vous avez raison. Mais je pense que Nola se moque qu'on le sache, du moment que son mari n'est pas au courant. C'était seulement pour passer le temps, en attendant Kit. Voilà pourquoi elle est venue ici ; elle lui cherchait un appartement. Et qu'a-t-elle trouvé par la même occasion, sinon un malheureux artiste en quête d'une muse pour l'inspirer et le lancer ? Si tel avait été mon but, personne mieux que Nola n'aurait pu me convenir. Elle a échafaudé un tas de projets pour moi, tous excellents... mais les projets et moi... c'est une autre histoire. Ensuite, Kit est arrivé, et lui, c'est un as pour les projets. Elle s'est donné beaucoup de mal pour convaincre ses cousins de lui accorder un salaire convenable, un pourcentage sur les bénéfices, et de lui laisser carte blanche pour les travaux. Alors, elle a décidé que mes tableaux ne valaient rien. Disons qu'elle a raison. Vous prenez l'appartement ?

– C'est possible.

L'eau bouillait. Il prépara rapidement le plateau et ils regagnèrent le salon où ils trouvèrent Kit Hardie.

– Du lait et du sucre, major ? demanda Alan en jouant au domestique.

Il en aurait fallu davantage pour offenser Kit Hardie. Cet homme qui avait eu, comme tant d'autres, horreur de la boucherie qui s'était déroulée sur le continent, n'avait jamais tiré ni sur un être humain ni sur un animal, en dehors de la guerre, alors qu'Alan avait causé la mort d'un bon nombre de perdrix, de faisans et de renards. Mais Alan était parti au front alors qu'il était encore un enfant et c'était un fantôme qui en était revenu, un fantôme dans un corps de jeune homme. Alors que Kit, lutteur aguerri, avait survécu.

Le jour où Alan Ash était entré à la *Couronne*, avec son allure de maçon itinérant et son accent de jeune hobereau, en proposant ses services en échange d'un toit pour une nuit ou deux, Kit n'avait pas eu besoin de lui en demander la raison. Si, demain, Alan disparaissait pour toujours, il ne s'en étonnerait pas non plus. De même, il pensait que, grâce à son expérience de la guerre, Claire avait dû reconnaître le fantôme qui habitait Alan, et qu'elle savait qu'il ne guérirait jamais. Sans cela, il aurait hésité à lui imposer son voisinage. Quand elle eut fini de boire son thé, il l'emmena dans la chambre à coucher pour la mettre au courant du fonctionnement des fenêtres, des conditions du loyer, des habitudes des autres locataires et de celles d'un certain chat de gouttière. Il l'entraîna ensuite dans le jardin, sans qu'elle ait eu le temps de lui donner une réponse précise.

Dehors, il faisait frais, le sol était humide et la rumeur de la ville ne parvenait qu'assourdie, dans ce coin de nature sauvage que Kit Hardie lui-même n'avait pas tenté de domestiquer.

– C'est un endroit charmant, dit-il.

Elle leva les yeux vers lui, surprise par cette remarque. Ils marchèrent un moment en silence, savourant un plaisir presque physique, car Kit était un être sensuel et Claire avait trop souffert pour permettre à ses sentiments de prendre une place trop grande. Mais, loin de l'inquiéter, cette sorte d'euphorie l'enveloppait, adoucissant les souvenirs pénibles réveillés par Alan Ash, la protégeant des tentacules dans lesquels les Swanfield et les Lyall cherchaient à l'enserrer.

Kit Hardie avait trente-six ans. Il était plus âgé que tous les hommes qu'elle avait connus jusque-là. Il était aussi plus équilibré et certainement plus égoïste. Même un peu rustre, parfois, derrière son charme distingué. Comme ce serait reposant de se sentir, ne serait-ce qu'un moment, plus jeune, plus fragile, et de se laisser protéger et diriger par lui. Reposant et *facile.*

– Nola a dû vous dire que j'ai été au service des Swanfield.

– Au service... quelle affreuse expression. Elle ne vous va pas.

– Merci. Est-ce que vous prenez l'appartement ?

– Oh ! je pense... peut-être.

– Ce n'est pas une réponse. Essayons encore une fois. Est-ce que vous prenez l'appartement ?

– Oui... sans doute.

– Claire... ?

C'était la première fois qu'il l'appelait par son prénom.

– Oui, dit-elle enfin. Je le prends.

5

Dorothée Lyall ne comprenait pas qu'on pût choisir d'habiter Mannheim Crescent – un quartier sale et populaire, semblable à celui où elle avait vécu avec son premier mari –, quand on n'y était pas obligé.

En revanche, la décision de Claire ne fut pas une surprise pour Edward. Il laissa entendre qu'elle avait déjà manifesté des signes de bizarrerie. L'héritage paternel, sans doute. Et voici qu'on lui demandait d'en supporter les conséquences, à lui qui l'avait acceptée en toute bonne foi. Fallait-il s'étonner s'il en tombait malade ? En proie à des crampes d'estomac particulièrement violentes, déçu, lésé, il se réfugia dans son bureau, tira les volets et s'enfonça dans son fauteuil en fermant les yeux.

Le ventre noué par cette panique que son mari savait si bien lui inspirer, Dorothée entra dans la chambre de Claire et lui lança l'éternelle accusation :

– Est-ce que tu cherches à briser mon ménage ? Pourquoi fais-tu ça, pourquoi ?

Mais, en définitive, la seule question importante était de savoir « ce que diraient les Swanfield ». Lorsqu'il s'avéra qu'ils ne lui retireraient pas leur faveur, alors, seulement, Edward se découvrit assez de bonté d'âme pour pardonner à la fille de sa femme et la laisser en paix.

Claire s'installa à Mannheim Crescent dès que son

beau-père eut fini de bouder. Elle n'emporta que ses vêtements, les lettres de Paul et le livre de Rupert Brooke que lui avait donné Jeremy. Elle ne prit aucun des petits souvenirs de son enfance qui auraient pu atténuer l'anonymat de l'appartement. Sa seule envie était d'être tranquille. D'être seule, moralement sinon physiquement. Elle céda pourtant à l'insistance de Dorothée qui voulut à tout prix l'accompagner la première fois – l'installer, disait-elle – et elle finit par accepter de la voir le mercredi suivant – et tous les mercredis – aux *Délices*, afin que les gens qui comptaient aux yeux d'Edward puissent les voir prendre leur thé en parfaite harmonie.

– Mon Dieu, dit Nola qui arriva une demi-heure après le départ de Dorothée, cette cheminée fait horriblement clinique. Mais ce n'est pas grave, il se trouve que j'ai un ami, un sculpteur, qui fait de superbes choses modernes. Des œuvres lourdes de sens. En ce moment il travaille sur « Le Chagrin » et « La Jalousie », des sentiments très durs. Bien entendu, il est pratiquement inconnu... un crime. Mais, d'un autre côté, c'est tellement excitant de se trouver là à ses débuts. Je vous le présenterai. Il n'est pas bon marché, surtout depuis qu'il a pris conscience de sa valeur, grâce à moi. Mais quel investissement ! Vous ne le regretterez pas.

– Je vous donnerai quelques fusains, lui proposa Alan. « La rue de la Persévérance, un samedi soir, sous la pluie »... n'est-ce pas lourd de sens ?

– Maman dit que ce sont les petits riens qui réchauffent une maison, déclara Polly, venue elle aussi dès le premier jour.

Elle se tenait dans l'encadrement de la porte de la cuisine et avait adopté une pose gracieuse, pour se faire admirer d'Alan Ash.

– Nous avons une foule de choses dans les placards, à Montfleuri. Maman a dit que vous n'aurez qu'à choisir ce que vous voudrez, quand vous viendrez dîner dimanche. A propos, elle vous enverra la voiture à 18 heures.

Pour éviter d'être submergée sous un déluge de cadeaux importuns, Claire alla passer une matinée dans les galeries vétustes qui abritaient les quelques rares antiquaires de Faxby. Elle en ressortit avec une collection de statuettes blanches, des nymphes antiques qu'elle supposait fabriquées en série à Birmingham, ainsi que plusieurs gravures inspirées de Renoir ou de Monet, représentant des effets de soleil dansant sur des eaux vert pâle, des champs de blé, des jeunes filles en robe blanche abritées sous des ombrelles rayées et, enfin, une rue de Paris en été.

– Exécrable, décréta Nola. Mais vous n'avez pas dû vous ruiner, aussi je pense qu'il doit vous rester de l'argent à consacrer à l'*art*. J'organise en juin une exposition pour mon ami sculpteur et j'espère que vous serez généreuse. C'est un garçon brillant et très original. Je vais l'installer dans un atelier près d'ici, ainsi vous aurez l'occasion de le rencontrer. Je vous l'amènerai un après-midi, la semaine prochaine. Mardi, si vous voulez. Très bien. Vers 15 heures. Faut-il vous dire que Polly serait de trop ?

Mais il ne fut pas facile d'écarter Polly, pour qui Mannheim Crescent avait un parfum de vie de bohème et de dissipation, d'autant plus qu'elle était devenue l'émissaire de la générosité de Miriam, et que le chauffeur la déposait chez Claire au moins deux fois par semaine, accompagnée de quelques cadeaux coûteux, destinés, pensait Claire, à l'ancrer encore plus solidement à Faxby.

– Maman a pensé que vous auriez besoin qu'on vous remonte un peu le moral.

Alors, avec la pétulance d'une bonne fée, Polly faisait apparaître une descente de lit en fourrure, un charmant paravent japonais qui « se mourait d'ennui dans le grenier », un fauteuil, ou encore un couvre-lit matelassé.

– Maman s'est souvenue que vous n'aviez pas de tasses à thé.

Et Claire découvrait, trônant dans l'entrée, une caisse enrubannée de satin bleu contenant un service en porcelaine de Derby dont « personne ne voulait » et des tasses à thé fleuries.

– Comment arriverai-je à me servir de tout ça ?

– Oh ! rétorquait Polly que le critère d'utilité n'affectait guère, vous en casserez bien quelques-unes. Maintenant, puisque j'ai la voiture, mettez votre chapeau et allons assister au match de cricket... ou plutôt, j'espère me faire voir d'un joueur particulièrement doué.

– Quelle générosité de la part des Swanfield ! s'enthousiasma Dorothée en admirant le service de porcelaine. Edward va être si content.

A cause d'Edward, de Dorothée et du fait que Miriam était la mère de Jeremy, il était difficile, pour Claire, de refuser les présents généreux des Swanfield et les fruits de leurs serres qu'elle recevait par pleins paniers. Il lui était encore plus malaisé d'ignorer les petits mots qui les accompagnaient, et par lesquels Miriam l'invitait à prendre le thé, à manger des fraises à la crème sur la pelouse, à jouer au tennis ou au croquet pour « m'aider à faire renaître mes petites sauteries, comme celles où vous valsiez avec Jeremy ».

Claire, qui n'avait jamais dansé de valse avec Jeremy à Montfleuri, se voyait maintenant obligée d'accepter pour cavaliers de très jeunes gens et d'autres qui l'étaient moins, parce que Miriam voyait en eux des partis éventuels pour Polly. Pendant qu'elle bavardait avec eux, sa belle-sœur boudait près du piano, mécontente de sa robe de satin orange pailleté d'or, car elle enviait la simplicité de la mise de Claire et ses cheveux courts. Elle rêvait d'un orchestre de jazz de Noirs américains et d'un gangster farouche qui lui enseignerait le fox-trot et le tango.

– Chère Claire, murmurait Miriam. Pourrais-je vous dire deux mots au sujet de Polly ? Non, non, pas ici... plus tard, quand nous serons seules. Elle ne cesse de me harceler à propos de ses robes et de ses cheveux... Je crains qu'elle ne veuille raccourcir les deux, et je ne sais pas trop jusqu'où je dois lui permettre d'aller. Si vous pouviez me consacrer une demi-heure, mon petit ? Mardi, vers 14 heures, peut-être. Oh ! mieux encore, venez donc déjeuner. Je vous enverrai la voiture.

C'était toujours le même scénario. Polly boudait et Miriam jouait les mères effondrées.

– Si tu tiens vraiment à te faire couper les cheveux, ma chérie, je serai obligée de m'y résigner. Mais que va dire Benoît ?

– Je m'en fiche, répliquait Polly, qui n'avait cependant pas le courage d'approcher une paire de ciseaux de sa tête blonde sans le consentement de son frère.

Après avoir été convoquée une demi-douzaine de fois à Montfleuri pour examiner l'affaire, Claire décida d'en finir et, un matin, elle alla frapper à la porte du bureau de Benoît.

– Je crois que Polly a envie de se couper les cheveux.

– Oui. Je sais.

– Ah !... (Elle ne s'attendait pas à cette réponse.) Vraiment ? Et qu'en pensez-vous ?

– Faut-il vraiment que j'en pense quelque chose ?

– Non, sans doute. Mais elle ne tient plus en place... elle voudrait seulement avoir votre avis.

– Je me demande pourquoi vous estimez que je suis qualifié pour le donner, répliqua-t-il.

Etait-ce un consentement ou un refus ? Cette indifférence affichée signifiait peut-être que Polly pouvait faire ce qu'elle voulait de ses cheveux, ou même de sa tête, du moment qu'elle ne l'ennuyait pas. Claire vit qu'il regardait la pendule. Elle était pressée, elle aussi ; c'était mercredi et sa mère l'attendait aux *Délices*. L'après-midi, Nola comptait sur elle pour l'aider à installer son sculpteur dans l'atelier. Ce fut donc avec une légère impatience qu'elle lui demanda :

– Donc, ça vous est égal ?

– Que Polly se coupe les cheveux ? S'il s'agit d'une affaire d'une telle importance, peut-être devrait-elle suivre les conseils de sa mère.

Claire alla rendre compte du résultat de sa mission à Polly, en travestissant un peu la vérité.

– Il vous donne sa permission.

– Vraiment ? dit Miriam qui aurait peut-être préféré une réponse négative.

Mais un autre obstacle surgit. En effet, quand Polly voulut être conduite sur-le-champ dans un salon de coiffure, Miriam se récria avec véhémence. Un salon de coiffure ! Juste ciel ! Ni elle ni aucune de ses amies n'avait jamais mis les pieds dans ce genre d'établissement. Les dames de la bonne société étaient coiffées par leur femme de chambre, mais comme personne, à Montfleuri, n'était capable de faire une coupe, le problème semblait insoluble.

– Eh bien, j'irai chez un coiffeur pour hommes ! s'exclama Polly d'un air provocateur.

Quelques instants plus tard, Claire partit avec le chauffeur et ramena la personne obligeante qui lui coupait ordinairement les cheveux. L'opération se déroula dans la chambre de Polly. A chaque mèche blonde sacrifiée, Miriam versait des larmes de regret. Quant à Polly, qui pensait avoir une coiffure lisse et gonflée, comme Claire, elle éclata en sanglots et lança sa brosse à travers la chambre, quand elle s'aperçut que ses boucles ne voulaient pas se laisser domestiquer.

– Qu'est-ce que je vais devenir ? Pourquoi ne m'en avez-vous pas empêchée ?

– C'est toi qui l'as voulu, dit Miriam en lui présentant un flacon de sels.

– Je n'oserai plus jamais mettre le nez dehors. Plus jamais. Autant que j'aille me mettre la tête dans le four... ce serait la meilleure solution.

– Mon Dieu ! s'exclama Eunice, surgissant à l'improviste. Polly... qu'est-ce que tu as fait ?

– Va-t'en, hurla Polly en lançant un peigne dans sa direction. Ne me regarde pas. Je me suis faite laide... comme toi. Voilà tout.

Cependant, après avoir contemplé pendant une bonne heure, et sous tous les angles, ses mèches rebelles, elle se dit que cet aspect de petit garçon qu'elle avait désormais accentuait le charme incontestablement féminin de ses traits et qu'il lui donnait un air piquant, original et, surtout, moderne.

– Il y a des femmes qui donneraient n'importe quoi pour avoir des cheveux comme les vôtres, remarqua Claire, non par charité, mais parce qu'elle avait envie de partir.

– C'est très chic. Trop chic, même, décréta Eunice d'un air pensif.

– Oh la la ! J'espère qu'on ne va pas la prendre pour une... comment dit-on, déjà ?... pour une garçonne.

Ranimée par cette remarque, Polly qui, justement, rêvait d'être prise pour telle, tomba immédiatement amoureuse de sa nouvelle apparence, et elle parada toute la journée devant le chœur ébloui que formaient les bonnes, le jardinier et Toby, le mari d'Eunice, qui joua le jeu jusqu'à prétendre ne pas la reconnaître.

– Qui est cette splendide créature ? Ça ne peut pas être Polly.

Cette euphorie dura jusqu'au moment où elle se trouva en présence de Benoît qui, sans le vouloir peut-être, fit retomber toute sa joie parce qu'il parut ne s'apercevoir de rien.

– Benoît... je me suis coupé les cheveux.

– Ah !... c'est pour ça que tu as encore manqué ta leçon de piano ?

– Oh... ça !

– Oui, ça, Polly. J'ai croisé Mlle Peterson qui s'en allait, après t'avoir attendue une heure au salon. J'ai dit au chauffeur de la ramener chez elle. Je regrette infiniment d'avoir à te répéter que, si tu crois devoir annuler une leçon, la plus élémentaire des politesses veut que tu en avertisses ton professeur. Je m'étonne que vous tolériez ce genre de chose, Miriam. Cette femme traverse toute la ville en tram pour venir ici et, sans parler du dérangement, il est stupide de continuer à la payer pour des leçons que Polly ne prend pas.

– Mais, Benoît, si tu as fait raccompagner Mlle Peterson en voiture, comment Claire va-t-elle rentrer en ville ? Ma pauvre Claire, il va falloir que vous restiez avec nous une heure de plus.

Quand le chauffeur revint, Claire partit en emportant un bouquet de freesias et un panier contenant des beignets à la cannelle et un gros gâteau au chocolat offerts par Miriam.

– A dimanche, lui dit celle-ci.

– Dimanche ?

– Mais oui, ma chère enfant. Le dimanche, nous dînons toujours tous ensemble. Et à présent que vous êtes installée, vous devez venir, vous aussi. C'est le jour de la famille, disait mon mari, et on n'accepte aucune excuse. C'était un homme très autoritaire, mon Aaron. Du lundi au samedi, ils peuvent manger où ils veulent, disait-il. Mais, une fois par semaine, je les veux à ma table... puisque c'est moi qui les entretiens. C'était sa façon de faire comprendre qu'il souhaitait nous voir tous réunis dans son affection. Mon mari était très à cheval sur les traditions... Oh ! c'est parfois pesant, je sais. Et Benoît est exactement comme lui. Maintenant qu'il est le chef de famille, il y tient énormément.

Claire comprit qu'on venait de lui rappeler discrètement que Benoît l'entretenait, elle aussi.

En mai, elle assista à la garden-party que Miriam donna le jour de son anniversaire. Pour l'occasion, elle avait mis une longue robe lilas et un grand chapeau à bord souple orné d'un foulard de couleur assortie, toilette qui reçut l'approbation d'Edward lui-même. Ne cherchant pas à se dérober à ses devoirs, elle se promena dans le jardin, bras dessus bras dessous avec Miriam qui était très en beauté dans sa robe bleu-gris, rehaussée d'un collier de perles. Le soleil brillait. La haie de rhododendrons, qui avaient fleuri pour la circonstance, déployait sa féerique palette de rouge, de violet, de lilas et de blanc. Les jacinthes pointaient leur tête délicate sous les grands bras des châtaigniers ; des jeunes filles en robe claire évoluaient avec grâce sur la pelouse, et les jeunes gens en blazer et pantalon de flanelle ressemblaient tant à Jeremy que Miriam dut s'appuyer un instant sur le bras de Claire pour retrouver ses esprits. Toutefois, l'arrivée bruyante des quatre fils d'Eunice, des garçons pleins de santé, et des deux enfants de Benoît, des adolescents plus délicats, la ramenèrent à la réalité plus concrète de la jeunesse.

– Allez jouer, les enfants, dit-elle avec un peu d'agacement aux deux fils de Benoît, qui étaient d'une sagesse exemplaire.

Elle n'avait pas eu besoin de donner ce conseil à ses quatre autres petits-enfants qui, depuis leur arrivée, ne cessaient de se battre comme des chiots indisciplinés, mettant à mal en moins de cinq minutes les chaussures et les vestes neuves qu'Eunice leur avait achetées – mais sans doute pas payées – chez Taylor & Timms.

– Eunice, tu ne crois pas qu'on pourrait les obliger à se tenir un peu tranquilles... du moins pour un moment ?

– Ce sont des gosses, maman... des garçons.

– Eunice, ma chérie, Justin a quinze ans et Simon douze... ce sont de grands garçons.

– Mais, maman ! Ils s'amusent. C'est normal.

Eunice regarda d'un air agacé les deux fils de Benoît, impeccables comme des gravures de mode, ce qu'elle ne trouvait pas normal du tout.

Des petites tables recouvertes de nappes d'organdi rose étaient installées sur la pelouse, sous les arbres, ou posées çà et là dans la roseraie. Il y avait du champagne, des glaces, des sorbets, des montagnes de sucreries et un gâteau d'anniversaire en forme de cœur recouvert du glaçage de sucre rose cher à Miriam. Le quatuor à cordes des *Délices* jouait sous la tonnelle, près du bassin aux poissons rouges. Eperonnés par leur mère, les petits Hartwell se présentèrent chacun à leur tour devant leur grand-mère pour lui offrir les présents qu'Eunice avait mis des semaines à choisir et des heures à empaqueter. Les enfants de Benoît accomplirent le même devoir avec autant de correction que des soldats à la parade ; s'inclinant avec aisance, ils lui remirent chacun un paquet emballé par Taylor & Timms, à la demande de Nola, paquet qui contenait ce que l'obligeant directeur du magasin avait jugé bon de mettre. Selon la coutume, il y eut aussi des cadeaux pour tout le monde, et la journée se termina par une vaste chasse au trésor dans toute la propriété, pour chercher les petits souvenirs que Miriam avait cachés, après les avoir soigneusement étiquetés au nom de chaque invité.

– Comme c'est gentil, dit Edward Lyall de façon à être entendu de Miriam, sachant qu'il y avait quelque part une boîte de cigares qui lui était destinée.

– Qu'est-ce qu'on s'amuse, déclara aigrement Nola qui n'avait pas l'intention d'aller explorer les buissons de cassis ou de ramper sous les meubles de la salle à manger pour découvrir un foulard de soie ou un poudrier.

– Oh oui, qu'est-ce qu'on s'amuse, répéta Polly,

sincère et prête à grimper au sommet de l'Everest si elle avait une chance d'y trouver un cadeau-surprise.

– Comme maman est belle, dit Eunice qui avait besoin d'une alliée, car elle se rendait compte qu'elle ne pourrait pas cacher longtemps à Benoît que Justin, son fils de quinze ans, avait causé d'importants dégâts dans la propriété des voisins, après avoir emprunté, « sans permission, évidemment », la voiture de son père. (De même, elle ne se sentait pas en mesure de lui expliquer – étant donné qu'elle ne l'avait pas bien compris elle-même – pourquoi Toby avait jugé bon d'échanger son véhicule à peine éraflé contre un modèle tout neuf et beaucoup plus coûteux.) Il faut que jeunesse se passe, ne cessait-elle de marmonner, tout en observant à la dérobée ses neveux qui semblaient avoir consacré l'après-midi à apporter des chaises aux vieilles dames, et qui se comportaient comme de parfaites petites machines qui deviendraient un jour de puissantes grosses machines, comme Benoît, à moins qu'ils ne se détraquent, soudain, comme Nola. Ses fils étaient peut-être turbulents, mais, au moins, ils étaient *normaux*.

– Venez ici, les enfants. Si on faisait une virée au grenier ? proposa Toby avec un entrain apparent, bien qu'il n'eût pas plus de goût que Nola pour ce genre de divertissements.

Il se rendait compte qu'il fallait à tout prix détourner ses fils de leur projet de pousser un de leurs cousins dans le bassin aux poissons rouges.

– Bonne chasse ! s'écria Miriam en leur envoyant des baisers pour les encourager.

– Quelle femme merveilleuse, murmura Edward.

– Taïaut ! cria Polly en bondissant comme un lévrier, suivie d'une meute de jeunes pleins d'enthousiasme et d'un vieux monsieur optimiste.

– Excusez-moi. Je sens venir une migraine, dit Nola.

Personne n'avait vu l'ombre de Benoît ; pourtant, il était forcément là.

– Venez me tenir compagnie, ma chère Claire, proposa Miriam. Inutile de partir en chasse. J'ai votre cadeau avec moi.

D'un geste affectueux, elle tendit à Claire un ancien médaillon en or émaillé qui renfermait la photographie d'un bel enfant et une mèche de cheveux de bébé, des cheveux blonds qui, elle le devina avec effroi, avaient appartenu à Jeremy.

– Mettez-le dimanche soir, avec votre belle robe rouge.

Claire se demanda si elle le pourrait. Au moment où Miriam lui attachait la chaîne autour du cou, elle ressentit comme une brûlure. C'était un cadeau d'anniversaire que Jeremy avait offert à sa mère, par un semblable après-midi de mai, avec son premier argent de poche. Il était allé se faire photographier en cachette à Leeds, ce qui lui avait valu une punition, car on l'avait soupçonné de quelque mauvaise action.

– Et il s'est laissé punir sans rien dire, car il ne voulait pas me gâcher ma surprise, sachant combien je les aime. Quel bon cœur il avait !

Claire n'avait aucune raison d'en douter. Simplement, elle ne parvenait pas à s'en souvenir.

– Et quelle vivacité. Quel sens de la fête... comme moi.

De ça non plus, elle ne se souvenait pas.

De retour chez elle, elle prit le médaillon et l'enferma en hâte dans un tiroir, hors de sa vue. Mais, toute la nuit, dans ses rêves, elle crut l'entendre la supplier de le libérer et de garder son souvenir, tandis que la lugubre colonne d'aveugles avançait en traînant les pieds vers une forme crucifiée qu'elle n'osait regarder mais qu'elle savait être Jeremy. L'épouvante la réveilla, mais la présence de ces cheveux d'enfant, tout près d'elle, dans un tiroir, était si insistante qu'elle dut se lever pour mettre le médaillon dans une autre pièce, avant d'essayer de se rendormir.

Il y avait des jours où elle arrivait à repousser les ingérences des Swanfield et des Lyall, un peu comme un chat qui se laisse caresser tout en gardant ses distances. Elle ne pensait pas au bonheur. Il était encore trop tôt et, de toute façon, elle n'en ressentait pas le besoin. Il lui était déjà arrivé d'éprouver une joie profonde, elle n'en avait donc pas perdu la faculté. Sa sensualité commençait à se réveiller, et elle craignait que les élans de son corps ne la poussent à prendre un amant, avant même que son cœur soit prêt.

Pour le moment, elle se contentait de plaisirs physiques plus modestes. Après avoir dormi pendant quatre ans sur des matelas humides et pleins de poux, s'être lavée avec de l'eau froide et sale, c'était un luxe d'avoir chaud et d'être propre. Après avoir côtoyé le danger si longtemps, quel soulagement de se sentir en sécurité ! Après ces années de vie communautaire, elle s'émerveillait de posséder un espace où elle était à l'abri des regards. Après avoir été constamment à la disposition des autres, elle savourait le bonheur de partir à la dérive, de s'évader, jusqu'au moment où, fortifiée par la solitude, elle serait en mesure de trouver une nouvelle raison de vivre. Avec sa population mouvante d'isolés, son climat d'incertitude et d'illusions perdues, Mannheim Crescent était le havre qu'il lui fallait pour attendre ce moment.

Certains matins de pluie, il lui arrivait de ne pas se lever. Parfois, s'il y avait du soleil et une brise tiède, elle s'enveloppait dans un vieux kimono dont les dragons brodés s'effrangeaient, et elle sortait pieds nus dans le jardin, sans même se coiffer, pour prendre son café sur un banc de pierre, à l'abri du prunier. Elle lisait en fumant, se laissant aller à la paresse de n'avoir aucun projet, se contentant de sentir s'écouler le temps avec une passivité qui aurait épouvanté sa mère. Elle regardait s'ouvrir les fleurs du prunier, absorbait par la peau les exhalaisons humides des jonquilles et des pissenlits fraternellement mêlés, et la senteur des fougères qui se déroulaient au soleil. Elle écoutait le bruissement des herbes et des feuilles, les mouvements et les cris des oiseaux, et parfois les notes hésitantes d'un piano sur lequel une vieille demoiselle enseignait un répertoire qui se limitait à quelques valses de Strauss et à la *Lettre à Elise*.

Elle faisait de longues promenades sous la pluie. Fine et duveteuse en été, cinglante aux autres saisons, la pluie était presque toujours présente quelque part au-dessus des collines encerclant cette ville bâtie dans une cuvette embrumée, où les pavés luisaient sous l'humidité qui retombait, les soirs de printemps, pour se mêler à la fumée âcre des usines. Quand elle en avait assez, elle rentrait se reposer dans son fauteuil de chintz vert, après avoir enroulé ses cheveux mouillés dans une serviette et enfilé son affreux kimono rouge et or. Parfois, mais très vaguement, elle songeait à l'avenir.

Son éducation bourgeoise l'avait préparée à se marier mais non pas à gagner sa vie. On lui avait enseigné les moyens d'assurer une existence agréable à l'homme qui la prendrait en charge. Elle n'avait pas appris à cuisiner, mais plutôt à composer des menus bien équilibrés, à décorer une table avec des fleurs, de la mousse et des serviettes pliées en forme de cygne. Elle savait jouer du piano, parler français et rédiger des lettres adaptées à toutes les circonstances de la vie en société. Jusqu'à la mort de Paul, elle n'avait jamais sérieusement songé à travailler. Elle voulait seulement se tenir à ses côtés, l'épauler dans tout ce qu'il choisirait d'entreprendre, encourager ses aspirations et ses ambitions, ce qui ne représentait pas un bien grand sacrifice puisque, personnellement, elle n'en avait pas. Elle n'écartait pas la possibilité de se remarier un jour, et même elle l'espérait, mais ce ne serait pas avant longtemps et peut-être pas pour toujours. Elle voyait bien que les anciennes valeurs étaient périmées ; mais, contrairement à sa mère et à Miriam, elle n'avait aucune envie de s'y accrocher. C'était une « femme nouvelle » qui n'avait aucune compétence, contrairement à celles qui s'étaient empressées de prendre la place des hommes, quand ceux-ci avaient été appelés sous les drapeaux. Elle ne savait ni taper à la machine ni tenir des comptes, et elle n'était pas dévorée par le désir d'apprendre. Evidemment, elle connaissait le métier d'infirmière, mais comme son vœu le plus cher était de ne jamais remettre les pieds dans un hôpital, à quoi cela servait-il ?

– Vous n'êtes pas une très bonne ménagère, on dirait, remarqua un jour Alan Ash en la voyant ramasser, avec la plus grande indifférence, les débris d'une soucoupe en porcelaine de Derby.

– Non. Aussi, ne comptez pas sur moi pour mettre de l'ordre dans votre fouillis. J'en ai bien assez avec le mien.

Le logement d'Alan se composait d'un réduit carré donnant sur une vieille serre délabrée, dont l'ameublement se bornait à un lit étroit sur lequel était jetée une couverture grise, deux chaises de cuisine et quelques coussins amoncelés dans un coin. La serre était encombrée par du matériel de peinture entassé pêle-mêle, et l'immense table de travail disparaissait sous une montagne d'esquisses achevées ou à peine commencées ; des toiles étaient rangées face au mur, comme des enfants au piquet ; partout, des tubes de peinture, des pinceaux, des couteaux à palette, des boîtes, des bocaux de vernis et d'essence de térébenthine, des chiffons sales, des piles de vieux magazines et de livres. Un grand vase ébréché, de style vaguement oriental, avait été laissé là par le locataire précédent et Alan n'avait même pas eu l'idée de s'en débarrasser.

– Quel bazar !

– C'est mon habitat naturel, ma chère enfant.

Pourtant, l'obligation de partager la cuisine avec lui ne la gênait pas, le seul inconvénient était de jeter les bouteilles de whisky vides qu'il laissait sur la table, et la présence, trois ou quatre fois par semaine, d'une fille en petite tenue – rarement la même deux fois de suite – qui lui préparait son café et ses œufs brouillés, et lui lavait ses chemises et ses chaussettes dans le petit évier de pierre.

– Il a une morale de chat de gouttière, avait dit Nola, assez fort pour qu'Alan l'entendît, en apercevant une de ces obligeantes personnes filer par la porte du jardin, vers les 7 heures du matin.

Avec un sourire accablé, l'intéressé avait poliment approuvé.

– Qu'est-ce que vous avez contre les chats de gouttière ? Ils font l'amour chaque fois qu'ils en ont l'occasion, parce que ça risque d'être la dernière. Exactement comme moi. Et vous, Nola, qu'est-ce que vous faites ?

Nola était assise sur la table de la cuisine. De somptueux renards doux, dont les têtes pointues se rejoignaient dans son dos, lui retombaient, par-devant, jusqu'à la taille. Elle avait un chapeau cloche enfoncé sur les oreilles. Un collier d'ambre à plusieurs rangs et de multiples chaînes d'or pendaient sur ses jambes croisées. Maquillée, parfumée, elle tenait dans une main un luxueux fume-cigarette monogrammé et, de l'autre, un sac en crocodile à fermoir doré.

– Alors, Nola, dites-moi ?

– Sale type, lança-t-elle d'une voix sans timbre.

Elle ouvrit son sac d'un geste brusque, en sortit ses gants, se leva, partit.

– Vous n'êtes pas gentil, remarqua Claire.

– Je sais. Mais je ne suis pas un sale type non plus.

– Personne n'a jamais pensé ça.

– Que suis-je alors, ma jolie Claire ?

– Oh !... un fils de bonne famille, qui a des revenus suffisants pour s'habiller comme un romanichel et faire de menus travaux à la *Couronne*, sans perdre la face... ni déchoir. C'est bien ça ?

– Plus ou moins. Mais avec un très petit revenu... encore plus mince que le vôtre, je pense. A peine de quoi survivre.

– Mais assez pour vous permettre de gâcher l'instruction que vous avez reçue.

– Si vous voulez. Que voyez-vous encore chez moi ?

– J'imagine que votre mère élève des chiens de race, qu'elle s'occupe du bal de l'ouverture de la chasse, de la bonne moralité de ses voisins, et qu'elle rafle tous les prix à l'exposition florale. Quant à votre père, ce doit être un pasteur... du genre chic, et qui connaît les bons vins.

Elle s'aperçut trop tard du danger. Elle venait de décrire les parents de Paul et leur milieu, comme Paul les lui avait lui-même décrits. Pour mettre un comble à son embarras, elle se rendit compte que des larmes coulaient sur ses joues.

– Oh ! merde ! s'exclama-t-elle.

Alan éclata de rire.

– Bravo, infirmière Swanfield. Voilà qui est bien parlé. Il faudrait toujours avoir un mouchoir prêt pour ce genre de circonstance. Mais je me demande... ah ! si, en voilà un. Il doit être à Kit, mais peu importe.

Il lui essuya les yeux. Visiblement accoutumé aux larmes des femmes, il ne semblait pas les prendre trop au sérieux.

– Je suis désolée, dit-elle.

– Moi aussi, je vous assure. Je pensais avoir très vite une chance de faire votre conquête. Mais il faudra peut-être du temps si je vous rappelle tellement quelqu'un d'autre. C'est bien ça, n'est-ce pas ?

– Oui.

– Et je suppose également – étant donné le temps écoulé – qu'il ne s'agit pas de votre mari.

– Non. Ce n'est pas mon mari.

– C'est dommage. Vous me plaisez beaucoup, Claire.

– Vous aimez tant de femmes, Alan.

Il sourit comme un enfant.

– C'est à peu près la seule chose que j'arrive à mener jusqu'au bout en ce moment, et avec quelque succès. C'est ce qui se différencie sans doute le plus de l'acte de tuer... c'est même tout le contraire.

– Vraiment ? Vos choix me semblent un peu... irréfléchis.

– Quand on tue aussi. Dans mon cas, du moins.

– Ne me dites rien.

– Je n'en avais pas la moindre intention.

– Je sais. Pourtant, le contraire de tuer consisterait à leur faire à toutes un enfant. Et je ne crois pas que ça vous plairait.

– Juste ciel... J'espère que vous vous rendez compte que vous risquez de me dégoûter de l'amour. La paternité... (Il frissonna.) Non. Oh non, pas ça ! Plutôt fuir.

– Ah oui, c'est commode, mais pas très original. En parlant d'originalité, est-ce que Nola se trompe quand elle dit que vos tableaux ne valent rien ?

– Venez voir vous-même.

Elle le suivit dans son atelier, et s'agenouilla sur un gros coussin pendant qu'il découvrait les toiles debout contre le mur. Elle connaissait ses dessins des rues de Faxby et des terrains vagues où se rencontraient, le samedi soir, les jeunes qui n'avaient pas les moyens d'aller au cinéma ou au café. Elle avait vu les féroces caricatures qu'il griffonnait au bistrot du coin et qu'il vendait un shilling pièce. Mais elle s'était toujours défendue de regarder ses véritables œuvres, redoutant peut-être d'y découvrir la mort hideuse des tranchées, de voir la file d'aveugles qui hantaient ses rêves apparaître sur la toile. Elle fut donc soulagée de découvrir une fleur représentée avec une minutie de botaniste ; un univers agreste rempli de fleurettes sauvages, d'herbes dentelées, d'eau ridée par la pluie, de galets irisés, un monde végétal vu par une sauterelle, une abeille explorant goulûment l'intérieur d'une digitale, d'un bleuet ou d'une primevère.

On aurait dit une pastorale tirée d'un livre pour enfants, où s'ébattaient de petits animaux à fourrure. Mais il y avait en plus une note de réalisme déconcertante, la présence invisible d'un fusil pointé sur le lapin gambadant vers son terrier, d'une lourde botte écrasant une primevère. Le cycle de la vie et de la mort, déjà cruel en soi, se trouvait brisé par l'arrivée de l'homme.

C'était superbe et douloureux. Peut-être aurait-elle supporté plus facilement les soldats aveugles.

– Je ne m'y connais pas assez pour juger, dit-elle.

– Oh !... je pense que le qualificatif de médiocre est le mieux approprié. Je pourrais gagner ma vie en peignant de jolis portraits de femmes pas très jolies... si je cherchais vraiment à gagner ma vie.

Ils étaient agenouillés tout près l'un de l'autre, et il n'eut qu'à pencher un peu la tête pour l'embrasser, sans qu'aucune partie de leurs corps se touchât. Cet homme, qui semblait ne jamais opposer de résistance, avait pourtant échappé aux mains possessives de Nola, et il retenait Claire non par sa sensualité mais par l'ombre fragile des années qu'ils avaient partagées sans le savoir.

– Ne craignez rien. Je ne m'engage jamais plus loin que le lendemain matin.

Claire se leva en souriant.

– Je n'ai pas peur. Je ne veux pas me compliquer la vie, c'est tout. Et vous êtes très compliqué, Alan.

– Mais non. Pas du tout. Je suis un type tout simple. Naturellement, je ne suis pas fidèle... mais je préviens à l'avance. Je ne peux offrir que ce que j'ai, c'est-à-dire pas grand-chose et rien que de l'éphémère, mais si ça suffit pour le plaisir du moment, c'est déjà ça. Après tout, je suis de passage. Je ne le cache pas.

– Où allez-vous, Alan ?

– Je vais à Edimbourg... je ne vous l'ai pas dit ? Pour voir quelqu'un. Quant à savoir si j'y arriverai, cela dépend de beaucoup de choses. Du temps, par exemple. Si l'été est beau, j'irai peut-être à Scarborough ou à Whitby, et je vendrai mes dessins, sur la plage, à deux sous l'unité. S'il pleut, je n'irai peut-être même pas jusqu'à Carlisle. Rien ne presse. Accompagnez-moi, si vous voulez. Ce serait drôle de voyager ensemble. Pas comme amants... c'est trop contraignant. Seulement en amis qui partageraient le même lit. L'amitié ne me fait pas peur.

Allait-il voir une fille ? Sa femme ? Combien de temps aurait mis Paul pour revenir à Gwendoline, ou Jeremy pour retrouver Claire, si le destin l'avait voulu ? Et même sans femme, sans enfant, sans promesses à moitié oubliées, combien de temps fallait-il – après avoir appris sans trop de mal à obéir aux commandements « Chargez », « Feu », « Tuez » – pour s'adapter avec la même docilité aux nouvelles consignes « Retour à la normale », « Détendez-vous », « Vivez » ?

– Je ne sais pas voyager, Alan, dit-elle en retournant à la cuisine pour laver sa tasse.

Elle mit son chapeau et, très sereine en apparence, bien qu'elle ne se sentît pas totalement sûre d'elle, elle se rendit à l'*Hôtel de la Couronne* pour boire un verre de chablis avec Kit Hardie qui attendait une réponse à la proposition qu'il lui avait faite.

6

Elle le trouva dans le hall en train d'examiner d'un œil critique un gros bloc de marbre qui, à le regarder plus attentivement, avait la forme d'une femme enceinte sans visage, mais dotée de trois seins.

– C'est Nola qui a envoyé ça, constata Claire, hilare.

– Oui, c'est elle.

– Et c'est vous qui allez payer la note, je suppose.

– Bien entendu. Avec l'argent de son cousin Arnold Crozier.

– Elle vous a laissé choisir ?

– Pas vraiment. Sauf pour l'emplacement.

– Et si vous le mettiez dans les toilettes des dames... en guise d'avertissement. ?

– C'est une bonne idée... Vous pensez vraiment qu'il existe des femmes pour croire que pareille chose peut leur arriver ?

– Peu importe, Kit. Le temps de la sculpture passera. Tout comme l'art pastoral... et comme Alan.

– Et moi, ajouta-t-il, non sans humour.

Il ne cherchait nullement à laisser croire qu'il était au désespoir parce que Nola s'était lassée de lui, maintenant que la sculpture était entrée dans sa vie. Grand bien lui fasse. Au début – et maintenant il en souriait –, il avait été flatté de l'intérêt que lui portait l'épouse de Benoît Swanfield. Cette conquête avait beaucoup plus d'importance à ses yeux que toutes les autres femmes de la bonne société qui s'étaient jetées dans ses bras à cause de ses décorations et de son uniforme bien coupé. Il savait précisément ce qu'elles voulaient, et il le leur donnait. Mais, avec Nola, les choses étaient allées un peu plus loin.

« Je sais ce qu'il vous faut. Permettez-moi de vous aider », lui avait-elle dit. Et aussitôt, elle s'était dévouée à sa cause. Elle l'avait présenté à des gens importants, en vantant ses mérites, et elle avait fini par extorquer à ses cousins la promesse de lui confier la gérance de l'*Hôtel de la Couronne*. Pour sa part, Bernard Crozier voulait le démolir pour construire à la place une galerie marchande, et Arnold était partisan de le transformer en appartements.

« Arrêtez ! s'était écriée Nola. J'ai trouvé quelqu'un d'extraordinaire... »

Kit avait été impressionné par Nola. Et puis, il l'aimait bien. Sa position de maître d'hôtel à Montfleuri lui avait permis d'apprendre beaucoup de choses sur chaque membre de la famille. Il avait vu Nola jouer avec sa réputation de façon insensée. Le tabac et l'alcool avaient considérablement détérioré sa santé et son corps, ce corps qu'il ne désirait pas, à cette époque. La première fois qu'elle s'était offerte à lui, comme par défi, sur le lit étroit de sa chambre d'hôtel, il avait moins pensé à Nola elle-même qu'à sa position sociale et à son mari si dédaigneux. Kit Hardie avait servi des familles plus riches et d'un rang plus élevé que les Swanfield, et il n'avait pas hésité parfois à user de la fourberie. Mais il avait reconnu chez Benoît Swanfield, ce bourgeois dont le grand-père n'était rien, une autorité véritable ; aussi, sans l'aimer ou le craindre, s'était-il toujours montré loyal envers lui, jusqu'au jour où sa propre femme lui avait fait des avances. Mme Benoît. Qu'est-ce que cela représentait pour lui ? Un bond par-dessus les barrières sociales ? Une victoire sur des origines qui, sans le gêner particulièrement, ne jouaient pas en sa faveur ? Mais, très vite, elle était simplement devenue Nola, une femme instable, d'une générosité et d'une mauvaise foi prodigieuses, qui lui plaisait et l'exaspérait à la fois. Sublime dans sa maladresse comme dans son dévouement, elle pouvait être adorable par moments, et assommante à d'autres. Il n'était pas amoureux d'elle, mais il ne lui souhaitait pas de mal. En outre, il n'était pas près d'oublier qu'elle lui avait ouvert bien des portes. Celle d'Arnold Crozier. La *Couronne*. Et Claire, peut-être ?

Kit était parti pour le front au cours de l'été 1914, comme Alan Ash, mais pour des raisons différentes. Alan s'était probablement engagé par idéalisme et par patriotisme, pour se lancer à la quête de ce Graal qui, avec tant d'autres choses, avait disparu dans la boue des Flandres, si toutefois il avait jamais existé, contrairement à ce que pensait Kit. Celui-ci avait été la cible des balles et des obus, comme les gentlemen de naissance et, comme eux, il avait enduré les morsures du froid et des rats. En revanche, n'ayant pas d'idéal, il n'avait souffert d'aucune désillusion. Dans les tranchées, son principal souci n'était pas de se demander pourquoi et comment il se trouvait là, mais simplement de rester en vie.

Sa mère était native du Northumberland, et elle n'avait guère plus de seize ans quand elle l'avait mis au monde. Employée chez une famille noble qui possédait des mines de charbon, elle s'était élevée du rang de fille de cuisine à celui de cuisinière en titre. Au sujet de son père, Kit avait très vite appris à ne pas poser de questions. Dans son adolescence, il s'était plu à imaginer que ce père était un jeune châtelain un peu libertin, mais, plus tard, l'idée lui vint – et il ne pouvait s'empêcher de sourire – que c'était peut-être un maître d'hôtel. Sa mère n'avait jamais prononcé de nom et elle n'avait aucune rancune. Pourtant, comme le lui avait fait un jour remarquer une de ses maîtresses, cette situation était sans doute responsable de son absence de fidélité en amour.

« Vous n'avez aucune moralité », lui avait dit cette amie. Pourtant, s'il avait réussi, c'était non seulement grâce à son adresse, son charme, sa prudence et son habileté à trouver les points faibles d'autrui, mais aussi par son travail acharné.

Un domestique ne peut pas devenir un gentleman, cela il le savait depuis toujours ; mais il s'était vite aperçu que, avec un peu de chance et beaucoup de talent, il était possible de vivre comme un homme bien né. En toute modestie, Kit pouvait se vanter de mener sa barque à la perfection. C'était lui qui chargeait les fusils quand son patron invitait des amis à une partie de chasse. Mais à la fin de la journée, quand ces messieurs étaient dans leur bain, il choisissait les meilleures grouses et les plus belles perdrix, et les accommodait selon les recettes d'un chef français. Il avait acquis une grande connaissance des vins à force d'ouvrir les bouteilles et de prélever chaque fois ce qu'il considérait comme son dû. Depuis l'enfance, il éduquait son palais en goûtant tous les produits qui lui semblaient fins et rares. Il avait appris à s'habiller en observant ces privilégiés qui, au bienheureux temps de l'avant-guerre, changeaient de tenue au moins quatre fois par jour. Sa garde-robe personnelle était réduite mais de bonne qualité et, quand il n'était pas de service, il portait ses vêtements avec plus de chic et de naturel que n'importe qui.

Sans être ni gros mangeur ni grand buveur, il était difficile. Un véritable expert. Certes, il faisait son métier à la perfection. Mais est-ce qu'il l'aimait ? Avant la guerre, il n'avait pas eu le temps de se le demander. Sans doute se sentait-il un peu au-dessus de sa condition, alors que ses patrons lui donnaient plutôt l'impression d'être au-dessous de la leur. Sauf Benoît Swanfield, évidemment. Mais n'était-ce pas une chose naturelle, dans un monde où les riches étaient souvent imbus d'eux-mêmes, leurs fils mous ou paresseux, leurs filles sottes ou écervelées, leurs femmes vaniteuses, prudes ou frustrées ?

Ayant saisi le mécanisme, il en avait profité pour obtenir une rapide promotion. Mais, une fois arrivé en haut de l'échelle, et plus jeune qu'il ne l'avait escompté, une nouvelle question se posa. Et ensuite ? Maintenant qu'il possédait la maîtrise de son métier, l'expérience, la sécurité et un revenu décent – sauf les mois où l'ennui l'entraînait vers le champ de courses ou la table de poker –, que lui restait-il à faire ? Il ne supportait pas de se voir limité par des structures sociales que personne, en cet été 1914, ne semblait remettre sérieusement en question.

– Mon cher Hardie, j'espère que vous ne me quitterez jamais, lui avait dit Miriam qui attribuait son air préoccupé à des soucis d'ordre financier.

La même année, il avait connu une jeune femme, la veuve d'un épicier, qui cherchait un homme à la fois capable de satisfaire les exigences de son tempérament et de gérer son commerce.

Il avait donc le choix.

Quand Miriam lui annonça qu'elle allait l'augmenter, il la remercia chaleureusement.

– Vous n'allez pas me quitter, Hardie ?

– Mais non, madame.

Le soir, il promit la même chose à la veuve. Pourtant, le lendemain matin, en passant devant le bureau de recrutement pour aller à Montfleuri, il entra et signa son engagement. Qu'elles aillent au diable, toutes les deux ! Pour couper court à leurs lamentations, il avait invoqué son patriotisme.

– Je ne fais que mon devoir, madame.

Il avait aussitôt regretté sa décision en constatant la pagaille qui sévissait dans les camps d'entraînement et la confusion encore plus grande qui régnait sur le front, en France. Au cours des premières semaines qu'il avait passées dans les tranchées, il s'était demandé ce qu'on attendait d'eux, lui et ses camarades. Il n'avait trouvé personne pour le lui dire.

Son capitaine sortait de Harrow. Il avait dix-neuf ans et il était secondé par des lieutenants encore adolescents. Son colonel était un vieux de vingt-cinq ans, qui possédait une licence en philosophie, des biens fonciers, un siège héréditaire au Parlement et un caractère facétieux.

Le devoir, l'intrépidité, la *pagaille* emportèrent tous ces aristocrates en moins d'un mois, en même temps qu'un si grand nombre de simples soldats que Kit se retrouva être l'un des plus anciens dans sa compagnie. Un brave type très équilibré, disait-on. Calme au feu. Impeccable au cantonnement. Le sel de la terre.

Il n'espérait ni médailles ni promotion. Pour être officier, il fallait appartenir à une bonne famille ou posséder du moins une fortune suffisante pour tenir son rang, c'est-à-dire avoir des chevaux pour la chasse et le polo, et de quoi traiter décemment ses frères d'armes au mess. Mais personne, en cet hiver 1914, ne prévoyait l'étendue du carnage et, même si les hommes du peuple étaient toujours un peu méprisés dans l'armée de Sa Gracieuse Majesté britannique, comment remplacer ces vaillants officiers morts un mois ou deux, et même parfois moins, après leur nomination ?

Kit Hardie avait été l'un des premiers de sa catégorie sociale à devenir officier, à être promu « gentleman temporaire ». Quand il revenait à Londres en permission, comme lieutenant, comme capitaine, puis comme commandant, les barrières sociales s'ouvraient devant lui, car il avait plus de classe que bien des fils de famille, et comprenait mieux qu'eux les subtilités mondaines. Avant la guerre, il y avait les riches et les pauvres, les aristocrates et les roturiers.

Désormais, en cette étrange année 1919, il y avait ceux qui étaient allés se battre et ceux qui étaient restés chez eux. Kit avait eu l'intelligence de profiter de son auréole de héros et d'en tirer le maximum, avant que les décorations ne soient passées de mode et que les majors en retraite ne deviennent un sujet de plaisanterie.

La guerre lui avait été bénéfique. Il n'avait aucune raison de gâcher cette chance et d'en avoir honte. C'était ainsi. Il n'avait pris aucun plaisir au massacre. Il avait tué pour ne pas être tué. Aussi avait-il décidé une fois pour toutes de ne pas ressasser ses souvenirs, de ne pas se laisser envahir par les cauchemars. Et, pour toutes ces raisons, il restait reconnaissant à Nola d'avoir persuadé ses cousins de lui donner sa chance.

Reconnaissant, bien sûr, mais pas au point d'altérer son jugement ou de modifier ses projets. Kit Hardie avait beaucoup d'ambition ; il désirait, entre autres, acquérir une position sociale ; la *Couronne* serait *sa* création, pas celle de Nola. Leurs divergences, qu'elle trouvait charmantes et même excitantes tant qu'elle était entichée de lui, commençaient à se révéler irréconciliables.

Elle voulait une décoration *moderne*, des murs lisses, des planchers nus, des zébrures noires et blanches, des tapis en peau de tigre, des verres au pied en forme de femme, de la vaisselle « drôle ». Au lieu de cela, elle retrouvait à la *Couronne* les coussins à franges, les teintes pastel, la finesse conventionnelle de la porcelaine à filet d'or et du cristal taillé caractéristiques du salon confortable et *lugubre* de Miriam.

– N'est-ce pas, Kit, qu'il est affreusement lugubre ?

– Bien entendu, lui dit-il en riant. Et pour une bonne raison.

– Quelle raison ?

– Parce que ça plaît aux gens.

– Oh... *les gens* !

– Parfaitement... du moment qu'il s'agit des gens qui règlent l'addition. Ceux qui vivent à Montfleuri ou dans des endroits similaires se sentiront bien ici. Quant aux autres, ma chère Nola, vous vous apercevrez qu'ils sont désolés, pour la plupart, de ne pas y habiter. Par conséquent, ils s'y plairont, eux aussi.

Elle l'accusa alors d'être un philistin, non sans une certaine tendresse, car elle était encore sous le charme. Elle avait trouvé cette expérience délicieuse. Malgré tout, les goûts de Kit en matière de décoration l'avaient fait considérablement déchanter.

Elle pensait qu'il abaisserait les plafonds en recouvrant les ignobles pâtisseries baroques d'un revêtement uniforme, lisse et brillant, et qu'il éliminerait les vieux lustres poussiéreux au profit d'élégantes appliques style art déco. Mais, au contraire, après avoir démonté les lustres de ses propres mains, il avait astiqué chaque pendeloque de cristal, nettoyé et consolidé chaque centimètre carré de stuc, et, moyennant une caisse de whisky supplémentaire, il avait chargé Alan de restaurer le plafond Regency, de rafraîchir les guirlandes de feuilles d'acanthe et le camaïeu rose des fleurs dont chaque pétale fut ensuite entouré d'un mince trait doré.

– Kit Hardie, vous êtes affreusement *conventionnel.*

– Ai-je jamais prétendu le contraire ?

Elle l'avait supposé différent des autres, parce qu'elle avait besoin qu'il le fût. Que cherchait-elle ? Elle n'en avait pas la moindre idée, comme d'habitude ; mais, en tout cas, ce n'était sûrement pas ça. Elle considérait la *Couronne* comme une expérience, une aventure, un épisode sans importance à long terme, mais exaltant, excitant, sur le moment. Pour Kit, c'était une affaire sérieuse, dont le but était de réussir et non de contenter son plaisir personnel, ou celui de Nola. Soudain, elle trouva que leurs relations étaient d'une effroyable banalité.

– Oh bon... ce sera très bien, Kit, j'en suis sûre, dit-elle en arrangeant ses renards sur ses épaules.

– Je vais tout faire pour ça, Nola.

Elle n'en doutait pas, et elle se demanda ce qu'on éprouve à désirer si ardemment quelque chose. Etre soi-même désirée ainsi, ne serait-ce pas la solution de tous ses problèmes ? Mais, quelques jours plus tard, la sculpture entra dans sa vie sous la forme d'un jeune homme de Leeds très flegmatique, qui lui offrait un objectif à sa mesure. Protéger un grand talent. Trouver un atelier à Faxby ou dans les environs, de façon que le génie et sa muse puissent se voir facilement. Organiser une exposition. Convaincre les cousins Crozier que ces blocs de marbre entrelacés de métal, ces têtes dépourvues d'yeux et dotées de deux nez, pompeusement intitulés « La Souffrance », « L'Humanité » et « La Paix », étaient des placements sûrs.

– Bonne chance, lui dit Kit Hardie en débouchant la bouteille de champagne appropriée à la circonstance.

– C'est très noble de votre part, Kit.

Ils restèrent donc bons amis.

Ainsi, à une semaine environ de l'ouverture, il se retrouva seul maître à bord. La façade de l'hôtel avait été débarrassée d'un siècle de crasse, initiative jugée extravagante par les habitants de Faxby, puisque tout le monde savait que la fumée des usines la noircirait de nouveau en moins d'un an. La menuiserie extérieure avait été peinte en blanc. Ce qui avait provoqué l'hilarité générale ; mais personne ne pouvait nier que ce blanc sur la pierre beige était du plus bel effet. On avait installé une enseigne neuve figurant une grande couronne dorée sur fond blanc.

– C'est la première impression qui compte, disait Kit Hardie.

Il savait pourtant que seule une rentrée rapide des billets de banque impressionnerait favorablement les Crozier. Le hall aigue-marine et or était rempli de fleurs. Les murs du grand salon, au superbe plafond baroque, étaient peints en rose foncé ; le sol était recouvert d'un tapis à fleurs ; il y avait un grand nombre de fauteuils recouverts de chintz fleuri et de velours rose, et, d'après Nola, un fouillis de plantes en pots, un bric-à-brac de nymphes et de bergers, une multitude de portraits représentant de jeunes personnes au col de cygne, parées de bracelets et de châles de cachemire, qui dévoilaient leurs seins nus. A côté de chaque fauteuil était placé un guéridon où l'on pouvait poser un verre ou un cendrier. Il y avait aussi un bureau avec tout ce qu'il faut pour écrire et, partout, des lampes et des tabourets. Près de la fenêtre, sur une table basse, était disposé un assortiment de journaux et de revues.

– Ce sont les petites choses qui font la différence, disait Kit.

La salle à manger, avec ses murs bleu porcelaine et son plafond néoclassique, s'ouvrait sur une pièce d'égales dimensions, par une porte à double battant. Elle pouvait donc servir aux banquets, aux mariages ou aux bals qu'il devenait difficile d'organiser chez soi, maintenant que les domestiques se faisaient rares et ne parlaient plus que d'horaires réguliers et d'heures supplémentaires.

Il y avait un second restaurant, plus petit et plus intime que le premier, où les tables étaient installées dans des alcôves. C'est là qu'on servirait les chefs-d'œuvre culinaires d'Aristide Keller, un Belge maigre et renfrogné qui, avec sa femme Amandine, régnait aux cuisines, cachant ses recettes avec méfiance, car il était persuadé que ses assistants complotaient pour les lui voler. Il réclamait sans cesse de nouveaux ustensiles qui lui étaient invariablement accordés.

– Ça paie d'être gentil avec le personnel, déclara Kit Hardie à Claire.

Sans trop savoir si c'était Kit qui lui en avait donné l'idée ou si elle y avait pensé toute seule, Claire proposa d'accompagner Amandine Keller, qui ne parlait que le français, dans plusieurs expéditions destinées à équiper la petite maison où logeait le couple, dans une rue tranquille, non loin de l'hôtel. A cette occasion, Claire s'aperçut que Mme Keller était un peu capricieuse.

– Il me faut des nappes vert sauge.

Claire venait de remarquer que c'était la seule couleur qui manquait dans le rayon de linge de table de Taylor & Timms. A Bradford, il n'y en avait pas non plus. Un voyage à Leeds permit de trouver la teinte désirée... mais dans une étoffe qui ne convenait pas. A Kreighley, on dénicha enfin les deux, mais le soulagement de Claire fut de courte durée, car Mme Keller repoussa la marchandise, en montrant la mince bordure marron clair d'un geste méprisant.

– Je veux du vert sauge *uni*.

– Essayez Manchester, suggéra Kit.

– Vous croyez qu'elle en vaut la peine ?

– Oui... car jamais personne ne se donnera tant de mal pour elle, et le jour où son mari voudra me quitter, peut-être s'en souviendra-t-elle.

A Manchester, on trouva enfin du vert sauge – pas exactement le bon, mais enfin...

– Je me demande pourquoi je m'inflige de telles punitions, dit Claire en se laissant tomber dans un fauteuil, dans le bureau de Kit.

Parce que je vous l'ai demandé, aurait-il aimé répondre, ce qui était la vérité. Mais elle lui avait simplement rendu service par amitié, comme elle l'aurait fait pour un autre. Pour Alan Ash, par exemple. Pour quiconque aurait éveillé sa compassion ou aurait su lui en imposer. Si Kit n'était pas du genre à susciter la compassion, il savait fort bien en imposer. Adroitement, doucement, il l'amènerait peu à peu à s'intéresser à la marche de l'hôtel.

Ce n'était pas de la ruse. C'était... il ne savait quel mot employer. Un tour de sa façon, une faculté d'inspirer confiance à ceux qui étaient sous ses ordres, et aussi de provoquer leur enthousiasme, de les intéresser à leur travail. Un truc, un don, une habileté professionnelle d'une extrême utilité. Mais c'était moins simple avec Claire. Il l'avait désirée au premier regard. En outre, elle lui inspirait de la sympathie. Ayant deviné la faille, le défaut de la cuirasse, il avait compris comment il pourrait l'atteindre. Il fallait jouer la carte de la force... et de la persévérance. Kit avait les pieds fermement plantés sur un chemin sûr. Le pas de Claire était hésitant. Avec un peu d'adresse, il pourrait peut-être profiter de sa présente fragilité pour l'obliger à le suivre. Mais pour combien de temps ? Généralement, il prodiguait généreusement aux femmes son charme, son énergie, sa sensualité, sa présence, en pensant que c'était suffisant. D'ailleurs, il n'en demandait pas davantage en retour. Cette fois, il avait envie de donner autre chose. Des cadeaux traditionnels, des bijoux, par exemple, ce qui est simple, puisque l'argent suffit pour les acheter. Mais il aurait aimé aussi lui offrir une position sociale, chose plus difficile à obtenir. Une place assurée dans la vie. La sécurité. Bref, les fruits d'une récolte qu'il commençait à peine à semer.

Mais il n'était pas encore en mesure de la combler de ces présents, et il préféra ne pas commander le souper au champagne qu'elle aurait peut-être accepté de partager avec lui. Il la laissa entrer à Mannheim Crescent et, un peu plus tard, il lui fit envoyer un bouquet de roses accompagné d'une carte sur laquelle il avait simplement griffonné *Merci.*

Ce n'était pas de la ruse. Ce n'était pas de l'amour non plus. En tout cas, pas cet émoi sentimental et niais auquel il pensait. Mais, s'il avait pu choisir une femme auprès de qui vivre et travailler, celle-là lui aurait parfaitement convenu.

– Ça paie d'être gentil avec le personnel, dit Alan Ash en reniflant les roses.

– Je ne suis pas le personnel, rétorqua-t-elle en mettant le bouquet dans l'un des vases donnés par Miriam.

– Quoi, alors ?

Elle hésita.

– Une amie ?

– Bien. Reconnaissez qu'il sait choisir ses amis, le major. Moi, je travaille pour du whisky, et vous pour des bouquets de fleurs.

– On ne peut pas dire que ce soit vraiment un travail, Alan.

Il haussa les épaules. Il semblait déprimé et de mauvaise humeur.

– Eh bien, quoi que ce soit, je vais le laisser tomber provisoirement. J'ai un tableau à peindre.

– Une commande ?

– Non. Seulement un tableau... qui a envie de sortir de ma tête. Pourquoi n'y arriverait-il pas, après tout ? Souhaitez-moi bonne chance.

– Bonne chance, Alan.

– Merci... Ce n'est pas facile... d'être seul avec ça, ajouta-t-il avec hésitation.

Claire n'imaginait pas l'effort, la fièvre – ainsi qu'il l'appelait secrètement – qui consumait son corps au point que, après avoir passé trois nuits devant sa toile, hanté par le besoin de se délivrer de ce qui était en lui, il avait l'air de ne pas avoir dormi depuis des mois.

Dérangée par la lumière qui restait allumée dans son atelier et les bruyantes expéditions qu'il faisait en pleine nuit à la cuisine, le professeur de danse se hâta de se plaindre.

– Dites donc, écoutez-moi...

Il ne l'écoutait pas ; il n'avait même pas l'air de la

voir davantage que si elle n'avait été qu'un courant d'air.

– Il se drogue, déclara-t-elle. Vous avez vu sa tête... ce jaune cireux ? Ça ne trompe pas.

– Il peint, c'est tout, répliqua Claire.

Quand elle eut nettoyé les casseroles pleines de saucisses et de haricots brûlés, les tasses remplies de thé froid, abandonnées sur la table de la cuisine, elle comprit qu'il était en train de mourir de faim.

Il essayait de vaincre ses démons. De les expulser en les projetant sur la toile. De s'exorciser lui-même. Ses yeux s'étaient vidés de leur douceur moqueuse, de leur innocence dépravée. Elle avait l'impression de découvrir un étranger. Un autre homme. Elle espérait ce miracle. Pour mettre toutes les chances de son côté, elle pria même pour lui, sans croire à un dieu particulier. « J'ignore si Vous existez, mais puisque Vous n'avez pas fait grand-chose, jusqu'à présent, pour les gens comme lui et moi... ! » Elle avait prié de la même façon pour Paul.

– Quand verrons-nous ce chef-d'œuvre ? demanda Nola qui, malgré son mépris, aurait volontiers dévoilé elle-même le tableau devant les Crozier et leur compte en banque, ainsi que ces messieurs de la presse.

– Laissez-le tranquille, répétait Claire.

– Il ne répond pas, grommela l'agent immobilier qui venait pour la troisième fois réclamer le loyer. Ça ne me plaît pas. Ça ne plairait pas non plus à M. Crozier. C'est louche.

Elle lui mit dans la main un billet de dix shillings et deux pièces d'une demi-couronne.

– Laissez-le tranquille, s'il vous plaît.

– Vous avez entendu ce qu'a dit la dame, menaça Kit Hardie en lançant à Claire un regard entendu qui la fit rougir.

Un jour, tout fut terminé.

Le matin, Kit Hardie le trouva assis à la table de

la cuisine, en train de se verser du whisky dans une tasse à thé. Une grande toile était posée derrière lui, face au mur.

– Alors, c'est fini ?

– C'est fini.

Loin d'avoir l'air triomphant, Alan semblait anéanti, anxieux et si frêle qu'un courant d'air aurait pu le renverser.

– Je peux jeter un coup d'œil ?

Le tableau représentait un visage qui n'en était pas vraiment un. Ce n'était pas Alan, mais ça lui ressemblait beaucoup. Un jeune homme, très blond, très pur, dont l'âme candide transparaissait dans le regard. En reconnaissant ces prunelles bleues, Kit, qui n'était guère porté sur l'analyse, fut gêné et détourna les yeux. Une physionomie fermée sur elle-même et, derrière, autour, les faces épanouies de fleurs minuscules, des fragments de nuages, de sable et de terre labourée. Des coquilles d'œufs dans des nids profonds, tapissés de plumes d'oiseaux. Les flancs d'un chien soulevés par une respiration paisible. Des chevaux au trot. Le cadre d'une jeunesse agréable, en somme, un peu estompé, mais néanmoins présent.

– Je ne sais pas... balbutia Kit qui cherchait rarement ses mots.

– Qu'est-ce que vous ne savez pas ?

– Je n'ai pas eu une enfance de ce genre, Alan.

– Quelle enfance ? C'est le couvercle d'une boîte de chocolats représentant Galaad en pantalon de cricket, regardant des fleurs.

Kit n'était pas dupe. Un paradis perdu. Un paradis condamné, où des œufs fêlés laissaient deviner la mort des oisillons, dans leur nid duveteux. Un peu d'écume sur la gueule du chien, signe de folie. Une flétrissure sur un pétale. Une excroissance sur le sabot du cheval. Des monticules de terre qui pouvaient être des tombes aussi bien que des terriers. Une pellicule empoisonnée recouvrant le sol. Un paradis dévasté, pourrissant de l'intérieur, devant les yeux innocents du jeune pèlerin au cœur pur.

Et, bien que ce paradis ne fût pas celui de Kit qui n'avait jamais cru en rien d'autre qu'en lui-même, il frissonna et éprouva le besoin de détourner les yeux.

– C'est très bien, Alan, se contenta-t-il de dire.

– Mais, bon Dieu, c'est une illustration... pour livre d'enfants.

La voix d'Alan n'était plus qu'un murmure enroué. Kit secoua la tête avec un sourire désabusé. Il n'avait pas sa place dans cet univers malade et ensoleillé, pas d'innocence à perdre, pas d'enfance qu'on puisse lui voler pour la piétiner ensuite dans la boue des Flandres.

– C'est très bien, répéta-t-il.

Alan semblait trop épuisé pour protester. Et, de toute manière, pourquoi le nier ? C'était très bien. Il le savait. Il se contenta de rire.

– Vous voilà donc sorti de votre hibernation ?

La voix claironnante les tira de leur méditation. Le professeur de danse se tenait sur le pas de la porte. Avec ses larges épaules et ses jambes musclées, elle avait davantage l'aspect d'une athlète que d'une ballerine. Son regard perçant, prompt à déceler le vice et la débauche, se fixa instantanément sur la toile.

– Oh !... mais c'est joli tout plein.

– N'est-ce pas, dit Alan en souriant.

– Quel beau jeune homme ! Quelqu'un que vous connaissez ?

– Un vieil ami.

Les yeux d'Alan retrouvèrent peu à peu leur malice.

– Eh bien... ça alors ! Et moi qui pensais que...

– Que je prenais de la cocaïne et que je peignais des femmes nues, compléta charitablement Alan.

Elle rougit, puis, comme elle en avait trop vu pour être pudibonde, elle éclata d'un rire discordant.

– Bien, bien. Je vous présente mes excuses. Un

vieil ami, dites-vous ? J'aimerais bien l'avoir chez moi, je vous assure.

– Prenez-le.

Kit lui-même crut d'abord qu'il plaisantait.

– Mais voyons, balbutia la femme, prise de court. Ce n'est pas ce que j'ai voulu dire... C'est très beau, sans doute, mais pour le prix...

– Rien du tout. C'est un cadeau que je vous fais, ma chérie... parce que vous êtes belle et que je suis généreux. Emportez-le. Ce sera un souvenir de moi quand je serai parti.

Après dix minutes de protestations, elle finit par s'en aller avec le tableau. Kit était hors de lui ; il avait envie de saisir Alan par le col de sa chemise et de le secouer.

– Espèce d'imbécile !

– C'est juste.

– Tu as sué sang et eau sur ce tableau.

– Oh ! un sang bien anémié. Du sang bleu, évidemment, mais très appauvri.

– Et cette idiote qui n'en voulait même pas. J'espère que tu t'en es aperçu, au moins, dit Kit de plus en plus en colère.

– Oui, oui. Je n'en voulais pas, moi non plus.

– Mais bon Dieu, Alan... il y avait mieux à faire.

Alan se leva et se mit à siffloter une chanson de corps de garde. Le temps du pèlerinage, de l'innocence était loin derrière lui. Il avait renoncé à sa quête, sans avoir guéri de son passé. Il s'était donné tout ce mal pour rien. Quelle importance ? Il le savait depuis le début.

– Et alors, Kit ? Qu'est-ce qu'il fallait que je fasse ? Que je le donne à Claire ?

Claire arriva quelques instants après le départ d'Alan. Elle semblait attristée, mais pas surprise.

– Je viens de croiser le professeur de danse.

– Ah bon !

– Alan vous a-t-il montré son tableau ?

– Oui. C'est... je crois que je ne l'oublierai pas.

Claire soupira.

Quel soulagement, quel plaisir de pouvoir se réfugier auprès de Kit, dans un univers rassurant où il était question de rideaux, de moquettes et de la décoration des chambres d'hôtel. Kit avait décidé d'harmoniser les couleurs. Du bleu pour la Chambre bleue, du rose pour la Chambre rose, un orange passé pour la Suite mandarine. Claire consacra beaucoup de temps et d'énergie pour concrétiser cette idée. Il avait décrété que les savonnettes seraient assorties aux serviettes orange, que les cendriers devaient être bleus dans la Chambre bleue, et roses dans la Chambre rose. Jamais elle n'aurait imaginé qu'il était si difficile de trouver des cendriers roses.

– Vous avez entièrement raison, reconnut-elle, la semaine suivante. Ce sont les petits riens qui font toute la différence. Vos petits cendriers roses font une énorme différence pour moi.

– Alors, laissez-moi vous payer pour votre peine.

– Mais non, voyons.

Elle refusa également d'accepter autre chose que des fleurs, des chocolats ou des bouteilles de vin pour avoir déniché, chez un antiquaire de Harrogate, dissimulé sous un châle en loques et une épaisse couche de poussière, un superbe piano marqueté qui trônait désormais sur l'estrade de la salle à manger. Kit cherchait un pianiste sachant jouer agréablement, mais qui serait également sympathique et proprement vêtu si possible, car il était scandalisé par les pellicules qui constellaient les habits de soirée des musiciens des *Délices*.

Un second piano avait été commandé pour le petit restaurant et, nouveauté très critiquée par la plupart des habitants de Faxby, on pourrait danser dans un local situé en sous-sol, auquel on accéderait par une porte discrète à l'arrière du bâtiment. Un pub ? Il y en avait dans presque tous les hôtels. Non, Polly avait entendu dire que ce serait un vrai bar, le premier du genre à Faxby. Un endroit où l'on servirait des cocktails, ces nouvelles boissons venues d'Amérique, que l'on mélangeait dans des shakers et que sa mère lui avait interdit de boire parce qu'ils contenaient du gin. Elle se fit confirmer la nouvelle par Claire. Le bruit courait aussi qu'il y aurait un orchestre de jazz. Il ne viendrait pas d'Amérique, évidemment, ce serait trop beau, mais pas de Faxby non plus. Une vraie boîte de nuit, en somme, comme à Londres. Un établissement clandestin, peut-être. Quelle aubaine ! Et si la police embarquait tout le monde... quelle rigolade ! Oh ! bien sûr, Benoît viendrait tout de suite la chercher et il étoufferait l'affaire, mais quand même...

Ainsi, c'était donc vrai. Elle ressortit promptement ses ciseaux pour raccourcir toutes ses robes, et elle échancra ses décolletés presque jusqu'à la taille.

– Quelle chance vous avez, Claire, dit-elle. Ah ! si je pouvais habiter tout près de la *Couronne*, comme vous. Quand on pense que c'est ce Hardie qui me faisait les gros yeux quand je laissais mes tennis dans l'entrée et qui ne me versait jamais plus d'un verre de vin, au dîner. Oui, Hardie. Mon amie Mary-Ellen Stephens l'a vu, l'autre jour, place de l'Hôtel-de-Ville, et elle dit qu'il est terriblement séduisant.

Le bureau de Kit Hardie, situé au premier étage de l'hôtel, était clair et ensoleillé. Pour Claire, c'était un refuge ; elle s'y sentait bien et elle avait l'impression de pouvoir y respirer librement.

– Je veux que vous veniez travailler chez moi.

– Oui.

– Est-ce une acceptation ou une simple constatation ?

– C'est... attendons encore un peu.

– Est-ce vraiment utile ? Je ne peux pas continuer à vous demander des services, comprenez-vous ?

Pourtant, l'après-midi, la secrétaire étant prise

d'un violent mal de tête apparemment provoqué par l'entêtement de Kit à prétendre qu'un point-virgule ne pouvait en aucun cas faire office de virgule, Claire, dont la patience compensait l'inexpérience, entreprit de taper avec deux doigts le courrier, les factures et les menus, en mettant la ponctuation appropriée.

– Les Crozier doivent venir ce matin avec un photographe. Les bouquets du hall sont vraiment minables. Ne connaîtriez-vous pas un fleuriste qui soit digne de confiance, Claire ?

Alors Claire, à qui Dorothée avait enseigné l'art de composer des bouquets, se chargea elle-même d'arranger les fleurs, et son inquiétude ne se dissipa que lorsque les Crozier eurent vidé leur dernière coupe de Dom Pérignon et qu'ils furent remontés dans leur Rolls.

Très souvent, elle se réveillait avec la sensation que Kit Hardie l'attendait. Elle savait qu'il comptait sur elle pour certaines choses, même si elle ne lui avait rien promis. Si elle ne venait pas, il aurait l'impression qu'elle le laissait tomber.

Quelles choses ? Quels services pouvait-elle lui rendre ? Elle avait un bon jugement, un regard juste, des dons de médiatrice, alors que, derrière ses manières courtoises, le major était très exigeant et parfois très cassant.

– Mais souriez, bon sang !

Ainsi l'entendit-elle s'adresser à une jeune femme de chambre qui, au lieu d'adopter aussitôt ce sourire que Kit jugeait indispensable, fondit en larmes, en prétextant qu'elle avait la migraine et que sa mère était malade. Kit se débarrassa d'elle en lui disant sèchement : « Voyez ça avec Claire. »

Habituée aux crises de nerfs, Claire expliqua à la jeune fille que le major tenait essentiellement à ce que le personnel contrôlât ses sentiments, comme un acteur en scène. Le spectacle devait continuer et le client avait toujours raison. Par conséquent, la petite camériste nommée Mary-Anne devait garder le sourire, qu'elle eût une migraine ou un chagrin d'amour.

– L'apprentissage, répétait Kit. L'apprentissage doit être si dur que le travail par lui-même semblera facile ensuite. A condition d'arriver jusque-là.

Ce qui ne fut pas le cas pour tout le monde. Avant même le jour de l'ouverture, Aristide Keller, dans un accès de colère, mit un de ses aides à la porte. Personne ne sut s'il soupçonnait le malheureux d'avoir des vues sur sa femme ou sur ses recettes. En outre, une inquiétante effervescence envahit les rangs du personnel féminin, avec l'arrivée des musiciens de jazz et du barman, un dénommé MacAllister, qui s'installa derrière son comptoir en déployant un charme un peu vulgaire et ses shakers d'argent. Mais, après ce que Claire avait vu pendant la guerre, les petits incidents de la vie d'un hôtel pouvaient-ils vraiment la désarçonner ?

– Venez travailler avec moi pour de bon, lui demanda-t-il une nouvelle fois.

Elle savait très bien que ses réticences n'étaient pas dues au travail lui-même.

– Mais... je ne sais rien faire.

– Si, Claire. Vous savez très bien mettre de l'huile dans les rouages.

– C'est possible. Mais ça ne suffit pas pour se lancer dans une carrière.

– Détrompez-vous. On aura peut-être des ennuis avec le bar.

– Ah oui. C'est justement ce que m'a dit Edward, le mari de ma mère.

– Il a raison. Avec ces jeunes filles qui vont boire un peu trop de gin et qui seront sans défense devant les boniments de MacAllister... je vois ça d'ici.

– Moi de même. Des scène de jalousie. Des crises de nerfs dans le vestiaire...

– Exactement. Et moi, Claire, je ne pourrai pas

suivre une demoiselle au vestiaire pour lui certifier que ça ira mieux demain. Et puis, il y a M. Clarence.

– Ah bon ? Est-ce que je le connais ?

– J'espère que non. C'est le joli garçon que je viens d'embaucher pour la réception. Il a un charme fou et c'est la raison pour laquelle je l'ai engagé. Mais, dans ses mauvais jours – il y en aura forcément –, je crains qu'il ne soit capable de mettre dans le même lit deux personnes qui ne se connaissent pas. Aussi, je compte sur vous pour arranger discrètement la situation, si nécessaire. Je ne vous invente pas du travail, Claire. J'ai besoin de vous.

– Oui.

– Que voulez-vous dire ?

Quelque chose, dans le ton et l'expression de Kit, autant que dans la réaction traîtresse de ses propres sens, l'avait fait rougir.

Elle avait promis de réfléchir et, aujourd'hui, elle venait lui donner sa réponse.

– Vous allez refuser.

– Non.

Bien qu'elle n'eût pas précisément l'intention d'accepter, elle se sentit soulagée d'avoir dit oui. La joie de Kit balaya toutes ses hésitations, au point qu'elle dut s'avouer qu'elle était elle-même ravie. Ils conclurent le marché par une chaleureuse poignée de main, et il lui offrit une coupe de champagne – le même, remarqua-t-elle avec satisfaction, qu'il avait servi aux Crozier.

– Vous ne le regretterez pas, Claire.

Elle regagna Mannheim Crescent dans un état d'euphorie et elle commença de penser aux avantages qu'allait lui apporter un emploi – et un emploi rémunéré – à l'*Hôtel de la Couronne*. Désormais, elle serait un peu moins tributaire des Swanfield.

Ce soir, elle dînait à Montfleuri et, soudain, cette perspective ne l'angoissait plus. Elle s'était montrée faible avec Miriam, Polly et Nola, et elle avait trop souvent succombé à sa propre gentillesse et à ses scrupules. Il lui fallait maintenant apprendre non seulement à se dérober, mais à refuser. Etait-il donc si difficile de dire non ?

Elle n'avait pas besoin d'être protégée et elle ne souhaitait nullement troquer une liberté parfois difficile à assumer contre la sécurité du cercle familial. Elle voulait seulement rester la femme libre et adulte qu'elle était depuis trois mois. En surprenant son reflet dans la glace, elle ressentit une joie subite, une satisfaction presque méchante en se rappelant la voix sèche de Benoît Swanfield lui disant qu'elle voudrait certainement se remarier avant qu'un an fût écoulé, et qu'elle viendrait mendier à sa porte, comme les autres.

Il ne s'était pas exprimé aussi clairement, mais elle avait très bien compris. Son désir de lui prouver qu'il se trompait, de lui annoncer qu'elle venait de trouver du travail, était si impérieux qu'elle fut soulagée d'entendre la voiture des Swanfield s'arrêter devant le portail. De plus, ce n'était pas l'habituel chauffeur qui lui ouvrit la portière, mais Benoît en personne.

– Benoît ! s'écria-t-elle, plus fort que c'était nécessaire. Quelle surprise !

– J'avais la voiture, et il m'a semblé plus simple de venir vous chercher moi-même plutôt que de rentrer à la maison pour envoyer Parker.

Elle sentait que cette explication lui coûtait. Il devait être débordé de travail, fatigué, et elle ferait mieux de lui épargner ses bavardages. Il ne paraissait guère disposé à l'écouter, mais tant pis, elle avait quelque chose à lui dire.

– Puis-je vous surprendre à mon tour ? Je viens d'accepter une proposition.

– Vraiment ?

– Oui... je vais travailler dans un hôtel.

Soudain, elle crut entendre la voix de Polly chantonnant : « Benoît, je me suis coupé les cheveux » ;

elle vit la tête blonde s'incliner, s'agiter pour réclamer son admiration, sa colère, ses compliments ou ses réprimandes, n'importe quoi du moment qu'il s'intéressait à elle.

– Ah ! C'est Hardie, je parie. C'est très chic de sa part.

Hardie ! Derrière le ton égal et neutre, elle devina l'évidente ironie du sous-entendu : « Hardie, mon domestique. » Le maître d'hôtel qui lui servait son vin, lui apportait son courrier sur un plateau d'argent, lui tendait ses gants et son chapeau et qui, aujourd'hui, comme le brave type qu'il était, procurait à la « jeune Mme Jeremy » quelque chose pour s'occuper l'esprit et l'empêcher de faire des bêtises en attendant qu'elle soit casée. Très chic de sa part.

Mais, contrairement à Polly, Claire garda la tête haute et, ravalant une fureur qu'elle jugeait stupide, elle lui adressa son plus large sourire.

– Il me paie, Benoît.

– Ah bon. C'est très chic.

S'amusait-il ? Certainement. Mais pourquoi ? La joie de Claire retomba aussi vite que celle de Polly. Elle se sentait frivole, naïve et superficielle, alors qu'elle souhaitait donner une impression de sérieux et de compétence. Elle sourit de nouveau.

– Comme ça, je serai financièrement indépendante.

Elle se rendit compte que son ton sonnait faux. Elle avait justement l'air d'une petite sotte qui parle sans réfléchir. Alors, pourquoi ne rectifiait-elle pas les propos qu'elle venait de tenir ? Pourquoi ne lui prouvait-elle pas qu'elle était une femme sensée, en reconnaissant que son salaire lui permettrait à peine de couvrir son loyer et ses dépenses courantes, et qu'il était insuffisant pour la libérer de la tutelle des Swanfield ? L'indépendance financière ! Pourquoi diable avait-elle dit une pareille bêtise ?

– Attendons un peu. Ça vaudra mieux... vous ne croyez pas ?

7

Toute la famille était déjà rassemblée au salon. Chacun avait pris sa place et son expression accoutumées ; Polly était de mauvaise humeur, Nola à moitié endormie et Eunice couvait son mari d'un œil inquiet. Miriam était la seule à se sentir parfaitement à l'aise.

– Chère Claire, dit-elle en remarquant avec satisfaction le pendentif accroché au cou de la jeune femme.

Sa douceur ne l'empêchait pas d'être autoritaire, mais pas plus que certaines femmes que Claire avait connues et qui exigeaient des autres beaucoup plus qu'on est en droit de demander. Avec elle, il suffisait de dire non poliment.

– Chère Claire, dit Nola en imitant sa belle-mère. Oh ! chère... chère Claire.

Mais Claire ne se sentait aucun devoir envers Nola, ni envers les autres Swanfield. Il fallait laisser Polly faire son apprentissage. Eunice était un cas irrécupérable, car elle idolâtrait son mari. Quant à Toby, c'était un faible qui supportait, apparemment sans rechigner, le poids de cet amour. Claire n'avait aucune raison de se sentir impliquée dans leurs affaires. Du moins l'imaginait-elle, quand, après avoir reposé sa fourchette, Polly interrompit les conversations en déclarant :

– Je trouve que ce n'est pas chic de votre part,

Claire, d'être partie en douce pour Manchester, hier, avec Nola, quand vous savez que je meurs d'envie d'y aller.

Hier ? Claire avait passé la journée à Upper Heaton, chez sa mère, et la soirée à Mannheim Crescent à poser pour Alan Ash qui l'avait représentée, le whisky aidant, avec une queue de sirène. Qu'avait fait Nola ? C'était si évident que Claire eut l'impression que la réponse était inscrite sur son front. Sans même avoir besoin de le regarder, elle prit brusquement conscience de la présence de Benoît Swanfield, qui présidait le dîner.

Maudite Polly. Maudite Nola. Maudites soient-elles toutes les deux ; la première parce que, à dix-neuf ans, elle aurait dû avoir un peu plus de cervelle ; quant à la seconde... il fallait vraiment qu'elle soit folle pour courir de tels risques, et mettre tout le monde dans une pareille situation.

– Manchester, c'est pour les grandes personnes, Polly, murmura Nola. Surtout que nous avons raté le dernier train, mon petit. Quelle catastrophe si tu avais été là. N'est-ce pas, Claire ?

Claire pensa au plaisir qu'elle aurait à se pencher vers Nola et à lui dire : « Je refuse d'être mêlée à vos sordides histoires sentimentales. »

– Oh, oui, évidemment, répondit-elle.

– Je ne vois pas pourquoi, insista Polly. Les Crozier auraient été ravis de m'héberger. Ils ont une multitude de chambres d'amis et ils connaissent plein de gens intéressants. Je me serais bien amusée.

Polly n'avait pas songé un instant que Nola mentait. Claire elle-même ne savait plus trop où commençait et où finissait la fable. Peut-être avait-elle vraiment manqué le dernier train. C'était probable, sinon elle aurait préparé plus soigneusement son alibi. Mais pourquoi n'avait-elle pas averti Claire ? Un mot chuchoté avant le dîner aurait suffi.

Par nature, Claire n'était pas dissimulatrice. Cependant, elle avait menti par nécessité durant toute son enfance. A vivre aux côtés de Dorothée et d'Edward, elle avait appris bien des astuces de la fourberie ; elle pouvait sourire avec suavité, alors que son cœur battait à tout rompre, prononcer des paroles aimables – comme Nola –, alors qu'elle avait la gorge serrée, tâter le sol sous ses pas, de crainte de tomber dans un piège caché. Elle était par conséquent une alliée expérimentée, bien que réticente, qui savait qu'elle devait repérer très vite ceux qui risquaient de la démasquer, afin de pouvoir se défendre.

Les yeux rivés sur son assiette, Miriam continuait à manger sa purée de carottes et ses petits pois. Polly ne pensait qu'aux achats qu'elle aurait pu faire à Manchester. Eunice paraissait intriguée mais sans méfiance. Toby, qui avait l'habitude de brouiller les pistes, semblait ne s'intéresser qu'à la saucière. Et Benoît ? Surtout ne pas le regarder. Il ne fallait pas. Malheureusement, ses yeux étaient irrésistiblement attirés vers lui. Etait-ce parce qu'elle avait mauvaise conscience ou parce qu'il la subjuguait, elle n'aurait su le dire. Rien ne se lisait sur son visage, pourtant Claire sentit un grand froid l'envahir et elle eut soudain la certitude qu'il avait tout deviné.

– La pièce vous a plu, au moins ? lui demanda-t-il.

Que répondre ?

– Oh oui, lança-t-elle tout à trac, en pensant que c'était un peu court.

Quelle pièce ? Quelle pièce Nola avait-elle vue ou prétendu voir ? Et pourquoi, dans cet épais silence, ne disait-elle rien pour venir à son secours ? Elle devait bien savoir, pourtant. Nola... pour l'amour de Dieu ! Mais non, elle ne bougeait pas, elle respirait à peine, se contentant d'écouter, d'attendre, le menton dans sa main, avec une étrange lueur dans les yeux, et la bouche arrondie par un curieux sourire que Claire avait vu souvent pendant la guerre, le sourire presque sensuel de ceux qui ont pris goût au danger.

Maudite femme ! Valait-elle une telle torture ? Certainement pas. Mais... tout de même... de quelle pièce s'agissait-il ?

Elle fit le vide dans son esprit et des bribes de conversations dont elle avait vaguement gardé le souvenir lui revinrent tout à coup. Elle sauta sur l'occasion et déclara, au petit bonheur :

– J'ai toujours beaucoup aimé George Bernard Shaw.

Etait-ce suffisant ? Jouait-on *Pygmalion* à Manchester, en ce moment ? Nola n'avait-elle pas parlé de Tchekhov, l'autre jour, en le comparant à Shaw ? Dans ce cas, n'était-ce pas *La Cerisaie* que Nola était censée avoir vue ?

– Ah oui, dit Benoît. Ça ne me surprend pas.

– Oh, c'est trop intellectuel pour moi, ces trucs-là, intervint Toby Hartwell, venant à son secours. Je préfère aller à Leeds et somnoler un peu en écoutant *La Veuve joyeuse*. Qu'en dis-tu, Eunice ? C'est ce qu'on joue en ce moment.

– Oh oui ! s'écria Polly qui voulait être de la partie. Allons-y.

– Attends qu'on t'invite, répliqua Eunice. La semaine prochaine, il se trouve que c'est notre anniversaire de mariage.

– Et alors ? J'y étais, à votre mariage, avec ma robe d'organdi à volants ; alors ne soyez pas radins pour votre anniversaire. On prendra une loge, hein, Toby, puisque c'est une grande occasion ? Et puis, on ira souper... tu es un ange, toi. Et moi qui meurs d'envie de faire un tour dans ta superbe voiture neuve...

La fourchette d'Eunice heurta violemment le bord de l'assiette.

– Oui... oui... bien sûr, dit Toby, en jetant un coup d'œil embarrassé en direction de Benoît.

– Ah ! vous avez donc une nouvelle voiture, mon cher ? murmura Miriam.

– Je... pas exactement. C'est-à-dire que...

– C'est-à-dire qu'il ne l'a pas encore payée, acheva Nola.

Eunice mordit aussitôt à l'hameçon.

– C'est-à-dire que Toby passe son temps à conduire... parce que Benoît le lui demande. Il promène les clients partout, le soir et même pendant le week-end. Alors, c'est normal, n'est-ce pas, qu'il ait une voiture présentable. Je pense que nous y avons droit, tout de même ?

Sans dire un mot, Benoît fit signe à la bonne de remplir son verre.

Le lendemain matin, très tôt pour elle, Nola arriva chez Claire. Le but de sa visite n'était pas de lui présenter des excuses, mais de lui fournir des explications. Elle avait lancé son nom sans réfléchir, pour se sortir d'une complication imprévue. Elle était venue la veille pour l'avertir, mais – Claire devait s'en souvenir –, après avoir échangé quelques mots un peu vifs avec Alan Ash, elle avait pris la mouche, pourquoi le nier, et elle n'avait plus pensé à cette affaire, jusqu'au moment où cette sale gamine de Polly avait bien failli dévoiler le pot aux roses. Et quel pot aux roses ! Lovée dans le fauteuil de chintz vert, Nola semblait toute prête à revivre chaque détail de son aventure.

– Je ne veux rien savoir, dit Claire. Ne me mettez plus jamais dans une pareille situation.

– Oh la la... on est vexée ?

– Furieuse, Nola.

– Mais pourquoi donc ? Tout s'est bien passé, hein ? Vous avez été formidable.

– J'ai eu une peur horrible.

– Oui. Je sais. Moi aussi. Quelle sensation ! Ma chère petite... est-ce que je vous ai choquée ?

Claire secoua la tête.

– Vous pouvez faire ce que vous voulez, Nola. Couchez avec qui vous voulez. Mais ne me mêlez pas à vos histoires. En aucun cas, et surtout pas quand votre mari est là.

– Ah ! je comprends. Vous avez des scrupules à cause de Benoît. Vous ne pouvez pas juger, Claire, parce que vous ne savez pas ce qu'est le mariage. Ces quelques jours avec Jeremy ne comptent pas. Vous êtes bien d'accord ?

– Je n'ai jamais prétendu le contraire.

– C'est vrai. Par conséquent, pour ce qui est des maris en général et du mien en particulier, ne vous tourmentez pas. Il ne vaut pas mieux que moi. Il a d'autres femmes, soyez-en sûre.

– Je ne suis pas au courant.

– Mais si, il en a. Ou, du moins, je l'espère, car avec moi, c'est terminé. Depuis la naissance de Conrad.

Claire ne voulait rien savoir. Et pourtant !

– Quel âge a Conrad ? demanda-t-elle.

– Treize ans. C'est long, Claire.

– Oui.

– Aussi, cessez de me considérer avec ce mépris, ma chérie, à moins que vous ne soyez assez bête pour croire ce qu'on vous a raconté... que c'est toujours la femme qui a tort.

– Ce n'est pas mon avis.

– Bien. Dans ce cas, vous ne devez pas, non plus, ajouter foi à ces petits mythes commodes que nos mères nous ont enseignés... que la femme ne peut se réaliser que dans le mariage et qu'il suffit donc de traîner un homme jusqu'à l'autel pour se retrouver au paradis.

– Bien sûr que non.

– Quelle chance vous avez. Polly y croit. Moi aussi, j'y croyais. Mon mariage a été un grand événement, à Bradford, je puis vous le dire. Ma traîne occupait la moitié de la longueur de l'allée de la cathédrale, et ma mère pleurait, de joie j'imagine, dans sa robe de Worth. Et Benoît, riche et beau, avec cet air vaguement méchant qui lui va si bien. Ah oui, quelle idiote j'étais ! Nous avons fait notre voyage de noces sur les bords de la Méditerranée. J'étais parfaite. Je savais comment doivent se comporter une fiancée et une jeune mariée. J'avais l'impression que ça me mènerait quelque part. Mais où... et pourquoi ? Ça, je ne l'ai jamais su. Avez-vous eu la même impression ? C'est vrai, vous n'avez pas été mariée assez longtemps pour vous demander quelle serait l'étape suivante. En général, on vous dit : « Faites un enfant. » Ça s'est mal passé avec Christian, et plus mal encore avec Conrad. Alors, le médecin m'a déconseillé d'essayer une troisième fois... et quelle est la réaction d'un mari en pareil cas ? S'il est un gentleman, bien entendu ?

– Je suppose...

– Qu'est-ce que vous supposez ? Je vais vous le dire. Vous pensez qu'un mari doit être contrarié de perdre ses privilèges... ses droits conjugaux, comme on les appelle. Ou du moins qu'il va se conduire comme s'il était contrarié... de renoncer à cette chose à laquelle les hommes sont censés tenir tant. C'est bien ça ?

– Nola, s'écria Claire, avec une véhémence qui la surprit elle-même. Ça ne me regarde pas... pas du tout.

Mais, en proie à une froide colère qui l'entraînait à se moquer de sa propre conduite, tout en cherchant à la justifier, Nola poursuivit :

– Peut-être. Mais ça me regarde, moi, et j'ai le droit de vous mettre au courant si je le désire.

– Et pourquoi, Nola ?

– Oh ! ma chère petite, je ne me pose plus ce genre de questions. Je me contente de faire ce que je veux et ce qui me plaît, au moment où j'en ai envie. Par conséquent, puisque j'ai envie de m'expliquer, autant que vous m'écoutiez. D'accord ? Reprenons... Quand le médecin m'a conseillé de ne plus avoir d'enfant, ce n'était pas forcément définitif. Et peut-être n'étais-je pas aussi épouvantée à l'idée d'être de nouveau enceinte que je le disais. Il est possible que j'aie exagéré les risques... dans l'intérêt de mon cher mari. Pourquoi me suis-je conduite ainsi ?

– Il faut que je devine ?

– C'est moi qui essaie de deviner, Claire. J'ai peut-être voulu mettre un terme à nos relations sexuelles. C'est ce qu'a fait ma mère, après la naissance de ma plus jeune sœur, et mon père s'en est parfaitement accommodé. Mais, d'un autre côté, mon but était peut-être – je dis peut-être – différent. Les hommes désirent ce qu'ils ne peuvent pas avoir. C'est bien connu. Quelle aurait été mon attitude s'il était venu frapper à ma porte, par une nuit sans sommeil ? Le désir peut rendre les hommes fous, dit-on. Il n'en a rien été. Il a déménagé de ma chambre avec une grande courtoisie... et une grande hâte. Il y a treize ans de cela. Ne croyez pas que je mette en doute sa virilité. Il possède une petite maison dans les Dales, je crois... j'en suis sûre, même... avec une salle de bains en marbre noir, j'imagine, et des draps en satin assortis. Voilà notre vie. Il est discret. Moi aussi.

– Non, pas vous.

– Merci.

– Nola, vous rendez-vous compte des risques que vous prenez ?

– Parfaitement. J'ai dit à mon mari que je ne pouvais plus coucher avec lui pour raison médicale. J'ai réussi à convaincre mon médecin que mes nerfs ne le supporteraient pas. Je pense que le médecin a dû le convaincre, à son tour. Que ferait-il s'il découvrait que, pendant tout ce temps, j'ai eu des amants ? Vous croyez qu'il me tuerait ?

Il était clair qu'elle s'attendait à ce genre de réaction et qu'elle serait déçue qu'il en soit autrement.

– Vous n'avez jamais pensé à le quitter ?

– Quelle idée ! Et pourquoi ?

– Parce que vous ne l'aimez pas et que, de toute évidence, il ne vous aime pas non plus. Aussi, à quoi bon rester ensemble ?

– Ce n'est pas de divorce que vous parlez ?

Elle se raidit dans son fauteuil. Elle avait pris un air hostile, offensé, et même choqué.

– Mais si. Je ne sais pas s'il est facile de divorcer, mais c'est possible, en tout cas.

– Possible ? La peste aussi est possible. Combien connaissez-vous de femmes qui ont divorcé ?

– Une.

– Et qu'est-elle devenue ?

Mais avant que Claire ait eu le temps de chercher dans ses souvenirs, Nola l'arrêta d'un geste autoritaire de la main qui lui était peu habituel.

– Je vais vous le dire. Elle a plongé sa mère dans le désespoir ; son père a rayé son nom de la Bible familiale et, ce qui est plus grave, de son testament. Ses frères et ses belles-sœurs ne lui ont plus jamais adressé la parole. Ses amies ont cessé de l'inviter, de peur qu'elle ne leur rechipe leur mari. Si elle avait des enfants encore petits, on les lui a enlevés, sinon ils l'auront rendue responsable de tous les maux. Elle n'a plus de toit, plus d'argent, plus de position sociale. Les hommes croient tout pouvoir se permettre avec elle, et il ne lui reste que le droit de dire merci. C'est bien ce qui lui est arrivé ?

– C'est possible.

– C'est certain. Son mari s'est sans doute montré parfait. Il aura engagé une fille pour l'emmener passer le week-end à Brighton, afin que sa femme puisse demander le divorce. Benoît ne ferait jamais ça. Il s'arrangerait pour que j'aie tous les torts et il me donnerait une pension de misère. Je n'ai aucune envie d'apprendre comment on arrive à vivre avec trois sous.

– C'est peut-être amusant.

– Oui... à votre âge, et avec un héritage qui vous attend. Mais quand on n'a rien, comme moi...

– Mais, enfin, Nola...

– Quoi ? L'argent des Crozier ? Vous ne connaissez pas mon père. Il a élevé ses filles pour qu'elles fassent un riche mariage. Toutes ses dispositions financières ont été prises dans cette optique. Il serait prêt à payer pour étouffer un scandale. Mais si un scandale éclatait, il laisserait mourir de faim la personne qui en est la cause. C'est une certitude. Quels que soient les défauts de Benoît, il ne me pose pas de questions sur mes dépenses. Non, non... Même si je n'aime pas beaucoup Montfleuri, je n'ai pas d'autre refuge. Je ne sais rien faire d'autre qu'être la femme d'un homme riche. De quoi vivrais-je ? En donnant des leçons de piano à un shilling l'heure, comme cette malheureuse qui habite au-dessus ? Ou des cours d'allemand ? J'aurais le choix entre périr d'ennui et mourir de faim. Non, pas ça. Mon seul espoir d'être indépendante, c'est de devenir un jour une riche veuve... comme vous. Mais Benoît est une vraie machine... il ne mourra jamais.

Toutes ces histoires de femmes infidèles et de maris trompés n'intéressaient nullement Claire. Si l'adultère avait un si grand charme pour Benoît et Nola, pourquoi s'en priveraient-ils ? Son objectif n'était pas de se tracasser pour les Swanfield, mais de les voir le moins possible. Elle pensait avoir atteint son but quand, une semaine plus tard environ, alors qu'elle rentrait chez elle tard dans la soirée, elle vit la Bentley de Miriam garée devant chez elle. Pourtant, Miriam était allée à Leeds assister à une représentation de *La Veuve joyeuse*, avec Eunice et Toby. Qui, alors ? Parker, le chauffeur des Swanfield, aurait-il un ami dans le quartier ? En tout cas, ce n'était pas elle qu'on venait voir. Soudain, elle entendit des éclats de rire provenant de la partie du couloir occupée par Alan, et elle reconnut, parmi eux, les gloussements hystériques de Polly.

Elle entra chez elle, enfila son vieux kimono et s'installa dans un fauteuil avec un livre. Ainsi, Alan recevait. Très bien. Depuis qu'il s'était remis de ce qu'il appelait sa « crise de sincérité », cela lui arrivait souvent. Il donnait des réceptions improvisées où il réunissait des jeunes filles à la dérive et des garçons tapageurs qui s'enivraient et « parlaient mal », comme disait le professeur de danse. Le lendemain matin, il fallait enjamber leurs corps affalés dans l'entrée ou dans l'escalier. Tout en se disant qu'elle n'était pas responsable de Polly, Claire se demanda ce qu'elle faisait avec Alan. Ou plutôt, que faisait-il avec elle ? Il n'était guère fréquentable. Mais, puisque Polly rêvait depuis si longtemps de rencontrer un homme dépravé et sans scrupules, pourquoi l'en empêcher ? Qu'elle fasse son apprentissage. Oui, mais... et la voiture ? Il faudrait bien que quelqu'un la ramène. Qu'Alan s'en charge donc. Non, dans son état, ce serait trop dangereux. Pourquoi ne pas téléphoner à Montfleuri ? Et si Benoît répondait ? Non, il n'était sûrement pas là, puisque Polly était sortie. Il devait être à Londres. D'ailleurs, Nola en avait parlé. Mais fallait-il croire ce que racontait Nola ? Après tout, tant pis. Ça devait arriver un jour ou l'autre, alors pourquoi pas maintenant ? Malgré tout... oh zut ! Après avoir relu deux fois le même paragraphe de son livre, elle s'aperçut qu'elle n'avait rien compris, aussi fut-elle soulagée d'entendre Alan frapper à sa porte.

Il était ivre, les yeux écarquillés et un peu vitreux, mais il ne bafouillait pas et se tenait bien droit. Dans cet état, il avait simplement tendance à passer avec une extrême rapidité de la gentillesse à la méchanceté. Un homme dépravé et sans scrupules ? Certainement. Et Polly n'était pas de taille à se mesurer à lui.

– J'ai chez moi une demoiselle en détresse, dit-il en

s'appuyant contre le chambranle de la porte, tout en avançant un doigt fureteur vers l'échancrure de son kimono.

– Vraiment ? demanda-t-elle en repoussant sa main.

– Vraiment. Elle ne semble pas s'inquiéter outre mesure, du reste. Mais venez tout de même la chercher.

– Pourquoi ?

– Pour plusieurs raisons. D'abord, parce qu'elle s'est amenée, il y a longtemps déjà, avec un type qu'elle voulait vous montrer. Comme vous n'étiez pas là, elle me l'a montré à moi.

– Vous ne l'avez pas trouvé sympathique ?

– Il ne s'agit pas de ça. J'ai une petite affaire personnelle à régler pour le moment et, bien que je ne sois pas à cheval sur les convenances, j'ai besoin d'intimité... vous voyez ce que je veux dire ? Et puis, elle risque fort de perdre sa virginité. J'ai pensé qu'il valait mieux vous avertir.

– Elle a dix-neuf ans, Alan. Que risquiez-vous de perdre, à cet âge ?

– Voyons, Claire... seulement ma vie. Mais cette chose-là, c'est pire que la mort, on ne vous l'a pas appris à l'école ? Après tout, si ça vous est égal... Vous êtes jolie, Claire. Pourquoi ne pas les laisser se débrouiller ensemble ? Je peux entrer ? S'il vous plaît.

Il la prit par la taille, mais elle n'eut qu'à le pousser légèrement pour se dégager.

– Bon. Mais, au moins, débarrassez-moi de cette gamine.

Claire se dirigea vers l'atelier d'un pas décidé, dans l'intention de résoudre le problème au plus vite.

Polly était étendue par terre, sur des coussins, dans un charmant désordre qui laissait voir ses bras et ses épaules nus, ses longues jambes gainées de bas argentés, et des jarretières de dentelle qu'un séduisant jeune homme tentait maladroitement de lui ôter, sous le regard réprobateur de l'amie d'Alan qui était assise, très droite, devant la table. Toute son attitude disait que, malgré ses chaussures bon marché, sa robe du soir d'occasion et son éducation de fille du peuple, jamais elle ne se serait conduite de la sorte.

– Bonsoir, dit Claire au garçon. Je suis Mme Swanfield. Je crois que vous devriez rentrer chez vous.

Ils étaient ivres et pris au dépourvu. Claire était parfaitement lucide. Le garçon avait l'air gentil et il ne voulait pas que son père eût connaissance de ses frasques. Claire et Alan savaient être menaçants. Il partit, la tête basse, humilié, et jurant de ne plus jamais remettre les pieds à Mannheim Crescent. Polly rit, pleura, accusa Claire de vouloir la brouiller avec sa mère, avec Benoît, avec tout le monde. Elle leva même la main sur elle.

– Je reste ici, avec Alan.

– Il n'en est pas question.

Elle se recoucha par terre.

– Essayez donc de me bouger.

Toujours assise à la même place, l'amie d'Alan semblait complètement indifférente à la scène.

– Venez, Alan. Venez vous allonger près de moi.

Elle roula sur les coussins, langoureuse. Si elle n'excitait pas sa sensualité, elle piquait sa curiosité bien plus qu'il ne l'aurait fallu.

– Une autre fois, dit Alan en jetant un coup d'œil vers Claire, puis vers son amie qui se leva brusquement et partit sans dire un mot, en claquant la porte derrière elle.

– Polly, vous m'avez condamné à une nuit de solitude et de chagrin.

– Ça vous fera du bien, remarqua Claire avant de retourner chez elle pour s'habiller à la hâte.

– Je veux danser, décida Polly.

Avec un abandon charmant, elle partit dans le hall d'entrée en dansant, et franchit la porte que lui ouvrait Alan. Arrivée dans le jardin, elle exécuta une tarentelle déchaînée qui fut interrompue par une violente envie de vomir. Elle se réfugia dans les buissons, en pensant in extremis à ne pas salir sa robe.

– Je veux mourir.

– Mourez plutôt dans la voiture, suggéra Alan.

– Je veux mon père.

Elle s'approcha de lui en tanguant, avec l'air fragile et vulnérable d'une petite orpheline.

– Dans ce cas, ma chère Polly, dit Alan en effectuant un repli rapide, vous avez frappé à la mauvaise porte.

Elle sanglotait.

– Je veux papa.

Soudain, à travers le brouillard de l'alcool – cet alcool qu'elle avait bu pour impressionner un garçon qui ne représentait déjà plus rien pour elle –, elle se rendit compte qu'elle n'avait pas confiance en sa mère, qu'elle avait peur de Benoît, et que même Eunice, qui était autrefois si gentille avec elle, ne souhaitait pas sa compagnie. Depuis que son père était mort, il n'y avait plus personne pour l'aimer. Du moins, pas comme elle souhaitait. Depuis qu'il l'avait quittée, elle ne s'était plus jamais sentie en sécurité.

– Je veux mon père ! hurla-t-elle.

– Pour l'amour de Dieu, faites-la monter dans la voiture, dit Alan, partagé entre l'irritation et l'amusement.

– A l'arrière, au cas où elle serait encore malade. Je suppose que c'est moi qui conduis, dit Claire.

– Oui. Mais je vais mettre la voiture en marche. Voilà... Surtout, ne calez pas dans la côte. Je devrais vous accompagner... oui, ce serait préférable. Non, il ne vaut mieux pas. Tout ira très bien.

– Merci d'avoir tant confiance en moi, Alan.

Il rit, la salua et rentra dans la maison.

La route était sombre et étroite. Malgré la vitre qui séparait le chauffeur des passagers, Claire s'aperçut que Polly tremblait et qu'elle avait dû recommencer à pleurer.

Elle n'avait établi aucun plan précis. Son seul objectif était de ramener Polly chez elle. Elle appréhendait tellement de caler qu'elle consacrait toute son attention à conduire la vénérable et poussive automobile, si bien qu'elle ne remarqua pas tout de suite qu'une voiture l'avait rattrapée. Elle ne put définir le moment exact où elle s'était rendu compte que c'était Benoît.

Polly semblait avoir perdu connaissance ; mais peut-être était-elle seulement endormie. Claire arriva devant le portail de Montfleuri et, la route n'allant pas plus loin, elle fut bien obligée d'entrer. Elle arrêta la voiture le plus près possible de la porte et attendit.

Elle était prête à affronter sa fureur et son mépris. Il la rendrait sûrement responsable de l'incident, et réduirait peut-être son allocation, comme il le faisait pour Eunice et Polly. Quelle sanction prendrait-il cette fois contre sa sœur ? Claire n'avait d'autre ressource que de lui révéler toute la vérité, ou du moins une part suffisante pour lui donner une idée exacte de la situation.

Il sortit de la Daimler pour venir vers elle. Elle lui dit simplement :

– On vous croyait à Londres.

– C'est ce que je vois. Que s'est-il passé ?

– Oh ! Polly a trop bu. Elle a débarqué chez moi et je l'ai ramenée.

– Vous avez l'air de trouver ça tout naturel.

– Mais non. Pas du tout. Excusez-moi.

Etait-il en colère ? Comment le savoir ? Il se pencha pour regarder Polly, puis il se retourna vers Claire qui était si troublée qu'elle était incapable d'apprécier sa réaction. Elle dut s'avouer qu'il l'impressionnait.

– Puis-je vous demander ce que vous aviez l'intention de faire d'elle ? La monter dans sa chambre avec l'aide des domestiques, peut-être, et leur demander de ne rien dire à sa mère. C'est bien ça ?

– Oui. A peu près.

Il sourit imperceptiblement.

– Alors, qu'attendez-vous ? A propos, je pense qu'il est inutile de vous conseiller de ne pas la coucher à plat ? Bien, bien. Entendu, venez me voir dans mon bureau.

Parker, le chauffeur, monta Polly dans sa chambre, aidé de deux bonnes apitoyées, dont les yeux brillaient à l'idée de la bonne histoire qu'elles allaient avoir à raconter, mais seulement aux domestiques, car elles promirent à Claire de ne rien dire à Miriam. Après le départ de Parker, elles déshabillèrent la jeune fille et Claire leur ordonna de rester à son chevet, tant qu'elle ne dormirait pas d'un sommeil paisible. Ensuite, elle sortit de la chambre et descendit l'escalier à pas lents, un peu inquiète de ce qui l'attendait.

– Vous voulez boire quelque chose ? demanda Benoît.

– Non, merci. Pas maintenant.

– Dans ce cas, je vais vous raccompagner chez vous.

– Oh... ? Parker pourrait peut-être m'emmener.

– Certainement. Mais...

La Daimler était devant la porte. Elle monta à côté de lui et attendit qu'il eût franchi les grilles pour entamer sa plaidoirie en faveur de Polly.

– Elle n'a pas dû boire tant que ça.

– Peut-être. Mais ce n'est pas très malin – pour ne pas dire plus – de la part d'une femme de se soûler en public. C'est inadmissible.

– Elle était dans tous ses états. Elle réclamait son père en sanglotant.

– Ah bon ? Je ne vois pas ce que je peux faire à ce sujet.

La voiture arriva à Mannheim Crescent. Claire se demanda subitement si elle devait le remercier ou attendre que ce soit lui qui la remerciât ; devait-elle lui proposer de venir prendre un café, ou rentrer tout simplement chez elle ?

Il sortit de voiture et vint lui ouvrir la portière. Elle descendit à son tour, et ils se retrouvèrent tout près l'un de l'autre, coincés entre l'automobile et le portail. La rue était déserte, les maisons obscures, et la lune dessinait une traînée de buée dans le ciel couvert.

– Merci, Benoît.

– Merci, Claire.

– Bonne nuit.

Il avait la main sur la poignée de la porte, mais il ne l'ouvrait pas.

– Voulez-vous entrer... prendre une tasse de café ?

– Non. Pas du café.

– Alors, un verre de cognac ?

Elle eut l'impression qu'il hésitait, mais il refusa une seconde fois.

– Bon, alors...

Il n'avait pas lâché la poignée. Il lui bloquait subtilement le passage, la retenant sans la toucher. Que lui voulait-il ?

– Claire, il faut que je vous dise...

– Quoi ?

Elle découvrit dans ses yeux une lueur vaguement amusée mais dépourvue de toute indulgence.

– Ce soir, j'ai dîné au *Grand Hôtel du Nord* avec des hommes d'affaires et leurs épouses... un repas annuel.

– Ah !...

– Ce n'était pas prévu, car je suis rentré de Londres un jour plus tôt.

– Ah oui... c'est vrai.

– Ma femme n'a pu m'accompagner, car elle avait

déjà un rendez-vous. Un rendez-vous important, qui plus est. Avec vous, Claire.

Elle ferma les yeux.

– J'ai oublié l'endroit, mais ça n'a guère d'importance, n'est-ce pas ?

Ses paupières se rouvrirent contre son gré. Elle ne voyait de lui qu'une masse d'ombre, dense et impressionnante.

– Benoît...

– Ne vous inquiétez pas. Il lui fallait trouver très vite un prétexte et elle n'a pas eu le temps de vous avertir. Je n'avais aucune raison de lui révéler que je n'étais pas dupe. Vous pourrez donc confirmer ses dires... si jamais je vous pose des questions. Vous avez bien compris ?

Hypnotisée, elle se mit à hocher la tête comme une marionnette obéissante. Sa bouche s'ouvrit et il n'en sortit qu'un mot chuchoté d'une voix enrouée.

– Polly ?

Il y avait pensé, bien entendu.

– Polly ne m'a pas vu et je ne pense pas qu'elle mette Nola au courant de sa petite escapade. Je m'arrangerai pour la sermonner sur les dangers de la boisson et de la débauche, mais sans parler de vous. Ne vous faites pas de souci. Il n'y a vraiment pas de quoi.

Il poussa enfin la porte cochère. Arrivée devant son appartement, elle batailla avec la serrure sans parvenir à l'ouvrir. Le trousseau de clés tomba à terre avec un fracas qui lui parut épouvantable.

– Oh, zut !

L'ombre dense s'approcha d'elle, l'enveloppa, ramassa les clés et ouvrit la porte.

– Bonne nuit, Claire. Et, surtout, ne vous tracassez pas.

Elle éprouva un immense soulagement à se retrouver seule chez elle. Malgré les assurances de Benoît, elle ne pouvait s'empêcher de se tourmenter. Elle pensait à cette pauvre Nola qui, dans son désir effréné de jouissance, trompait un homme qui se savait trompé et qui s'en moquait. Elle pensait aussi au rôle qu'elle avait elle-même joué dans cette triste farce. En revoyant la scène de l'autre soir où Benoît l'avait froidement regardée lui mentir, elle sentit le rouge lui monter au visage.

8

L'*Hôtel de la Couronne* ouvrit ses portes une semaine plus tard, dans une indifférence quasi générale, étant donné que les prix qui s'y pratiquaient étaient au-dessus des moyens de plus de quatre-vingts pour cent des habitants de Faxby. Le restant était partagé entre ceux qui étaient, par principe, contre toute innovation, et une minorité – faible mais déterminée – qui avait envie de s'amuser pour se rattraper des sombres années de la guerre.

Le soir de l'inauguration, une seule chambre était occupée. Cet unique client était Arnold Crozier, le cousin de Nola, qui était négociant en laine. En voyant pour la première fois ce veuf d'aspect quelconque, qui parlait peu et aimait la bonne vie, Claire songea aussitôt à un gros cafard débonnaire, mais malin, comparaison gênante car elle avait ordre d'être très aimable avec lui. Ce fut pourtant l'arrivée de sa Rolls qui déclencha la mise en route de l'hôtel, au moment où le portier, un ex-sergent de la garde galloise, descendit l'escalier de marbre, avec l'autorité d'un général, pour s'occuper de ses bagages et de son automobile. Mais Kit Hardie, venu accueillir personnellement cet important personnage, avait, bien davantage que lui, l'allure d'un millionnaire. Ils pénétrèrent ensemble dans le hall, en grande conversation. M. Clarence, le réceptionniste, déploya sans réserve le charme pour lequel on l'avait engagé. La gouvernante accepta les compliments de M. Crozier avec une dignité maternelle destinée à lui faire croire – comme le lui avait recommandé son patron – qu'elle avait sincèrement à cœur que l'eau de son bain soit à la bonne température, qu'il ait des serviettes chaudes, et une bouteille d'eau fraîche près de son lit. Durant tout son séjour à l'hôtel, des jeunes filles et des garçons souriants répondirent sans se lasser à l'appel de sa sonnette. On aurait dit qu'ils n'avaient pas de plus grande joie que de venir lui servir son thé toutes les heures, de vider ses cendriers et de porter ses télégrammes à la poste. Ils lui procurèrent un gardénia pour fleurir sa boutonnière, lui trouvèrent un journal autrichien, une manucure (qui resta dans sa chambre plus longtemps qu'il n'était nécessaire), une carte du Northumberland, et un horaire de chemin de fer. N'ayant pas grand-chose à faire ce soir-là, Keller, le chef cuisinier, vint le consulter à propos du menu et lui prépara un saumon sur un lit de mousse de langouste, des blancs de poulet pochés au vin blanc et, pour finir, son dessert favori, des crêpes aux pommes, flambées au cognac. La pianiste, Mlle Adela Adair, une jeune personne aux yeux noirs et à la taille élancée, joua avec beaucoup d'inspiration au bénéfice exclusif de M. Crozier et de ses invités, c'est-à-dire son frère Bernard qui devait rentrer à Manchester le soir même, quelle que fût l'heure, car sa femme l'attendait de pied ferme, deux dames très distinguées qui semblaient connaître les Crozier de longue date, deux hommes d'affaires opulents et, enfin, Nola.

Ils burent beaucoup de champagne, et trois sortes de bordeaux rouges différents. Ce soir-là, Arnold Crozier avait envie de vin rouge et il ne voulut pas entendre parler de « vin blanc avec le poisson, vin rouge avec la viande » ; il balaya rapidement les arguments de Keller qui disait qu'un vin trop robuste risquait d'étouffer la saveur délicate de son saumon.

– C'est celui qui paie qui choisit, déclara-t-il de sa petite voix sèche.

– Vous avez entièrement raison, monsieur, murmura Kit Hardie, en lui remplissant lui-même son verre, à moitié seulement, pour que l'arôme eût la place de s'épanouir.

Il amorça ensuite une intéressante discussion sur les mérites comparés du château-lafite et du château-latour, tout en faisant signe à Claire de courir en cuisine pour apaiser le chef.

Le lendemain matin, après avoir pris un petit déjeuner composé de saumon fumé et d'œufs brouillés, Arnold Crozier regagna sa grande maison de Bradford, non sans avoir réservé la Suite mandarine pour le week-end suivant. Il donnait l'impression de considérer l'*Hôtel de la Couronne* comme un pied-à-terre commode. Il avait laissé ouvert le robinet d'eau chaude de la salle de bains et n'avait distribué aucun pourboire.

– Vieux grigou, dit le réceptionniste dont la voix n'était plus charmeuse que par habitude.

– Quel radin, remarqua la gouvernante qui n'avait plus rien de maternel.

– Vieux cochon, déclarèrent en chœur les petites femmes de chambre.

– Grippe-sou, murmura Mlle Adela Adair qui estimait que le fait d'avoir joué des valses viennoises jusqu'à une heure avancée de la nuit lui donnait droit à quelque chose de plus substantiel qu'une petite tape sur les fesses.

– Le rustre, bougonna Keller, dont l'indignation n'était pas retombée.

– Vous avez raison, reconnut Kit Hardie. Mais cela ne nous empêchera pas de nous montrer tous aussi aimables avec lui la semaine prochaine et celle d'après. Compris ?

D'ailleurs, tous les clients, sans exception, devaient être l'objet de la même courtoisie et de la même sollicitude.

– Il n'existe qu'une sorte de plateaux, les plateaux en argent, décréta Kit. Une serviette doit toujours être amidonnée. Les cendriers sont là pour être remplis et aussitôt vidés. Les miroirs et les vitres doivent être immaculés. Les clients sont les rois, il faut les dorloter.

Malheureusement, au début, il y eut peu de clients à dorloter. Les chambres restaient vides et leurs occupants occasionnels faisaient presque figure d'intrus. Le soir, le restaurant ne servait guère plus de douze couverts. Les clients étaient principalement des hommes d'affaires qui « essayaient » le nouvel établissement ; leur mise sombre et leurs conversations sérieuses créaient une ambiance morne qui ne risquait pas de fournir un sujet de plainte aux personnes pointilleuses sur la morale.

Pendant dix jours, quinze jours, un mois et même un peu plus, le superbe salon rose resta désert, tandis que les *Délices* continuaient à faire le plein. Pourtant, le thé était prêt au cas où un client se présenterait, les journaux et les fleurs étaient renouvelés régulièrement, et les serveurs toujours fidèles au poste.

– Ça va très mal, n'est-ce pas, Kit ? dit Claire qui se demandait si elle ne devrait pas lui proposer de renoncer à son salaire.

Elle avait compris que les Crozier comptaient sur des rentrées rapides pour rentabiliser leur investissement. Malgré tout, Kit semblait confiant.

– Pas plus mal que je ne l'avais prévu. Invitez donc votre mère à prendre le thé. Et si, par hasard, on pouvait espérer la visite de Miriam Swanfield...

Miriam refusa très aimablement. Mais, comme la famille Swanfield se sentait obligée d'aider un peu son ancien maître d'hôtel, elle délégua Eunice qui arriva un après-midi et s'installa d'abord avec méfiance dans un fauteuil rose. Elle fut tellement impressionnée par le millefeuille aux fraises et si contente de parcourir les journaux de mode – car elle avait dû y renoncer au profit des magazines d'automobiles de Toby – qu'elle revint la semaine suivante. Edward fut donc obligé de lever l'interdiction qu'il avait faite à Dorothée de « ne jamais mettre les pieds dans un endroit pareil », bien qu'il ne pût y aller lui-même, en raison de ses maux d'estomac.

– Qui d'autre pourrais-je inviter ? demanda Claire.

– Passez en revue vos anciennes camarades de classe et leurs mères. Ce genre de femmes qui ont l'habitude d'aller prendre le thé avec des amies. Pour le restaurant, il nous en faudrait aussi. Je peux m'arranger pour attirer les célébrités qui passent aux *Princes* ou au *Grand Théâtre*, mais quelques jeunes dames élégantes – pas trop jeunes toutefois – ne seraient pas de trop. De ces femmes qui mettent de grands chapeaux pour déjeuner et des robes du soir décolletées pour dîner.

Ainsi, Claire, qui n'avait nullement envie de renouer avec ses anciennes connaissances, envoya des cartes à des adresses dont elle n'était même plus sûre ; elle donna un grand nombre de coups de téléphone, et attrapa dans ses filets tout un assortiment de personnes qui étaient des adolescentes la dernière fois qu'elle les avait vues, et qui réagirent différemment à son appel. Certaines étaient mariées et s'ennuyaient un peu ; il y avait aussi des veuves de guerre esseulées qui reconnurent qu'on était mieux à l'*Hôtel de la Couronne* qu'aux *Délices*, pour bavarder tranquillement. Enfin, il y avait toutes celles qui, sachant qu'elles avaient peu de chances de se marier, étant donné l'hécatombe que la guerre avait provoquée chez les hommes, avaient décidé de vivre leur vie, et trouvaient qu'il n'y avait rien d'inconvenant à dîner au restaurant avec des amies.

– Bravo ! dit Kit Hardie.

– Et ensuite ?

– Occupons-nous un peu du déjeuner.

Claire téléphona aux usines Swanfield et demanda M. Hartwell.

– Claire ? De quoi suis-je coupable, cette fois ? demanda la voix un peu méfiante de Toby.

– Vous n'êtes pas venu nous voir à la *Couronne*, voilà tout.

– Vous croyez que j'en ai les moyens ? J'ai promis à Eunice de réduire mes dépenses, et entre une chose et l'autre...

– Oh ! Toby, ne me laissez pas tomber. Vous avez bien un client important que vous souhaitez impressionner. Venez et nous verrons ce que nous pourrons faire.

Il vint prendre un café le matin même. Il examina la carte des vins, goûta un pâté et disparut dans le bureau de Kit pour en ressortir une heure plus tard, avec l'air satisfait de quelqu'un qui a encore un bon goût de vieux cognac dans la bouche. Il revint pour le déjeuner, accompagné de quatre personnes, et le repas se prolongea jusqu'à 4 heures de l'après-midi. Ses visites devinrent alors si fréquentes que Claire en éprouva quelques remords. Eunice savait-elle comment il gaspillait son temps et l'argent des Swanfield ? Et Benoît ? Elle pensa qu'ils étaient sûrement au courant et, d'autre part, la fidélité de Toby, non seulement à titre personnel, mais à cause de tous les clients qu'il amenait, était un atout considérable pour la *Couronne*.

– Et maintenant, Kit ? demanda-t-elle.

– Continuons à offrir de la bonne cuisine, de bons vins, un bon service. Ça finira par se savoir.

Elle l'espérait sincèrement, dans leur intérêt à tous deux.

Vint enfin le jour où le bar ne désemplit plus, et où toutes les tables qui entouraient la minuscule piste de danse furent réservées à l'avance ; chaque tabouret était occupé par des jeunes de Faxby et des environs qui semblaient ne rien demander d'autre à la vie que de danser toute la nuit, au rythme saccadé des airs américains, et de boire des mélanges de gin et de vermouth, de Pernod et de grenadine, de chartreuses verte et jaune.

La guerre était terminée. La moitié des jeunes gens qui arrivaient devant la petite porte de la *Couronne*, dans leur fringante torpédo, avaient reçu trop de décorations militaires pour accepter les mises en garde de leurs parents contre les dangers des veilles prolongées et des boissons fortes. L'avenir, qui semblait jadis illimité, s'était soudain considérablement rétréci ; il fallait donc à tout prix remplir ce court laps de temps avec de brèves passions, des plaisirs temporaires, faire assez de bruit pour que l'écho subsiste quand la voix se serait tue, et utiliser des couleurs assez violentes pour qu'elles durent au moins toute une nuit.

– Les sandwiches, seulement au bar, décréta Kit Hardie. Des sandwiches raffinés. Des languettes de saumon fumé, des tranches de rosbif saignant, fines comme du papier à cigarettes, un soupçon de caviar... tout cela sur des plateaux d'argent et des napperons de dentelle, avec une profusion de garnitures... des tomates découpées en forme de roses, du cresson, des rondelles de citron, du poivre noir, du raifort. C'est très joli. Ça fait beaucoup d'effet et ça stimule l'appétit.

Pour ceux qui en avaient les moyens, le restaurant était sur place et, comme on ne prenait plus de commandes après 21 h 30, la mode se répandit, parmi cette petite coterie dans le vent, d'aller dîner avant de plonger dans le sous-sol, l'estomac plein et le cœur réchauffé par quelques verres de vin. En bas, on flirtait, on échangeait des promesses, on buvait des boissons alcoolisées parfumées aux fruits, on fumait des cigarettes turques et, surtout, on dansait.

On dansait le shimmy et le fox-trot. Ce qui fournissait une excuse pour s'embrasser en public. C'était aussi la folie du tango. Les filles se laissaient inviter par des inconnus. Le temps des présentations, des carnets de bal et des chaperons était révolu. Elles ne fréquentaient pas la *Couronne* pour trouver un mari, et ne le cachaient pas. Elles venaient là, sans aucune honte, pour chercher l'aventure, pour s'amuser, comme les hommes l'avaient toujours fait. Le grand mot était avant tout de ne pas s'ennuyer et, parfois, de ne se souvenir de rien. Où pouvait-on, mieux qu'ici, oublier l'amertume du passé et la vanité de l'avenir, dans un brouillard de fumée, de jazz et d'alcool ?

– Nulle part, dit Kit Hardie. Cependant, si nous arrivions à remplir nos chambres, nous gagnerions de l'argent pendant que les gens dorment.

– Pourriez-vous me rendre un service, major Hardie ? Nous organisons une grande fête pour mes vingt et un ans ; on dressera même une tente dans le jardin. Mais, comme nous avons moins de domestiques et que nous habitons une maison plus petite, depuis que mes frères sont morts, maman s'est demandé si vous ne pourriez pas loger une douzaine de nos invités... seulement pour la nuit du 24 et peut-être celle du 25.

– C'est dommage que vous ne m'en ayez pas parlé plus tôt, répondit le major d'un air soucieux.

– Oh ! je vous en supplie, major Hardie, ne me laissez pas tomber. Si mes amis ne peuvent pas venir, je vais me retrouver avec mes cousins, mes beaux-frères et mes vieilles grands-mères, le jour de mon anniversaire. Je vous en supplie, major.

Il hésita et regarda le plafond avec l'air de se demander quelles réservations il allait pouvoir annuler.

– Monsieur Clarence, madame Swanfield, voyons un peu ce que nous pourrions faire pour cette demoiselle.

– Oh ! major, maman vous en sera tellement reconnaissante.

La maman vint en personne le remercier. C'était une belle femme, vêtue avec une discrète élégance, une grande dame, bien qu'elle eût dû quitter la demeure située à une vingtaine de kilomètres de Faxby, où sa famille habitait depuis plusieurs générations, pour s'installer dans une maison plus petite. Kit Hardie, au mieux de sa forme, lui fit visiter l'hôtel, visite qui culmina quand il lui offrit du thé Earl Grey dans des tasses de Chine, des scones tout frais, de la confiture de groseilles, des muffins et le cake traditionnel. En somme, remarqua Claire, rien que des choses toutes simples, bien anglaises, comme on en déguste dans les maisons de campagne de ses amis.

– C'est vraiment très agréable, dit la dame installée dans un fauteuil de chintz. Très agréable. Je m'attendais à quelque chose de plus clinquant, je l'avoue. Vous avez une salle de banquet ? Je préside plusieurs comités et j'aimerais bien ne plus avoir à organiser les déjeuners annuels chez moi... avec tous ces problèmes de personnel.

Elle repartit avec la carte, les dépliants et les tarifs.

– Ça commence à se savoir, constata Kit.

En effet, dès l'automne, Claire n'éprouvait plus aucun scrupule à toucher son salaire, car elle avait conscience de le gagner plutôt deux fois qu'une.

– Ce n'est pas possible que ça te plaise, dit Dorothée.

– Ça me donne une raison de me lever le matin.

– Claire ! (Dorothée était scandalisée.) De plus, tu dois savoir qu'il y a des bruits qui courent. Au sujet de tes relations avec cet homme.

– Des bruits ?

– Mais bien sûr. Tu restes enfermée avec lui pendant des heures, dans son bureau. Est-ce nécessaire, Claire ? En outre, des gens t'ont vue en sa compagnie, à 2 heures du matin, près de Mannheim Crescent. Je n'ai pas su quelle explication leur fournir.

– C'était sûrement une belle nuit. (Voyant sa mère réellement contrariée, elle ajouta :) En tout cas, ceux qui m'ont vue dans les rues à 2 heures du matin étaient dehors, eux aussi.

– Oui, oui, c'est ce qu'on dit. (Elle commençait à perdre son calme.) Mais, tout de même, toi qui es si intelligente, tu devrais comprendre que c'est de la folie de te compromettre de la sorte avec un homme auquel il est *impensable* que tu tiennes.

– Impensable ?

– Evidemment, Claire... pour l'amour du ciel... n'oublie pas que c'était un domestique.

S'il avait été question d'un repris de justice, d'un rebut de la société, d'un malade mental, elle n'aurait pas pris un ton plus amer et plus scandalisé.

– Sans doute, maman. Mais c'est aussi un héros. Si tu voyais son uniforme... il est couvert de décorations et de médailles.

– La guerre est finie, trancha Dorothée, en citant son mari. Maintenant que la situation est redevenue normale...

– Je sais, maman. Une dame est une dame. Un maître d'hôtel est un maître d'hôtel.

Claire avait toujours eu des relations difficiles avec ses proches, et il n'y avait aucune raison pour que cela change. Toutes les fois qu'elle avait eu des rapports intimes avec quelqu'un, elle l'avait payé d'une certaine dose de souffrance. Son affection pour Dorothée, Jeremy et Paul lui avait laissé des cicatrices qu'elle supportait avec plus ou moins de courage. Maintenant, elle cherchait moins à éviter d'être blessée qu'à l'être superficiellement, de façon à pouvoir guérir vite. Dans son état d'esprit actuel, elle ne se sentait pas de taille à affronter Kit, et il semblait l'avoir compris. Elle ne pensait pas qu'il puisse la blesser. Au contraire. Sans doute l'emmènerait-il dans l'appartement qu'il s'était aménagé dans les combles de l'hôtel, et il lui ferait l'amour avec une telle passion qu'il ne lui resterait même pas la force de se soucier du qu'en-dira-t-on. Ensuite, elle n'aurait qu'à se laisser guider, se reposer sur lui, se fondre en lui jusqu'à ce qu'ils forment un couple. C'était certainement son vœu le plus cher, bien que cela ne l'empêchât pas de succomber aux tentations que lui offraient certaines demoiselles des *Princes* ou d'ailleurs. C'était un homme sensuel qui n'avait jamais eu de raison de restreindre ses appétits. Claire le comprenait très bien. Tant qu'il n'aurait pas une raison valable, il ne lui viendrait pas à l'idée de pratiquer la chasteté.

Etait-ce l'idée de sauter la barrière qui la retenait, la pensée d'échanger la chaleureuse camaraderie qui les liait contre un sentiment plus exclusif ? Non, ce n'était pas un obstacle insurmontable. Etre aimée d'un homme comme Kit, qui ne faisait rien à moitié, serait sûrement une expérience intéressante. Et elle, qu'avait-elle à lui donner ? Il serait très exigeant. S'il s'engageait vis-à-vis d'elle, il n'en attendrait pas moins de sa part. Elle ne se sentait pas prête. Dans les dispositions où elle se trouvait à présent, ce serait un acte de faiblesse, et moins un don qu'une reddition. Il méritait mieux, aussi n'y songeait-elle pas sérieusement. Pas encore.

En attendant, puisqu'il ne semblait pas pressé, elle se contentait de l'admirer, d'avoir de l'amitié pour lui et du plaisir à apprendre ce qu'il lui enseignait. Il y avait des fois, bien entendu, en particulier les matins où elle manquait de sommeil, où elle le trouvait exigeant, pénible, tatillon, extravagant. Mais, quand on avait, sur son insistance, astiqué une seconde fois l'argenterie, remplacé les fleurs, remis de l'ordre dans la pile de journaux, retapé les coussins, alors que tout le monde maugréait en disant que c'était superflu, il fallait bien reconnaître, en voyant le résultat final, que le major avait eu raison et que, grâce à lui, l'*Hôtel de la Couronne* était désormais au-dessus de ses concurrents proches de la gare. Quand un contretemps survenait ou que la panique s'installait, il suffisait que Kit Hardie apparaisse pour rassurer tout son monde et restaurer le calme. Il était celui qui allait prendre la décision, trouver la solution, et endosser la responsabilité, s'il le fallait. Il était l'homme providentiel qui sauverait la situation, et la catastrophe se réduisait à un peu de travail et d'ingéniosité supplémentaires.

– Comment peut-on t'appeler ? demanda Dorothée. Nous avons pensé au titre de sous-directrice. Du moins, c'est ce que nous disons à nos amis. Je ne vois pas quelle objection tu pourrais faire.

Elle ne fit aucune objection et se dit même que c'était un terme qui convenait parfaitement aux fonctions qu'elle assumait, aux kilomètres qu'elle parcourait, chaque jour, entre le bureau de Kit et tous les coins de l'hôtel, pour aller remonter le moral de M. Clarence qui était parfois sujet à des accès de mélancolie, pour se rendre chez la gouvernante, afin de trouver la clé de la mauvaise humeur d'une femme de chambre ou d'une disparition dans l'armoire à linge. Elle calculait les salaires des employés, contrôlait les comptes du bar, arbitrait les nombreuses querelles entre Keller et les fournisseurs, et se tenait aux alentours du salon, à l'heure du thé, pour dire quelques mots aimables aux dames esseulées. Trois soirs par semaine, et souvent quatre, elle était présente au restaurant et au bar, prête à faire un brin de conversation avec les clients, à recevoir compliments et réclamations, et à rétablir l'ordre. Elle gardait toujours un œil sur le barman, un garçon sympathique, mais qui, selon Kit, avait tendance à réduire les rations et à empocher la différence. Elle passait des heures à écouter d'une oreille distraite des hommes qui se vantaient de leur virilité et de leur compte en banque, et d'autres qui avouaient de façon désarmante qu'ils ne possédaient ni l'une ni l'autre. Elle écoutait

Arnold Crozier discourir sur l'art de servir le vin et de le boire. Elle s'intéressait aux ambitions refoulées de Toby Hartwell qui aurait tant voulu être pilote d'essai, coureur automobile, ou champion d'équitation. Elle écoutait Mlle Adela Adair, la pianiste, lui raconter que c'était la jalousie de ses professeurs et son excès de générosité à l'égard de toute une série d'amants volages qui l'avaient empêchée de devenir une concertiste internationale. Pour obéir aux instructions de Kit Hardie qui désirait assurer à n'importe quel prix le bonheur des Keller, dont les prouesses culinaires étaient indispensables au renom de l'hôtel, elle effectuait de fréquentes visites aux cuisines, réussissant très souvent à persuader Aristide de son génie et de l'estime où le tenaient le major ainsi que tous les gourmets de Faxby ; elle lui jurait que personne ne cherchait à lui voler ses recettes gribouillées sur de petits bouts de papier fichés sur un clou, derrière la porte, et où ne manquait que le nom du principal ingrédient qu'il tenait enfoui à l'intérieur de son cerveau soupçonneux.

– Oui, maman. Sous-directrice, c'est parfait.

– Ah !... très bien, dit Dorothée, tout en se demandant comment convaincre Edward que c'était une situation dont on pouvait être fier. Mais ça te plaît ? C'est ce que tu veux ?

– Ça m'occupe. Ça me change les idées.

Cet emploi lui permettait aussi de prendre ses distances avec les Swanfield, et de les voir sous un jour moins inquiétant. Eunice et Toby ne lui avaient jamais fait peur. Quant à Nola, elle la prenait comme elle était, souvent drôle, déconcertante et envahissante. En revanche, elle n'avait pas trouvé de solution à l'énigme que représentait Benoît, et en avait conclu qu'il était inutile de l'étudier de trop près. Polly était parfaitement capable de se prendre en charge, comme Claire l'avait toujours pensé ; elle avait résolu le problème de son indépendance en dénichant un chaperon moins encombrant que sa mère, un jeune admirateur, un fiancé possible, M. Roger Timms de Taylor & Timms. C'était un gros garçon bien gentil qui avait été réformé à cause de sa mauvaise vue, et dont l'amitié permettait à Polly non seulement de se pavaner dans les rayons des chapeaux et des parfums du magasin, mais aussi de fréquenter l'*Hôtel de la Couronne*, qui lui était jusque-là interdit, car on la supposait en sécurité en sa compagnie.

– Je sais que je peux faire confiance à Roger pour veiller sur Polly, disait Miriam.

Savait-elle qu'il se contentait de fixer stupidement le fond de son verre, pendant que Polly flirtait et dansait avec d'autres ? Enfin, les apparences étaient sauves et Miriam était dispensée de se reprocher de ne pas s'occuper assez de sa fille.

– Mon petit Roger... je voudrais m'en aller maintenant.

– A vos ordres, princesse.

Alors, avec son air de myope et ses idées embrouillées, pareil à un brave chien qui ne demande rien d'autre qu'une petite caresse sur la tête, il se levait lourdement.

– Qu'il est dévoué, s'étonnait Miriam. C'était un enfant un peu retardé, sans doute... je me souviens que sa mère le tourmentait beaucoup... mais il est si gentil. Et très riche. Polly aurait pu trouver pire.

Surtout pour ce qu'elle en faisait.

– Roger, viens me chercher demain à 14 heures, et n'oublie pas de passer prendre le chapeau que j'ai donné à garnir. Au *Palace*, on joue un film que j'ai envie de voir... un peu compliqué pour toi, mais tu n'auras qu'à dormir. Après, tu m'emmèneras prendre le thé. Tu me reconduiras à la maison à 17 heures, ce qui me laissera amplement le temps de me changer. Tu viendras me reprendre... disons... à 19 h 30, non, à 20 heures. Ah ! Roger... surtout ne mets pas ta cravate à pois.

Il était ébloui et heureux d'être mené par le bout du nez. Elle l'épouserait peut-être un jour, et leur mariage serait le plus somptueux qu'on eût jamais vu à Faxby, une véritable débauche de tulle, de paillettes et d'orchidées blanches. Si elle ne l'épousait pas, elle vivrait un autre conte de fées ; elle perdrait la tête pour un homme moins recommandable que Roger qui lui causerait peut-être un peu de chagrin, mais qui le regretterait amèrement ensuite... Peut-être.

Claire commençait à croire qu'elle avait réussi à se libérer des Swanfield, mais elle avait compté sans Miriam et le monument commémoratif.

Dans les coins les plus reculés de l'Angleterre, chaque ville, chaque village, mettait un point d'honneur à célébrer ses morts par une inscription ou un monument quelconque, afin de focaliser le souvenir sur un objet précis. Faxby n'avait pas fait exception. Bientôt, un soldat de pierre, la tête inclinée sur son fusil, se dresserait dans le parc municipal, au milieu d'un massif planté d'arbustes et de lys pâles, non loin de l'horloge florale. Son compagnon d'armes se dresserait sur un piédestal, place de l'Hôtel-de-Ville. Le 11 novembre, on y déposerait pour la première fois des gerbes de coquelicots, au chant des hymnes, puis une minute de silence serait observée à la mémoire des morts. Un tombeau vide, d'une austérité appropriée, allait être érigé à Londres, à Whitehall. Les banques, les grandes entreprises, les universités avaient prévu d'élever divers monuments commémoratifs.

Si elle n'avait pas eu tant de choses en tête, Claire aurait certainement pensé que les usines Swanfield, qui avaient payé leur tribut à la guerre, y compris le plus jeune fils de leur fondateur, ne se déroberaient pas à ce devoir sacré.

Benoît était partisan d'apposer dans le hall d'entrée de l'usine une plaque portant les noms des victimes, avec, en tête, celui de Jeremy. Parfait, avait reconnu Miriam, à condition d'y ajouter, par exemple, un bas-relief représentant une colonne de combattants à l'air noble et mélancolique.

– On inscrira les noms dessus, ajouta-t-elle. Avec une belle phrase en lettres d'or, dans le genre : « La patrie les a appelés. Ils ont répondu. » Ou, mieux encore : « On ne leur a pas pris leur vie, ils l'ont offerte. »

– Pourquoi pas « Moutons allant à l'abattoir » ? proposa Nola.

– Ensuite, poursuivit Miriam en ignorant ces sarcasmes, il faudra organiser une cérémonie pour les familles, et leur donner une médaille commémorative, ou quelque chose dans ce genre, à rapporter à la maison.

Depuis le début de l'automne, chaque fois qu'elle allait dîner à Montfleuri, le dimanche soir, Claire entendait les Swanfield discuter de cette affaire, mais elle n'y avait guère prêté attention. Un soir de début novembre, elle prit soudain conscience de ce qui allait se passer. La guerre avait fait quarante-deux victimes au sein des usines Swanfield. Par conséquent, on allait réunir quarante-deux mères éplorées, accompagnées d'un nombre de pères, à peu près égal, de vingt-huit veuves et de trente-quatre orphelins dont certains étaient encore des enfants au berceau, sans compter une foule de sœurs, de frères, de grands-parents et de fiancées. Les ministres des Eglises anglicane et méthodiste, ainsi qu'un officier de l'Armée du Salut, prononceraient quelques mots, après quoi la plaque et sa frise de jeunes guerriers seraient dévoilées par la veuve et la mère de Jeremy Swanfield qui remettraient un présent commémoratif aux autres veuves et aux autres mères. Ensuite, on servirait une collation, tandis que jouerait la fanfare de l'Association des ouvriers du textile, installée dans la cour de l'usine.

Lui avait-on demandé son avis ? Serait-elle capable

de surmonter cette épreuve ? Cette nuit-là, elle ne put fermer l'œil, tant elle redoutait d'être assaillie par d'horribles images, si elle se laissait aller au sommeil.

– Il faudra vous habiller en noir, mon petit, avec quelques fleurs blanches, peut-être, déclara Miriam. Je me demande s'il ne faudrait pas porter un voile de deuil. Qu'en pensez-vous, ma chérie ?

Claire répondit qu'elle n'avait pas d'opinion sur la question.

– C'est un bien triste devoir, soupira Miriam. Mais je crois qu'il est absolument nécessaire de dire quelques mots aux familles. Ce geste sera fort apprécié. Inutile de se souvenir de tous les noms. Vous n'aurez qu'à dire « chère madame », « cher monsieur », comme moi. Ça leur fera plaisir.

– Je crois que je ne pourrai pas, confia-t-elle à Alan Ash.

– Alors, n'y allez pas.

– Ce n'est pas si simple.

– Mais si. Vous n'avez qu'à dire non.

– Que feriez-vous à ma place ?

– Ah !... pas grand-chose, comme d'habitude. Je me soûlerais. Je m'enfermerais dans ma chambre pendant une ou deux semaines, pour réfléchir au problème... et je finirais par m'apercevoir que tout ça n'a aucune importance. C'est ça, la liberté, Claire. Du moins, je l'espère. N'attacher d'importance à rien. C'est cet état de grâce que je recherche. Vous devriez essayer.

Elle avait vu son tableau chez un brocanteur installé non loin de la *Couronne*, auquel le professeur de danse l'avait vendu pour le prix du cadre rutilant qu'elle avait cru bon de lui adjoindre.

Alan devait savoir qu'il était en vitrine, étiqueté à douze shillings et six pence, parmi des éléphants de bronze, quelques porcelaines victoriennes ébréchées, des pièces de monnaie anciennes et des médailles de la guerre des Boers. S'était-il arrêté pour le regarder ? Certainement pas. Claire, en revanche, était restée longtemps à contempler cette représentation de l'univers de jeunesse d'Alan et de Paul. Elle les avait reconnus tous deux dans le personnage du pèlerin, sachant combien avait été absolue leur foi dans les mensonges que la société leur avait enseignés.

– Vous ne m'aidez pas beaucoup, dit-elle en se forçant à repenser à cette journée du souvenir.

– Si je ne vous aide pas, c'est que je n'ai pas à m'en mêler. Faites ce que vous estimez devoir faire. Ce ne sera pas forcément mon avis. De toute manière, je ne sais pas voir la différence entre le bien et le mal. Autrefois, je croyais en être capable, mais c'était à l'époque lointaine où l'on nous enseignait « Tu ne tueras point ». Toutes ces salades à propos de la justice et de la charité ne résistent pas, elles non plus, à l'épreuve du temps.

Après avoir passé une seconde nuit blanche, suivie d'une soirée à Montfleuri, Claire se sentit tout à coup hors d'état de supporter plus longtemps la pression doucereuse que Miriam exerçait sur elle. Elle alla trouver Benoît dans son bureau.

– Je suis désolée. Je ne pourrai pas.

– Vous voulez parler de la commémoration, je suppose ? Vous aurez du mal à y échapper.

– Peut-être... mais je ne peux pas.

– Vous allez sans doute me dire pourquoi.

– Je suis incapable de jouer le rôle principal dans une cérémonie que... où je ne me sentirai pas à l'aise.

– Je ne vois pas ce qu'il y a de si terrible.

– Vous n'avez pas fait la guerre, répondit-elle. Vous ne pouvez pas comprendre.

– Oui... oui. Bien entendu. Peut-être pourriez-vous m'éclairer ?

– Je n'ai nul besoin qu'on me rappelle ces choses, Benoît. Voilà tout. Ce n'est pas la peine. Je peux me souvenir toute seule. J'espère que vous comprenez.

– Oh oui. Mais, voyez-vous, vous n'êtes pas seule à

avoir du chagrin. Toutes les femmes présentes auront autant de souvenirs que vous.

– Je ne crois pas. Elles ont gardé le souvenir de leurs enfants, tout fiers, dans leur bel uniforme neuf... et moi j'ai vu ce qu'ils sont devenus ensuite. C'est pourquoi je n'ai pas envie d'y penser trop souvent. Elles ne savent pas, ces femmes...

– Si, je pense qu'elles savent.

– Non. Elles ont reçu un télégramme du ministère et des lettres d'officiers supérieurs ou d'infirmières leur disant qu'ils étaient morts sur le coup, sans souffrir... et c'est faux. Pour un combattant qui est mort ainsi, il y en a vingt qui ont agonisé pendant des journées entières, et d'autres qui se sont suicidés dans leurs tranchées, parce qu'ils n'en pouvaient plus. Cela, on ne l'a pas dit aux mères et aux veuves.

– Vous pensez qu'on aurait dû ?

– Et pourquoi pas ?

– Pour qu'elles souffrent davantage... comme vous ?

– Non. Pour qu'elles se révoltent quand viendra la prochaine guerre. Pour mettre un terme à toutes ces absurdités... par exemple la phrase de Miriam : « La patrie les a appelés. Ils ont répondu. » Car ce sont des absurdités... de dangereuses absurdités. Des mensonges d'hommes politiques. J'ai vu mourir des centaines de gosses, et pas un n'était prêt ou volontaire. Ils ne se sont pas sacrifiés... ils *ont* été sacrifiés. Ils le savaient. C'était affreux.

Elle était bouleversée et aurait voulu lui cacher sa détresse. Elle s'approcha de la fenêtre et s'assit en frissonnant sur la banquette de velours. Ce n'était pas dans son caractère de faire des éclats, et elle souffrait de n'avoir pas su se contrôler. D'une façon générale, elle avait horreur de montrer ses sentiments, et elle était encore plus mortifiée de s'être laissé aller devant Benoît, cet homme qui avait une maîtrise de soi absolue et qui devait la mépriser d'avoir perdu la sienne.

Mais, au lieu de lui manifester son mépris, il remplit deux verres de cognac et lui en apporta un qu'elle prit d'une main mal assurée. Il la retenait prisonnière entre la banquette et la fenêtre, sans que son attitude eût rien de menaçant. Il semblait simplement attendre.

– Je regrette, dit-elle, les yeux fixés sur le liquide ambré. J'ignore pourquoi la guerre a commencé. Je n'y ai rien compris et, à l'époque, je n'ai même pas eu l'idée de poser des questions. Quand on est jeune, on accepte que certaines choses arrivent... comme ça. On croit à ce qu'on vous raconte, et on obéit parce qu'on est idéaliste, c'est-à-dire facile à berner. En 1914, ce qui m'importait le plus, c'était de quitter la maison, et la guerre m'a servi de prétexte. Je ne sais pas ce que je croyais trouver. Sans doute des soldats en uniforme écarlate, proprement abattus d'une balle en plein cœur, comme nous le racontions dans les lettres. A mesure que je vieillissais, ils étaient de plus en plus jeunes et ce n'étaient plus des soldats de métier ou des volontaires, mais des recrues de dix-huit ans qui, souvent, restaient dans les tranchées pour la seule raison que nous les aurions fusillés comme déserteurs s'ils étaient partis.

– Nous ?

– Oui. Les généraux qui se sont tenus à l'arrière... bien à l'arrière. Connaissez-vous un général qui ait été tué par un obus ? Les hommes politiques bien à l'abri chez eux. Les idiotes qui ont incité les hommes à s'engager, et sont retournées ensuite papoter dans les salons. Les vieillards qui ont joué avec la vie des jeunes... neuf millions de vies.

– Et les profiteurs de la guerre... comme moi ?

– Très probablement.

– Merci. Vous avez marqué un point, je le reconnais. L'industrie des produits manufacturés n'était pas brillante en 1914. L'Allemagne nous livrait une forte concurrence. Pour l'instant, c'est terminé. La guerre a déclenché un grand boom. Plus de chômage et des salaires élevés. Mais cela n'a pas duré longtemps. Si ces hommes que nous nous apprêtons à honorer avaient survécu, je ne sais pas si nous aurions du travail à leur donner. L'autre jour, Miriam était très ennuyée parce qu'un ancien officier, décoré de la croix de guerre et autres médailles, s'était présenté à l'entrée de service pour vendre des brosses et des balais.

En relevant la tête pour boire, Claire vit Benoît sourire.

– Cet homme était visiblement de bonne famille. Un an plus tôt, elle l'aurait reçu chez elle. Mais un vendeur de balais, même s'il a la croix de guerre et un diplôme universitaire, ne peut espérer pareil honneur. Elle n'avait même pas la ressource de lui acheter tout son stock, car ces démarcheurs sont très nombreux et, si l'on vient en aide à l'un d'eux, il n'y a pas de raison de ne pas aider les autres. Cette histoire l'a longtemps tracassée. Mais je ne pense pas que vous compatissiez à ses tourments ; pas plus que moi, sans doute. Tout ça n'empêche pas qu'elle aimait sincèrement Jeremy. Elle a vraiment eu beaucoup de chagrin. Si, aujourd'hui, elle souhaite inaugurer une plaque à sa mémoire, je ne vois pas pourquoi vous lui refuseriez quelques heures de votre temps.

– Je vous l'ai dit. Parce qu'il est mort pour rien.

Il lui prit le verre vide des mains et, comme elle faisait le geste de saisir son sac, il lui offrit une cigarette.

– Il est possible que je sois d'accord avec vous, Claire.

– Vraiment ?

– Je ne suis pas loin de penser que cette guerre a été menée, de tous côtés, de façon si inconsidérée, et que la paix a été conclue avec tant d'intransigeance et si peu de clairvoyance que, loin d'être le conflit qui mettra fin à tous les autres ainsi qu'on nous le dit, il restera dans l'histoire comme le tremplin du prochain affrontement. C'est peut-être aussi votre opinion. Mais Miriam, et quatre-vingts pour cent des femmes que vous allez voir à la cérémonie pensent différemment. Il est possible qu'elles soient victimes d'une illusion. Mais ce serait méchant et sans doute inutile de la briser. Vous ne croyez pas ?

Comme elle ne répondait pas, il poursuivit :

– Les hommes sont morts. Il serait injuste de les blâmer de s'être fait tuer pour de mauvaises raisons.

– Je ne les blâme pas. Loin de là.

– Les femmes vivent et doivent en tirer le meilleur parti. Ce sont les morts que nous honorons, après tout, et non les généraux dont vous parliez... ou les profiteurs.

Elle resta un moment les yeux baissés. Puis elle releva la tête et lança :

– Vous avez raison, Benoît.

– Je sais.

– Et pourtant, je ne peux pas.

La veille, Miriam l'avait emmenée voir la plaque et la frise de soldats anonymes. Devant ces morts de marbre, elle avait détourné le regard pour ne pas voir le massacre qui les attendait.

– C'est très beau.

Elle n'avait rien pu dire de plus. Ce soir, face à Benoît, elle tentait de s'expliquer.

– Ce n'est pas une question de principe. Je reconnais que ces hommes doivent être honorés. Jamais on ne pourra les honorer assez. Mais, quoi qu'il en soit, je sais que je ne pourrais pas rester là, dans cet espace clos, en compagnie de toutes ces femmes éplorées... je ne pourrais pas. Je ne pourrais pas respirer.

Elle baissa la tête, comme si elle s'attendait à être punie ou renvoyée. Le silence de Benoît lui était si insupportable qu'elle se hâta de le rompre.

– Je sais que Miriam sera contrariée. Je sais que ça paraîtra bizarre et qu'il y aura des commérages. Edward Lyall ne me pardonnera jamais et il s'arrangera pour que ma mère ne me pardonne pas non plus. Je n'espère pas qu'ils comprennent. Si vous voulez me couper les vivres, faites-le, je vous en prie... ça m'est égal. En vérité, ce serait même une bonne chose ; je n'aurais plus à me tracasser pour ça... plus à me dire que je dois me soumettre, puisque je prends votre argent.

Et maintenant, que le châtiment s'abatte sur elle. Qu'il la menace de quelque chose de tangible et qu'on en finisse.

– J'ignorais que vous aviez conservé pour mon frère des sentiments aussi vifs.

Elle se leva et s'éloigna de lui.

– Je ne me rappelle même plus comment était Jeremy... Je n'ai gardé aucun souvenir de lui.

– Vous ne le connaissiez pas ; de quoi pourriez-vous vous souvenir ?

– C'est ce que je me dis. Mais ça ne change rien à ce que j'éprouve pour lui.

– Encore votre conscience ? Vous devriez vraiment lui imposer silence.

– Je sais. Je me sens déjà coupable de ne pas assister à la cérémonie.

– Alors, allez-y.

– Je ne peux pas.

– Très bien.

Il fit un pas vers elle. Il ne paraissait – comment dire ? – ni irrité ni impatienté. Il donnait plutôt l'impression de se féliciter de quelque chose, d'avoir eu raison, peut-être.

– Que voulez-vous dire par « très bien » ?

– Oh ! simplement ceci. Si vous ne pouvez pas... si vous n'en êtes pas capable, alors tant pis.

– C'est juste. Je suis lâche. Je l'avoue.

– Et vous vous dérobez à votre devoir. Car c'est votre devoir de vous montrer aimable, pendant quelques minutes, à l'égard de nos employés.

– Oui, je vous l'accorde.

– Et vous savez que cette absence les blessera.
– Oui. C'est ce qui m'ennuie le plus.
– Comme vous êtes bonne. Alors, puis-je vous suggérer de faire preuve de lâcheté diplomatique et de tomber malade, demain au plus tard ? Une grippe sera très crédible, à cause de l'épidémie de l'année dernière, et je serais étonné que Miriam ou Polly aillent vous voir pour vérifier. Si, par hasard, vous changiez d'avis et que vous veniez quand même, tout le monde vous trouvera très courageuse et on ne vous en demandera pas trop en matière de conversation. Ainsi, vous ne blesserez personne.
– Je ne changerai pas d'avis.
– Attendons... nous verrons.
Elle rentra à Mannheim Crescent, fermement décidée à s'en tenir à sa résolution. Le malaise qu'elle ressentait depuis plusieurs jours s'était déjà un peu dissipé. A tort ou à raison, elle avait pris une décision et il ne lui restait qu'à en assumer les conséquences.
Miriam ne croirait pas à sa grippe, mais elle ferait semblant. Polly et Nola s'en moquaient. Eunice aurait peur que Toby ne soit contaminé. Dorothée s'ingénierait à convaincre Edward. Et Jeremy, qu'aurait-il pensé ? Jusque-là, elle avait tenté d'éluder cette question. Elle était maintenant obligée de reconnaître que Jeremy pouvait prétendre à sa petite part d'immortalité, concrétisée par son nom inscrit en lettres d'or sur la pierre, lui qui n'avait pas eu le temps de perdre ses illusions. Il avait également droit à être pleuré par sa femme, et jamais celle-ci n'aurait dû éprouver une seconde d'hésitation.
– Je vais avoir la grippe, annonça-t-elle à Alan le lendemain matin.
– Ah ! une grippe diplomatique, je suppose ?
– Oui. Je n'irai pas à la cérémonie.
– Ah bon ? Alors venez à la foire avec moi. Je vends des antiquités pour un ami, et je dessine aussi des croquis.

– Comment le pourrai-je, si j'ai la grippe ?

– C'est vrai. On vous couperait les vivres.

Un peu avant midi, un garçon de course des usines Swanfield se présenta à la *Couronne* et remit à Claire une enveloppe marquée « personnel et confidentiel ». Le pli avait une allure très officielle, et elle sentit comme une menace.

– Eh bien, j'ai l'impression que je peux dire adieu à ma petite rente, dit-elle à Alan qui était venu mendier un verre de whisky.

– Ça ne m'étonnerait pas. Mais on n'est pas si mal derrière un étal de marché, vous savez.

La lettre était de Benoît ; elle était rédigée dans une écriture élégante, impersonnelle et très lisible.

Chère Claire, j'ai l'impression que cette affaire de pension exerce sur vous une pression inutile. Afin d'alléger ce poids et vous faire comprendre que vos actes ne doivent pas être dictés par des considérations financières, j'ai annulé les paiements mensuels et pris des dispositions pour que vous receviez votre argent annuellement, en une seule fois. La somme couvrant la période allant de novembre 1919 à novembre 1920 a donc été virée à votre banque. Je pense que vous trouverez ce système plus pratique.

Il lui avait remis la seule arme concrète qu'il avait contre elle. Il lui offrait une totale liberté de choix et, en même temps, la responsabilité de sa liberté. Il lui avait lancé un défi. « Si vous en êtes incapable », avait-il dit. Il la privait ainsi de la seule excuse qu'elle pouvait se donner à elle-même, sa seule chance de pouvoir dire : « Il m'a obligée. » Désormais, rien ne l'empêchait de rester chez elle, en inventant de vagues excuses, comme Miriam et Nola, ou bien de relever le défi et de lui montrer ce qu'était une femme libre. Il l'avait fait exprès. Il avait découvert un bon moyen, et peut-être le seul, de lui forcer la main. En remettant la lettre dans l'enveloppe, elle pensa, non sans une certaine admiration, qu'il avait gagné.

9

Elle avait mis un manteau noir bordé de velours, avec un col montant, et un chapeau cloche enfoncé sur les oreilles. Son visage avait une expression tranquille et même un peu absente, comme cela lui arrivait souvent dans les moments de tension. C'était une journée grise et humide ; l'aigre vent de novembre faisait dévier la pluie en direction de l'orchestre, mal abrité sous un auvent installé dans la cour de l'usine. Le grand hall était rempli de chrysanthèmes dont les teintes se dégradaient du rouge foncé au brun rouille et au jaune moutarde. De nombreuses femmes, vêtues de leurs habits du dimanche – certaines les avaient fait teindre en noir pour la circonstance –, attendaient silencieusement devant le rideau de velours bordeaux dissimulant la plaque commémorative. Les Swanfield se tenaient au premier rang ; puis il y avait leurs banquiers et leurs notaires et, derrière, dans un ordre de préséance rigoureux, les familles des directeurs d'ateliers, des contremaîtres, du personnel qualifié, des ouvriers non qualifiés et, enfin, une rangée de jeunes filles qui étaient « sorties » avec les héros disparus ou qui avaient eu des relations quelconques avec eux. Tout au fond, se trouvait une arrière-garde composée des employés de l'usine qui avaient eu la chance de revenir de la guerre, parés de leurs décorations.

Enveloppée dans un long manteau de fourrure

noir, Miriam paraissait triste, et elle avait un air de majesté qui étonna Claire. Eunice, vêtue d'un manteau de castor un peu trop grand pour elle – peut-être avait-il jadis appartenu à sa mère –, pleurait en silence, non seulement à cause de son frère Jeremy, mais parce que son fils Justin lui avait pris de l'argent dans son porte-monnaie pour une raison qu'elle n'avait pas osé approfondir, et aussi parce que Simon, son autre fils, avait fini par convaincre Toby de lui acheter une motocyclette. Nola semblait de mauvaise humeur. Appuyée sur le bras de Toby, Polly était ravissante ; son col de fourrure noir faisait ressortir la blancheur de son teint, ses cheveux encadraient d'un vaporeux halo d'or un visage empreint d'un si tendre chagrin que Claire, qui ne la pensait pourtant pas capable d'éprouver un sentiment profond, en fut touchée. Toby Hartwell, qui n'avait pas fait la guerre, se tenait au garde-à-vous avec élégance. Quant à Benoît, il était égal à lui-même, c'est-à-dire sûr de lui et maître de la situation, bien qu'il ne parût guère concerné par ce qui se passait.

Quand les ministres des trois cultes eurent prononcé chacun une courte homélie, l'assemblée chanta un cantique et récita une prière. Puis, Miriam s'avança, suivie de Claire et, ensemble, elles dévoilèrent la plaque portant les noms inscrits en lettres d'or, et le bas-relief qui l'accompagnait. On entendit un petit gémissement de douleur, la voix d'une femme tâchant de faire taire son enfant, un homme saisi par l'émotion, qui se raclait la gorge, une quinte de toux vite réprimée et un bruit de pas étouffé. Eunice et Polly éclatèrent en sanglots.

Miriam regagna sa place pour observer la minute de silence traditionnelle. Claire la suivit et alla se placer entre elle et Benoît. Elle s'efforçait de ne penser à rien, mais ses narines détectèrent soudain, derrière le parfum des chrysanthèmes, une très vague exhalaison, un relent de gaz presque imperceptible, mêlé à une odeur fétide et douceâtre de pourriture. D'où cette puanteur pouvait-elle venir ? C'était sûrement une idée. Pourtant, elle sentit quelque chose l'effleurer, un souffle glacé, une main sans vie, une peur trop primitive, trop enracinée pour être réprimée. L'instant d'après, l'odeur rampait à la surface de sa peau, pénétrait par ses pores et lui emplit les poumons d'une terreur si atroce qu'elle eut l'impression de se noyer dans de la boue. Elle regarda le bas-relief et vit que le premier soldat de marbre, puis le deuxième, puis le troisième commençaient à prendre une vilaine teinte jaunâtre et des proportions démesurées. Des géants en décomposition sortirent du mur, se tenant par l'épaule, et avancèrent vers Claire en la fixant de leurs yeux aveugles. Dans ces faces ocre, elle reconnut la figure de Paul.

Elle se rendit compte qu'elle était l'objet d'une hallucination. Elle savait que ce phénomène n'avait rien de grave ni d'exceptionnel, et que cela allait passer. La dernière fois qu'elle était allée retrouver Paul, il avait cru voir un ami mort depuis deux ans passer dans une rue de Boulogne. Les blessés qu'elle avait soignés avaient été presque tous victimes, eux aussi, d'inquiétantes visions. Les fantômes pullulaient. Les combattants qui avaient vécu dans une peur permanente pendant plusieurs mois étaient longs à se remettre et, de retour en Angleterre, ils voyaient des cadavres entassés au coin des rues, ils se plaquaient au sol en entendant sauter un bouchon et la moindre odeur de gaz leur donnait la nausée.

Claire était dans le même cas. Elle savait que ces spectres jaunis n'existaient que dans son imagination, mais cela ne l'empêcha pas de se sentir envahie d'une panique incontrôlée. La salle tout entière commença à se soulever et à tanguer ; ce mouvement la précipita brutalement vers la plaque et la frise d'où les personnages s'étaient échappés, puis elle eut l'impression de plonger dans une sorte de tunnel et de chavirer dans l'oubli total.

Elle comprit qu'elle allait s'évanouir. Passant les mains dans les manches de son manteau, elle se griffa vigoureusement les bras, mais en vain. Elle allait basculer, la tête la première, dans cette odeur de gaz, de pourriture et de chrysanthèmes, quand la main de Benoît la retint, et elle fut aussitôt happée par le cercle d'ombre qui l'environnait. Prisonnière, mais hors de danger, elle tâcha de régler sa respiration haletante et son pouls désordonné sur son rythme impassible.

L'assemblée pria et chanta une seconde fois. Le parfum entêtant des chrysanthèmes redevint inoffensif. Sa vision s'éclaircit. Les géants putréfiés disparurent en traînant les pieds. Sa lucidité lui revenait si progressivement et si facilement que cette hallucination lui paraissait maintenant anodine et elle eut envie de hausser les épaules, comme elle l'avait vu faire à Paul et à bien d'autres.

« Seigneur... il m'arrive parfois de voir des cadavres marcher. C'est normal ? »

Benoît la libéra.

– Merci, lui dit-elle.

Comprenant qu'elle ne souhaitait pas qu'on donnât trop d'importance à son malaise, il hocha la tête et tourna le regard vers la foule qui était en train de se disperser.

– Ça va ? chuchota derrière elle la voix de Dorothée, émue de la défaillance de sa fille, tout en se demandant quelle conclusion allaient en tirer les Swanfield.

– Venez, ma chérie, murmura Miriam. Il nous faut maintenant accomplir notre devoir.

Tandis que Toby emmenait Polly dont le visage était mouillé de larmes, Miriam s'avança pour saluer les familles des disparus. Aux jeunes femmes, elle demanda le nom et l'âge de leurs enfants et, aux vieilles, des nouvelles de leur santé. Elle s'enquit même de ce que faisaient les jeunes filles célibataires groupées dans le fond, mais s'empressa d'oublier les informations qu'elle avait réclamées avec tant de sollicitude.

Claire lui emboîta le pas.

– Je suis si contente que vous soyez venue, murmura-t-elle d'une voix presque inaudible, simplement pour dire quelque chose.

Elle rencontra des regards empreints de sentiments divers, respect, curiosité, chagrin sincère ; mais elle vit aussi de la rancune luire dans certains yeux et d'autres qui ne pouvaient s'empêcher d'évaluer rapidement le prix des fourrures de Miriam et des bijoux de Nola.

– Il paraît que vous avez été infirmière en France, n'est-ce pas, madame Swanfield ?

Ce n'était qu'une formule de politesse, préparée à l'avance, et Claire savait qu'on n'écouterait pas sa réponse.

– C'est épouvantable pour ce pauvre M. Jeremy, dit quelqu'un.

– Nous avons tous connu les mêmes souffrances, remarqua Miriam, dans un élan de sincérité.

La fanfare entra en action, et Toby Hartwell, qui était officiellement maître des cérémonies, dut quitter Polly pour s'occuper de la distribution du thé, des gâteaux et des médailles commémoratives. N'ayant pu mettre son jardin à la disposition de ses « ouvriers » à cause du froid, Miriam fit un geste ample pour prier l'assemblée de manger sans se priver. Polly reparut, toujours très pâle, mais les yeux secs. La solitude l'épouvantait certainement plus que la mort violente. Elle était redevenue une petite fille engoncée dans son manteau de dame et son chapeau à la forme savante. Elle jetait des regards discrets autour d'elle, cherchant peut-être son père, et ne trouvant personne pour le remplacer. Eunice s'affairait parmi les invités, tout en surveillant son mari de l'œil et en tâchant de repérer ses fils. Nola avait réuni les trois pasteurs dans un coin et elle prenait un malin plaisir à leur poser des questions auxquelles ils auraient certainement préféré ne pas répondre.

– Expliquez-moi la différence qu'il y a entre vos trois cultes. Pourquoi chacun de vous croit-il détenir la vérité ? Que pensez-vous du divorce, des enfants illégitimes, de l'au-delà et du rôle social des femmes ? Et, puisque nous sommes entre adultes, quelle est votre position vis-à-vis du contrôle des naissances ?

Claire allait de l'un à l'autre, récitant avec un demi-sourire les phrases polies que lui soufflait sa bonne éducation ; puis, son devoir accompli, elle s'éloigna. Malgré son calme apparent, elle éprouvait un besoin urgent de libération. Ce mot l'obsédait, mais elle ne savait pas comment le concrétiser. Elle était en proie à une agitation, une tension et un malaise extrêmes comme lorsque, dans un rêve, on sait qu'on doit se mettre immédiatement en route, parce que c'est vital, qu'il faut se hâter et qu'il n'y a pas une seconde à perdre. Courir. Attraper le train. Ecouter le tic-tac de la pendule. Partir. Mais où ? Et pourquoi ?

– Connaissez-vous l'usine ? lui demanda Benoît, lui offrant, intentionnellement peut-être, un moyen de s'échapper.

Oui. Jadis, dans des temps très lointains, Jeremy, le beau chevalier errant, l'avait emmenée visiter les usines Swanfield, lui qui ne savait presque rien de la façon dont s'était construite la fortune familiale. Elle l'avait accompagné, en prenant bien soin de ne pas se mettre en avant, d'avoir l'air sérieuse, intelligente, et *digne*, comme le lui avait recommandé sa mère. Il lui fallait faire bonne impression à tout le monde, aussi souriait-elle largement à la ronde, malgré l'odeur aigre que dégageaient la laine brute et la graisse des machines, le bruit assourdissant des métiers, la crainte de voir se détacher les fouets de chasse et les courroies. Elle regardait, davantage par devoir que par intérêt, les navettes tranchantes et pointues aller et venir le long des métiers actionnés par des femmes pauvrement vêtues qui tenaient entre elles des conversations silencieuses, en lisant les mots sur les lèvres.

– Elles finissent toutes par devenir sourdes, avait remarqué Jeremy au passage. Mais elles savent si bien lire sur les lèvres que c'est sûrement mieux que de perdre un œil, ce qui se produit aussi parfois, d'ailleurs. Ne t'approche pas trop des métiers, ma chérie ; il peut arriver qu'un fouet se décroche avec assez de force pour casser un bras. Et puis, les navettes ne vont pas toujours en ligne droite ; parfois elles se mettent à voltiger en tous sens, et si on se trouve sur leur chemin... c'est justement ce que je disais à propos des yeux.

Elle s'était bien vite reculée ; mais le fracas des machines s'était logé à l'intérieur de ses tympans. Elle avait continué de l'entendre jusque dans le silence de l'atelier d'épincetage, où des femmes mieux vêtues, et qui se considéraient comme étant de condition supérieure à leurs camarades de l'atelier de tissage, raccommodaient les défauts de l'étoffe par des points méticuleux.

Mais, en ce dimanche après-midi de novembre, quand elle entra avec Benoît dans l'usine, le silence régnait. Les navettes et les fouets qui les poussaient sur la trame semblaient ne menacer personne, et les métiers paraissaient inoffensifs.

Il ne fit aucune allusion à la défaillance qui l'avait saisie après le dévoilement de la plaque. Elle ne lui parla pas de sa lettre. Il ne prononça pas le nom de son frère, ni elle celui de son mari. Elle ne lui demanda pas pourquoi il permettait à sa femme de le tromper, ni pourquoi il affectait d'être dupe.

La tête inclinée sur le côté, elle l'écouta lui expliquer, avec une extrême précision, tout le processus de transformation de la laine. Après la tonte, on la lave à l'eau chaude ; puis, si elle est destinée à devenir du worsted, on la peigne pour séparer les fibres courtes des fibres longues, et on la fait passer sur des cylindres, si l'on veut obtenir de la laine cardée. Ensuite, on la retord et on la tisse en pièces grises et grossières qui, après un passage dans l'atelier d'épincetage, deviendront, grâce à la teinture et aux finitions, du poil de chameau, du cachemire, du mohair, des étoffes de luxe pour les costumes d'hommes, des tissus pour les robes du soir ou pour recouvrir les sièges des voitures.

– J'ai là neuf cents métiers qui peuvent produire vingt-deux kilomètres de tissu par jour, si je le veux, déclara Benoît.

– Et vous le voulez ?

– Seulement si je peux les vendre.

– Mais... tout le monde cherche à acheter du tissu du Yorkshire. En existe-t-il d'autre ?

Il sourit en détournant un peu le regard, si bien que le contact ne s'établit pas véritablement entre eux.

– C'est ce qu'on nous répète depuis toujours. C'est ce que disent, et avec une grande fierté, ces messieurs de la Bourse de la laine.

– Ils se trompent ?

– Non. Notre production est excellente. Mais nous avons perdu certains marchés. Les exportations vers la Russie se sont effondrées depuis la Révolution. Les tarifs douaniers américains sont devenus prohibitifs. L'Allemagne a été réduite à la faillite et à la famine. Quant au reste de l'Europe, nous compris... elle a contracté une lourde dette vis-à-vis des Etats-Unis, et on ne peut reprocher à ceux-ci d'en espérer le remboursement. Nous devons nous occuper de nos soldats rentrés au pays et nous avons sur les bras la multitude des ouvriers qui travaillaient dans les usines de munitions et dont on n'a plus besoin aujourd'hui, mais qui ont pris l'habitude de toucher des salaires élevés. Si on ne parvient pas à les recaser, il faudra leur distribuer des aides avec ce qui reste des fonds publics, c'est-à-dire pas grand-chose, étant donné ce que nous ont coûté les obus.

– Mon Dieu ! Et moi qui croyais qu'il allait y avoir un essor économique.

– C'est ce qu'on prétend. Les ouvriers des usines de munitions ont encore leurs économies à dépenser et les soldats leur prime de mobilisation. Mais, quand ils l'auront fait et qu'ils n'auront toujours pas trouvé de travail, je pense qu'ils préféreront payer leur loyer plutôt que s'acheter un manteau en poil de chameau.

– Et vous n'aurez pas besoin de produire vingt-deux kilomètres de tissu par jour.

– Ni des ouvriers pour les fabriquer. Mais, ne vous inquiétez pas, notre patrimoine ne risque rien.

– Je ne m'inquiète pas pour ça.

– Je sais. Voulez-vous retourner là-bas, maintenant ?

– Oui.

Mais elle ne bougeait pas. Elle hésitait à quitter l'abri de ce vaste hangar anonyme où leurs deux voix résonnaient, tandis qu'ils jouaient au jeu banal et rassurant des questions et des réponses.

– Benoît, vous savez faire fonctionner ces machines ?

– Bien entendu.

– Et les métiers à filer de l'autre atelier ?

– Oui. Pourquoi cette question ?

– Parce que Jeremy ne savait pas.

– Je vois que vous avez gardé au moins un souvenir de lui.

– Oui. Celui-là, en tout cas. Ne pensez-vous pas qu'il aurait dû être un peu plus au courant ?

– C'est inutile d'être deux à connaître les mêmes choses. Voilà des années que je n'ai pas touché à un métier, mais je sais comment cela fonctionne, quelles pannes peuvent survenir et pourquoi. Mes techniciens savent que je sais, et c'est le principal. De même que mes comptables savent que je sais lire un bilan.

– Mais est-ce que vous aimez ce que vous faites, Benoît ? Est-ce le métier que vous auriez choisi ?

– Voulez-vous voir l'atelier d'épincetage ?

Il ne s'était pas contenté d'ignorer sa question, il avait carrément décidé de ne pas l'entendre, de la supprimer totalement. Il poussa les lourdes portes du hangar sur leurs rails, et alluma la lumière pour qu'elle vît bien les tables d'épincetage couvertes de pièces d'étoffe grise non finies.

– Pour vous, tout est pareil, bien entendu, dit-il, trouvant normale l'ignorance de Claire. Ça, c'est de la laine peignée ; ça, c'est du cachemire... ça, c'est du mohair.

– Je vois, dit gravement Claire qui ne voyait rien du tout.

– Vraiment ? Que pourrais-je vous montrer d'autre ? Mais votre conscience est peut-être en train de vous dire que vous devriez aller écouter la fanfare ?

Elle regagna la cour de l'usine dans un état d'esprit plus serein. L'orchestre jouait toujours vaillamment. Si Miriam affecta de ne pas s'être aperçue de son absence, sa mère la lui fit clairement remarquer.

– Où diable étais-tu passée ?

– Venez vous asseoir près de moi et prenez un scone beurré, lui murmura Miriam.

L'après-midi s'achevait. Les invités continuaient à avaler des litres de thé et à engloutir des confiseries avec l'entrain d'un écureuil accumulant des provisions pour l'hiver. Quand donc cela finira-t-il ? se demanda Claire, au bord du désespoir. Mais, bientôt, au-dessus de l'estrade où était installé l'orchestre, le ciel s'assombrit, et une somnolence due à des excès de pâtisseries gagna l'assemblée. Un enfant gavé de sucreries fut emmené in extremis, d'autres commençaient à pleurnicher ou à pâlir ; les hommes s'impatientaient, les femmes cherchaient leur foulard, leur sac et leurs clés, et détournaient les yeux des gâteaux qui restaient, avec une moue écœurée. La musique elle-même *se racornissait*, comme un sandwich préparé depuis trop longtemps. Enfin.., songea Claire.

Chacun à leur tour, les trois révérends prononcèrent quelques mots, en évitant soigneusement le regard de Nola. Benoît fit une brève allocution où, tout en remerciant les gens d'être venus, il leur signifiait clairement que la réunion était terminée. Miriam se leva avec grâce et tendit les bras pour montrer qu'elle était disposée à serrer la main de tous ceux qui voudraient bien s'approcher. Sur un signe d'Edward, Dorothée engagea Claire à suivre son exemple. Nola se retira dans un coin pour discuter de la religion instituée, de la condition humaine, et d'autres questions fondamentales, avec le ministre de l'Armée du Salut, le seul à tenir encore tête, alors que les deux autres s'étaient éclipsés à regret. Roger Timms arriva au moment précis où Polly l'attendait et il l'emmena dans la nouvelle voiture de son père. Les familles prirent le chemin du retour par petits groupes, emportant les médailles, les souvenirs et des sacs de beignets que Toby avait fait préparer pour les enfants.

En jetant un coup d'œil sur sa montre, Claire fut stupéfaite de constater qu'il n'était que 16 heures. Elle allait devoir tenir compagnie à Miriam jusqu'à l'heure du dîner, en égrenant les souvenirs doux-amers de l'après-midi. Puis, elles bavarderaient toutes les deux devant la cheminée du salon, tout en évoquant le passé devant une tasse de thé. Comment s'y soustraire sans la vexer ni la blesser ? Désormais, elle était immunisée contre les albums de photos, les mèches de cheveux, le récit des escapades enfantines et même contre cet instant où les yeux bleus de Miriam s'emplissaient de larmes, où son menton se mettait à trembloter, tandis qu'elle murmurait d'une petite voix : « Si seulement vous aviez eu un enfant... un gentil petit garçon comme Jeremy... » Mais ce soir, elle se rendit compte qu'elle ne supporterait pas cette épreuve.

Après s'être assurée qu'on avait remis la vaisselle en place et avoir donné l'ordre de distribuer aux chats de l'usine le lait et les tranches de viande qui restaient, Eunice entraîna son mari et son fils vers la voiture qui avait provoqué tant de controverses. Elle opéra assez vite pour que personne ne pût demander à Simon où était son frère.

– Voulez-vous qu'on vous dépose, Claire ? demanda Toby, dans l'espoir de retarder les explications que ne manquerait pas de lui réclamer sa femme.

– C'est impossible, dit brutalement Eunice. Mannheim Crescent n'est pas du tout sur notre chemin.

Claire sourit et Toby secoua la tête.

– Je pense que tu rentres avec nous, dit Edward Lyall sur un ton désagréable, car il était désappointé de ne pas avoir été invité à terminer la journée à Montfleuri.

– Oh oui, viens avec nous à Upper Eaton, s'écria Dorothée, tout heureuse à l'idée d'avoir la compagnie de sa fille et soulagée, pour sa part, de ne pas avoir à subir celle de Miriam.

Comment se dérober ? Mais, d'un autre côté, comment supporter dans l'état d'esprit où elle se trouvait un Edward de mauvaise humeur ? En refusant, elle contrarierait sa mère ; par conséquent, il fallait accepter et endurer la présence de son beau-père aussi longtemps qu'elle le pourrait, c'est-à-dire pas très longtemps. Ensuite, elle le savait bien, elle deviendrait agressive, si bien que Dorothée serait contrariée de toute façon.

– Ah ! Claire, vous voici. (La voix de Benoît la surprit, et la consternation l'envahit quand elle comprit ce qu'il voulait.) Miriam m'a demandé de vous chercher. Elle aimerait que vous veniez dîner avec elle, car Polly sort ce soir. Si vous voulez bien attendre ici un instant, je vais vous envoyer Parker dès que la voiture sera prête.

Il lui désigna une chaise placée dans un renfoncement, près d'une fenêtre, et elle s'y assit d'un air soumis, se sachant prise au piège. Elle le regarda sortir dans la cour de l'usine, une main sur l'épaule d'Edward, et tenant de l'autre Dorothée par le bras. Elle pensa que ce geste de familiarité devait ravir son beau-père et qu'en définitive sa mère ne passerait pas une trop mauvaise soirée. Benoît avait-il agi délibérément et, dans ce cas, était-ce par gentillesse, par perversité ou simplement parce qu'il s'amusait de la déférence que lui témoignait son notaire ? Ou bien était-ce le prélude à une nouvelle hallucination qui ne tarderait pas à l'entraîner dans une région brumeuse, située entre le rêve et la réalité ? Il fallait empêcher cela à tout prix. Elle allait se lever et rentrer sur-le-champ à Mannheim Crescent. Mais la perspective de se retrouver seule avec elle-même n'était pas plus attrayante. Où était la solution ? Alan, qui avait ses propres fantômes, n'aurait sans doute pas peur des siens. Il y avait aussi Kit. Ce serait l'un ou l'autre. Elle n'était pas en état d'affronter la solitude ; elle avait envie d'un homme qui, en lui faisant l'amour, épuiserait son corps et allégerait son angoisse. Etait-ce la cause de son trouble ? Le désir physique, les exigences d'un corps en bonne santé ? Dans ce cas, c'était bien simple, bien évident et bien triste.

Elle vit Parker arrêter la voiture devant l'escalier, en descendre et saluer Benoît avec une exactitude militaire.

– Je suis à la disposition de ces dames, monsieur.

Mais, au lieu d'envoyer chercher Claire, Benoît hocha la tête et lui dit quelque chose au sujet de la conduite de la voiture, qu'elle n'essaya même pas de comprendre. L'avait-il oubliée ? Quel bonheur si Miriam l'oubliait, elle aussi. Ce fut un espoir bien fugitif. En effet, elle entendit bientôt le claquement des talons de Miriam, le chuintement de ses fourrures, et elle l'aperçut qui descendait le grand escalier, puis traversait le hall, Nola sur les talons.

Elles ne virent Claire ni l'une ni l'autre. D'ailleurs, là où elle était assise, personne ne pouvait la voir. Mais, dans un instant, on viendrait la chercher. Benoît se souviendrait d'elle.

– Personne ne sait où est Claire ? demanda Miriam.

Claire se leva, puis se rassit brusquement. Elle n'en croyait pas ses oreilles.

– Claire ? dit Benoît, d'une voix si indifférente que, bien qu'elle sût qu'il mentait, elle faillit douter. Elle est rentrée à Upper Heaton, avec sa mère.

– C'est impossible, répliqua Miriam avec assurance. Ne lui avais-je pas demandé de m'attendre ? ajouta-t-elle, plus mollement, car elle n'avait pas envie de se fâcher. Ah !... peut-être pas, après tout. J'avais pensé qu'elle m'attendrait. Tu es bien sûr qu'elle n'est plus là, Benoît ?

– Mais oui. Je les ai vus partir.

Comme il ne lui venait pas à l'idée de douter de sa parole, elle fit une petite moue, frissonna et, prétextant le froid, elle se laissa emmener par Nola.

Claire regarda l'automobile franchir les grilles de l'usine et entamer, d'un train de sénateur, la côte conduisant à Montfleuri. Elle vit Benoît monter dans sa voiture et la placer à l'endroit précis où était celle de Miriam, un instant plus tôt. Bizarre. Mais très intéressant ! Que va-t-il se passer maintenant ? se demanda-t-elle, hésitant entre l'amusement et l'inquiétude. Après un après-midi si particulier, tout était possible. Elle se leva, avec l'impression d'être une somnambule pouvant succomber à tout moment à une crise de fou rire, se dirigea vers la voiture où était assis l'homme qui l'attendait et, sans dire un mot, elle monta à côté de lui.

– Benoît... m'auriez-vous sauvé la vie ?

Sa propre voix lui sembla étrangère.

– Je le crois bien. Je vous ai sauvée de Miriam et de votre mère, en tout cas. Etes-vous pressée de rentrer à la maison ?

La maison ? Quel mot étrange. Connaissait-elle seulement sa signification ? Saurait-elle où la chercher, saurait-elle la reconnaître si jamais elle tombait dessus ?

– Non, dit-elle.

– Très bien. J'ai une maison à Thornwick, un village non loin d'ici. Les deux personnes qui s'en occupent m'ont préparé un très bon dîner. Voulez-vous le partager avec moi ?

Elle hésita.

« Il a une petite maison dans les Dales, avait dit Nola. Avec une baignoire en marbre noir et, sans doute, des draps de satin assortis... où il se passe ses petites fantaisies. »

Est-ce que Benoît la considérait comme une fantaisie ? *Benoît !* Etait-ce possible ? Mais oui, bien sûr ! Elle se demanda alors comment elle n'y avait pas pensé plus tôt, elle qui était loin d'être naïve. Possible, normal et extrêmement dangereux. Pourtant, elle n'avait absolument pas peur. Si une amie se trouvant dans cette même situation lui avait demandé conseil, elle lui aurait dit, sans une seconde d'hésitation, de prendre la fuite de façon élégante, pendant qu'il en était encore temps, et de ne pas jouer avec la dynamite. Mais la tentation d'observer cet homme de près, en dehors du cadre familial, était trop forte. Proposé sous le couvert d'une simple invitation à dîner, c'était justement le défi, le pari qu'elle réclamait. Elle s'aperçut, avec le plus grand calme, qu'elle ne résisterait pas à l'envie de le relever.

– Merci, Benoît. J'ai très faim.

Après un kilomètre parcouru dans un silence ouaté, elle tomba brusquement dans un profond sommeil, qui ressemblait à une perte de conscience. En se réveillant, elle se sentit revigorée et pleine de vitalité. Son inquiétude avait laissé la place à une saine et simple curiosité.

La route étroite était bordée d'arbres dont les branches formaient une sorte de tonnelle ne laissant voir que des lambeaux de ciel gris. De chaque côté, les champs déserts, les ruisseaux glacés et rapides, la terre tout entière semblaient s'apprêter à mener leur patient combat contre l'hiver.

Claire était déjà allée à Thornwick dans son enfance, à l'occasion d'un pique-nique auquel sa mère l'avait emmenée pendant les vacances. Pour la circonstance, Dorothée lui avait acheté une jolie robe d'été et des chaussures neuves, car elle jugeait qu'il était plus important de faire « bonne impression » que de s'amuser. Claire se sentait comme une poupée endimanchée et, dans le train, elle avait eu droit aux compliments de plusieurs vieilles dames. Cette journée à Thornwick aurait peut-être laissé une sensation d'aventure, d'escapade champêtre, à la petite citadine qu'elle était, si elle n'avait pas été gênée par la raideur de sa ceinture rose pâle, ses gants de coton blanc immaculés et le chapeau de paille noué autour de son menton par un ruban de satin.

Elle se souvenait du pré communal planté d'un gazon dru, et entouré de maisonnettes en pierre. Il y avait aussi un magasin avec une superbe vitrine constituée d'un patchwork de verre coloré, un pub d'aspect plutôt misérable, une église grise et trapue flanquée d'un vieux cimetière où Dorothée l'avait envoyée déchiffrer les noms sur les tombes, pendant qu'elle s'abritait du soleil sous le porche. Elle avait gardé l'image d'une rivière au débit rapide, avec des pierres placées à intervalles réguliers pour qu'on puisse la traverser, mais sa mère lui avait défendu d'y poser les pieds, de peur qu'elle ne mouillât ses précieuses chaussures vernies. Elle se souvenait aussi d'une berge escarpée, couverte de fleurs des champs, où elle n'avait pas pu s'asseoir à cause de sa robe de mousseline rose, et d'une échelle à laquelle elle n'avait pu grimper à cause de ses souliers et de ses gants. Elles s'étaient promenées toute la journée dans leurs beaux habits et avaient pique-niqué sur un banc de bois, près de la gare. Claire mourait d'envie d'ôter ses souliers et son chapeau ; Dorothée rêvait de voir l'heure du retour arriver.

A la sortie du village, la route commença à grimper et à se rétrécir, et devint une sorte de chemin taillé entre deux murs de pierres sèches, un défilé dans lequel le vent s'engouffrait en gémissant, avant de monter à l'assaut de la lande. Au bout, un portail s'ouvrait sur une cour aux pavés réguliers où se dressaient deux bâtiments, l'un long et bas, et l'autre plus petit. C'était le type même de l'habitat rural de la région, mais ici la cour n'était pas encombrée d'outils rouillés et de socs de charrue, comme Claire en avait vu souvent. L'ancien portail de bois avait été remplacé par des grilles de fer forgé. Les encadrements des fenêtres étaient en bon état, les tuiles semblaient solides, les cheminées bien entretenues, et l'on devinait que la charpente était saine et qu'il y avait sûrement l'électricité.

Claire descendit de voiture et se mit face au vent pour écouter les murmures étouffés de la lande, le bruit de l'eau sur les pierres, le frémissement de l'herbe et de la bruyère.

– Les braves dames qui s'occupent de la maison possèdent un vieil épagneul qui serait bien en peine de les défendre.

– Elles habitent là... dans la petite maison ?

– Oui. Et moi, je suis à côté, dans ce qui était la

ferme. J'y viens chaque fois que je le peux. Voulez-vous entrer ?

La vieille porte de chêne massif à ferrures noires, magnifiquement restaurée, était si basse que Benoît dut incliner légèrement la tête pour passer. Claire découvrit alors avec surprise une pièce très haute de plafond. Au premier coup d'œil, elle eut une impression de chaleur, de qualité et de bon goût. Le plafond était supporté par d'antiques poutres de chêne qui sentaient bon la cire et le feu de bois. La cheminée, qui n'était peut-être pas d'origine, était néanmoins superbe. Construite en pierres grossièrement taillées, elle occupait toute la largeur d'un mur. Un grand feu y flambait. Il y avait des fauteuils de cuir brun, avec des coussins berbères, des carpettes de fourrure noire jetées sur un tapis persan aux tons de bruns et de rouges foncés, des vitrines remplies de livres et de bibelots en porcelaine, des tables basses portant chacune un seul objet qui accrochait le regard.

– Bonsoir, monsieur Swanfield, dit une femme d'un certain âge, d'allure simple mais avenante, en prenant le manteau de Claire, comme si elle l'attendait. Vous désirez quelque chose, madame ?

– Oh oui... pourriez-vous me montrer... ?

Elle avait hâte, non pas d'utiliser, mais de voir la salle de bains, pour vérifier si elle était bien en marbre noir, comme on le lui avait dit. Elle suivit donc la bonne Mme Mayhew dans le couloir étroit et sombre, au sol tapissé d'une épaisse moquette. Elle n'éprouvait aucune inquiétude et se sentait légère, un peu étourdie, enfin *libérée*, comme elle l'avait tant désiré pendant toute cette journée.

La salle de bains était telle qu'elle se l'était imaginée. La baignoire de dimensions royales était en marbre noir veiné de blanc ; les tapis de fourrure blanche posés sur le carrelage noir et blanc la surprirent d'abord un peu, puis, quand son regard se fut habitué à ces contrastes de couleur très tranchés, elle remarqua les touches délicates que faisaient les gobelets en opaline blanche à filets d'or, une nymphe élancée, à la longue chevelure déployée, tenant dans ses bras nus une coquille de savon translucide, et, enfin, les mosaïques du mur représentant des créatures aquatiques nageant dans une eau bleu nuit.

Tandis qu'elle regardait autour d'elle, la pensée lui vint que ce décor aurait beaucoup plu à Nola.

Quand elle retourna dans le salon, un verre de sherry l'attendait à côté d'un fauteuil placé près du feu. Chaque objet lui semblait être une indication de la nature véritable de Benoît, aussi les examina-t-elle tous avec attention et avec la joie d'un enfant qui vient de trouver une pièce de puzzle.

– Benoît... vous avez des choses ravissantes.

Oui. Et étonnantes, délicates. Des sulfures de cristal enfermant des pétales de fleurs ou des ailes de papillon. De minces vases décorés de camées de toutes sortes, chrysanthèmes blancs gravés sur de l'ambre, feuilles d'acanthe sur une pâte saphir, déesses drapées à l'antique sur fond brun, tous fins, exquis, fragiles. Et aussi des objets modernes. Une lampe de Tiffany en verre coloré, phosphorescente comme la queue d'un paon, un vase, également de Tiffany, miroitant comme une eau dormante, un autre, qui avait la forme d'une queue d'oiseau de paradis dont les plumes étaient en verre émeraude, des créations opalescentes et émaillées de Lalique et de Gallé, ces merveilles de l'Art nouveau, si méprisées à Upper Heaton et à Montfleuri. Nola aurait adoré.

Claire aussi aimait ce mélange de styles très personnel. La somptuosité traditionnelle des tapis de fourrure, du feu de bois et de l'acajou sculpté était si bien contrebalancée par la fragilité, l'élégance décadente des nénuphars de cristal et des plumes de paon, qu'elle en était véritablement transportée.

– Et vos livres, Benoît ? Puis-je y jeter un coup d'œil ?

Des poèmes libertins, peut-être. Swinburne, Dowson et le divin Baudelaire, avec ses *Fleurs du mal*, qui s'harmonisent si bien avec la délicieuse volupté de l'Art nouveau ? Pas du tout. Elle trouva – nouvelle énigme – des ouvrages de philosophie politique luxueusement reliés, mais fort ennuyeux, à son goût.

– Vous avez un jardin ?

Il écarta les rideaux et Claire s'approcha de la fenêtre. Elle distingua un champ dénudé qui descendait vers une rivière, de grands arbres et, dans le lointain, d'imposantes collines sombres. Le vent froid du soir, qui prenait naissance sur la lande, se jeta en bourrasque contre la croisée, et elle frissonna.

– Voici l'hiver qui arrive.

– Oui. Je ne crains pas le froid. Je suis né pendant l'hiver. Miriam pense qu'il convient à ma nature.

– Ah oui. Je connais sa théorie. Moi, je suis née en juillet et, selon elle, je dois être gaie, pleine de chaleur et facile à manier.

– Et c'est vrai ?

Elle sourit et retourna vers la cheminée pour prendre son verre de sherry. Elle avait l'impression de posséder une identité bien distincte, chose qu'elle n'avait jamais éprouvée à Montfleuri, où elle était prisonnière du personnage que sa mère cherchait à lui faire jouer. Elle se sentait enfin totalement adulte.

Vous avez envie de coucher avec moi, Benoît ? faillit-elle dire, très naturellement, car c'était une situation dans laquelle elle s'était déjà trouvée une dizaine de fois, entre Jeremy et Paul. L'issue de ces brèves rencontres – aussi brèves que celle-ci promettait de l'être – variait selon les cas.

Qu'était-il advenu de ces hommes aujourd'hui ? Elle, au moins, elle était à l'abri, dans cette maison confortable, n'ayant à affronter pour seul danger que le désir naturel d'un homme. Elle pensa qu'on viendrait aux choses sérieuses après le dîner, devant un verre de cognac. Elle refuserait très probablement. Ce serait plus sage.

La salle à manger de chêne massif était agrémentée de quelques touches surprenantes : des peintures sur soie représentant des pagodes et des saules, de fragiles bibelots chinois en porcelaine, dans des tons de rose et de jade, un tapis à fond vert pâle, chinois lui aussi, qui miroitait comme du velours sur le parquet ciré.

Le dîner simple, mais d'excellente qualité, n'avait évidemment rien de commun avec ce qu'on servait à l'*Hôtel de la Couronne*. Ils dégustèrent un succulent rôti de bœuf accompagné de légumes que cultivait Mlle Todd, la sœur de Mme Mayhew, puis une tarte aux fruits confectionnée grâce aux talents culinaires de Mme Mayhew et aux pommes de sa sœur. Un bon fromage de Cheddar et un camembert à cœur, unique concession à l'art gastronomique français, complétaient ce repas. Le vin généreux et velouté rendit la conversation plus facile.

Il lui raconta qu'il avait trouvé cette maison quelques années plus tôt, dans un état de délabrement avancé. Il l'avait sauvée de la ruine, restaurée, il avait nettoyé le terrain, asséché la zone marécageuse avoisinant la rivière. Ensuite, il avait installé Mme Mayhew et Mlle Todd dans le petit cottage et, enfin, acheté des vases anciens, des chinoiseries et des objets Art nouveau. Où était Nola pendant ce temps ? C'était difficile de le lui demander et, du reste, cela ne l'intéressait guère. Pour le moment, Claire dînait en tête à tête avec un homme séduisant, raffiné et intelligent qui allait sûrement lui faire des propositions galantes, et sa condition de beau-frère, de mari de Nola, de trésorier-payeur de la famille Swanfield s'estompait rapidement avec les préliminaires du jeu amoureux. Elle ne l'aurait pas cru capable de si bien le pratiquer. Elle savait qu'il était séduisant, mais elle ne l'avait jamais ressenti, jamais *vu*, avant ce soir. Il était d'ailleurs conscient de son charme, non pas parce qu'il était vaniteux, mais parce qu'il avait eu l'occasion de constater l'effet qu'il produisait sur les femmes. Puisqu'il plaisait, il avait dû en conclure, lui qui était un homme logique, qu'il possédait un pouvoir de séduction adapté à ses besoins. Mais voyait-il vraiment les choses d'une façon aussi simple ?

Dans le living-room aux rideaux fermés, le café et le cognac les attendaient. Les lampes de Tiffany jetaient une lumière or et émeraude, et le feu dessinait des ombres mouvantes. Claire se laissa tomber dans un fauteuil large et profond, et elle eut l'impression de se débarrasser non seulement du poids de son corps, mais de celui des contraintes sociales. Dans cette atmosphère détendue, il lui sembla tout naturel d'ôter ses chaussures et de s'étirer voluptueusement. Plongé dans une légère euphorie par la nourriture et la chaleur du feu, son corps ne demandait pas mieux que de céder béatement au plaisir des sens. Il aurait suffi d'un ou deux verres de vin de plus pour que tout se décide très rapidement. Elle regrettait presque de ne pas avoir bu davantage.

Pour détourner son esprit de ces pensées, elle regarda autour d'elle et fut attirée par le reflet bleu d'un sulfure de cristal posé sur un guéridon.

– Comme c'est joli, murmura-t-elle.

Benoît sembla comprendre qu'elle avait besoin de parler d'autre chose que de la raison véritable de sa présence chez lui. Aussi lui répondit-il, avec une pointe d'humour :

– Oui. Très joli. *Millefiori*, des verreries de Baccarat. Mettez-le face à la lumière, et vous y verrez mille fleurs.

Elle prit le sulfure sans trop savoir si elle cherchait à gagner du temps ou à prolonger par plaisir cette délicieuse incertitude. Sa main s'emplit instantanément de pierres précieuses multicolores, qui fusaient dans toutes les directions.

– Ce sont des petites tiges de verre coloré, soudées ensemble.

– Mais non, Benoît. Ce sont de vrais pétales de fleurs.

– Pas du tout. De simples tubes de couleur, coupés, moulés, puis insérés dans du verre qui les grossit.

– Mais non...

– Mais si... je vous assure.

– Je me moque de savoir comment ils sont faits et qui les a faits, Benoît. Je suis simplement heureuse qu'ils existent, dit-elle en riant.

Il se pencha vers elle et la regarda avec l'attention pénétrante mais caressante d'un collectionneur. Au pincement qu'elle sentit au creux de l'estomac et à l'accélération de sa respiration, Claire comprit que la première phase était terminée et qu'on allait passer à celle des questions et des réponses.

– Ces vases aussi sont exquis, dit-elle.

– Vous aussi, Claire.

– Vous voulez m'ajouter à votre collection ?

Il lui tendit un coffret à cigarettes émaillé, puis retourna s'asseoir dans son fauteuil, maintenant entre eux une distance concrète, qui était une provocation en soi.

– Oui – toute collection mise à part –, j'ai envie de vous, comme vous le savez très bien.

– Pourriez-vous me dire pourquoi ?

– Mais bien sûr. Vous êtes une femme très désirable. Ça aussi, vous devez le savoir.

– Eh bien... oui, mais j'espère que vous allez trouver autre chose à me dire.

Lui plaisait-il vraiment ? Puisqu'il l'intriguait tant, c'est qu'il y avait en lui quelque chose à découvrir, un code secret permettant de déchiffrer sa personnalité, et que personne ne connaissait. Quelle finesse elle devrait déployer pour réussir là où tout le monde avait échoué ! Ce n'était peut-être pas un objectif très noble, mais, dans cet univers de compromis, de demi-espoirs, de demi-vérités, c'était mieux que de n'avoir pas d'objectif du tout. Etait-il vraiment nécessaire qu'elle éprouve un penchant pour lui ? Elle avait beaucoup de sympathie pour Kit Hardie, et se sentait prête à ressentir plus que de l'amitié pour Alan Ash ; pourtant elle avait pris garde de ne pas s'engager vis-à-vis d'aucun d'eux. Et voilà qu'elle se retrouvait ce soir dans une maison isolée avec un homme qui ne lui réclamait aucune promesse et qui, par conséquent, ne saurait être blessé par ses hésitations ou son incapacité à la lui donner. L'attirance que Benoît éprouvait pour elle était uniquement et ouvertement d'ordre physique ; pourquoi devrait-il en être autrement pour elle ? Malgré tout, une petite voix prudente lui chuchotait de réfléchir encore.

Certains hommes lui avaient dit : « Vous êtes belle. »

D'autres lui avaient murmuré : « Je t'aime. » Benoît Swanfield lui déclara avec le plus grand calme :

– Tout le monde à Montfleuri vous désire. Pour diverses raisons. Je pense que les miennes vous paraîtront plus naturelles et plus acceptables que bien d'autres.

Claire hocha la tête.

– Je crois également que ce n'est pas une liaison durable que vous recherchez.

– En effet.

– Sinon, je ne vous aurais pas emmenée ici. Je n'ai aucun goût pour la durée, dans ce domaine...

Elle tenait toujours le sulfure à la main. Il le lui prit et le reposa sur la table.

– Mes bibelots vous intéressent ? Je vais vous en montrer d'autres.

La prenant par la main, il l'invita à se lever. Il attendit que son corps se fût accoutumé à la proximité du sien, avant de poser ses lèvres sur son cou, puis sur le lobe de son oreille, les frôlant très rapidement.

– Ces vases sont très rares, reprit-il, comme s'il ne s'était rien passé. Voulez-vous savoir combien il faut de couches de verre pour arriver à ce résultat ?

– Dites-le-moi, s'il vous plaît.

– Regardez-les de plus près.

Mais, au moment où elle penchait la tête, il lui glissa la main sous le menton et l'embrassa sur la bouche, en lui écartant légèrement les lèvres. Avant même qu'elle eût eu le temps de prendre une décision, il la libéra.

– Le vase en forme de paon est de Tiffany. En vous plaçant de ce côté, vous remarquerez le mauvais œil sur la queue.

Cette fois, elle attendait d'être embrassée, afin de poursuivre ce jeu grisant. Benoît ne manifestait aucune hâte. Il lui emplit de nouveau son verre qu'elle but à petites gorgées. Pendant ce temps, il commentait les icônes d'or sombre qui encadraient la porte, puis il lui montra les aquarelles anglaises qui décoraient les murs du couloir. A chacune d'elles, ils se rapprochaient de la chambre, et elle se trouva soudain en train d'admirer un paravent miniature en jade, posé sur la table de nuit.

– Avez-vous des draps de satin noir, Benoît ?

Elle s'en voulut aussitôt d'avoir posé cette question. Mais, sans avoir l'air le moins du monde surpris, choqué ou intrigué, Benoît tira le couvre-lit, révélant des draps blancs qui dégageaient une fraîche odeur de citron.

– Otez cette grosse robe, Claire. Elle ne vous va pas.

Il ne faisait pas froid dans la chambre qui était éclairée, elle aussi, par des lampes en verre coloré et un grand feu de bois. Elle se déshabilla à la hâte, car c'était l'instant qu'elle redoutait le plus. En principe, la nudité ne la gênait pas. Cependant, malgré son expérience d'infirmière et sa connaissance de l'anatomie humaine, elle n'avait pas réussi à surmonter son embarras, quand elle se dévêtait pour la première fois devant un homme qui n'était encore qu'un étranger.

Avant Benoît, quatre hommes – non, cinq – l'avaient regardée accomplir ce pénible exercice, et tous lui avaient dit, chacun à sa manière, de ne pas tant se presser. Au contraire, Benoît se taisait et il la laissa se réfugier sous les draps, avant de l'y rejoindre.

Impossible de lui dire : « Je suis prête. Dépêchez-vous. » Jamais la fille de Dorothée Lyall ne pourrait prononcer de telles paroles. Malgré tout, sa fébrilité indiquait assez qu'il était inutile d'employer des techniques raffinées, et qu'il n'avait qu'à faire preuve de vigueur et de promptitude.

– Il y avait longtemps, murmura-t-elle, un peu honteuse de son impatience, une dizaine de minutes plus tard.

– Je comprends très bien.

Couché à côté d'elle, il lui tourna le dos. Sans doute était-il déçu, car il avait repris l'air distant qui lui était habituel, et qu'il avait abandonné au moment d'entrer dans la maison. Il était clair qu'elle ne lui avait pas donné satisfaction. C'était dommage, mais elle ignorait comment y remédier. Après tout, elle n'était pas de ces créatures soumises qui ne vivent que pour plaire à un homme. Rien ne les obligeait à se revoir, en dehors des réunions familiales, et elle avait eu, dans son existence, des déconvenues plus graves à affronter. Cependant, elle n'avait encore jamais fait l'amour sans éprouver un certain sentiment de tendresse, et jamais elle n'avait eu à endurer une telle rebuffade silencieuse, l'hostilité d'un dos tourné. Tout en comprenant l'attitude de Benoît, elle la regrettait, même si elle n'avait pas l'intention de trop se tourmenter. Etait-ce de la déception ou de la gêne ? En tout cas, c'était fort désagréable.

Il ne lui restait plus qu'à se lever, s'habiller, lancer une plaisanterie quelconque et lui manifester son envie de rentrer chez elle.

– Il doit être tard.

– Non, dit-il, en se retournant vers elle. Pas encore.

– Ah bon... !

Elle s'assit dans le lit, mais il la saisit par les épaules et l'obligea à se recoucher.

– Pas encore, Claire.

– Je pensais que vous préfériez que je m'en aille.

– Je sais. Mais vous vous trompez. Attendez un peu.

Elle attendit donc, la tête au creux de son épaule et son corps contre le sien. Cette fois, ils prirent tout leur temps et, ensuite, elle s'endormit dans un bien-être parfait. Quand elle s'éveilla, une demi-heure plus tard, Benoît avait retrouvé son flegme.

– Pourriez-vous dormir ici ?

– Je ne crois pas.

Il ne lui demanda pas pourquoi.

– Il va donc falloir que je m'habille et que je vous reconduise ?

Il la traitait avec une courtoisie amusée. Il n'était ni tendre ni amoureux, mais Claire eut l'impression que cette qualité cachée, ce quelque chose qu'elle savait enfoui tout au fond de lui-même, avait un peu remonté vers la surface.

– Je suis contente... pour la deuxième fois.

Dehors, dans la cour, un fort vent soufflait et la pluie menaçait. L'hiver ne tarderait pas.

– Vous allez revenir dormir ici ou vous rentrez à Montfleuri ? demanda-t-elle.

– Je n'en sais rien.

Elle comprit qu'il n'avait pas la moindre intention de la mettre au courant de ses projets. Et, quand ils arrivèrent à Mannheim Crescent, il ne sembla pas vouloir s'attarder plus longtemps.

– Bonne nuit, Claire.

– Bonne nuit, Benoît.

Ils avaient prononcé exactement les mêmes paroles le soir où il avait avoué, avec le plus grand détachement, être informé de l'infidélité de sa femme. Ce soir aussi, il avait l'air indifférent. Pourquoi en aurait-il été autrement ? Elle n'attendait aucune tendresse de sa part. Elle aurait été déconcertée, inquiète et peut-être ennuyée de le voir manifester un sentiment quelconque. Malgré tout, elle était heureuse d'avoir fait l'amour une deuxième fois. Sans doute cela ne se reproduirait-il plus jamais, mais elle ne l'oublierait pas.

10

Le lendemain matin, alors qu'elle lavait la vaisselle du petit déjeuner, Claire sentit dans son dos le regard ironique d'Alan Ash, assis derrière elle. Il était en train de boire son thé qu'il corsait avec du whisky, malgré l'heure matinale.

– Félicitations.

– A quel sujet ?

– Mes observations m'ont amené à conclure que... un homme venait d'entrer dans votre vie.

– Ce n'est pas impossible.

– Donc... mes félicitations. Je ne peux pas dire que cette nouvelle me surprenne, mais je crains qu'elle ne m'attriste. C'est quelqu'un que je connais ?

Elle secoua la tête.

– Ah bon. J'avais peur que ce ne soit Kit.

– Non, ce n'est pas Kit.

– Alors, tout va bien.

– Pourquoi donc ?

– Parce que Kit est terriblement obstiné, ma chérie... vous ne le saviez pas ? Il s'accroche comme une sangsue à tout ce qu'il décrète lui appartenir.

– Voyons, Alan ! s'écria Claire en posant la tasse et la soucoupe dans l'égouttoir, Kit change de fille comme de chemise, et il n'en fait aucun mystère. Tout le monde le sait.

Alan haussa les épaules. Dans la lumière de cette

matinée de novembre, il avait un air extrêmement fragile.

– Oui. Mais ce n'est qu'un aspect de sa personnalité, Claire. Le meilleur, sans doute, et aussi le plus authentique, je vous l'accorde. Mais il est en train de changer. Vous n'avez rien remarqué ? J'ai l'impression qu'il va se ranger.

– Oh ! pour l'amour du ciel, ne jouez pas au psychologue.

– On est comme on est, ma chérie. Je me sers de mes yeux, c'est tout, et je tire des conclusions grâce à mon esprit si brillamment éduqué. Je ne serais pas surpris que Kit veuille s'acheter une conduite. C'était très bien, pour Kit le majordome et pour Kit le galant officier, de mener une vie dissipée, parce que cela rentrait dans ses attributions, pour ainsi dire. Mais Kit l'hôtelier devra s'amender, ou du moins faire semblant, jusqu'au jour où il sera assez riche pour agir comme bon lui semblera. C'est l'évidence même. Il n'y a que les aristocrates dans mon genre, ou bien les joyeux lurons qui ramassent les ordures, qui peuvent se payer le luxe d'avoir des mœurs ouvertement licencieuses. Ces messieurs les bourgeois doivent être très prudents. Par conséquent, si Kit arrive à mettre la main sur une gentille bourgeoise comme vous, il ne la laissera sûrement pas échapper. En tout cas, il sera trop tard pour moi.

– Vous êtes donc si pressé ?

– Vous savez bien qu'il faudra bientôt que je parte. Pour Edimbourg... ou dans les environs.

– Pour aller voir cette personne que vous connaissez.

– C'est ça. Et naturellement, je vais vous manquer.

– Naturellement. Il se pourrait même que je vienne avec vous.

– Doux Jésus... vous avez vraiment dû passer une mauvaise nuit.

Quel genre de nuit avait-elle passée, au juste ? Elle

ne le savait pas trop et n'avait guère envie d'y réfléchir. Ce n'était qu'une défaillance passagère, la conséquence directe de cette affreuse cérémonie à laquelle il avait réussi à la traîner. Il avait profité d'un moment de faiblesse... Ah non ! Dire de pareilles sottises, c'était se ranger aux idées de Dorothée et de Miriam, accepter l'histoire de la petite bergère séduite par le seigneur ; jamais elle ne s'abaisserait à tant d'hypocrisie. Il s'était montré parfaitement honnête. Il ne cherchait que le plaisir physique. Elle aussi. Par conséquent, il serait injuste de lui jeter la pierre, sous prétexte qu'elle était en réalité moins libérée et moins aguerrie qu'elle ne se l'était imaginé. Il l'avait jugée sur les apparences. Elle n'avait qu'à faire comme lui et cesser de jouer les innocentes abusées. La prochaine fois qu'ils se verraient, ils n'éprouveraient aucune gêne. Il avait l'expérience de ces situations. Il se comporterait comme si rien – rien d'important, du moins – ne s'était produit. En tout cas, elle lui était reconnaissante de ne pas l'avoir insultée en lui envoyant des fleurs. Elle l'imaginait disant à sa secrétaire : « Ah ! mademoiselle Unetelle, commandez des fleurs pour Mme Claire Swanfield, je vous prie. Comme d'habitude. » Et si, justement, il l'avait fait ? De peur que cet offensant hommage ne vienne gâcher sa journée, elle mit son chapeau et se dépêcha de sortir.

Kit Hardie avait terminé sa première « tournée d'inspection » du matin. Elle le rencontra dans le hall de l'hôtel, il lui parut rassurant, séduisant et agréablement familier.

– Ah !... lumière de ma vie, dit-il en lui baisant le bout des doigts, non sans lui signaler, par un coup d'œil à sa montre, qu'elle était en retard.

Il était de très bonne humeur. Pour la première fois depuis l'ouverture de l'hôtel, toutes les chambres avaient été occupées pendant le week-end. Les seize tables du restaurant avaient été réservées et, le samedi soir, elles auraient même pu l'être deux fois. Le déjeuner dominical – une innovation récente – avait eu plus de succès que prévu et, si M. Clarence ne s'était pas trouvé derrière le comptoir de la réception, à les espionner pour tirer des conclusions désobligeantes, il l'aurait volontiers embrassée sur la joue, en lui ébouriffant les cheveux au passage. Il avait beau savoir qu'ils n'étaient prêts ni l'un ni l'autre à franchir le pas, il estimait qu'il était bon que tout le monde sût qu'elle lui était réservée.

– Bonjour, Kit. Vous avez l'air en pleine forme.

Et même dans une forme éblouissante. C'était exactement le roc contre lequel elle avait si grande envie de s'appuyer. Malgré tout, ne lui ayant rien promis, elle n'avait aucune obligation envers lui. Il n'avait même pas le droit de lui poser des questions sur sa vie privée, et encore moins d'être peiné de sa conduite. Furieuse de se sentir coupable, elle se montra encore plus charmante qu'on se doit de l'être, par un triste matin de novembre. Et lui, où avait-il passé la nuit ? A en juger par son air satisfait, il n'avait pas dû dormir seul. Une femme riche et plus toute jeune, peut-être, ou encore une petite danseuse évaporée du music-hall des *Princes*. Mais elle eut beau se raisonner, elle fut mal à l'aise vis-à-vis de lui pendant toute la journée.

Les chers clients du week-end partis, raccompagnés jusqu'à la porte, puis oubliés, on avait nettoyé et aéré les chambres pour les futurs « chers clients » qui les occuperaient le lendemain. Les fleurs de la semaine avaient été jetées à la poubelle avec les restes du petit déjeuner, et remplacées par ce que Claire avait pu trouver de mieux en cette saison. Le déjeuner fut si calme qu'Aristide Keller rentra chez lui, laissant Amandine nourrir Toby Hartwell et Arnold Crozier, dont les week-ends à la *Couronne* se prolongeaient parfois jusqu'au mercredi. Ils déjeunaient tous les deux à des tables placées à chaque extrémité de la salle à manger ; Toby, seul et pensif, s'efforçait de récupérer de son dimanche à Montfleuri, tandis qu'Arnold Crozier donnait un cours de vinification à une fille invariablement jeune, blonde, court vêtue et coiffée d'un chapeau cloche, qui buvait son champagne d'un air absent, tout en tripotant un bracelet d'or tout neuf.

– Quel vieux cochon, dit Polly Swanfield à l'oreille de Claire, au moment où M. Crozier montait dans sa Rolls, en faisant une ultime remarque à sa jeune amie, concernant le beaujolais nouveau. Il m'a coincée un soir, au bar... vous connaissez sa manière de se tapir dans un coin, puis de vous bondir dessus... quelle peur j'ai eue... et il m'a parlé pendant des heures d'une espèce de coléoptère venu d'Amérique avec du vent de Californie, qui a dévasté tous les vignobles européens. Comme si ça m'intéressait. J'ai dû me retenir d'éclater de rire, car ce coléoptère – le phylloxéra, c'est le nom qu'il a employé, je crois – me rappelait son frère. Et comme c'est le cousin de Nola, qu'il est propriétaire de la moitié de l'hôtel, et de la moitié de Leeds et de Manchester, par-dessus le marché, je suppose que maman ne serait pas contente que je me moque de lui. Dites, Claire, si vous m'offriez une tasse de thé ? J'ai arpenté Taylor & Timms pendant toute la matinée et je suis morte de fatigue.

Installée dans un coin du salon désert, car les dames de Faxby n'étaient pas nombreuses à partager son engouement pour les courses du lundi matin, Polly fit glisser son manteau de ses épaules et secoua les gouttes de pluie qui couraient sur ses cheveux. Elle éparpilla autour d'elle une multitude de petits paquets dorés ou argentés qui devaient renfermer des parfums, des jarretières de dentelle, des mouchoirs brodés, bref tout ce qu'elle avait pu trouver de joli et de coûteux.

– Du thé et des sandwiches, ordonna-t-elle au serveur, sans presque le regarder, mais en lui souriant comme s'il était le seul homme dans un monde peuplé de femmes. Des montagnes de sandwiches. Et aussi, de la viande froide avec de la moutarde, et une grande assiette de beignets bien poisseux. Vous savez ce que j'aime, Peter. (Le garçon s'appelait George.) Et une part de flan aux pommes. Avec de la crème, bien entendu.

– Vous n'avez pas déjeuné, Polly ?

– Oh, si... (Elle paraissait avoir du mal à s'en souvenir.) Mais ça fait une éternité. Il était midi et, maintenant, il est 15 h 30.

Sur ce, elle commença de dévorer les victuailles qu'on lui avait servies, comme si elle avait peur qu'on ne les lui retirât d'un instant à l'autre.

– Mon cher Peter, pourriez-vous m'apporter du thé ? Oh !... du pâté en croûte... quelle bonne idée. Comme c'est gentil. C'est le premier de l'hiver que je mange. Maman n'en fait jamais servir avant Noël. Bon... j'en prends deux portions.

– Vous allez grossir, dit Claire.

Elle se souvint en effet que, il y avait six mois à peine, Polly s'inquiétait de l'ampleur de ses seins et qu'elle se les bandait pendant la nuit, pour les aplatir. Apparemment, elle n'avait plus de problème de ce côté-là.

– Mais non, mais non. Je n'arrête pas de bouger. Je ne marche pas, je cours. Je joue au tennis, je patine, et je danse... je danse. Vous m'avez bien vue.

– Et, tous les jours, vous parcourez des kilomètres chez Taylor & Timms.

– Exactement. Par conséquent, je peux boire et manger ce que je veux. D'ailleurs, le champagne ne fait pas grossir. Ah ! dites-moi, Claire, connaissez-vous Roy Kington ?

La question semblait avoir été lancée au hasard, mais malgré l'étincelant sourire de Polly Claire ne fut pas dupe. Roy Kington ? Elle avait déjà entendu ce nom. Nullement abusée par la nonchalance étudiée de Polly, Claire ne savait si elle devait se réjouir ou s'attrister pour Roger Timms.

– Oui, je dois le connaître. C'est bien ce garçon qui vous tourne autour ?

– Mais voyons... lui, c'est Rex, son jeune frère. Roy est... comment dire... plus âgé, ma chérie. Votre âge, environ. Il a été à la guerre, puis, au lieu de rentrer chez lui, il s'est porté volontaire pour combattre les bolcheviks, aux côtés des Russes blancs. Ce n'est pas que je distingue bien les Russes blancs des autres... sauf que ce sont les bolcheviks qui ont assassiné le tsar et que, maintenant, les Blancs veulent tuer les bolcheviks, ce qui ne fera pas revivre ce pauvre tsar ni les grandes-duchesses. Bref, Roy a été blessé à Arkhangelsk, ou à Mourmansk, ou je ne sais trop où, et il a été obligé de rentrer. Il ressemble à Rex, mais il est plus grand, plus mince et plus... Vous êtes sûre que vous ne le connaissez pas ?

Le ton de la question était vif, légèrement accusateur. On sentait que Polly était décidée à défendre ses droits, au cas où Claire aurait l'intention de s'approprier Roy Kington.

– Non. Je ne le connais pas.

– Dans ce cas... (Polly n'avait pas l'air entièrement convaincue.) Je vous le présenterai. Mais je dois vous avertir qu'il est au mieux avec Sally Templeton... vous savez, cette maigrichonne insipide, avec ses cheveux roux et ses bas en lamé argent. Mais ça ne durera pas, je suis bien placée pour le savoir, car nous en avons parlé, lui et moi, l'autre soir.

– C'est-à-dire que vous êtes la prochaine sur la liste. Pauvre Roger Timms.

– Ça n'a rien à voir avec Roger.

– Ni avec moi non plus, Polly. On dirait que vous me mettez en garde ; je me demande bien pourquoi.

– Parce que vous êtes toujours là, à vous faire voir de tout le monde. Et parce que... oh ! nom d'une pipe... vous ne semblez pas vous rendre compte du vide qu'il y a dans ma génération.

– Mais si, je m'en rends très bien compte.

Polly était trop absorbée par les premières atteintes de la jalousie et par le trouble que jetait en elle ce qui serait peut-être son premier amour pour remarquer la froideur de Claire.

– D'accord, Claire. Mais ce n'est pas pareil pour vous. Vous avez été mariée. Avant la guerre, vous aviez la possibilité de choisir. Pas moi. Aujourd'hui, c'est différent. Oh, bien sûr, je ne me débrouille pas trop mal. J'ai du succès. Je pourrais sortir tous les soirs. Je mène Rex, le petit frère de Roy, par le bout du nez. Il est prêt à tout pour moi. Mais il a dix-sept ans, Claire, et moi, bientôt vingt. Il y a aussi des vieux de plus de trente ans qui me racontent leurs petits ennuis. Et il y a Roger Timms. Les autres – ceux qui ont le même âge que moi – sont soit morts, soit infirmes, soit désaxés, soit déjà fiancés, soit alcooliques, comme Alan Ash, ou alors ils rêvent d'aller s'installer en Afrique pour cultiver le tabac ou des choses dans ce genre, dans des endroits perdus où il n'y a aucun confort ni aucune distraction. Ou bien encore, ils sont si déprimés qu'on se demande à quoi la vie leur sert. Vous le savez bien, Claire.

– Oui, Polly.

– Aussi, quand il se présente un type comme Roy Kington, un garçon beau, intelligent, ambitieux... et qui a vingt-cinq ans... on ne peut critiquer personne de se mettre sur les rangs, n'est-ce pas ?

– Bien sûr, Polly. Je garderai mes distances.

– J'étais sûre que vous comprendriez. Il faut être juste. Il vous plaira. Il plaît à tout le monde. Il plaira à toute la famille. Dites-moi, Claire, si je demandais à maman de l'inviter à une occasion quelconque ? Ou bien vaut-il mieux attendre que Benoît soit rentré ?

– Benoît n'est pas là ?

Elle se mordit la langue pour avoir posé cette

question. Mais Polly était trop occupée de Roy Kington pour remarquer quoi que ce soit.

– Il est parti ce matin. Il ne m'a pas dit où, et je ne le lui ai pas demandé. Mais ce matin, au petit déjeuner, Nola avait l'air ravie, ce qui signifie sans doute qu'il ne rentrera pas de sitôt. Dans ce cas, je ferais peut-être mieux de ne pas attendre. Qu'en pensez-vous, Claire ?

– Vous avez raison. Il vaut mieux ne pas attendre.

Polly se leva et rassembla ses paquets, prête à passer à l'action.

– Je n'attendrai pas. Je sais qu'il est allé dîner une fois chez les Templeton et qu'il y a pris le thé à plusieurs reprises. Je vais en parler à ma mère.

– C'est ça, Polly.

– Bien. Oh ! s'écria-t-elle en regardant sa montre. Déjà ? Il faut que je m'en aille, Claire. Roger doit m'attendre.

Ainsi, il était parti. Cela ne changeait rien. Elle raccompagna Polly jusqu'à l'escalier devant lequel attendait la Mercedes des Timms, et regarda en souriant la voiture partir pour Montfleuri, sur l'insistance de Polly qui avait hâte de s'entretenir avec sa mère du meilleur moyen de s'approprier Roy Kington.

Le soir, Claire prit un verre avec Nola, au bar de l'hôtel, et, le lendemain, elle l'accompagna au Grand Théâtre pour voir *Le Lac des cygnes*, sans que jamais le nom de Benoît fût prononcé. Le dimanche suivant, elle alla dîner à Montfleuri. Maintenant qu'elle pouvait trouver facilement un prétexte pour se décommander, en disant qu'elle avait du travail à l'hôtel, elle se pliait de meilleur gré à la tradition du « dimanche en famille ».

– Quand Benoît rentre-t-il ? demanda soudain Eunice, en plein milieu du repas.

Personne ne répondit.

Mais le lendemain matin, elle le vit dans le hall de l'hôtel, ou plutôt elle entendit sa voix et celle de Kit, au moment où elle descendait l'escalier, les bras chargés des fleurs fanées du lundi.

– Dix chambres, seulement, disait Kit en réponse à la question de Benoît. Et seize tables qui donnent un maximum de soixante-quatre couverts. C'est peu, bien sûr...

– Peut-être. Mais c'est plus facile à diriger. Pourriez-vous me faire visiter ?

– J'en serais ravi, monsieur.

Elle battit en retraite et tendit la brassée de fleurs flétries à une femme de chambre fort peu reconnaissante de ce cadeau. Pendant toute la matinée, elle réussit à les éviter, en devinant l'itinéraire que Kit allait suivre. Ainsi, il était venu à l'hôtel. Cela ne changeait absolument rien. Il était temps qu'il se décide à condescendre – quel autre mot employer ? – à apporter à Kit les félicitations qu'il méritait. Elle en était ravie pour lui. Cependant, quand un employé vint lui dire que le major aimerait qu'elle se joigne à eux pour le déjeuner, son premier mouvement fut de refuser. Pourtant, elle savait bien que c'était impossible. Si elle pouvait prétexter un surcroît de travail pour ne pas aller chez Miriam ou chez sa mère, elle ne pouvait user d'une telle excuse avec Kit qui savait exactement de quoi se composaient ses journées. Il ne lui restait donc plus qu'à sourire, à se recoiffer et à se rendre dans la salle à manger, pour jouer à la femme sûre d'elle, efficace, heureuse et fière de travailler à l'*Hôtel de la Couronne*, sous les ordres du major Hardie.

– Bonjour, Benoît. Comme c'est aimable à vous d'être venu.

– Bonjour, Claire. Comme c'est aimable à vous de vous joindre à nous.

L'atmosphère était feutrée et un peu solennelle. Gérard, le maître d'hôtel, surveillait discrètement ses troupes entraînées avec la précision d'un corps de ballet. Le « déjeuner léger » se composait d'une mousseline de langouste, d'une vichyssoise frappée et de blancs de poulet au vin blanc, avec de la crème et des truffes. Assise entre eux deux, Claire devinait l'immense satisfaction que devait éprouver Kit, la jubilation qu'il ressentait sûrement, lui, cet enfant du peuple né de père inconnu, à recevoir chez lui le fils d'Aaron Swanfield. D'autre part, elle fut de nouveau sensible au numéro de charme exécuté par Benoît et se vit obligée de reconnaître qu'il était impressionnant.

– Excellent, remarquait-il avec conviction, chaque fois qu'il devait donner son avis. Très bien préparé. Et maintenant, dites-moi...

La question qui suivait était toujours pertinente et formulée de manière à n'appeler Kit par aucun nom. « Hardie » aurait paru condescendant ; quant à « major », ce titre risquait d'être mal interprété, maintenant que les médailles gagnées au combat commençaient à perdre de leur éclat.

– Que pensez-vous de la nouvelle législation sur les boissons alcoolisées ? Est-ce que vous arrivez à vous en accommoder ?

– Oh !... je m'y tiens à la lettre, du moins de la manière dont l'entend le conseil municipal de Faxby.

– C'est très sage. Je crois que vous avez un ami, à la commission des licences, qui est en mesure de vous l'expliquer.

Ils se sourirent mutuellement, en hommes du monde qui savent de quoi sont faites de telles amitiés.

Au moment où ils terminaient le poulet sauce suprême, Kit fut appelé au téléphone. Il s'excusa de devoir abandonner son invité, avec juste ce qu'il fallait d'air contrarié.

– C'est sûrement M. Crozier, dit Claire, tout en pensant que c'était plutôt sa dernière conquête, une mezzo-soprano du théâtre d'opérettes de Vienne, en tournée dans le nord-ouest de l'Angleterre.

– Est-ce que, par hasard, vous seriez libre ce soir ?

demanda Benoît sans rien changer à son ton de discrète cordialité.

Bien qu'elle s'y attendît plus ou moins, elle n'avait pas préparé de réponse ; l'arrivée du maître d'hôtel venant remplir les verres la dispensa d'en trouver une.

– Merci, Gérard.

Il fit une petite courbette et s'éclipsa en pivotant sur ses talons. Claire dégusta son vin, avec un sourire digne de Polly dans ses meilleurs jours.

– C'est un vin tout à fait exceptionnel, n'est-ce pas, Benoît ?

– Délicieux.

– Frais, délicat et, pourtant, très particulier. Vous ne trouvez pas ?

– Absolument.

– Il vient d'un village qui s'appelle Vouvray... vous savez où ça se trouve ?

– Oui.

– Ah !... vraiment ?

– C'est dans la vallée de la Loire, près de Tours.

– C'est exact.

– Je sais.

Ils échangèrent un sourire qui rappelait un peu le salut que s'adressent les duellistes avant l'assaut.

– Vous y êtes allé, Benoît ?

– Pas récemment.

– Kit y a passé une permission, pendant la guerre. Pour voir une fille, sans doute. Je ne sais pas s'il a trouvé la fille, mais il a découvert ce vin.

– C'est très astucieux de sa part.

– Sûrement... car il est peu connu en Angleterre. Je pense qu'on doit le trouver à Londres, mais à Faxby c'est une rareté... j'ai le plaisir de vous informer... qu'on ne le déguste qu'à l'*Hôtel de la Couronne*. Nous en sommes très fiers. Oh, Kit... vous voici ! Je parlais du vouvray à Benoît.

Kit s'assit, sans rien trahir de l'algarade qu'il venait d'avoir avec sa prima donna, et la conversation dériva sur les vins de la Loire, du subtil vouvray jusqu'au sancerre clair et sec, en passant par le pouilly-fumé épicé, les généreux vins de dessert de l'Anjou et l'aimable muscadet. Cette discussion, qui aurait fait le bonheur d'Arnold Crozier, ne tarda pas à lasser Claire.

A la fin du repas, ces messieurs prirent un cognac, et Claire un Cointreau. Ensuite, ils passèrent tous les trois dans le salon baroque pour boire le café et, de nouveau, elle se trouva seule avec Benoît, pendant quelques instants.

– Ce café vient-il du Brésil ou d'une petite plantation au cœur de l'Afrique ? plaisanta-t-il.

Claire s'aperçut à regret que le sentiment complexe qu'elle éprouvait jusque-là, mélange de colère, d'humiliation, de prudence naturelle et de simple bon sens, était en train de s'évanouir.

– Du lait ou du sucre ?

– Est-ce que vous êtes libre ce soir, Claire ?

Elle secoua la tête.

Il ne le lui demanderait plus. Elle venait de mettre fin, avec autant de politesse que possible, à une chose qui n'aurait jamais dû commencer, et elle savait qu'il respecterait sa décision. L'affaire était close. Elle avait fait ce qu'il fallait. Elle l'accompagna jusqu'à sa voiture, parfaitement convaincue d'avoir raison.

– Au revoir, Claire.

Il faisait très froid. Le ciel blanc de l'hiver annonçait des gelées sur lesquelles le vent allait pouvoir s'aiguiser.

– A demain, peut-être, dit-elle.

La porte de service de la maison de Mannheim Crescent n'était accessible que par le jardin de Claire. La ruelle qui en partait, serrée entre deux hauts murs de pierre et encore obscurcie par la présence de grands arbres, n'était pas éclairée et juste assez large pour permettre le passage d'une voiture. Pourquoi avait-elle accepté ce rendez-vous ? Il valait mieux ne pas s'interroger. La veille, en quittant l'hôtel, il n'avait manifesté aucune irritation et semblait prêt à se résigner à un refus. Mais, au souvenir de la seconde fois où ils avaient fait l'amour, sa résistance avait cédé. Elle avait accepté de le revoir parce qu'elle en avait envie. Rien de plus simple. Encore une fois, et une seule. Une petite faiblesse et puis elle se reprendrait sérieusement en main. Il était temps de perdre cette habitude, prise pendant la guerre, de vivre au jour le jour. Il faudrait désormais établir des projets pour le lendemain et même pour le surlendemain. La guerre était finie, Seigneur... combien de fois le lui avait-on répété ?

Son cœur ne bondit pas quand elle vit les phares de la voiture de Benoît illuminer la ruelle. Après avoir passé toute la journée à penser à la soirée qui l'attendait, sa seule envie était d'en finir avec cette histoire. Qu'il fût marié et qu'elle eût été elle-même la femme de son frère ne la tracassait guère. Elle refusait de s'abandonner à une inutile sentimentalité. Paul aussi était marié. L'union de Nola et de Benoît n'était qu'un simulacre. Jeremy était mort. Ils ne faisaient donc de mal à personne. Malgré tout, Faxby était une petite ville où l'on ne plaisantait pas avec l'adultère, et elle ne pouvait ignorer le tort qu'elle porterait à Dorothée si on découvrait le pot aux roses. Mais pourquoi le découvrirait-on ? Qui pouvait prendre cette affaire suffisamment à cœur pour provoquer un scandale ? Certainement pas Nola. Et, dans le cas où des bruits filtreraient, qui aurait l'audace de mettre en doute la parole de M. Benoît Swanfield ? Cependant, en pensant à sa mère, elle priait ardemment pour que la technique anticonceptionnelle qu'elle pratiquait, la même que Nola, continue à être efficace.

Pourtant, la crainte d'une grossesse inopportune

n'avait pas été assez forte pour la retenir d'avoir plusieurs aventures, avant de rencontrer Paul. Ce soir, elle n'avait pas été assez dissuasive pour l'empêcher de revêtir des dessous provocants et une robe de soie sans manches, largement décolletée. Cette tenue disait assez qu'elle espérait que Benoît se montrerait entreprenant.

Après tout, ils le désiraient tous les deux. Pourtant, au moment d'enfiler son manteau, il lui sembla qu'elle n'en avait plus envie du tout. Mais une fois installée dans la voiture, elle se sentit instantanément happée, prise dans sa sphère, si totalement qu'il lui parut impossible que les événements qui s'y dérouleraient puissent continuer à avoir des conséquences, une fois qu'elle en serait sortie. Tout en étant consciente du danger qu'entraînait cet état d'esprit, elle se sentit merveilleusement apaisée.

Le vent de la lande, qui balayait la cour de la ferme, était plus glacial que jamais et la maison lui sembla encore plus accueillante que la première fois. Elle savait comment se déroulerait la soirée. Il y aurait d'abord l'apéritif au coin du feu, un dîner raffiné, les liqueurs, et puis... l'amour. Ensuite, ce serait le retour silencieux à Mannheim Crescent. Quelle banalité. A moins que... ? Et quelle déception si, en fin de compte, elle s'apercevait qu'il n'était, en effet, qu'un homme banal.

Il lui prit son manteau et lui servit un verre de sherry, sans la toucher.

– Merci, Benoît.

Il la fit asseoir, lui déplia sa serviette et mit dans son assiette un morceau de la croustade au saumon fumé que Mme Mayhew avait posée sur une petite table, avec des toasts de pain bis.

– J'ai faim, dit-elle.

– Et soif ?

– Oh oui.

Sans aucune cérémonie, il sortit alors du seau à

glace une bouteille de vouvray, ce vin introuvable à Faxby.

– Benoît... comment avez-vous fait ?

Elle était ravie et prête à lui accorder tout le crédit de cette découverte.

Il remplit leurs deux verres et goûta le vin.

– Il est possible, en effet, que, parmi les vins de la Loire, le muscadet convienne mieux au poisson, puisqu'on le trouve près de la mer. Mais le vouvray est très agréable, je le reconnais.

– Agréable ! Il est merveilleux. Je serais capable d'en boire à longueur de journée. Me direz-vous comment vous vous l'êtes procuré ?

– Certainement.

Il lui passa les toasts, le beurre, le citron et le poivre brun.

– Alors ?

– Oui... alors. Je pourrais vous dire que je le gardais dans ma cave depuis vingt ans, en attendant l'occasion de le boire.

Elle le regardait, les coudes sur la table et les yeux brillants.

– Je pourrais vous dire que je me le suis procuré à grands frais au Saint-James, rue Saint-Honoré, ou dans une cave des bords de la Loire, uniquement pour vous, ma chère amie.

– Oh oui... ça me plairait beaucoup.

– Ou alors, je pourrais vous dire que j'en ai acheté une caisse au directeur de l'*Hôtel de la Couronne.*

– Je m'étonne qu'il ait accepté de vous la vendre.

– Vraiment ?

Elle le considéra un moment.

– Et puis, non, après tout.

Mme Mayhew entra pour enlever le saumon, et elle apporta à la place des perdrix rôties et une purée de légumes. Elle revint peu après avec le fromage, un soufflé au citron et des tartelettes. Ensuite, elle referma bien la porte derrière elle pour montrer qu'elle ne les dérangerait plus.

– Quelle discrétion !

– Oui, évidemment, dit-il, un peu surpris.

Claire regagna son fauteuil, près du feu. Maintenant allait commencer une attente interminable avant qu'il puisse décemment lui proposer de faire l'amour. Quel dommage de penser qu'elle était incapable de le lui proposer elle-même. Pourtant, elle n'avait nullement honte de son désir ; c'était le seul moyen d'espérer le connaître mieux. Il surveillait sans cesse ses paroles, ses gestes et ses expressions, de façon à lui présenter l'image de lui-même qu'il voulait lui donner. Mais à travers le révélateur de l'acte amoureux, il ne pourrait pas se dissimuler. C'était impossible. La dernière fois, elle n'avait détecté en lui aucune mesquinerie, aucune vulgarité ni aucune absence de sensibilité physique. Oui, c'était le plus sûr moyen d'arriver à le démasquer. Elle sourit en pensant que ce prétexte en valait bien un autre.

– Est-ce que vous savez jouer au jacquet ?

– Au jacquet ? Oui. Je crois.

– Vous croyez ? Ou vous savez, ou vous ne savez pas.

– Alors, je sais. Un jour, au mess, à l'occasion d'une petite fête où j'avais un peu trop bu, quelqu'un a voulu m'apprendre à jouer au jacquet. Mais vous allez me battre à plates coutures, bien évidemment.

En réalité, elle jouait assez bien quand elle parvenait à fixer son attention sur la partie. Ce jeu rapide ne présentait aucune difficulté pour un esprit aussi agile que celui de Benoît.

– Je ne comprends même pas ce que vous faites, Benoît, et je ne vois vraiment pas comment vous arrêter. Si vous me demandez ensuite de jouer aux échecs, je rentre chez moi.

– Je ne vous le demanderai pas. Je suis très fort aux échecs.

– Ça ne m'étonne pas.

Il jeta un coup d'œil sur la partie, puis la regarda

droit dans les yeux, avec un sourire ironique, assez satisfait de voir qu'elle n'avait pas la moindre chance de le battre.

– Pourquoi prendre tant de risques, Claire ? Ça vous amuse ?

– Mais non. Pas du tout. Je n'ai même pas réfléchi. Après tout, ce n'est qu'un jeu.

– Les jeux sont faits pour être gagnés, ma chère.

– Sans doute. Mais je n'arrive pas à les considérer sérieusement.

– Vous devriez.

Il était clair qu'il n'était plus question de jacquet, si jamais il en avait été question.

– Voyez-vous, ma chère Claire, en vous laissant si facilement percer à jour, vous invitez les gens à profiter de vous. Vous comprenez ?

– Oh !... peut-être. Mais du moins, je sais quand les gens profitent de moi.

– Et vous êtes assez bonne pour les laisser faire.

– Bonne... ou plutôt paresseuse. En réalité, ça m'est égal, voyez-vous ?

– Vous n'êtes pas assez dure, Claire.

– Je sais. Ça me plaît d'être ainsi.

Leurs rencontres s'organisèrent. En novembre et décembre, il l'emmena deux ou trois fois par semaine à Thornwick où, après les formalités d'usage, il lui faisait l'amour, prenant son plaisir dans toute la mesure de leurs mutuelles possibilités, après quoi il lui tournait le dos pendant un bon quart d'heure, jusqu'à ce que sa morosité fût passée. Il était plus âgé que les hommes qu'elle avait connus jusque-là. Son expérience était infiniment plus variée, et sa patience – uniquement dans ce domaine – l'étonnait et la touchait parfois plus qu'il n'aurait fallu. Chaque fois, elle sortait de son lit avec un sentiment d'apaisement et de bien-être physique et mental.

Elle n'avait jamais éprouvé de sensation aussi parfaite. Pourtant, elle ne savait toujours rien de lui, en dehors du pouvoir qu'il avait de lui donner du plaisir. Elle pénétrait dans son univers en visiteuse clandestine, à des moments fixés par lui. Leurs rapports, entièrement fondés sur la sensualité, étaient ceux d'une maîtresse accommodante et d'un amant vigoureux, et si elle n'avait pas été la maîtresse en question, elle aurait déclaré que ce type de liaison était absolument démodé.

Cependant, n'étant pas comme les maîtresses d'antan, elle passait de longues heures à réfléchir sur sa situation. Dans ses relations avec les hommes, elle avait besoin d'amitié, de complicité, de confiance, de gaieté, et surtout de franchise, le type même des relations qu'elle aurait pu avoir avec Kit Hardie. Mais en dehors de son humour caustique, Benoît ne lui apportait rien de tout ça.

Il continuait pourtant à piquer sa curiosité. Il lui arrivait même de reconnaître qu'il la fascinait. Bien plus, elle s'avouait parfois qu'il exerçait sur elle une emprise physique à laquelle elle se soumettait avec une jubilation perverse. Pourtant, rien ne lui avait semblé plus détestable que la totale reddition de sa mère devant Edward. Avec Jeremy et Paul, la question ne s'était jamais posée. Mais si elle ressemblait assez à sa mère pour trouver du plaisir à être le jouet d'un homme comme Benoît, il faudrait qu'elle s'en accommode et qu'elle contrôle ce penchant.

Elle persistait à le voir parce qu'elle en avait envie, mais ce n'était plus si simple. Ce désir avait beau la déconcerter et l'inquiéter, il durait. En décembre, l'*Hôtel de la Couronne* connut le coup de feu traditionnel, et Claire, débordée de travail, était constamment obligée de se battre contre la montre.

– Vous êtes libre, demain ? demandait la voix de Benoît, au téléphone.

– Je devrais l'être. En principe, c'est mon soir de repos.

– A 20 heures, alors.

– Très bien. Oh !... une minute... disons plutôt 21 heures. Ça me laissera le temps de me changer.

Mais bien souvent, à 21 heures, elle sortait à peine de l'hôtel au pas de course, en ramenant son manteau sur ses épaules, les pieds endoloris et l'estomac criant famine, parce qu'elle n'avait rien mangé d'autre de la journée que des bricoles saisies au passage. Elle aurait beau se dépêcher, elle serait en retard. Elle portait encore ses vêtements de travail, c'est-à-dire la robe gris foncé à col blanc qui constituait sa tenue de jour, ou bien le long fourreau de dentelle orné de perles de jais qu'elle mettait le soir. Benoît détestait l'un et l'autre.

– Je vois que vous avez décidé de ne pas vous changer.

– Je suis désolée, disait-elle, irritée de s'excuser. Je n'ai même pas eu le temps de me laver la figure... ce qui me donne l'audace de vous demander de me laisser utiliser votre somptueuse salle de bains.

– Mais bien entendu. Est-ce que vous resterez ici, cette nuit ?

Pour une raison qu'elle cernait mal, c'était l'unique requête qu'elle lui refusait. Pourtant, tout aurait été plus simple si elle avait accepté de dormir à Thornwick. Elle savait parfaitement que Benoît n'était pas heureux de quitter son lit bien chaud, en plein milieu d'une nuit d'hiver, pour la raccompagner à Mannheim Crescent, d'autant plus que ce n'était pas absolument nécessaire. Malgré tout, elle résistait à toutes ses prières, avec autant d'obstination qu'elle en mettait à ignorer les allusions de Miriam. Elle avait un logement à elle, qui était la garantie de son indépendance et, tant que ses robes et ses chaussures resteraient dans *son* armoire, et qu'elle n'aurait pas des affaires disséminées ici et là, elle se sentirait plus assurée de la conserver.

– Oh non... demain, je commence de bonne heure.

Nous avons soixante-quatre personnes au déjeuner et, ensuite, le goûter de Noël de la ligue féminine.

– Formidable. Je suis flatté que vous trouviez un peu de temps à me consacrer. Je suppose que vous voudrez rentrer tôt, afin de passer une bonne nuit de repos.

Il n'avait pas l'habitude de fréquenter des femmes qui travaillaient. Mais Claire avait déjà souvent croisé le fer avec des hommes tyranniques.

– Oui, répondit-elle. Mais si j'avais un mari, vous seriez obligé de me raccompagner encore plus tôt.

Un silence, puis un bref sourire narquois.

– Touché.

Mais quand elle était à Thornwick, à des kilomètres de tout, sans moyen de transport personnel, sans téléphone, elle se trouvait à sa merci. Quand elle avait réussi à le convaincre de la ramener chez elle, il était parfois si tard qu'elle ne pouvait espérer dormir plus de quatre ou cinq heures, et elle songeait avec effroi à ce qui l'attendait le lendemain. C'était le goûter de la ligue féminine, un dîner dansant pour des noces d'argent, une réception pour fêter une majorité, les petites réceptions très intimes que donnait Arnold Crozier dans la Suite mandarine, ou l'éternelle bacchanale du bar.

– Cette liaison intermittente ne vous réussit pas, lui dit Alan.

– Ça ne vous regarde pas.

– Je suis absolument d'accord. Je suppose que vous savez que vous avez les yeux cernés.

– Vous ne pouvez pas me ficher la paix ?

– Si je vous dis ça, c'est uniquement parce que Kit risque de le remarquer. Et, en dehors du fait que les clients n'apprécieront pas, il comprendra très bien comment vous avez attrapé cette mine de papier mâché.

– Ça ne le regarde pas non plus.

– Il ne sera pas de cet avis.

– Alors, pourquoi diable ne fait-il rien ?

Il lui arrivait parfois de souhaiter désespérément qu'il réagisse.

– Oh ! je vois. Vous voudriez qu'on vienne à votre secours, hein ? Eh bien, ma chérie, si Kit est trop occupé, pour le moment, entre le branle-bas de Noël et sa souris viennoise, je serai trop heureux...

Elle sortit en claquant la porte et prit la direction de la *Couronne*, comme si elle était résolue à y mettre le feu. En passant devant la réception, elle lança un regard furieux à l'élégant M. Clarence qui lui dit en souriant :

– Vous n'avez qu'un seul gant. Le major vous cherchait... il y a une demi-heure.

Zut ! Elle se précipita dans le bureau de Kit qu'elle trouva de la meilleure humeur possible. Il n'avait nullement l'intention de la réprimander pour son retard, ni de l'accuser de ne pas tenir des promesses qu'il ne lui avait jamais demandé de faire ; il désirait simplement examiner avec elle les comptes de novembre ainsi que les prévisions financières pour décembre, et lui apprendre qu'il se sentait de plus en plus libre vis-à-vis de Crozier, maintenant que son solde était créditeur.

– Regardez-moi ça, dit-il en étalant les livres devant elle. Je ne le dis qu'à vous, Claire, et à personne d'autre, surtout pas aux Crozier. C'est meilleur que je ne l'espérais. Bien meilleur.

Elle examina un moment les comptes. Elle n'y comprenait rien, mais elle cherchait à donner le plus de solennité possible à cet instant, afin qu'il comprît bien toute l'estime qu'elle avait pour lui.

– Kit... c'est formidable.

Si les colonnes de chiffres qui dansaient devant ses yeux n'avaient aucune signification pour elle, elle y voyait la preuve de son courage, de son aimable despotisme et de son flair. Elle était moins impressionnée par ces calculs que par l'homme lui-même.

– Hé oui. Bernard Crozier s'en est allé tout content, et Arnold a même réussi à sourire.

– Avez-vous jamais douté, Kit ?

– Mon Dieu, oui. Tout le temps.

– Pas moi. Vous disiez que tout irait bien, et je vous ai cru... ce qui prouve...

– Que je mens très bien.

– Non. Je n'ai pas dit ça. C'est que vous savez commander.

– Vous me flattez.

– Naturellement. Qu'y a-t-il de mal à ça ?

– Je ne me plains pas.

– Je suis si heureuse pour vous, Kit.

– Je sais. C'est pourquoi j'ai pensé que nous pourrions déboucher une bouteille de champagne.

– Au petit déjeuner ?

– Bien sûr... avec quelques amuse-gueule.

Gérard entra dans la pièce en poussant une table roulante sur laquelle étaient posés un seau en argent, les grands verres de cristal réservés aux petits soupers d'Arnold Crozier, des assiettes de saumon fumé avec des œufs pochés à la crème, des croissants chauds, du pain français cuit dans le four de Keller, de la confiture d'abricots confectionnée par Amandine, du miel et, enfin, un gâteau glacé aux amandes et à la cannelle.

– Quelle fête, murmura-t-elle.

Elle sentait encore dans son estomac le dîner de Mme Mayhew, avalé hâtivement, très tard, dans la soirée d'hier. Elle avait la tête lourde du vin blanc qu'elle avait englouti, plutôt que dégusté, pour ne pas décevoir Benoît qui, préférant le vin rouge, avait ouvert une bouteille de vouvray spécialement pour elle. Et voilà que, à 8 h 30 du matin, vingt minutes après un petit déjeuner composé de toasts brûlés et de café noir, il lui demandait de boire du champagne.

– A la *Couronne*.

C'était un toast qu'elle portait de tout son cœur.

– A la *Couronne*.
– Et à vous, Claire.

Bien qu'il n'eût pas dit « A nous », le sourire de Claire s'évanouit momentanément, et elle baissa la tête.

C'était une réaction qu'elle avait souvent eue, cet hiver, à Montfleuri. Une sorte d'angoisse mêlée à un sentiment d'irréalité. En regardant Benoît s'installer à la place d'honneur, à l'occasion de ces interminables « dîners en famille », elle avait l'impression de voir les choses comme à travers un voile. Toujours hautain et indifférent, il ne participait à la conversation que pour émettre quelque réflexion sarcastique à propos d'une personne présente qui s'était mal conduite. Ensuite, il se retirait dans son bureau, et envoyait chercher tôt ou tard le « coupable » pour qu'il se défende du mieux qu'il le pouvait.

« Pauvre Toby », disait Nola en voyant revenir son beau-frère tout pâle. Il avait tant de mal à contenir ses larmes qu'il s'était réfugié dans le jardin et y était resté un long moment, malgré le vent glacé. Et encore : « Pauvre Eunice. Je suppose que vous savez que son Justin chéri a été renvoyé du collège parce qu'on l'a surpris au lit avec une femme de chambre. » Ou bien : « Pauvre Polly. Elle ne veut pas me croire quand je lui dis que son Roy Kington est un coureur de dot. Voyons si Benoît saura la convaincre. »

Pourquoi Claire aurait-elle dû se sentir coupable vis-à-vis de Nola qui ne pensait qu'à aller rejoindre son sculpteur dont la santé se dégradait de jour en jour ? Il était retourné à Leeds, après avoir vainement tenté de s'habituer à l'atelier, pourtant confortable, qu'elle lui avait trouvé à Faxby. A l'automne, elle avait organisé une exposition de ses œuvres à Manchester, et l'avait emmené à Londres pour consulter un spécialiste des poumons. Sous un vague prétexte, elle avait passé trois jours avec lui à Ambleside, dans la région des lacs, une corvée qu'elle avait accomplie avec plaisir, puisque le grand air était censé lui faire du bien. Tous les matins, même si elle devait le voir au cours de la journée, elle lui envoyait un petit mot. Elle écrivait à des gens qui pouvaient être des clients éventuels, à des critiques d'art susceptibles de publier un article sur lui, à des propriétaires de galeries d'Edimbourg ou de New York qui lui seraient peut-être un jour reconnaissants de leur avoir signalé un tel artiste. Au cours de ces mortels dimanches, elle se consolait de l'absence de son bien-aimé en feuilletant des albums contenant des photos de ses œuvres, paresseusement étendue sur le canapé de Miriam, une cigarette turque aux lèvres, moulée dans une robe de teinte passée et la tête ceinte d'un turban. Il était devenu son unique souci.

Elle avait fait de lui le centre de sa vie, et Claire s'en rendait bien compte. Aussi, elle n'avait, en théorie, aucune raison de se sentir coupable vis-à-vis d'elle. Mais en pratique, c'était différent ; ce raisonnement ne résistait pas aux principes qu'on lui avait inculqués dans son enfance, et qui disent qu'on ne doit pas prendre le mari d'une autre femme. En outre, elle avait de l'amitié pour Nola, ce qui était bien fâcheux. Etant la fille de Dorothée Lyall, elle savait qu'il y avait, dans cette société, deux poids deux mesures pour juger la conduite d'autrui ; elle serait condamnée pour s'être donnée à Benoît, tandis que le séducteur aurait droit à des félicitations. Personnellement, elle trouvait cette attitude aberrante, mais ce n'était pas le cas de Dorothée, et elle se demandait si, malgré ses professions de foi avant-gardistes, Nola ne pensait pas de même.

Elle se rassurait en songeant que cette aventure ne se prolongerait certainement pas au-delà de Noël et que, par conséquent, le risque n'était pas bien grand, à condition d'être prudents.

Le dimanche précédant Noël, elle crut bien s'être trompée.

Le dimanche était son seul jour de congé, et Miriam essayait par tous les moyens de se l'approprier. Cependant, depuis qu'elle travaillait à la *Couronne*, elle s'était un peu dégagée de cette obligation. Auparavant, elle arrivait à Montfleuri dans l'après-midi. « Laissez quelques vêtements ici, mon enfant, et vous pourrez vous changer pour le dîner. On vous donnera la chambre bleue, et je mettrai sur la porte une petite plaque de porcelaine à votre nom, comme pour Polly. "Chambre de Claire." » Aussitôt, l'alarme avait tinté à ses oreilles. Qu'adviendrait-il une fois que son nom serait inscrit sur la porte, ses vêtements rangés dans l'armoire et une paire de brosses posées sur la coiffeuse ? Elle s'était donc adroitement débrouillée pour ne venir qu'à l'heure du dîner.

– Que faites-vous le dimanche après-midi ? lui demanda un jour Benoît.

– Ces derniers temps, je reste au lit.

– Pourquoi ne venez-vous pas vous installer dans le mien ?

– Comment vous arrangerez-vous pour quitter Montfleuri ?

– Mais voyons, ma chère, en sortant par la porte, tout bonnement.

Quelle simplicité, quel homme extraordinaire, pensa-t-elle.

– Je passe à mon bureau tous les dimanches, ou du moins assez souvent pour ne pas éveiller les soupçons. Comme c'est le jour de congé de Parker, je prends la voiture. Par conséquent, tout le monde trouvera normal que j'aille vous chercher en rentrant, pour vous amener ici le dimanche soir. Vous n'aurez qu'à laisser de quoi vous changer à Thornwick, de façon à arriver ici en tenue de soirée. Rien de plus facile.

– Avez-vous parfois des scrupules, Benoît ?

– Oh !... je pense que je peux vous laisser ce genre de soucis.

Cette proposition avait un petit goût d'aventure. Elle pouvait croire que sa liberté en serait accrue et non réduite ; elle avait donc accepté.

La première fois, tout s'était très bien passé. La deuxième fois, en la voyant partir avec un sac de voyage, Alan lui avait crié : « Amusez-vous bien. » Le troisième dimanche, vingt minutes avant l'heure où devait arriver Benoît, une petite voiture s'arrêta devant le portail et Nola en sortit. Elle était tellement accaparée par ses préoccupations personnelles qu'elle ne remarqua ni le sac auprès duquel étaient posées des sandales du soir dorées et une robe noire en crêpe de Chine, ni l'air embarrassé de Claire.

– Il va falloir que vous m'aidiez, annonça-t-elle, poursuivant visiblement une conversation qu'elle devait se tenir à elle-même depuis un moment.

– Ah !... vous voulez sans doute que je dise que j'étais avec vous, hier soir.

– La voiture, ma chérie... la voiture ! Benoît ne sera pas content. Il va dire que si je voulais une voiture, je n'avais qu'à le lui demander, et il m'aurait trouvé une énorme chose très chère, avec un chauffeur. Et comme je ne tiens pas à être surveillée, le seul moyen qui me restait était de dénicher moi-même une petite guimbarde dans laquelle aucun chauffeur ne consentirait jamais à s'asseoir. C'est Toby qui l'a découverte. Mais vu ses antécédents, je préfère que Benoît ne le sache pas. Puis-je dire que c'est à vous ?

– Bon... très bien.

Elle aurait promis n'importe quoi.

– Une voiture appartenant à un de vos amis... une personne très soigneuse... une véritable affaire. D'accord ?

– Oui, oui, ça va.

– Je vous le revaudrai un de ces jours, quand mon cher époux fera les gros yeux.

Dans dix minutes, peut-être moins, l'époux en question serait devant la porte du jardin, attendant sans trop de patience que sa femme et sa maîtresse aient fini de comploter. S'il les apercevait à travers la fenêtre, il en serait sans doute amusé. Mais Claire, quant à elle, ne voyait absolument rien, dans cette situation, qui pût prêter à sourire.

– C'est tout ce que vous voulez, Nola ?

– C'est tout pour le moment, ma chérie. A moins que vous n'ayez envie de m'offrir un petit café.

– Pas vraiment.

– Ah !... je vois. Vous êtes occupée, n'est-ce pas ?

Elle s'appliquait tant à chercher les traces d'un amant caché quelque part qu'elle ne prêta pas attention à la robe noire et aux sandales dorées.

– Vous attendez quelqu'un ? Enfin... un homme ? demanda-t-elle avec une curiosité non dissimulée.

– Oui.

– Ne vous faites pas de souci, ma chérie. Je vous approuve entièrement. A dire vrai, je ne vois pas de meilleur moyen de passer le dimanche après-midi. Et dans votre cas, Claire, il était grand temps. Ce n'est pas moi qui vous critiquerai. Allons... racontez-moi. N'ayez pas honte. Dites-moi seulement qui c'est, et je m'en vais.

– Je vous en prie... Nola.

Elle se sentait humiliée comme jamais elle ne l'avait été, et elle avait l'impression de se déconsidérer, devant cette femme qui ne méritait pourtant aucune estime.

– C'est Kit ?

– Je n'ai pas dit ça.

– Ah ! (Nola prit un air entendu.) Mais vous n'avez pas dit que ce n'était pas lui.

– Je n'ai pas dit ça, c'est tout.

Elle ne l'avait peut-être pas dit, mais elle l'avait stupidement laissé entendre. Et si Nola allait de ce pas à la *Couronne*, pour questionner Kit ? Rien ne l'en empêchait. C'était bien dans son style. Elle n'y verrait aucun mal. Elle se délecterait. « Mes félicitations, mon cher Hardie. Vous avez donc fini par réveiller notre Belle au bois dormant... avec un peu plus qu'un baiser, je suppose. » Kit comprendrait alors qu'elle s'était servie de lui pour couvrir une liaison avec un autre. Elle ne pouvait pas lui faire un pareil affront !

– Ce n'est pas Kit, répliqua-t-elle un peu trop vivement.

Au ricanement de Nola, elle se rendit compte qu'elle n'avait réussi qu'à renforcer ses soupçons.

– Mais non, mais non, bien entendu, ma chérie. Pourtant, j'aurais parié le contraire. Mais je vous crois, moi, même si je suis la seule. C'est dommage, tout de même, car si mes souvenirs sont bons, il sait fort bien créer des harmonies physiques.

– Vous n'en parlerez pas, Nola... pas à Kit.

– Et pourquoi pas ?

– Premièrement, parce que je ne soutiendrai pas votre stupide histoire de voiture.

Nola se recula légèrement.

– Mon Dieu, que se passe-t-il ? Est-ce que, par hasard, vous seriez la maîtresse de Kit depuis un certain temps et que... vous lui seriez infidèle ? Oh ! la vilaine. C'est ça ?

Nola était certaine d'avoir découvert la vérité ; elle n'aurait d'ailleurs aucun scrupule à se conduire de la sorte.

– Peut-être, répondit Claire à contrecœur.

Et voilà. Pour ne pas peiner Kit, elle s'était rabaissée au niveau de Nola. Y avait-il une autre solution ? Tant que Nola n'aurait pas oublié cette histoire, elle devrait laisser planer l'ambiguïté.

– Si vous lui dites un seul mot, Nola, je ne vous aiderai jamais plus.

Benoît l'attendait depuis un quart d'heure quand elle vint le rejoindre. Elle jeta son sac sur le siège arrière de la voiture et monta à côté de lui. Elle n'avait plus aucune envie d'aller à Thornwick.

– Je suis en retard parce que votre femme est venue me voir, lui annonça-t-elle sèchement.

Sans manifester aucune mauvaise humeur, il s'engagea dans le lacis des rues étroites du vieux Faxby et ce ne fut qu'au bout d'un moment qu'il remarqua, avec le plus grand naturel :

– Elle est venue vous demander un alibi, je suppose.

– Oui. Elle veut que je dise qu'elle a passé l'après-midi avec moi, afin de pouvoir coucher avec son amant, pendant que je couche avec vous... quel imbroglio dégoûtant, vraiment.

Ces mots avaient jailli malgré elle ; mais puisque sa colère lui avait échappé, elle décida que c'était un bien et qu'il était temps de mettre fin à cette affaire. Sachant que Benoît Swanfield avait horreur des scènes, elle pensait qu'il la ramènerait sur-le-champ à Mannheim Crescent. Quel soulagement ! Tout allait rentrer dans l'ordre.

Mais il poursuivit son chemin. Il conduisait en silence, plutôt songeur qu'irrité ; puis, sans la regarder, il posa doucement la main sur son genou, d'un geste rassurant qu'il n'avait jamais eu. Du reste, il ne la touchait que lorsqu'ils faisaient l'amour, et ce contact eut donc un effet, un poids bien plus grand qu'il n'y paraissait, déclenchant dans tout le corps de Claire un dangereux élan d'abandon. Elle n'avait aucune racine, aucune certitude, alors qu'il suivait une direction nettement déterminée. C'était un homme qui possédait beaucoup de choses et qui avait le goût de la possession. Il savait exactement ce qu'il voulait, du moins en ce qui la concernait. Elle se contentait de rechercher vaguement une sorte de liberté, une sorte de guérison. Il paraissait donc tout naturel que, en cas de conflit, ce fût lui qui l'emportât.

– Est-ce ma femme qui vous a mise dans cet état ?

– Non. C'est moi toute seule.

Il ôta sa main et lui dit une chose qui la prit complètement au dépourvu.

– Vous voulez me parler, Claire ?

Jamais encore il ne l'avait incitée à lui poser des questions. Lui était-il déjà arrivé de s'expliquer à qui que ce soit ? Elle se prit à espérer que non.

– ... à propos de Nola ? insista-t-il.

– Oh !... je ne sais pas trop quoi vous en dire.

– Que vous l'aimez bien et que cela vous ennuie, peut-être ?

– Oui... et j'ai l'impression d'être hypocrite.

– Ce n'est pas impossible.

– Merci. Quoi qu'il en soit, mes sentiments à l'égard de votre femme ne vous regardent pas.

– Certainement, mais « ma femme », comme nous nous obstinons à la nommer, en sait très long sur mes... comment dire ?

– Vos aventures ?

– Si vous voulez. Après tout, qui vous a suggéré que j'avais des draps de satin noir, à Thornwick ?

– Nola.

– Exactement. Si ça l'amuse de cacher ses fredaines, je n'y vois aucun inconvénient. C'est un jeu auquel nous nous livrons, elle et moi – le seul que nous jouions ensemble –, et vous ne devriez pas vous en soucier. Nous nous sommes mariés jeunes, sans rechigner, pour complaire à nos familles respectives. Nous aurions pu évoluer dans la même direction. C'est ce qui arrive à beaucoup de couples. Nous avons eu des enfants et ensuite, nous sommes partis chacun de notre côté. C'est une histoire banale. Si nous ne nous faisons pas de bien, nous ne nous faisons pas de mal non plus. Pourquoi soulèverait-elle des objections à votre propos, alors qu'elle n'a jamais rien dit pour les autres ? Dans ce domaine, il ne doit pas être question d'amitié. Si Nola était à votre place, croyez-vous qu'elle hésiterait, par amitié pour vous ?

– Ce n'est pas une raison...

– Faut-il vraiment trouver des raisons ? Je pense que vous devriez vous contenter de savoir que Nola ne provoquera pas de scandale, même si elle vous menace d'en déclencher un.

Il posa de nouveau la main sur son genou et, à sa grande stupéfaction, cette légère pression la plongea dans une joie intense.

– Ma chère Claire... je n'ai guère l'habitude de faire des promesses en cette matière, mais je vous jure qu'il n'y a pas le moindre danger que Nola aille raconter des histoires à votre mère. Je pense être en mesure de vous l'assurer.

Elle se prit à sourire, malgré elle, en voyant qu'il la connaissait si bien.

– J'ai un peu honte d'avouer que cette idée me tourmente beaucoup.

– Pourquoi donc ? Ça prouve que vous êtes une bonne fille. J'ai assez pratiqué Edward Lyall pour comprendre votre anxiété. Mais savez-vous qu'il vous livrerait à moi pieds et poings liés, si je le lui demandais... et que votre mère vous tiendrait pendant qu'il vous ligoterait ?

Elle frissonna.

– Je me refuse à penser cela de ma mère.

– C'est pourtant la vérité.

– Je sais. Et j'en connais aussi la raison.

– Est-ce que ça change quelque chose ?

– Je crois. Pourrions-nous parler de Nola ?

– Oui, bien sûr... qu'y a-t-il encore ?

– Je pense que je dois vous dire qu'elle n'est pas venue me trouver pour que je lui fournisse un alibi.

– Si vraiment vous vous estimez tenue par l'honneur...

– O mon Dieu, ne vous moquez pas de moi ! Elle est venue me montrer sa voiture.

Elle marqua un temps d'hésitation. Elle répugnait à être à la fois l'intermédiaire de Nola et l'espionne de Benoît ; elle craignait aussi de causer des ennuis à Toby qui en avait déjà suffisamment.

– Ah ! Elle a donc acheté une voiture ? Et alors ?

Claire se jeta à l'eau.

– Oui. C'est une bonne affaire. Elle l'a eue par un de mes amis. Un véhicule en parfait état.

– Très bien. Votre ami ne serait-il pas aussi un ami de Toby Hartwell ?

– Comment le saurais-je ?

– Oui, comment, en effet ?

– Voyez-vous une objection à ce qu'elle ait une voiture, Benoît ?

– Pas du tout. Je ne vois même pas d'objection à ce qu'elle l'achète par l'intermédiaire de Toby, ni même qu'il touche sa commission sur la transaction. Quant à l'état du véhicule, Parker s'en occupera.

– Alors, pourquoi... ?

– C'est le jeu, Claire. Le jeu de Nola. Le jeu de la famille, si vous préférez, puisque tout le monde le pratique, d'une façon ou d'une autre. Je crois que c'est mon père qui a commencé. C'était un homme qui disait systématiquement non à tous, sauf à Miriam. Il savait ce qui était bien pour chaque membre de la famille, et il se mettait en fureur dès qu'on lui demandait autre chose. Le père de Nola est pareil, aussi a-t-elle pris l'habitude de simuler. Elle y trouve un grand plaisir... et je constate que ce n'est pas votre cas.

Un jour, peut-être, quand elle aurait le temps de réfléchir à ce qu'il venait de lui dire, elle s'apercevrait que ce n'était pas très important. Il s'était montré cynique et indifférent, mais elle n'en avait pas moins senti combien il lui en avait coûté de lui parler de cela. Non point par faute de savoir s'exprimer, ni par pudeur, ni par froideur naturelle. Alors, pour quelle raison ? Par simple incapacité à s'ouvrir à autrui, à sortir de lui-même, sans doute. Comme il devait en souffrir si vraiment il avait envie de se libérer !

Elle regagna Faxby quelques heures plus tard. Elle avait mis sa robe de crêpe de Chine, laissant son ensemble en tricot et son chapeau à Thornwick, alors qu'elle avait toujours refusé d'apporter des vêtements à Montfleuri.

– Je ne pensais pas passer un après-midi aussi agréable, murmura-t-elle, encore tout engourdie de plaisir.

– Je sais. Vous étiez sur le point de me dire que cette histoire avait assez duré.

– Vous pensez qu'elle a assez duré ?

– Je crois. Je crois qu'elle n'aurait jamais dû commencer.

– Benoît... ?

Sa main rassurante se posa sur son genou.

– Non. Pas encore.

En arrivant à Montfleuri, ils eurent l'impression de changer d'identité.

– Bonsoir, Marton, dit-il en donnant son manteau au majordome. J'ai besoin de vingt minutes pour me changer.

Il monta alors dans une chambre où Claire n'était jamais allée, la laissant affronter seule l'horrible demi-heure qui précédait le dîner, et où elle serait seule avec Miriam, puisque personne ne descendait tant que le gong n'avait pas retenti.

– Comme vous êtes belle, mon petit. Venez vous asseoir près de moi, pour que je vous voie mieux.

Ces amabilités faisaient partie de la routine dominicale.

– Et maintenant, ma chère enfant, je dois vous dire quelque chose.

– Quoi donc ?

– Ma chère Claire, je sais exactement ce que vous avez derrière la tête.

– Comment ça ?

– Mais oui, je le sais très bien. Comment pourriez-vous me cacher quelque chose ? Vous n'arrêtez pas de vous démener à toutes les heures du jour et de la nuit, et vous vous ruinez la santé pour cet homme épouvantable qui ne s'est jamais fatigué pour moi. Votre travail... votre odieux travail... de quoi d'autre voulez-vous que je vous parle !

– Ah... oui.

– Je suis décidée à déclarer la guerre à votre travail, mon enfant. Votre mère et moi sommes entièrement d'accord. Il vous est néfaste. Qu'avez-vous à me répondre ?

– Pas grand-chose.

– Vous êtes trop pâle... trop maigre. Il faut qu'on s'occupe de vous, Claire.

– Mais non.

– Oh ! mais si. Si je n'arrive pas à vous convaincre, je demanderai à Benoît – oui, à Benoît – de s'en charger. Il vous aime beaucoup. Mais vous le savez, bien entendu. D'ailleurs, tout le monde vous aime. Tiens... Eunice. Tu arrives de bonne heure, ce soir. Je pensais pouvoir parler encore dix minutes avec Claire. Mais ça ne fait rien. J'étais en train de la supplier de prendre bien soin d'elle-même ou, du moins, de laisser ceux qui l'aiment veiller sur elle. Ma chérie, souvenez-vous qu'il y a, dans cette maison, une chambre avec votre nom sur la porte. La chambre bleue, Eunice. Tu sais, la chambre qui est entre celle de Nola et celle de Benoît.

De quoi s'agissait-il ? Rien que des papotages habituels, mais moins innocents qu'ils n'en avaient l'air. Miriam se doutait-elle de quelque chose ? Claire sentit son sang se glacer. Elle n'avait sûrement aucune preuve, mais ses soupçons étaient implicites dans la façon qu'elle avait eue de dire : « Nous sommes d'accord, votre mère et moi. » Elle semblait demander : « Que ferait votre mère si elle apprenait que je suis au courant ? » Et cette lueur qui était passée dans ses yeux, quand elle avait prononcé ces mots : « Mais vous le savez, bien entendu. »

Comment l'avait-elle appris ? Que voulait-elle ? Tout comme Dorothée, Miriam avait été élevée dans le respect de la virginité, de la fidélité, de la vertu. Mais contrairement à la mère de Claire, elle n'y attachait plus aucune importance. En examinant, avec une inquiétude croissante, le regard candide posé sur elle, Claire comprit que Miriam, qui tenait tant aux gants blancs et aux carnets de bal, qui condamnait les robes courtes et qui rougissait à la moindre référence à l'anatomie humaine, n'était pas choquée par l'idée d'adultère, bien qu'il lui fût impossible d'en prononcer le nom. Elle le tolérerait volontiers sous son toit, du moment que cela lui permettrait d'atteindre son but. Il suffisait de fermer les yeux. Mais quel était ce but ? Pour la seconde fois de la journée, Claire frissonna. « Il y a, dans cette maison, une chambre avec votre nom sur la porte. Celle qui est entre la chambre de Nola et celle de Benoît. » Miriam venait-elle de trouver le moyen de l'obliger à y entrer, pour l'enfermer ensuite à l'intérieur ?

Benoît arriva avec l'air d'un homme qui a passé toute sa journée au bureau.

– Bonsoir, Miriam.

Elle lui sourit affectueusement. Quel pouvoir avait-il réellement sur elle ? Claire ne doutait pas qu'il fût capable de tenir la dragée haute à Edward et à Nola. Il l'avait tranquillisée sur ce point. Mais si Miriam menaçait de provoquer un scandale, pourrait-il l'en empêcher ? Et, d'ailleurs, chercherait-il à l'en empêcher ? Peut-être avait-il envie, lui aussi, de l'enfermer dans la chambre bleue. Cette pensée lui donna la chair de poule.

– Je disais à Claire qu'elle n'a pas bonne mine, déclara Miriam.

– C'est possible.

L'espace d'un instant, elle crut entendre, en contrepoint de leurs voix, la porte de la chambre bleue se fermer doucement et une clé tourner dans la serrure.

11

Les fêtes de fin d'année promettant d'être une période difficile, Claire s'apprêta à y faire face. Ce n'était pas la première fois, dans son existence, qu'elle manquait de sommeil, qu'elle fumait et buvait trop, qu'elle était débordée, sollicitée par une foule de tâches urgentes, et qu'elle devait changer constamment d'humeur et de rythme. A la guerre, elle avait connu bien pire. Son corps s'adaptait. Ses nerfs s'adaptaient. De même que beaucoup de ceux qui fréquentaient le bar de la *Couronne*, elle se laissa donc entraîner dans le tourbillon en rassemblant son courage et son énergie, comme lorsqu'il fallait se préparer à subir l'assaut des gaz.

La veille de Noël, elle s'écroula dans son lit, avec une pensée reconnaissante pour la Commission de réglementation des boissons alcoolisées qui avait décrété que les débits de boissons seraient fermés le jour de la Nativité. Malheureusement, aucune autorité n'était capable de réglementer la quantité d'alcool ingérée par Alan Ash, dont la voix tonitruante la réveilla en pleine nuit. Il ne chantait pas un cantique de Noël, mais une chanson que Claire avait entendue bien des fois le long des routes bourbeuses, accompagnée par le piétinement des godillots saturés d'eau.

Vous qui cherchez le vieux bataillon
Nous savons où il est
Il est resté accroché sur les fils de fer barbelés.

Elle referma les yeux, dans l'espoir de se rendormir, mais la voix, à laquelle le whisky donnait de la force et de l'éloquence, ne se taisait pas. Claire comprenait le désarroi d'Alan, mais les habitants de Mannheim Crescent n'auraient sans doute pas tous la même indulgence. En l'entendant abandonner la chanson pour la poésie, elle se retourna sur le dos en poussant un grognement.

« Bonjour, bonjour ! » dit le général
En nous voyant partir pour le front.
Aujourd'hui, presque tous ceux à qui il a souri sont [morts.

Au moment où Alan entamait une nouvelle strophe, une fenêtre s'ouvrit à l'étage au-dessous, et des voix mécontentes s'élevèrent dans la rue.

Les hommes marchaient endormis. Beaucoup avaient [perdu
Leurs souliers, et ils avançaient, chaussés de sang.
Ils étaient tous boiteux, aveugles, ivres de fatigue,
Sourds au fracas des obus tombant derrière eux.

Elle connaissait ce poème. Elle savait que l'auteur était mort à l'âge de vingt-cinq ans, tué par un tir de mitrailleuse, au cours du dernier mois de la guerre. Elle savait que, si elle en entendait davantage, elle ne se rendormirait plus, de peur de rencontrer la colonne des soldats aveugles. Elle enfila donc son manteau, mit ses chaussures et sortit.

Il était debout sur le mur du jardin, dans un équilibre précaire. Il paraissait irréel, une ombre que le vent froid aurait pu renverser sans peine, et encore plus fragile comparé aux trois individus corpulents qui se tenaient au pied du mur. Il y avait l'épicier du coin, le marchand de charbon et un comptable que sa myopie n'empêchait pas d'être vigoureux.

– Alan ! cria-t-elle.

Encore un instant, et on ferait appel à d'autres individus encore plus déterminés – les sergents de ville du quartier – pour l'emmener. Elle ne le supporterait pas.

Il lui sourit tendrement.

A travers les vitres embrumées et l'opaque lueur
[verte,
Je le vois se noyer, comme dans une mer verte.

– Alan !

Dans chacun de mes rêves, je le vois, impuissant,
Plonger vers moi, suffoquant dans les flots.

– Alan, descendez !

– Il y a des enfants qui dorment, grogna le charbonnier. Et des femmes aussi. C'est une honte.

– C'est la veille de Noël, enchaîna l'épicier, comme s'il venait d'avoir une révélation.

– Si vous voulez mon avis, il faudrait l'enfermer, et même lui passer la camisole de force, dit le comptable.

– Pourquoi n'appelle-t-on pas la police ? demanda une femme.

Alan reprit sa déclamation. Sa voix était toujours assurée et il conservait miraculeusement son équilibre.

Si vous pouviez, en rêve, vous approcher de la char-
[rette
Où on l'a jeté,
Et voir ses yeux blancs chavirer dans son visage.

Il n'y avait qu'un moyen de le faire descendre. Elle monta sur le mur, derrière lui, et le poussa, si bien qu'ils tombèrent tous les deux dans le jardin, sur un tas de feuilles mortes qui amortit leur chute, sans atténuer l'ardeur poétique d'Alan.

Enfin, il avait regagné le bercail et, comme personne ne souhaitait réellement voir la police débarquer un soir de réveillon, les voisins s'apaisèrent. La femme referma sa fenêtre et le trio des honnêtes commerçants s'éloigna en grommelant : « Espèce de cinglé. »

Assis sur le tas de feuilles, Alan leur répondit aimablement :

– Mais oui... Lieutenant Alan Saint John Bardsley Ash, croix de guerre, à votre service.

Claire l'emmena dans son appartement, car l'atelier n'était pas chauffé ; en outre, elle avait des scrupules à l'abandonner ainsi.

– Vous avez vraiment la croix de guerre, Alan ?

– Oui. Enfin, je l'avais. Je l'ai rangée quelque part, je ne sais plus où. O mon Dieu... je ne me sens pas bien du tout.

Depuis plusieurs jours, il buvait énormément. Il se faisait cuire des œufs et des saucisses qu'il ne mangeait même pas et que Claire était obligée de jeter. Sous sa mince chemise, elle devinait sa poitrine creuse, et elle entendait sa respiration embarrassée, qu'il devait aux gaz toxiques et qui reviendrait chaque hiver de sa vie.

Elle alla chercher des couvertures, des oreillers, et rapprocha deux fauteuils pour former un lit dans lequel il se laissa coucher et border. Soudain, il se releva d'un bond, comme un homme qui a une tâche urgente à accomplir.

– Il faut que j'aille à Edimbourg.

– Mais non, lieutenant Alan Saint John Bardsley Ash... vous n'irez pas. Recouchez-vous !

– Bien, madame !

Il esquissa un salut militaire, perdit l'équilibre et retomba en riant et en frissonnant dans le nid qu'elle lui avait préparé.

– J'ai froid.

– Je sais. Est-ce que vous avez mal au cœur ?

– Non... non... les vieux soldats n'ont jamais mal au cœur. Et ils ne meurent jamais. Ils...

Un flot de paroles amères et obscènes se déversa alors de ses lèvres. Elle fit semblant de ne pas entendre, le borda, releva les oreillers et lui prit la température. Elle se contraignit à n'écouter que le bruit de sa respiration qui se forçait un passage parmi les tissus endommagés par les gaz.

Jamais il ne lui révélerait le lieu où il avait été touché par les obus, et elle n'avait aucune envie de le savoir. Il déclama encore quelques vers, chanta quelques refrains paillards, puis il s'endormit brusquement, au beau milieu d'un mot, comme quelqu'un qui meurt...

– Bonne nuit, Alan.

Pas de réponse. Elle rentra ses mains froides sous les couvertures. Il tremblait moins violemment et sa température n'était pas alarmante. Il était ivre plutôt que malade. Claire alla se coucher en songeant que, dans quatre heures, il lui faudrait se lever.

Ce fut Parker, et non Benoît, qui vint la chercher pour la conduire à Montfleuri, ce qui tombait bien, car elle préparait une omelette pour Alan quand le chauffeur arriva. Elle lui demanda d'attendre un peu, et lui offrit une tasse de café, en le laissant tirer ses propres conclusions quant à la présence de ce jeune homme vêtu d'une chemise à carreaux, qui parlait avec un accent distingué et toussait comme un perdu.

– Restez donc ici, cette nuit, Alan. Vous aurez plus chaud. Je ne rentrerai pas avant demain.

Pour cela aussi, Parker n'aurait qu'à penser ce qu'il voudrait.

Prétextant qu'elle était débordée de travail, elle avait réussi à éviter la chambre bleue, la veille de Noël. Mais, comme elle disposait, grâce à la Commission sur la vente des alcools, d'un jour de congé que Kit Hardie avait décidé de prolonger jusqu'au *Boxing Day* (1), il lui était impossible de refuser l'invitation de Miriam. Elle passerait donc la journée de Noël avec la « famille » et, le soir, elle coucherait dans la chambre bleue. Le lendemain matin, elle prendrait tranquillement son petit déjeuner, puis un copieux déjeuner, et ne serait rendue au monde extérieur que le plus tard possible dans l'après-midi, pas avant que cet « odieux travail » ne la réclame.

– Personne ne pourra vous ramener plus tôt à Faxby, lui avait dit Miriam, sans se soucier du peu de temps que ce programme lui permettrait de passer avec sa mère. Le jour de Noël, Parker est en congé à partir de midi, vous comprenez... et je n'aime pas demander à Benoît.

La chambre bleue l'attendait donc, avec son nom inscrit sur une jolie plaque de porcelaine. Dans la cheminée décorée de faïences bleues flambait un feu accueillant. Une petite bonne, en coiffe et tablier amidonnés, lui adressa un large sourire, tout en disposant ses affaires de toilette sur la coiffeuse et en glissant sa chemise de nuit sous l'oreiller. Elle pendit ses vêtements dans l'armoire, en l'appelant « mademoiselle », et non « madame », comme si elle était une jeune fille de la maison, et non une simple visiteuse.

C'était une journée froide et limpide. Un vrai temps de Noël, avec un peu de gel. La maison était elle-même une gigantesque crèche surchargée de guirlandes, de branches de houx et de gui placées à des endroits stratégiques. Le grand sapin, digne d'un

(1) Lendemain de Noël, qui est jour férié en Grande-Bretagne. *(N.d.T.)*

conte de Dickens, croulant de paquets, de bougies rouges, de clochettes dorées et argentées, était couronné par une fée en crinoline blanche fabriquée jadis en grand secret, sur les instructions d'Aaron, d'après un portrait de Miriam.

Cette année-là, pour le bal de Noël, elle portait justement une robe à crinoline, et elle s'était installée gracieusement sous l'arbre pour recevoir ses invités. Aaron était si fier de sa fée qu'il refusait d'offrir un cigare à tous ceux qui ne voyaient pas immédiatement la ressemblance avec sa femme.

Elle avait alors vingt-huit ans. Elle était mariée depuis dix ans et pouvait encore se permettre de porter une robe de satin blanc et une rose blanche dans les cheveux. Elle était toujours la « jolie Mimi », l'unique objet de l'adoration d'Aaron. Aujourd'hui, elle avait cinquante-trois ans, et Claire la vit revenir de l'église dans une robe gris-bleu, très corsetée, les joues rosies par le grand air, son petit troupeau rassemblé autour d'elle. Enveloppée dans un manteau de velours gris, à capuchon bordé de fourrure blanche, Polly avait un air angélique. Nola, l'éternelle chasseresse, était drapée dans ses renards, et Eunice, vêtue du manteau de fourrure noir qui semblait toujours trop grand pour elle, était entourée de ses quatre fils, les deux aînés et les deux petits ; Justin qui boudait parce que sa frasque avec la femme de chambre de l'école ne lui avait pas donné une auréole de vice définitive, Simon qui était morose parce qu'il n'avait pas encore eu l'occasion de se dévergonder, et les deux petits qui s'ennuyaient ferme. Toby et Benoît marchaient dignement derrière, comme le font souvent les hommes en de telles circonstances. En s'avançant à leur rencontre, dans le vestibule, Claire remarqua la présence de deux inconnus, deux jeunes gens bruns et minces, qui se tenaient poliment à l'écart. Les enfants de Nola – les enfants de Benoît –

étaient rentrés à la maison pour les vacances, et ils s'y sentaient mal à l'aise, comme elle-même autrefois.

– Claire, il faut que vous me pardonniez. Je vous avais demandé d'être là de bonne heure... et c'est nous qui sommes en retard. Nous avons été retenus après l'office par des jeunes gens qui sont venus raconter des sottises à l'oreille de Polly, et aussi par une ou deux bonnes âmes assez aimables pour me présenter leurs vœux. Embrassez-moi, ma chérie. Allons, vous tous... enlevez vos manteaux et vos chapeaux.

Tout le monde s'exécuta.

– Et maintenant, allons prendre le sherry près de la cheminée du salon, comme tous les ans.

Chacun leva son verre et porta un toast.

– Joyeux Noël.

– Qu'il y en ait encore beaucoup d'autres.

– Quelle belle matinée.

– Quel beau sermon.

– Le même que l'année dernière, remarqua Nola.

– Pas si vite, dit Eunice à Justin qui vidait son verre d'un trait.

– Et pourquoi ? C'est un homme, maintenant, murmura Nola.

– Et ne pose pas ton verre sur cette table, Simon, dit Eunice, qui était mortifiée que son fils eût perdu sa virginité et ne pouvait supporter que quiconque y fît allusion, surtout Nola.

– Je peux en avoir un autre ? demanda Justin à sa grand-mère.

– Non, mon chéri. Un verre de sherry avant le déjeuner de Noël, c'est la tradition, dans cette maison. Ton grand-père le servait lui-même. Un verre à chacun.

– Il est très doux, ce sherry.

La grimace de Nola indiquait clairement qu'elle préférait le sec.

– J'aime le sherry doux, répliqua Eunice. C'est une boisson pour les dames... disait papa.

– Pourquoi ne boirait-on pas plutôt du champagne ? proposa Polly.

– Maintenant, il est temps d'aller s'apprêter pour le déjeuner, déclara Miriam.

Claire n'avait pas prévu de se changer, mais la femme de chambre avait sorti de l'armoire l'ensemble rouge qu'elle avait emporté pour le lendemain. Elle le mit donc, avec des bas de soie rouges et des chaussures noires à boucles vernies. Elle lissa sa frange, enroula un collier de perles rouges et noires autour de son cou et se hâta de descendre, croyant être en retard, mais elle se retrouva seule pendant quelques pénibles minutes avec ces jeunes gens silencieux qui étaient les fils de son amant.

– Vous êtes revenus à la maison pour les vacances ?

Bien entendu. Le premier imbécile venu l'aurait deviné. Pourtant, ils l'informèrent poliment de la date et de l'heure exacte de leur arrivée, ainsi que de la durée de leur visite – c'était bien d'une « visite » qu'il s'agissait, car ils ne donnaient nullement l'impression d'être chez eux – et du train qu'ils prendraient pour repartir.

Quelle autre question allait-elle leur poser ? Elle aurait pu demander aux enfants d'Eunice ce qu'ils avaient eu pour Noël, mais elle s'aperçut qu'elle n'osait pas aborder un sujet aussi futile avec Conrad et Christian Swanfield. Avec Justin et Simon, elle n'aurait pas hésité à parler de voitures, de chiens, de livres, de cinéma, et elle aurait reçu des réponses grammaticalement incorrectes, sans doute, mais qui auraient au moins témoigné d'un certain enthousiasme.

– Vous aimez votre école ?

– Oui, dit Conrad. C'est une très bonne école.

– Oui... très bonne, renchérit Christian.

Elle se rendit compte qu'elle les ennuyait et, entendant un pas dans l'entrée, elle pensa qu'elle allait être enfin délivrée. C'était Benoît.

– Vous êtes en avance, les enfants.

– Oui, père.

Elle vit qu'il ne savait pas quoi leur dire, lui non plus, et qu'ils s'ennuyaient aussi en sa compagnie.

Le déjeuner fut interminable. Le plat de résistance était la traditionnelle dinde rôtie, avec une farce aux marrons spéciale – « spéciale » parce que Aaron avait décidé de la baptiser ainsi –, et le dessert était un pudding aux raisins, flambé au cognac, accompagné d'une simple crème anglaise, parce que Aaron n'aimait pas le rhum. Ce repas ne différait pas de celui qu'on servait chez tous les bourgeois de Faxby, le jour de Noël, si ce n'est qu'il était plus plantureux qu'ailleurs, et que Miriam ne pouvait s'empêcher de dire qu'ils en étaient les inventeurs, son mari et elle. Ensuite, toute la famille se réunit autour de l'arbre pour la distribution des cadeaux. Eunice avait du mal à contenir sa progéniture, alors que Conrad et Christian attendaient gravement que Miriam eût donné le signal de la mêlée.

Le matin, Claire avait apporté ses présents et les avait placés sous le sapin. Elle obéissait à un devoir familial où elle n'avait rien mis de personnel puisque, dès novembre, Miriam lui avait communiqué une liste de cadeaux à offrir à chaque membre de la famille, sur laquelle étaient indiqués les couleurs, les tailles et le rayon de Taylor & Timms où on pouvait se les procurer.

– Je fais une liste pour tout le monde. Ça évite des déceptions.

Claire put donc dire « merci, Benoît » en sachant que le parfum qu'il lui offrait avait été choisi par Miriam.

En quelques instants, l'entrée se trouva jonchée de papier cadeau et de rubans. Accroupis par terre,

Polly et les quatre enfants d'Eunice poussaient des cris d'excitation en découvrant des babioles que Polly, en tout cas, pouvait s'acheter comme elle voulait, chez Taylor & Timms. Leurs cousins, Conrad et Christian, comparaient gravement la grammaire latine, le Shakespeare relié en cuir, les ouvrages sur les monnaies anciennes et sur l'architecture industrielle que leur grand-mère avait jugé – à raison, sans doute – leur convenir le mieux.

– Merci... merci mille fois à tous, dit Toby, gêné de voir Eunice vérifier discrètement que la distribution était équitable.

En effet, elle s'était assurée que ses enfants avaient reçu autant de cadeaux que leurs cousins, que son mari avait eu droit au même contingent d'étuis à cigarettes, de foulards de soie et d'épingles de cravate que Benoît, et que le vaporisateur que lui avait offert son frère était identique à ceux de Claire et de Polly.

Laissant ses paquets en tas dans le vestibule, Nola s'éclipsa pour écrire à son cher sculpteur une lettre où elle lui disait que Noël était l'enfer pour des amants. Elle avait le cœur serré en l'imaginant seul, dans son logis glacial, déjeunant d'une boîte de haricots et d'une tranche de viande froide. Benoît alla s'enfermer dans son bureau.

– Joyeux Noël, dit Toby, en embrassant Polly sous le gui.

– Toby, va dehors avec les enfants et fais-les courir un peu, dit Eunice, d'un ton sec.

– Le moment est venu de boire le punch préparé selon la recette traditionnelle, annonça Miriam.

La sonnette de la porte d'entrée retentit.

C'étaient les cadres des usines Swanfield, les chefs de service, les comptables, les secrétaires, à qui Aaron avait demandé jadis de venir à Montfleuri, le jour de Noël, pour trinquer avec leur patron.

– Vite, Charlesworth... le punch.

Miriam passa le reste de l'après-midi à servir

elle-même la mixture d'Aaron, composée de vin rouge, de whisky, d'une ou deux bouteilles de champagne, des meilleurs fruits de la saison et d'un peu de limonade. Il y avait aussi des quiches, du fromage et des tranches de gâteau de Noël.

A 17 heures, on servit le thé traditionnel, avec du pâté en croûte, du jambon, de la langue et de la dinde froides, de la selle de bœuf, des salades, une bûche au chocolat et divers gâteaux aux fruits très alcoolisés. Après quoi il fut l'heure de se reposer un peu, avant de se changer pour la soirée.

– J'ai mal au cœur, dit Polly en s'affalant sur le lit de Claire.

– Ce n'est pas étonnant. Vous avez trop mangé.

– Parfaitement. Que faire d'autre ? Je déteste Noël.

– Vous aimez pourtant recevoir des cadeaux.

– Oh... ça, oui. J'ai même pris ceux de Nola. Elle les a laissés dans le vestibule, alors j'ai pensé qu'elle n'en voulait pas.

– Vous voici donc en possession de deux exemplaires du même article : deux vaporisateurs, deux foulards de soie, deux paires de gants, deux sacs du soir perlés.

– Et alors ? J'adore avoir plein de choses. J'ai remarqué qu'elle n'avait pas laissé traîner la bague d'émeraude que Benoît lui a donnée hier soir. Elle l'a mise à son doigt, pour plus de sûreté. Elle a dû coûter une fortune.

– Oui... certainement.

– Je vais bientôt avoir des bijoux.

– Félicitations.

– L'année prochaine, à la même époque, Claire. Même avant, peut-être... un diamant gros comme un œuf de pigeon et une alliance pour aller avec. J'aurais pu avoir ma bague de fiançailles aujourd'hui, si j'avais voulu.

– De Roger Timms ?

Elle hocha la tête d'un air méprisant – pauvre Roger – et s'étira de tous ses membres, chiffonnant le couvre-lit de chintz. Soudain, elle se redressa.

– Savez-vous à combien de réceptions les garçons ont été invités, aujourd'hui ?

– Quels garçons ?

– Tous les garçons, voyons. Chaque individu du sexe masculin assez grand pour quitter les jupes de sa mère. Justin lui-même a reçu deux invitations, mais Eunice ne l'a pas autorisé à s'y rendre. Nous autres, pauvres filles, nous sommes obligées de rester à la maison, parce que nous sommes trop nombreuses. Mais, eux, ils peuvent aller où bon leur semble. Et c'est justement ce qu'ils ont décidé de faire... ils partagent leur précieux temps entre une maison et l'autre, un petit moment ici, un autre là, pour que chacune ait au moins une danse. Quel cirque ! C'est pour ça que maman ne donne pas de bal, cette année... il n'y a pas suffisamment de partenaires assurés, et pas assez de domestiques. Vous ne pouvez pas savoir ce que c'était autrefois, quand il y avait un bal pour le réveillon de Noël... un vrai conte de fées. La dernière fois, en 1913, j'avais treize ans, comme le siècle ; mais j'étais trop jeune, et je me contentais de regarder, assise sur le palier, dans ma chemise de nuit à volants. Mais je croyais qu'il y en aurait un autre l'année suivante, et celle d'après, tandis qu'aujourd'hui je n'en suis plus sûre... en réalité, je pense qu'il n'y en aura jamais plus... pas de si beaux, en tout cas. Ah ! comme je déteste Noël. Les Templeton donnent une grande réception. Vous le savez ?

– Non.

– Ils appellent ça une surprise-partie, je me demande ce que ça veut dire.

– Sans doute un bal, sans partenaires assurés et avec un personnel réduit.

– Tiens, ce n'est pas bête. Jamais maman ne prendrait un tel risque. Mme Templeton est bien obligée de se débrouiller, avec toutes ces filles qu'elle a sur les bras, Kay, Margot, Jane et... *Sally*. Mme Timms a fait promettre à Roger d'y aller, avant de venir ici, pour aider Mme Templeton dans sa tentative. S'il reste plus d'une demi-heure, il aura de mes nouvelles.

Elle n'avait pas besoin d'ajouter qu'elle mourait de peur que Roy Kington y passe toute la soirée.

– Et voilà, dit-elle en secouant sa crinière blonde. Je le déteste, je déteste ce triste jour, et le moment que je déteste le plus, c'est maintenant, quand tout le monde s'enferme dans son coin. On sent une odeur de tabac filtrer sous la porte de Nola. Maman dort à poings fermés. Eunice et Toby crient, ou plutôt Eunice crie toute seule, parce que Toby ne se défend jamais ; il ne ferait pas de mal à une mouche, le pauvre diable. Elle doit être furieuse à cause de Justin qui n'a pas l'air de se repentir de sa bêtise, et de Simon qui meurt d'envie d'imiter son frère. Ou bien, parce que son mari ne peut pas lui offrir une émeraude comme celle de Nola. Quant à Benoît, il est parti...

– Où ça ?

Polly ne remarqua pas la vivacité du ton de Claire.

– Mon Dieu... je n'en sais rien. Il est parti, c'est tout. Il doit détester Noël autant que moi.

Etait-il à Thornwick ? Avec quelqu'un ? Redoutant les sentiments que de tels soupçons risquaient d'éveiller, elle préféra ne pas y penser. Mais la nostalgie qu'elle éprouvait au souvenir de la charmante maison de Benoît, et l'élan de désir qui monta en elle étaient assez révélateurs. Quelle folie. Il ne lui avait pratiquement pas adressé la parole de la journée ; quant à elle, oppressée par l'ambiance pesante de Montfleuri, la silencieuse présence de ses enfants, la chambre bleue, elle ne lui avait presque rien dit. Il était normal que Benoît eût emmené une autre femme à Thornwick, afin d'échapper à cette sensation d'étouffement. Il devait en avoir pris l'habitude depuis bien longtemps.

Cette pensée la torturait.

Elle attendit que plusieurs voitures soient arrivées pour se préparer à descendre. Elle entra dans le salon en fumant une cigarette turque, avec la nonchalance d'une femme que rien ne trouble. L'absence de Benoît ne la surprit pas. Roy Kington n'était pas encore arrivé, mais Roger Timms était là, un peu penaud de s'être laissé cajoler par les quatre demoiselles Templeton, ce qui le changeait des rebuffades de Polly. Arnold Crozier était venu de l'*Hôtel de la Couronne*, où il passait les fêtes de Noël, la guerre lui ayant fait perdre l'habitude de séjourner à Cannes pendant le mois de décembre. « Un pauvre veuf qui a besoin d'être égayé », disait Miriam, qui n'ignorait pourtant rien de l'incessant défilé qui avait lieu dans la Suite mandarine ; ces jeunes et charmantes créatures, difficiles à distinguer les unes des autres, étaient aussi menues, pétillantes et étourdies que la défunte Mme Crozier était imposante, terne et compassée. Miriam le savait, bien entendu ; mais ce sont des choses dont on ne parle pas.

Toby était là, lui aussi. Eunice avait la migraine comme chaque fois qu'elle se disputait avec son mari. Nola était moulée dans une robe verte ornée de paillettes et, avec le turban assorti qu'elle avait autour de la tête, elle ressemblait à un serpent. De temps à autre, elle jetait un regard furtif sur son émeraude. Polly, toute vêtue de soie rouge vif, cachait la terreur de voir sa jeunesse s'envoler, sous une apparente décontraction. Claire s'efforçait de ne pas attendre la venue de Benoît et de ne pas regarder la bague de Nola. Entourée par les siens, Miriam était la seule à sembler pleinement heureuse. On avait invité une ribambelle de cousins au second degré et d'oncles obscurs qu'il était impossible de laisser tomber à Noël. Ils étaient tous affublés de filles et de sœurs qui avaient passé leur vie à faire tapisserie et qui conversaient entre elles à mi-voix. Une myriade de très jeunes gens, entre seize et dix-sept ans, essayait d'embrasser Polly sous le gui, avec non moins d'enthousiasme que leurs pères.

Les baisers et les rapports physiques en général ne suscitaient pas d'objection de la part de Polly ; elle se rendait compte que les hommes en étaient très friands. Mais, n'ayant jamais éprouvé de plaisir sensuel, elle y trouvait peu d'agrément, en dehors du pouvoir qu'elle en tirait. Elle aimait qu'on l'embrasse, qu'on la chatouille derrière les oreilles, comme un petit chat. Quand elle avait bu un peu, elle aurait volontiers prolongé ce jeu indéfiniment, si elle ne s'était pas rendu compte qu'il produisait des effets inquiétants sur ses partenaires. Elle comprenait que les hommes ne pouvaient se contenter de ces innocents divertissements. Au début, elle était choquée et elle s'était affolée la première fois qu'un garçon l'avait emmenée dans sa voiture, en sortant de la *Couronne*, et lui avait fait passer une épouvantable demi-heure sur le siège arrière. Elle avait dit oui pour imiter les filles « dans le coup », celles qui avaient les robes les plus courtes et les coupes de cheveux les plus audacieuses. Elle avait persévéré, comme pour la cigarette qui, au début, la rendait malade, et, très vite, elle avait saisi la règle du jeu qui, dans son cas, était fort simple. Elle donnait juste ce qu'il fallait pour prouver qu'elle était à la page et pour ne pas être traitée de bas-bleu ou de mijaurée... car comment survivre à pareille honte ? Au cas où on insisterait davantage, elle était prête à aller plus loin, à accepter n'importe quoi, et même à prétendre que ce n'était pas la première fois, à condition de ne pas risquer de tomber enceinte.

Elle n'avait aucune connaissance des méthodes contraceptives. Elle souhaitait toujours se marier vierge et avoir une douzaine de demoiselles d'honneur pour lui porter sa traîne. Mais elle avait compris que la vue de ses charmes ne suffirait pas pour retenir les hommes, si elle ne les autorisait pas à y goûter un peu ; il lui arrivait même de laisser Roger Timms l'embrasser sur la bouche et lui défaire quelques boutons de son corsage. Mais certains étaient plus gâtés. C'était Roy Kington, le héros de la révolution russe, qui avait le privilège de connaître le mieux son corps, sans avoir pu toutefois éveiller ses sens. En une demi-heure, il en avait obtenu plus que d'autres en des mois de siège. Pendant qu'il lui mordillait les seins et qu'il l'obligeait à écarter les jambes, elle s'était consolée de l'inconfort de sa position en pensant que, pendant ce temps, Sally Templeton devait se ronger les sangs au bar de la *Couronne*, devant un dry Martini.

Mais, ce soir, Sally Templeton l'avait accaparé, et Polly savait qu'elle lui accorderait n'importe quoi pour échapper à cette maison remplie de femmes. La sœur aînée de Sally, très dominatrice, ne trouverait jamais de mari, et les deux autres avaient perdu le leur à la guerre ; sa mère était veuve, et deux vieilles tantes célibataires vivaient avec elles. Autrefois, Polly avait pitié de Sally. Aujourd'hui, elle lui souhaitait un destin pire que la mort et l'enfer éternel : rester vieille fille.

Pour sa part, elle n'avait pas l'intention de connaître un sort aussi tragique. « Roger, allume-moi ma cigarette », disait-elle. Mais chaque fois qu'on entendait un bruit de moteur dans l'allée, chaque fois que le gravier crissait sous le pas d'un homme, son cœur s'emballait, sa respiration s'accélérait et elle tendait l'oreille, les yeux fixés sur la porte. Son espoir laissait la place à la déception quand elle voyait entrer un industriel d'âge mûr, un ecclésiastique ou un très jeune garçon.

– Bonté divine, Roger, tu ne peux pas te tenir tranquille... tu froisses ma robe.

Où était-il passé ? Il avait juré de venir. Elle avait juré de le récompenser, tout en sachant qu'ils avaient des idées différentes sur la teneur de cette récompense. Elle lui aurait promis la lune pour qu'il vienne, pour le tenter, si grande était sa confiance dans l'adage de sa mère disant que les hommes désirent généralement ce qu'ils ne peuvent pas avoir.

Où était-il ? Une voiture arriva à vive allure. Elle se leva d'un bond et, du coup, Roger Timms renversa son verre. Elle se précipita dans le vestibule en criant :

– Voilà de la compagnie !

C'était Benoît.

– Bonsoir, lança-t-il à la cantonade.

– Bonsoir, Benoît, répondit le chœur des présents, excepté Claire – et Nola, qui s'était transportée par l'imagination dans un grenier de Leeds où elle mangeait des haricots. Coincée sous le gui, Polly n'avait rien dit non plus. Elle faisait penser à une biche aux abois, encerclée par une meute de chiots indisciplinés et par quelques vieux chiens qui réclamaient tous des baisers de Noël.

– C'est à moi. Viens, Polly... sois chic. Allez, Polly, donne-m'en un autre.

– Laissez-moi tranquille, vous tous. J'en ai assez.

Elle agitait les bras dans tous les sens et atteignit à la tête un de ses jeunes cousins. Elle poussa un monsieur d'âge respectable qui trébucha contre le sapin d'où dégringola une pluie de paillettes.

– Lâchez-moi... laissez-moi tranquille...

Toby Hartwell se précipita à son secours et, la protégeant de ses bras, il la délivra de ses bourreaux, en la tirant à reculons pour que personne ne voie les larmes qui coulaient sur ses joues.

– Qu'est-ce qu'il y a, mon petit ? Tu as quelque chose dans l'œil ? Montre-moi ça.

Il lui sécha adroitement les yeux, en homme habitué aux brusques crises de larmes de sa femme, sans cesser de lui murmurer des paroles rassurantes, et en l'appelant « ma jolie Polly », comme quand elle était petite.

– Toby... je t'aime beaucoup.

– J'espère bien. Tu as toujours été ma préférée. Alors, princesse ? Prête à éblouir tout le monde ?

– Il est temps de passer à table, annonça Miriam. Venez, les enfants. Vous trouverez peut-être des surprises sous les assiettes.

A 2 heures du matin, il fallut mettre Nola au lit, car elle était dans un état de complète hébétude. Claire la suivit, peu de temps après, trop exténuée et trop engourdie par l'alcool pour analyser ce qu'elle éprouvait à dormir dans la chambre voisine de celle de Benoît ; elle soupçonnait Miriam de l'avoir installée là pour lui montrer qu'il était possible d'entretenir une liaison adultère tout en respectant les convenances. Elle sombra dans un sommeil si profond que lorsque la bonne vint lui apporter son petit déjeuner, le lendemain matin, elle crut n'avoir dormi que quelques instants. La domestique lui annonça qu'elle serait libérée de Montfleuri plus tôt que prévu. En effet, Miriam ne se sentait pas bien et elle gardait la chambre. Claire alla lui rendre visite et s'aperçut qu'elle souffrait d'un léger rhume et d'une grande fatigue ; pour une fois, elle avait davantage besoin de sommeil que de compagnie. Elle resterait sans doute au lit toute la journée et ne descendrait pas déjeuner. Nola n'était pas levée, non plus. Quant à Christian et à Conrad – que Dieu les prenne en pitié, songea Claire –, ils étaient invités chez Eunice.

– Je vais vous raccompagner, lui dit Benoît. Parker est parti.

Avant même d'avoir atteint la grande route, il lui demanda :

– Auriez-vous une demi-heure à me consacrer ?

Claire fit oui de la tête, et il s'engagea dans le raidillon qui menait hors de la ville. Elle trouvait qu'il conduisait un peu trop vite, étant donné la forte déclivité de la route et son tracé sinueux. Une fine couche de gel recouvrait les flaques d'eau, et de petites aiguilles de glace fusaient sous le passage des roues. L'air était vif et sentait la neige ; un pâle rayon de soleil hivernal dorait légèrement le contour des nuages. En dessous, la ville n'était qu'un magma de fumée dans le fond de la vallée, d'où ne dépassaient que le clocher d'une église et les cheminées des usines.

Ils descendirent de voiture et restèrent un moment au sommet de la colline, sur un terre-plein dénudé où il n'y avait rien pour les déranger, en dehors d'un oiseau qui s'envola à leur approche.

– Je suis sûr que vous aimez les vaporisateurs à bouchon d'argent, mais peut-être préférerez-vous ceci.

Son embarras disparut pour laisser place à la joie quand elle vit ce que Benoît lui avait mis dans les mains d'un geste presque brutal. C'étaient des boucles d'oreilles anciennes, composées d'améthystes, d'opales et de perles. Sa joie l'inquiétait presque et elle songea que, s'il suffisait d'avoir de l'argent pour entrer chez un joaillier et commander une bague d'émeraude, il fallait beaucoup de goût et d'ingéniosité pour découvrir un bijou aussi rare.

– Benoît...

Elle rayonnait et, pour la première fois, elle se jeta spontanément dans ses bras.

– Je vois qu'elles vous plaisent.

– Bien plus que ça. Moi, j'ai gardé votre vrai cadeau pour votre anniversaire, la semaine prochaine.

– Je ne serai pas là, pour mon anniversaire. Je ne suis jamais là à cette date.

– Oh !... Pourquoi ?

– Pour échapper à l'enthousiasme délirant de Miriam dès qu'il est question d'un anniversaire. Vous pourriez venir avec moi.

– Ce n'est pas possible.

– Je ne m'en vais pas très loin.

– Où ?

– Un petit coin qui se nomme Thornwick, peut-être.

Elle rit, toujours appuyée contre lui. Son corps se trouvait dans une telle harmonie avec le sien qu'il aurait suffi d'une caresse, d'un souvenir, d'une suggestion pour éveiller son désir. Jamais elle n'avait éprouvé pour un homme une attirance physique aussi forte.

– Nous ne sommes pas loin de Thornwick, lui murmura-t-il à l'oreille.

– Je ne peux pas.

– Mais si, vous pouvez.

– Non. Je serais en retard à mon travail.

– A quelle heure vous attend-on ?

– A 17 heures.

Elle avait promis à Kit d'arriver à 19 heures, mais elle jugea plus prudent de s'accorder une marge de sécurité.

– Dans ce cas, vous pouvez, répliqua-t-il en regardant sa montre.

Dans la maison, elle retrouva l'habituel climat de paix et d'étrangeté. Elle ressentit à nouveau l'impression de se libérer, de s'échapper, de se dissoudre dans la sphère de Benoît. Plus rien ne comptait. Elle se donna à lui totalement, franchissant les interdits que son éducation lui avait imposés. Elle était comme éblouie et baignait dans un bien-être absolu.

– Vous êtes venu ici, hier ?

– Oui. Malheureusement, je n'avais aucune excuse plausible pour vous emmener avec moi.

– Vous étiez seul ?

– Naturellement.

Etait-ce vrai ? Peu importait. Quelle torture, cependant.

– Vous ne l'avez sûrement pas trouvée bien excitante, de toute façon... sinon vous n'auriez pas déployé tant d'ardeur, aujourd'hui... oh ! je ne vous demande pas de me répondre, s'empressa-t-elle d'ajouter.

– C'est préférable.

– Il faut que je parte, maintenant.

Retournerait-il à Montfleuri après l'avoir raccompagnée ? Que ferait-il, une fois qu'il l'aurait déposée à la *Couronne*, où elle allait retrouver l'atmosphère de fièvre habituelle ? Au programme de la journée, il y avait un banquet de soixante-quatre personnes et une réception dans le salon du premier étage. Et lui, où serait-il pendant ce temps ?

C'était la première fois qu'elle se posait cette question. Elle l'avait toujours imaginé à Montfleuri, avec Miriam – jamais avec Nola – ou alors ici, avec elle. Et le reste du temps, avec qui était-il ? Y avait-il quelqu'un d'autre dans sa vie ? Une femme qui ne lui apportait pas seulement le plaisir des sens, mais qui le connaissait sous un jour différent et avec qui il entretenait des relations assez intimes pour pouvoir lui demander, à la dernière minute, de venir le rejoindre, un jour de Noël ; une femme qu'il verrait ce soir et qui lui dirait : « Raconte-moi. Est-ce que tu te sens bien avec elle ? »

Ce serait insupportable.

Si c'était de la jalousie, c'était franchement ridicule.

12

Benoît n'attachait aucune importance à son anniversaire. Placé entre les deux points d'orgue que sont Noël et le jour de l'an, il serait facilement passé inaperçu si Miriam n'avait pas eu le culte des célébrations familiales. En s'absentant de la maison, ce jour-là, il se faisait oublier. « Benoît n'a jamais aimé les fêtes, dit-elle à Claire. C'est un caractère de décembre. Si l'on organisait des réjouissances pour lui, il serait obligé de se dégeler un peu. A mon avis, les gens qui sont nés en décembre n'ont pas envie de fondre. »

Malgré tout, Claire se donna beaucoup de mal pour lui trouver un cadeau. Par l'intermédiaire d'Alan Ash et de ses amis du marché d'antiquaires de Faxby, elle acheta une coupe de verre en forme de lys, avec des pétales dont la couleur se dégradait du vert opalescent à un étrange blanc bleuté. Au centre, il y avait une tête de femme aux yeux verts, dont la chevelure translucide flottait sur une eau émeraude.

Ce cadeau, qui lui avait coûté une fortune, lui sembla si parfait qu'elle en aurait pleuré de soulagement... et de joie.

– Je ne sais pas qui c'est, mais vous y tenez, à ce type, remarqua Alan.

– Pas plus qu'il ne le faut... pour le moment.

– Est-ce que Kit est au courant ?

– Ne recommencez pas.

A propos, Kit était-il au courant ? Il lui avait promis de lui accorder un congé après Noël, mais quand elle lui avait annoncé qu'elle aimerait s'absenter du 29 décembre à midi jusqu'au 30 au soir, il l'avait soumise à un interrogatoire serré qui lui avait causé un embarras considérable, après quoi il avait déclaré qu'il ne pourrait la libérer qu'après le déjeuner. Le matin du 29, M. Clarence ayant éternué par deux fois, Kit le renvoya chez lui, alors qu'il exigeait ordinairement que les employés restent fidèles au poste, qu'ils aient des peines de cœur ou une pneumonie. Il demanda à Claire de le remplacer.

– On ne peut pas risquer de contaminer les clients. Pensez à la note du médecin.

Elle s'installa donc à la réception, l'estomac noué et les yeux fixés sur la pendule française dont les aiguilles avançaient inexorablement, indifférentes à son anxiété. Pourrait-elle rentrer chez elle à temps pour se recoiffer, se changer et prendre son sac ?

Benoît lui avait proposé de l'emmener déjeuner à la campagne, assez loin de Faxby pour ne pas faire de rencontres inopportunes, mais elle avait dû refuser.

– Je ne serai pas libre avant 15 heures.

– Ah ! *Vraiment ?*

Il n'avait pas essayé de lui cacher sa déception.

Quand il s'agissait de sa vie privée, Claire manquait souvent de fermeté, mais quand son travail était en jeu, elle était intraitable.

– Bon. Mais assurez-vous d'être prête à 15 heures précises. S'il y a une possibilité que vous ne puissiez pas...

– Non, Benoît. Pour 15 heures, j'aurai largement le temps.

Il fallut donc renoncer au déjeuner, même si Benoît pensait visiblement qu'elle aurait pu s'arranger. A la place, il lui proposa d'aller prendre le thé dans un endroit agréable, puis de regagner Thornwick où, pour la première fois, elle passerait toute la nuit avec lui. Ce programme lui convenait-il ? Quelle question. Elle était sûre qu'il ne l'emmènerait pas dans un banal salon de thé ; peut-être choisirait-il une ancienne abbaye transformée en hôtel. Elle était impatiente de savoir. En outre, elle ne pouvait s'empêcher d'être un peu excitée à l'idée de se réveiller à son côté, et d'avoir tout le temps de l'observer, de l'évaluer et de parler avec lui. Jusque-là, elle avait toujours refusé de dormir chez lui, mais, cette fois, elle lui offrait sa présence comme un cadeau supplémentaire, en estimant que cela n'amoindrirait en rien sa liberté.

Même s'il n'attachait aucune importance à son anniversaire, elle souhaitait marquer ce jour d'une pierre blanche. En même temps que la coupe de verre, elle lui ferait don de sa personne pour toute une journée et toute une nuit, par simple plaisir de donner. Il était riche et influent. Il pouvait acheter n'importe quoi, ou se le procurer d'une façon ou d'une autre. C'était pourtant par générosité qu'elle agissait ainsi. Le soir du 29 décembre, elle lui remettrait cette coupe qui lui avait coûté des heures d'hésitation et l'équivalent de deux mois de salaire, ainsi que sa compagnie pour le dîner. Pour la circonstance, elle mettrait sa robe de velours frappé et les boucles d'oreilles d'opales et d'améthystes. Elle lui prodiguerait sans retenue son attention, sa bonne humeur et son corps, avec d'autant plus de libéralité qu'il était lui-même incapable de se livrer.

Elle était généreuse par nature. Elle avait donné à Jeremy tout ce que lui permettaient sa modeste expérience et le temps dont ils disposaient. Elle s'était livrée à Paul sans restriction et elle n'avait pas ménagé sa tendresse aux cinq amants qui étaient passés si fugitivement dans sa vie. Mais pourquoi éprouvait-elle tant de sollicitude pour Benoît qui n'était ni jeune ni désemparé ni menacé de mort, contrairement aux autres ? Elle était incapable de répondre à cette question. Elle avait tout simplement envie de lui faire plaisir, le soir de son anniversaire.

Ses pronostics étaient justes. A l'hôtel, c'était le calme plat. Le déjeuner se terminerait vers 14 heures. En théorie, elle avait donc tout le temps de rentrer chez elle pour s'habiller, mettre dans son sac sa robe de velours, ses boucles d'oreilles, ses dessous de soie noirs et la coupe de verre, puis de se diriger tranquillement vers la grille du jardin, sur le coup de 15 heures. Mais, en pratique, M. Clarence se prélassait dans son lit et Amandine Keller, qui élevait rarement la voix, lançait des propos venimeux contre son mari ; on fit donc appel à Claire, qui parlait français, pour restaurer l'ordre, ce qui, par la même occasion, lui permit de sauver plusieurs côtelettes d'agneau qui commençaient à brûler. Par conséquent, le déjeuner se prolongea plus tard que prévu. D'autre part, Aristide Keller décida d'interrompre les préparatifs du dîner, se déclarant hors d'état de cuisiner, maintenant qu'il avait découvert que sa douce Amandine était un véritable serpent. Kit, qui avait pourtant l'art d'apaiser les différends, se contenta de hausser les épaules en disant à Claire :

– Allez lui parler.

Il était 14 h 30 quand elle retourna à la réception pour apprendre que le concierge remplaçant n'était pas encore arrivé. D'ailleurs, l'avait-on prévenu ? Quelque chose dans l'attitude de Kit lui mit le doute dans l'esprit.

– J'ai pensé que vous pourriez rester encore cinq minutes, lui dit-il, avec l'air de quelqu'un qu'il valait mieux ne pas contrarier.

Dix minutes s'écoulèrent.

– Je regrette vraiment, Kit.

– Pas assez pour rester et me donner un coup de main. Je vous le revaudrai un de ces jours.

– Vous vous débrouillerez, Kit.

– La question n'est pas là.

– La question, c'est que je travaille avec vous depuis le début, sans arrêt et sans me plaindre, dit-elle en essayant de refouler ses larmes. Je vous ai demandé un congé, depuis longtemps, pour cet après-midi et la journée de demain. Vous m'aviez promis. J'avais des projets, imaginez-vous. Si vous n'êtes pas content...

– Bien, bien. Je vais m'arranger... Amusez-vous bien.

Il capitula soudainement devant cette menace de démission à peine voilée.

Il était 15 h 10.

Elle partit en courant, ulcérée par sa réaction, mais très contrariée de s'être fâchée avec lui et de perdre, même momentanément, ce solide soutien. Il lui avait gâché sa journée et elle aurait aimé le gifler.

Elle n'avait plus le temps de passer chez elle pour prendre son sac. Elle irait d'abord retrouver Benoît dans sa voiture pour lui demander de l'attendre une minute. Ce ne serait pas la première fois, mais, aujourd'hui, ça tombait vraiment mal. Elle s'élança imprudemment au milieu de la chaussée et faillit être renversée par une charrette qui transportait des tonneaux de bière. Elle perdit un soulier et sentit avec dégoût son pied s'enfoncer dans l'eau boueuse. Elle se rechaussa et reprit sa course, consciente de chaque seconde qui passait. Elle avait un point de côté, elle était rouge et décoiffée. 15 h 20. Enfin, le coin de Mannheim Terrace. La Daimler était dans la ruelle. Elle agita la main, puis la laissa retomber comme un poids mort en voyant la voiture démarrer.

– Benoît !

Il ne pouvait pas l'entendre. Mais il l'avait sûrement vue courir dans la rue. Sûrement.

Elle rentra chez elle, soulagée de ne rencontrer personne, et se jeta sur son lit en bourrant l'oreiller de coups de poing. En pure perte. Sa déception et son amertume étaient si grandes que, pendant une dizaine de minutes, elle se laissa envahir par le découragement. Il fallut un certain temps avant que son cerveau recommence à fonctionner et ses yeux à voir. Alors, la première chose qu'elle distingua fut la coupe en forme de lys, enveloppée dans un papier vert pâle, qui semblait attendre d'être offerte.

Elle versa quelques larmes, alluma une cigarette, ôta ses bas et s'essuya les pieds. Elle marcha un moment de long en large dans la pièce en réfléchissant. Il l'avait vue, elle en était pratiquement sûre. Pourquoi était-il parti, alors qu'il l'avait attendue pendant vingt minutes ? Pour la punir ? C'était une réaction illogique, émotionnelle qui ne ressemblait pas à Benoît. Elle voulait savoir. Elle avait envie d'aller à Thornwick, de mettre sa robe de velours frappé, ses belles boucles d'oreilles, et de passer une bonne soirée. Malgré son amour-propre blessé, et la voix qui lui disait qu'une femme doit conserver sa dignité et ne jamais faire le premier pas, elle n'avait qu'un désir : être avec lui.

Elle pourrait prendre le train.

C'était une idée insensée. Non pas à cause du voyage par lui-même. En France, elle était allée dans des villages beaucoup plus isolés que Thornwick, et dans des conditions plus difficiles. Jusqu'à Thornwick, c'était très simple et, ensuite, elle trouverait bien un moyen pour gagner la maison. Que se passerait-il alors ? Un échange de paroles acerbes, une froide rupture ? Sans doute. Elle n'était même pas sûre qu'il fût chez lui, mais il y avait bien longtemps qu'elle n'attendait plus d'avoir des certitudes pour prendre une décision. Au moins, elle aurait fait un geste, un effort, elle lui aurait tendu la main. Pourvu qu'il la prenne.

Par chance, elle arriva à la gare de Faxby au moment où un train partait pour Skipton où elle devait prendre la correspondance pour Thornwick. Il y avait une heure d'attente. Elle laissa son sac à la consigne et partit se promener dans la petite ville, très animée en cette période de fêtes. Elle préférait marcher plutôt que rester assise sur un banc de la gare, mais son ensemble rouge et son manteau de lainage noir la protégeaient mal du vent aigre. Elle serrait le cadeau de Benoît, qu'elle avait gardé avec elle, dans ses mains engourdies par le froid. Malgré ces désagréments, sa détermination grandissait. Certes, il serait plus simple de faire demi-tour, et plus sage de retourner à la *Couronne*, où elle pouvait se rendre utile, au lieu de s'entêter à aller à Thornwick où l'on ne voulait pas d'elle. Mais, puisqu'elle avait supporté pendant une demi-heure ce vent cinglant et ces pavés durs, blanchis par le gel, elle résisterait bien encore dix ou vingt minutes ; en tout cas, elle ne pourrait pas avoir beaucoup plus froid. C'était du moins ce qu'elle imaginait. Le petit train arriva enfin ; il ne semblait pas pressé, il s'arrêtait dans des villages apparemment inhabités, et effectuait de soudaines haltes qui donnaient des frayeurs à Claire à cause de la coupe dont l'emballage était maintenant tout froissé. Dix minutes avant Thornwick, elle entendit, contre la vitre du compartiment, le battement persistant de la pluie qui se transforma vite en neige.

Le village était désert. L'unique rue était inondée. Où trouver quelqu'un pour la conduire jusqu'à la ferme ? Le patron du café ne lui fut pas d'un grand secours ; à son avis, aucune personne saine d'esprit ne voudrait sortir par un temps pareil. Sur ce point, Claire était d'accord. Elle le remercia de lui avoir donné quelque chose à boire, car il n'avait pas coutume de servir de l'alcool aux femmes seules, et elle ressortit dans la nuit. N'y aurait-il pas un presbytère, avec un pasteur pour la prendre en pitié ? Elle se rappela alors que les pasteurs avaient tendance à poser des questions, à tirer des conclusions et à connaître d'autres pasteurs qui risquaient, à leur tour, de connaître Miriam. Il valait mieux s'abstenir.

Il y avait de la lumière chez le forgeron qui, outre le ferrage des chevaux, réparait maintenant les automobiles. Elle traversa la cour encombrée de bouts de ferraille, de roues de charrette et de pièces de harnais rouillées, et entra dans la forge où se trouvaient réunis plusieurs paysans. L'un d'eux, qui repartait dans sa direction, finit par accepter de l'emmener avec lui, quand la neige se serait un peu calmée. Il ne lui resterait plus ensuite qu'à suivre à pied le petit chemin enfermé entre les murs.

La carriole bringuebalante était ouverte à tous les vents ; le paysan, un homme peu expansif, ne prononça pas une seule parole pendant tout le trajet.

Il la déposa à l'entrée du chemin. Elle jeta son sac par terre, tremblant pour la coupe de verre, puis sauta du véhicule en remerciant l'homme qui poursuivit sa route. L'ultime étape. Celle qu'elle redoutait le plus. Un kilomètre et demi de marche difficile, sur un sol glissant et recouvert d'un verglas qui gelait la neige aussitôt qu'elle tombait. Loin de constituer un abri, les hauts murs de pierre qui enserraient le sentier formaient un tunnel dans lequel s'engouffrait le vent. Toutes les conditions étaient réunies pour qu'elle imagine des créatures inquiétantes surgissant des ténèbres, surtout dans l'état de nervosité où elle était. Elle se demanda si elle avait peur. Un fou pouvait rôder dans ces lieux désolés, avec des idées de viol et de meurtre dans la tête. Cette éventualité l'inquiétait cependant moins que la certitude du froid et de la neige qui s'infiltraient sous son manteau, et l'obligation absolue de ne pas lâcher la coupe, dût-elle se tordre la cheville et tomber dans une fondrière. Elle ne savait plus si elle la donnerait à Benoît. Cela dépendrait des circonstances. Mais elle ne voulait surtout pas la casser, sauf si elle cédait à l'envie de la lui jeter à la tête. Si elle était incapable de la lui donner, ou s'il la refusait, elle en ferait cadeau à quelqu'un d'autre. Certainement pas à Alan, qui la mettrait dans son sac et finirait par la perdre. Pas à Kit, ni à sa mère qui trouverait cela bizarre. A Nola, plutôt. Oui, à Nola. Cette idée l'aida à parcourir les derniers mètres. Elle poussa la grille de ses doigts gourds, en se disant que son calvaire était terminé et qu'elle allait devoir maintenant affronter une autre épreuve.

Elle aperçut la Daimler arrêtée dans la cour. Son désir de retrouver Benoît s'était évanoui. Mais elle était à bout de forces et elle avait besoin d'un bain chaud et d'un cognac, avant de retourner chez elle, en voiture cette fois. Quelle situation embarrassante. Courage ! La porte n'était pas fermée à clé. Elle entra.

– Joyeux anniversaire, Benoît.

Il lui tournait le dos et s'apprêtait à mettre une bûche dans la cheminée. En entendant la voix de Claire, il la laissa échapper et elle tomba dans le feu. Il pivota vers elle, au milieu d'une pluie d'étincelles.

Il la regarda sans dire un mot, puis il prononça la phrase qu'elle attendait.

– Comment êtes-vous venue ?

Etait-il content ? Avait-il des remords ? Etait-il en colère ? Claire était fatiguée des devinettes. La vie était trop courte, trop précaire, et trop compliquée pour s'encombrer de tant de questions.

– Mais voyons, sur un tapis volant.

– Vous venez du village à pied ?

– Oui.

Autant le lui laisser croire.

– Mais pour quoi faire ?

– Oh !... seulement pour livrer un colis. (Elle posa le paquet sur une table. Il était dans un triste état, mais la coupe semblait intacte.) Ne l'ouvrez pas tout de suite. Attendez que... que je sois partie.

Comme il ne répondait pas et que l'ombre l'enveloppait si bien qu'elle ne distinguait plus de lui qu'une vague forme, elle s'écria :

– Vous m'avez vue arriver en courant à Mannheim Crescent, je le sais très bien. Dites... vous m'avez vue ?

Il claqua la langue en signe d'agacement et se dirigea vers la porte donnant sur le couloir.

– Madame Mayhew, pourriez-vous préparer un bain, s'il vous plaît ?

Il se retourna vers Claire avec un geste autoritaire, comme si la possibilité d'être désobéi ne l'effleurait même pas.

– Allez prendre votre bain.

Elle se plongea avec délices dans l'eau chaude et parfumée. Après l'épreuve physique qu'elle venait de traverser, elle éprouvait un immense bien-être. Quel bonheur de ne plus être dans le petit train rempli d'une âcre odeur de fumée, de ne plus se tordre les pieds sur le chemin caillouteux, de se sentir bien, pendant que, de l'autre côté du mur, elle entendait Mme Mayhew ranger ses affaires. Il était plus de 18 heures. Voilà trois heures qu'elle avait quitté Faxby. Le dîner ne serait pas prêt avant 21 heures. Désirait-elle manger quelque chose en attendant ? « Merci, madame Mayhew. » Elle plongea la tête sous l'eau, se lava les cheveux, puis s'enveloppa dans une grande serviette en se demandant ce qu'elle allait faire ensuite. Il lui avait dit de descendre. Très bien. Mme Mayhew avait emporté son ensemble de tricot, ses bas, ses chaussures et son manteau. Pourrait-elle s'en offrir un neuf ? Certainement pas, étant donné l'argent que lui avait coûté la coupe. Il ne lui restait plus que sa robe du soir et ses sandales dorées, ou son peignoir. Vu l'humeur agressive où elle était, elle se dit qu'elle n'avait à plaire à personne et choisit de passer le vieux kimono rouge, avec ses dragons effrangés.

Elle arriva pieds nus dans la salle de séjour. Il avait poussé près du feu le fauteuil où elle s'asseyait habituellement, et posé à côté un plateau avec des sandwiches, une cafetière et un verre de cognac. Elle s'installa confortablement, les pieds sur le tabouret.

Il lui versa une tasse de café et s'assit à ses pieds en lui prenant la cheville. Prétextant la fatigue, elle ferma les yeux et joua l'indifférence.

– Merci, Claire.

Elle était restée longtemps dans son bain, aussi avait-il eu le temps de se ressaisir. Sa voix était parfaitement calme et seule sa main, posée sur la cheville de Claire, trahissait un léger trouble.

– Merci de quoi ?

– Plusieurs choses. La coupe, par exemple.

– Ah !... elle vous plaît ?

– Enormément. Vous avez dû avoir beaucoup de mal pour la trouver.

Elle gardait les yeux à demi clos et sa vision s'emplit du rougeoiement du feu et des reflets vert et bleu que faisait la lampe de Tiffany. Soudain, elle les rouvrit et le regarda. Il avait un air grave, mais il était aussi indéchiffrable que de coutume.

– Vous m'avez vue à Mannheim Crescent, dites ?

Il acquiesça.

– Alors, pourquoi êtes-vous parti ?

– Est-ce que cela vous suffira si je vous dis combien je regrette ?

– Non. Expliquez-moi pourquoi.

– Je n'aime pas beaucoup donner des explications.

– C'est très commode. Vous savez, je m'obstinerai à vous en demander.

– Je sais.

Refermant les yeux, elle sentit la pression de sa main sur son pied nu. Il lui sembla que l'espace se resserrait entre eux et que la tension émanant du corps de Benoît pesait sur ses propres nerfs déjà fragilisés à l'extrême. Il faisait des efforts inouïs pour expulser quelque chose de lui-même, ou peut-être pour le contenir.

– Je vous ai vue arriver. J'en étais même trop heureux, peut-être. C'est tout ce que je peux vous dire.

Cet aveu – si elle ne se trompait pas sur le sens de ses paroles – était stupéfiant. Elle se redressa et son kimono s'entrouvrit, tandis que la main de Benoît remontait de sa cheville à son genou.

– Jamais je n'aurais pu imaginer que vous viendriez ici par vos propres moyens.

– Qu'aviez-vous donc imaginé ?

– Que vous seriez fâchée. Ou indifférente. Ç'aurait été une réaction normale. L'idée ne m'a pas effleuré que vous vous exposeriez à un tel danger.

Il s'inquiétait pour elle. Il essayait même de lui dire qu'il regrettait son attitude. Elle le sentait dans sa voix et en éprouva une grande joie ; elle aurait voulu qu'il continue. Pourtant elle lui répondit sur le ton de la légèreté, comprenant instinctivement que c'était préférable et même indispensable, car il ne pourrait se défendre plus longtemps de cette émotion dont il venait de laisser échapper une parcelle.

– Un danger ? Pourquoi ? Il n'y a jamais de viols, à Thornwick ?

– Petite sotte. Vous auriez pu attraper une pneumonie, c'est bien plus grave.

– Mais plus banal.

– Peut-être. Vous avez une drôle de tenue.

– Ah oui. Je m'habille toujours comme ça quand je suis d'humeur à courir un danger. Mais je voudrais savoir, Benoît... vous êtes content que je sois là ?

Il défit la ceinture qui retenait les pans de son kimono, sous lequel elle était nue, et lui couvrit le corps de baisers auxquels elle répondit par un total abandon.

– Je n'aurais jamais pensé que vous feriez ça, répéta-t-il en la tirant par la main pour l'aider à se lever.

Il la prit dans ses bras et la porta jusqu'à la chambre, comme une malade ou une enfant. Là, il la laissa tomber sur le lit et se jeta sur elle, ce qui lui arracha des rires et des petits cris.

– Vous avez été cruel, Benoît.

– C'est vrai. C'est peut-être un aspect de mon caractère que vous n'aviez pas imaginé.

Elle lui tendit les bras et, pour la première fois, il la laissa prendre l'initiative de l'amour. Jusqu'à présent, c'est lui qui avait imposé sa façon de voir. Sans doute avait-il toujours agi ainsi. Elle se demanda pourquoi elle tenait tant à lui montrer qu'il existait une autre manière de procéder, une manière qui leur permettrait de mieux se connaître, tout en leur procurant du plaisir.

La vie lui avait appris à se saisir des moments de bonheur sans poser de questions, en disant simplement merci. Elle passa une soirée délicieuse, vêtue de sa robe de velours et parée de ses belles boucles d'oreilles, à boire du vouvray et du champagne, et à raconter tout ce qui lui venait à l'esprit. De temps en temps, il l'effleurait, lui remplissait son verre ou lui allumait une cigarette. Il appréciait sa valeur et sa rareté, avec ce même instinct d'amour et de possession qu'il avait pour les objets d'art. Cette nuit, elle s'endormit près de lui, dans le grand lit, et il la réveilla, le lendemain matin, en lui apportant un petit déjeuner composé de pain, de confiture, d'œufs à la coque et de bacon.

– Benoît, vous me gâtez trop.

– Peut-être. Mais mes intentions sont perfides.

– Ah !... vous allez profiter de moi, je pense. Ne vous gênez pas.

Il avait un peu neigé pendant la nuit. Les champs étaient tout blancs et le ciel gris pâle. Ils allèrent se promener sur le chemin et restèrent un moment à contempler les flancs abrupts des collines qui descendaient vers Montfleuri. Elle frissonna.

– Où leur avez-vous dit que vous étiez, Benoît ?

– A Londres.

– Ils vous croient ?

– Ils s'en moquent, ma chère enfant.

C'était une constatation, exprimée sans aigreur. Il trouvait cela tout naturel. Pourquoi s'en seraient-ils souciés ? D'ailleurs, cette indifférence l'arrangeait. Et lui, est-ce qu'il se souciait d'eux ? Certainement pas.

– Vous êtes né à Montfleuri, n'est-ce pas, Benoît ?

– Oui. Mon père a fait construire cette maison pour ma mère... avec son argent à elle, puisqu'il n'avait rien quand il s'est marié.

– Voilà pourquoi c'est à vous qu'elle appartient et non... aux autres.

– Je crois que mon père considérait « les autres » comme une sorte de dérivatif, d'agréable fantaisie. Tandis que moi, je représentais la réalité sous son jour moins plaisant.

– Vous l'aimiez ?

Elle désirait ardemment qu'il eût aimé quelqu'un.

– Non. Absolument pas. Je travaillais pour lui. Je me faisais payer. J'étais le pauvre orphelin qu'on envoie à l'usine, pendant que « les autres » restent tranquillement chez eux. Aujourd'hui, j'ai la maison, l'usine, l'argent... et la femme qu'il me faut. N'est-ce pas ?

– Oui.

– Alors, allons déjeuner au restaurant. Mme Mayhew a remis complètement à neuf votre manteau et vos chaussures.

Elle était heureuse.

Par la suite, elle eut beau réfléchir, elle ne put jamais déterminer l'instant précis où elle l'avait perdu.

Ils traversèrent les Pennines pour arriver sur les landes élevées du Lancashire. L'auberge était située dans un endroit isolé en apparence, mais, en réalité, elle était aisément accessible de plusieurs villes importantes. Elle était réputée pour sa cave, son histoire, le luxe de ses boiseries de chêne et de ses cuirs bruns. Des contrebandiers et des bandits de grand chemin s'y étaient illustrés. Un brigand célèbre dans la région avait été abattu dans la cour de l'écurie. Elle avait été le théâtre d'enlèvements consentis ou non, et le dernier acte d'une tragique histoire d'amour s'était déroulé dans la grange où un Roméo et une Juliette du cru s'étaient donné la mort, dans les bras l'un de l'autre. Des conspirations s'étaient tramées dans ses murs. Cavaliers et Têtes rondes avaient leurs défenseurs parmi les habitants de la lande au caractère farouchement indépendant. Quand l'Angleterre adopta le protestantisme, de nombreux partisans des souverains catholiques vinrent se réfugier dans la région, car le seigneur local donnait abri à tous ceux qui lui payaient un bon prix, quelles que fussent leurs convictions. Naturellement, les fantômes étaient de la partie. On y voyait errer une Juliette éplorée, en chemise de nuit blanche ; un homme assassiné – un fidèle du prince Charles, disait-on – venait réclamer vengeance la veille de Noël ou de la Saint-Jean. Le reste du temps, le propriétaire actuel accueillait les clients dans une salle au plafond soutenu par des poutres, décorée de harnais, de piques, de mousquets et de sabres étincelants. La cuisine était si délicieuse et les lumières si tamisées que beaucoup de messieurs avaient pris l'habitude d'y venir déjeuner avec des femmes qui n'étaient pas leurs épouses.

Au *Gamecock*, la discrétion était recommandée, et il était de bon ton de ne pas se connaître. Pourtant, au moment où ils entraient dans le bar, une voix féminine s'écria :

– Benoît... quel plaisir !

Claire vit sortir de l'ombre une personne qui ne lui parut plus très jeune. Cependant, elle ne sous-estimait pas le charme de ces femmes mûres, autoritaires, élégantes, habituées à commander à une nombreuse domesticité et à dépenser l'argent de leur mari.

– Edwina... quelle surprise.

Il s'avança vers elle et l'embrassa familièrement, mais sans chaleur, ce que Claire remarqua aussitôt. Edwina Challoner avait trente-neuf ans ; elle avait fait un très beau mariage et n'attendait aucune passion de la part d'un homme qu'elle connaissait depuis dix ans et qui avait été son amant. Leur liaison s'était achevée sans aigreur, et jamais les paroles fatidiques « Il faut se quitter » n'avaient été prononcées entre eux. La séparation s'était effectuée beaucoup plus simplement, à cause des obligations sociales, professionnelles et familiales. Elle avait passé l'hiver précédent en Egypte, parce que son mari souffrait d'une bronchite, et elle savait bien qu'un homme comme Benoît ne serait plus libre à son retour ; d'ailleurs elle avait elle-même pris un nouvel amant. Malgré tout, elle fut surprise de le voir en compagnie de Claire, une gamine aux cheveux courts qui s'assit sur le tabouret du bar, en montrant ses jambes et en allumant elle-même sa cigarette. Même si elle ne voulait plus de lui, pour le moment, elle était ennuyée qu'il eût choisi une fille si *moderne*. Les amants d'Edwina Challoner étaient tous des hommes dans le genre de Benoît, riches, influents, froids et discrets. Elle s'était imaginé que ses maîtresses étaient toutes des femmes comme elle. A l'approche de son quarantième anniversaire, elle ne pouvait qu'être alarmée de constater que les goûts d'un homme de son « monde » évoluaient dans une curieuse direction.

– Elle est exquise, chéri, murmura-t-elle à l'oreille de Benoît. Mais c'est presque du détournement de mineure.

Le bras posé sur les épaules d'Edwina, il rit d'une façon que Claire ne lui connaissait pas.

– Ma belle-sœur.

Edwina rit à son tour et s'appuya contre lui.

– Benoît ! Quel monstre. La femme de votre frère. C'est tout à fait... biblique.

– Entre autres choses. Il faut que vous fassiez sa connaissance. Elle sera peut-être... intéressée de me voir sous un jour différent. Ce serait même très bon pour elle. Venez.

– Benoît, qu'est-ce que vous manigancez encore ? Je meurs d'envie de la connaître, vous pensez bien. Mais il faut d'abord que je vous présente *mon* amie. Vous n'avez jamais vu Lois Chiltern, je crois ?

– Je ne pense pas.

La façon dont il regarda la femme qui lui tendait la main déconcerta Edwina qui ne manquait pas de finesse. Il eut un air étrangement satisfait, comme si cette amie qu'elle lui présentait, au demeurant assez banale, était précisément ce qu'il cherchait.

Benoît revint vers Claire, encadrée par les deux femmes. L'une était blonde et l'autre brune, mais en dehors de cela elles se ressemblaient beaucoup. Elles avaient toutes deux une allure très sportive, elles avaient les mêmes bagues, la même assurance et une voix bien timbrée qui devait leur être très utile pour inaugurer l'exposition florale de leur quartier. Elles étaient merveilleusement habillées. Edwina avait un manteau de vison sombre, tandis que celui de Lois était clair ; elles les portaient sur les épaules avec une arrogance naturelle.

– On pourrait déjeuner ensemble, proposa Benoît.

– Très bonne idée, répondirent-elles en chœur.

Claire glissa au bas de son tabouret, cachant sa déception par un sourire.

Etait-ce à cet instant qu'elle l'avait perdu ? En tout cas, ce fut à ce moment que le doute s'insinua en elle, et qu'elle comprit que cette brusque impression de se trouver en compagnie d'étrangers ne pourrait que s'amplifier.

Ils se dirigèrent vers la salle à manger, Benoît avait pris Edwina par le bras et Lois les suivait de près. Il s'assit entre les deux femmes sans un regard pour Claire qui s'installa à la place qui restait, un peu à l'écart. Elle ne participa pas du tout à la conversation où il ne fut question que de concerts, de dîners en ville, de bridge, de brouilles entre amants, d'adultères où étaient impliqués des gens qu'elle ne connaissait pas et qu'elle n'avait aucune envie de connaître. Le déjeuner, composé d'un potage, de turbot et de canard, se termina sur des poires au vin rouge. Benoît chuchota alors quelque chose à l'oreille de Lois qui lui répondit par un rire émoustillé. Ensuite, pendant le café et les liqueurs, il ne cessa de parler avec elle. Elle avait rapproché sa tête blonde de la sienne et, ses grands yeux bleus fixés sur sa bouche, elle n'écoutait pas un mot de ce qu'il lui disait, sachant par expérience quel était son véritable but.

Claire le savait aussi. Mais, dans cet environnement hostile, elle ne pouvait pas se permettre de s'en formaliser. Il fallait à tout prix garder son calme et son sourire, et ne rien laisser paraître. Oui, il la faisait souffrir, il la punissait, d'une façon magistrale qui lui coupait le souffle comme un coup de poing. Sa seule défense consistait à affecter de ne rien voir, à continuer à sourire, et à répondre par une petite phrase chaque fois qu'Edwina lui posait charitablement une question.

– Vous jouez au bridge ?

– Oh non. Jamais je ne pourrais rester assise si longtemps.

– C'est dommage. Benoît est un bridgeur de première classe.

A quel jeu jouait-il, pour le moment ? Edwina se le demandait aussi, ne comprenant pas ce qui, chez cette femme jolie mais sotte, pouvait attirer Benoît qui n'avait pas l'habitude de se montrer si épris, du moins en public. Pendant qu'elle choisissait entre le roquefort et le brie, elle eut une soudaine révélation. Lois n'avait rien à voir là-dedans. C'était impossible. Il avait déjà eu une foule de maîtresses de ce genre, de belles statues de marbre qui n'avaient pas grand-chose dans la cervelle. Elle ne pouvait pas croire qu'il était en train de perdre la tête pour l'une d'entre elles.

Claire l'observait, elle aussi. Humiliée dans son corps par le courant de sensualité qui s'était établi entre eux deux, elle continua de sourire.

En fin de compte, ses souhaits s'étaient réalisés. Elle voulait le voir dans un cadre différent, pour découvrir d'autres facettes de sa personnalité. Mais cette caricature de séducteur qui couchait avec des femmes chevalines, uniquement comme un exercice d'hygiène sexuelle, lui déplaisait. Elle espéra qu'il s'en apercevrait.

Le déjeuner se termina enfin et tout le monde se leva. Claire se sentit insignifiante et mal habillée. Comment avait-elle pu s'imaginer que sa jeunesse était capable de rivaliser à elle seule avec cette morgue élégante, et que son petit manteau de lainage pouvait lutter avec le vison de Lois ?

– Je vais relancer mes dîners bridgés, déclara Edwina. Je compte sur vous, Benoît. Il faudra vous réhabituer à franchir les Pennines, comme autrefois. Charles sera ravi.

Elle l'embrassa avec un plaisir évident, puis elle prit Claire par le bras et l'emmena, laissant à Benoît tout le loisir de fixer un rendez-vous à Lois.

Claire monta dans la Daimler et attendit. Benoît raccompagna les deux femmes à leur voiture. Enveloppée dans sa fourrure pastel, Lois était superbe. Ses longs cheveux blonds étaient savamment enroulés autour de sa tête ; elle avait une forte poitrine que Polly aurait jugée démodée, mais qui devait plaire à beaucoup d'hommes. Claire ferma les yeux et, avec la cruauté du désespoir, elle emmura tous ses sentiments, la tendresse, l'orgueil, l'affection, l'amour, la souffrance – oui, surtout la souffrance –, et les réduisit à un état de non-existence, en attendant le moment très proche où elle se retrouverait seule avec eux.

– Mon cher Benoît, je ne suis pas dupe, voyez-vous, lui dit Edwina, quand Lois fut installée dans la voiture.

– Vraiment ?

– Absolument pas. Vous avez été très méchant avec cette pauvre fille, vous savez.

– Je sais, Edwina.

– Naturellement, vous ne me direz pas pourquoi ?

– Vous me connaissez suffisamment, ma chérie.

Elle passa son bras sous le sien, pas mécontente de savoir que les deux autres l'observaient, chacune de leur côté, celle qui venait d'être délaissée et Lois qui n'était certainement qu'un prétexte.

– Bien. Alors, laissez-moi deviner... J'imagine que notre petite Claire ne voudra plus jamais vous revoir ?

Elle eut l'impression qu'il se forçait à sourire.

– Mieux encore, Edwina. Elle doit s'estimer fort heureuse d'être débarrassée de moi. Que penseriez-vous, à sa place ?

Il paraissait vraiment attendre une réponse. Elle le considéra attentivement.

– Juste ciel, Benoît ! Est-ce possible ? J'ai tout de suite vu qu'elle avait un sentiment pour vous et que vous vouliez sans doute la décourager. Evidemment, elle est trop jeune pour prendre la chose aussi... raisonnablement que nous.

Elle se tut un moment, semblant chercher ses mots.

– Mais pourquoi, Benoît ? Ou alors, c'est parce que vous voulez l'épargner, en définitive. Dans ce cas, il faut rompre de façon à ne pas pouvoir revenir en arrière. Adieu pour toujours. Ainsi, elle vous considérera comme un parfait salaud et elle se consolera vite. Il me semble... mon cher, que vous tenez à cette fille.

– Disons que j'ai bien failli. Je ne pouvais tout de

même pas rester les bras croisés, n'est-ce pas, ma chère Edwina ?

Il lui prit la main et la serra amicalement.

– Eh bien, mettons cela sur le compte de l'âge, poursuivit-il. J'ai eu quarante ans, hier. Il paraît que c'est un cap difficile. En outre, je trouve que ma belle-sœur a eu sa part de malheur. Il ne faut pas qu'elle fréquente trop longtemps un homme comme moi.

– Benoît... vous êtes diabolique.

Courageux également, pensa-t-elle, en se gardant de le lui dire. Et généreux. Il la fait souffrir maintenant, dans l'espoir qu'elle guérira plus vite. Quelle noblesse ! Qui aurait pensé à ça ? Cette initiative lui a beaucoup coûté. Il a vraiment l'air las.

– Venez donc dîner un soir... vendredi prochain, si vous voulez ?

D'ici là, son aventure avec Lois serait terminée, sans nul doute.

Il regagna sa voiture où Claire l'attendait. La route étroite qui escaladait la lande disparaissait sous la neige. La clarté du jour se noyait dans une grisaille humide et brumeuse.

– Agréables, ces deux femmes, dit-il.

– Agréables ?

– Vous ne semblez pas être de cet avis.

– Oh ! disons que je les trouve un peu... vieilles. Fanées, en quelque sorte.

– Ma chère enfant, ne sous-estimez pas le pouvoir de séduction des femmes d'un certain âge. Elles ont de l'expérience, et ce n'est pas négligeable.

– Je n'ai jamais beaucoup fréquenté les femmes plus âgées, Benoît. Je vous laisse juger par vous-même.

Ils roulèrent en silence pendant deux ou trois kilomètres.

– A quelle heure voulez-vous que je vous ramène en ville ?

Elle lui sourit gentiment, comme elle avait souri à Edwina tout à l'heure. Elle était glacée.

– Passons donc à la ferme pour que je prenne mes affaires et puis raccompagnez-moi, répondit-elle sur un ton détaché.

Dans la maison, elle prit le sac que Mme Mayhew lui avait préparé. Elle ne reviendrait jamais ici. Elle ignorait si l'attitude de Benoît avait été préméditée ou s'il avait seulement profité de cette rencontre avec Lois et Edwina. Le résultat était le même. La rupture s'était produite un peu plus tôt qu'elle ne le souhaitait et d'une façon dont elle allait souffrir une fois qu'elle se maîtriserait moins. Elle ne garderait pas de lui un bon souvenir. Enfin, puisqu'il fallait que cela arrive un jour ou l'autre, elle aurait moins de peine en l'imaginant avec Lois et Edwina, en se souvenant de lui comme elle l'avait vu aujourd'hui, pour la première et, espérait-elle, la dernière fois.

En apercevant la coupe posée sur un guéridon, près de la cheminée, elle eut à la fois envie de la prendre dans ses bras pour la protéger, et de la jeter par terre, sur les dalles.

– Au revoir, madame Mayhew. Merci.

Elle remonta dans la voiture. Ce serait bientôt fini. Le plus tôt serait le mieux... pour de multiples raisons.

– C'est votre type de femme, je suppose... Lois et Edwina ?

Elle venait de lui donner une idée.

– Certainement. Mais, de temps à autre, je change un peu... comme vous savez. C'est ce que tout le monde devrait faire.

– Ah ? Je m'en souviendrai.

– Mais vous, Claire, vous n'avez pas encore trouvé votre type. On y revient toujours.

– Pour vous, c'est donc Edwina, ou Lois. Ou les deux.

– Pas les deux ensemble, chérie. Elles ont des principes.

C'était la première fois qu'il l'appelait chérie. Ce terme, dans le contexte où il l'avait placé, l'offensa. Ah non, elle ne l'aimait pas. Pas sous ce jour. Si c'était là sa vraie nature qu'elle s'était donné tant de mal pour découvrir, alors il s'était moqué d'elle avec beaucoup de froideur et d'habileté. Elle ne lui en voulait pas. Elle s'en voulait à elle-même.

La nuit était tombée quand ils arrivèrent à Mannheim Crescent. C'était mieux. Il passa le bras devant elle et lui ouvrit la portière, comme pour lui laisser entendre qu'il était pressé et qu'il n'avait pas de temps à perdre en adieux déchirants.

– Vous voilà chez vous.

C'était le moment où ils prenaient ordinairement rendez-vous pour la fois suivante. Il y eut un silence embarrassé.

– Comment fait-on, Claire ?

– Je ne sais pas. Comme vous voudrez.

– Alors, à dimanche prochain, à Montfleuri.

– Entendu.

Elle sortit de la voiture. Il démarra aussitôt.

– Vous rentrez de bonne heure, remarqua Alan. Est-ce que la coupe lui a plu ?

– Beaucoup. C'était un succès.

– Dieu merci, vous voilà, dit Kit. Clarence a bien la grippe. A propos, Claire, excusez-moi pour hier... je vous ai retardée et je me suis conduit comme un goujat.

– Ce n'est rien, Kit. Je n'étais pas en retard. Et, de toute manière, ça n'aurait pas eu beaucoup d'importance.

Elle était amicale, calme et gaie.

Elle n'avait aucune raison de ne pas l'être. Elle conserva la même sérénité jusqu'au lendemain soir quand, en rentrant de la *Couronne*, elle trouva un énorme bouquet de fleurs qui l'attendait sur le palier.

Une petite carte blanche gravée au nom de Benoît Swanfield l'accompagnait, avec quelques mots griffonnés : *Bonne chance. Merci beaucoup.* Il aurait tout aussi bien pu écrire : *In Memoriam.*

Elle saisit les fleurs et les emporta dans l'arrière-cour. Elle les lacéra une par une et les jeta dans la poubelle dont elle claqua violemment le couvercle, afin qu'aucune particule de ce qu'elle avait éprouvé ou cru avoir éprouvé pour Benoît Swanfield ne puisse s'échapper.

C'était fini, Dieu merci. Elle avait bien failli tomber amoureuse. Il lui semblait que c'était une maladie dont elle avait guéri à temps. Une maladie terrible. Ah ! vraiment, comment pouvait-on être aussi bête, aussi romantique et aussi crédule ?

13

Pour le réveillon du jour de l'an, Polly Swanfield avait résolu de faire sensation. Elle était décidée à boire plus de champagne, à manger plus de caviar, à voler plus de baisers, à éveiller plus de désir chez les hommes et plus de jalousie chez les femmes, que quiconque à Faxby. Quand retentirent les douze coups de minuit, elle sauta sur la minuscule piste de danse de la *Couronne*, moulée dans un fourreau de satin orange brodé de papillons or et argent, sur lequel flottait un jupon de tulle pailleté de même couleur. Ses bras étaient ceints de bracelets, du coude au poignet, et un grand collier de perles dorées se balançait autour de son cou. Seule sur la piste, entourée d'un cercle d'admirateurs, elle improvisa une danse déchaînée, le regard embué par l'alcool, et enivrée par le mouvement de son propre corps. « Elle se donne en spectacle », pensa Sally Templeton, assise à la table où Roy Kington l'avait abandonnée, une fois de plus. « Elle cherche des ennuis », se dit Adela Adair, installée à son piano. « Et elle va sûrement les trouver », songea Claire, derrière le bar où elle aidait MacAllister à préparer les cocktails.

– Bonne année !

Polly lança les bras en l'air, comme pour dire : « Regardez-moi. » Elle s'immobilisa un instant sous la lumière, de façon que tout le monde pût voir étinceler les papillons dorés et miroiter son fourreau de satin plaqué sur son corps superbe. Elle fit admirer sa nouvelle couleur de cheveux, éclaircis de plusieurs tons grâce à un « miracle de la nature », selon Miriam, puis elle se laissa tomber dans les bras de ses soupirants, l'un après l'autre. A tous – Rex et Roy Kington, Roger Timms, une multitude de Peter, d'Anthony et de Stephen, le barman MacAllister, et même Arnold Crozier – elle distribua de longs baisers sonores, après quoi elle rejeta en arrière sa chevelure platinée, en s'écoutant rire.

Ce soir-là, elle avait envie d'être embrassée. 1920 serait non seulement *son* année, mais le modèle de toutes les années à venir. Elle lui apporterait des baisers, des robes, l'amitié de tous et une bague de fiançailles. Si elle ne tenait pas encore vraiment à Roy Kington – Sally Templeton continuait à lui courir après de façon éhontée, et à répandre le bruit qu'il songeait à partir pour l'Irlande s'engager dans les *Black and Tans* (1) –, elle comptait bien mettre les choses au point, en 1920.

– MacAllister chéri... pourquoi n'êtes-vous pas millionnaire, plutôt que barman ? Je serais tombée amoureuse de vous. Non, non, monsieur Crozier, vous, vous êtes millionnaire, je le sais, mais je ne monterai pas dans la Suite mandarine, merci beaucoup. Roger... je t'ai demandé de surveiller mon sac. Allons, Anthony... ça suffit, maintenant.

– Elle est à point, dit le barman à Claire. Elle en meurt d'envie. Ah ! si elle me le demandait, à moi... !

– Pas question, mon gaillard, lança Toby Hartwell en pivotant sur son tabouret.

Toby, qui n'avait rien à faire là, dévisagea MacAllister d'un œil froid.

– A votre place, je n'y songerais pas... vraiment pas.

(1) Police militarisée qui opérait à l'époque en Irlande. *(N.d.T.)*

– C'était juste une remarque en passant, monsieur Hartwell.

– J'espère. Mais ne recommencez pas... hein, mon gars ! Bonne nuit, Claire. Bonne année.

– Bonne nuit, Toby. Pour vous de même.

Eunice Hartwell était restée à la maison avec un gros rhume. Elle se sentait laide et triste parce que Toby l'avait abandonnée à son triste sort. C'est elle qui lui avait dit de sortir. Ils avaient été invités à une demi-douzaine de réveillons, et elle savait combien son mari aimait aller de maison en maison, cette nuit-là, pour boire un verre de punch, et échanger des vœux. C'était tellement plus amusant que le soir de Noël que l'on passait invariablement à Montfleuri. Elle était malade. Ce n'était pas une raison pour le priver de ce plaisir. Il s'était d'abord fait prier. « Tu n'y penses pas, ma fille », et il lui avait offert de rester avec elle. Mais elle avait insisté et, maintenant, elle était seule dans cette grande bâtisse que Toby avait voulu à tout prix acheter. Elle était très malheureuse. Elle ne le soupçonnait pas de chercher une aventure, ou même un flirt. Elle regrettait seulement son absence ; elle aurait tant aimé être seule avec lui, pour une fois.

Elle ne savait pas où étaient allés Justin et Simon. Ils avaient prétendu qu'ils étaient invités chez un camarade de classe, à une soirée sans alcool, mais elle ne les avait pas crus. Elle pouvait toujours téléphoner pour vérifier. Elle aurait même dû appeler depuis longtemps. Mais que ferait-elle s'il s'avérait qu'ils avaient menti ? De toute façon, ils ne lui obéissaient pas quand elle leur défendait de sortir. La dernière fois qu'elle avait voulu imposer son autorité en enfermant Justin dans sa chambre, il avait sauté par la fenêtre et s'était cassé la cheville. Comment tenir en main un garçon de cet âge ? Elle ne pouvait tout de même pas le battre. Un jour, elle lui avait supprimé son argent de poche et il s'était servi lui-même dans son sac. Il lui avait fallu longtemps pour s'en remettre. Aujourd'hui, pour que la chose ne se reproduise plus, elle n'avait pas trouvé d'autre solution que de lui donner de l'argent chaque fois, et autant qu'il en demandait.

Toby aurait-il mieux réussi ? Sachant combien ces chapardages auraient scandalisé son mari, elle ne lui en avait jamais parlé. Elle ne voulait pas qu'il sache que son fils était un voleur ; les notions d'honnêteté et de respect d'autrui étaient trop profondément ancrées en lui. Jamais il n'aurait pris un centime à quelqu'un. Peu de temps avant, elle s'était d'ailleurs querellée avec Benoît, car il avait insinué que Toby volait du temps – c'est-à-dire de l'argent – aux usines Swanfield, avec ses déjeuners interminables, ses escapades aux courses de York ou de Doncaster, et ses après-midi passés sur les terrains de golf. Elle était tellement ulcérée qu'elle lui avait dit des choses dont autrement elle n'aurait jamais eu le courage de parler. Du reste, sa colère n'était toujours pas retombée. Comment avait-il osé ? Toby était un gentleman. Ses critères étaient différents, plus raffinés et plus complexes. Elle avait toujours été impressionnée par sa supériorité sociale, bien qu'il n'y attachât personnellement aucune importance. C'est cela, l'éducation. Un héritage de bonnes manières, une tendance à croire qu'on est le maître du monde. C'est à cause de ce sentiment inné que le père de Toby, un homme distingué, cultivé, mais sans le sou, considérait le père d'Eunice – le grand Aaron Swanfield – comme un simple commerçant, semblable en tout point à un épicier ou à un mercier, si ce n'est qu'il était plus riche.

En son for intérieur, Toby partageait son avis. Pour lui, comme pour ses ancêtres, l'argent était fait pour être dépensé. Il était moins une source de pouvoir qu'un moyen de vivre agréablement, et il valait mieux le distribuer généreusement, noblesse oblige, à ceux qui en étaient démunis, plutôt que de l'entasser dans les coffres d'une banque. Par nature, Justin et Simon n'étaient pas des gentlemen. Il ne fallait pas que Toby le sache.

A minuit, la bonne entra pour préparer le feu, et lui souhaita une bonne année. Elle était mécontente de ne pas avoir eu congé pour la soirée, et elle avait décidé de rendre son tablier et d'aller travailler dans une usine. Elle ne s'estimait pas responsable du bonheur ou du malheur de sa patronne.

Eunice se doutait qu'elle voulait la quitter, et elle essayait de se convaincre qu'il était inutile de la remplacer. Elle avait une cuisinière, une lingère, une femme qui faisait le gros nettoyage deux fois par semaine, et une couturière qui venait une fois par mois. Elle pouvait sûrement se dispenser d'une bonne pour le service de table. C'était devenu la mode de se passer les assiettes ou d'emmener ses invités au restaurant. A Londres, en tout cas, c'était du dernier chic. Les gages de Betty viendraient utilement s'ajouter à l'argent qu'elle avait commencé à mettre de côté pour Justin et Simon, en cas de besoin.

Ses deux plus jeunes enfants avaient leur chambre à l'étage au-dessus. Est-ce qu'ils dormaient ? Ils avaient dû effectuer une razzia dans le garde-manger pour y prendre des noix, des raisins secs et un horrible mélange de sucre et de cacao qu'ils allaient renverser dans leur lit. Mais au moins, elle les savait là. Où était Justin ? Il avait des distractions qu'elle aurait trouvées vulgaires s'il n'avait pas été son fils. Boire, s'amuser avec cette petite grue de femme de chambre ou toute autre fille qui serait consentante. Et si l'une d'elles était enceinte ! Cette idée la remplit d'effroi et elle décida aussitôt qu'il fallait à tout prix le protéger de ces drôlesses qui le poussaient à la tentation. Les filles ne savaient plus se conduire, là était le vrai problème. Elles permettaient aux hommes de prendre des libertés, elles les encourageaient même – exemple, Polly ! Puis, quand l'inévitable se produisait, elles en faisaient tout un drame. Eunice sentait bien qu'elle réagirait différemment si elle avait eu des filles. Mais puisqu'elle avait des garçons, elle les défendrait. Elle n'avait pu cacher à Toby la dernière frasque de Justin ; le directeur du collège s'en était mêlé. Mais à l'avenir, elle tâcherait de se débrouiller seule. Et si, un jour, les choses tournaient mal et qu'il fallût donner de l'argent pour étouffer un scandale, elle préférerait endurer le mépris de son frère que de causer de la peine à Toby.

A propos, et Toby ? Elle lui avait dit de sortir et de s'amuser, heureuse de se sacrifier pour lui. Mais tout de même il n'aurait pas dû la laisser. A sa place, elle serait restée.

Miriam Swanfield passa la dernière soirée de l'année à l'hôtel de ville de Faxby, où elle avait régné jadis un an durant, comme épouse du maire. Elle se rappelait avec émotion les réticences d'Aaron quand on lui avait demandé d'assumer cette fonction. Lui qui était un homme d'affaires habitué à tout voir sous l'angle du profit et des pertes n'avait guère envie de perdre son temps à discuter de l'emplacement des bancs publics ou de l'élimination des odeurs causées par la présence d'une porcherie sur le pré communal. Il avait pourtant fière allure dans son costume de maire, et Miriam remplissait avec grâce et dignité son rôle de première dame de la ville. Elle portait alors d'immenses chapeaux venus de France et des corsets qui lui étranglaient la taille en mettant son buste en valeur. Elle présidait cette même table, enveloppée dans des flots de soie, de satin et de dentelle avec lesquels Polly s'était taillé ce qu'elle appelait des robes du soir. Bien. Les temps changeaient. Mais pas forcément pour le mieux. Ce soir-là, elle ne voyait personne autour d'elle qui pût se comparer à la femme qu'elle était à l'époque.

L'épouse du maire actuel était une grosse dame mal fagotée qui ne cachait pas la bonne opinion qu'elle avait d'elle-même. Les femmes des conseillers municipaux étaient soit ordinaires, soit d'une élégance agressive et, dans tous les cas, scandaleusement jeunes. Il y avait cependant deux beautés, outrageusement fardées et couvertes de bijoux, qui semblaient s'ennuyer avec les vieux messieurs qui avaient condescendu à les épouser. La femme du conseiller Greenwood était visiblement plus jeune que sa belle-fille, Mlle Greenwood, qui prétendait avoir perdu son fiancé à la guerre, ce que Miriam savait être faux. Pauvre Mlle Greenwood. Assise tristement entre les nouveaux époux, peut-être se demandait-elle qui hériterait des filatures, au cas où son père décéderait. Quant à l'autre nymphe, la jeune Mme Redfearn, dont le mari était propriétaire d'une chaîne de magasins, elle attendait son premier enfant. D'un précédent mariage, M. Redfearn avait déjà une fille qui s'appelait Elvira et qui n'avait rien de commun avec Mlle Greenwood. C'était une riche veuve, pleine d'allant, qui ne se laissait pas marcher sur les pieds et qui était de taille à tenir tête aussi bien à son père qu'à sa jeune belle-mère. Une femme intelligente, cette Elvira Redfearn. Un peu trop autoritaire, peut-être. C'était aussi une amie de longue date de Benoît.

Ce soir-là, Benoît accompagnait Miriam, sa position de président des usines Swanfield justifiant largement sa présence à la table du maire. Il avait beaucoup d'allure, plus que son père, il fallait le reconnaître. Malgré la chaîne d'or, la toge écarlate et les costumes commandés sur mesure chez un tailleur de Londres, Aaron avait toujours conservé une certaine rusticité – elle n'osait dire vulgarité – alors que Benoît possédait une distinction naturelle. Elvira Redfearn était jadis le meilleur parti de Faxby, mais Aaron, qui voulait mieux encore, avait découvert Nola. Quelle déception.

– Bonne année, chers amis. Et qu'il y en ait beaucoup d'autres.

Miriam leva sa coupe gravée aux armes de Faxby. Ce service de cristal, elle l'avait commandé lors de l'élection de son mari, puis elle l'avait offert à la ville. De son mouchoir brodé, elle essuya une larme d'émotion qui humectait ses cils clairs. Une dame mûre, qui a été très jolie, est toujours charmante, quand elle offre à tous ses bons vœux, même si, dans son for intérieur, elle pense à la joie qu'elle aurait si par une belle nuit Nola rentrait dans un lampadaire avec sa petite auto, permettant à Benoît de lui ramener une bru plus agréable. Dans le temps, elle avait un faible pour Elvira Redfearn, mais aujourd'hui elle préférait nettement Claire. Que s'était-il passé entre eux ? Connaissant Benoît, elle le soupçonnait du pire. La réaction de Claire à ses sondages avait confirmé ses doutes. Cette petite était exactement ce qu'il lui fallait. Elle avait besoin d'elle. Si Benoît voulait lui rendre ce service, elle était prête à faire tout ce qui était en son pouvoir pour lui faciliter ses amours.

Elle fut donc vaguement contrariée en le voyant se pencher vers l'oreille d'Elvira Redfearn. Elle comprit aussitôt qu'il profitait du carillon de l'hôtel de ville qui sonnait les douze coups de minuit, juste au-dessus de leur tête, pour lui donner un rendez-vous.

– Mon cher Benoît, lui dit-elle dans la voiture, en rentrant à Montfleuri, pardonne-moi, mais je me demande si tu n'es pas en train de devenir un... un libertin.

– Mais non, Miriam. Je ne le deviens pas... je l'ai toujours été, comme vous devez le savoir.

– Oui, je sais. C'est bien triste. Ton père était comme toi, avant que je le prenne en main. Il te faudrait une femme à la hauteur, mon petit.

– Ce n'est pas mon avis.

– Tu dis ça aujourd'hui. Mais en vieillissant, tu te lasseras de ces liaisons passagères. Elles ne te suffiront plus. Crois-moi. C'est ce qui est arrivé à ton père, et il était bien placé pour comprendre. Il disait que rien ne remplace le bonheur d'être assis au coin du feu quand on a trouvé la femme qu'il faut pour l'allumer. Je te signale que je ne fais que répéter ses paroles.

– Sans doute. Mais il faut aussi préciser que mon père était veuf quand il vous a rencontrée, Miriam.

Nola n'avait pas hésité à prendre des risques considérables – du moins le croyait-elle – pour ne pas aller au banquet de l'hôtel de ville, afin d'assister à la naissance de la nouvelle année en compagnie de son amant.

Elle avait raconté à Benoît qu'il lui était impossible de refuser l'invitation des Crozier à Manchester qui, outre le Nouvel An, fêtaient aussi une kyrielle d'anniversaires. Par conséquent, la présence de Nola était indispensable.

– Tu dois y aller, c'est évident, lui avait répondu Benoît d'un ton narquois. Et sans doute faut-il que je t'accompagne ?

– Tu crois ?

Ses paupières brillantes de vaseline et légèrement gonflées frémirent un instant. Le turban de mousseline rayé rouge et blanc enroulé autour de sa tête lui donnait l'air d'une Egyptienne. Se sentant piégée, elle baissa les yeux pour cacher l'excitation que lui procurait invariablement le jeu dangereux qui consistait à mentir à Benoît.

– Mais certainement, Nola. Puisqu'il s'agit d'une fête de famille aussi importante, ne dois-je pas venir avec toi... puisque je suis ton mari ?

– Pas nécessairement, chéri.

– Et pourquoi donc ?

Elle était persuadée qu'il voulait vraiment le savoir. Elle croyait toujours ce qu'il lui disait. Une idée lui vint soudain à l'esprit. En réalité, ces anniversaires ne concernaient pas directement les Crozier. Elle ne l'avait pas précisé ? Ah bon. Il s'agissait de parents de Nanette, la femme de son cousin. Par conséquent, Benoît n'avait pas besoin de se déranger. Pour Nola, c'était différent, puisqu'elle connaissait Nanette depuis toujours ; c'était presque une sœur pour elle. D'ailleurs, Benoît ne devait-il pas accompagner Miriam à la soirée du maire ?

Il se rendit à ses raisons. Elle était tout excitée d'avoir gagné.

– Tu prendras le train de l'après-midi ? Dans ce cas, Parker te conduira à la gare, ou bien je t'emmènerai moi-même.

Elle avait projeté d'aller à Leeds par la route. Quel prétexte trouver ? Impossible de dire qu'elle se rendrait à Manchester en voiture. Benoît savait fort bien que sa malheureuse guimbarde était incapable d'aller si loin. Alors ? Elle réfléchit.

– Inutile de déranger qui que ce soit, répliqua-t-elle, tout en sachant qu'elle ne faisait que gagner du temps. Je n'ai besoin de personne pour m'emmener à la gare, puisque j'ai une auto.

– Mais voyons, que deviendra ce précieux véhicule quand tu seras montée dans le train ? Tu ne vas tout de même pas l'abandonner dans la cour de la gare ? Tu pourrais bien ne pas le retrouver à ton retour.

– Mais ce n'est pas mon intention. (Quelles étaient ses intentions ? Elle trouva immédiatement une réponse, comme toujours.) Tout est arrangé. Inutile de t'inquiéter. J'ai promis à Claire de lui prêter ma voiture pendant mon absence. C'est elle qui me l'a demandé, à cause de toutes les allées et venues qu'elle est obligée de faire. J'irai la chercher à Mannheim Crescent, elle me conduira à la gare, gardera la voiture et reviendra me prendre le lendemain. N'est-ce pas bien combiné ?

– Très bien combiné, ma chérie. Ça ne m'étonne pas de toi. Amuse-toi bien et n'oublie pas de transmettre toutes mes amitiés à Nanette.

Elle partit donc pour Leeds avec un sentiment de triomphe, mais elle se trompa plusieurs fois de route, car elle n'avait aucun sens de l'orientation. Elle allait retrouver son amant, pour déposer à ses pieds son dévouement, la foi qu'elle avait en lui, les ambitions qu'elle nourrissait à son égard et un grand panier contenant une dinde froide, du foie gras et du champagne pris dans la cave de Benoît. Elle passerait toute la nuit avec ce génie qui avait tant besoin d'elle. Elle y rêvait depuis si longtemps. Son vœu se réalisait enfin. Pourtant, en frappant à sa porte, elle éprouva une joie moins grande qu'elle ne l'escomptait, et le frisson qui la parcourut en le voyant ne l'électrisa pas autant qu'elle l'espérait. Peut-être avait-elle trop attendu ce moment. Mais tout espoir n'était pas perdu. Elle sortit les victuailles de son panier, lui palpa le front pour voir s'il avait encore de la température, l'écouta tousser et examina attentivement le chef-d'œuvre en cours. Elle n'oubliait jamais d'accomplir ce rituel. Pourtant, il manquait quelque chose. Qu'y avait-il de changé ? Il était toujours le même, aussi maigre et tourmenté. La chambre froide et triste – une véritable cellule, estimait-elle –, plus propice à la pénitence qu'à l'amour, était bien la même. Alors, pourquoi ne ressentait-elle pas ce trouble merveilleux, cette douce fièvre, que la présence de son génie méconnu suscitait ordinairement en elle ? A force de volonté, elle finit par ressusciter cette impression, et s'y accrocha désespérément de peur qu'elle ne s'évanouît de nouveau.

Ce n'était pas la première fois que ce phénomène se produisait. Elle ouvrit la bouteille de champagne, et s'aperçut que l'obstination qu'il mettait à le boire dans un gobelet en fer – attitude qui lui semblait auparavant si lourde de sens – l'agaçait légèrement.

– Bonne année, mon chéri.

Elle savait comment cette année se déroulerait pour lui. Il continuerait à vivre là, environné de poussière et de crottes de souris. Il s'obstinerait à cultiver sa malchance, à manger des haricots à même la boîte, à ne jamais se coiffer, à protéger soigneusement sa misère parce qu'un véritable artiste doit être misérable et négligé. Soudain elle comprit que cette vie de bohème le comblait. Il n'avait pas l'envie de réussir, ni le talent pour y arriver. Elle s'était encore trompée. Malgré tout, puisqu'elle était là, elle le déshabilla, comme les autres fois, puis se dévêtit à son tour pendant qu'il se réchauffait sous la mince couverture. Ensuite, elle le serra dans ses bras. C'était un très mauvais amant. Elle s'en était rendu compte depuis le début, mais elle trouvait du plaisir à contenter son désir. Sa maladresse l'exaltait et elle éprouvait une satisfaction à sacrifier sa jouissance sur l'autel de son génie. Ce soir-là, couchée dans le lit dur, elle ne ressentait plus que de l'irritation, de la déception et de la tristesse.

– Il faut que je parte, maintenant, Roland.

Il ne chercha pas à la retenir et, à 2 heures du matin, le premier jour de l'année, elle se retrouva seule dans la rue. Elle ne savait où aller. Elle ne pouvait pas rentrer chez elle, puisqu'elle avait dit à Benoît qu'elle était invitée chez Bernard et Nanette Crozier. Que faire ? A cette heure, aucun hôtel ne l'accepterait sans bagages, malgré l'énorme émeraude qu'elle avait au doigt et son somptueux manteau de fourrure. Si elle essayait de dormir dans sa voiture, des policiers pourraient venir la questionner et insisteraient pour la raccompagner chez elle. Les imbéciles ! Pourtant, qu'aurait-elle pensé elle-même, en voyant une femme aussi élégante seule dans un endroit pareil ? Une rafale de vent balaya soudain les résidus de la fête, épluchures d'oranges, boîtes de conserve, bouteilles et paquets de biscuits vides, qui traînaient dans la rue. Un vieux journal s'envola lourdement, comme une chauve-souris, et vint s'enrouler autour des jambes de Nola qui donna des coups de pied pour s'en débarrasser. Elle se sentit abandonnée.

La pensée de Kit Hardie et de son lit confortable à la *Couronne* lui traversa l'esprit. Mais le plus important, pour le moment, c'était de mettre en route cette maudite voiture. Et si elle ne voulait pas démarrer ? Que fait-on en cas de panne quand on ne peut pas appeler Parker ? Elle se cassa deux ongles avant de pouvoir ébranler le moteur. Elle s'engagea dans les rues étroites et toutes identiques du vieux Leeds industriel, et faillit pleurer de dépit en passant pour la quatrième fois devant le même entrepôt délabré, qu'elle ne reconnut que parce que les chaînes accrochées aux plates-formes sur lesquelles on hissait les balles de laine étaient peintes d'un vert agressif. Elle retrouva enfin la route nationale, où un panneau indiquait la direction de Faxby, puis elle roula jusqu'à Mannheim Crescent. Elle contourna la maison et alla frapper à la porte du jardin. L'attente lui sembla interminable ; jamais elle ne s'était sentie si démunie, si malheureuse et si découragée. Pourtant, quand elle vit Claire tirer le rideau et venir lui ouvrir, elle poussa une joyeuse exclamation.

– Bonne année, Claire... Suis-je la première à poser cette année mon pied humide sur votre seuil ? Vous êtes seule ? Ah bon... pauvre petite. Moi aussi, justement.

Elle entra en secouant la pluie de son manteau.

– Vous allez bien, Nola ?

– Pas vraiment. Et vous ?

– C'est parcil.

– Alors, buvons à nos malheurs.

En s'éveillant le matin du 1er janvier, après avoir passé les dernières heures dans un fauteuil, Claire pensa aussitôt à la femme de son ex-amant qui dormait dans son lit, sur lequel elle s'était écroulée, ivre et tout habillée.

La présence de Nola lui causait cependant moins de souci que sa migraine et le froid qui régnait dans la pièce ; le feu s'était éteint, malgré le charbon, le bois et les soins qu'elle lui avait prodigués. Après avoir enfilé un sweater de cricket – à qui pouvait-il bien appartenir ? – sur son gros pyjama de flanelle acheté chez Taylor & Timms, puis s'être enroulée dans une couverture, elle s'attela à l'ingrate besogne qui consiste à allumer un nouveau feu sur les cendres du précédent.

– Je me demande si vous ne devriez pas nettoyer d'abord le foyer, dit Nola qui était relativement au chaud dans le lit.

– Oui, Nola.

– Pour que l'air puisse circuler et enflammer le bois.

– Oui, Nola.

– Si vous empilez le charbon comme ça, sur le bois que vous essayez de faire prendre... n'allez-vous pas étouffer le feu ?

– Oui, Nola.

Elle donna de vigoureux coups de tisonnier dans l'espoir d'écarter les cendres – celles d'hier et d'avant-hier – qui engorgeaient le foyer. Elle ne se sentait pas le courage de les ramasser avec une pelle et d'aller les déposer dans la cour glacée. Claquant des dents, elle courut à la cuisine et en revint avec un bidon de pétrole dont elle aspergea généreusement le charbon et les bûchettes.

– Vous n'allez tout de même pas y mettre le feu ? demanda Nola, inquiète.

Claire frotta une allumette puis, s'écartant un peu,

elle la jeta dans le foyer. Elle recula de plusieurs pas au moment où jaillissait une vigoureuse flamme malodorante.

– Mon Dieu ! Vous aimez le risque, ma belle... je vous l'accorde.

– Dites-moi, Nola. Vous est-il déjà arrivé d'allumer du feu ?

– Non. Mais ne vous occupez pas de moi. Je vis dans un monde où les feux s'allument tout seuls. Pourtant, si fatiguée que je sois, je n'en conserve pas moins mes facultés d'étonnement. Ce pyjama, Claire... qu'est-ce que c'est ?

– Un pyjama de soldat. Nous avons eu des hivers très froids, en France.

– Et très chastes, je suppose.

– Pas forcément. Est-ce que vous avez l'intention de vous lever aujourd'hui, Nola ? Quand le feu aura bien pris, je préparerai le café, et puis il faudra que je fasse mon lit... à moins que vous ne vouliez vous en charger, bien entendu.

– Non... non, merci beaucoup. Je vais rester couchée et mettre au point ma liste de bonnes résolutions. Une nouvelle année, une nouvelle chance...

– Dois-je en conclure que le temps de la sculpture est terminé ?

Nola ne se formalisa pas de cette question. Elle savait qu'elle avait sa part de responsabilité.

– Oh !... à la réflexion, je trouve que les œuvres de Roland ne sont pas vraiment originales. J'ai peur d'avoir attrapé la grippe espagnole, enchaîna-t-elle, avec une certaine satisfaction.

Elle n'avait jamais été malade. Ce serait une occupation en attendant d'avoir trouvé quelque chose pour remplacer Roland.

Ce jour-là, Alan Ash, dont la toux troublait si souvent les nuits du professeur de danse, fit son paquetage. Une nouvelle année, une nouvelle chance.

– Je pars pour Edimbourg, annonça-t-il à Claire.

– C'est vrai ?

– En tout cas, je vais jusqu'à la gare, pour voir s'il y a des trains qui remontent vers le nord.

– Avec vos poumons malades, Alan ? Vous ne devriez pas voyager par un temps pareil.

– Avec mes poumons malades, mon petit, je ne devrais même plus être là. Mais je ne vois pas comment je pourrais partir en voyage sans eux. L'ennui, c'est que je ne peux pas emporter mes toiles... il y en a trop, c'est trop encombrant. Pourriez-vous me les garder en attendant que je puisse les récupérer ? Et si je ne les récupère jamais, gardez-les en souvenir.

Mais bien sûr qu'elle les garderait. C'était bien le moins...

Soudain, elle pensa qu'elle pourrait faire autre chose pour lui, et prit un ton détaché pour lui dire :

– Entendu. Mais je ne sais pas trop où je vais les mettre. A moins que... ah si, il me vient une idée. Votre loyer est très faible, je pourrais peut-être reprendre votre logement, ne serait-ce que pour ne pas partager la cuisine avec le nouveau locataire.

De cette manière, il aurait un toit pour s'abriter, en cas de force majeure.

– Vous n'avez qu'à laisser vos toiles où elles sont.

Elle eut le cœur gros de le voir partir. Sur le quai de la gare balayé par les courants d'air, elle eut l'impression de dire adieu à un chevalier errant qui s'en va tuer le dragon, comme lorsque Jeremy l'avait quittée et quand Paul regagnait son unité.

– Vous avez assez d'argent ?

– Oh oui... ça va. J'ai un arbre à sous au fond de mon jardin. Je n'ai qu'à tendre la main.

Cette main, il la lui donnait justement et elle la serra entre les siennes.

– Il ne faut pas vous inquiéter pour moi.

– Non. Vous avez raison. Je ne veux pas m'inquiéter. Absolument pas.

Il glissa son bras sous le sien, et l'attira contre son

corps décharné. Docilement, comme un enfant bien élevé, il la laissa lui rentrer son écharpe dans le col de son vieux trench-coat.

– Qu'est-ce qu'il y a à Edimbourg, Alan ?

– Je vous le dirai quand je serai arrivé.

– Si...

– Oui. Mais ne vous inquiétez pas.

Elle lui jeta les bras autour du cou et l'étreignit avec une violence possessive et rageuse. Même si elle parvenait à le défendre des autres, elle ne pourrait jamais le protéger contre lui-même.

– Je regrette beaucoup, dit-il.

Elle aussi, elle regrettait. Du fond du cœur.

Il n'avait dit adieu à personne, pas même à Kit, à Nola ou à ses amis du marché de Faxby. Il monta dans le train, son sac sur l'épaule, et partit en léguant à Claire deux douzaines de toiles, des bouteilles de whisky vides, un grand vase chinois et une cuisine pour elle seule.

Il lui manquait. En un sens, c'était un bien, car elle ne savait plus trop si elle souffrait de l'avoir perdu ou d'avoir perdu Benoît.

Une nouvelle année, une nouvelle chance. Et la guerre était finie, maintenant, bien finie. Finie depuis assez longtemps pour ne plus pouvoir servir d'alibi universel. Il fallait se reprendre en main, se remuer, car bientôt elle n'aurait plus d'excuse. Si elle n'agissait pas rapidement, elle resterait définitivement au point mort. Paul n'était plus, Alan était parti, et Benoît avait été une erreur terrible et stupide qu'elle ne se pardonnerait pas. Malgré tout, si elle n'avait pas réussi à percer sa véritable personnalité, elle avait appris quelque chose sur elle-même. Il l'avait traitée comme un objet de plaisir, et elle ne se sentait pas faite pour ce rôle. On ne l'y reprendrait plus. Désormais, elle n'éprouvait plus pour lui que de l'hostilité et du mépris. Sa façon de vivre lui paraissait odieuse, vaine et démodée. Elle trouvait détestables ses liaisons avec des femmes distinguées mais banales, qui cherchaient des amants en cachette parce qu'elles n'avaient pas le courage d'affronter la solitude. Claire ne les trouvait ni intelligentes ni audacieuses, contrairement à ce qu'elles pensaient, mais seulement anachroniques. Elle n'avait plus rien à dire à Benoît. Le dimanche, quand elle allait à Montfleuri, ils n'échangeaient que les banalités d'usage.

Elle avait d'autant moins de mal à adopter cette attitude qu'elle avait toujours établi dans son esprit une distinction très nette entre l'intraitable maître de Montfleuri et l'homme qui l'emmenait à Thornwick. Elle s'efforçait maintenant de ne plus voir en lui que le libertin déclaré qui parlait de bridge tout en cherchant à séduire de belles femmes stupides.

Elle ne leur souhaitait à toutes que du bien ou, du moins, le bien qu'elles méritaient. Lois, Edwina et Elvira, la fille du conseiller Redfearn qui ne manquait jamais de citer le nom de Benoît d'un air entendu, chaque fois qu'il venait à la *Couronne*. Si Benoît se gaspillait, tant pis pour lui. Il fallait qu'elle songe à organiser sa propre existence. Les mois de janvier et février étant une période creuse pour l'hôtel, elle avait amplement le temps de réfléchir sur elle-même.

Elle avait perdu Alan, Benoît et Paul. Il lui restait Kit. Au réveillon du Nouvel An, écœurée par sa propre indécision et l'erreur qu'elle venait de commettre, elle éprouva le besoin de s'appuyer sur une épaule solide, une main ferme, et elle sentit avec joie les bras de Kit se refermer sur elle. Elle se croyait prête à l'accompagner dans sa chambre, pour concrétiser le sentiment qui germait entre eux depuis longtemps. Malheureusement, Arnold Crozier avait réclamé la présence de Kit à la soirée polissonne qu'il donnait dans la Suite mandarine. Il avait réuni pour la circonstance des girls de music-hall qui avaient gardé leur costume de scène, des demoiselles très peu vêtues et quelques dames d'âge mûr, bien connues dans la région. Il n'était donc pas question que Claire y aille, même si elle avait été invitée, et jamais Kit ne lui aurait permis de s'y rendre.

– Je viendrai vous chercher demain matin... si vous voulez bien. Nous pourrions sortir ensemble.

Mais le lendemain matin, Nola s'était installée chez elle. Dans l'après-midi, Alan prenait le chemin d'Edimbourg ou, en tout cas, du nord. Après une nuit de bamboche où il s'était efforcé d'égaler Arnold Crozier, Kit n'était pas dans une condition physique idéale pour lui manifester son ardeur. Le moment n'était pas encore venu.

Peu de temps après, le maire de Faxby et son épouse, une personne corpulente et gonflée de vanité, vinrent dîner à la *Couronne* avec plusieurs personnalités locales, dont le futur maire, le conseiller Redfearn, accompagné de sa jeune femme et de sa fille Elvira qui, étant donné l'état de grossesse avancée où se trouvait sa belle-mère, avait accepté de la remplacer comme première dame de la ville. Tout le monde s'était répandu en compliments. La cuisine, les vins, le service, la décoration, tout avait trouvé grâce auprès des édiles.

– Nous sommes fiers de vous, Hardie, avait grommelé le maire, préférant oublier qu'il avait jadis clamé haut et fort qu'il fallait expulser de la ville, sans prendre de gants, les individus douteux du genre des frères Crozier et les parasites peu recommandables qui gravitaient autour d'eux.

– Votre établissement fait honneur à Faxby, major, murmura Elvira Redfearn qui ne semblait pas se souvenir d'avoir déclaré qu'on devrait raser ce bouge pour construire à la place l'école secondaire dont Faxby avait grand besoin.

– On doit bien s'amuser ici, remarqua sa charmante belle-mère qui venait de capter quelques échos de jazz montant du sous-sol.

– Major, vous avez un goût exquis.

En tant que future première dame de la ville, Elvira n'avait pas l'intention de laisser sa jeune belle-mère l'éclipser. Kit, qui avait très bien compris la situation, lui sourit d'une façon qui donnait à penser qu'il appréciait sa classe et sa maturité.

Le maire et ses invités promirent de revenir. On se serra la main dans le hall. Le conseiller Redfearn et sa fille se disaient chacun de leur côté que ce serait une excellente idée d'inviter régulièrement des amis pour le thé, dans le salon rose, tandis que Mme Redfearn regardait mélancoliquement vers l'escalier du sous-sol d'où s'échappaient des accents de jazz.

Personne ne fit allusion au temps où Kit était maître d'hôtel à Montfleuri. A l'époque, tous ces gens à qui il ouvrait la porte et qui lui remettaient leur chapeau et leur manteau l'ignoraient poliment.

Est-ce qu'on remarque la physionomie d'un domestique ? Il s'appelait alors Christopher Hardie et ce n'est que plus tard, au mess des officiers, qu'il prit le nom de Kit. Si tout le monde avait oublié Christopher Hardie, Kit, lui, s'en souvenait.

Claire le rejoignit au pied de l'escalier, tandis que les deux automobiles s'ébranlaient, emportant les Redfearn et les Greenwood.

– Un jour, je finirai par ne plus avoir l'impression d'être le fils d'une cuisinière, lui confia-t-il.

– Et quelle impression ça vous fait ?

– D'être ridiculement content de moi quand une vieille bique comme Arthur Redfearn me donne une tape sur l'épaule.

– Arthur Redfearn ne vous arrive pas à la cheville, Kit.

– Je sais.

– Mais alors ?

– Le savoir ne suffit pas. Il faut aussi le ressentir au fond de soi... j'espère bien y arriver un jour.

Vers la fin du mois de février, Claire reçut une

carte postale de Whitby, avec la signature d'Alan griffonnée au dos. En sept semaines, il n'était pas allé bien loin. Elle connaissait Whitby et en avait gardé le souvenir d'un charmant port de pêche, mais, en cette saison, il devait être enseveli sous la brume, la plupart du temps.

– A quoi bon s'inquiéter pour lui ? demanda Nola. D'ailleurs, à quoi bon s'inquiéter pour quoi que ce soit ?

Cette année-là, Nola avait choisi de ne pas prendre l'existence trop au sérieux. Pour raison de santé, elle dut cependant remettre à plus tard sa décision de cultiver la gaieté et l'insouciance. En effet, le soir du 31 décembre, elle avait attrapé un refroidissement, à cause du climat infect de Manchester et de la radinerie de Nanette Crozier qui économisait sur le combustible. Il lui avait fallu longtemps pour se remettre ; elle était restée au lit les deux premières semaines de janvier, dans une chambre surchauffée. Elle buvait du whisky pour sa gorge, du cognac pour ses poumons et du gin pour changer un peu et choquer Miriam. Depuis, elle ne se sentait pas très bien. Elle n'arrivait pas à se secouer et se disait – raisonnement dangereux – qu'il était inutile de se forcer à quitter son lit puisqu'elle n'avait aucune raison spéciale de se lever. Quand enfin elle se décida, elle avait perdu son entrain, son appétit, et elle n'arrivait plus à prendre aucune décision.

– Je fais une dépression nerveuse, dit-elle à Claire. Vous me rendrez service en me dressant la liste des maisons de santé les plus chères de la région. Quand le moment viendra, j'aimerais pouvoir choisir celle qui coûtera le plus d'argent à mon mari. J'ai aussi des maux de ventre chroniques. Je me demande si Miriam ne cherche pas à m'empoisonner.

– C'est ça... ou la boisson.

– Je ne suis qu'une pauvre malade qui noie ses chagrins dans l'alcool, ma chère.

Début février, elle ressentit un léger mieux et retrouva presque son aspect habituel. Elle sortit ses renards roux, son turban drapé à l'égyptienne, ses chaînes d'or et ses colliers d'ambre, et revint se jucher sur les tabourets de bar de la *Couronne*, en balançant ses longues jambes gainées de soie verte, tout en régalant Claire, Kit, Arnold Crozier et MacAllister, le barman qui répétait tout, du portrait détaillé de sa dernière découverte. Cette fois, c'était un professeur. Mais celui-ci ne sortait pas de ces monastères désaffectés où l'on apprend le grec, le latin et l'arrogance aux jeunes gens de la bonne société ; c'était un véritable enseignant, un homme qui, après s'être battu pour accéder au savoir, militait pour étendre ce privilège à tous.

– Un homme du peuple, en somme, ironisa Kit. Vous y avez déjà goûté, Nola.

– Mais non, chéri. Il ne vous ressemble pas du tout. D'ailleurs, il ne ressemble à personne.

Le temps de la culture prit fin très soudainement.

– Qu'est devenu le professeur ? demanda Claire.

– Quel professeur ?

Nola, qui venait d'entrer dans l'appartement, sembla chercher autour d'elle, comme si elle avait perdu quelque chose, pour ressortir aussitôt.

– Qu'est-ce qu'elle a ? s'étonna Kit. Elle est venue et repartie trois ou quatre fois dans la journée, avec l'air d'une âme en peine, malgré son maquillage, ses fourrures et ses mots d'esprit.

Oui. Une âme en peine, c'était bien l'expression qui convenait en ce moment à Nola.

– Je pense qu'elle boit trop.

En effet, le soir même, au bar de la *Couronne*, elle se mit dans un tel état d'ébriété que Polly, qui n'aimait pas qu'on piétine ses plates-bandes, se vexa et partit, entraînant dans son sillage une demi-douzaine de jeunes gens. Claire lui prit les clés de sa voiture et la ramena chez elle.

Le lendemain, Nola reparut à l'hôtel à l'heure du thé. Le teint brouillé, l'œil morne, elle repoussa d'un geste dégoûté les gâteaux et les sandwiches qu'on lui apportait.

– Vous avez vu un médecin ? lui demanda Claire.

– Non.

– J'irai avec vous, si vous voulez.

Nola haussa les épaules. Elle était devenue la caricature de la femme nonchalante et décontractée qu'elle était auparavant.

– C'est très gentil, Claire.

– Bon. Allons-y dès aujourd'hui.

– Non.

La réponse était sans appel. Claire décela dans le regard de Nola une terreur qu'elle reconnut pour l'avoir déjà rencontrée à plusieurs reprises dans d'autres yeux.

– Dites-moi, Nola, vous savez de quoi vous souffrez ?

– Mais bien sûr, ma chérie. C'est Miriam et son poison lent. Elle veut m'éliminer pour que Benoît puisse épouser Elvira Redfearn. Elle a envie d'être la belle-mère de la première dame de Faxby. Je vais vous donner une lettre à n'ouvrir qu'après ma mort, où je les accuse tous les deux. Ah !... je vous quitte. J'ai quelqu'un à voir.

– Ecoutez, Nola, laissez-le tomber. Il vous attendra, tandis que le médecin, lui, n'attendra peut-être pas.

– Ma parole, Claire... comme vous êtes impatiente. Je vous remercie beaucoup, mais aujourd'hui c'est impossible... Il s'agit d'une personne absolument extraordinaire.

– Par pitié, Nola... vous n'allez pas recommencer.

– Mais si. Le grand amour de ma vie... Encore une fois, il faut que je me dépêche. Ne vous inquiétez pas pour moi, Claire. Vous savez ce qu'on dit de la mauvaise herbe ? Je suis un tel boulet pour certains de mes proches que, logiquement, rien ne peut m'arriver. A propos, il faudra que je vous donne cette lettre.

Claire était préoccupée. Malgré son assurance, Nola avait une expression traquée.

– Est-ce que vous avez vu Nola, Kit ?

– Oui. Elle a débarqué dans mon bureau... il y a bien longtemps qu'elle n'y était pas venue... elle m'a embrassé... je veux dire, embrassé pour de bon, et elle est repartie aussi vite. Vous savez où elle est allée ?

– Elle avait quelqu'un à voir... un homme.

– Elle n'a tout de même pas l'intention de se faire enlever. Ni de se noyer, j'espère.

– Kit !

– Je vais jeter un coup d'œil. Elle laisse toujours sa voiture dans la ruelle et il y a des chances pour qu'elle n'ait pas encore réussi à la mettre en marche.

Kit ne trouva pas Nola.

Claire rentra chez elle en fin d'après-midi, avec son dîner dans un panier. Elle avait établi d'avance le programme de sa soirée : se laver les cheveux, écrire à Alan qui lui avait enfin envoyé son adresse, s'épiler les sourcils, se vernir les ongles, se coucher de bonne heure avec un verre de cognac – pour se réchauffer – et un livre.

Elle appréciait ces moments de solitude, aussi fut-elle un peu contrariée en entendant sonner à la porte. Son mécontentement se dissipa aussitôt quand elle vit Nola sur le palier, l'air complètement hagard.

– Entrez et venez vous asseoir.

– Ce n'est pas de refus.

– Vous avez une mine épouvantable, Nola.

– Oui, c'est ma conscience, ma chère enfant. Il n'y a rien de pire. Enfin, on n'en meurt pas.

Claire n'en était pas si sûre.

– Alors, vous allez tout me dire, cette fois ?

Un sourire nerveux allait et venait sur le visage de Nola, comme sur celui d'une poupée mécanique. On aurait dit qu'elle s'était mordu les lèvres, tant elles étaient sèches et enflées. Elle avait un teint grisâtre et ses traits défaits trahissaient une violente terreur. Son détachement habituel n'était plus qu'un simulacre.

– Oh oui... je suis venue me confesser, puisqu'il paraît que ça soulage. Je suis enceinte, Claire. Ça vous épate, n'est-ce pas ?

Il y eut un silence, puis elle éclata d'un rire rauque qui dégénéra rapidement en hoquets hystériques.

– Alors, Claire, que dites-vous de ça ?

Claire avait envisagé toutes les éventualités : une maladie incurable, une mort violente, une dépression nerveuse et même un suicide. Mais pas une seconde elle n'avait songé à cela.

– Qui est-ce ?

Elle avait posé cette question machinalement, parce que c'est toujours ce qu'on demande dans ces circonstances.

– Pas mon mari, en tout cas. Pourtant, j'aimerais bien qu'il puisse le croire ; mais ce n'est décemment pas possible ; il y a des années que nous faisons chambre à part, vous le savez. Je ne peux tout de même pas me jeter maintenant sur lui, en espérant qu'il ne s'apercevra pas que le bébé arrive avec deux mois d'avance.

– *Nola !*

Il y avait tant de détresse, de compassion et de sympathie dans la voix de Claire que Nola fondit en larmes.

– Non, Claire... je vous en prie. Ne soyez pas si gentille. Dites-moi plutôt que je suis une idiote qui ne mérite que ce qui lui arrive... une putain et même pas une putain habile. Insultez-moi. Tout le monde va m'insulter. Au moins, je pourrai me défendre.

– Ça vous servirait à quoi ? Mais vous tremblez, Nola. Vous êtes en nage. Vous avez mal quelque part ?

– Moi ? Non. Jamais. Donnez-moi plutôt une cigarette.

Tandis qu'elle se penchait pour l'allumer, Claire s'aperçut que Nola avait les mains moites et que la sueur perlait sur son front. Le maquillage de ses yeux avait coulé, ce qui lui donnait une mine de clown triste. Elle voulut lui prendre le bras, mais Nola eut un mouvement de recul.

– Non, non. Ne me plaignez pas. Sinon, je vais encore pleurer. Maintenant, laissez-moi vous dire quelque chose de drôle. Ça m'est arrivé le soir du réveillon du jour de l'an. Vous vous rendez compte ? Pendant que j'étais en train de penser que tout était fini avec lui, que faisait Roland ? Il me faisait un enfant. Ça ne manque pas de sel, hein ?

Elle éclata d'un rire grinçant, puis ferma les yeux en serrant les poings. Les muscles et les veines de son cou saillaient à cause du mal qu'elle se donnait pour se contenir.

– Je suis sûre que c'est ce soir-là, parce que je ne l'avais pas vu depuis un certain temps. Il n'y a aucun doute possible.

– Vous le lui avez dit ?

– Bien sûr que non. Ça ne le regarde pas.

– Ah bon ?

– Pas du tout. Mais si je ne lui ai rien dit, c'est surtout parce que je sais qu'il n'a pas envie de le savoir. Il détalerait comme un lapin... j'en suis sûre. Je ne veux pas assister à un tel spectacle. Vous comprenez ?

– Oui. Et qu'est-ce que vous allez faire ?

Nola rejeta la tête en arrière et ferma les yeux. Soudain, ses muscles tendus se relâchèrent et elle soupira profondément.

– Oui... que faire ? Je connais un médecin qui prétend pouvoir tout arranger...

Claire poussa une exclamation horrifiée. Elle ressentit une douleur dans l'abdomen, et un spasme de dégoût la parcourut. Elle avait entendu parler de ce genre de médecins.

– Oh non, Nola. Vous pensez à l'une de ces vieilles sorcières qui manient l'aiguille à tricoter...

– Non, Claire. Je suis en effet allée voir une sorcière, comme vous dites, mais j'ai beau être aux abois... je préfère me suicider d'une façon moins horrible. Malgré tout, elle ne doit pas tuer toutes ses clientes, car ses affaires semblent prospères.

– Elles ne meurent pas sur place, je suppose. Ça peut prendre un certain temps.

– Sans doute. Mais revenons-en à ce médecin... s'il est vraiment médecin. Je ne peux tout de même pas lui demander de montrer ses diplômes. Croyez-vous qu'on le mettrait en prison si on le coinçait ?

– Assurément.

– Et moi ?

– Je n'en sais rien. De toute manière, s'il était pris, c'est que vous seriez sans doute déjà morte.

– Ah !... merci. Ça me réchauffe le cœur. Est-il donc si dangereux d'avorter ?...

Claire se souvint d'une fille de cuisine de quatorze ans qui s'était vidée de son sang dans une cabane à charbon, à Upper Heaton. En France, elle avait connu une infirmière qui s'était empoisonnée en essayant de provoquer une fausse couche. Depuis toujours, des malheureuses acceptaient le risque de mourir pour se débarrasser d'un enfant dont elles ne voulaient pas. Dans les milieux ouvriers, beaucoup de sages-femmes non diplômées pratiquaient encore des avortements, car c'était le seul moyen contraceptif dont disposaient ces pauvres ignorantes qui se retrouvaient enceintes chaque année, comme des animaux. Quand l'une d'elles mourait, personne ne se posait beaucoup de questions. Claire savait aussi que des ouvrières ou des employées de magasin avaient recours à cette solution, à force d'entendre leurs parents leur dire : « Ne nous ramène pas d'ennuis à la maison. » Les raisons de cette attitude n'étaient pas uniquement d'ordre moral ; dans la plupart des cas, les familles n'avaient pas de quoi nourrir une bouche supplémentaire. Et voilà pourquoi on mourait, à quatorze ans, dans une cabane à charbon, ou qu'on parlait en riant de la mort et de la prison, à trente-huit, comme Nola. Personne à Upper Heaton n'avait songé à se demander qui était l'amant de la petite morte et, dans le cas présent, Nola refusait de mêler Roland à cette histoire.

– Ne faites pas ça, Nola.

– Mais, ma chérie... que faire d'autre ? Soyons raisonnables. Y a-t-il une autre solution... à part la rivière ? J'y ai pensé, d'ailleurs. Si je me noie, c'est la mort assurée, tandis que là j'ai une chance de m'en sortir.

Elles se regardèrent en silence, puis, au bout d'un moment, Claire demanda :

– Vous n'avez pas envisagé de garder cet enfant ?

– Vous êtes folle ?

– Il y aurait peut-être un moyen.

– Je sais. Je pourrais partir à l'étranger pour raison de santé, et rentrer neuf mois plus tard avec une bien meilleure mine... en laissant un petit paquet derrière moi, dans un couvent ou ailleurs, pour que quelqu'un l'adopte. Je sais. Mais pour cela, il me faudrait de l'aide et de l'argent.

– Bien entendu.

– Qui a de l'argent ? Le cher cousin Arnold, évidemment. Il m'en prêterait peut-être. Mais voilà, il en parlerait à ses chéries, dans la Suite mandarine, pour leur prouver qu'il est généreux et qu'elles n'ont rien à craindre de lui. Quant à mon cousin Bernard, sa femme l'en empêcherait. C'est une fille bien, voyez-vous, c'est-à-dire qu'elle n'aide jamais les gens dans l'embarras. Elle serait trop choquée. Ma mère ? Iriez-vous trouver votre mère dans un cas pareil, Claire ?

– Certainement pas. Mais vous pourriez vous procurer de l'argent, Nola.

– C'est probable. Mais ce qui est impossible, chère et innocente enfant, c'est d'échapper à Benoît. Que lui dirais-je ? Que je vais passer quelques mois à Cannes ? Ce n'est pas un imbécile. Il comprendrait... Vous ne me conseillez tout de même pas d'en parler à Benoît ?

– Justement.

– Plutôt mourir.

Elle avait prononcé ces mots avec calme. Claire était convaincue qu'elle était sincère. Elle lui saisit les mains et les serra très fort entre les siennes.

– Dites-le-lui, Nola. Oui... vous pouvez le lui dire. Quelle que soit sa réaction... que pourra-t-il vous faire, mon Dieu ?

– Lui dire ? J'aimerais mieux me jeter tout de suite dans la rivière. Je le ridiculise depuis des années... vous le savez bien. Il me... il me détruirait, d'une façon ou d'une autre.

Sachant combien cette fiction plaisait à Nola qui en avait besoin pour pimenter un peu la banalité de ses aventures, Claire hésita un instant. Puis, décidée à l'empêcher de se livrer à cette chirurgie barbare, elle lui dit :

– Je suis sûre qu'il est au courant, Nola... pour Roland et les autres.

– Au courant ! (La stupeur de Nola était si grande qu'elle en aurait été comique, en d'autres circonstances.) Mais non, Claire. Allons, ne soyez pas si naïve. C'est très chic d'avoir des idées modernes, mais en définitive... il faut respecter la règle du jeu. Pour une femme, la règle consiste à ne pas se faire prendre. C'est ma mère qui me l'a dit. Si, par hasard, on est pris... comme moi... on doit effacer ses traces, se débrouiller seule et avoir le bon goût de n'ennuyer personne.

Le moment était venu. Claire avait l'impression de marcher sur des œufs. Elle parla en détachant bien chaque mot.

– Nola... dans le cas présent... je pense que vous pouvez vous confier à Benoît.

– Vous croyez ?

Sa voix venait de très loin, comme dans un rêve.

– Oui. Inutile d'aller chez ce médecin. Je parle sérieusement.

– Je n'en doute pas. C'est dommage.

– Pourquoi ?

Nola était assise très raide et immobile. Sa gorge se contracta de nouveau et elle attendit que la crispation fût passée pour dire à Claire :

– Parce que ce salaud m'a eue, Claire... ô mon Dieu !

Elle se balançait d'avant en arrière sur son siège, en proie à une violente douleur.

– *Claire !*

Il était trop tard pour la sermonner. Le mal était fait. Il fallait à présent lui venir en aide, si c'était encore possible.

– Il a dit, ce salaud...

– Peu importe, Nola.

– J'avais confiance. Je le croyais capable de me sortir de là. C'est pour ça que je l'ai payé.

– Cet après-midi ?

Tout s'expliquait, maintenant. Ses airs dégagés, le poison lent de Miriam, le soudain regain de tendresse pour Kit, le prétendu rendez-vous avec le grand amour de sa vie. Evidemment.

– Et puis, j'ai souffert le martyre... ô mon Dieu ! Je croyais que c'était fini, mais ça ne fait que commencer. Il m'a dit : « Rentrez chez vous et, dans quelques heures, vous aurez une fausse couche. Si vous avez trop mal ou que l'hémorragie ne cesse pas, appelez votre médecin... » Ah, le salaud ! Il m'a dit d'appeler mon médecin ! Je l'ai payé pour ne pas le faire, justement. Et maintenant... regardez-moi, Claire... regardez...

Claire venait de s'apercevoir que la jupe de Nola était tachée de sang.

14

C'était la première fois qu'elle avait une femme à soigner. Elle trouva d'instinct les gestes qu'il fallait faire. Elle mit Nola au lit, en lui surélevant les jambes, et tâcha de l'apaiser en lui prodiguant de fausses assurances. « Ça va aller, maintenant. Oui... oui, j'ai l'habitude. »

La vue du sang ne la troublait pas en soi. Le sang des hommes, en tout cas. Mais ce sang-là contenait les particules d'une vie en puissance. C'était très différent, tellement éloigné de ce qu'elle avait connu jusque-là, qu'elle se sentait obligée de traiter ce sang avec tendresse, de manier avec précaution les serviettes rougies et de les plier soigneusement, au lieu de les jeter en tas dans un coin.

A force de voir des hommes souffrir, sa faculté de compassion avait fini par s'émousser. La douleur d'une femme était une chose nouvelle pour elle. Et il s'agissait là d'une douleur bien précise, causée par la substitution volontaire de la mort à la vie. Elle la ressentait dans son propre corps, dans son ventre qui se contractait en même temps que celui de Nola. Elle ne savait pas comment arrêter l'hémorragie, et ignorait combien de temps celle-ci pouvait durer sans provoquer une issue fatale. Elle se demanda si Nola allait mourir.

Nola, pour sa part, s'en moquait.

Interdiction d'appeler un médecin. Elle se montra

intraitable, allant jusqu'à crier et sangloter, ce qui ne servit qu'à aggraver son état. Un médecin la ferait hospitaliser. On la questionnerait, et même si on ne prévenait pas la police, on avertirait certainement son mari. Faxby n'était pas Londres, où elle aurait pu donner un faux nom. Deux ans plus tôt, elle avait inauguré avec Miriam le nouvel hôpital municipal, coiffée d'un turban de satin verdâtre orné d'une plume d'un mètre de long. On la reconnaîtrait forcément. Et demain, toute la ville serait au courant.

Donc, pas de médecin.

– Je n'y arriverai pas toute seule, Nola.

– Ça ne fait rien. On verra bien.

Elle était décidée à accepter la douleur et le risque de mourir. Ce n'était pas du courage. Elle avait dépassé ce stade. L'après-midi, en entrant dans la maison du médecin, le cœur lui avait manqué. La tête lui tournait, non pas à cause du gin, mais parce qu'elle n'avait rien mangé. Pourtant, l'humiliante cordialité du « praticien » lui avait semblé préférable à la honte d'un scandale. Les hommes avaient le droit d'assouvir les caprices de leurs sens. Les hommes – sa mère le lui avait toujours dit – étaient ainsi. Les femmes étaient fabriquées autrement ou, du moins, elles se comportaient comme si elles étaient différentes, puisque les hommes l'avaient décrété. Par conséquent, si l'une d'entre elles succombait à la tentation, elle devait dissimuler sa faute ou payer le juste prix. En silence, et par la mort s'il le fallait. N'importe comment, pourvu que la réputation de la famille et celle de l'amant ne soient pas traînées dans la boue. C'était la seule chose qui comptait.

Elle avait donc suivi l'homme dans son cabinet. Elle s'était allongée et s'était laissé violer par l'instrument froid, tandis qu'elle était prise de dégoût pour cet individu, ses mains grasses sur sa peau nue, son sourire hypocrite, jusqu'au moment où la douleur et l'épouvante avaient balayé sa répulsion. Elle l'avait alors supplié d'arrêter, et le désespoir s'était emparé d'elle quand il lui avait dit que c'était impossible.

Le désespoir ! Pourquoi, au nom du ciel, ce mot s'était-il installé dans sa tête ?

Le désespoir.

– Pas de médecin, répéta-t-elle en se raidissant encore davantage sous l'effet de la souffrance et de la peur.

Ses précédentes grossesses avaient été facilitées par des calmants. C'était la première fois qu'elle rencontrait la douleur à l'état brut, et elle n'avait jamais pensé qu'on puisse avoir si mal. De même, elle n'avait pas imaginé qu'il était possible de se sentir si humiliée, si sale. Mais peu importe... pas de médecin.

– D'accord, Nola. Mais écoutez-moi... il faut que je vous laisse une minute.

– Mais non. Pourquoi ? Ne me laissez pas.

– Il le faut.

– Pourquoi ? Pour appeler un médecin ?

– Non. Je n'ai rien pour vous soigner. Je cours chez le pharmacien.

Nola pleurait d'épuisement et de colère.

– Comprenez-moi, Nola. Je voudrais vous soigner convenablement. Dans votre intérêt comme dans le mien.

– Ah !... mon Dieu ! Je n'y avais pas pensé.

– Alors, restez tranquille. Bien tranquille... s'il vous plaît, Nola.

– Oui... mais promettez-moi. Pas de médecin.

– Je vous le promets.

Claire se lava les mains à la hâte et se précipita chez le dentiste qui habitait de l'autre côté de Mannheim Crescent, pour lui demander la permission d'utiliser son téléphone. L'air soupçonneux, il la conduisit dans la pièce où se trouvait l'appareil. Curieux d'entendre ce qu'elle allait dire, il ne s'éloigna pas trop. Il voulait s'assurer qu'il s'agissait bien d'une question de vie ou de mort, comme elle l'avait prétendu. Dans son trouble, Claire avait oublié le numéro de téléphone de Montfleuri, et il fallut quelques secondes pour qu'il lui revînt en mémoire.

Rien ne lui garantissait qu'elle trouverait Benoît chez lui. Il était 19 heures. Le dîner avait lieu à 20 heures. Miriam devait être en haut et, de toute manière, elle ne répondait jamais au téléphone, de même que Polly. Benoît était peut-être à Thornwick ou chez les Redfearn. Il n'avait pas le téléphone à Thornwick. Oserait-elle l'appeler chez les Redfearn ? Si, par malchance, il était parti dans le Lancashire ou Dieu sait où, elle devrait s'arranger autrement. Elle irait voir Kit. Il l'aiderait. Cette idée la rassura, mais elle la chassa aussitôt en pensant qu'elle ne pouvait pas le mêler à un éventuel scandale. Non. Il fallait trouver Benoît. Sinon, elle se débrouillerait toute seule.

Elle demanda le numéro à l'opératrice aussi discrètement que possible, au cas – peu probable – où le dentiste le connaîtrait. Au bout d'un long moment, une voix solennelle répondit à l'autre bout du fil :

– Allô ! ici la résidence des Swanfield.

– Pourrais-je parler à M. Benoît ?

– Un instant, madame. Je vais voir.

– Dépêchez-vous, je vous en prie.

– Certainement, madame.

La maison était vaste et on n'y avait pas l'habitude de se presser. Nola n'aurait pas dû rester seule une seconde et encore moins tout le temps qu'il faudrait au valet de chambre pour monter à l'étage et parcourir l'interminable couloir menant à la chambre de Benoît. Claire l'accompagna par l'esprit, comme pour le faire avancer plus vite. Si Benoît était là, il lui faudrait à son tour suivre le même chemin en sens inverse pour prendre la communication. « Dépêchez-vous, je vous en prie. Certainement, madame. » Jamais elle n'avait eu autant envie de hurler.

– Swanfield, à l'appareil.

Enfin. Et maintenant, comment dire à un homme que sa femme est en train de se vider de son sang dans un minable meublé, quand on sait que des gens vous écoutent ?

– Ah ! Benoît.

– C'est Claire ?

C'était la première fois qu'elle lui téléphonait.

– Oui. Pourriez-vous venir chez moi immédiatement, s'il vous plaît ? Nola est ici. Il faut que vous veniez.

Il y eut un bref silence.

– Pourriez-vous être plus explicite ?

– Je vais essayer. Elle est malade. Très malade.

– Vous avez appelé un médecin ?

– Non. Il faudrait quelqu'un de... de discret.

– Je comprends. J'arrive.

Quand elle rentra chez elle, Nola était presque inconsciente. Elle respirait avec difficulté, ses joues s'étaient creusées et un masque que Claire connaissait s'était plaqué sur sa figure. C'était le masque que portaient les blessés avant de mourir. Elle accomplit machinalement les gestes routiniers : prendre le pouls, la température, palper le front, arranger le lit, remettre un peu d'ordre dans sa propre tenue, s'asseoir et attendre la décision des autorités supérieures. Le médecin... Benoît. Ou quelque chose de plus définitif encore. Qui arriverait le premier ?

Ce fut Benoît. Il était d'un calme impressionnant.

– Ai-je bien compris, Claire ?

– Oui.

Dès l'instant où il pénétra dans l'appartement, elle ne se sentit plus chez elle. Sa présence remplissait tout l'espace. Elle avait l'impression qu'il disposait totalement d'elle, dans son propre intérêt. Il avait déjà appelé un médecin. En le voyant en tenue de soirée, elle pensa qu'il avait dû annuler une invitation à dîner avant de venir. Elle imaginait l'entendre s'excuser froidement. « Je suis désolé... J'ai un empêchement... non, non, rien de grave... un simple contretemps. » Elvira Redfearn elle-même ne lui poserait sûrement pas de questions sur la nature de ce contretemps.

– Je crois qu'il vaudrait mieux que vous attendiez le médecin, avant d'aller la voir.

Il l'écarta sans la toucher, ouvrit la porte, entra dans la chambre et se pencha sur sa femme. Claire ne voyait pas son visage. Elle regardait Nola et Nola la regardait.

– Judas, murmura-t-elle.

Le médecin arriva enfin.

– Ah !... docteur. (Benoît se retourna vers lui, grave mais aimable, l'air vaguement soulagé.) Merci d'être venu si vite. Comme vous voyez, ma femme a eu un terrible accident.

Claire nota que ce n'était pas le monsieur rondouillard qui soignait les rhumes et les angines de Miriam ; il était plus jeune, plus aimable, plus élégant et appartenait visiblement à la catégorie de ceux qu'on nomme des « hommes du monde ».

– Un accident, dites-vous ? Vraiment ?

A son ton, on devinait que des accidents de ce genre se produisaient toutes les nuits dans le service des indigents de l'hôpital.

– Oui, j'ai bien dit. Un accident.

– Etiez-vous au courant de l'état de votre femme, monsieur Swanfield ?

– Naturellement.

Il était clair qu'il n'entendait pas être contredit, qu'on le crût ou non.

– Nous commencions à espérer. Mais après quatorze ans, on espère avec prudence. A raison, d'ailleurs, comme vous voyez.

– Je vois.

– Ne négligez rien. Peu importe ce que ça coûtera, inutile de le souligner.

Nola ferma les yeux.

Se sentant de trop, Claire alla s'asseoir dans l'autre pièce. Elle avait fait son possible pour sauver Nola. Elle n'était plus responsable. Elle savait que le médecin n'était pas dupe, mais Benoît s'en moquait, du moment que ses ordres étaient exécutés. Elle prit une cigarette et, en examinant ses mains, elle s'aperçut qu'elle avait des traces de sang autour des ongles, et qu'une traînée de rouge noirâtre courait sur ses bras. Voilà pourquoi le dentiste l'avait regardée si bizarrement. Elle connaissait ce regard. Ce goût morbide pour le drame, le malheur des autres.

Elle alluma une autre cigarette, et s'appuya contre le dossier du fauteuil en fermant les yeux. Elle ignorait ce qui allait se produire maintenant. Benoît déciderait. Elle était trop lasse pour analyser ses propres réactions. Son premier mouvement avait été de l'accepter. Chez le dentiste, quand elle attendait au téléphone, l'écouteur serré dans la main, elle avait été saisie d'une angoisse folle à l'idée qu'il pouvait ne pas être là. Oui, Benoît saurait quelle décision prendre. En effet, il avait agi avec la plus grande efficacité, ce qui était d'autant plus méritoire que le résultat lui était totalement indifférent. Que lui demander de plus ? Il avait reconnu la paternité de l'enfant, comme Paul jadis. Nola lui inspirait-elle un peu de pitié ? Se rendait-il compte, maintenant, qu'elle s'était livrée aux mains de ce boucher parce qu'elle avait peur de lui ? Il était intelligent. Il était bien plus subtil que Nola ; il avait donc certainement compris.

La porte de la chambre s'ouvrit, et Benoît sortit en compagnie du médecin. Ils poursuivirent leur conversation à voix basse, sans paraître remarquer la présence de Claire. Malgré son air débonnaire, le docteur semblait inquiet, comme un homme qui se sent acculé dans ses retranchements.

– Bien, monsieur Swanfield... si tel est votre désir.

– Absolument.

– Dans ce cas, je suis obligé de vous faire remarquer que...

– Vous me l'avez déjà dit... et même à plusieurs reprises.

– Alors, permettez-moi de vous le répéter une dernière fois... d'insister... afin de décharger ma conscience.

– Votre conscience, répliqua Benoît avec une ironie cinglante. Grand Dieu, c'est donc de votre conscience qu'il s'agit ? Je vous demande pardon. Je croyais que vous pensiez aux risques. Pour vous et pour moi... ce qui revient au même, n'est-ce pas ?

Le docteur marqua un temps avant de répondre :

– A vrai dire, monsieur Swanfield... vu l'état inquiétant de votre femme...

– Exactement, docteur, vu son état... justement... il vaudrait mieux agir rapidement. Cette maison possède une entrée donnant sur le jardin. Vous avez une ambulance personnelle, je crois... sans inscription.

– Oui.

– Parfait. Il n'y a pas beaucoup de place pour tourner, mais vous vous débrouillerez. Je ne veux pas affoler les voisins de ma belle-sœur en faisant sortir une civière par la grande porte.

– Je comprends.

– Bien... revenez vite.

Le docteur alla chercher son ambulance. Claire entra dans la chambre et s'aperçut que Nola était inconsciente. On avait dû lui administrer des calmants. Elle ressortit et trouva Benoît devant la cheminée, en train d'allumer un cigare.

– J'imagine que ce brave docteur vous a demandé des honoraires substantiels, dit-elle d'un ton glacial.

– Vous trouvez que je suis en position de marchander ?

– Vous allez la transporter contre l'avis du médecin ?

– Je n'ai pas le choix.

Il avait l'air de dire : « Epargnez-moi les détails. Ne m'ennuyez pas plus que nécessaire. » C'était le ton qu'il employait avec Eunice.

– Il n'y a aucune raison de ne pas la laisser ici.

– Pas question.

Et voilà. En deux mots, il la ravalait au rang de ces commères qui veulent se mêler de tout, des têtes de linottes. Quelle impudence ! Il fallait le remettre à sa place. Mais au moment où elle ouvrait la bouche, il reprit d'un ton impatienté :

– Elle n'est pas encore tirée d'affaire. Si elle venait à mourir, vous pourriez regretter votre générosité. Et même si vous acceptiez de courir ce risque, j'ai d'autres personnes et d'autres problèmes à prendre en considération.

Elle se recula d'un pas.

– Vous voulez dire, je pense, que si elle décède à Montfleuri, vous pourrez étouffer l'affaire... alors que si elle meurt ici ça fera un scandale. Par conséquent, autant qu'elle aille mourir à Montfleuri.

– Exactement.

Elle s'éloigna encore davantage. Elle voulait mettre de la distance entre eux.

– Quel salaud vous êtes, Benoît, dit-elle sans hausser la voix.

– Vous avez mis du temps à vous en apercevoir.

Claire accompagna Nola dans l'ambulance. Elle avait connu pire dans les trains sanitaires bourrés de blessés, où elle avait passé des nuits et des jours innombrables. Elle se souvint des bruits et des odeurs qui envahissaient les bateaux ramenant les victimes, autant dans la chaleur d'août, quand les plaies s'envenimaient, que dans le froid de l'hiver, où elles gelaient. Rien de comparable avec aujourd'hui.

– Chère petite madame, vous nous avez été d'un grand secours.

Le médecin avait emmené son infirmière, une

femme énergique, une véritable professionnelle. Elle regardait d'un peu haut Claire qui monta dans l'ambulance pour ne pas quitter Nola et surtout ne pas aller dans la voiture de Benoît.

– Je pense qu'il y a un risque d'infection.

Ils échangèrent un coup d'œil amusé.

– Chère madame... elle est en d'excellentes mains, répliqua l'infirmière, en souriant à son patron avec une déférence qui irrita Claire.

Mais puisqu'on lui avait rappelé son statut inférieur en lui laissant entendre de « ne pas mettre son nez dans les affaires qui ne regardent pas les jeunes femmes comme il faut », elle se contenta de tenir la main de Nola en demandant de temps à autre s'il était normal qu'elle fût si chaude.

– Son front aussi est très chaud.

L'infirmière l'ignora et adressa un regard confiant au médecin qui sourit avec bienveillance.

Quand l'ambulance arriva à Montfleuri, Benoît était déjà là. La chambre de Nola était prête. Sa camériste attendait et Parker était au pied de l'escalier.

– Ma femme a eu un accident.

Ils n'avaient pas besoin d'en savoir davantage et, s'ils tenaient à leur place, ils avaient intérêt à ne pas chercher plus loin.

– Est-ce que vous avez tout ce qu'il vous faut, docteur ?

– Je pense.

– S'il vous manque quoi que ce soit, prévenez-moi, bien entendu.

Claire se demanda si Nola avait souffert du voyage. Assommée par les drogues, elle était restée très calme. Mais sous les couvertures rouges, peut-être avait-elle continué à perdre son sang en silence. On la transporta dans sa chambre ; elle ressemblait à une figure de cire.

– Montez avec eux, ordonna Benoît.

– Mais... ils ne veulent pas de moi.

– C'est possible. Mais moi, je veux que vous y alliez. Vous êtes suffisamment qualifiée pour... pour juger, je pense.

– Peut-être.

– « Peut-être » ne suffit pas, Claire. Je veux mieux que ça.

Personne ne lui avait encore jamais inspiré autant de haine et de dégoût.

– Très bien, Benoît. Je comprends votre désir d'être tenu informé. Il faut que vous soyez prêt à fournir des explications à vos amis haut placés... si elle meurt.

– Claire, si vous souhaitez vous rendre utile, c'est parfait. Sinon, Parker vous reconduira chez vous.

Polly était sortie. Elle rentrerait trop tard, et trop absorbée par ses affaires personnelles pour remarquer que l'atmosphère de la maison n'était pas normale. Miriam était allée voir *No no Nanette* au *théâtre des Princes,* et c'était à Benoît et non à Claire de lui annoncer la nouvelle. Il lui présenterait la version qu'il avait déjà servie au docteur, et Miriam ferait semblant de le croire.

– Comme c'est triste, mon petit. Vraiment, je ne me doutais pas que tu avais l'espoir d'être père une troisième fois.

Et elle monterait se coucher en pensant que les gens qui trouvent bon de commettre l'adultère devraient toutefois user d'un minimum de prudence.

Claire entra dans la chambre de Nola sans frapper et referma la porte derrière elle.

– Chère madame... commença le docteur.

– M. Swanfield m'a demandé de vous aider.

Il lança un regard plein de sous-entendus à son assistante et haussa les épaules avec résignation.

– Si vous vous sentiez mal, chère madame, dit l'infirmière avec ironie, essayez de ne pas tomber sur la malade.

Claire la rassura.

Elle avait l'habitude des gardes de nuit. Combien de fois avait-elle veillé des agonisants dans des baraquements pleins à craquer ? La plupart du temps, elle devait agir de « sa propre initiative », comme on disait, quand il y avait par exemple une épidémie de grippe parmi le personnel soignant. De toute façon, ces hommes allaient mourir et une erreur n'avait pas vraiment de conséquences. Ce soir, elle se soumettait à l'autorité de ces deux personnes méprisantes, mais – et elle le reconnaissait volontiers – compétentes. Elle était de nouveau une apprentie infirmière dont le rôle consiste à essuyer la mauvaise humeur des autres et à servir le thé. Elle n'était plus que des mains au service d'un malade qui aurait pu être n'importe qui. Enfin, l'hémorragie s'arrêta. Le cœur de Nola battait toujours, mais sa figure n'avait pas perdu son aspect cireux.

La malade allait aussi bien que possible. Mais tout danger n'était pas écarté. Les mots d'infection et de rechute pouvaient tomber à tout instant de la bouche du médecin. Pour le moment, il passait le relais à l'infirmière et reviendrait dans la matinée. Ah ! c'était vrai, c'était déjà le matin. Alors, vers 11 heures, peut-être. A moins d'une aggravation. Il conseilla à Claire de se fier au jugement de son assistante.

– Est-ce qu'elle va s'en sortir ?

– Vous devriez aller vous reposer. Sinon j'aurai bientôt deux malades sur les bras.

Quand elle descendit, vers 5 heures du matin, la maison était étrangement silencieuse. Une lumière grise filtrait derrière les rideaux. Les domestiques n'étaient pas encore levés. La porte du bureau de Benoît était entrouverte ; il fumait, assis dans son fauteuil.

Sa colère était tombée. Elle lui avait été nécessaire pour surmonter l'épreuve, mais maintenant que le danger semblait écarté, sa résistance l'avait abandonnée. Elle était seulement lasse.

– Benoît, je pense que je peux rentrer chez moi.

Elle avait besoin de solitude, de silence.

– Je ne crois pas que ce soit possible. Votre appartement n'est pas en état ; il faudra le nettoyer un peu. Je crains que vous ne soyez obligée de coucher ici.

Elle avait oublié ce détail, et ne se sentait pas le courage de ramasser les draps souillés par le sang de Nola. Accablée, elle s'assit en face de lui.

– Comment est-elle ?

– Très calme. L'infirmière semble optimiste. Elle pense que tout ira bien.

– Certainement. Le médecin est venu me voir avant de partir.

Et Nola ? Qu'allait-il advenir d'elle à présent ? La punirait-il, ou se contenterait-il de la laisser se punir elle-même ?

– Claire...

Que pouvaient-ils avoir à se dire ? Elle releva la tête et fut stupéfaite en découvrant son visage.

– Mais, Benoît... quelle tête vous avez !

– Ah ? Je me demande bien pourquoi.

Son ton était toujours aussi sec et froid. Mais dans la lumière hésitante de l'aube, elle s'aperçut qu'il avait les traits tirés, le regard vide, et de fines rides qu'elle n'avait jamais remarquées au coin des yeux. Il avait dû veiller toute la nuit. Il avait certainement bu, mais il ne paraissait pas ivre. Il semblait aussi las et aussi découragé qu'elle-même.

Leurs yeux se rencontrèrent et ils commencèrent à parler en même temps. Mais la voix de Benoît dominait celle de Claire et lui imposa silence.

– Je ne me sens absolument pas obligé de vous fournir des explications.

– Je ne vous en ai pas demandé, Benoît.

– Vous n'avez jamais songé... que vous m'accusiez de... de quoi au juste ?

C'était la première fois qu'elle lui voyait manifester de l'émotion. Ce n'était peut-être que de la colère, mais au moins il était sorti de lui-même. Les sourcils froncés, les lèvres pincées, il lui lançait à la figure des mots qu'il s'était toujours refusé à prononcer et qui lui échappaient maintenant.

– Vous accuser ? C'était il y a longtemps, il me semble.

– Pas pour moi. Aussi, je vous pose de nouveau la question. Pendant que vous jouiez les Jeanne d'Arc, l'idée vous a-t-elle effleurée que j'avais deux enfants à prendre en considération ? Aimeriez-vous leur annoncer que leur mère est morte dans des circonstances troubles, dans un meublé de Mannheim Crescent ? Ils sont assez grands pour comprendre, et trop jeunes pour être indulgents. De plus, je ne crois pas que leurs camarades – puisque l'école est leur véritable foyer – se montreraient très charitables.

– Excusez-moi, Benoît.

– Il fallait que je la ramène.

– Oui... oui. Je comprends maintenant. Avant aussi, je le comprenais. Mais j'avais de la peine pour elle et... et...

– Et moi, je n'en avais pas ? C'est ça ?

– Oui.

– Evidemment. Les machines n'ont pas de sentiments. En revanche, elles fonctionnent diantrement bien en cas de crise... justement pour cette raison. Elles n'éprouvent ni pitié ni remords... pas vrai ?

– Et vous ?

La réponse se lisait sur son visage. C'était suffisant pour faire oublier Lois, Edwina, les fleurs qui l'avaient tant blessée, et tout le reste. Avant même qu'il lui ait demandé son pardon, elle le lui avait accordé.

– Il fallait que je la ramène. Oui, c'était un risque. Oui, je l'ai mise en balance avec mes fils, et d'autres choses. Je me suis pris pour Dieu, si vous préférez. Si elle était morte dans l'ambulance, j'aurais été seul responsable. Le médecin ne me l'a pas caché. Naturellement, vous pensez que ça m'a été facile.

– Oui, je l'ai pensé. Mais je suis heureuse de m'être trompée.

Il s'enfonça dans son fauteuil et l'ombre l'engloutit de nouveau. Tout à coup, il se redressa et frappa sur la table de la paume de sa main, faisant danser la carafe et le cendrier plein.

– Pour l'amour du ciel, Claire... vous n'avez donc aucun souci de vous-même ? N'avez-vous pas eu conscience du danger que vous couriez ? Si on l'avait trouvée dans votre lit, on vous aurait peut-être arrêtée. On pouvait vous soupçonner... tout était contre vous. N'oubliez pas que vous avez été infirmière...

– Mais... Benoît... je n'aurais jamais pu.

De nouveau, sa main s'abattit avec violence sur la table.

– Je sais bien. Mais qu'aurais-je pu faire si on vous avait traînée devant le tribunal pour homicide ? Un bon avocat, bien sûr, ou deux même. Oui... Mais aurais-je pu tenir à l'écart les journalistes, les colporteurs de ragots et la foule en furie ? J'en doute. Aurais-je pu empêcher qu'on vous accuse d'un crime que vous n'avez pas commis et n'auriez jamais pu commettre ? Vous n'avez pas pensé à ça, hein ? Vous êtes restée là, avec du sang sur les mains, à vous tourmenter parce que je n'avais pas l'air triste. Mon intention était de sauver Nola si c'était possible, et en tout cas de vous sauver, vous, que ça vous plaise ou non. Tirez-en les conclusions que vous voudrez ; elles seront certainement fausses. Vous étiez comme une gosse assise sur des rails de chemin de fer. Dieu merci, vous avez eu le bon sens de m'appeler.

C'est à ce moment, alors qu'elle était en proie à des pensées contradictoires, qu'elle détourna la tête – afin peut-être d'être moins obnubilée par sa présence – et vit la coupe de verre qu'elle lui avait offerte.

– Qu'est-ce qu'elle fait là ?
– Quoi ?
Elle montra l'objet d'un doigt accusateur. Il regarda à peine, sachant très bien de quoi elle parlait. Il eut un geste d'indifférence affectée et se réfugia dans son cynisme habituel.
– Ah... ça. Vous voulez que je vous la rende ?
– Pas du tout.
– Alors, pourquoi ne devrait-elle pas être ici ?
– Je ne sais pas. Elle ne devrait pas... c'est tout. Elle ne va pas avec le reste.
– C'est vrai. Vous avez raison.
Cette fois encore, il était troublé, et pas par la colère. Elle tendit la main vers lui pour l'apaiser, sans se soucier d'être rabrouée.
– Non, elle n'est pas à sa place ici, s'écria-t-il. Ni moi non plus. Alors, autant se tenir compagnie.
– Je ne vous comprends pas, Benoît.
– J'en suis ravi.
– Vous dites que vous n'êtes pas chez vous ici. Pourtant, Montfleuri vous appartient.
– Oui. Dans la mesure où on m'a enseveli vivant dans les fondations. Si c'est ça qu'on appelle être chez soi...
C'était exactement le cauchemar qu'elle faisait dans son enfance. Elle étouffait. Edward Lyall l'enterrait dans le sable, pendant que Dorothée le regardait en souriant. Elle frissonna. Un grand élan la porta vers lui.
– S'il vous plaît. Racontez-moi.
Un silence puis, d'un geste glacé, il prit une cigarette. Il avait mal à la tête. A mesure qu'elle le sentait faiblir, ses propres forces lui revenaient, des forces féminines moins évidentes mais plus profondes que celles des hommes, plus entêtées, plus durables.
Le feu se consumait lentement. Un jour gris éclairait les carreaux battus par la pluie. L'activité reprenait dans la maison. Bientôt, on frapperait à la porte

et une voix demanderait timidement la permission de tirer les rideaux, de recharger le feu et d'apporter le petit déjeuner. Bientôt, il faudrait affronter la joie de Polly si Roy Kington lui avait souri, ou ses lamentations dans le cas contraire, subir la compassion de Miriam et la curiosité d'Eunice accourue aux nouvelles. Rompant le silence qui s'était installé entre eux, il lança d'une voix sèche, comme s'il avait hâte d'en finir :

– D'accord. Il n'y a pas de mystère chez moi, Claire. Je suis exactement tel que vous m'avez vu. Rien de plus. Un homme qui aime les aventures avec des étrangères, et qui les quitte ensuite. Non pour les raisons compliquées que vous imaginez, mais simplement parce que je veux qu'elles restent des étrangères. Voilà tout. D'autre part, je mène cette famille avec une main de fer comme mon père me l'a appris. En outre, pour s'assurer de ma soumission, il m'a lié à eux de telle façon que c'est moi qui suis leur prisonnier, même s'ils ne s'en aperçoivent pas. Impossible de m'en débarrasser, Claire. En somme, ils touchent des revenus annuels que je dois gagner. Je ne peux pas tout leur donner d'un seul coup car l'entreprise ne s'en relèverait pas. Mon père l'avait compris et c'est pourquoi il m'a livré à Miriam et aux autres, pour la vie. Je souffre de la position dans laquelle je me trouve, mais je l'accepte. Voyez-vous, je suis responsable non seulement de ma famille mais aussi du gagne-pain de plusieurs centaines d'employés. Imaginez ce qu'ils deviendraient s'ils tombaient aux mains de Polly ou de Toby. Par conséquent, je suis enchaîné à cette maison, à cette famille et à ceux qui y entrent par le mariage. Pourquoi vous intéresseriez-vous à pareil individu ?

Il se tut, mais elle n'eut pas le temps de répondre, car il reprit aussitôt :

– Bon Dieu, Claire, vous connaissez assez l'homme que je suis hors de cette maison. Je me suis donné assez de mal. C'était le meilleur service que je pouvais vous rendre. Le plus beau cadeau que je pouvais vous faire. Ne vous méprenez pas. J'aime les femmes comme Lois Chiltern. Elles me conviennent à la perfection. Je ne demande rien de plus.

– Je ne vous crois pas.

– Claire. (Elle fut saisie par l'accent de vérité de sa voix.) Je n'ai jamais été plus sincère. *Je ne veux... rien... de plus.* Je n'ai pas la possibilité de vouloir autre chose.

Elle secoua la tête.

– Alors, je vais vous le dire autrement : je ne peux pas me permettre autre chose. Quand on est prisonnier, que ce soit des circonstances, de sa propre nature, ou de n'importe quoi, et qu'on sait qu'une évasion est impossible, il faut renoncer à vouloir s'échapper. Ma prison est très confortable. J'ai veillé à ce qu'elle le soit. Ne venez pas me déranger, Claire.

– Dites-moi pourquoi la coupe est ici.

– Pour me rappeler...

– Quoi donc ?

– Combien j'ai eu tort. Quelle erreur vous avez été et combien je suis mieux avec des femmes qui me ressemblent.

– J'ai bien failli devenir amoureuse de vous, Benoît... à tel point que je crois l'avoir été.

– Comment pouvez-vous dire une chose pareille ? Comment pouvez-vous l'avouer ?

Il semblait si ahuri qu'on pût reconnaître une telle énormité qu'elle sourit.

– Parce que c'est vrai. Alors pourquoi prétendre le contraire ?

– Moi, je ne pourrais pas. Ça vous paraît simple, n'est-ce pas, de vous livrer, d'abaisser votre garde. Moi, je ne peux pas.

– Et la coupe ?

– Au diable la coupe, Claire, et vous aussi, allez au

diable. Pour commencer, j'aurais dû vous laisser dans votre coin. Et maintenant, vous, laissez-moi.

– Benoît... la coupe.

Il se tourna brusquement vers elle, et il s'avança avec une telle fureur qu'elle crut qu'il allait la frapper.

– Parce que j'en ai besoin. Je la regarde, comme l'imbécile que je m'étais juré de ne jamais être, et je pense à vous. C'est pour cette raison que je vous ai renvoyée... parce que je pensais trop à vous... et vous le savez bien. Alors, quand j'ai envie que vous soyez là, ce qui arrive assez souvent...

– Je suis là, Benoît.

– Pauvre innocente. Quelle brute vous m'obligez à être !

Elle sourit. Cela comptait si peu.

– Benoît... je suis là.

15

Quatre semaines s'écoulèrent. Au début d'avril, un pâle soleil trouait le ciel délavé par des averses de pluie fine qui caressaient les collines tapissées de jonquilles. Accompagnée de son cousin Bernard et de sa femme Nanette, Nola partit en convalescence à Eastbourne. Les convenances étaient sauves. Miriam, pour qui le scandale était pire que la mort, avait donné aux Greenwood, aux Redfearn et à leurs pairs une version suffisamment proche de la vérité pour être à l'abri, au cas où la *vraie vérité* viendrait à éclater. Elle avait usé d'une telle habileté, déformant les faits avec art, que ce n'était pas réellement un mensonge. Nola n'avait pas été raisonnable de vouloir agrandir si tardivement sa famille. Mme Templeton, qui avait eu sa fille Sally à l'âge de quarante-deux ans, et Elvira Redfearn qui s'était contentée d'un seul enfant, prouvant ainsi qu'elle était capable d'être mère, hochèrent toutes deux la tête. La fausse couche de Nola n'avait donc rien d'étonnant, surtout si l'on songeait aux difficultés qu'elle avait eues pour mettre au monde Conrad et Christian. Elvira Redfearn qui, avec son efficacité coutumière, avait donné le jour à un enfant intelligent et bien portant, et Mlle Greenwood, à qui toutes les fonctions physiologiques inspiraient effroi et dégoût, eurent un sourire compatissant. Miriam avait pourtant dit à Nola de prendre des précautions, mais en vain.

– Je sais, soupira Mme Templeton, en songeant au peu de cas que ses filles faisaient de ses conseils.

– C'était un peu tard pour prendre des précautions, murmura Elvira Redfearn.

« Que veut-elle dire ? » se demanda Mlle Greenwood qui n'avait jamais entendu parler des méthodes contraceptives.

– Pauvre Nola. Pauvre Benoît, reprit Miriam. On a tendance à oublier les pères, dans ce cas. Mais je vous avoue en confidence que Benoît a été extrêmement déçu. Naturellement, il n'en laisse rien voir... on ne peut s'attendre à moins de sa part. Mais comment critiquer un homme qui a deux fils de vouloir une fille ?

En endossant la responsabilité de la grossesse de sa femme, Benoît avait passé l'éponge sur sa faute et annulé toute possibilité de divorce. De toute manière, Benoît n'avait jamais eu l'intention de divorcer. Sa femme resterait sous son toit. Il avait été très net sur ce point, avec Claire comme avec Nola.

Claire avait acquiescé ; Nola s'était contentée de baisser les yeux.

– Qu'est-ce qu'il mijote ? demanda ensuite Nola à Claire. Tâchez de le savoir, pour l'amour de Dieu !

Elle avait eu une réaction bizarre en apprenant qu'il avait simplement décidé de l'envoyer en convalescence à Eastbourne.

– Mon père aurait laissé ma mère mourir de faim si elle lui avait joué un tour pareil.

– Ce n'est guère réalisable de nos jours, Nola.

– J'aimerais cent fois mieux ça.

La faiblesse la rendait soupçonneuse et sujette à des accès de mélancolie dans lesquels elle se réfugiait avec un plaisir évident. Elle avait résolu de mourir et s'y était préparée. C'était, en fin de compte, la solution la plus facile, et qui lui aurait évité d'avoir à assumer ses responsabilités. Par conséquent, elle tomberait malade. Très malade. Quand elle se rendit compte qu'elle avait supprimé une vie humaine, elle n'eut plus qu'un pas à franchir pour se dire qu'elle méritait sa maladie, elle qui était la moins maternelle des femmes. Cette transformation la prit totalement au dépourvu. Jusque-là, il n'avait été question que de sa vie ou de sa mort à elle. Pas de celle de l'enfant. Il y avait pourtant des moments, au cours des longues journées passées au lit à ruminer et à s'analyser, où ce bébé mort lui semblait être le symbole de ses échecs ; il était le reflet des forces chaotiques et destructrices qui gouvernaient sa vie. Alors, quand elle se réveillait au milieu de la nuit, pour s'apercevoir qu'elle était toujours prisonnière dans cette maison où elle ne se sentait pas chez elle, et qu'elle était la femme d'un homme qu'elle n'avait jamais considéré comme son mari, deux idées venaient aussitôt la hanter : « La chance m'a quittée à jamais » et : « Le pardon ne me sera jamais accordé. »

Elle ne voulait pas cet enfant. Elle n'avait pas songé à lui comme à un être humain. S'il était venu au monde, elle ne s'en serait pas plus souciée que de Conrad et de Christian. Pourtant, elle regrettait maintenant de ne pas lui avoir laissé sa chance. Comme personne ne l'aimait et qu'elle n'aimait personne, elle commença de s'identifier à lui.

Elle s'en voulait, et elle en voulait aux autres de l'avoir obligée à être ce qu'elle était. Quand son père arriva de Bradford, elle refusa de le voir et, comme il insistait, elle se blottit dans son lit et ferma les yeux. Elle triompha de lui grâce aux qualités mêmes qu'il avait voulu inculquer à ses filles. Il disait que les femmes devaient être faibles. Très bien. Elle était trop faible pour être dérangée. La réserve était, selon lui, essentielle à la féminité. Elle était trop timide pour répondre à ses questions. Elle n'était pas pressée de se lever. Sa chambre devint un refuge, son « terrier », disait Polly, où elle restait allongée toute la journée, les yeux fixés sur le mur ou sur des livres qu'elle tenait ostensiblement à l'envers. Comme le médecin lui conseillait vivement de descendre, elle se conduisit de façon insensée, Miriam la trouva plusieurs fois endormie sur le canapé du salon, enveloppée dans des drapés vaporeux, une cigarette à la main.

Ses apparitions étaient imprévisibles. Si les dames qui venaient prendre le thé à Montfleuri trouvaient assez drôle de voir Nola entrer dans la pièce et en sortir sans dire un mot, Miriam n'appréciait pas. Un jour, croisant dans le jardin Nola qui lisait des poèmes allemands à haute voix, Roy Kington l'avait comparée à une « vieille Ophélie » ; Polly était devenue rouge de honte et elle s'était évertuée à lui expliquer que Nola n'était sa parente que par alliance et que, par conséquent, la folie n'était pas une tare des Swanfield. Une autre fois, elle causa une grande frayeur à Eunice, parce qu'elle avait dévisagé ses enfants d'un air bizarre. Il s'ensuivit une scène de ménage, quand Toby déclara que si Nola projetait vraiment d'enlever un des garçons, ce ne serait pas lui qui l'en empêcherait.

Mais le pire de tout, c'était l'humilité qu'elle affectait devant Benoît, cet air de pénitente qu'elle prenait dès qu'il paraissait. Non seulement elle le fuyait, mais elle voulait qu'il la vît fuir. Elle épiait le bruit de sa voiture et, dès qu'il entrait dans la maison, elle sortait en flèche du salon, ses voiles flottant derrière elle, et se précipitait dans l'escalier pour ne pas se trouver sur son chemin.

Ce fut donc un soulagement pour tout le monde quand Nanette Crozier l'emmena à Eastbourne.

Le dimanche suivant, Claire vint retrouver Benoît dans son bureau. Assis près de la fenêtre ouverte, ils regardaient la nuit tomber.

Ils n'étaient pas redevenus amants. Quand il l'appellerait, elle viendrait aussitôt. Elle lui avait dit : « Je suis là », et elle tiendrait sa promesse. Parfois, elle se sentait déborder de générosité et de chaleur. Il était incapable de se donner ; elle l'avait compris. Mais qui l'empêchait, elle, de donner pour deux, si ce n'étaient les conventions et une stupide fierté ? Elle se réjouissait de ne pas avoir une amie intime à laquelle elle se serait confiée et qui l'aurait certainement traitée d'idiote, de la même façon que Benoît.

Elle avait passé la matinée à Upper Heaton et accompagné sa mère à l'église. A la sortie, elle avait appris de la bouche de quelques grosses dames tous les détails du « triste accident » survenu à Nola, détails qu'elles tenaient de quelqu'un à qui Miriam avait fait des confidences.

– L'air de la mer lui redonnera des forces.

Sur le chemin du retour, Edward l'avait sermonnée sur la nécessité d'avoir un but valable dans l'existence.

– Ma chère enfant, tu ne vas tout de même pas passer le restant de tes jours à servir les clients de la *Couronne*, aux côtés de quelqu'un qui... pour qui servir les gens est une chose naturelle.

Elle n'avait pas relevé la remarque, autant pour sa mère que parce qu'elle était indifférente à tout ce que pouvait dire Edward.

– En outre, soyons réalistes, mon petit, tu ne peux guère espérer te remarier, étant donné qu'il y a une abondance de femmes seules qui sont riches et de bonne famille. Il faut reconnaître que tu n'as pas de chance, ma pauvre Claire.

Bien mieux qu'Edward elle avait l'expérience des caprices du temps, des tours cruels qu'il jouait, de ses promesses jamais tenues et de sa manie sournoise de vous filer entre les mains.

– Savez-vous combien Edward Lyall vous vénère ? demanda-t-elle à Benoît.

– Voilà un homme de goût.

– Non. Parce qu'il vous vénère pour de mauvaises raisons.

– Ah !... lesquelles ?
– Parce que vous êtes riche, influent et que vous l'impressionnez.
– Et vous, ce n'est pas pour ça que vous me vénérez, je présume.
– Qui sait ? Si nous allions à Thornwick après dîner, pour vérifier ? Si vous voulez de moi, bien entendu.
– Quelle question...
Il n'avait pas besoin de la toucher. Ils étaient assis loin l'un de l'autre, prenant acte d'une simple évidence.
– Vous avez tort de vous donner si facilement, Claire.
– Sans doute. Je devrais jouer les filles farouches et vous obliger à me courir après... vous le feriez, n'est-ce pas ?
– Certainement.
– Alors, pourquoi feindre ? Ce serait une perte de temps.
– Est-il tant besoin de se presser ?
– Oui. Toujours. Quand on a la chance d'avoir envie de quelque chose – et c'est une chance, car on peut passer sa vie sans réussir à avoir envie de quoi que ce soit –, alors il faut prendre... sauter dessus. Aujourd'hui. Demain, le monde n'existera peut-être plus.
– Ça m'étonnerait.
– Pourquoi ? Tous les jours, il y a des gens pour lesquels il prend fin.
– Je sais, Claire. La philosophie du soldat qui revient de guerre. Allons donc à Thornwick, après dîner... si nous parvenons à nous échapper assez tôt.
Aucune difficulté ne se présenta. Eunice et Polly se disputaient le téléphone. Eunice essayait de savoir où était son fils aîné, et Polly voulait que la ligne reste libre car Roy Kington avait promis de l'appeler. Quant à Miriam, la seule qui aurait pu tenter de re-

tenir Claire, elle était perturbée parce que Eunice ne cessait de se lever de table en disant par exemple : « Ah ! j'y pense, il est très ami avec les petits Cartwright... je vais leur téléphoner. » Aussitôt, Polly protestait violemment. « Maman... elle va encore bavarder pendant des heures. Dis-lui, maman ! » Et, comme sa mère ne bougeait pas, elle marmonnait : « Il doit être au poste de police, ce petit voyou... ou dans le fond de la rivière. »

– Comment oses-tu parler ainsi de Justin ? s'écria Eunice, depuis l'entrée, le téléphone à la main.

– Parce que c'est la vérité. D'ailleurs, tu le sais bien. Sinon, pourquoi te mettrais-tu dans un tel état ?

– Allons... allons, mes enfants, murmura Miriam, en jetant un regard plein d'espoir vers Benoît qui semblait ne rien remarquer.

– Quelle impolitesse, dit Eunice en regagnant la table. Je ne vois pas pourquoi je le supporterais, maman, surtout de la part d'une fille de son âge.

– *Maman !*

Croyant entendre une sonnerie, Polly se précipita dans le vestibule.

– Maman... regarde ce qu'elle a fait, la garce. Elle n'a pas raccroché l'appareil... tout simplement !

– Comment oses-tu m'appeler ainsi ? cria Eunice en se levant d'un bond.

– Tu l'as fait exprès pour qu'il ne puisse pas me joindre. Tu veux me gâcher mon plaisir, parce que toi, tu n'en as jamais eu.

– Mesdames... mesdames, marmonna Toby.

– Je crois que je prendrai mon café en haut, soupira Miriam.

A peine le repas terminé, elle monta dans sa chambre, laissant ses deux filles se disputer le téléphone. Plongé dans le *Times* de la veille, Toby se tenait à distance.

– Vous voulez que je vous raccompagne ? proposa Benoît.

– Oh oui... merci, répondit Claire.

Personne ne les regarda partir. Les rideaux de la chambre de Miriam ne frémirent même pas. Le ciel était étoilé et la nuit si claire que, du haut de la colline de Thornwick, on voyait à plusieurs kilomètres. Au printemps, la maison avait une odeur différente. Le parfum des crocus et les senteurs qui pénétraient par les fenêtres ouvertes remplaçaient celui du feu de bois et de la cire. Devant la grande cheminée, elle entoura Benoît de ses bras, avant même d'avoir ôté son manteau. Elle appuya sa joue contre la sienne et l'étreignit longuement.

– Ne réfléchissons pas trop, Benoît. Un jour, il faudra parler de ce qui est bien ou mal, et se demander combien de temps ce bonheur pourra durer. Mais, pour le moment, vivons-le. Soyons reconnaissants... et mettons-y tout ce que nous pouvons.

– Avant que les bombes pleuvent sur nous ?

Ayant décidé de vivre l'instant présent, de le saisir, de le savourer, et d'en être reconnaissante, elle était heureuse et le lui avoua.

– Vous voilà donc de nouveau *presque* tombée amoureuse de moi ?

Elle se blottit contre lui. Elle se sentait capable d'aborder n'importe quel sujet, si choquant fût-il.

– Parlez-moi de la première fille que vous avez connue, Benoît.

– Claire... pour l'amour du ciel !

– Et pourquoi pas ?

– Parce que ce sont des choses qu'on ne raconte pas.

– Quelle importance ? C'est si loin. Et puis ce n'est pas juste... les femmes peuvent en dire autant qu'elles veulent sur ce sujet. Quel âge aviez-vous ?

– Seize ans, je crois.

– Quelle honte ! Je ne veux plus vous entendre critiquer Justin. Et elle ?

– Elle en avait à peu près le double.

– Ma parole... que c'est excitant !

– Oui, elle était très excitante. C'était une institutrice aux mœurs libres et aux idées très avancées. Une excentrique, sans doute. Imprévisible... et très belle.

– Si vous cherchez à me rendre jalouse, vous vous y prencz très bien.

– Je réponds seulement à votre question.

– Et ensuite, que vous est-il arrivé ?

– J'ai un peu voyagé pour l'usine et j'ai eu quelques aventures. Puis j'ai flirté longtemps avec Elvira Redfearn. Nous avons failli nous fiancer.

– Ça ne m'intéresse pas énormément.

– Pourquoi ? (Il la considéra d'un air moqueur.) Il n'y a rien là qui puisse vous chagriner. Et puis c'est vous qui avez abordé le sujet. En fin de compte, mon père a dit non.

Elle se redressa, stupéfaite.

– Comment, Benoît... je ne peux pas imaginer que vous ayez pu laisser quelqu'un d'autre – même votre père – décider à votre place, pour une affaire aussi importante.

– Vous ne me connaissiez pas quand j'avais vingt-cinq ans.

Elle promena le bout de son doigt sur sa joue, sa bouche, ses sourcils et la courbe de son nez.

– Non, je ne vous connaissais pas. Je le regrette. Comment étiez-vous ?

Il lui prit la main. La conversation devenait plus sérieuse qu'ils ne l'avaient prévu.

– Je n'avais pas d'argent. Voilà le souvenir qui me reste de mes vingt-cinq ans. C'était une tactique de la part de mon père, évidemment. Une tactique classique dans nos régions, du reste. Quel meilleur moyen pour un patron d'usine de faire suer sang et eau à son fils que de ne pas lui donner d'argent ? Un garçon qui a quelques sous en poche rechignera peut-être à se lever tous les matins à 5 h 30 et à obéir en toutes choses.

– Entre autres, en ce qui concerne le choix d'une femme ?

– Exactement. Quand j'ai eu vingt-cinq ans, il a été décidé qu'il me fallait une épouse. Une fois qu'on a acquis une certaine position sociale, il est bon d'être marié. On se méfie des célibataires, surtout dans les petites villes de province. Ils suscitent trop de ragots. Mon père et moi avions conclu un marché : le jour de mon mariage, je serais nommé directeur des usines Swanfield, ce qui n'était que la reconnaissance officielle du poste que j'assumais depuis des années. En outre, je toucherais un salaire raisonnable. Elvira possédait une certaine fortune. Nola aussi. Mon père estimait que les Crozier, avec leurs entrepôts, leurs entreprises de construction et leur réputation dans l'industrie lainière, étaient bien plus intéressants que les Redfearn et leurs quincailleries. Je n'étais pas en situation de le contredire.

– Ça vous était égal ?

– Je connaissais Elvira depuis longtemps et Nola depuis peu. C'est peut-être pour ça qu'elle m'attirait davantage. Pour être honnête, elle me rappelait un peu l'institutrice dont je vous ai parlé. Elle sortait de l'ordinaire. Pas jolie au sens traditionnel. Elle manquait de... d'unité. Si elle avait été comme mon institutrice, elle aurait fini par assembler toutes ses pièces et serait devenue « originale et excitante ». Malheureusement, il n'en a rien été. Maintenant que je vous ai raconté tout ça, je dois vous avouer que la chose qui comptait le plus pour moi, à l'époque, c'était de m'imposer à l'usine et d'avoir de l'argent. Si mon père avait retiré sa proposition, j'aurais certainement repris ma parole.

Elle dégagea sa main pour lui caresser le visage.

– J'ai vingt-cinq ans, Benoît... ou presque.

– Et moi quarante. Aussi, c'est vraiment ridicule...

– Oui. Parfaitement ridicule. Parce que c'est moi qui suis *jalouse*.

– De quoi ?

– De ces femmes originales, ces femmes qui sortent de l'ordinaire. Pas comme moi.

– Claire, je n'ai jamais rencontré aucune femme qui vous ressemble... même de loin.

Elle se coucha sur lui et l'embrassa longuement, en lui tenant la tête. Il l'emprisonna alors dans ses bras avec tant de force qu'elle poussa un cri.

– Vous me faites mal.

– Mais bien sûr. Je suis destiné à vous faire mal, d'une manière ou d'une autre. Comment l'éviter ? Vous auriez dû me détester quand je vous en ai fourni l'occasion. Vous auriez dû comprendre.

– Ah oui... vos minauderies avec cette abominable Lois... et ces fleurs insultantes que vous m'avez envoyées le lendemain.

– J'ai fait plus que minauder avec Lois, figurez-vous.

– Vous recommencez à vous vanter.

– Non. Je vous dis seulement que j'ai essayé de vous convaincre – dans votre intérêt et non dans le mien – que je n'étais pas un homme pour vous. Dans *votre* intérêt. Car moi, je n'ai rien à perdre et tout à gagner. J'ai envie de vous avoir près de moi, Claire, et je connais le moyen de vous garder. Il me suffirait de profiter de votre bonté et de votre générosité pour que vous restiez avec moi... peut-être pour toujours. Et même dans la chambre bleue, pourquoi pas ? Méfiez-vous, Claire. Pour moi, ce serait parfait. La première fois que je m'en suis rendu compte, j'ai pris la fuite et je vous ai laissée patauger dans la neige. Je ne vous abandonnais pas ; je vous sauvais de vous-même et non de moi. Mais vous ne vouliez pas être sauvée, n'est-ce pas ? Alors, vous vous êtes montrée généreuse... originale, et je n'ai pas pu résister. J'ai perdu la volonté de résister jusqu'au lendemain... et là, j'ai tiré le meilleur parti de notre rencontre avec Lois et Edwina. Je vous ai fait du mal volontairement et ça ne m'a pas été facile. Si je devais recommencer, ça ne le serait pas davantage.

– Nous étions d'accord pour ne pas trop approfondir...

– Il faut saisir l'occasion. Vous êtes bien placée pour le savoir. Avez-vous vraiment envie de finir vos jours dans la chambre bleue ? Je ne peux rien vous offrir de mieux. Pour le moment, j'arrive encore à me dire que ce serait mal de vous imposer un tel avenir. Mais ça ne durera peut-être pas toujours.

– Pas maintenant, Benoît... je vous en prie.

– Pouvez-vous rester ici cette nuit ?

– Je ne devrais pas.

– C'est donc que vous pouvez. Demain, quand vous verrez votre patron, demandez-lui un congé... une quinzaine de jours, à partir de lundi prochain. Il vous les doit bien.

Elle se redressa.

– Nous allons partir ensemble ?

– Oui. Voulez-vous que je vous emmène en France ? Non, non, ne froncez pas le nez. Il n'est pas question de visiter les champs de bataille. J'ai pensé que vous aimeriez connaître l'endroit d'où vient le vouvray.

– Oh oui ! Ce serait possible ?

– Mais oui. Nous nous retrouverons à Londres et nous regagnerons Faxby chacun de notre côté. Pour le reste, il suffira d'user d'une certaine discrétion. Je partirai un jour ou deux avant vous et je rentrerai un peu plus tard. Rien de plus simple.

– Tellement simple que je me demande si vous n'en avez pas l'habitude.

– Naturellement. En revanche, je ne suis jamais allé à Vouvray. Mes Edwina et mes Elvira ont toujours préféré Paris ou Cannes.

La perspective de ces quinze jours en France lui

semblait féerique. Elle était comme une enfant à l'approche de Noël. Si seulement elle pouvait approcher de ce cadeau fabuleux, le toucher, le posséder, elle serait comblée. Rien ne devrait se mettre en travers. Elle était prête à renoncer à tout pour l'avoir ; elle compterait les pertes ensuite. Devinant sa détermination, Kit Hardie accéda sans difficulté à sa requête. Après huit mois de travail ininterrompu, elle avait besoin d'un peu de repos.

– Mais pourquoi la France ? demanda Dorothée qui sentait qu'il y avait anguille sous roche. Je connais des gens qui y vont pour visiter les cimetières, mais je ne pense pas que ce soit ton intention.

– Bien sûr que non, maman.

– Alors pourquoi pas la côte Sud, ma chérie ? Il y a quelques années, Edward et moi sommes allés à Bournemouth, dans une charmante petite pension. Je dois avoir l'adresse quelque part.

– Merci, maman. Je vais en France.

Miriam, en revanche, la félicita chaleureusement.

– Quelle bonne idée. Je me disais justement que vous feriez bien de prendre un peu l'air. Benoît part, lui aussi... vous ne le saviez pas ? J'ignore où il va, bien sûr. Je crois qu'il s'agit à la fois d'un voyage d'affaires et d'agrément... je ne lui pose pas trop de questions. Vous pourriez aller ensemble jusqu'à Londres. Ah... bon... vous partez lundi et lui demain. C'est dommage. Vous le rencontrerez peut-être. Qui sait ? Il y a parfois de drôles de coïncidences. Entre nous... vraiment entre nous... Benoît m'inquiète.

– Ah ?

– Il est trop solitaire.

– Vraiment ?

– Ah ! je vois, petite coquine, vous avez entendu parler de ses multiples aventures, hein ? Je vais sans doute vous choquer si je vous dis que c'est vrai. Après la triste expérience de Nola, je n'ai pas envie de faire de commentaires sur leur situation conjugale. Disons simplement qu'un homme qui ne trouve pas chez lui ce dont il a besoin estime généralement avoir le droit de chercher ailleurs. Du vivant de sa première femme, mon mari était extrêmement volage. On m'avait d'ailleurs mise en garde de manière très explicite. Heureusement, malgré ma jeunesse, j'avais deviné que ces fantaisies deviennent lassantes, un jour ou l'autre. Oh oui... quand un homme ne fréquente que des femmes d'un certain genre, il finit par... bref, mon mari, qui avait coutume d'appeler un chat un chat, me disait qu'il avait vu tant de visages défiler sur son oreiller qu'il avait du mal à les distinguer les uns des autres. Ça le tracassait. Je me demande s'il n'arrive pas la même chose à Benoît.

– Je ne saurais vous le dire.

– Oui... naturellement. Je voudrais que les jeunes aient la sagesse des vieux, n'est-ce pas, ma chérie ? Peu importe. Il faut beaucoup de temps pour acquérir un peu d'expérience et j'ai si peu de distractions maintenant... si ce n'est observer ce qui se passe autour de moi. Vous n'êtes pas sans savoir que Benoît est un être très difficile ?

Incapable de prononcer un seul mot, elle se contenta d'acquiescer.

– Bien plus difficile que son père. Aaron était dur. Benoît est froid. C'est une volonté délibérée de leur part. Mon mari avait choisi la dureté comme trait fondamental de son caractère ; il désirait paraître dur. Benoît, lui, a préféré la froideur.

– Oui... je comprends.

– Vous vous souvenez de ma théorie sur les enfants et les saisons ?

– Ah oui. (Y avait-il un moyen de détourner la conversation ?) Vous m'avez dit que je devais être paresseuse et insouciante parce que j'étais née en été et que je m'étais chauffée au soleil pendant les premiers mois de ma vie. Et aussi que je devais donner facilement parce que c'est une saison où il y a abondance de fleurs et de fruits.

Mais Miriam suivait son idée.

– Et n'est-ce pas ainsi que vous êtes, Claire ? Généreuse... et même un peu prodigue de cette abondance estivale ? Sans méfiance, parce que aucun vent froid n'a soufflé sur votre berceau, et que vous n'avez jamais appris à vous protéger... vous n'en voyez même pas l'utilité. Une telle attitude doit paraître bien inquiétante pour un homme comme Benoît. Il est né par une nuit glaciale. Sa mère est morte après sa naissance. Personne n'a songé à le langer. Il avait peur et froid. Doit-on s'étonner qu'il ait édifié un rempart autour de lui ? Avant que j'arrive, personne ne s'était soucié de le protéger, mais c'était déjà trop tard. Il se cachait derrière un masque. Je n'ai pas réussi. C'est bien triste.

– Oui... oui.

– Mon Dieu... Le père et le fils avaient tous deux besoin d'une nature ensoleillée pour les réchauffer – comme vous et moi, mon petit –, je m'en suis aperçue immédiatement. Bien entendu, Aaron était plus simple. Un vrai roc. Quel mal le soleil peut-il faire à un roc ? Je vous le demande. Il le réchauffe, c'est tout. Aaron avait envie d'être réchauffé ; il y prenait un plaisir évident ; il en éprouvait un immense réconfort. Maintenant, pensez au cas de Benoît.

Claire y pensait intensément.

– Tout homme qui a froid désire se réchauffer, Claire. Mais voyez l'effet que le soleil produit sur la glace. Alors, si cet homme s'abrite depuis des années sous une carapace de glace... il devra se résoudre à laisser fondre cette protection de manière à avoir chaud. Ce n'est pas votre avis ? Peut-être trouvera-t-il un jour une femme de l'été qui aura assez de patience pour le convaincre. Je l'espère, en tout cas.

– Oui. Ce serait bien.

– Passez de bonnes vacances, mon enfant. Elles

vous aideront peut-être à voir clair en vous-même. A votre retour, j'ai un plan pour vous persuader de passer une semaine ou deux ici, dans votre chambre bleue. En mai, pour fêter mon anniversaire et celui de Polly qu'il faudra marquer spécialement, car l'année prochaine elle sera sans doute mariée et n'aura plus beaucoup de temps à consacrer à sa mère.

Que d'absurdités. Des absurdités romantiques et sentimentales, caractéristiques de Miriam. Mais, en réalité, elle était très fine, elle avait l'esprit aiguisé comme un rasoir, derrière ses froufrous et ses falbalas. Claire se rappela des occasions où Benoît avait fait un pas vers elle, avant de reculer, comme s'il s'était brûlé. « Je ne peux rien vous apporter de bon », lui disait-il souvent, sous-entendant qu'elle était seule à courir un danger. Aujourd'hui, elle se demandait si elle ne risquait pas de lui nuire, simplement parce qu'elle l'aimait. Depuis trois nuits consécutives, elle le voyait en rêve s'évaporer entre ses bras. Elle n'avait pas besoin de cette addition à ses cauchemars habituels, d'autant que cette vision avait été provoquée par Miriam dont le seul but était de s'assurer une compagnie pour ses vieux jours, plus agréable que celle de Polly ou de Nola.

Cependant, le voyage en France l'attendait, comme une étoile qui lui faisait signe. Elle aurait au moins ça.

Ils se retrouvèrent dans la foule anonyme de la gare de Waterloo. En le voyant venir vers elle, Claire s'immobilisa. Il dépassait tout le monde de sa haute stature. Son pardessus de cachemire tombait avec élégance, son chapeau était incliné vers l'avant. Tout, dans sa tenue, respirait la qualité, l'excellence qui l'avait frappée la première fois qu'elle était allée à Thornwick. Même s'il avait été un inconnu, elle se serait aperçue dès l'abord que ses chaussures et ses gants étaient du meilleur cuir, que sa chemise et sa cravate étaient en soie, ses boutons de manchettes et la chaîne de sa montre en or. Elle aurait pris du plaisir à admirer ses vêtements, son air d'autorité, sa discrète élégance, la forme de son menton, ses cheveux noirs retournant un peu sur la nuque, et une infinité de détails qui provoquaient en elle un émoi inconnu.

C'était nouveau.

Elle l'aimait. Comme elle n'avait jamais aimé.

Il l'effleura des yeux, puis des mains, et l'attira à lui en la serrant dans un geste de totale possession. Désormais, elle était sienne ; elle s'abandonnait à son désir, à son amour, à ses exigences, sans réserve et sans conditions. Aussi longtemps qu'elle pourrait. Aussi longtemps que ça durerait. Jusqu'à la semaine prochaine.

Dès le début, tout fut parfait. Une vie dans la vie, en dehors de la réalité quotidienne. Le soleil brillait. La mer était calme. Quinze jours durant, les trains partirent à l'heure, leurs projets se réalisèrent sans le moindre accroc, les hôtels furent tous charmants et bien chauffés, et chaque instant leur laissa un souvenir ineffaçable.

La France. Le pays où elle était devenue adulte, par la force des choses. Où elle avait aimé et souffert pour la première fois, et où Paul reposait sous une pierre bien alignée, parmi des rangées d'autres tombes. Elle n'avait aucune envie d'y aller. Dès la première minute, elle avait accepté, pour de multiples raisons, la décomposition de son corps. Mais l'esprit de Paul était resté longtemps présent, même si elle ne pouvait plus l'atteindre, et il commençait seulement à n'être qu'un souvenir. Elle était en train de lui rendre sa liberté, afin qu'il puisse reposer en paix. Pourtant, la première nuit, à Paris, il se faufila si tendrement dans ses rêves qu'elle comprit qu'il la plaignait. Les émotions humaines ne l'atteignaient plus. Pour lui, le désir, l'impatience et tous les appétits désordonnés du corps, du cœur, le bonheur des caresses de l'être aimé, la chaude poignée de main d'un ami, plus rien n'existait.

Mais, pour elle, tout était à recommencer, la joie et la souffrance. Ici, sur cette terre de France où elle avait appris à vivre dans l'instant, en prenant chaque minute de bonheur avec la gratitude et le désespoir du voyageur perdu dans le désert, et qui déguste une goutte de pluie en sachant que c'est peut-être la dernière.

– Je t'aime, Benoît.

Avait-elle vraiment prononcé ces mots ? Ou bien étaient-ce ses bras, au réveil, qui, en se tendant vers lui, lui avaient transmis le message ? Ce matin-là, et les suivants, ce miracle illumina la journée tout entière.

Elle était comblée. Toute la joie du monde dans un seul homme. C'était dangereux, mais le péril était pour demain. Aujourd'hui, c'était l'enchantement des Grands Boulevards, où elle marchait à son côté, comme sur un nuage. Assis à la terrasse d'un café, ils étaient indifférents à la foule qui passait, uniquement préoccupés d'eux-mêmes.

C'était aujourd'hui.

Elle savait que demain viendrait.

Ils reprirent le train et descendirent vers le sud à travers une région douce et verdoyante, traversée par le pâle ruban de la Loire. Un pays secret, aux forêts profondes, donnant généreusement ses vins et ses fleurs, parsemé çà et là de maisons semblables à celles des livres d'images. Parfois, le château de Cendrillon surgissait à travers le feuillage, et la Belle au bois dormant sommeillait dans chaque tour enchantée.

Ses rêves la laissèrent en paix.

Ils allèrent voir les résidences des rois de France à Chenonceaux, Chambord et Amboise, et flânèrent dans les forêts royales. Ils passèrent un après-midi entier à contempler un château de conte de fées couleur de nuage, dont les clochetons se dressaient au-dessus d'un lac aux eaux vertes. Ils gravirent les ruelles pentues du vieux Chinon et montèrent à la forteresse où se tenait jadis la cour d'Henri Plantagenêt, et où son fils Richard Cœur-de-Lion était mort, après sa dernière croisade. Ils suivirent le cours du fleuve, paisible en cette saison, dont la surface soyeuse était à peine ridée par une brise paresseuse. Ils visitèrent les vignobles de Vouvray et les caves creusées dans le coteau, sous les vignes, où le vin vieillissait dans de gigantesques fûts et dans des bouteilles poussiéreuses alignées sur des kilomètres. Au sortir de la pénombre humide, ils s'assirent au soleil pour déguster un nectar qui déposa sur leur langue tout l'enchantement de la région, la beauté soyeuse du fleuve et la féerie des châteaux enchantés.

Depuis leur arrivée en France, ils n'avaient pas prononcé le nom de Faxby ni celui des personnes qui s'y rattachaient. Mais, en regagnant Paris, l'avant-dernier jour, Claire alla seule aux Galeries Lafayette acheter des cadeaux pour Edward et Dorothée, afin d'apaiser sa conscience. Il fallait donc également rapporter quelque chose à Miriam, à Eunice et à Polly. Mais alors, elle ne pouvait oublier Nola. Et Kit ? Et Mme Tarrant, la gouvernante de la *Couronne*, qui était si gentille avec elle ? Et Adela Adair, la pianiste, qui traînait toujours dans les parages quand les autres déballaient leurs cadeaux, avec l'air malheureux d'un chien famélique rôdant autour d'une table bien garnie. Dans ce cas, impossible de ne rien ramener à ce fripon de MacAllister qui la remplaçait de bonne grâce quand elle devait partir de bonne heure. Et M. Clarence ?

Ces courses lui ayant pris plus de temps qu'elle pensait, elle regagna l'hôtel en pressant le pas. En traversant la place Vendôme, elle vit Benoît venir à sa rencontre. Cela n'avait rien d'extraordinaire, pourtant elle s'arrêta net, le cœur débordant d'allégresse et d'une soudaine fierté.

Elle l'aimait et éprouva le besoin de le lui dire.

– Merci. (Curieuse réponse.) Dans ce cas, je vais te demander une faveur.

Elle était prête à tout lui accorder, si extravagante que fût sa requête.

– Voilà... Puisque tu es en veine d'achats... j'aimerais t'offrir quelque chose. Une chose chère... une folie. Tu veux bien ?

– Oh non, répondit-elle, bêtement désappointée. Pourquoi ?

– Pour me faire plaisir. Tu ne veux pas me faire plaisir ?

Comment dire non ?

– Alors, écoute-moi. Une femme peut exprimer ses sentiments en donnant son corps. C'est ce qu'on considère comme son bien le plus précieux, après tout. Pour un homme, c'est différent ; quand il cherche à manifester son affection, il ne peut donner que de l'argent, s'il en a. De l'argent qu'il a gagné à la sueur de son front, de préférence, pour conférer plus de valeur à ce geste de tendresse.

Elle avait la gorge trop serrée pour parler. Elle réussit pourtant à dire, d'une voix rauque et hésitante :

– Qu'est-ce que tu veux m'acheter ?

– Ce qui te plaira. La rue de la Paix est tout près, et ça ne devrait pas être difficile de trouver quelque chose.

Il leur fallut beaucoup de temps pour se décider. Claire savait qu'elle conserverait précieusement ce cadeau toute sa vie, et Benoît avait mis pour seule condition qu'elle puisse le porter au grand jour, c'est-à-dire qu'elle soit en mesure d'en justifier la possession vis-à-vis de Miriam et de Dorothée. Une bague, par exemple, éveillerait trop de soupçons. Les colliers et les bracelets qui lui plaisaient leur parurent, à la réflexion, trop fastueux pour Faxby. Des boucles d'oreilles ? Elle en avait déjà. Finalement, n'osant même pas convertir les francs en livres, elle choisit un rubis ovale suspendu à une chaîne d'or.

C'était superbe.

– Il te va bien, remarqua-t-il en lui attachant le pendentif autour du cou, au moment où elle s'habillait pour dîner. Je regrette de ne pas avoir procédé de façon plus originale... en pataugeant dans la neige, par exemple.

Placé derrière elle, il la prit par les épaules et la pressa contre lui, si bien qu'elle ne voyait pas son visage.

– Je n'oublierai jamais cette soirée, Claire. Sais-tu à quel point j'ai souffert ? J'avais quarante ans et j'étais en train de tomber amoureux... C'étaient les premières atteintes d'un mal contre lequel je me croyais immunisé. Je ne voulais pas de cet amour, et pourtant Dieu sait si je le veux, aujourd'hui.

– Tu l'as, Benoît... Je t'aime.

– Chut... Dans mes moments de bonté, je me dis que ce n'est pas bien pour toi.

Ils dînèrent dans un tendre silence, puis ils allèrent se promener jusqu'au bas des Champs-Elysées, passant par le jardin des Tuileries désert et la place de la Concorde. Ils baignaient dans une atmosphère de tristesse partagée, une mélancolie si douce qu'elle en était délicieuse. Cette ombre ne les quitta pas de la nuit et, le lendemain matin, elle planait encore autour de leurs bagages étiquetés « Mannheim Crescent » et « Montfleuri ». Elle resta à leurs côtés pendant leur dernier petit déjeuner et les accompagna jusque dans leur compartiment, à la gare du Nord. Elle les suivit pendant la traversée de la Manche, tandis qu'ils faisaient face au vent aigre, sur le pont du navire. A mesure qu'approchait l'heure de la séparation, l'ombre s'épaississait et devint complètement opaque. Au moment où la côte française disparut dans la brume et que le rivage de l'Angleterre se profila dans le lointain, il lui prit la main et la pressa sur ses lèvres.

– Est-ce un adieu, Benoît ?

– Ce serait plus raisonnable.

Claire rentrait directement à Faxby, alors que Benoît devait passer la nuit à Londres. Sans doute irait-il ensuite à Eastbourne rendre visite à Nola. Elle n'avait aucune raison ni aucun droit de s'y opposer. Mais au dernier moment, Benoît décida qu'il n'avait pas envie de suivre ce programme.

– Je t'accompagne à la gare de King's Cross.

– Ce n'est pas la peine.

– Je n'ai pas dit que c'était la peine, j'ai dit que je t'accompagnerais pour te mettre dans le train.

– Mais Benoît... c'est le train de Faxby. Avec celui de Leeds sur le quai voisin, sans doute. Tu risques de tomber sur des gens que tu connais.

– Et alors ? Ils me verront accompagner ma belle-sœur au train. Qu'y a-t-il d'extraordinaire ?

– Accompagne-moi seulement jusqu'à la gare. Ne viens pas sur le quai.

A King's Cross, il héla un porteur et réserva pour Claire une place dans un compartiment de première classe. Ils attendirent ensemble l'heure du départ, sans dire un mot, absorbés par la tristesse d'une séparation qui risquait d'être définitive. Le hurlement strident du sifflet les soulagea et les déchira à la fois. Ses adieux à Paul s'étaient déroulés dans les mêmes conditions. Deux ans plus tôt, ce quai et tant d'autres avaient été le théâtre de scènes bouleversantes ; des mains s'étreignaient par les portières, dans un silence chargé de tous les mots qui n'avaient pas été prononcés et qu'il était impossible de crier maintenant, au milieu du fracas des locomotives et des conversations des autres voyageurs, qui paraissaient futiles à ceux qui avaient rendez-vous avec la mort.

Cette fois, la mort n'était pas au bout du voyage. Ou alors, c'était la mort d'un avenir impossible.

– Tu vas à Eastbourne ?

– Oui.

Elle aurait aussi bien pu lui demander s'il partait pour Passchendaele.

– Je m'en doutais.

– Je suis responsable d'elle.

– Et puis, tu l'aimes bien. Moi aussi.

Il lui saisit la main et la pressa contre sa joue en souriant.

– Tu sais qu'elle ne renoncerait pas à quoi que ce soit, ni pour toi ni pour moi.

– Je sais.

– Nous sommes donc plus généreux que nous ne le pensions.

Claire connaissait le trajet par cœur. Il lui parut très long. Bien qu'il ne fît pas froid dans le compartiment, elle fut prise de frissons incontrôlables. La dernière fois qu'elle avait pris ce train, Edward était venu la chercher à la gare de Faxby. Aujourd'hui, il n'y aurait personne pour l'attendre, et c'était mieux ainsi. Demain, elle irait apporter ses cadeaux à Upper Heaton. Il lui faudrait mentir et se montrer agréable avec Edward, à cause de sa mère. En arrivant, elle eut la chance de trouver tout de suite un taxi qui la ramena vers son appartement solitaire. Voilà, elle était rentrée chez elle. Quelle farce. Elle n'eut même pas le courage de défaire ses valises, d'allumer le feu et de regarder le courrier qui s'était accumulé sous la porte. Elle aurait pu aller à l'hôtel et boire pour oublier sa tristesse. Finalement, elle s'allongea sur son lit, sans même ôter ses chaussures, prit une cigarette et regarda le soir tomber, en proie à un immense désespoir.

Rien ne l'obligeait à rester seule. Pourtant elle s'efforça de s'accoutumer à l'idée qu'être « seule » ne signifiait plus désormais être sans compagnie, mais sans Benoît, comme jadis sans Paul. Mais Benoît était vivant. Il n'était pas loin. Elle aurait voulu le rendre heureux. Elle se rendait compte qu'elle n'avait pas réussi, que c'était impossible.

Pendant trois nuits consécutives, elle rêva de lui, tel qu'il lui était apparu à la gare, tendu, sévère. Elle ne voyait que son visage, devant la fenêtre du compartiment, tandis que le train fonçait dans les ténèbres. Le quatrième soir était un dimanche et elle alla dîner à Montfleuri. Benoît avait retrouvé son autorité, sa froideur et son ironie. Personne ne lui posa de questions sur son mystérieux voyage.

– Voudrez-vous que je vous ramène, Claire ?

– Oui.

– De bonne heure ?

– Le plus tôt possible.

Le rêve paralysant venait de prendre fin.

16

Malgré tout, aimer Benoît n'était pas simple. La difficulté venait non seulement de son caractère renfermé, mais aussi de Claire elle-même. Jusque-là, elle avait bien accepté sa double personnalité ; elle le voyait endosser ses diverses identités sans en éprouver de trouble ni de souffrance particulière. Mais, à mesure que le printemps s'avançait, elle supportait de moins en moins d'avoir à poursuivre ce jeu de dupes et elle déplorait ce temps perdu, gaspillé à tout jamais, afin de ne pas troubler l'existence paisible de Miriam et d'Eunice, ni les excentricités de Nola.

Qu'est-ce qui l'empêchait de se lever, au cours d'un dîner dominical, et de crier haut et fort : « J'aime Benoît. Pourquoi vous sacrifierais-je cet amour ? Vous ne le méritez pas. Vous n'avez aucun droit d'intervenir. » ? A plusieurs reprises, elle rêva cette scène. Elle se dressait devant eux, les dominant de sa taille de géante, tandis qu'ils restaient assis à leur place, stupéfaits. Puis, soudain, ils se levaient tous d'un même mouvement – Miriam et Dorothée donnant le branle – et l'étouffaient sous des couvertures et des édredons moelleux. « C'est pour ton bien, ma chérie. Nous avons besoin de toi. Nous t'aimons. Et puis, qu'est-ce que les gens diraient ? » Un rêve atroce d'où seul la tirait l'effort qu'elle faisait pour retrouver sa respiration et pour débarrasser ses yeux et son nez de la terre glacée qui les obstruait. La peur primitive d'être enterrée vivante.

Au début, Montfleuri l'ennuyait. Maintenant, elle haïssait cette maison avec une violence presque infantile dans sa férocité. Si un jour Montfleuri brûlait, elle danserait sur ses cendres. Pourtant, de temps à autre, Benoît lui rappelait son désir qu'elle vienne s'y installer.

La chambre bleue.

– On ne vit qu'une fois. C'est bien ta philosophie, n'est-ce pas ? Je m'accommodais parfaitement de mon sort jusqu'au jour où tu as commencé à me parler de la fuite du temps et à me répéter qu'il fallait profiter de toutes les occasions. Pour l'heure, nous perdons énormément de temps, vois-tu. Le remède est entre tes mains.

– J'étouffe à Montfleuri, Benoît.

– C'est bien dommage. J'aimerais tant prendre soin de toi, Claire. C'est mal ?

– Tu veux dire que tu aimerais que je dépende de toi.

– Oui. Exactement.

– Que je renonce à...

Elle était sur le point de dire : « A mon indépendance. Ma personnalité. » Beaucoup de choses. Mais il l'interrompit par une exclamation d'impatience et un claquement de langue irrité.

– Renoncer à quoi ? A un travail subalterne dans un hôtel minable avec un homme qui...

Il faillit dire : « Un homme qui cirait mes chaussures », mais il s'arrêta à temps. Il était jaloux, et elle voyait combien cela le blessait et l'humiliait. Il n'avait que mépris pour un sentiment aussi bas, tout en se méprisant lui-même encore davantage de l'éprouver.

– Je t'aime, Benoît.

Il porta la main à ses yeux et frissonna.

– Je sais. Pardonne-moi. Ces mots te viennent tout naturellement, n'est-ce pas ?

– Je n'ai pas de difficulté à les prononcer.

– Tu en tires même de la force, il me semble. Comme nous sommes différents.

Benoît, qui préméditait toujours ses actes, devint sujet à de brusques et alarmantes sautes d'humeur. Il se montrait soudain d'une jalousie féroce, irascible, puis il était de nouveau charmant, tolérant et courtois.

– Je me demande comment tu peux me supporter.

– Moi aussi. Peut-être que la vie serait encore pire sans toi, si impossible que tu sois par moments.

Non. Ils n'étaient pas faits l'un pour l'autre. Ils avaient choisi d'être ensemble, contre la volonté du destin et l'ordre naturel des choses, mais Benoît lui-même n'était pas entièrement convaincu.

Au début du mois de mai – le mois de l'anniversaire de Miriam –, Claire reçut un mot très bref de la directrice d'un hôpital des environs de Carlisle. Ce message l'informait que le lieutenant Ash, qui avait donné le nom de Claire comme étant celui de sa plus proche parente, donnait des inquiétudes. La directrice lui demandait donc de bien vouloir se mettre en rapport avec elle, qu'elle fût sa femme, sa sœur ou sa cousine, car il fallait prendre sans tarder des décisions sur le plan médical, comme sur le plan personnel. De toute évidence, Alan était un fardeau pour l'établissement.

– Il faut que j'aille à Carlisle, annonça-t-elle à Benoît sur un ton léger qui cachait son appréhension.

Comme il ne lui en demandait pas la raison, étant ce jour-là d'humeur paisible, elle lui fournit des explications, tout en lui laissant entendre qu'elle irait, que ça lui plaise ou non. Il ne souleva aucune objection.

Kit lui proposa de l'accompagner et, comme elle refusait, il lui remit une enveloppe volumineuse.

– Il est sûrement fauché. Il faudra régler les frais d'hospitalisation. S'il reste un peu d'argent, achetez-lui un bon manteau ou des vêtements quelconques. Ne lui dites pas que ça vient de moi.

Elle le retrouva dans la lugubre salle commune d'un hospice de charité. Il portait un pyjama de flanelle trois fois trop grand pour lui. Allongé sur un lit étroit, dont les ressorts grinçaient, il n'était plus qu'un paquet d'os, un squelette d'un mètre quatre-vingts, mais il avait gardé sa belle chevelure indisciplinée et son sourire angélique.

– Voici ma Claire chérie qui vient à mon secours. Je vous l'avais bien dit, madame la directrice, que ma sœur ne me laisserait pas tomber.

– Oui, lieutenant Ash, vous me l'avez dit... très souvent même !

Le regard et le sourire pincé de la directrice montraient bien qu'elle ne distinguait aucune ressemblance entre ce garçon blond à la peau blanche et cette brune aux yeux noirs.

Il avait été gravement malade. La directrice avait fait à Claire un exposé très détaillé de la situation. Avant d'être hospitalisé, il menait une vie désordonnée. Il passait des nuits entières dans les pubs, où il croquait les clients en échange d'un verre. Il dormait très certainement dans des logements humides, sans prendre aucune précaution. Vu l'état de ses poumons, il n'était pas étonnant qu'il eût attrapé une pneumonie.

– Il a été gazé pendant la guerre.

– Je sais, répliqua la directrice qui ne semblait pas penser que c'était une excuse valable pour boire et dormir n'importe où. Il a de la chance d'être encore en vie.

Claire était bien de cet avis, mais pas pour les mêmes raisons.

– Et maintenant, madame... c'est bien madame

Swanfield, n'est-ce pas ? Que va-t-on faire de lui ? Il est en état de sortir, dans la mesure où nous ne pouvons plus rien pour lui. Cependant, j'aurais mauvaise conscience à le jeter à la rue, et ce ne serait pas non plus conforme aux principes de la Fondation. Il faut que quelqu'un le prenne sous sa responsabilité. Si vous jugez que cela vous est possible, madame Swanfield... vous et votre mari, alors votre... votre frère pourra sortir dès aujourd'hui.

– En d'autres termes, emballez-le et emmenez-le avant qu'il nous claque entre les mains, ironisa Alan, quand Claire lui rapporta la conversation. Elle avait une trouille bleue que je crève avant de s'être débarrassée de moi, la malheureuse. Elle aurait été bien ennuyée si, après m'avoir envoyé à la fosse commune, on s'était aperçu que j'étais un prince travesti ou au contraire, si elle m'avait précieusement conservé dans la glace et qu'il se fût avéré que j'étais un vrai pauvre... étant donné que j'ai prétendu être l'un et l'autre. Quel soulagement quand j'ai parlé de ma sœur Claire. Je suppose qu'elle m'a remis entre vos mains de grand cœur, et sans poser trop de questions.

– En gros, c'est ça. Quelle tête vous avez, Alan.

– A dire vrai, je ne me sens pas très bien, avoua-t-il avec un grand sourire. L'hiver a été froid, à Whitby. Ça ne manquait pas de charme, mais je me suis vraiment gelé. J'ai peint quelques belles marines sous la brume, des mouettes, des crabes, et même des grains de sable. Je crois avoir presque réussi à capter la substance du vent. J'en étais tout excité. Dommage que je ne puisse pas vous montrer cette toile. Il me semble que mon dernier propriétaire l'a gardée en paiement du loyer.

– En définitive, vous n'êtes pas allé à Edimbourg ?

– Non. J'ai eu une pneumonie à la place... à Carlisle. C'est valable, comme étape. Il y a un train direct.

– Avez-vous l'intention de le prendre ?

– Oui... bien sûr. Mais pas tout de suite. Une pneumonie est un événement important dans une vie. Il faut lui accorder de l'attention. Je pense que j'irai y réfléchir dans un joli coin tranquille, comme Ambleside ou Grasmere.

– Il y pleut beaucoup.

– Ça ne me gêne pas. La pluie tombant sur des eaux dormantes. Vous n'avez pas idée de l'infinité de formes et de matières qu'on peut trouver dans une flaque d'eau. C'est tout un univers.

– Sûrement... surtout quand on a de la fièvre et qu'on a bu.

– Qu'allez-vous faire de moi, maintenant ? De toute façon, je suis trop faible pour résister.

Claire avait repris le logement d'Alan à Mannheim Crescent, pour ne pas avoir à partager la cuisine avec un nouveau locataire. Elle le ramena donc à Faxby et consacra l'argent de Kit à acheter du charbon, des couvertures, un matelas d'occasion et des victuailles reconstituantes.

– Je vous rembourserai... je suis un gentleman.

Etant donné qu'il était un gentleman, elle savait qu'il lui serait plus facile d'accepter ces générosités s'il croyait que l'argent venait d'elle et non de Kit.

– Je ne peux pas vous dire quand, bien entendu. Peut-être la semaine prochaine, si j'arrive à avoir un stand au marché et que je vende un tableau ou quelques vieilleries.

– Ne vous inquiétez pas pour ça.

– Enfin, vous savez ce que c'est. En tout cas, ce sera avant que je reparte pour Edimbourg... au plus tard. Ça ira ?

– Mais oui. Contentez-vous de rester au chaud et de manger. Et tâchez de ne pas boire.

– Comment va notre courageux lieutenant ? demanda Benoît avec un air parfaitement détaché.

– Aussi bien que possible.

– J'en suis ravi. C'est un jeune homme de bonne famille... ce serait dommage d'en perdre encore un.

– Je ne sais rien de lui, Benoît. Et toi ?

– Moi si. C'est mon devoir de me renseigner sur tout homme qui entretient des relations avec une femme ayant une part dans l'héritage Swanfield. En tant qu'administrateur des biens de la famille, j'y suis tenu.

– Tu as fait une *enquête*, Benoît ?

Claire avait beau s'efforcer de prendre un ton moqueur, elle était profondément choquée, et Benoît s'en rendit compte.

– Pourquoi pas ? Et même une double enquête. Sur le lieutenant Ash, à cause de toi, et sur Roy Kington, à cause de Polly. Malheureusement, le capitaine Kington n'a pas réussi son examen. Des bruits courent... il aurait des dettes... ce ne sont que des bruits, car les gens auxquels il doit de l'argent semblent avoir peur de le dire. Ça ne me plaît pas. En revanche, la famille de Bardsley Ash est très honorablement connue dans le Sussex.

– Je me demande si j'ai envie d'en savoir plus.

– Bien sûr que si. Son père est un ecclésiastique de haut rang... très haut rang.

– Un évêque ?

– Je croyais que tu ne voulais pas savoir.

– Eh bien... tu as eu raison, une fois de plus.

– Oui. Un évêque. Un cadet de famille aristocratique qui gagne noblement sa vie dans le sein de l'Eglise. Mais il est très vieux, aujourd'hui. Sans doute les clergymen ne se marient-ils pas de bonne heure.

– Est-ce que sa mère pratique la chasse à courre ?

– C'est bien possible. En tout cas, son arbre généalogique est hérissé de grands veneurs. Alan Ash sort d'une très bonne famille. En outre, étant donné que quatre ou cinq de ses cousins sont morts à la guerre, il se trouve être l'héritier du titre de baronnet de son oncle. Un jour, il sera donc sir Alan... s'il vit assez longtemps.

Il se tut, lui donnant le temps de méditer sur le destin de ce futur baronnet qu'elle venait de soustraire à l'hospice et peut-être à la fosse commune. En réalité, rien de ce que Benoît lui avait appris ne la surprenait vraiment.

– Pauvre Alan. Je suis certaine qu'il n'a aucune envie d'être baronnet.

– Il n'aura pas le choix. On ne peut pas refuser un titre. Ainsi, ton vilain petit canard risque de devenir un jour un superbe cygne. Pense à la joie de ta mère si elle pouvait dire « lady Ash » à propos de sa fille. Et Edward, comme il serait content.

– Je n'aime pas que tu parles comme ça.

– Tu te marieras un jour ou l'autre, Claire. Je préfère ne pas l'oublier, puisque ce ne sera sûrement pas avec moi. Je pense qu'il est plus sage de m'y préparer. Ce n'est pas ton avis ?

A moins qu'elle n'accepte le compromis de la chambre bleue. Si vraiment elle l'aimait avec autant de courage et de générosité qu'elle le prétendait, elle s'y résoudrait. Benoît devait y penser parfois.

Dans la nuit, elle s'éveilla soudain, tirée de son sommeil par une force qui la propulsa directement dans un état de pleine conscience, et elle comprit alors combien il avait besoin d'elle. Etre utile à quelqu'un était pour Claire une source de joie profonde et même une nécessité. Peut-être avait-on besoin d'elle à Montfleuri ? C'est alors, tandis qu'elle se rendormait, qu'elle rêva pour la première fois qu'elle étouffait sous des couvertures moelleuses, et qu'on l'ensevelissait vivante sous des pelletées de terre.

Nola resta à Eastbourne jusqu'à la fin avril. Son retour provoqua quelques menus désagréments, car, dans le télégramme où elle demandait qu'on vienne la chercher à Leeds, elle avait omis de préciser l'heure de son train. Quand elle arriva enfin, elle avait égaré plusieurs bagages, dont certains furent retrouvés au wagon-restaurant ; les autres – ceux dont elle avait le plus besoin – avaient continué sur Manchester, avec Nanette.

– Je suis désolée. Je suis désolée, répétait-elle.

– Ça ne fait rien, répondait invariablement Benoît.

– Vraiment, excuse-moi.

– Ça n'a pas beaucoup d'importance.

Et ainsi de suite, du train jusqu'à la voiture, puis pendant tout le trajet de Leeds à Faxby. Nola demandait pardon d'avoir perdu son nécessaire de toilette, son parapluie, son carton à chapeaux, et Benoît la priait poliment de ne pas se tourmenter, en l'assurant que tout cela n'était pas bien grave.

Claire connaissait Nola depuis un an seulement. Mais elle lui apparut en avoir dix de plus. Elle semblait avoir rapetissé et elle était devenue étrangement et tragiquement banale ; en somme, la femme ordinaire, indécise, désorientée qu'elle avait toujours été, malgré ses fourrures somptueuses, ses turbans chamarrés, sa démarche désinvolte et ses voiles flottant autour d'elle. Depuis le début, elle s'était conduite à Montfleuri comme un pur-sang qui méprise ceux qui l'ont capturé ; elle s'était crue sur une scène de théâtre, faisant des entrées et des sorties fracassantes, et se délectant de la consternation qu'elle provoquait. Aujourd'hui, elle était d'une discrétion exemplaire ; elle avait perdu son panache, la plume de son chapeau semblait fripée et elle avait l'air de flotter dans son manteau vert amande à grand col de vison abricot qui lui donnait une allure empruntée.

– Vous êtes superbe, minauda Miriam, ravie de constater que c'était justement le contraire.

– J'ai utilisé votre voiture, annonça Polly. Elle ne servait à personne. Je suppose que vous voulez la récupérer ?

– Quelle chance pour votre bague. Justin a de bons yeux, dit Eunice qui avait déjà écrit à Nola deux longues lettres au sujet de l'émeraude que son fils avait trouvée dans la salle de bains, peu après le départ de Nola pour Eastbourne.

Eunice avait d'abord été soulagée que Justin n'ait pas conservé la bague pour tenter de la vendre, mais maintenant elle espérait bien recevoir une récompense.

Nola sourit poliment et monta dans sa chambre. Amollie par la fatigue, elle s'affala dans un fauteuil et alluma une cigarette.

– Qu'est-ce qu'il va me faire, maintenant ? demanda-t-elle à Claire.

– Oh !... rien, je pense. Rien de terrible, en tout cas.

– Mais pourquoi ? Pourquoi, mon Dieu ?

– Parce que... sans doute... il pense que vous avez été assez punie.

– Mais il ne l'a pas dit ?

– Non. Mais il ne dit jamais rien, vous savez bien.

En ce qui concernait Nola, c'était vrai. Il n'avait rien dit à Claire. Quand il était allé voir sa femme à Eastbourne, il lui avait parlé de l'hôtel, de la cuisine, du service, de la vue sur la mer, de la quantité de petits chiens qu'on voyait dans la ville.

Le soir, au dîner, tout le monde écouta Miriam s'enthousiasmer à propos du prochain banquet de la mairie, où Elvira Redfearn prendrait ses fonctions de première dame de la ville, et auquel il était indispensable d'aller. Polly enchaîna en expliquant dans le détail comment elle s'habillerait pour l'occasion. Quant à Eunice, elle en profita pour remarquer, après avoir lancé un rapide coup d'œil vers Benoît, qu'elle n'avait pas les moyens de s'offrir une nouvelle robe du soir.

– Peux-tu venir dans mon bureau, s'il te plaît, Polly ? demanda Benoît à la fin du repas.

Il lui communiqua les renseignements qu'il avait eus sur Roy Kington, en lui disant que si elle réussissait à l'épouser – chose qui était fort heureusement improbable – elle n'aurait pas un centime de son capital. Pendant toute la soirée, Polly passa tour à tour de la crise de larmes à la bouderie.

– Tu as gâché ma vie, hurla-t-elle. Il a gâché ma vie, cria-t-elle encore plus fort, en accourant dans le salon où elle commença de sangloter comme une fillette de trois ans. Dis-lui... maman. Dis-lui. Jamais papa ne l'aurait laissé me faire ça.

– O mon Dieu ! soupira Miriam.

– Papa doit se retourner dans sa tombe, déclara Eunice, prenant pour une fois le parti de sa sœur.

– Du calme, murmura Toby.

Depuis plusieurs jours, il s'armait de courage pour demander à Benoît un rendez-vous afin de discuter de son salaire. Aussi redoutait-il que quelqu'un – en particulier Eunice – ne le mît de mauvaise humeur.

– Votre père a agi au mieux de vos intérêts, s'empressa de remarquer Miriam.

Autrefois, Nola aurait ironisé : « Vous voulez dire, chère Miriam, qu'il a agi aux mieux de *vos* intérêts. »

Mais ce soir-là, Nola se leva et sortit, sans que personne le remarquât, et elle alla se rasseoir dans son fauteuil où elle passa la nuit.

Ainsi, il n'y aurait pas de châtiment, ni de contraintes ou de conditions d'aucune sorte. Mais quoi alors ? Ce serait comme avant. Il la laissait entièrement libre. Maintenant, elle se rendait compte que Benoît ne lui avait jamais imposé aucune entrave, qu'il ne la surveillait pas et n'avait jamais cherché à la diriger. Elle s'était fait des illusions, comme pour tant d'autres choses. Elle s'était crue prisonnière, elle l'avait imaginé, elle en avait besoin. En comprenant soudain qu'elle avait toujours été libre, un sentiment de solitude et d'épouvante l'envahit. Cela voulait-il dire qu'elle n'avait qu'à s'en prendre à elle-même ? Qu'elle ne pouvait plus invoquer le prétexte de ce personnage de vaudeville qu'est le mari sentencieux, pour dire : « C'est sa faute si je suis comme ça. Je n'avais pas le choix. » ?

A présent il lui faudrait justement choisir en toute liberté, et elle ne se sentait pas armée pour le faire. Son père lui avait appris à obéir. Sa mère lui avait montré comment contourner l'obstacle par la ruse. Le mariage l'avait enfermée – du moins le croyait-elle – à l'intérieur d'un système qui, certes, la limitait dans ses possibilités, mais qu'elle connaissait parfaitement et qui constituait un objectif concret et précis à combattre. Là encore, elle s'était trompée. Elle était à l'aise dans le rôle de captive et de rebelle. Désormais, elle pouvait agir à sa guise et cette perspective l'épouvantait.

– Je pense... j'en suis même persuadée... que Nola aimerait que tu la punisses, et très sévèrement, dit un jour Claire à Benoît, surmontant l'embarras qu'elle éprouvait à parler de Nola.

– C'est possible. Malheureusement, je ne peux pas. Tu dois le savoir.

– Oui.

– Alors... que puis-je faire ? Si elle a besoin de mon pardon... mais il n'y a rien à pardonner. Et, de toute manière, qui suis-je pour la juger ? Ne pourrais-tu pas trouver un moyen de le lui expliquer ?

Elle lui transmit le message de son mieux, sachant que Benoît serait dur et blessant s'il s'en chargeait lui-même. Il lui dirait : « Allons, secoue-toi et cesse de m'ennuyer. »

Mais Nola ne cherchait pas à être pardonnée.

Ni d'ailleurs à être punie... du moins, pas exactement. Voulait-elle une réponse ? Mais une réponse à quoi, puisqu'elle ne savait même pas quelle question poser ? Elle avait été convaincue d'adultère et personne ne lui avait jeté la pierre. Elle avait avorté et, au lieu d'être mise en prison ou reléguée dans un couvent, on l'avait envoyée à Eastbourne, dans un hôtel confortable. Elle avait beau se répéter qu'elle avait choisi la seule solution possible, et qu'elle recommencerait s'il le fallait, elle se rendait compte qu'elle avait commis un crime, une mauvaise action.

Tous les matins, Miriam la complimentait sur sa mine. Pourtant, elle se sentait... *immatérielle*. Qui était-elle ? Elle ne l'avait jamais su. Elle reprit sa voiture à Polly et alla passer une heure au bar de la *Couronne* dans l'espoir que l'alcool la délivrerait de cette impression soudaine d'être devenue invisible. Elle était transparente. Vide. Un bref instant, elle crut même ne plus avoir de substance et fut saisie de panique.

– Mais c'est ma chère Nola, lança Kit Hardie en l'apercevant.

La voyait-il vraiment ?

– Vous êtes superbe, Nola.

Non. Il ne l'avait pas vue.

Elle ressortit, toujours en proie à cette sensation d'irréalité, monta dans sa voiture, et tourna en rond pendant un moment. Où aller ? Quelle angoissante question ! Autrefois c'était Leeds... vite ! Pas de temps à perdre ! Elle avait tant à faire pour servir la cause de son génie bien-aimé. Avant c'était Kit et avant encore, combien d'autres ? Le souvenir le plus précis qu'elle gardait de toutes ces liaisons, c'était l'impression d'ennui et de banalité incommensurables qu'elle avait soudain au moment où elles prenaient fin. Elle tourna brusquement dans une petite rue et pila net devant un grand mur noirci par la suie. Elle eut alors une espèce de révélation : elle comprit qu'elle avait perdu non seulement l'audace, mais le goût d'avoir des amants. Et, ce qui était plus grave... elle n'en avait plus envie. C'était comme un glas qui sonnait.

Il lui fallait autre chose. Une chose extraordinaire. Dieu, peut-être ? Pourquoi pas ? Aucune possibilité ne devait être négligée. Si Faxby était pauvre en distractions culturelles et mondaines, sur le plan de la religion, il n'y avait que l'embarras du choix : l'Eglise anglicane, les méthodistes, avec leurs deux courants, les Wesleyens et les primitifs ; les baptistes, les christadelphiens, les unitariens, les épiscopaliens, les congrégationalistes, les presbytériens, les quakers, les catholiques, l'Armée du Salut et même une synagogue. Dans la quinzaine qui suivit son retour à Montfleuri, Nola rendit visite aux ministres de ces différents cultes, sans en oublier un seul. Elle leur avoua ses fautes et demanda un pardon qui lui fut accordé un peu trop facilement à son goût. Rentrez chez vous et ne péchez plus. Mais ce n'était pas si simple. Elle n'avait pas envie de rentrer chez elle. En revanche, elle n'avait pas non plus envie de pécher, détail qui embarrassa quelque peu le moins expérimenté de ces dignes ecclésiastiques, quand elle lui avoua, avec une haleine chargée d'alcool et les doigts tachés de nicotine, à quel point ce détail la troublait. Elle avait toujours péché. Le péché s'assortissait bien avec les fourrures, le rouge à lèvres et les traits d'esprit. Maintenant qu'elle n'avait plus rien à cacher, plus de mensonges à inventer, plus de pistes à brouiller, plus de rêves de gloire ridicules, que lui restait-il ?

– J'espère qu'elle aura retrouvé son entrain pour mon anniversaire, déclara Miriam.

C'était peu probable. Elle avait repris l'habitude de dévisager son entourage d'un œil critique, dans un silence accusateur. Elle inquiétait Eunice et agaçait Polly. Quand ses enfants revenaient à la maison pour les vacances, il lui arrivait de les fixer d'un regard parfois pénétrant et souvent absent, d'une façon si étrange que Miriam s'était crue obligée de chuchoter à l'oreille de Mme Timms, qui se trouvait là, que Nola était un peu bizarre en ce moment, parce qu'elle arrivait à « l'âge critique ».

Les choses se gâtèrent encore davantage quand elle se mit à dire des vérités à tout le monde.

– Ce garçon ne t'épousera pas, Polly. Tu ferais mieux de te décider pour Roger Timms, tant qu'il en est encore temps. Dites-moi, Toby. Pourquoi ne fichez-vous pas le camp d'ici ? J'ai l'impression que vous vieillissez, Miriam.

Mais Miriam qui, dans sa jeunesse, avait été *très* jeune, voyait venir la vieillesse avec sérénité. D'autre part, elle avait pris sa décision au sujet de Roger Timms, sans avoir besoin des conseils de Nola. Il y avait trop longtemps que Polly et elle profitaient de sa gentillesse, aussi décida-t-elle de jouer les bonnes fées et de lui remettre sa récompense le jour de son anniversaire. Franchement, elle commençait à perdre patience. Polly la fatiguait au point que la seule solution était de la marier à ce brave Roger.

Elle établit un plan d'action très habile.

D'abord, elle déclara un jour à Mme Templeton, venue prendre le thé, que, si Polly était plus riche que sa fille Sally, ses biens étaient si étroitement liés à l'entreprise et au caprice de son frère Benoît que la pauvre petite n'avait en réalité pour tout pécule qu'un peu d'argent de poche et un caractère fantasque. Par conséquent, Polly avait intérêt à épouser un homme fortuné, à moins, bien entendu, qu'elle ne se laisse entraîner par sa nature romanesque, une chaumière et un cœur en somme... malheureusement, tout le monde sait que, lorsque la misère vient frapper à la porte de la chaumière, l'amour a une fâcheuse tendance à s'envoler par la fenêtre.

Mme Templeton, avec sa tribu de quatre filles et deux sœurs célibataires, désirait ardemment voir entrer au moins un homme dans la famille, et peut-être répéterait-elle ces propos à Roy Kington. Ensuite, pour s'assurer que celui-ci comprendrait bien la situation, Miriam l'invita à dîner le dimanche suivant, et tout se déroula comme elle le prévoyait. Benoît l'examina de son regard froid. Eunice insista sur la médiocrité du salaire de Toby. Quant à Miriam elle-même, elle fit asseoir le jeune homme près d'elle, au salon, et lui montra les albums de photographies de Polly et de Jeremy en les commentant abondamment.

Ignorant son agacement, elle lui conta une foule d'anecdotes sur la vie à Montfleuri, avec ses curieuses traditions que tout le monde était censé respecter.

– Vraiment ? dit le héros qui ne se gênait pas pour montrer son ennui et bâillait.

– Oh oui. L'union fait la force, n'est-ce pas ? C'est toujours ce que disait mon mari. Il aimait tant nous voir unis, et il a pris des dispositions pour que nous le restions... après sa disparition. Quelle prévoyance !

Et, quand Benoît apparut dans l'encadrement de la porte, pour dire à Toby : « Soyez gentil, mon vieux, venez donc une minute », elle eut une expression de tristesse non dissimulée, alors qu'elle savait très bien que Benoît voulait simplement que son beau-frère déplaçât sa voiture, pour qu'il pût ramener Claire chez elle. Elle posa la main sur le bras de Roy Kington, et murmura : « Pauvre Toby. Le voici encore en disgrâce... si tôt après cette affreuse scène au sujet de son salaire. Eunice en a été toute retournée. Je lui ai pourtant répété cent fois que, lorsque Benoît dit non, c'est non. L'affaire est entendue. Oh !... excusez-moi de vous raconter tout ça. C'est sans doute parce que j'ai l'impression que vous êtes déjà des nôtres. Dites-moi, mon cher enfant, que faites-vous exactement ? Ah ! c'est vrai, vous vendez des voitures, je crois. Comme ça doit être amusant. Mais je vous conjure de ne pas en vendre à Toby. Benoît serait furieux. A propos... c'est peut-être encore un peu tôt... mais comment vous entendez-vous avec Benoît ? »

Très mal, évidemment. Elle y comptait bien. Et avec Toby ?

– Il aurait voulu être pilote. Mais, malheureusement, Eunice ne l'aurait pas supporté, et jamais Benoît n'aurait accepté de telles dépenses. Mes filles – Eunice et Polly – se ressemblent beaucoup. L'avez-vous remarqué ?

Ces propos n'étaient pas innocents, car Miriam avait entendu dire que l'aviation était l'une des nombreuses passions de Roy Kington. Elle s'aperçut avec satisfaction qu'il l'écoutait attentivement. Maintenant qu'elle avait découragé le prétendant, elle aborda l'étape suivante de son plan et alla trouver Mme Timms, la mère de Roger.

– Ma chère Edith, les femmes intelligentes, comme vous et moi, arrivent toujours à leurs fins... n'est-ce pas ?

Edith Timms était en effet une personne intelligente, et son mari aussi. Que Roger, leur fils unique, fût un tel crétin était pour eux un mystère et une source de chagrin. Pourtant, il fallait se rendre à l'évidence : Roger était bête. Il était gentil, généreux, et sa mère l'aimait, bien qu'elle suspectât son mari de ne pas être dans les mêmes sentiments. Mme Timms, née Edith Taylor, était la fille de l'associé principal des magasins Taylor & Timms, et elle tremblait à l'idée que l'entreprise que son père et son beau-père avaient créée se retrouverait un jour sous la responsabilité de Roger. La perspective de voir Roger devenir la victime d'une demoiselle sans cervelle la tourmentait également. Par conséquent, elle se montrait froide avec Polly car, contrairement à son fils et aussi à son mari, elle n'était pas sensible au charme de ses boucles blondes.

– La vieille Mme Timms ne m'aime pas, chantonnait Polly, chaque fois qu'on évoquait d'éventuelles fiançailles avec Roger.

Miriam avait donc décidé de redresser la situation. Elle expliqua dans le détail à Mme Timms, très intéressée, que Benoît avait tous pouvoirs sur la fortune de Polly et qu'il avait promis à son père d'en conserver le contrôle aussi longtemps que ce serait nécessaire, c'est-à-dire peut-être bien pour toujours, étant donné la tête de linotte qu'avait la jolie Polly. Mme Timms comprit très vite que la direction future de Taylor & Timms ne pourrait pas tomber en de meilleures mains que celles de Benoît Swanfield.

En rentrant chez elle, elle discuta de l'affaire avec son mari qui, outre son indulgence pour les blondes aux longues jambes, prenait le sort de l'entreprise familiale très à cœur. Du jour au lendemain, le refrain « la vieille Mme Timms ne m'aime pas » n'eut plus cours. Désormais, il ne se passait pas un seul jour sans que Mme Timms fît l'éloge de Polly.

– Oh ! la jolie robe. Comme vous êtes gracieuse, mon petit. Quel naturel. Venez donc au rayon des chapeaux pour essayer nos nouveaux modèles. Ah oui... c'est bien ce que je pensais... gardez plutôt celui-ci. Il n'y a que vous pour le porter avec tant de chic.

Au début, Polly, qui était habituée à voir Mme Timms lui adresser un sourire pincé chaque fois qu'elle la rencontrait dans le magasin, fut étonnée et intriguée plutôt que contente. Mais Edith Timms avait l'art de cajoler la jeunesse. N'avait-elle pas dorloté son Roger à l'excès ? Son habileté, jointe au désir presque enfantin que Polly avait d'être aimée, remporta la partie.

Elle fut invitée à dîner chez les Timms qui passèrent la soirée à la regarder et à l'écouter, ce qui la changeait agréablement de Montfleuri. Elle se sentait spirituelle, distinguée et élégante. Avec Roger, elle en avait l'habitude, mais face à ses parents c'était autre chose. On la retint pour la nuit – un important pas en avant dans le parcours d'obstacles qui mène au mariage – et on la pressa de faire la grasse matinée. On lui apporta dans sa chambre une grande boîte de chocolats de Taylor & Timms, ainsi que les catalogues de fourrures et de robes du soir de la saison prochaine, en lui laissant discrètement entendre qu'elle n'avait qu'à choisir.

– Il me semble que vous avez des doigts aussi petits que les miens, dit Edith. Ah ! peut-être pas... voyons si mes bagues vous vont.

Et Polly passa l'après-midi à admirer les bijoux amassés par la mère et la belle-mère d'Edith, deux grandes dames de Faxby, et par Edith elle-même. Elle qui n'avait déjà pas une vision très claire des choses fut complètement éblouie par ces trésors.

Edith ne lui donna pas le moindre colifichet, mais elle lui fit comprendre qu'elle pouvait hériter un jour de ces merveilles.

– Avec eux, on a l'impression d'être une reine.

En effet, Edith Timms la traitait comme une reine et ce fut cela, bien plus que la perspective de crouler sous les chocolats, les fourrures et les bijoux, qui incita Polly à s'intéresser de nouveau à Roger, qui ne se montrait pourtant guère au cours des après-midi qu'elle passait avec sa mère.

– Laisse-nous, Roger. Sois gentil.

Quand il s'en allait, de sa démarche pataude, Edith se tournait vers Polly et lui confiait, de femme à femme :

– Il est si facile, notre Roger. On lui a appris à obéir et il y prend un réel plaisir. Dommage qu'on ne puisse en dire autant de son père.

Jamais on ne l'avait si bien traitée. Jamais on ne lui avait témoigné autant d'estime et de considération. C'était la première fois qu'on lui demandait son opinion et qu'on tenait compte de son avis. Elle trouvait extraordinaire que la seule personne qui la prît enfin au sérieux fût justement la mère de Roger, qui l'intimidait tellement autrefois. Désormais, elle ne lui faisait plus peur. Bien au contraire. Si incroyable que cela fût, elle découvrait en elle une amie agréable et cultivée. Comme la vie serait douce dans cette jolie maison, en compagnie d'Edith Timms. Du coup, elle en oubliait qu'elle devrait aussi subir la présence de Roger.

– Pensez-vous que votre mère pourrait se passer de vous pendant quelques jours ? Après son anniversaire, naturellement. J'aimerais tant vous emmener à Londres. Oh oui... rien que nous deux. Nous n'avons pas besoin d'hommes pour aller chez Harrods, Selfridges ou Fortnum and Mason. Ça vous plairait ?

– Oh oui... bien sûr.

Si seulement elle pouvait tomber amoureuse de Roger, tout serait parfait. Si seulement il ne cherchait pas à l'embrasser si souvent. Si seulement il était moins maladroit et moins lourd. Quand elle serait une femme, il faudrait qu'elle cède à ses ardeurs toutes les nuits. Elle finirait bien par s'y habituer, sans doute. Sa mère le lui avait dit nettement et Edith l'avait laissé entendre. Elle apprendrait à s'en accommoder, comme toutes les femmes. Cependant, quand elle songeait à Roy Kington et à son corps mince et musclé, elle avait un pincement au cœur, et de curieuses sensations naissaient en des points précis et totalement inexplorés de son corps.

Elle croyait être amoureuse de lui.

– Alors, prouve-le-moi, lui disait-il. Les mots n'ont aucune valeur. Il me faut plus.

– Beaucoup plus ?

Elle redoutait d'entendre la réponse qu'elle connaissait d'avance.

– Et comment, mon trésor. Ton frère ne m'aime pas. Ta mère me traite comme un idiot. Alors, donne-moi quelque chose qui me prouvera que tu ne me prends pas pour un imbécile, toi aussi.

– Ecoute, Roy... si seulement nous étions fiancés.

– Non, Polly. On ne se fiancera pas tant que tu n'auras pas dit oui.

– Mais pourquoi !

– Parce que je n'ai pas envie de me réveiller un beau matin à côté d'une épouse frigide.

– Mais je ne le suis pas, Roy.

– Alors, prouve-le-moi.

Miriam avait organisé un dîner à Montfleuri, une petite fête, comme elle disait, pour que Polly invitât ses amis. Bien que celle-ci eût généralement fait pleuvoir les invitations au bar de la *Couronne*, elle fut ébahie de voir arriver tant de filles jolies et délurées qu'elle ne connaissait pas. Elles étaient toutes suspendues aux lèvres de Roy Kington qui discourait brillamment, un verre du meilleur cognac de Benoît à la main. Il parlait de la vie excitante qu'il avait menée en France, pendant la guerre, et qu'il regrettait visiblement. D'où sortaient-elles ? Polly n'en avait pas la moindre idée. En outre, n'étant pas suffisamment observatrice – ou assez intelligente pour être vicieuse, selon Miriam –, elle n'avait pas remarqué que, sur les instructions de sa mère, le verre de Roy ne restait jamais vide, et que son bien-aimé était complètement ivre.

– Alors, Polly, tu as pris ta décision ? Est-ce que tu vas me donner une preuve ? Sinon... tu sais ce que je veux dire, menaça Roy qui s'était isolé avec Polly derrière la haie de rhododendrons.

Bien sûr qu'elle le savait. Sally Templeton était légère et prête à tout pour trouver un mari. Supposons qu'elle parvienne à ses fins par ce moyen, de quoi Polly aurait-elle l'air ? Et même sans Sally, ne devait-elle pas se méfier de ces filles qui avaient soudain envahi Montfleuri ?

– Alors, Polly ?

Elle baissa la tête.

– C'est d'accord.

– J'espère que c'est bien vrai. Surtout ne me mène pas en bateau.

– C'est vrai, je t'assure. Mais où aller ?

Il se jeta brusquement sur elle comme sur un adversaire. Depuis le temps qu'elle le faisait lanterner, il avait perdu patience.

– O mon Dieu... pas ici... je t'en supplie.

Elle essayait de reprendre haleine entre ses baisers. Elle était terrorisée.

– Alors, allons dans ma voiture.

– *Roy !* Elle est garée dans l'allée. On nous verra par les fenêtres.

– Où alors ? Dans le petit pavillon d'été ?

– Oh !... c'est trop sale.

– Dis-moi... est-ce que tu reviens sur ta parole ? Tu m'avais promis. Je ne te le demanderai plus. Je suis un homme, Polly.... pas un gamin comme mon frère Rex, ni un demeuré comme Roger.

– Je sais.... oui, oui, je veux bien...

Jamais elle n'avait si peu voulu quelque chose.

– Voilà qui est raisonnable. Tu verras, Polly... ce sera bien.

Elle en doutait fortement.

– Oui. J'en suis certaine. Mais ici, ce n'est pas possible... pourrions-nous aller...

– Où tu voudras, Polly.

Il la poussa contre la haie qui était juste assez solide pour la soutenir. Il se pencha vers elle, lui dénuda les épaules et les seins et lui releva la jupe jusqu'à la taille.

– Ça te plaît, Polly ?

C'était affreux, humiliant. Une branche s'enfonça dans son dos. Elle se sentait ridicule et complètement désemparée. Et s'il lui faisait un enfant, par-dessus le marché ?

– Oui. C'est formidable.

– Alors, montre-le, Polly. Réagis.

Qu'est-ce qu'il voulait dire ? Elle ne savait de l'amour que ce qu'elle avait surpris des chuchotements de sa mère et d'Eunice. O mon Dieu !

– Caresse-moi, Polly.

Il avait enlevé sa chemise et sa veste. Elle posa avec hésitation les mains sur sa peau nue, bien qu'elle eût cent fois préféré s'en servir pour se cacher les yeux.

– Tu m'aimes, dis, Roy ?

– Bien sûr... et je vais te le montrer.

– Roy, implora-t-elle.

– Ne t'inquiète pas, mon petit. Tu n'auras pas mal... pas trop, en tout cas, à ce qu'il paraît.

– Non, non.... je t'en supplie.

Elle sentit une main froide qui lui écartait les genoux. Elle s'était déjà trouvée dans cette situation, avec lui et avec d'autres. Mais cette fois l'homme qui était contre elle était dévêtu lui aussi, et la réalité sans fard lui apparut.

Elle tremblait, enfermée dans un double piège, puisqu'elle ne pouvait se résoudre ni à subir cette épreuve ni à le perdre.

– Mon amour. (Elle lui jeta les bras autour du cou et le couvrit de baisers.) Pas ici... pas ici, non, c'est une chose trop importante. Je voudrais que ça se passe comme il faut... la première fois.

Il lâcha un flot d'insultes, mais elle n'y prêta pas attention ; d'ailleurs elle ne les comprenait pas.

– J'ai une idée... oui. Demain, pour l'anniversaire de ma mère, quand il y aura plein de gens dans la maison, on pourra monter dans ma chambre... si, ce sera facile... et personne ne s'en apercevra. O mon chéri... ce sera si bien...

Il jura de nouveau, mais elle continua de parler tout en l'embrassant.

– Je veux me donner à toi comme il faut, Roy. Tu ne comprends donc pas ? Dans mon lit... rien que nous deux... avec la porte fermée à clé et une bouteille de champagne cachée dans mon armoire pour après...

– Tout de suite.

– Demain.

Elle était sincère. Elle croyait que demain tout irait bien. Demain, il pourrait lui faire tout ce qu'il voudrait. Absolument tout. Il lui expliqua très concrètement – avec une irritation due à son mauvais caractère naturel et à une frustration physique que Polly n'imaginait même pas – ce qu'il avait l'intention de lui faire tout de suite. La panique la saisit et elle le repoussa violemment.

– Tout est fini entre nous, déclara-t-il.

– Mais non... demain. Je te le jure. Sur ma vie.

– Entendu. Je viendrai demain à l'anniversaire de ta mère et si tu te défiles encore une fois, tu ne me reverras jamais plus.

Le lendemain matin, Polly était dans un état d'intense énervement.

– C'est bien le jour, remarqua sèchement Miriam. Je me demande ce que ça nous réserve.

Claire arriva de bonne heure dans une robe d'après-midi en crêpe georgette à fleurs roses sur fond noir. Elle avait à la main un petit sac de voyage, puisqu'elle devait coucher à Montfleuri.

Puis vint Eunice, dans une robe de soie bleue de l'année passée, coiffée d'un vieux chapeau de paille beige rafraîchi par un ruban bleu. Elle était escortée de ses quatre fils qui portaient un costume et des chaussures sur mesure tout neufs, et une chemise immaculée ; ils avaient chacun un « cadeau pour grand-maman », empaqueté avec soin. Edward Lyall qui souffrait encore de son rhume de l'hiver, bien qu'on fût en mai, était accompagné de Dorothée dont le sac était si encombré par les cachets, les gouttes et les mouchoirs de son mari qu'elle n'avait plus de place pour y mettre ses affaires personnelles. Benoît fit une première apparition de dix minutes, puis une seconde, aussi courte, une heure plus tard. Nola n'était pas là, mais personne ne parut remarquer son absence. Puis arrivèrent les Redfearn, les Greenwood, les Templeton et toutes les filles qui fréquentaient la *Couronne*... « Mon Dieu, Polly, tu dis que ce sont tes amies ! » Il y avait aussi les médecins, les banquiers et les avocats des Swanfield, ainsi qu'Edith et Roger Timms. Enfin Roy Kington qui avait à son bras une brune aguichante que Polly n'avait jamais vue mais qu'elle rangea aussitôt dans la catégorie des « poules ».

– Salut, Pol... voici Natacha. Je te dirais bien que je l'ai rencontrée en Russie, au Bolchoï, si j'avais une chance que tu me croies... Mettons que je l'ai connue aux Variétés.

Comment avait-il l'audace d'amener cette fille ici ? Comment pouvait-il être si cruel ?

– Ce n'est pas pire que ce que tu m'as fait hier soir, lui chuchota-t-il à l'oreille, profitant d'un instant où Natacha s'était un peu éloignée. Je me venge.

Elle comprit qu'elle était en train de le perdre et cette idée lui était insupportable.

– Je t'avais promis... aujourd'hui.

– Je ne te crois plus.

– Laisse-moi encore une chance.

Il sembla hésiter. Polly était suspendue à ses lèvres.

– D'accord. Rien qu'une fois.

Elle lui expliqua où était sa chambre et lui fixa un rendez-vous. La fièvre l'avait reprise.

– Polly, viens avec nous à la chasse au trésor.

La voix de Toby était si affectueuse – lui qui l'appelait toujours sa « gentille petite fille », sa « princesse » –, que Polly sentit sa gorge se nouer, et elle détourna la tête.

– Vous ne mangez rien, Polly. Vous n'êtes pas bien ?

Claire avait un ton amical, un peu amusé. Peut-être comprendrait-elle. Mais avant qu'elle eût pu entamer sa confession ou lui demander conseil, Miriam les rejoignit.

– Polly, va donc voir ces deux vieilles dames... j'ai oublié leur nom. Personne ne s'occupe d'elles. J'ai besoin de l'aide de Claire pour la chasse au trésor. Venez, mon petit.

– Polly. (Quoi encore ?) As-tu vu Roy ?

C'était Sally Templeton. La pauvre. Comme elle devait souffrir.

– Non. Je ne l'ai pas vu.

– Polly. (Cette fois, c'était Edith Timms.) J'ai l'impression que vous me laissez tomber.

Non, bien sûr. Mais Roger était là, à côté de sa mère, avec son air de brave benêt, et Edith allait sûrement remarquer sa rougeur.

– Maman m'a envoyée chercher quelque chose, s'écria-t-elle en se précipitant à l'intérieur de la maison.

– Eh bien, dit Benoît. Il n'y a pas moyen d'être tranquille aujourd'hui.

Eh bien oui, en effet. Qu'est-ce que Benoît faisait là ? Elle redouta un instant qu'il ne la questionnât, mais il sembla soudain ne plus s'intéresser à elle et s'en alla.

L'escalier... le couloir. Personne ne l'avait vue. En arrivant devant sa chambre, elle hésita un instant, comme quelqu'un qui ne connaît pas les lieux, puis courut dans la salle de bains. Pourtant, il fallait y aller. La seule question importante était de savoir si elle l'aimait ou non. Oui, elle l'aimait. Si Roy avait besoin de ce genre de preuve, c'était compréhensible, naturel et... moderne. Il avait fait la guerre et il était toujours un soldat dans l'âme. Si elle tenait à être la femme d'un soldat, elle devait avoir de l'audace et les idées plus larges. D'autant qu'il l'épouserait ensuite. Elle n'en avait jamais douté. Seulement, elle aurait préféré que la chose se fasse après... après un grand mariage débordant de satin blanc, plutôt qu'avant. Elle aurait voulu s'avancer vers lui, dans l'église, tel un ange, et lui offrir sa virginité intacte, comme sa mère le lui avait enseigné. Elle savait pourtant que sa mère avait des idées rétrogrades et que, de plus, elle était de mauvaise foi. Comment se fier à son jugement ? Il n'y avait qu'à voir les effets que les principes de Miriam avaient eus sur Eunice et sur Nola. Son sort ne serait pas le leur. Elle était une femme « nouvelle », une femme moderne. Comme Claire. Est-ce que Claire ferait cela ? Et Sally Templeton ? Oui, elle sûrement. Il n'y avait donc plus à hésiter.

Elle sortit de la salle de bains et remonta le couloir à pas lents, allant vers l'homme qu'elle aimait comme à l'échafaud. Elle recommença de trembler. Seigneur... elle vit sa main tourner la poignée de la porte. Dans une demi-heure... était-ce si long ?... elle serait un être différent. Pour le meilleur et pour le pire... non ça, c'était au moment du mariage. En tout cas, rien ne serait plus vraiment pareil.

Elle poussa la porte et se força à sourire, au cas où Roy serait déjà arrivé. Oui, il était là, mince et beau, étendu de tout son long sur le lit... avec une fille qui était sans doute la provocante Natacha.

– Salut, Polly... où as-tu mis le champagne ?

Elle s'enfuit en courant. Elle ne sentait rien. Elle ne pleurait pas. Pas encore. Elle descendit les marches quatre à quatre, traversa le vestibule et sortit de la maison. La première chose qu'elle vit fut le gros Roger Timms.

– Ah ! Polly... Je te cherchais. Benoît m'a dit que tu étais montée.

Il avait l'air ordinaire et rassurant. C'était justement ce qu'il lui fallait.

– Roger... je ne me sens pas très bien.

– Viens... appuie-toi sur moi.

Il l'entoura de ses bras, et elle tomba comme une masse contre sa poitrine. Les voyant amoureusement enlacés, la mère de Polly et celle de Roger s'approchèrent d'eux, avec un rire gêné, un peu émoustillées comme le sont les femmes en entendant sonner au loin les cloches d'un mariage.

– Voyons, Roger, mon chéri... crois-tu que ce soit convenable ? interrogea Mme Timms.

– Polly, mon enfant... montrer ainsi ses sentiments en public. Ou bien c'est que tu cherches à cacher que tu rougis, roucoula Miriam.

– Auraient-ils quelque chose à nous annoncer ? demanda la mère de Roger. Mon garçon, j'espère que tes intentions sont honorables.

– Je t'en prie, maman, babultia Roger, écarlate. Tu sais bien que je veux épouser Polly.

– Et Polly, veut-elle t'épouser ?

– Bien entendu, déclara Miriam.

Polly ne la contredit pas.

– Mes félicitations ! s'exclama Eunice à qui sa mère avait donné des consignes très précises.

– Un mariage... un mariage, entonnèrent les tantes de Sally Templeton qui avaient l'habitude que ce ne soit jamais celui de leur nièce.

– Puis-je être l'un des premiers à embrasser la future mariée ? intervint Edward Lyall à qui Miriam avait également conseillé d'être attentif.

– Je ne pensais pas qu'elle irait si loin, murmura Roy Kington qui avait tout entendu depuis la chambre de Polly.

– Sois heureuse, Polly, dit Toby d'un air catastrophé.

– Un mariage en septembre, s'écria Miriam en battant des mains comme si c'était elle qui devait se marier. Ça te va, Polly ? Tu pourras attendre jusque-là ?

Polly ne répondit pas.

– Je ne passerai pas la nuit ici, remarqua Claire. Je crois même que je ne vais pas tarder à m'en aller.

– Je comprends, dit Benoît. Veux-tu que je te ramène tout de suite ?

17

Les fiançailles furent annoncées dans le *Faxby Echo*, le *Yorkshire Post* et le *Times*. On alla spécialement à Leeds pour acheter un énorme solitaire. Il ne restait plus qu'à donner, en l'honneur de l'heureux couple, une réception officielle qui, chose curieuse, devait se tenir à l'hôtel de la *Couronne*, concession que Miriam prétendait accorder aux idées modernes de Polly, alors qu'en réalité elle était ravie de ne pas voir Montfleuri envahi par les amis de sa fille.

Miriam commençait à apprécier, non pas la solitude, mais la tranquillité. Elle redoutait que ses somptueux tapis ne soient tachés, et elle craignait autant pour ses verres de cristal que pour ses nerfs. Il valait donc mieux que tous ces jeunes gens turbulents aillent faire du bruit et des ravages à la *Couronne*, puisqu'ils trouvaient que c'était plus chic et plus moderne.

– Mais certainement, madame... avec grand plaisir, lui répondit Kit Hardie au téléphone.

Contrairement à son habitude, il ravala son amour-propre et prit la peine de venir en personne à Montfleuri pour recevoir ses instructions. Un dîner intime de vingt-cinq personnes, disons trente, suivi d'un bal pour les jeunes, pendant que les autres, ceux qui étaient seulement jeunes de cœur, bavarderaient confortablement. Un menu estival, très coloré, avec des montagnes de fraises, des pyramides de crème fouettée... vous savez bien, Hardie, comme au bon vieux temps... ou bien un diplomate aux fraises avec des macarons, des biscuits à la pâte d'amandes et de la crème anglaise... onctueuse, Hardie, et parfumée au cognac. Oui, ce serait mieux. Pour le reste... oh, un plat de poisson, avec de la crème, du vin et des champignons. Oui, ce n'était pas une mauvaise idée. Ou une quiche au crabe, peut-être ? Pourquoi pas ? Ensuite, du poulet, à condition qu'il soit préparé de façon originale, car sinon il n'y a rien de plus ennuyeux.

– Faites-moi confiance, madame.

Et un gâteau de fiançailles, bien entendu. Enorme. Très décoratif. Un gâteau dont on parlerait longtemps. « Vous voyez ce que je veux dire, Hardie... un gâteau doit frapper l'imagination, sinon qui s'en souviendra ? – Exactement, madame. – Bon. Je vous enverrai un croquis. » Et du champagne, des flots de champagne. Du vin, des liqueurs, et ces fameux cocktails. Puis, vers minuit, un petit souper pour les danseurs, avec du saumon fumé, de la langouste et quelque chose en gelée... non, pas du poulet. Et ces délicieux canapés au fromage qu'on servait avant la guerre à Montfleuri. Le chef de la *Couronne* serait-il à la hauteur ? Sans aucun doute.

Et les fleurs ? Miriam marqua un temps ; elle semblait se demander si les fleurs poussaient dans les halls d'hôtels. Mais parfaitement. Qu'est-ce que madame pensait des orchidées ? Non. Ah bon.

– Des fleurs sans prétention, mon cher Hardie, des fleurs comme on en a chez soi. Oh !... je ne voudrais pas vous ennuyer, mais pas de ces bouquets guindés de professionnel. Il faudra les disposer sans artifice, comme le ferait une maîtresse de maison. N'est-ce pas, Hardie ?

– Entendu, madame.

Elle ne manqua pas de lui rappeler son ancienne position par quelques piques bien enrobées, mais il s'y attendait. Il refoula l'envie de ne pas lui compter le service, de l'offrir comme un cadeau personnel à Polly, et rentra à la *Couronne* d'excellente humeur. La soirée du 4 juin, jour fixé par Miriam, serait un temps fort dans sa carrière d'hôtelier, une publicité pour son établissement, dont le gratin de Faxby parlerait bien davantage que du gâteau. Rempli d'assurance, il était en proie à une sorte de jubilation. Il ne se contenterait pas d'être à la hauteur de la circonstance ; il la dépasserait. Bien entendu, la cuisine et les vins seraient parfaits, et le service irréprochable, mais cela ne surprendrait pas les gens de Faxby. Il fallait les étonner par des raffinements inusités. Elle avait exprimé le désir que les bouquets soient très naturels, et il connaissait plusieurs maîtresses de maison dans la gêne qui seraient trop heureuses de gagner quelques livres. Il chargea trois d'entre elles de créer des jardins miniatures à l'intérieur de l'hôtel. L'un d'eux serait consacré à la rose favorite de Miriam – Mme Pierre Oger – dont Kit n'avait pas oublié le nom. Il y aurait aussi une profusion de fleurs plus rustiques, pieds-d'alouette, cheveux de Vénus, bleuets, marguerites et pois de senteur aux couleurs tendres. Elle avait évoqué non sans malice les canapés au fromage qu'on servait jadis à Montfleuri, en sachant que la cuisinière qu'elle avait à l'époque avait emporté la recette. Cette femme était depuis longtemps à la retraite et peut-être était-elle morte. Kit finit par la retrouver dans un cottage du Humberside et, à force de charme, de persévérance et... un billet de cinq livres, il lui extorqua son secret. Le poisson, la quiche et le diplomate ne présentaient aucune difficulté, mais il faudrait faire preuve d'imagination pour le poulet. Kit convoqua Aristide Keller dans son bureau et l'assura que Miriam Swanfield, et le monde en général, attendaient dans la fièvre la création du *Poulet Aristide sauce suprême* ou du *Poulet à la Keller*, le nom importait peu, à condition que ce volatile n'inspire plus jamais d'ennui à Mme Swanfield. Elle avait parlé d'un gâteau. Qui mieux qu'Amandine Keller, pâtissière hors ligne, serait capable de le confectionner ? Elle semblait éprouver une certaine méfiance pour les cocktails. Mais en avait-elle jamais goûté ? Il appela donc MacAllister, et lui demanda de créer un cocktail pour Polly, ce qui était une tradition pour les jeunes fiancées, mais aussi une composition en l'honneur de Miriam, qu'on pourrait appeler un « jolie madame » ; on le servirait dans des verres larges, et il se composerait de rhum de la Jamaïque, additionné de sherry abricot qui lui donnerait une coloration légèrement pourprée. Elle ne pourrait résister à l'envie d'y goûter.

Deux jours avant le grand événement, un coup de tonnerre déchira le ciel qui était resté jusque-là d'un bleu sans nuages.

– Où est passée ma femme ? demanda Aristide Keller.

On trouva Amandine à l'office, non pas en train de préparer le glaçage du gâteau de Polly, comme elle aurait dû, mais dans une position compromettante avec le poissonnier qui fournissait à la *Couronne* les meilleurs turbots, soles et coquilles Saint-Jacques de Faxby.

– Je vais le tuer, s'écria Aristide.

Son épouse lui lança aussitôt à la figure une fourchette qui le blessa à la tempe, sans gravité. Pendant que Claire administrait les premiers soins à l'infortuné cuisinier, Amandine fit son balluchon et partit se réfugier dans le magasin de son amant.

– Ne tirez pas de conclusions trop hâtives. Il y a peut-être une autre explication, dit Kit au cuisinier même si, pour sa part, il n'en voyait pas d'autre.

Fort heureusement, le dîner était prêt. Se sachant trahi, Aristide Keller repoussa les fausses assurances de ses faux amis et partit en toute hâte, en marmonnant des paroles vengeresses.

– Vous pourriez peut-être le suivre, Claire. J'irais bien moi-même, mais j'ai Mme Redfearn dans mon bureau. Elle est venue commander un banquet et réserver des chambres pour le conseil municipal d'une ville de la vallée de Colne. En outre, dans l'état où se trouve Aristide, il risquerait de croire que j'ai des vues sur Amandine moi aussi.

Elle se mit à sa poursuite avec un peu d'appréhension, et perdit bientôt sa trace, sans beaucoup de regrets. Elle n'assista donc pas à la mise à sac de la vitrine et des comptoirs de la poissonnerie, ni à la correction qu'Aristide infligea à Amandine, avant de se retrouver enfermé dans le sous-sol de la mairie et condamné à trois mois de prison, dès le lendemain matin.

Adieu le *Poulet Aristide sauce suprême*. Adieu le gâteau de fiançailles de Polly qui n'était encore qu'une masse informe attendant le coup de baguette magique d'Amandine pour se transformer en une tour enchantée de sucre glacé.

Adieu le déjeuner et le dîner d'aujourd'hui. Et demain ? La réputation de l'hôtel en souffrirait-elle ? Que dirait Arnold Crozier, qui n'avait pourtant pas des mœurs exemplaires, quand il saurait qu'un adultère avait eu lieu à la *Couronne* entre la crème chantilly et les poires Belle-Hélène, et quand il lirait les titres de la presse régionale ?

– Chaque chose en son temps, dit Kit.

Il avait passé une grande partie de la nuit à tenter en vain de persuader Amandine et la police de retirer leur plainte, puis d'empêcher que les journaux ne s'emparent de l'affaire.

– Pensons plutôt au petit déjeuner. Je sais que vous êtes parfaitement capable de vous en occuper. Mettez un petit vase de fleurs sur les plateaux, au cas où la situation ne s'arrangerait pas au cours de la journée.

Il retourna dans son bureau et resta un long moment au téléphone. Ensuite, il expédia plusieurs télégrammes et appela Claire.

– Il faut que j'aille dans le Kent.

– Kit... à un pareil moment ?

– Précisément. J'ai besoin d'un chef et je sais où en trouver un... dans le Kent.

– Vous ne pouvez pas l'envoyer chercher ?

– Ah ! Claire... si la vie était aussi simple. Cet homme a une place et rien ne me dit qu'il ne s'y plaît pas. Je dois donc le convaincre qu'il se plaira davantage ici. De plus... il est un peu bizarre. J'ai travaillé avec lui autrefois et il l'était déjà. Ça doit être pire aujourd'hui.

– Pourquoi ?

– A cause de la guerre. Non, non... il n'a été ni gazé ni blessé... il était objecteur de conscience.

– Il m'est déjà très sympathique.

– Je l'aurais parié.

– On l'a mis en prison ?

– Oui. Il prétend qu'on l'a envoyé en France avec plusieurs autres. On leur a dit que le gouvernement avait signé leur condamnation et on a organisé un simulacre d'exécution. On les a tous alignés contre un mur, les yeux bandés, les fusils pointés... le grand jeu. C'est ce qu'il prétend... !

– Je le crois.

– Lui aussi, il le croit. Et il ne s'en est jamais remis. Depuis, il est un peu dérangé... J'ai peur qu'il ne plaise pas au personnel. Mais il cuisine très bien.

– Combien y a-t-il de chances qu'il accepte ?

– Assez pour que j'aille le voir. En tant qu'objecteur de conscience, il n'a aucun avenir dans les grandes maisons. Je dois découvrir ce qu'il désire et le convaincre que je suis en mesure de le lui donner. Pendant mon absence, vous pourriez peut-être vous traîner aux genoux d'Amandine Keller pour la supplier de terminer le gâteau de Polly.

– Quelques billets de banque seraient sans doute plus convaincants.

– N'importe quoi pourvu qu'elle revienne.

– Ce qui veut dire ?

– Ce qui veut dire que si j'arrive à ramener ce John David, je me débrouillerai sans Aristide. Si les Keller ne veulent plus travailler ensemble, comme je le crois, je garderai Amandine.

– Et le poissonnier.

– Oui. Je suppose qu'il sera compris dans la transaction. Je ne l'imagine pas venant livrer sa marchandise à la porte de service de la *Couronne*, sans l'assurance que Keller ne l'attend pas avec un couteau à découper. Je ne vois pas qui pourrait me fournir de meilleurs turbots.

– Quand serez-vous de retour ?

Il lui posa la main sur l'épaule, d'un geste rassurant. Elle pensa qu'il lui témoignait beaucoup trop de confiance.

– Demain après-midi.

– Vous me laissez aussi longtemps sans cuisinier ? Le déjeuner et le dîner d'aujourd'hui, le déjeuner de demain...

Comment pouvait-il sourire ?

– Nous sommes en milieu de semaine. C'est calme. Réunissez le personnel des cuisines et demandez-lui de faire le maximum. Ensuite, à vous de juger. Ne laissez personne se prendre pour un nouveau Vatel. Des menus simples et beaucoup de plats de remplacement, au cas où des ennuis se présenteraient. En revenant de la prison, ce matin, je suis passé au marché. On a livré la viande. Envoyez les aides-cuisiniers y jeter un coup d'œil, avant de composer les menus. Inutile de proposer du veau marengo s'il n'y a ni veau ni tomates. Tâchez de faire régner le calme parmi les serveurs.

– Est-ce tout ?

– Oui... sauf que vous êtes absolument charmante.

– J'ai très peur.

– Mais non. Une fois que vous serez lancée, tout ira bien.

Il prit son sac, et lui caressa le bras et la joue.

– Ne ratez pas votre train.

– Ah !... à propos...

Elle avait tant de fois entendu ce « à propos » qu'elle avait de bonnes raisons de le redouter.

– Nous sommes en milieu de semaine, comme je l'ai dit et, en principe, ça devrait être calme. Mais on ne sait jamais, avec les exploits d'Aristide en première page du journal de Faxby... si, si... ça y sera. Il est possible que le banquet du conseil municipal soit annulé ; en revanche, d'autres personnes viendront peut-être par simple curiosité, et pour voir comment nous nous en sortons sans lui. J'aimerais bien que vous ne refusiez aucune réservation.

– Entendu, Kit.

– Personne n'est indispensable, Claire.

– C'est ce qu'on dit. Mais cette théorie ne m'a jamais convaincue.

Aujourd'hui, elle comprenait pourquoi.

Par bonheur, le déjeuner fut effectivement très calme et servit de répétition pour le dîner.

– Je peux vous être utile à quelque chose ? demanda Toby venu déguster ses crevettes pochées au vin blanc arrosées de sa bouteille de chablis du mercredi.

– Oui. Venez dîner ce soir et faites-nous des compliments de façon que tout le monde vous entende.

– D'accord... mais personne ne m'écoutera. Pour l'histoire d'Aristide, les gens n'y penseront plus dans quelques jours. Ce matin, il est à la première page du journal, mais demain on ne saura même plus trop de quoi il retournait.

Plusieurs clients téléphonèrent, inquiets pour leurs réservations, entre autres Miriam qui annonça à Claire qu'une affreuse rumeur circulait concernant la

Couronne. Si c'était vrai, elle espérait que cela ne porterait pas tort à la réception de fiançailles. Les yeux rivés sur le gâteau inachevé, Claire lui jura qu'elle n'avait pas de craintes à avoir.

Comme Kit l'avait prévu, la fille du maire annula le dîner, son instinct politique lui interdisant de paraître soutenir un établissement douteux, d'autant plus que les magistrats qui avaient condamné Keller étaient précisément un de ses oncles et deux de ses cousins. Mais beaucoup d'autres, plus curieux et moins versatiles, se tinrent prêts à tenter l'aventure. A son grand désespoir, Claire s'aperçut très vite que le restaurant serait plein pour le dîner.

– Formidable, déclara-t-elle avec un grand sourire.

Quand elle se fut assurée que les instructions de Kit étaient appliquées à la lettre, elle courut trouver Amandine, les bras chargés de fleurs.

Elle n'avait pas le temps d'être diplomate.

– Amandine, dites-moi ce que vous voulez.

En premier lieu, se venger de son mari. Claire fut prise de court. Comment lui donner satisfaction sur ce point ?

– Mais... il est en prison. Et quand il en sortira, le major ne le voudra plus. C'est vous qu'il veut, Amandine.

Amandine eut un petit haussement d'épaules impatienté. De toute manière, Keller n'avait pas l'intention de revenir à la *Couronne*. Il songeait à ouvrir un restaurant sur la place de l'Hôtel-de-Ville. Tout était prêt. Claire se demanda quelle serait la réaction du major en apprenant cette nouvelle.

– Très bien, Amandine. C'est de vous que nous avons besoin.

Elle finit par annoncer son prix. Claire le réduisit de moitié. Après avoir marchandé un bon moment, elles parvinrent à un compromis. Amandine terminerait le gâteau et, ensuite, elle réfléchirait. Peut-être resterait-elle, à cause du major qui avait toujours été gentil avec elle. Peut-être pas.

Quelle femme épouvantable, songea Claire.

– Surtout n'allez pas vous imaginer que le major vous épousera, lança Amandine, forte de sa nouvelle position.

L'heure du dîner approchait.

– C'est délicieux. Tout ira bien... c'est parfait.

Claire, vêtue de sa robe du soir perlée, inspecta les fourneaux. Elle arborait un sourire serein. Sa nervosité avait laissé place à un calme anormal et à une espèce d'exaltation.

La carte était plus réduite qu'à l'ordinaire, mais les portions étaient plus copieuses. Quatre légumes au lieu de trois, des pommes de terre accommodées de multiples façons ; des plats de résistance moins élaborés, mais une plus grande variété de fromages, de desserts et de petits suppléments glissés çà et là : un sorbet au champagne après le poisson et, avec le café, des fruits confits qui restaient des préparations savantes d'Amandine.

– Oui, c'est parfait. Vous vous en sortez très bien.

Elle distribuait des félicitations un peu au hasard. Elle se contentait d'apaiser les esprits, d'encourager le personnel, d'être toujours là – comme Kit –, disponible, prête à prendre une décision ou à assumer un risque, répétant sans cesse – jusqu'à en être pratiquement persuadée elle-même – que tout allait bien, que tout était parfait.

A la moindre étincelle de panique, l'incendie se déclarerait et rien ne pourrait l'éteindre. Il fallait donc absolument éviter l'affolement. Dès qu'une sauce tournait, une exclamation s'élevait :

– Que dois-je faire, Claire ?

Claire, qui n'avait jamais préparé une seule sauce de sa vie, examinait le contenu de la casserole d'un air docte et disait :

– Ce n'est pas grave. Vous allez la rattraper facilement.

S'étant brûlé la main en ouvrant un four, une fille de la cuisine recula brusquement et entra en collision avec un serveur portant un plateau sur lequel il n'y avait fort heureusement qu'une vichyssoise frappée. Claire accourut aussitôt et transforma ce qui aurait pu être une sanglante querelle en un simple incident. On se contenta de ramasser les débris de vaisselle, les asperges froides, les pommes de terre, et de recommencer.

Tout le monde se soumettait devant son sang-froid, sa présence souriante et discrète, sa détermination à défendre les intérêts de Kit.

Elle effectuait de fréquentes incursions dans la salle à manger pour dire un petit mot aux clients.

– Vous êtes satisfait, monsieur... madame ?

La réponse était presque toujours positive.

– Qu'est-ce que c'est que cette affaire de mari jaloux et de couteau à découper ? demanda quelqu'un. C'est très latin.

Mais que savait-on d'Aristide, en dehors de son veau marengo et de sa langouste à la bordelaise ? En quoi Amandine intéressait-elle les gens, son millefeuille mis à part ? Du moment qu'il n'y avait pas de changement de ce côté-là, qui se souciait vraiment de leur sort ?

– Est-ce que tout va bien, monsieur ?

Une seule fois, la réponse fut négative et exprimée d'une voix claironnante. Claire présenta ses excuses et se hâta de remporter le steak chasseur coupable, bien qu'il en restât trop peu dans l'assiette pour juger s'il était vraiment dur. Il fut remplacé par une langouste que le client apprécia beaucoup.

Cette nuit-là, elle coucha à l'hôtel, après avoir fait les comptes, remis de l'ordre et distribué généreusement les éloges. Le matin, elle descendit de bonne heure, comme Kit, pour s'assurer que chacun était à son poste.

M. Clarence et Mme Tarrant lui demandèrent si le major serait de retour dans la journée.

– Je pense.

Elle avait un air parfaitement détaché. S'il rentrait, c'était tant mieux. Sinon, on continuerait à se passer de lui.

Mme Tarrant secoua la tête et M. Clarence eut un sourire crispé. Adela Adair, la pianiste, qui n'avait aucune raison d'être là si tôt, plus fripée et plus rousse encore à la lumière du jour, poussa un soupir et commença d'épiloguer sur ses relations de longue date avec la malchance. Gérard, le maître d'hôtel, ne cessait de regarder sa montre. Quant au barman, il en profitait pour goûter abondamment son punch, malgré la vigilance de Claire.

Combien de temps arriverait-elle encore à les tenir en main ? Saurait-elle les persuader – au cas où Kit ne rentrerait pas aujourd'hui – qu'ils ne risquaient pas de perdre leur place et qu'ils avaient donc intérêt à se donner du mal ? On était jeudi. Demain, et peut-être même cet après-midi, Arnold Crozier arriverait. Elle s'installa dans le bureau de Kit et convoqua tous les membres du personnel, l'un après l'autre. Elle essaya de prendre chacun par son point sensible. Elle en appela à l'instinct protecteur de Mme Tarrant et de M. Clarence. Elle joua sur la sportivité de MacAllister et la solidité de Gérard. A tous, elle tenait néanmoins le même discours. « Le major vous a toujours bien traité. Ne le laissez pas tomber. Faites votre travail comme il vous a appris à le faire, tout simplement. »

Il arriva enfin, tard dans l'après-midi, traînant dans son sillage un individu silencieux, maigre et dégingandé. Pourvu que ce soit John David, pensa Claire.

– Bonjour, major, lui dit-elle. Je suis à vous dans une minute. Vous avez fait bon voyage ?

Le hall était rempli de clients qui entraient et sortaient, et dont il fallait s'occuper, si bien qu'elle ne put aller le rejoindre qu'au bout d'une demi-heure.

– Votre chef a donc accepté.

– Oui. Il s'est mis immédiatement au travail. Il ne veut pas de la maison des Keller ; il n'a même pas été voir sa chambre. Il a fait monter ses bagages, et il a filé tout droit à la cuisine. Comme je le disais... c'est un drôle de type.

Appuyé sur son bureau, Kit semblait fatigué mais très content.

– Vous avez été extraordinaire, Claire.

– Merci. Vous allez m'accorder une augmentation ?

– Nous en parlerons. J'étais sûr que vous seriez à la hauteur.

– Vous ne saviez rien du tout. C'était un pari.

– Disons un risque calculé. Je suis certain que je ne vous ai même pas manqué. Quand je suis arrivé, vous étiez d'un calme olympien.

– Jamais je n'ai été aussi contente de voir quelqu'un, Kit.

– Si seulement ça pouvait être vrai.

C'était aussi le vœu de Claire. Mais, maintenant qu'elle avait surmonté la crise et qu'elle avait le droit de s'accorder un petit moment de triomphe, c'était à Benoît qu'elle avait envie de raconter ses angoisses et ses succès. Il était l'auditeur dont elle avait besoin. C'était son approbation qu'elle souhaitait remporter. Quel dommage de ne pouvoir lui faire partager le sentiment qu'elle éprouvait tant qu'il était encore si vivant en elle. D'ici dimanche après-midi, il lui faudrait rallumer cette flamme, et elle aurait le temps de se répéter qu'il ne serait guère impressionné parce qu'elle avait dirigé un petit hôtel pendant vingt-quatre heures, lui qui se battait jour après jour pour remplir les carnets de commandes des usines Swanfield, afin de repousser la menace de la réduction du temps de travail pour ses employés, et même du chômage total pour certains d'entre eux.

Bientôt, il devrait partir à la recherche de nouveaux marchés en Amérique du Nord et du Sud, en Afrique, dans le monde entier, pour que les métiers continuent à tourner. Sinon, il serait contraint de renvoyer du personnel, ce qui risquerait de provoquer des grèves. Pendant un an ou deux, il voyagerait sans doute beaucoup, et cela lui permettrait d'échapper un peu à sa famille. Allait-il lui demander de l'accompagner ? Dans le silence qui s'installa soudain entre eux, elle sentit son cœur battre douloureusement dans sa poitrine. Oh ! bien sûr, elle était d'accord. Surtout dans ces moments difficiles. Mais cela ne voulait pas dire qu'elle accepterait de franchir le seuil de la chambre bleue.

– Je viendrai avec toi, promit-elle.

– Je ne crois pas que tu en aies vraiment envie.

– Tu te trompes.

Il paraissait plus âgé et plus soucieux que lorsqu'il portait le masque d'indifférence qu'il arborait devant les autres. Quand elle le voyait ainsi, elle aurait fait n'importe quoi pour lui, elle aurait renoncé à tout sans un seul regret, même à ce qui lui semblait le plus important. Sa liberté, par exemple. Son libre arbitre. L'idée qu'en liant son sort au sien elle se limitait dans sa réussite personnelle. Son plus grand désir n'était-il pas d'être une femme totalement épanouie ? Quelles qualités, quels talents possédait-elle en dehors de la générosité de son amour ?

– Je viendrai, Benoît.

– Je ne crois pas.

Les fiançailles furent somptueuses. Polly étincelait de paillettes or et argent. Miriam, en toilette vieux rose, scintillait de toutes ses perles. Edith Timms était vêtue d'une robe safran rehaussée de superbes dentelles de Valenciennes, et Roger souriait béatement, sans trop se mettre en avant, car on lui avait conseillé de ne pas attirer l'attention sur lui ; aussi, quand Benoît proposa de porter un toast aux fiancés, ce fut le père de Roger qui répondit.

Le jeune couple, déclara-t-il, avait devant lui un avenir doré. Roger était son fils unique. On avait déjà acheté à l'intention des futurs époux un terrain sur lequel on bâtirait une villa ultramoderne, une merveille de la technologie contemporaine. Par conséquent, le bonheur de son héritier et de la fille de son vieil ami Aaron Swanfield serait total, aussi parfait que l'était cette soirée, car rien ne pouvait surpasser le pétillement du champagne et l'éclat du somptueux gâteau. Il s'extasia aussi sur le « Poulet à l'impératrice », plat encore inconnu à Faxby, et qui était composé de fines tranches de blanc de poulet enroulées autour d'une farce au foie de volaille et à Dieu sait quoi. M. Timms n'avait jamais rien mangé d'aussi succulent et il était prêt à y goûter encore. Quant à la sauce, c'était un véritable velours aromatisé au vin et parfumé avec des herbes. Et ces canapés au fromage, légers comme une plume, avec juste ce qu'il faut d'oignon et... qu'est-ce que ça pouvait bien être ? De l'estragon ?

Sans cesser de sourire, Mme Timms accrocha le regard de son mari et toussa.

– Ah ! oui, dit-il, se rappelant soudain les instructions de sa femme, bien que son esprit continuât à folâtrer parmi les aromates. Ma femme et moi sommes ravis que Polly devienne notre fille.

Polly sourit, montrant ses dents parfaites.

– Et moi, je ne suis que trop heureuse d'accueillir un autre fils dans ma famille, enchaîna Miriam en essuyant une larme pour montrer qu'elle pensait à Jeremy.

Renversant un verre dans sa précipitation, Eunice se leva et courut à l'autre bout de la salle pour embrasser sa sœur.

– J'espère que vous serez aussi heureux que nous le sommes, Toby et moi.

Il y eut un silence. Personne n'avait plus rien à ajouter. Soudain une voix enrouée par l'alcool et le tabac s'éleva.

– Le mariage en tant qu'institution ne survivra certainement pas au siècle.

C'était Nola. Elle s'était améliorée, dans le sens qu'elle ennuyait un peu moins son entourage. Claire se demanda si elle avait un nouvel amant. Elle venait en tout cas d'enfourcher un autre cheval de bataille.

En effet, un jour qu'elle errait ivre, dans le parc de Faxby, elle était tombée sur le professeur qui avait très fugitivement remplacé le sculpteur. Bien qu'elle n'attendît rien de cette rencontre, elle l'avait accompagné à une réunion de la commission de liberté surveillée de Faxby, qui se tenait dans un ancien entrepôt situé dans une rue assez mal famée, pourtant baptisée impasse de Tous-les-Saints. Là, elle avait fait la connaissance de M. Kilmartin, de Mlle Pickles, de Mlle Drew et... du Dr Sigmund Freud.

Les édiles de Faxby étaient tous tombés d'accord pour dépenser le moins d'argent possible pour cette noble cause. La plupart d'entre eux auraient préféré qu'on condamne les délinquants au fouet ou à la déportation en Australie – si cela avait été encore possible – plutôt que de les remettre entre les mains bienveillantes de Mlles Pickles et Drew, avec l'espoir que ces deux vieilles filles remplies de bonnes intentions seraient capables de les guérir de leurs mauvais penchants. Mais, en ces temps troublés, où les prisons étaient pleines à craquer, où la presse se déchaînait contre les sentences trop dures, surtout envers les femmes, et où le droit de vote était accordé à tous les citoyens et à toutes citoyennes de plus de trente ans, il valait mieux – pour ceux qui briguaient les suffrages de leurs concitoyens – se déclarer partisan de solutions plus humaines.

On trouva donc un entrepôt désaffecté – sans trop de mal puisqu'il appartenait à la famille Greenwood depuis deux générations – que l'on nettoya et repeignit grossièrement. Il devait servir de refuge aux inadaptés et aux malades sociaux – selon l'expression de Mlle Drew – ou de dépotoir, comme disaient maints conseillers municipaux, pour ceux qui n'étaient pas assez coupables pour être mis en prison, ni assez fous pour qu'on les enferme dans un asile d'aliénés.

Cela n'excluait d'ailleurs pas la possibilité de rencontrer dans l'impasse de Tous-les-Saints un certain nombre d'individus foncièrement mauvais ou complètement fous, et cela jetait le discrédit sur ceux qui étaient légèrement instables, ceux qui ne l'auraient pas été du tout s'ils avaient eu du travail, ainsi que sur des anciens combattants qui, ayant perdu à la guerre une jambe, un bras ou leurs illusions, ne parvenaient pas à remonter le courant.

D'après M. Kilmartin, ces malheureux avaient besoin des conseils paternels et un peu flous qu'il leur prodiguait en termes choisis et parfois difficiles à comprendre. Mais cela n'empêchait pas ses protégés de les accepter – avec le shilling qui les accompagnait parfois –, parce qu'il était évident que c'était un brave homme.

Mlle Pickles était d'un abord plus revêche. C'était une femme corpulente, douée d'une énergie sans limites et d'une foi inébranlable dans les vertus de l'eau et du savon. Elle considérait le secteur de Faxby, qui lui était dévolu, avec le même esprit qu'autrefois une châtelaine observait « ses » villageois, et elle estimait que la propreté était sœur de la piété.

Mlle Drew avait lu les œuvres du père de la psychanalyse et savait par conséquent que les petits garçons éprouvent une attirance profonde pour leur mère, et les petites filles pour leur père. Elle avait appris que le refoulement des instincts sexuels peut laisser des séquelles et mettre en péril l'équilibre psychique d'un individu. Etant donné que la passion d'un enfant pour l'un de ses géniteurs est généralement mal assumée et mal interprétée – c'était là un fait indéniable –, elle estimait en toute bonne foi que personne n'était coupable, quel que soit le crime commis.

Mlle Drew invita Nola à prendre le thé chez elle et lui conta l'épouvantable histoire d'Œdipe, prince de l'antique Thèbes, qui tua son père et épousa sa mère. Elle lui expliqua que Freud s'était servi de ce mythe afin d'illustrer l'amour passionné qu'un petit garçon peut ressentir pour sa mère, et la jalousie qu'il lui arrive d'éprouver pour son père, sentiment qui l'épouvante, puisqu'il est presque sûr de perdre dans le cas d'un affrontement, surtout si l'enjeu est la possession de la mère.

– Par conséquent, poursuivit-elle, nos premières années baignent dans la jalousie, le désir et une sensualité vivace mais refoulée, puisqu'elle ne peut trouver d'expression concrète. Cela provoque une multitude de problèmes dans la vie postérieure. Une fille, par exemple, choisira pour mari ou amant un homme qui ressemble le plus possible à son père ou qui, au contraire, est tout l'opposé, selon les relations qu'elle aura eues avec lui. De même, le choix d'une partenaire pour un jeune homme sera dicté par les rapports qu'il a entretenus avec sa mère. Vous voyez donc le mal qu'on peut causer à ses enfants, par le simple fait d'exister.

En théorie, Mlle Drew avait sans doute raison. Mais n'ayant ni mari, ni amant, ni enfant et n'ayant eu, pour toute famille, qu'une vieille mère infirme qui s'était éteinte sans bruit, sa position était purement académique. Elle fut donc un peu alarmée de voir Nola devenir soudain très pâle.

– Voulez-vous encore un peu de thé, madame Swanfield ?

– J'ai tué un de mes enfants, murmura Nola, blême.

– Mon Dieu !

Cet aveu subit prit Mlle Drew de court, et même lorsque Nola lui eut expliqué la situation plus en détail, elle ne trouva rien à lui dire de précis. Freud n'avait pas parlé du problème de l'avortement. Peut-être les Viennoises du XIXe siècle ne le pratiquaient-elles guère, ou alors elles avaient eu le bon goût d'être discrètes à ce sujet.

Cependant, Freud croyait, comme l'Eglise catholique, qu'on peut soulager son âme par la confession. « Faute avouée est à moitié pardonnée. » A cette idée, Mlle Drew s'éclaira.

– Si vous voulez vous confier à moi...

Depuis l'affreux matin où elle s'était réveillée dans sa chambre de Montfleuri, entourée de visages souriants, et non point en enfer ou dans le néant, Nola ressentait le besoin de s'épancher.

– Ce sont des accidents qui arrivent, avait dit l'infirmière.

Miriam lui avait tenu à peu près le même langage. Claire l'avait laissée parler sans l'écouter. Quant à Benoît, il avait déclaré : « Il ne s'est rien passé. »

– Je n'arrive pas à oublier, dit Nola à Mlle Drew. Je croyais pourtant être une femme à ne pas se mettre martel en tête pour une chose pareille, mais c'est devenu une obsession. Je ne peux m'en débarrasser ; elle me suit partout. Je m'en étonne moi-même. Sur le moment, je n'ai eu qu'une idée : sortir de ce mauvais pas. Je me disais qu'il suffisait de me décider, de payer et puis, si j'en réchappais, de n'y plus jamais penser. Pourquoi n'est-ce pas possible ?

Mlle Drew n'en avait pas la moindre idée.

– Continuez, chère amie, dit-elle pour se donner le temps de réfléchir.

Nola continua. Elle revint le lendemain et reprit son récit.

– J'ai peur de vous ennuyer.

Mais Mlle Drew à qui rien d'important n'était jamais arrivé et qui, par conséquent, n'avait aucun souci personnel, était fascinée par la souffrance d'autrui.

– Parlez. Ça vous fera du bien.

Nola parlait.

– Je me demande ce que mijote Nola, remarqua Eunice.

Elle était mûre pour se convertir à quelque chose. Une religion exigeante ; un engagement politique dans un mouvement d'extrême gauche. Mais le parti travailliste s'était embourgeoisé et le communisme ne s'était pas encore implanté à Faxby. Pouvoir donner un nom à ses névroses et les identifier lui suffisait. Freud – interprété par Mlle Drew – ne pardonnait pas les péchés. Il les expliquait. Elle apprit qu'elle n'était coupable de rien et que le pardon n'était donc pas nécessaire. Mais, s'il était vrai que les parents traumatisaient leurs enfants sans le savoir, n'avait-elle pas fait du mal aux siens ? Maintenant qu'elle en avait pris conscience et qu'elle savait qu'elle avait failli à son rôle de mère, à cause des relations désastreuses qu'elle avait eues avec ses propres parents, son devoir était de réparer. Elle était la première femme dans la vie de Conrad et de Christian. Leurs rapports avec les autres personnes du sexe féminin dépendraient de ceux qu'ils avaient eus avec elle. Jusqu'à présent, ces rapports étaient inexistants. Elle n'avait pas été une mère aimante ; ils ne pourraient donc jamais connaître l'amour, ni même le reconnaître s'ils le rencontraient par hasard ; ils ne sauraient pas distinguer le vrai du faux. Ils seraient incapables d'éprouver un sentiment, ou pis encore... de le manifester. Comme Benoît.

A partir de ce jour, l'impasse de Tous-les-Saints devint La Mecque de Nola. Enfin, elle croyait en quelque chose. Plus extraordinaire encore, elle allait peut-être pouvoir se rendre utile. C'est dans cet état d'esprit particulièrement propice qu'elle apprit que Conrad, son plus jeune fils, s'était sauvé du collège.

Benoît se rendit immédiatement dans le Cheshire pour voir le directeur. L'idée ne lui vint même pas de demander à Nola si elle souhaitait l'accompagner. Du reste, le directeur, un célibataire toujours mal à l'aise avec les femmes, se félicita de son absence, préférant discuter d'un sujet aussi important avec un homme. Non, ce garçon n'avait jamais manifesté le moindre signe de tristesse ou d'instabilité, aucun signe de quoi que ce soit, d'ailleurs. Il était, hélas ! peu communicatif et, avec ces caractères, on ne sait jamais. Bien élevé, coopératif, bon élève, légèrement au-dessus de la moyenne et d'un tempérament calme. Il n'y avait eu aucun incident, aucune dispute. Il avait seulement dit à son frère qu'il « se tirait » et il était parti. Christian, peu loquace lui aussi, n'avait pas pensé à lui demander où et pourquoi. Dommage. Et si près de la fin du trimestre. Le directeur paraissait beaucoup regretter que Conrad n'eût pas eu la courtoisie d'attendre une semaine ou deux, après quoi il lui aurait suffi de rentrer tranquillement chez lui pour les vacances.

Benoît passa dix minutes en tête à tête avec son fils aîné qui n'avait rien à lui dire, puis il rendit visite à l'inspecteur de police, au chef de gare et à quelques commerçants du village, avant de retourner à Faxby.

Il convoqua les enfants d'Eunice dans son bureau, à tour de rôle, et les soumit à un interrogatoire. Conrad s'était-il fait des amis pendant les vacances ? Une fille ? Ils semblaient ahuris, et ils auraient bien ri si la question n'était pas venue de Benoît. Non, Conrad n'avait pas d'amis. A leur grande surprise, leur oncle se contenta de cette réponse.

– Pauvre trésor, soupira Miriam. Comment vais-je pouvoir dormir cette nuit, en pensant qu'il erre dans la nature ?

– En tout cas, mes enfants ne se sont jamais sauvés de l'école, remarqua Eunice.

– Pas la peine, intervint Polly qui était devenue irritable depuis qu'elle était fiancée. Justin a été fichu à la porte.

– Si je peux vous être utile à quoi que ce soit, Benoît, n'hésitez pas, proposa Toby.

Personne ne songeait à Nola.

Où avait-il pu aller ? Au souvenir de ses années d'internat et du malaise qu'elle éprouvait quand elle rentrait chez elle, Claire supposa qu'il avait dû prendre la direction opposée à Montfleuri. La famille serra les rangs, comme toutes les familles en cas de crise. Miriam rassembla son monde autour d'elle, refusant d'envisager un malheur. « Au moins, nous sommes unis, répétait-elle. Ça nous aide à supporter l'adversité. »

Nola sortit de la maison et descendit la colline verdoyante qui avait donné son nom à Montfleuri. Elle trouva son fils sur la route de Faxby. Il avait perdu son air de petit gentleman et ce n'était plus qu'un gosse aux souliers poussiéreux, débraillé, incapable, tout comme sa mère, de rentrer chez lui du moment que Parker ne l'attendait pas à la gare.

– Bonjour, Conrad.

Il parut consterné, puis il bafouilla :

– Ah !... bonjour.

Ils étaient des étrangers l'un pour l'autre. Nola savait qu'il n'y pouvait rien. L'initiative devait venir d'elle. Saurait-elle comment s'y prendre ? Non, sans doute. Il fallait néanmoins essayer. Elle tenait une occasion – qui ne se représenterait peut-être jamais plus – d'imposer silence à la voix qui ne cessait de lui murmurer qu'elle était coupable, une voix aigre et obstinée que même l'alcool ne parvenait plus à étouffer. Peut-être allait-elle pouvoir se racheter.

– Tu as l'air fatigué, Conrad.

– Oui.

– Ça doit être amusant de faire une fugue. Ça change un peu.

Il la regarda comme si elle lui parlait chinois.

– Tu n'es pas... fâchée ?

Malgré sa stupéfaction, son embarras, et sans doute aussi la soif, la faim et ses pieds meurtris, il gardait sa réserve.

– Non. Le principal, c'est qu'on ne t'ait pas retrouvé mort dans un fossé. Dans ce cas, je l'aurais moins bien pris.

Quelle aurait été sa réaction si une pareille chose s'était produite ? Un an plus tôt, elle en aurait été peu affectée. Elle devait l'admettre, maintenant qu'elle avait une conscience toute neuve. Mais aujourd'hui, sûrement, elle aurait été bouleversée.

– Pourquoi as-tu fait ça, Conrad ?

– Je n'en sais rien.

Nola, elle, le savait. Il avait eu besoin de son père et de sa mère. Pas d'elle ni de Benoît, bien entendu, mais de véritables parents ; une mère tendre et aimante qui lui permettrait d'aller vers les autres femmes, et un père accessible, intéressant et intéressé auquel il pourrait s'identifier. Elle ne changerait pas Benoît, mais désormais elle était en mesure de disposer librement d'elle-même.

Son raisonnement était juste. Malheureusement, elle ne savait absolument pas comment se comporter face à cette situation nouvelle. Elle était complètement désemparée, si bien qu'elle paraissait avoir tort, qu'elle se sentait en tort, alors qu'elle avait raison. Elle se jeta en avant, tête baissée, trop vite et trop loin.

– Tu veux rentrer tout de suite à la maison ? Attends un peu... je vais chercher ma voiture et nous irons prendre le thé quelque part. D'accord ?

– D'accord.

C'était sa mère, même s'il ne connaissait rien d'elle, et il devait lui obéir.

– Bon. J'en ai pour une minute.

Dans son excitation, son immense désir de lui parler, d'être son amie, sa confidente, sa mère en somme, pendant tout un après-midi, elle ne pensa même pas à avertir les autres qu'elle l'avait retrouvé.

Elle ne le ramena à Montfleuri que deux heures plus tard, après l'avoir gavé de glaces, de pâtisseries, de fraises à la crème, au salon de thé de la *Couronne*. Le plaisir qu'il y prenait, si discret fût-il, la remplit d'un bonheur intense.

– Voici mon fils.

Un garçon dont on pouvait être fier. Il méritait au moins ça. Désormais, elle se consacrerait à le conseiller, à l'aider et à le défendre, en accord avec l'évangile de l'impasse de Tous-les-Saints. Elle servirait enfin à quelque chose.

Claire vit Nola entrer dans le salon, la main posée sur l'épaule de Conrad.

– Voici mon fils.

– Merci, mon Dieu... merci, mon Dieu !

Miriam s'évanouit sur le canapé, ce qui eut l'avantage d'occuper Eunice.

– Viens dans mon bureau, dit Benoît.

Il lui avait parlé sans dureté. Tous les membres de la famille affluèrent au salon, manifestant leur soulagement et leur curiosité. Il était clair que ni le père ni le fils ne pensaient que Nola voudrait être présente à l'entretien.

– Je suis sa mère, déclara-t-elle.

– Mais... certainement. Excuse-moi.

Ils sortirent tous les trois en refermant la porte derrière eux.

– Je ne peux pas rester, dit Claire. D'ailleurs, c'est inutile... maintenant qu'on l'a retrouvé et que tout va bien.

C'était loin d'être vrai.

– Remercions Dieu que tout soit arrangé... si c'est arrangé, remarqua Toby en arrivant au bar de la *Couronne*, le lendemain.

– Ah !... il est retourné à l'école ?

– Oui. Benoît l'a ramené ce matin. Je ne sais pas trop quelles sont les intentions de Nola.

– Elle a donc des intentions ?

– Eh bien, ma chère amie, hier soir, j'ai cru un instant qu'elle avait envie de le tuer... je parle de Benoît. Une lionne défendant son petit... montrant les dents, toutes griffes dehors. Ce n'était plus Nola, je vous le garantis. Et moi qui croyais qu'elle ne voyait même pas ce qui était en train d'arriver à ses enfants, et encore moins qu'elle avait de l'affection pour eux. Mais, hier soir, quand il a refusé sa proposition, elle s'est déchaînée...

– Sa proposition ?

– Oui. Elle l'a exposée calmement et sans détour. J'en ai eu le souffle coupé.

– Je vois.

– Ça m'étonnerait, ma chère. C'est une proposition à laquelle je n'aurais jamais pensé. Je ne croyais pas non plus que Benoît pourrait m'inspirer de la pitié, mais c'est ainsi. Il était obligé de refuser, même s'il n'en avait pas envie... il faut bien le reconnaître. J'ai presque honte d'avouer à quel point je le comprends. La liberté... sans aucune condition...

– Mais, Toby... Racontez-moi donc ce qui s'est passé... comment... et où ?

– Eh bien, dans le salon, figurez-vous. Ce n'était pas l'idée de Benoît, naturellement. Il s'apprêtait à donner audience dans son bureau, comme d'habitude, mais il n'a pas réussi à l'y retenir. Pas assez longtemps, du moins. Tout à coup, alors que j'avais enfin persuadé Eunice de rentrer à la maison, elle est arrivée... elle remplissait tout le vestibule... croyez-moi, c'est le mot qui convient, elle tenait toute la place, comme si elle avait... *grandi.* Il m'est arrivé d'avoir des cauchemars où je voyais des Miriam et des Eunice géantes qui me hantaient toute la nuit. Mais laissons cela. Elle lui a demandé s'il avait dit son dernier mot car, dans ce cas, elle avait l'intention de dire le sien, mais pas claquemurée dans son bureau où personne ne pourrait l'entendre ni juger qui avait raison ou qui avait tort. Elle ne souhaitait pas dissimuler la vérité. J'ai d'ailleurs eu l'impression qu'elle venait de la découvrir... la vérité. Elle se sentait donc obligée de la révéler au monde entier. Pauvre Nola. Ne dit-on pas que les ignorants sont les plus heureux ?

– On dit que la vérité est une chose dangereuse, Toby.

– Voilà. C'est justement ça. Elle l'a révélée au monde. Ou du moins à Benoît. Elle lui a répété ce qu'elle avait déjà dû lui dire une fois ou deux dans son bureau.

– En présence de Conrad ?

– Oh oui ! En présence de Conrad, pâle comme la mort, et qui devait sans doute regretter de ne pas être resté au collège. Devant Polly et Eunice qui écarquillaient les yeux, et Miriam qui prétendait qu'on l'obligeait à être témoin de la scène, alors que, pour rien au monde, elle n'aurait voulu la manquer. Et Nola qui tenait le premier rôle, bien entendu, et ne ratait aucun de ses effets. Pourtant, je ne pense pas qu'elle cherchait à nous scandaliser. Je dirais plutôt – vous pouvez sourire – qu'elle essayait de nous éduquer. Elle s'y prenait mal, sans doute, et son combat était perdu d'avance... et puis je suppose que personne n'était en humeur d'apprendre.

– Alors, Toby ?

– Oui, oui, mon petit. J'y arrive. Debout en plein

milieu du salon, la main sur l'épaule de ce pauvre gosse, elle a annoncé à Benoît que, s'il voulait divorcer, elle lui fournirait toutes les preuves qu'il lui faudrait. Elle a dit que leur mariage était une mascarade et que tout le monde le savait. Ce n'était leur faute ni à lui, ni à elle. Il m'a semblé que, à ses yeux, les fautifs étaient Aaron Swanfield et sa propre mère. Quoi qu'il en soit, elle a déclaré qu'elle en avait assez, qu'elle voulait vivre sans hypocrisie, tourner la page... le grand jeu, quoi. Et puis, elle a ajouté qu'elle souhaitait garder ses enfants. Laissez-moi mes fils, et je m'en vais. Une petite maison en ville, l'école du coin, de bons amis avec qui avoir des conversations intéressantes... le style utopie d'avant-garde. Bien entendu, elle n'a pas précisé qui paierait les factures. Benoît a sauté sur l'occasion pour essayer de lui clouer le bec, mais elle ne s'est pas laissé faire. Alors, il est devenu très sec et il a voulu s'en aller, mais elle l'a suivi. Ce n'est pas étonnant, dans le fond, puisqu'elle avait vu la Lumière et pas lui. Vous savez comment sont les néophytes. Finalement, il est passé à l'attaque – on le sentait venir – et il lui a dit ses quatre vérités : elle avait tâté de la danse grecque, de la poterie, de la musique, de la sculpture et même du maître d'hôtel de la maison, et maintenant elle voulait goûter à la maternité, avant qu'une nouvelle lubie ne la prenne. Il lui a expliqué ce que la loi l'autorisait à faire et les moyens qu'il emploierait pour la contrecarrer. Une scène peu agréable, mais nécessaire.

» Je ne prétends pas être un bon père mais je me rends compte qu'il serait dangereux de placer des enfants de cet âge sous la responsabilité d'une femme comme Nola. D'ailleurs, elle n'est pas capable de se prendre elle-même en charge. Je ne vois vraiment pas comment elle s'en sortirait... soyons honnêtes.

– Merci, Toby.

– Il y a encore autre chose, Claire.

– Quoi ?

– Une chose... bizarre. Vous en savez peut-être plus que moi là-dessus. Ne me demandez pas pourquoi cette idée m'est venue... je n'en parlerai jamais plus, je vous le promets.

– Alors, dites-moi, Toby.

– Voilà. Elle a commencé à parler de... de fautes et de châtiments, il me semble. Ce n'était pas très clair. Mais Benoît a tout de suite compris. J'ignore ce qu'elle s'apprêtait à dire, mais sans doute ne voulait-il pas que son fils l'entende. Il lui a ordonné de se taire... très violemment. Miriam elle-même a changé de couleur, Polly et Eunice en sont restées comme pétrifiées... il fallait être complètement aveugle pour ne rien remarquer. Mais Nola avait la Lumière et la Vérité dans les yeux... elle devait être éblouie.

– Qu'a-t-elle dit ?

– Rien de très sensé, Claire. Elle a pourtant essayé. La culpabilité, la punition, des mots dans ce genre... des histoires du temps où elle était enceinte... il y a longtemps. Il a voulu lui imposer silence, mais elle lui a tenu tête. On sentait qu'il fallait que ça sorte, d'une façon ou d'une autre... Il n'a pas pu s'en empêcher.

– De quoi faire ?

– Il l'a frappée... et assez fort. Elle en a même perdu l'équilibre. Heureusement qu'elle était à côté du canapé, qui a amorti sa chute. Elle n'a rien eu, mais Miriam était inquiète à cause de ses bibelots.

– Toby !

– Le plus à plaindre, c'était Conrad. Ce n'est pas drôle pour un gosse de voir son père frapper sa mère, même si elle le mérite. J'ai cru qu'il allait se jeter sur Benoît, ce qui aurait été épouvantable car il aurait été obligé de lui donner une correction. Benoît a dû y penser, il s'est retourné vers lui comme l'éclair en lui disant de relever sa mère et de l'aider à se mettre au lit. J'ai d'abord trouvé qu'il était dur, mais en somme il lui donnait quelque chose à faire.

– Et Nola ?

– Elle s'est laissé emmener comme une brebis à l'abattoir. Je n'ai jamais rien vu de pareil. Une pénitente, tête baissée et pieds nus. Si on était au Moyen Age et qu'il lui ait dit : « Va-t'en dans un couvent », elle aurait eu la même attitude. Eunice ne cesse de me dire qu'elle ne comprend pas sa réaction.

– Et vous ?

– Elle a parlé de punition. Il l'a punie. Ne serait-ce pas la réponse ?

Claire descendit du tabouret de bar.

– Vous déjeunez ici ?

– Oui. Voulez-vous me tenir compagnie ?

Vers la fin de l'après-midi, Benoît lui téléphona pour lui dire qu'il viendrait la chercher à 20 heures. Elle regarda sa montre. Il était 17 h 15. Elle aurait voulu que ces deux heures trois quarts ne prennent jamais fin.

Il lui sembla... comment dire ? Vieux ? Oui, c'était bien ça. Sévère, tendu et gris comme il l'était souvent ces derniers temps. Las surtout. Il était vidé de sa vitalité.

– Je n'avais pas le choix, dit-il. Je ne l'ai jamais eu. Tu me crois ?

– J'essaie.

– Les enfants sont sous ma responsabilité. Elle aussi. Mon seul moyen de la contrôler est de vivre avec elle... pour autant que je vive avec elle. Ce n'est pas nouveau.

– Je sais.

– Elle ne s'en serait jamais sortie, Claire... tu le sais. Aussi, il aurait été cruel pour mes enfants, pour toi... pour moi, de ne pas m'y opposer. Peut-être croyait-elle sincèrement à ce qu'elle disait... quand elle le disait. Mais la vérité, c'est qu'elle en serait totalement incapable. Je ne peux pas la laisser se faire la main sur mes enfants.

– C'est vrai... tu as raison.

– Tu n'as pas été déçue quand tu as su que j'avais refusé de divorcer ? Dis-moi la vérité.

– Si. Terriblement.

– Et maintenant ?

– J'ai bien réfléchi. Je sais que c'est impossible. Cela reviendrait à la laisser se détruire... ce qui me surprendrait de ta part.

– Je savais que ça te surprendrait. Mais ne l'as-tu pas souhaité tout de même ? Penses-tu vraiment qu'elle vaille ce sacrifice ? Ne t'es-tu pas dit que mes fils grandiraient et s'en iraient vivre de leur côté, sans même se rendre compte qu'il y a eu un sacrifice ? Ne t'es-tu pas posé toutes ces questions ?

– Si.

– Et alors, quelle est ta conclusion ? Nous avons deux solutions, celle-là et la chambre bleue. Si nous repoussons l'une et l'autre, que nous reste-t-il ?

Elle refusa de lui répondre.

– Conrad est-il remis ?

– Pas tout à fait. Il ne voulait pas retourner en pension et je n'avais guère envie de l'y reconduire. Malheureusement, c'est l'endroit le plus sûr. Il était très malheureux, et son frère aussi. Bien entendu, ils n'ont rien voulu me dire. Mais, étant leur père, je ne peux laisser les choses en l'état. Il faut que je découvre la cause de cet incident et que je trouve un remède. En tout cas, il est préférable pour eux que j'aie joué les méchants, comme d'habitude, devant les yeux épouvantés de Conrad, et que j'aie menacé sa mère de la chasser et de la réduire à la famine si elle ne m'obéissait pas. Je ne pense pas qu'il connaisse assez bien la loi pour se dire qu'il me serait impossible de concrétiser ces menaces. Elle non plus d'ailleurs. Et puis, il ne saura jamais pourquoi j'ai été obligé de la frapper. D'instinct, il a pris sa défense. On ne peut pas le critiquer.

– Non. Il semble être un brave garçon.

– Il faut que je trouve une solution... du moins que j'essaie. Qu'en penses-tu ?

Oui, il le fallait. Elle ne pouvait que s'en réjouir. Pourtant, ce n'était pas dans son intérêt, surtout avec un garçon dont l'instinct était de défendre sa mère.

– Tu m'aideras, Claire... n'est-ce pas ?

– Oh oui... bien sûr...

Un silence douloureux s'établit. Elle savait par avance ce qu'il allait lui demander et elle n'avait aucun argument à lui opposer.

Benoît était dans l'ombre. Impénétrable, il l'observait attentivement tout en se dérobant lui-même à sa vue.

Il lui avait demandé de l'aider.

– Que veux-tu de moi ?

– Quitte-moi. C'est tout. Il est rare que je manque à mes décisions, mais si jamais je te demandais de revenir, ne viens pas. Peux-tu me le promettre ?

C'était la première fois qu'elle lui promettait quelque chose.

– Je sais que tu comprends que c'est le meilleur parti à prendre pour le moment.

Elle comprenait, mais à quoi cela servirait-il ?

18

Il fallait qu'elle le quitte. Elle l'admettait et il y avait même des moments où elle le désirait. C'était un acte d'amour et de légitime défense, pour elle comme pour lui. Elle s'y appliqua de son mieux.

Le dimanche suivant, elle passa l'après-midi dans l'atelier d'Alan, à le regarder peindre des fleurs, des oiseaux et des papillons minuscules sur de la porcelaine blanche, des petits chefs-d'œuvre qu'il vendrait au marché de Faxby pour quelques shillings, sans le moindre regret. « Prenez ce qui vous plaît », lui proposa-t-il. Elle le remercia et choisit une tasse et une soucoupe toutes vibrantes de libellules et d'hirondelles aux ailes bleues.

– Merci, Alan. Je les garderai toujours.

– Pourquoi ? Je suppose que vous conserverez toujours aussi ce morceau de verre rouge que vous avez autour du cou ?

– Sûrement.

Elle était d'un calme absolu. Comme si une catastrophe avait balayé toutes ses sensations, rendant indolores les premières atteintes du mal. Avec quelle tranquillité elle se prépara pour aller dîner à Montfleuri, son rubis autour du cou, souriant à Parker qui était venu la chercher, souriant un quart d'heure plus tard à Miriam, Polly, Eunice, et même à Benoît. Elle faisait tout ce qu'elle lui avait promis ; elle lui avait juré qu'elle en était capable. Pour Dorothée, pour tout le monde, par simple amour-propre, elle devait se réhabituer à le considérer comme son beau-frère, comme un Swanfield. Pas d'amitié. Il n'en voulait pas et elle pensait aussi que c'était impossible. Ce serait tout ou rien. Quelle sérénité, quelle amabilité elle déploya pendant le dîner, merveilleusement absente, parlant ni trop ni trop peu, ne le regardant pas – sans l'ignorer toutefois – sauf à l'instant où elle se leva pour aller au salon et croisa son regard. Mais en dehors de ce bref moment où elle crut que le cœur allait lui manquer, elle fut parfaite. Même quand il parut sur le seuil de la pièce, à la recherche de sa victime dominicale et qu'il lança d'un ton sec :

– Claire, pourriez-vous venir dans mon bureau, s'il vous plaît ?

– Ma pauvre Claire, marmonna Polly qui s'attendait à être désignée. Qu'est-ce que vous avez fait ?

Elle se leva et le suivit comme une somnambule. Une fois dans le bureau, elle se jeta à son cou. Centimètre par centimètre, son corps redevenait sensible, à mesure qu'il prenait contact avec le sien.

– Tu n'aurais pas dû, lui murmura-t-il à l'oreille. Tu ne devrais pas venir quand je te le demande.

– Tu n'avais qu'à ne pas me le demander.

Et ainsi de suite. Des séparations aboutissant à des retrouvailles qui, à leur tour, se terminaient par une nouvelle séparation. L'été fut très chaud et interminable. Claire souffrit de fréquents maux de tête – la cause ne pouvait en être que la chaleur, disait-elle à sa mère. Benoît maigrissait et perdait l'appétit. Il était irritable, ce que l'on attribua à la situation économique et à ses soucis domestiques. Conrad et Christian, renfermés et malheureux, étaient rentrés à la maison pour les vacances. Désormais, Benoît leur consacrait le samedi après-midi et les emmenait visiter les abbayes en ruine ou les vestiges romains de York. Ces sorties avaient pour but de les éloigner de Nola qui, à la moindre occasion, les attirait dans sa chambre pour les questionner sur leurs rêves, à travers un brouillard de fumée, secouant la tête d'un air entendu et prophétique en découvrant dans chacun d'eux les germes d'une bonne dizaine de névroses.

Sa présence les embarrassait et les déconcertait visiblement. Mais ils étaient également mal à l'aise avec Benoît, et quand leurs parents étaient tous deux réunis, ils étaient atteints d'une véritable paralysie verbale. Un jour où la chaleur était particulièrement pesante, Benoît invita Nola à se joindre à eux pour aller voir le mur romain de Hexham, mais elle refusa de faire le tour des remparts et resta à l'hôtel où Benoît la récupéra dans un état d'ébriété avancé. Elle avait imaginé la maternité sous un aspect romantique et elle s'apercevait que c'était une charge fastidieuse qui consistait davantage à s'occuper de questions matérielles qu'à opérer un sauvetage psychologique. Mais Benoît, qui estimait que son devoir présent était de les rassurer plutôt que de les libérer, revenait éreinté de ces excursions avec ces adolescents silencieux et critiques.

Il continua néanmoins à accomplir scrupuleusement son devoir et à obliger Nola à assumer le sien. Claire se tenait à l'écart. Elle avait assez souffert, dans son enfance, de l'engouement de sa mère pour Edward, pour ne pas tenter de s'imposer à Conrad et à Christian. Elle n'avait pas envie de leur compliquer une existence déjà difficile, en essayant de nouer des liens avec eux. Elle ne pourrait leur apparaître que comme une intruse, de la même façon qu'Edward Lyall avait été un intrus pour elle. Les ayant rencontrés par hasard une ou deux fois, elle essaya d'entrer en conversation avec eux, mais elle échoua, non parce qu'ils la trouvaient antipathique, mais simplement parce qu'elle ne les intéressait pas. Alors, pourquoi chercher à attirer leur attention ? D'ailleurs, en était-elle capable ? Elle ne le pensait pas et Benoît non plus.

– Ne prolongeons pas cette torture, lui dit-il. A quoi cela rime-t-il ?

– A rien.

– Alors, respecte ta promesse cette fois, Claire. Ne reviens pas.

Elle promit. Et même à six reprises, entre mai et août. Une promesse six fois rompue.

Il fallait donc qu'un événement, une intervention extérieure les oblige à se séparer ou les réunisse de façon irrémédiable, en décidant à leur place. Jusque-là, elle s'était toujours laissé guider par les caprices du hasard, tâchant ensuite d'en tirer le meilleur parti ou d'en supporter les conséquences parfois fâcheuses. Au contraire, Benoît avait toujours refusé l'imprévu dans son existence, et il conservait un parfait détachement. Mais il y avait maintenant des moments où cette carapace d'impassibilité commençait à se fendiller et même, peut-être, à fondre.

Un soir, à Thornwick, il s'abandonna un instant, et il se produisit un de ces incidents que l'on considère après coup, selon le résultat, comme un acte de folie ou de sagesse, un de ces moments qui peuvent changer le cours de toute une vie.

La vasque de marbre noir n'était pas assez grande pour deux, et, quand la journée avait été chaude, ils se baignaient rapidement à tour de rôle. Benoît passait généralement le premier ; Claire y allait ensuite et en profitait pour prendre quelques précautions élémentaires à l'aide de son petit arsenal contraceptif qu'elle laissait dans un placard de toilette. Mais, ce soir-là, alors qu'il sortait de la salle de bains et qu'elle s'apprêtait à y entrer, il l'enveloppa d'un long regard qui la plongea soudain dans l'embarras.

Tout à coup, il la saisit dans ses bras et l'emporta vers le lit. Elle respira l'odeur particulière de sa peau et de ses cheveux, et ne lui opposa aucune résistance, jusqu'au moment où elle se souvint que son matériel anticonceptionnel était resté dans l'armoire de toilette.

– Chéri... il faut que j'aille dans la salle de bains.

– Ah ! c'est vrai...

Mais il la retenait toujours prisonnière.

– Benoît... ?

– Oui... oui. Je sais.

– Alors, laisse-moi y aller.

– Oui.

Mais il ne la libérait pas, se conduisant avec une imprudence inhabituelle de sa part. Au lieu d'être inquiète, Claire fut envahie par une excitation grandissante, un émoi brûlant.

– Si on prenait le risque, Claire... rien qu'une fois... pour voir ?

Avait-il vraiment prononcé ces mots ? Elle lui mit les bras autour du cou et l'embrassa en prenant tout son temps, parce qu'elle voulait réfléchir et s'habituer à l'idée de cette folie tentante et dangereuse. Car c'était bien une folie. Une chose merveilleuse, incroyable, mais insensée.

Depuis qu'elle était femme, elle prenait toutes les précautions pour ne pas être enceinte. Soudain, malgré elle, sa prudence fut balayée par le désir naturel et primitif de l'homme de féconder la femme qu'il a choisie, en signe d'union et de possession. Elle savait qu'il n'accomplirait pas cet acte, mais en lui montrant combien il en avait envie, il lui avait offert un trésor. Elle ne l'oublierait jamais.

– Mon Dieu... qu'est-ce que je suis en train de faire ?

– De m'aimer.

Oui. C'était ça. Elle l'aimait. Elle risquait une fois de plus son avenir sur un coup de dés. Quand le sort aurait décidé, elle en tirerait le meilleur parti possible. Elle l'aimait. Elle avait confiance en lui et se donnait entièrement. Elle était investie par une volonté d'abandon total, qui allait bien au-delà de la sensualité, au-delà du désir de jouissance et qui correspondait à un besoin plus instinctif. Il voulait la féconder et elle brûlait de concevoir. Jamais encore elle n'avait été touchée à ce point par la folie ; elle était totalement consciente du danger, mais éblouie par la grandeur qu'elle y découvrait. Et c'était cela qui comptait. Désormais, elle lui appartenait entièrement et, en même temps, elle ne s'était jamais sentie plus maîtresse d'elle-même. Par cet acte, elle acceptait d'être à lui. Elle consentait. Ils avaient choisi d'être ensemble. Il ne restait plus qu'à mettre au point les modalités pratiques de cette situation.

– Ne bouge pas, lui dit-il.

Elle obéit et se blottit contre lui, tandis que le destin décidait de leur avenir.

– Est-ce que nous ne sommes pas devenus fous, Benoît ?

– Si. On en apprend parfois de drôles sur soi-même. Je suppose que je devrais avoir honte.

– Sans doute. J'aurais dû t'en empêcher.

En entendant sonner le réveil, elle se leva avec une impression d'irréalité et d'étrangeté. Il la retint un moment tendrement embrassée, puis l'habilla avec un grand soin, attachant chaque bouton, lissant chaque pli, comme si elle était une petite fille.

Le temps s'était refroidi. Il lui boutonna son manteau, lui releva son col, lui noua son foulard autour du cou, la gronda tendrement parce qu'elle n'avait pas de gants, la prit par le menton et lui posa un léger baiser sur le nez et le front, tandis qu'elle s'appuyait contre lui, étourdie par l'émotion. Enveloppée dans une douce et merveilleuse folie, elle croyait déjà porter son enfant.

– Si tu commences dès maintenant à me dorloter de cette façon, qu'est-ce que ce sera dans six mois ?

La bouche appuyée sur ses cheveux, il lui fit alors sa première déclaration d'amour.

– Je prendrai soin de toi, Claire, et je te chérirai

autant qu'il me sera possible, c'est-à-dire énormément.

Mais cette fois ne se répéta pas et, quand après quinze jours d'attente anxieuse, elle lui annonça qu'elle n'était pas enceinte, elle comprit que c'était fini. A présent qu'il était sûr qu'elle n'aurait pas à supporter les conséquences de cet instant d'égarement, il avouait avoir agi en irresponsable. Il n'y avait pas la moindre chance que ce faux pas se renouvelle. Ils avaient fait un pari. Avaient-ils gagné ou perdu ? De toute façon, cela ne changeait rien. Il devait bientôt partir pour l'Italie avec ses fils qu'il voulait encourager dans leur goût des arts plastiques et de l'opéra. Nola les accompagnerait peut-être. Claire sourit. Oui, ce serait mieux. Pour sa part, elle resterait à Faxby jusqu'au mariage de Polly, fin septembre. Ensuite... ? Comme ils l'avaient si souvent remarqué, la vie était remplie d'occasions de toutes sortes pour une femme indépendante et pas trop sotte. Elle ne manquerait pas de possibilités.

Ils se témoignaient mutuellement une grande sollicitude et beaucoup de courtoisie. Jamais on ne les entendait émettre des réserves ou des critiques, l'un sur l'autre.

D'un commun accord, ils avaient mis un terme à leurs rapports amoureux. Le dimanche, Benoît invita Elvira Redfearn au « dîner en famille », auquel se joignait maintenant Roger Timms, et sa présence dans la voiture rompit leur tête-à-tête. Mais, quand ils eurent l'occasion de se trouver de nouveau seuls, un jour qu'il l'avait emmenée à Thornwick pour qu'elle récupérât ses affaires, elle s'aperçut qu'il la désirait et que si elle faisait le premier pas, il ne pourrait résister.

Elle ne tirait aucun orgueil du pouvoir qu'elle exerçait sur lui ; au contraire, elle éprouvait une immense tristesse, qui pesait sur elle et ralentissait tous ses mouvements. Elle alla chercher sa brosse à dents dans la salle de bains, et passa dans la chambre pour prendre sa chemise de nuit de soie noire, sa lingerie vaporeuse, son parfum, sa poudre, la discrète trousse brodée contenant son arsenal contraceptif, tous les objets indispensables à une liaison amoureuse, et qui, une fois rassemblés, tenaient dans une petite mallette.

C'était terminé. Cinq minutes pour tout ranger, fermer son sac et partir. Elle s'assit sur le lit. Elle sentait vivre la chambre autour d'elle. Elle se revoyait avec Benoît, goûtant un demi-bonheur parce qu'ils n'osaient pas être totalement heureux.

La porte s'ouvrit.

– Tu es prête, Claire ?

Elle se leva, les jambes tremblantes, incapable de se rappeler où elle avait mis son sac. Ah oui... il était là, à ses pieds. Elle ne reviendrait jamais ici. Il fallait absolument qu'elle s'en persuade. Elle sourit, lui tendit les mains. Il la souleva dans ses bras, la posa sur le lit et la prit avec passion, après quoi il frissonna et lui tourna le dos en poussant un long soupir.

Une force plus puissante que leur volonté les avait jetés l'un vers l'autre. Benoît n'avait pas prémédité son geste et, comme aux premiers temps de leur liaison, il s'était ensuite détourné, la laissant à sa solitude.

Elle avait tant de fois apaisé ses nerfs tendus, sa mauvaise conscience, ses remords, d'une simple caresse. Oserait-elle le toucher maintenant ? Elle posa timidement la main sur son épaule. Il se raidit aussitôt.

– Laisse-moi, maugréa-t-il.

Elle retira sa main comme si elle s'était brûlée.

Il se leva sans dire un mot, remit ses vêtements et quitta la chambre. Claire avait mal à la tête et dans tous les membres. Elle se rhabilla et sortit à son tour.

Il était assis près de la grande cheminée où ne flambait aucun feu. Les lampes étaient toutes éteintes. Privée du chatoiement des verres colorés, du crépitement et du rougeoiement du feu, la pièce était un peu sinistre, froide, comme la scène d'un théâtre une fois que les acteurs et le public sont partis.

Ce n'était pas la maison qu'elle connaissait. L'homme non plus. Ou alors, ce lieu n'avait été qu'une illusion devenue désormais inutile, et il était trop las pour la ressusciter.

Etait-ce sa faute ?

Il ne disait rien.

– Tu m'en veux ? lui demanda-t-elle en s'asseyant à sa place habituelle, près de l'âtre.

– A toi ? Bien sûr que non. C'est moi qui suis coupable... depuis le début. Toi, tu n'as rien fait qui soit contraire à ta nature, Claire. Tandis que moi, j'ai trahi tout ce que j'estimais en moi-même.

Elle comprenait parfaitement ce qu'il voulait dire. Mais ce qui la frappa le plus fut de constater qu'il avait perdu sa substance et son énergie, et elle se reprocha de ne pas s'en être aperçue plus tôt.

– Benoît... tu ne te sens pas bien ?

– Non.

Il paraissait surpris qu'elle ait jugé nécessaire de lui poser la question.

– Qu'est-ce que tu as ?

– Une maladie, sans doute. Une maladie psychique, je suppose. Nommons-la irresponsabilité, indécision, dégoût de soi-même... incapacité à agir comme il faudrait. Appelons-la perte de confiance en soi et en son propre jugement... Ou encore perte de contrôle. Perte de l'esprit de décision. Malheur. Choisis. Mais je pense plutôt...

Il se tut un instant et, quand il reprit, sa voix semblait monter d'un abîme.

– Je pense que ça me... Non, Claire, je pense que tu es en train de me tuer.

Claire croisa les mains, pencha un peu la tête et resta assise, le dos bien droit, les pieds l'un près de l'autre, sans dire un mot. Elle n'avait rien à espérer et rien à lui offrir que son absence.

– Sais-tu ce qui m'est arrivé ?

Il n'avait pas dit : « Sais-tu ce que tu m'as fait ? » Mais elle comprit.

– Je n'étais pas malheureux avant de te connaître. Je n'étais pas heureux non plus. Peu de gens le sont. J'avais tout ce que je désirais, du moins tout ce que je m'autorisais à désirer, ce qui revient au même. J'étais... satisfait. Je sais que je ne le serai plus jamais. Pourtant, il faut que je continue à vivre. Je ne peux pas te résister, Claire. Et je me demande si tu comprends à quel point cela m'épouvante. Résiste-moi, toi... je t'en supplie. Si tu m'obliges à continuer ainsi, je crois que tu me détruiras. Et je sais que ce n'est pas ce que tu souhaites.

Elle n'avait jamais songé à cette possibilité. Le danger – la découverte, le scandale – lui avait toujours paru être de son côté à elle. Le chagrin aussi. Il lui avait dit : « Je te chérirai autant que je le pourrai », et il aurait tenu parole. Mais c'était trop tard. Trop tard, même pour la chambre bleue. Sa nature la portait à guérir et non à blesser. Elle ferma les yeux et baissa encore davantage la tête en prenant conscience du mal qu'elle lui avait fait. « Toi, tu n'as pas agi contre ta nature », lui avait-il dit. Pourtant, en le blessant, en l'acculant au désespoir, elle aussi avait trahi tout ce qu'elle estimait en elle-même. Elle croyait que l'amour était une chance qui valait n'importe quel prix, n'importe quel sacrifice. Elle l'avait aimé et lui avait porté tort.

– Je vais chercher mon manteau, dit-elle.

Dehors, un vent froid soufflait. Elle monta dans la voiture et essaya de lui sourire, de lui faire comprendre par un signe – car elle était incapable d'émettre un son – qu'il ne devait pas s'inquiéter pour elle et que tout s'arrangerait. Elle ne reviendrait plus jamais ici. Elle partait dans la tristesse, ne laissant que de la tristesse derrière elle. C'était une nouvelle mort. Une nouvelle guerre. Cette fois encore, elle en était sortie vivante, mais vaincue plus que jamais.

– Je voulais... Je pensais... que je pouvais te rendre heureux.

– Ça n'a jamais vraiment été possible.

Le lendemain, elle reprit son travail dans un état de nervosité rentrée. La sonnerie du téléphone, l'apparition du télégraphiste, des bruits de pas devant sa porte, tout la faisait sursauter. Elle redoutait qu'il lui envoyât un message et l'espérait à la fois, honteuse d'espérer et nourrissant sa peur.

Elle consacra sa soirée de liberté à lui écrire des lettres d'excuses – « je n'ai jamais voulu te nuire... » – qu'elle jeta au feu l'une après l'autre. Il ne fallait pas lui écrire. Il ne fallait pas retourner à Montfleuri avant qu'il ne parte pour l'Italie et, à son retour, si le danger n'était pas complètement écarté, elle quitterait son emploi à la *Couronne* et irait s'installer ailleurs. Ce ne serait pas facile. Dorothée serait déçue. Et Kit ? Elle n'avait nullement l'intention d'être cruelle envers eux. A quoi avait-elle employé sa vie depuis deux ans, depuis la mort de Paul, sinon à causer du tort à ceux qu'elle aimait ? Benoît. Dorothée. Kit. Ils avaient tous des raisons de lui en vouloir. Etant donné ses expériences passées, elle savait qu'elle s'en remettrait, et cela la torturait. Non seulement elle était libre de repartir de zéro, mais elle en était capable et elle le ferait, sans aucun doute.

Mais la pensée que son chagrin ne serait pas éternel ne diminuait pas son accablement. Et, de toute manière, il y avait Miriam. Benoît ne partait que dans dix jours, dix jours de petits mots sur papier fleurant la lavande sur lesquels Miriam écrirait : « Venez m'aider à choisir un chapeau pour le mariage », « J'ai besoin d'un soutien moral pour terminer le trousseau », « Ma chère Claire, je ne me sens pas très bien aujourd'hui ; je ne pourrai accompagner

Polly à Leeds pour acheter du taffetas pour les robes des demoiselles d'honneur, et puisque vous serez sa dame d'honneur... » Dix jours dangereux, dont un « dimanche en famille » qu'il fallait éviter à tout prix. Elle décida de se décommander à la dernière minute, pour que Miriam n'eût pas le temps de prévenir Edward, qui enverrait aussitôt Dorothée lui demander pourquoi elle se dérobait si honteusement à ses devoirs.

Quelles excuses invoquer ? Il allait lui en falloir beaucoup. Elle s'assit à la table de la cuisine, les mains jointes, les dents serrées, le regard perdu dans le vide, si bien qu'elle ne vit pas Alan Ash entrer et la considérer avec un air ironique.

– Excusez-moi, chère petite madame...

– Oh !... Alan ! Quoi ? Qu'est-ce que vous dites ?

– Rien de très important... je me demandais simplement si vous n'aviez pas des ennuis.

– Exactement.

– Et ça ne vous réjouit pas ?

– Guère.

– Vous avez encore rompu avec votre type, hein ?

Elle hocha la tête, car les mots ne voulaient pas sortir.

– Oh !... ce n'est pas la première fois, il me semble.

– Oui. Mais cette fois c'est pour de bon.

– Eh bien, s'il est vrai que c'est en forgeant qu'on devient forgeron... ce coup-ci, vous ne devriez pas avoir de difficultés.

– Aucune.

– Et pourtant, vous en avez. Puis-je vous aider à les résoudre ?

– Ne soyez pas stupide, Alan.

Il tira de sa poche un paquet tout fripé, en sortit une cigarette et poussa le paquet vers elle, dans un geste de camaraderie.

– Servez-vous.

Tandis qu'elle allumait sa cigarette à la flamme qu'il lui tendait, elle s'aperçut que le ciel s'était assombri, derrière la fenêtre de la cuisine. Depuis combien de temps était-elle assise là, à ressasser et à regretter ?

– Alan, quelle heure est-il ?

– Vous ne vous imaginez tout de même pas que je connais l'heure exacte... mais les pubs sont fermés depuis une heure environ et il doit donc être tard. Pourquoi ? Vous devez aller quelque part ?

– Au lit, simplement.

– J'espérais bien que vous finiriez par vous décider. Et ne prenez pas cet air de dire : « Un peu de tenue, lieutenant Ash, je vous prie. » Ça tombe à pic. Je suis catégorique là-dessus.

– S'il vous plaît, Alan, ne soyez pas si...

– C'est une très bonne idée, ma chérie. Vous cherchez une raison de ne pas retourner avec ce type, n'est-ce pas ? Eh bien... couchez avec moi, et le tour est joué. Non que je sois un amant parfait, je m'empresse de le dire, mais parce que vous auriez des scrupules à en avoir deux à la fois.

Claire sourit malgré elle et soutint son regard faussement candide.

– Vous parlez sérieusement ?

– Oh que oui !

Il se pencha sur la table, posa sa bouche fermée sur la sienne, puis lui écarta peu à peu les lèvres de sa langue, sans passion mais avec beaucoup de savoir-faire.

– J'ai réussi à mon examen ?

– Brillamment. Il faut dire que vous avez de la pratique.

– Je sais. Alors... vais-je avoir droit à une nuit d'ivresse entre vos bras ? Reconnaissez que j'ai eu une patience d'ange.

– Voyons, Alan. C'est impossible. Je ne veux pas me servir de vous.

– Ne vous inquiétez pas pour ça, ma chère enfant. Je serais bien le dernier à me plaindre. Servez-vous de moi... ne vous gênez pas. Sinon, pourquoi avoir des amis ?

– Pas pour les utiliser de cette façon, en tout cas.

– C'est idiot. Si nous étions à la veille de Passchendaele et qu'une voix m'ait assuré que je ne m'en tirerais pas, me le refuseriez-vous ?

– Non. Bien sûr. Mais demain ce n'est pas Passchendaele.

La main de Claire chercha instinctivement celle d'Alan et la serra avec l'intensité des initiés, de ceux qui ont les mêmes cicatrices parce qu'ils ont vécu les mêmes épreuves.

– Bon, dit-il. J'ai l'impression que je suis en train de vous convaincre. Buvons un peu de thé pendant que vous prenez votre décision.

Il repoussa sa chaise, très à l'aise dans ses mouvements. Elle remarqua qu'il était toujours aussi maigre ; ses cheveux en bataille étaient trop longs, sa chemise s'effilochait au col et aux poignets, mais elle sentait bon l'eau de Cologne. Il mit de l'eau à chauffer en sifflotant doucement quand, soudain, la bouilloire trop pleine déborda et éteignit la flamme, laissant le gaz s'échapper en jets malodorants.

Ce n'était pas bien grave. Il n'avait qu'à tourner le bouton de la cuisinière ou prendre une autre allumette. Claire s'aperçut qu'il en était incapable.

– Nom de Dieu ! murmura-t-il, essayant vainement d'avancer la main vers le fourneau. Nom de Dieu...

Affolé, il se jeta sur la chaise et s'y blottit en tremblant, la figure contre la table et les bras autour de la tête, dans la position d'un homme qui cherche à protéger les parties vitales de son corps.

Claire se précipita pour éteindre le gaz, puis elle courut vers lui et l'attira contre elle. Il tremblait et suffoquait.

Elle l'emmena chez elle non sans mal, car il lui opposait une farouche résistance. Il aurait voulu rester seul en attendant que la crise passe, se cacher comme les animaux quand ils sentent venir leur dernière heure. Mais Claire avait eu affaire à des hommes plus robustes et plus déterminés qu'Alan et, à force de le tirer, de le pousser, de le menacer et de le cajoler, elle parvint à l'entraîner jusque chez elle. Toutefois, devant son refus catégorique de se coucher dans son lit, elle alla chercher des couvertures, un édredon et des oreillers qu'elle disposa près de la cheminée.

– Oh... nom de Dieu !

Il ne pouvait rien dire d'autre. C'étaient ces mêmes mots qu'il avait prononcés cette terrible nuit d'été où les gaz asphyxiants avaient remonté la tranchée dans sa direction. C'était la dernière chose dont il se souvenait, sa propre voix hurlant un blasphème et non une prière, avant que le poison ravage la muqueuse de ses poumons, lui arrache les yeux – du moins le croyait-il –, le noyant dans une puanteur qui n'avait jamais depuis quitté ses narines. Au moindre effluve de gaz domestique, il se noyait de nouveau. En même temps, un froid glacial s'abattait sur lui et il tremblait de tous ses membres ; ses dents s'entrechoquaient, et il était saisi par la hantise de perdre le contrôle de sa vessie, de ses entrailles, de son corps tout entier. Claire connaissait ce phénomène. S'il se produisait, elle tâcherait de lui faire croire qu'elle ne s'était aperçue de rien. Pour le moment, il fallait le réchauffer. Elle se glissa contre lui sous l'édredon et tenta de communiquer sa chaleur à son corps ruisselant d'une sueur glacée, tout en le rassurant par des paroles qui n'avaient pas de sens précis. Enfin, ses tremblements se calmèrent, un peu de chaleur lui revint, et le souvenir de sa terreur s'estompa. Il était seulement exténué, malade, furieux et horriblement mortifié.

– Bon sang ! Pourquoi *maintenant* ?

La tête appuyée sur les oreillers, la figure à demi mangée par les ombres noires qui s'élargissaient autour de ses yeux, il se lança dans une longue tirade au sujet de cette crise de « neurasthénie » inopportune et de ses fâcheuses conséquences.

– Vous devriez vous déshabiller, lui dit-elle. Votre chemise est trempée. Vous risquez d'attraper une pneumonie, si vous la laissez sécher sur vous.

Elle voulut lui déboutonner sa chemise, mais il l'arrêta.

– Non, Claire... ne me dorlotez pas.

Elle se pencha pour l'embrasser sur la bouche et alla chercher une robe de chambre pour qu'il pût se changer. Ensuite, elle lui prépara une tasse de thé bien chaud.

– Vous avez mis une petite goutte de whisky ?

– Ce n'est pas impossible.

– Ah !... c'est gentil. J'ai encore froid. Refaites-moi donc votre tour de magie, Claire... avec les couvertures et les oreillers.

Elle reconstruisit le nid et se glissa dedans à côté de lui. Ils burent leur thé, serrés l'un contre l'autre.

– Voilà... maintenant vous connaissez toute la vérité sur le lieutenant Ash. Autant pour le héros... des poumons en charpie et la danse de Saint-Guy. La seule chose que je n'ai pas et n'ai jamais eue, c'est la syphilis.

– Evidemment, lieutenant. Les officiers ont droit à des filles à soldats de classe supérieure.

– Ah ! vous l'aviez remarqué ? Mais pour ce qui est de la neurasthénie...

– C'est le nom qu'on vous a indiqué, Alan ?

– Il y en a un autre ?

– Psychose traumatique.

– Oui, ma belle. Mais ça, c'est pour les troufions. Moi, j'étais officier, et, à ce niveau, il s'agit de neurasthénie.

– Nous en sommes tous atteints, Alan... plus ou moins. Tous ceux qui ont passé plus de six mois au front. C'est ce qu'on nous a dit dans les hôpitaux. On nous a aussi conseillé de nous surveiller parce que personne ne sait combien de temps cette saleté peut durer, ni les suites qu'elle peut avoir.

– Je ne vous ai jamais vue trembler ni avoir de sueurs froides, Claire.

– Non. Mais je rêve. J'agis de façon irrationnelle. Je n'arrive jamais à prendre une décision. Une fois – une seule, Dieu merci... – j'ai eu une hallucination. Ça pourrait recommencer.

Il respirait mieux, mais il avait toujours la mine défaite.

– Je ne vous le souhaite pas. Un jour, j'ai vu un cadavre dans un état de décomposition avancée qui me souriait dans le miroir. Totalement ridicule. Je savais bien que ce n'était pas vrai, mais ça m'a empêché de me raser pendant un mois ou deux. Je parie que ce genre de truc n'est jamais arrivé à Kit.

– Il est plus vieux, rétorqua-t-elle, estimant qu'il était de son devoir de le défendre. Et puis, il est certainement beaucoup plus solide que nous. De plus, il n'a pas été gazé.

Il ferma les yeux et, à ce souvenir, son souffle redevint rauque.

– C'est la chose que je redoutais le plus. Je n'aimais déjà pas les types qui faisaient ça chez nous. C'était une drôle d'équipe. Ils me mettaient mal à l'aise. Ma première blessure a été propre et nette. Un bel éclat de shrapnel dans l'aine. Un centimètre ou deux de plus vers la droite, et ma voix montait de plusieurs octaves. Mais ne vous inquiétez pas. Ces deux centimètres ont sauvé ma lignée... du moins l'auraient-ils sauvée si j'avais l'intention de devenir père de famille, ce qui n'est pas le cas.

– Ah bon... jamais ?

Avec une tendresse amusée, Claire songea qu'il serait peut-être un jour baronnet et qu'il hériterait de titres et de terres.

– Bon Dieu, non ! Vous n'avez pas lu le traité de

paix qu'ils ont concocté ? D'ici vingt ans, il n'y aura plus qu'à recommencer. Je ne me sens guère l'envie d'élever des enfants pour ça.

Elle frissonna. Dans vingt ans, elle aurait quarante-cinq ans et serait encore assez jeune pour revivre ce calvaire.

– Ne parlez pas ainsi, Alan. Il faut avoir un peu de foi dans l'avenir.

– Vous en avez, vous ?

– Très peu. Pourtant, j'ai essayé... de toutes mes forces.

– Pauvre Claire. Vous avez besoin d'un homme solide.

– Je sais.

Elle posa la tête sur l'oreiller, à côté de la sienne, et lui parla de Paul. Elle lui confia tous les espoirs qu'elle avait formés, les souvenirs qu'elle n'avait encore racontés à personne, car seul un rescapé de l'horreur, comme elle, pouvait comprendre.

– Oui, oui, dit-il. Je me sens à l'aise avec Paul. Je le connais bien. Et l'autre... celui qui vous en a tant fait voir ces derniers temps ?

Elle lui résuma l'histoire en quelques mots précis. Elle savait que cette confession glisserait sur lui et qu'il s'empresserait de l'oublier.

– Vous l'avez dit vous-même, ma chère Claire. Nous souffrons tous d'une psychose traumatique plus ou moins grave. Vous n'avez pas de tremblements, mais il se pourrait que vous ayez en vous un désir de mort. J'ai connu ça, comme beaucoup d'autres. Quand on m'a renvoyé dans mes foyers, après ma blessure, je me suis porté volontaire pour retourner au front. Sans doute pour me faire tuer, mais j'ai été gazé à la place. Ne vous laissez pas entraîner sur ce chemin.

Elle secoua la tête et se rapprocha encore de lui. Il la regardait à travers ses paupières mi-closes, la main posée sur sa nuque.

– Quelle saloperie, dit-il. Une malheureuse fuite de gaz et me voilà impuissant.

– Pas pour longtemps.

– J'espère. Je suis désolé, Claire. Vraiment, vous n'avez pas de chance avec les hommes.

– Et vous, en avez-vous... avec les femmes ?

Il avait un air franchement amusé.

– Ce n'est pas mon problème, ma chérie. Je n'ai jamais été amoureux... d'une femme.

– Oh... !

Il s'assit et poursuivit d'un air moqueur :

– « Oh... », a-t-elle dit. Mais ce qu'elle ne demande pas, parce qu'elle est bien élevée, c'est ce que cela veut dire. Serait-ce cette infamie... cette chose à cause de laquelle on a mis Oscar Wilde au trou, et dont maman ne parle jamais ? Serait-ce cette horreur... quel que soit le nom qu'on lui donne ?

– Serait-ce cela ? demanda Claire.

Dans ce cas, elle accueillerait la révélation avec calme. Elle serait peut-être déçue, mais elle tâcherait de comprendre. Il y avait bien d'autres choses plus difficiles à pardonner.

– Non, répondit-il. Pas exactement.

– Vous voulez me raconter ?

– Pourquoi pas ? J'ai entendu votre confession, vous pouvez aussi bien écouter la mienne. J'avais un ami. Naturellement, on saute à pieds joints sur la conclusion, la fameuse homosexualité qui règne dans les collèges privés... toutes ces splendides mêlées sur les terrains de rugby. Mais il ne s'agit pas de ça. Nous étions en classe ensemble. Puis à Cambridge. Nous avons connu nos premières filles en même temps... vous voyez donc que notre instinct nous poussait dans la bonne direction. Ensuite nous échangions des petits mots, comme de vrais gentlemen. Nous étions entourés d'un tas de filles, mais en réalité c'était ensemble que nous nous sentions le mieux. Plus que des frères. Son père était juge en

Inde et il ne l'avait pas vu depuis l'âge de huit ans. Mes parents vivaient dans le Sussex, mais ils auraient aussi bien pu habiter sur la Lune, tant je me sentais loin d'eux. De braves gens, pourtant. Seulement ils étaient partisans d'une éducation à la dure, et moi j'étais un gamin affectueux. Vous me suivez ?

– Oui. Vous voulez dire que vous aviez un ami qui vous aimait et que vous aimiez.

– C'est exact. Et nous n'aimions personne d'autre. Nous n'en éprouvions pas le besoin. Personne ne nous semblait digne d'être aimé. On nous admirait beaucoup à l'école, lui et moi. Lui, surtout. Il était beau, intelligent, spirituel et, en plus, il y avait chez lui quelque chose d'indéfinissable que le mot charme ne suffit pas à expliquer. Il avait de l'arrogance, bien entendu, mais j'en avais moi aussi. Il réussissait tout ce qu'il entreprenait, et moi presque toujours. Tout le monde savait qu'il était voué à la réussite, qu'il gagnerait tout l'argent qu'il voudrait et qu'il épouserait la fille qui lui plairait, quand ça lui plairait. Personne n'en doutait. Et puis, il était généreux. Il donnait toujours plus que ses moyens le lui permettaient et c'était la seule chose qu'il faisait discrètement, si bien que personne n'en savait rien. Il vous aurait plu, Claire. C'était lui, sur le tableau... vous savez... celui que j'ai donné au professeur de danse.

Elle l'avait deviné.

– Nous nous sommes engagés en 1914, dès que nous avons pu. Après avoir passé nos examens, nous avons aussitôt demandé notre incorporation. Nous avions hâte de revêtir l'uniforme pour partir à la quête du Graal. Quelle belle paire de preux chevaliers nous étions ! Si j'avais encore un cœur, il saignerait à l'idée que nous avions consacré notre épée et notre âme à la cause de la Justice, de la Liberté et du Bien. Quand nous avons reçu notre brevet d'officier, un vieux gâteux s'est extasié sur la chance que nous avions d'avoir vingt ans en cette belle année

1914 ; il nous a dit que nous étions privilégiés de pouvoir prendre les armes pour cette glorieuse croisade : et nous l'avons cru. On ne se doutait pas qu'on allait au casse-pipe, à cause d'une bande d'incapables qui n'hésitaient pas à payer quelques mètres de terrain au prix de plusieurs milliers de vies, pour les restituer le lendemain matin, une fois les cadavres déblayés, parce qu'ils ne présentaient pas d'intérêt. Je peux parler de l'incompétence des officiers, puisque j'en étais un. J'étais incompétent. Je le savais ; mes hommes le savaient. Le seul à l'ignorer, ou à s'en ficher – en dehors des imbéciles qui m'ont nommé –, c'était l'idiot qui commandait la compagnie. Sous prétexte que je connaissais le grec et le latin, il s'imaginait que j'étais capable de mener des hommes au combat... je me demande bien pourquoi. Inutile de vous dire quelle pagaille c'était...

Il était de nouveau en sueur. Elle lui essuya le front avec un coin de la couverture.

– Ils nous ont assassinés.

– Je sais.

– Pour s'amuser, je crois. C'était un jeu. Et où était Galaad, pendant ce temps... ?

– Qu'est-il arrivé à votre ami ?

– Il est à Edimbourg.

L'effort qu'il lui en avait coûte pour prononcer cette simple phrase l'avait épuisé.

– Je n'avais pas compris...

– Bien sûr. Vous croyiez que j'avais une femme cachée quelque part, n'est-ce pas ?

– J'y ai pensé.

– C'est normal. Beaucoup de types se sont mariés pendant une permission, et ensuite ils ne savaient plus pourquoi. Mais non... le mariage n'était pas mon genre, même à l'époque. Il y a un hôpital, là-bas... un truc un peu spécial. Pour les cas très graves. Ceux qui ne sont vraiment pas montrables. Hé oui... il faut bien les caser quelque part, hein ? On ne peut pas laisser ces pauvres diables errer dans les rues... ils feraient peur aux chevaux.

– Alan.

Elle mit sa main dans la sienne et posa sa joue contre sa joue. Elle sentit une moiteur qui aurait pu être de la sueur, mais qui était certainement des larmes. Elle aussi pleurait.

– Il est aveugle et paralysé. Brûlé également. Il a vingt-six ans. Il est dans cet hôpital depuis l'âge de vingt-trois ans.

Ils demeurèrent longtemps serrés l'un contre l'autre, mains jointes, joue contre joue, souffles mêlés, deux rescapés se souvenant de ceux qui avaient été emportés par la tourmente.

– Vous l'avez vu ?

– Non.

Plus que tout le reste, cet aveu le soulageait.

– Vous irez le voir ?

– J'essaie. Au début, c'était hors de question, naturellement, parce que j'étais moi-même en piteux état. Je tremblais et transpirais à longueur de journée. Ensuite... je suis allé deux fois jusqu'à Edimbourg. Mais je suis reparti. Tout l'hiver dernier, à Whitby, j'ai voulu prendre le train. Il fallait que je change à Carlisle... vous connaissez la suite.

– Est-ce qu'il le sait... ? Je veux dire que vous allez peut-être venir ?

– Je ne crois pas qu'il sache grand-chose... ou qu'il s'en soucie. Son père est mort il y a deux ans, et il n'a pas d'argent. Je paie certaines choses. Mes parents me versent une rente. Pas bien lourde, parce qu'ils espèrent me voir revenir. La plus grande partie passe là-dedans et c'est pourquoi je suis toujours fauché. Je ne me sens pas le courage d'aller voir ce qu'il est devenu. C'est lâche de ma part, vous ne trouvez pas ?

– Ce n'est pas lâche, Alan. Je ne pense pas que je pourrais, moi non plus.

– Oh ! je crois que si... vraiment. Et lui aussi, s'il était à ma place.

– A quoi cela servirait-il ?

– Pour lui, à rien, sans doute. Mais peut-être cela me réconcilierait-il avec moi-même. Ou alors, j'en deviendrais complètement fou. Il faudra que je tente le coup. Je ne sais pas quand, mais je m'en occupe. Voilà deux ans que je suis en route.

– Si vous devez y aller, Alan, vous feriez mieux de ne pas trop attendre.

– Et pourquoi ? Il ne va pas mourir, croyez-moi. Il n'aura pas cette chance. Son état pourra empirer... c'est même presque certain. Mais il vivra vieux. C'est dommage qu'il n'ait pas un ami assez chic pour lui coller un oreiller sur la figure, le malheureux.

Comme il se levait, Claire lui dit :

– Ne partez pas, Alan.

Il la prit par les mains, la releva et la serra contre lui.

– Merci, Claire. C'est très important pour moi. Plus qu'il ne le faudrait, même, à dire vrai.

– Que voulez-vous dire ?

– Je ne sais pas trop. Cela veut peut-être dire que je vous demanderai de venir avec moi à Edimbourg. Accepterez-vous ?

– Je le saurai quand vous me le demanderez. Si vous vous décidez.

Elle le raccompagna dans sa chambre, lui refit son lit et le borda.

– Un baiser avant de m'endormir.

Elle l'embrassa, comme une sœur... ou comme une mère. Puis, elle lui donna un baiser plus sensuel.

– Non, Claire. Si nous devenions amants, nos relations changeraient complètement. Et puis ça, je peux le trouver facilement, vous savez bien. C'est d'une amie que j'ai besoin.

Elle l'embrassa encore une fois.

– Je suis là, Alan.

19

Le lendemain après-midi, en rentrant de la *Couronne*, Claire trouva dans sa boîte aux lettres trois messages de Miriam apportés par Parker à divers moments de la journée. D'ailleurs, le chauffeur était là, en personne, devant sa porte, avec un quatrième pli à la main. Un véritable bombardement de petites phrases espiègles réclamant sa présence à Montfleuri à cause du mariage. *Chère Claire, Polly est dans tous ses états, comme on peut s'y attendre. Vous n'avez sûrement pas oublié le grand Mystère de la Jarretière de dentelle. Vous êtes sans doute une des dernières à en avoir vu, ma chérie. Par conséquent, nous ne pouvons commencer sans vous la Chasse à la Jarretière. Mercredi prochain, j'organise une petite soirée pour le départ de Benoît, Nola et les enfants. Je suis sûre que vous ne voudrez pas la manquer.*

Elle remercia Parker en lui disant qu'il n'y avait pas de réponse. Puis, elle retourna à l'hôtel sans même rentrer chez elle, pour annoncer à Kit Hardie, sur un ton qui inquiéta beaucoup celui-ci, qu'elle avait absolument besoin de changer d'air. Elle prétexta des ennuis personnels, des soucis familiaux à Montfleuri et à Upper Heaton, avec sa mère, le mariage de Polly qui était une affaire d'Etat et rendait tout le monde nerveux ; sans compter Miriam qui cherchait à accaparer chaque minute de son temps libre sous des prétextes divers. Et puis, elle était fatiguée. A l'hôtel, la besogne ne manquait pas, mais il n'y avait pas de problèmes particuliers. Malgré sa « neurasthénie », John David s'était bien adapté, et s'il terrorisait les filles de cuisine – davantage par ce qu'il ne disait pas que par ce qu'il disait –, deux d'entre elles seulement étaient parties et on les avait facilement remplacées. Amandine Keller, qui était parfois difficile et renfrognée elle aussi, était restée. Elle majorait les prix du poisson de son amant, mais continuait à confectionner des gâteaux plus délicieux que jamais, depuis qu'elle était amoureuse. Quant à Aristide Keller, qui était sorti de prison, il ne représentait pas un grand danger car son projet d'ouvrir un restaurant sur la place de l'Hôtel-de-Ville avait avorté, la municipalité s'étant opposée à son installation dans les locaux qu'il avait choisis. Kit y était-il pour quelque chose ? Peut-être bien. En effet, ces derniers temps, la *Couronne* était très fréquentée par les Redfearn et les Greenwood. Mais Claire n'avait guère le temps de réfléchir à tout cela pour le moment.

– Vous pourrez vous passer de moi, Kit. Une semaine ou dix jours de vacances me feront le plus grand bien.

– Vous vous trompez ; je ne peux pas me passer de vous.

Malgré tout, il lui accorda dix jours de congé.

Elle n'en parla à personne, sauf à Alan pour qui les départs étaient une chose naturelle, et à sa mère qu'elle vit le lendemain, aux *Délices*. Bien qu'elle sût que les valises de sa fille étaient déjà prêtes, Dorothée émit son éternelle objection : Edward ne serait pas content. Miriam Swanfield avait déjà laissé entendre – oh ! juste une petite remarque, sans intention de semer le trouble – que Claire la négligeait depuis quelque temps. Non, elle n'était pas fâchée, pas du tout. Seulement triste et désappointée. Et Edward avait pris la chose trop à cœur.

– Elle a demandé si tu étais souffrante, continua Dorothée. Puis – je n'en suis pas revenue – elle a eu soudain l'air embarrassée, et a dit qu'elle craignait de ne t'avoir contrariée sans le vouloir. On la sentait véritablement tourmentée. Tu te rends compte... Mme Miriam Swanfield s'inquiétant à cause de ma fille. Edward en a été tout retourné.

– Bien sûr, maman.

– Il n'est pas en forme en ce moment... pas du tout. Il ne parvient pas à se débarrasser de son rhume. Et puis, il a une très mauvaise digestion.

– Et son caractère ?

Dorothée s'empourpra et se mordit la lèvre. Mais, ne voulant pas discuter, elle haussa simplement les épaules.

– Je n'aime pas l'ingratitude, Claire, voilà tout... *nous* ne l'aimons pas. Le minimum que tu puisses faire pour Mme Swanfield, en retour de toutes les bontés qu'elle a pour toi, c'est de l'aider un peu pour le mariage. Il n'y a plus que trois semaines.

– Cinq, maman.

– Bon, cinq. Et des millions de choses à préparer. Un mariage ne se fait pas tout seul, vois-tu.

– Je serai de retour à temps, maman. Ensuite, nous irons passer une matinée ou même une journée entière à Leeds, pour choisir ton chapeau.

– Ce serait formidable, ma chérie.

Oui, sauf qu'Edward l'en empêcherait certainement, en se découvrant une douleur au dernier moment. Non, non, il ne voudrait pas l'inquiéter. Si elle estimait qu'il fallait vraiment qu'elle aille à Leeds, qu'elle parte. Elle n'aurait qu'à laisser la fenêtre du bureau légèrement entrouverte, pour qu'il puisse appeler au secours... si toutefois on l'entendait. Alors, Dorothée achèterait son chapeau en dix minutes chez la modiste d'Upper Heaton, la veille du mariage, ou bien elle demanderait à Claire de lui trouver quelque chose chez Taylor & Timms.

– Edward vient de commander un costume neuf, déclara Dorothée par association d'idées. J'espère qu'il sera en forme pour les essayages.

– Oh ! sûrement. Et toi, maman, qu'est-ce que tu t'es commandé ?

– Ne t'inquiète pas pour ça... Je suppose que tu seras très élégante.

– J'en doute. Polly ne se laissera pas éclipser. Elle aura une robe avec des incrustations de perles et de grands panneaux de dentelle et de mousseline, et un voile brodé de plusieurs mètres de long, tandis que les pauvres demoiselles d'honneur devront se contenter d'une modeste robe de taffetas tout étriquée, dans des tons de pois de senteur. La mienne est lilas ; c'est hideux. Après le mariage, je la donnerai pour une vente de charité.

Dorothée était horrifiée.

– Voyons, Claire... tout le monde la reconnaîtra. Tout le monde sera au mariage. Et, puisque chaque robe a une couleur différente, on saura que c'est la tienne. Quel affront pour Mme Swanfield et pour Mme Timms.

Il était certain qu'Edward serait très contrarié.

L'après-midi, Claire partit pour Scarborough où la sœur de MacAllister tenait une pension sans prétention dans la vieille ville. C'était une maison serrée entre d'autres maisons semblables, et où on lui fit de bonne grâce une petite place – c'était le mois d'août – parce qu'elle était recommandée. On lui donna une minuscule chambre mansardée, rose et très propre, avec un lit à une place, comme à l'internat. Les repas, simples mais copieux, étaient servis à heure fixe, et les plats étaient toujours brûlants. La patronne était avenante et discrète ; elle avait sa vie et ne demandait à Claire que de la payer au bout du dixième jour. D'ici là, Benoît et les siens seraient partis pour l'Italie. Le temps – son allié, pensait-elle – passerait, et elle serait en mesure d'entrer sereinement dans l'église, derrière lui, tandis qu'il conduirait Polly à l'autel. Elle pourrait alors formuler pour lui des vœux de bonheur sincères, si jamais il avait trouvé un moyen de vivre en bonne entente avec Nola.

Elle se promenait des heures durant sur les falaises surplombant la mer du Nord, dissimulée la plupart du temps sous un voile de brume. Fuyant la foule des estivants, elle s'efforçait de mettre de l'ordre dans ses idées. Souvent, elle s'arrêtait net quand elle songeait, avec un pincement de cœur et légèrement amusée, que tout ce qu'elle disait ou faisait, ses attitudes, sa façon de sourire et de marcher s'adressait à un public imaginaire qui était Benoît. Elle fut donc ravie, le septième jour, de voir Alan Ash devant le portail de la pension, son sac sur l'épaule.

– Je me suis dit qu'il fallait que j'essaie d'aller à Edimbourg. Je vous ai laissé mes toiles et mon barda, comme l'autre fois. Si j'arrive jusque là-bas, je devrais être de retour à Faxby dans quelques jours. Sinon, je vous préviendrai.

Il déposa son sac chez la sœur de MacAllister qui avait un faible pour les militaires, et ils partirent ensemble à l'assaut des falaises. Peu à peu, la ville disparut à leurs regards et ils se trouvèrent enfermés dans un paysage brumeux, ponctué par les acrobaties et les cris des mouettes.

Comme il le lui avait promis, il lui fit voir les merveilles contenues dans une flaque d'eau, les motifs dessinés par la pluie dans la terre meuble, les matières et les couleurs, la prodigieuse variété des galets, une feuille pareille à une étoile d'or flottant auprès d'une minuscule plume blanche mouchetée de noir et imperceptiblement zébrée d'or.

Ils examinèrent les racines des arbres, enchevêtrées et desséchées par l'air marin, se glissèrent parmi un amas de branches cassées pour libérer une petite fleur bleue, observèrent en silence les allées et venues d'une souris, d'une grenouille, d'une coccinelle. Ensuite, ils descendirent de la falaise pour regarder le sable, avec sa population d'algues et de coquillages qui avaient tous, selon Alan, une physionomie différente, comme chaque oiseau avait son cri. Il lui révéla les tonalités assourdies et toutes les nuances de la mer et du ciel, qu'elle croyait jusque-là d'un gris uniforme.

– Vous ne voyez pas du rose et du jaune pâle ?

– Non.

– Regardez bien... concentrez-vous. Vous le verrez.

Et en effet, elle voyait.

Ils regagnèrent la ville par la plage, mouillés et sales. Elle avait du sable dans les cheveux, ses chaussures étaient définitivement abîmées, ses ongles cassés pour avoir gratté les rochers dans l'espoir de décrocher des mollusques. Elle se sentait bien avec lui, tout en se disant qu'elle ne le reverrait peut-être jamais plus, une fois qu'il aurait disparu au coin de la rue ou derrière la colline.

– Restez donc un jour ou deux, Alan.

– Non. Je voulais seulement vous prévenir que je partais. Je peux être à Carlisle ce soir et de là, c'est direct.

Elle s'arrêta et il la dépassa de quelques pas.

– Cette fois, allez-y. Ne reculez pas. Décidez-vous.

Elle ne supportait plus de l'imaginer hésitant toute sa vie à la porte de l'hôpital, de le savoir éternellement en route.

– Je vous en supplie, Alan !

Alors, à la consternation de plusieurs mères de famille environnées d'enfants, de châteaux de sable et de chiens, il revint vers elle, lui mit les mains sur les épaules et l'attira à lui. Il la regarda intensément, avec le même plaisir aigu qu'il avait observé les galets et les plantes. Elle le laissa faire, comme s'ils n'étaient pas sur une plage mais sur un champ de bataille. C'étaient à la fois des retrouvailles et un adieu.

– Il faut y aller, Alan... pour en finir. Sinon, vous en mourrez.

– Oui. Embrassez-moi.

Les mères rassemblèrent leurs enfants et leurs chiens en lançant des regards furtifs vers le couple bizarre que formaient ce grand jeune homme avec son trench-coat élimé – un gentleman, cela se voyait – et cette fille aux cheveux courts qui montrait ses jambes et dont on devinait tout de suite à quelle espèce elle appartenait.

– Bon, dit-il, après lui avoir réclamé plusieurs baisers. Pour moi, c'est réglé. Et vous ?

– Il se présentera bien quelque chose.

– Je n'en doute pas. Mais écoutez-moi, Claire, pourriez-vous... non pas me promettre, bien entendu, je ne vous le demande pas... pourriez-vous seulement attendre un peu ? Ne prendre aucune décision... enfin, aucune décision définitive, avant de me revoir.

– Et si je ne vous revois pas ?

– Mon Dieu... ne vous inquiétez pas pour ça. Même si je vous demandais de m'attendre éternellement, avec un type comme moi, ce serait une question de mois et non d'années. Quelque chose me dit que je risque de revenir un jour à Faxby, tout fringant et en pleine forme, et de ne plus vous y trouver.

– Je laisserai une adresse, Alan. Et puis, il y aura toujours quelqu'un pour vous renseigner.

– Oui, mais je ne serai pas plus avancé si j'apprends qu'un brave mec vous a passé la bague au doigt ou que vous vous êtes réconciliée avec votre beau-frère.

Pour la première fois depuis qu'elle le connaissait, son sourire pervers lui parut moins éblouissant.

– Tout ce que je puis vous dire pour le moment, Claire, c'est que j'aimerais vous revoir.

– C'est très gentil, Alan.

Ils prirent une copieuse collation avec la sœur de MacAllister, une Irlandaise pleine d'entrain. Il y avait du jambon et de la langue, avec des cornichons, de la salade, des sablés aux raisins secs, des tartines beurrées, des tartes à la crème anglaise et des flots de thé très fort. Alan dévorait, plus pour se calmer les nerfs que par appétit, ce qui réjouit Teresa MacAllister qui n'avait pas de plaisir plus grand que de voir un homme manger.

Il ne lui demanda pas de l'accompagner à la gare. Ils avaient connu tous deux trop de trains, trop d'adieux déchirants. Il ne lui imposerait pas une nouvelle épreuve.

– A bientôt, j'espère.

Elle sourit calmement. On ne pouvait deviner qu'elle était en proie à une panique superstitieuse, la même qui l'envahissait chaque fois qu'elle quittait Paul. « Si je continue à sourire, il ne se fera pas tuer. » C'était un leitmotiv qui revenait sans cesse dans sa tête, tandis qu'elle suivait du regard le train qui s'éloignait, scandant la mesure de ses talons, en quittant ces gares toutes identiques. Elle avait continué à sourire et, pourtant, Paul était mort.

– Au revoir, Alan.

Quand il arriva au portail, elle saisit son manteau et courut pour le rattraper.

– Je vous accompagne jusqu'à la gare.

Tandis qu'il lui étreignait la main par la fenêtre du compartiment, elle sentait en lui un début de panique. Une pitié presque intolérable la submergea, puis la haine, inévitable et irréductible.

– Je crois que j'y arriverai, dit-il. Ça m'a aidé... de vous raconter.

Il ne lui avait pas demandé de l'accompagner. Pourtant, elle n'aurait qu'à monter dans le train, là, tout de suite. Pourquoi pas ? Ce serait une décision imprudente et peut-être dangereuse, mais elle se sentait mûre pour la prendre. La grand-route, la vie de bohème... justement, ça lui plaisait. S'il parvenait à surmonter l'anéantissement de sa foi et de son amour,

Alan lui offrirait peut-être la liberté. Et elle, qu'avait-elle à lui offrir ?

Le sifflet de la locomotive la fit sursauter.

– Attendez-moi, Claire.

– Oui, je vous attendrai.

Elle crut revenir deux, trois ans en arrière. On promet n'importe quoi quand retentit le sifflet du train. Il gardait sa main prisonnière.

– C'est toujours Passchendaele, Claire... je vous l'avais dit.

– Je viens avec vous.

Avait-elle vraiment prononcé ces mots ? L'avait-il entendue ? Quelle importance ? Le train s'ébranlait. « Si je continue à sourire, il ne se fera pas tuer... il ne mourra pas de ses blessures... il ne deviendra ni aveugle ni paralysé... »

Elle retourna à la pension, un sourire figé sur les lèvres. La sœur de MacAllister était devant la maison, elle semblait guetter quelqu'un.

– Madame Swanfied... ah ! madame Swanfield...

Elle agita un morceau de papier orange. Claire se rapprochait, son sourire s'élargit et devint aussi éclatant et aussi vide que celui d'Alan.

– Dieu soit loué, vous voilà, madame Swanfield, vous n'étiez pas partie depuis cinq minutes qu'on a apporté ça pour vous.

Elle lui tendit le télégramme avec prudence, comme si c'était un objet dangereux. Claire ne se décidait pas à le prendre, elle était paralysée, comme Alan quand il n'avait pu éteindre le gaz.

Elle avait reçu trop de télégrammes.

– Sans doute de mauvaises nouvelles.

Ce n'était pas une question que posait Teresa MacAllister : elle constatait une évidence. Ayant perdu deux frères et plusieurs cousins à la guerre, elle savait ce que signifient les télégrammes.

Oui. De mauvaises nouvelles. En tout cas, ce n'était pas Alan. Pas encore. Ni Kit. Elle en était sûre. Benoît était en Italie. S'il avait eu un accident, s'il était tombé malade, quelqu'un aurait-il eu l'idée de la prévenir ? Oui, Toby. Alors, c'était certainement Benoît. Elle devint si blanche que Teresa MacAllister avança la main pour la retenir, croyant qu'elle allait s'évanouir. Alors, la logeuse stupéfaite la vit retrouver ses couleurs et crut déceler dans son regard une lueur de joie incrédule et sauvage.

– C'est Edward... le mari de ma mère. Il est mort ce matin.

Froissant le télégramme dans sa main, elle descendit la rue d'un pas décidé, en direction de la plage.

Elle était libre. Ce fut la seule pensée qui lui vint à l'esprit. Absolument libre. Elle était incapable de ressentir autre chose qu'une intense jubilation. Pas l'ombre d'un remords ne l'effleura. Comment pourrait-elle pleurer sur ce vieillard qui était mort dans son lit, alors qu'elle avait vu tant de jeunes fauchés à la fleur de l'âge ? Elle n'avait pas de haine, mais elle débordait de gratitude, éclatait de joie, de savoir qu'il était mort. Elle n'avait jamais songé à cette éventualité. Elle le croyait indestructible et pensait qu'il serait toujours là pour jeter une ombre sur son existence, la brider, la contraindre, la persécuter et la manipuler par l'intermédiaire de Dorothée. Désormais, elle pouvait rentrer à Faxby et vivre à sa guise. Elle irait à Montfleuri quand bon lui semblerait, sans craindre qu'Edward ne tourmente sa mère si elle décidait d'espacer ses visites. Les Swanfield pourraient dire ce qu'ils voudraient, cela n'avait plus d'importance. Elle était libre. C'est à l'instant où elle fut libérée de ce poids écrasant qu'elle s'aperçut à quel point il l'avait opprimée. Elle se sentait légère ; elle courut jusqu'à la poste, emportée par une joie indécente. S'efforçant de prendre un air grave pour ne pas choquer l'employé, elle demanda un formulaire, réservé aux télégrammes de condoléances, qu'elle remplit avec des termes en accord avec la solennité de la circonstance, et elle annonça à sa mère qu'elle rentrerait par le premier train.

Edward n'ayant pratiquement pas de famille et aucun ami, il y eut peu de monde aux obsèques. Seuls quelques anciens confrères et une poignée de clients avaient gardé de lui un assez bon souvenir pour monter à Upper Heaton. Les voisins respectèrent leur devoir et tinrent leurs rideaux fermés tout l'après-midi en signe de deuil. Miriam envoya une superbe couronne de lys et de roses blanches, avec ses excuses. Elle était légèrement souffrante et, de toute façon, les enterrements la déprimaient. Elle était certaine que ce pauvre M. Lyall n'aurait pas souhaité qu'elle risque d'attraper une pneumonie à marcher derrière son cercueil. Benoît était toujours en Italie, et personne n'imaginait Polly s'inclinant devant une tombe. La famille Swanfield ne fut donc représentée que par Eunice et Toby, ceux-là mêmes pour qui Edward avait le moins de considération.

– Je trouve que Miriam aurait pu faire un effort, déclara Claire, sachant que sa mère avait eu la même pensée, sans oser l'exprimer.

– Mais non... pas du tout. Ses fleurs sont superbes.

Dorothée n'était pas vraiment sûre qu'Edward ne pouvait plus l'entendre, et elle était intimidée par la présence des deux cousins Lyall qui présentaient beaucoup de points communs avec son défunt mari.

– Elle n'a eu que la peine de téléphoner au fleuriste, maman. Quand on pense au dévouement fanatique qu'Edward lui témoignait.

Le cousin et la cousine échangeaient des regards peinés. Dorothée rougit. Vis-à-vis d'eux, elle avait toujours l'impression d'être la jeune gouvernante dont Edward s'était amouraché.

– Je suis contente de voir que vous avez bien entretenu l'argenterie, remarqua la cousine.

– Dites-moi... n'y avait-il pas *deux* vases cloisonnés ? Ils perdent beaucoup de leur valeur quand ils sont dépareillés, enchaîna le cousin.

– Mais oui, c'était une paire, insista la sœur.

Ils se tournèrent tous deux vers Dorothée avec l'air de réclamer une explication.

– Oh... je ne me souviens pas. Il a peut-être été cassé, bafouilla-t-elle.

– Ça m'étonnerait... étant donné que c'était du métal. À moins qu'il n'ait été cabossé. Quelqu'un l'aurait-il abîmé ?

– Quelle importance ? intervint brutalement Claire. Même si c'était le cas, je pense que ma mère a, en ce moment, des soucis plus importants que ces vases chinois.

– Certainement, répliquèrent en chœur les deux Lyall.

Ils dévisagèrent Claire d'un regard froid et désapprobateur.

– J'ai l'impression que tu les as vexés, dit Dorothée, rouge de confusion, quand les cousins furent sortis pour inspecter le jardin.

– Je l'espère bien. Ils te traitent comme une domestique, maman... et encore. Comment peux-tu le supporter ?

– Je t'en prie, Claire... ne t'énerve pas. Ce sont des Lyall, après tout. Les cousins d'Edward.

– Et toi, tu étais sa femme. La maison est à toi, maintenant, et s'ils recommencent à t'ennuyer pour des vases, des cuillers en argent ou quoi que ce soit, tu n'as qu'à leur dire de s'en aller.

– Claire ! C'est impossible ! s'exclama Dorothée épouvantée.

– Mais... maman... ?

Comme sa mère ne répondait pas, Claire insista.

– Dis-moi, maman. Qu'est-ce qu'il y a ?

– Mais rien. Pourquoi ? C'est seulement que... c'est leur maison de famille. Les Lyall ont toujours vécu ici et...

– Ils veulent te la racheter ? Ce serait une bonne idée.

– Non, pas du tout, rétorqua Dorothée, cherchant à cacher son embarras. Cette maison n'a jamais été achetée ni vendue depuis que le grand-père d'Edward l'a fait construire.

– Et maintenant elle est à toi, c'est bien ça ?

Malgré la méfiance que lui avait toujours inspirée Edward, Claire ne pouvait imaginer qu'il aurait laissé sa veuve sans même un toit pour l'abriter.

– Oui. Naturellement. Du moins... oui, elle est à moi. Enfin, pour le moment. Et avec un peu d'argent pour l'entretenir. Tant que je vivrai... ensuite, elle sera à eux.

– A eux ! Mais... maman, ils sont plus vieux que toi.

– Et alors, qu'y puis-je ? Ils ont un neveu, un neveu d'Edward... je ne sais pas trop... un cousin au second degré, je crois. Il n'a que trente ans. Lui me survivra. Enfin, Claire, pour l'amour du ciel, c'était convenu comme ça avant notre mariage... ce qui me reviendrait et ce qui resterait à la famille.

– Une drôle de famille, qui exclut la femme d'un de ses membres.

– C'est inutile de discuter. Les papiers ont été établis et signés il y a des années... un point c'est tout. J'étais tellement plus jeune qu'Edward, tu comprends, et il était resté si longtemps célibataire. Il ne voulait pas léser sa famille... je m'en suis rendu compte. J'ai largement de quoi vivre.

– Enfin, maman ! Tu veux dire que tu auras travaillé pendant tant d'années, sué sang et eau pour cet homme... pour n'avoir qu'une petite rente ! s'écria Claire.

Acculée dans ses retranchements et consciente de l'ambiguïté de sa position, même si elle refusait de l'admettre, Dorothée contre-attaqua.

– Je ne veux rien dire de tel. C'est courant en cas

de remariage... du moins dans les bonnes familles, quand il y a des biens... c'est ainsi qu'on procède. Si tu ne me crois pas, demande à Me Duckworth, le notaire qui s'occupe de la succession d'Edward. Il t'expliquera tout.

Herbert Duckworth était un petit homme desséché qui exerçait son métier depuis si longtemps qu'il ne prenait même plus la peine de cacher qu'il s'ennuyait horriblement. Il accorda à Claire cinq minutes d'entretien, le lendemain matin. Bâillant derrière sa main décharnée, il lui confirma ses craintes. Dorothée n'héritait de rien ; elle avait uniquement la jouissance de la maison et de ce qu'elle contenait, plus une pension mensuelle.

– De combien ? demanda Claire.

Le notaire lui communiqua le chiffre.

– C'est le salaire d'une bonne.

Peut-être, mais Mme Dorothée Lyall avait accepté ces conditions. Dix-huit ans auparavant la somme avait dû lui paraître plus importante. Il lui avait personnellement expliqué les dispositions testamentaires et elle n'avait soulevé aucune objection. Quand une femme épouse un homme beaucoup plus âgé qu'elle, elle lui survit généralement et, très souvent, elle se remarie. M. Lyall avait simplement pris des précautions pour que ses biens ne tombent pas entre les mains d'un étranger, au cas où sa veuve accorderait sa main et son cœur à un autre après lui. C'était une pratique courante et d'autant plus prudente que Mme Lyall avait une fille à qui elle aurait naturellement voulu léguer son héritage, ce qui aurait lésé les trois Lyall encore vivants, Mlle Richmal, M. Charles et leur neveu M. Henry, le fils de leur frère aîné défunt. Un charmant jeune homme qui allait bientôt se marier. Plus tard, la maison leur reviendrait. Me Duckworth espérait que Dorothée ne s'opposerait pas à ce qu'on fasse l'inventaire du mobilier. Mlle Richmal Lyall l'avait demandé et cela épargnerait bien des contestations futures. Mlle Lyall avait également proposé que certaines choses – l'argenterie, par exemple, ainsi qu'un service de vaisselle précis, bien trop important pour une femme seule – soient données au neveu en cadeau de mariage. Et comme on avait soulevé ce sujet, Mlle Lyall avait laissé entendre que certains meubles, comme le bureau et la bibliothèque d'Edward, seraient bien plus utiles au jeune Henry, qui était en train de monter son ménage, qu'à la veuve de M. Lyall. De même que les chambres à coucher.

– Les chambres à coucher ? s'étonna Claire.

Bien entendu. De combien de chambres à coucher Mme Lyall avait-elle besoin ? Deux, tout au plus, selon Mlle Lyall. Il y avait par conséquent des lits, des commodes et de magnifiques armoires en acajou qui ne servaient à rien.

– J'ai compris, déclara Claire.

Me Duckworth s'en était déjà rendu compte. Il haussa les épaules.

– Passons au linge. Il y en a beaucoup. Mlle Richmal pense que votre mère n'aura pas besoin de tout. Ce serait gentil de sa part d'en offrir une partie à M. Henry, étant donné les gros frais que va entraîner son mariage.

– Il n'était même pas à l'enterrement.

– Non. Il est en vacances quelque part en Autriche, je crois... la disparition de votre beau-père a été si soudaine. Je suppose que Mlle Richmal se fera le porte-parole de son neveu.

En rentrant à Upper Heaton, Claire trouva Mlle Lyall très affairée. Elle était en train de dresser l'inventaire détaillé de la vaisselle en porcelaine de Derby et de Worcester. Dorothée était en haut, non pas dans la chambre qu'elle partageait avec son mari, mais dans celle de Claire, assise au bord du lit. Elle semblait au bord de la crise de nerfs.

– Qu'est-ce que cette femme fabrique, maman ?

– Elle dresse un inventaire de la vaisselle... De tout, jusqu'à la moindre soucoupe. Est-ce qu'elle va me demander de payer les objets que j'aurais pu casser ?

Elle s'efforçait de garder son calme, pour Edward, mais elle ne parvenait pas vraiment à se contenir.

– Et toi, qu'est-ce que tu en penses ?

– Qu'elle n'a qu'à tout prendre... tout.

– Voyons, maman... comment as-tu pu ?

– Quoi donc ?

– Te vendre pour si peu.

Claire ne condamnait pas sa mère, elle était accablée. Dorothée s'en aperçut. Elle ferma les yeux très fort, serra les poings et prit une grande inspiration.

– Parce que j'avais peur, que j'avais trente-deux ans et qu'il a été le seul à me le demander.

Elle éclata en gros sanglots qui lui secouaient les épaules. Quand la crise fut passée, elle avait les yeux rouges et mal à la tête, mais elle était soulagée.

– C'est trop bête, dit-elle.

Elle se moucha et expliqua à Claire qu'elle avait pris l'habitude de ne pas pleurer parce que Edward avait horreur des larmes.

– Tout ira bien, Claire. Je n'ai besoin que d'un toit et d'assez d'argent pour payer le laitier et le charbonnier, afin de ne pas être obligée de me cacher quand ils viendront sonner à la porte. Ça, en tout cas, c'est fini. J'ai une maison...

– A condition que cette chipie te laisse une chaise pour t'asseoir.

– Ça m'est égal. Elle n'a qu'à tout prendre.

– Pas question.

– Mais, Claire... il est normal qu'elle défende les intérêts de son neveu... de sa famille.

– Et moi, je défends ceux de la mienne.

– Je sais... mais ne t'énerve pas, je t'en supplie. Si Edward ne m'avait pas épousée, Henry Lyall pourrait venir s'installer ici aussitôt après son mariage... c'est ce qu'ils voudraient.

– Il t'a épousée, maman. Tu étais sa femme, pas sa bonne. Et une femme rudement dévouée, bon Dieu !

– Ne jure pas, ma chérie, je t'en prie... il ne faudrait pas qu'elle t'entende.

– Cesse d'être si humble, maman. Cesse, je t'en supplie... tout de suite. Il n'y a pas de raison. Veux-tu que cette femme compte tes assiettes ?

Dorothée secoua la tête.

– Veux-tu qu'elle fouille dans ton linge ?

– Non.

– Veux-tu lui donner ton argenterie ?

– Non... pas du tout.

Dorothée avait passé des heures, des mois de sa vie à astiquer cette argenterie dont la possession était pour elle une source de bonheur.

– Tu veux finir tes jours en campant dans une chambre à moitié vide et un coin de cuisine ?

Dorothée frémit. Elle détestait les pièces dégarnies car cela lui rappelait ce jour lointain où l'huissier avait emporté les meubles, roulé les tapis et décroché les rideaux pour payer des dettes. C'était pour échapper à cela qu'elle avait épousé Edward.

Claire descendit, se planta devant le vaisselier et déclara froidement :

– Je voudrais vous dire un mot, mademoiselle.

– Comme vous voyez, je suis très occupée, madame, répondit Mlle Lyall qui, pour sa part, n'avait rien à dire à Claire.

– Je le vois. Puis-je vous demander ce que vous faites dans le placard à vaisselle de ma mère ?

– Je dresse l'inventaire.

– Qui vous l'a demandé ?

Jamais personne n'avait parlé ainsi à Mlle Lyall. Et, bien qu'elle eût l'habitude d'employer ce ton avec les gens qui étaient ses inférieurs, elle fut sidérée de s'entendre interpeller de cette manière.

Claire ne lui laissa pas le temps de se ressaisir.

– Si ma mère souhaite avoir un inventaire, elle s'en chargera sans doute elle-même.

– Il ne s'agit pas de ce que souhaite votre mère, madame.

– Au contraire, mademoiselle. Elle est ici chez elle. Pas vous. Je suis obligée de vous prier de laisser cette vaisselle tranquille.

L'espace d'un instant, Mlle Lyall, qui intimidait son frère lui-même, se trouva à court de repartie, ce qui ne lui était encore jamais arrivé.

– Ah mais... ça alors ! s'exclama-t-elle pour se donner le temps de trouver une riposte cinglante. (Mais les seuls mots qui lui vinrent à la bouche furent :) Comment osez-vous me parler sur ce ton ?

– Parce que vous vous conduisez mal et que je ne vois pas pourquoi je devrais vous laisser continuer sans rien dire. Précisons bien la situation de ma mère, mademoiselle. Elle n'est pas une gamine qui aurait, pendant quelques semaines, attiré l'attention de votre cousin et qui essaierait d'en profiter pour se constituer un magot. Elle a été sa femme pendant dix-huit ans. Elle l'a soigné, elle a subi patiemment ses caprices – ils étaient fréquents. Elle l'a supporté. Elle s'est échinée pour lui, mademoiselle, et elle a gagné sa place dans cette maison. Ces buffets d'acajou, ces chandeliers d'argent *et* cette vaisselle, elle les a *gagnés*. Elle mérite qu'on la laisse en paix, et si vous essayez de lui extorquer quoi que ce soit, vous aurez affaire à moi.

– Petite insolente.

Ces mots, Richmal Lyall les avait souvent prononcés. Ils s'adressaient à une bonne qui fondait immédiatement en larmes ; à une vendeuse qui lui demandait humblement pardon et qui, souvent, était renvoyée sur sa demande ; à une voisine dont le chien avait pénétré dans son jardin ou dont les enfants se livraient à des jeux bruyants. Mais cette jeune personne, avec ses lèvres peintes et ses cheveux courts, la regardait en souriant tranquillement.

– Ecoutez-moi, ma fille, reprit-elle, quand votre mère a enfin réussi à circonvenir mon cousin Edward...

– Circonvenir ? (A la stupéfaction de Mlle Lyall, le sourire de Claire s'élargit.) C'est cc qu'il vous a dit ? Qu'elle l'avait circonvenu ? Ah oui, je crois l'entendre. Etes-vous vraiment si crédule ? Il voulait ma mère à tout prix. Il était... vous n'êtes pas mariée, et je ne voudrais pas vous offusquer... mais c'est vrai, il en était malade. On aurait dit une vieille fille avec son tricot. C'est peut-être ça qui le rendait si... ah ! mon Dieu, comme il était ridicule. Si vous l'aviez vu à cette époque !

Claire éclata de rire.

– Je n'en écouterai pas davantage, protesta Mlle Lyall.

– Aucune importance. Je vous ai dit à peu près tout ce que j'avais à vous dire. Cessez de tourmenter ma mère, s'il vous plaît. Je vois bien que vous voudriez qu'elle quitte cette maison pour que votre neveu puisse s'y installer. C'était peut-être aussi le vœu d'Edward. Mais elle n'est pas une domestique qu'on renvoie avec un certificat et un mois de gages. Elle partira quand elle sera disposée à le faire. Si Edward trouvait qu'une épouse revient trop cher, il n'avait qu'à se contenter d'une courtisane. Il serait mort plus tôt, mais ça lui aurait coûté moins d'argent.

– Ils reviendront à la charge, déclara Dorothée, après avoir raccompagné Mlle Lyall jusqu'à la porte.

– Elle n'a pas dit son dernier mot, remarqua Kit Hardie, tandis qu'il vérifiait les comptes du bar avec Claire. Personne n'est plus déchaîné qu'une vieille fille, quand il s'agit de l'argenterie familiale. J'ai eu plusieurs fois l'occasion de le constater dans les maisons où j'ai travaillé. Des chattes paisibles transformées soudain en tigresses à cause de quelques serviettes chiffrées et d'une douzaine de cuillers à café. Si votre mère a besoin d'un changement de décor pendant quelque temps, elle n'a qu'à venir ici. La chambre rose est libre, et le personnel s'occupera d'elle.

– C'est très gentil, Kit.

– Pensez-y. Ou alors, emmenez-la à Bournemouth ou dans une station quelconque. Je vous accorde un congé.

– Vous êtes aussi très généreux, Kit.

– C'est vrai. Je suis vraiment un chic type. Bien entendu, vous devrez être de retour avant qu'Aristide ouvre son établissement et fasse le maximum pour que le mien ferme. Je ne vous l'ai pas dit ? Il a trouvé un local à Petergate... il y avait là une gargote, et, cette fois, la municipalité n'a pu prétexter les odeurs de cuisine... La soirée d'inauguration aura lieu vers la mi-septembre. Oh ! nous n'en souffrirons pas, j'en suis sûr. Il ne réussira pas à débaucher notre personnel. Toutefois, si par hasard vous entendiez parler d'un bon pâtissier à Bournemouth...

– Dans ce cas, vous me paierez le séjour ?

– Nous en reparlerons. Pour le moment, occupez-vous de votre mère.

De toute manière, elle devait être de retour à la mi-septembre, pour le mariage de Polly.

Chère Claire, écrivit Miriam à plusieurs reprises. *Je ne comprends pas pourquoi vous ne venez plus me voir.*

Chère Miriam, répondait Claire. *Je viendrai dès que je pourrai, mais pour l'instant ma mère a besoin de moi.*

Fine et diplomate, à son habitude, Miriam envoya à Dorothée une boîte de chocolats et un panier de fruits confits enrubanné de satin rose. Beaucoup plus directe mais moins subtile, Richmal Lyall lui dépêcha Me Herbert Duckworth pour lui proposer officiellement de céder la maison et son contenu à Henry Lyall, et de s'installer dans « un autre logement », un appartement, ou même une pension de famille, dans une station de bord de mer. Il était incontestable que la maison convenait mieux à un jeune ménage et à sa future progéniture qu'à une femme seule. De plus, étant donné qu'elle n'était pas propriétaire mais seulement usufruitière – gardienne en quelque sorte – de la maison, ne serait-il pas injuste de les obliger à attendre vingt ans peut-être pour en prendre possession, alors que leurs enfants seraient grands et que la moitié de la vaisselle serait cassée ? Mlle Lyall en appelait au sens de l'équité de Dorothée. D'ailleurs, Edward ne l'eût-il pas pressée de renoncer à ses droits ?

Prise de panique, Dorothée ne le nia pas. Elle se demanda même si Edward ne le lui avait pas laissé entendre de son vivant. Oui, elle en était presque sûre, maintenant, bien qu'elle n'eût pas compris sur le moment. S'il avait vécu plus longtemps, sans doute en aurait-il reparlé, et elle aurait dit oui. Par conséquent, pourquoi refuser à présent ? Elle s'était dévouée pour lui, mais il l'avait toujours méprisée. Elle n'était pas idiote, quoi qu'on puisse penser. Il la méprisait et se méprisait lui-même de s'être tant acharné à l'avoir. En était-elle responsable ? Elle s'en était accommodée, comme du reste, et aujourd'hui elle était bien contente que ce soit fini... oui, bien contente... comme elle le serait de quitter cette maison sombre et triste, de ne plus voir ces vieux meubles qui l'avaient toujours déprimée.

– Qu'ils emportent tout ! cria-t-elle. Je n'en veux pas. Pour ce qui est de la vaisselle, je n'avais le droit de la sortir que deux fois par an pour la laver, puis la ranger dans le placard. Que Richmal le fasse maintenant. Je m'installerai dans une chambre quelque part, n'importe où... je m'en moque. Je vais partir dès aujourd'hui.

Livrée à elle-même, Dorothée aurait certainement renoncé à tous ses droits et accepté de passer le reste de ses jours dans une honorable pauvreté. Me Duckworth et Mlle Lyall en étaient persuadés.

– Non, maman, décréta Claire.

– Il le faut. Sinon, ils ne me laisseront jamais en paix. Et je ne tiendrai pas le coup.

Claire retourna chez Me Duckworth pour lui annoncer que sa mère était prête à quitter Upper Heaton.

– Elle a raison. Ces querelles de famille ont une fâcheuse tendance à s'éterniser, et elles en valent rarement la peine. Ainsi, je puis donc fermer le dossier de l'affaire Lyall avant même qu'elle ait réellement commencé ?

– Pas encore, maître.

Il soupira.

– Puisqu'il y a beaucoup d'argent dans la succession, j'estime que la pension de ma mère devra être augmentée chaque année. Pas énormément, mais assez pour suivre la hausse du coût de la vie.

– Il va falloir que je consulte la famille.

– Et moi, il va me falloir leur accord avant que ma mère ne déménage.

– Oui... bien entendu. S'il y avait d'autres sujets de litige...

– Maître, vous n'espérez tout de même pas vous en tirer à si bon compte ? Ma mère aimerait avoir une petite maison moderne dans l'un de ces nouveaux lotissements proches du parc de Faxby. Vous les connaissez peut-être. Elles sont très claires et très gaies ; deux pièces de réception et une cuisine au rez-de-chaussée, deux chambres, un débarras et une salle de bains en haut ; pas de cave ni de grenier, et un bout de jardin suffisant pour y faire pousser quelques fleurs et y mettre un chat. L'idéal pour une femme seule. Elle se contentera d'un jardinier deux fois par semaine et d'une personne à la journée pour le ménage et la cuisine. Très économique.

Me Duckworth ferma les yeux comme pour prier. Il semblait consulter sa conscience. Claire alluma une cigarette.

– Chère petite madame, dit-il enfin, les maisons dont vous parlez sont à vendre.

– Je sais.

– Je crois que les Lyall envisagent de...

– Oui. Je le sais aussi. Une chambre meublée avec une cuisine et une salle de bains communes, dans une pension de famille. Je vis moi-même dans ce genre de logement. A vingt-cinq ans, c'est assez amusant, à la rigueur. A quarante-cinq ou cinquante-cinq ans, c'est sinistre.

Le notaire joignit dévotement les mains. Puisqu'il n'y avait pas eu de miracle, il trouverait une échappatoire. Comme c'était un homme très versé dans l'art de l'esquive, il lui vint une idée. Sans doute n'était-elle pas géniale, mais elle suffirait pour détourner de lui la fureur de Richmal Lyall.

– Si j'ai bien compris, vous voulez qu'on achète, sur la succession Lyall, une maison dans laquelle votre mère demeurera jusqu'à la fin de ses jours ? C'est bien ça, chère madame ? Après sa mort, elle sera réintégrée dans le patrimoine familial ? Je pense qu'on arrivera à s'entendre dans ce sens. Ce ne sera peut-être pas le parc de Faxby, mais un quartier très convenable.

– Quelque chose de plus petit... ou de moins cher ? C'est ce que vous voulez dire ? Une maison jumelée avec des toilettes extérieures ? Quel dommage qu'il n'y ait pas de chambre à louer dans les asiles.

– Voyons, madame... dans ces querelles familiales, on n'a rien à gagner à être amer.

Elle fit tomber la cendre de sa cigarette, ce qui offusqua au plus haut point Me Duckworth qui n'aimait pas voir les femmes fumer.

– Vous avez raison. Je vais donc vous parler clairement. Ma mère n'est pas gourmande, mais elle estime qu'elle a droit à un juste dédommagement pour avoir passé dix-huit ans auprès de M. Lyall. Une maison près du parc de Faxby, meublée à sa convenance, plus une pension devraient la satisfaire. Bien entendu, la maison et ce qu'elle contiendra seront sa propriété entière et absolue.

– C'est bien ce que je craignais, madame Swanfield. Mlle Lyall n'acceptera jamais cette condition et elle empêchera M. Henry et M. Charles de donner leur accord. Ce serait une partie de la fortune qui sortirait du patrimoine familial. Quelle raison pourrais-je alléguer pour qu'elle consente ?

– Dites-lui que, sinon, ma mère restera à Upper Heaton. J'irai peut-être même habiter avec elle. Il n'y a rien, dans le testament d'Edward, qui m'en empêche. Comme mes amis sont presque tous des anciens combattants qui boivent, fument et chahutent beaucoup, il ne restera peut-être pas grand-chose, dans vingt ans, de la vaisselle que convoite M. Henry.

– C'est presque une menace, chère madame.

– Une promesse, maître. Tâchez de le faire bien comprendre à Mlle Lyall.

– C'est une femme têtue, vous savez. Et pas toujours raisonnable. Quand il s'agit d'une question de principe, elle est intraitable. En outre, dans ce cas, elle est persuadée d'avoir raison et elle est sûre d'être capable d'avoir votre mère à l'usure. Et je crois que c'est vrai.

Claire le croyait aussi. Pendant tout l'entretien, elle n'avait cessé de penser que Benoît aurait réglé l'affaire en deux temps trois mouvements. Face à lui, la détermination de Mlle Richmal Lyall aurait fait long feu. A propos... si elle se servait de son nom pour l'intimider ?

– Je vous saurais gré de dire à Mlle Lyall que j'attends sa réponse demain matin. Si elle n'acceptait pas les conditions de ma mère, je placerais l'affaire entre les mains de mon beau-frère, M. Swanfield. Vous le connaissez, je suppose ? Bien. Vous pouvez donc expliquer à Mlle Lyall quelles sont ses chances de l'avoir à l'usure.

– Nous ne nous en sortirons jamais, déclara Dorothée, épouvantée. Elle n'acceptera pas. Il faudra que je reste dans ce mausolée toute ma vie.

Désormais, elle n'avait qu'une envie : quitter Upper Heaton. Elle n'avait jamais choisi son domicile. Elle avait d'abord vécu chez ses parents, puis dans le logement qu'elle partageait avec le père de Claire et, ensuite, dans diverses maisons où elle s'était toujours sentie une étrangère, y compris celle d'Edward. Habiter au parc de Faxby serait la réalisation d'un rêve... c'était donc impossible.

– Elle n'acceptera jamais. Et même si elle acceptait, qui te dit que je trouverais une maison au parc de Faxby ? Elles sont peut-être toutes prises.

– Allons voir.

– Non... il ne faut pas tenter le sort.

Elles y allèrent néanmoins et Dorothée découvrit aussitôt une maison qui lui parut idéale jusqu'au moment où elle visita celle d'à côté, un simple cube avec deux fenêtres en saillie, et qui se composait de deux petites pièces carrées et une salle de bains avec des faïences bleues. Un jardin grand comme un mouchoir de poche l'encadrait devant et derrière. Au coin de la rue, elle trouva sa sœur jumelle, mais avec une salle de bains décorée d'un panneau représentant des poissons bleus, et un jardin ombragé par un orme immense.

– Laquelle préfères-tu ?

– Celle-ci.

Dorothée n'avait jamais été aussi heureuse.

– On la prend.

– C'est impossible.

– Pourquoi ? On va tout de suite passer chez Mᵉ Duckworth pour qu'il s'occupe de tout.

Le notaire les reçut aussitôt. Il semblait s'être encore rétréci.

– Vous n'avez pas perdu de temps, déclara-t-il.

Il avait fait porter un message à Upper Heaton une heure plus tôt, mais il préféra ne pas en parler.

– Oui, vous n'avez pas perdu de temps. De leur côté, les Lyall ont été rapides, eux aussi, avouez-le. La seule chose qui reste à régler, c'est la question du mobilier. Votre fille, madame, a précisé que la maison devrait être équipée à votre convenance. Mlle Lyall et son frère ont trouvé cette formule un peu vague... non qu'ils vous soupçonnent d'envies extravagantes. Mais Mlle Lyall préférerait qu'on fixe une somme... Elle propose que vous fassiez une liste de ce qu'il vous faut, pièce par pièce...

– Oui... oui, dit Dorothée.

– Pas de liste, décréta Claire, sachant que Dorothée n'oserait pas demander la moitié des objets qu'elle désirait. Je pense que ma mère trouvera tout ce qu'il lui faut chez Taylor & Timms qui vous enverront les factures.

Mᵉ Duckworth s'attendait à cette proposition. Il hocha tristement la tête.

Le soir, Claire dîna avec Kit. Le menu se composait de filets de sole pochés au chablis, d'un canard à l'orange et au citron, et d'un soufflé à l'abricot. Quand ils eurent terminé, Kit ouvrit un tiroir de son bureau et sortit un télégramme. Il était décacheté et froissé ; il était donc arrivé depuis un certain temps. Claire décida que les nouvelles qu'il contenait, si mauvaises fussent-elles, ne l'affecteraient pas : personne ne pouvait lui inspirer de la peur, maintenant qu'elle était délivrée d'Edward. Malgré tout, son cœur se serra et elle pâlit.

– Ne vous affolez pas, lui dit Kit. Ce télégramme

est arrivé pour Alan, le jour des obsèques de votre beau-père, je crois. Le professeur de danse l'a donné à Adela Adair qui me l'a remis. Je ne comprends pas ce qu'il veut dire et, de toute façon, j'ignore où est Alan. Et vous ?

Elle prit le télégramme et lut ces mots : *Regrets vous informer décès capitaine Roderick Manners. Vous prions prendre contact avec nous.*

Une semaine plus tard, de très bonne heure, elle entendit du bruit dans la cuisine et trouva Alan installé à la table, comme s'il n'était jamais parti. Il était en train de vider dans son thé les dernières gouttes d'une bouteille de whisky.

– Il y a un télégramme pour vous, lui dit-elle.

– Oui. Je sais.

– Vous êtes donc allé à Edimbourg ?

– Oui. Je suis arrivé juste à temps pour l'enterrement. C'est déjà ça. Il avait depuis longtemps perdu conscience de ce qui se passait autour de lui... paraît-il. On m'a dit que, si j'étais arrivé plus tôt, il ne m'aurait pas reconnu... ça n'aurait fait aucune différence. En tout cas, c'est ce qu'on m'a dit.

– Si on vous l'a dit, c'est que c'est vrai, Alan. Cela semble normal.

– Oui... peu importe. A l'enterrement, il n'y avait que moi et deux infirmières. Tout a été terminé en dix minutes. C'est drôle... quand on pense qu'il avait décidé de devenir Premier ministre. Et il y serait arrivé... ou quelque chose d'aussi bien. Bon. Voilà. Je suis seulement venu chercher mes toiles. Vous pouvez me donner un coup de main ?

– Est-ce que ça vous a fait du bien ?

– De le voir ? Oui. Etant donné qu'il était mort, tout a été plus simple. Et puis, je ne garde pas l'image d'un être aveugle, paralysé, avec... le cerveau en bouillie. Oui, ça m'a soulagé. C'est logique. Voilà deux ans que je consacrais toute ma volonté à essayer d'aller le voir. Maintenant c'est fini, je peux donc employer mon énergie à autre chose.

– A la peinture ?

– Je ne crois pas. J'ai peur de prendre cela trop à cœur... d'avoir trop d'ambition, et ça m'embêterait. Je reconnais que c'est une forme de lâcheté. Je changerai peut-être.

– Et en attendant ?

– Je vais retourner chez moi. Pas pour très longtemps. Je n'ai pas revu mes parents depuis ma sortie de l'hôpital, à la fin de la guerre. Maintenant que je suis allé à Edimbourg, je pense être capable d'affronter cette épreuve. Ce ne sera pas bien gai, je m'empresse de vous le dire. Ma famille est très unie ; j'ai une foule d'oncles, de tantes et de parents plus éloignés. Mais les jeunes ont tous été tués, sauf moi. Il n'y a donc personne pour prendre la relève comme grand veneur, président du tribunal, capitaine de l'équipe de cricket et époux de la fille du châtelain...

– Sauf vous. Et vous le serez, dites ?

– Non, Claire. Il n'y a aucune chance. La lignée s'éteindra avec moi. Je vous l'ai déjà dit.

Il lui prit la main. Il avait les traits tirés. Il avait surmonté l'épreuve et rien ne comblait encore le vide qu'elle laissait en lui.

– J'hériterai aussi d'un vieux manoir. Ça me plairait assez d'y habiter, mais je sais que je n'y vivrai jamais.

– Il faudra bien que vous fassiez quelque chose, Alan.

– Pourquoi ? C'est ce qu'on nous a rabâché dans notre jeunesse, mais nous ne sommes plus nombreux maintenant pour dire que ça n'a pas de sens. J'aimerais bien me marier avec vous, Claire, pour que vous soyez la Dame de mon château. Mais vous voudriez des enfants... et c'est impossible. J'y ai souvent pensé et... c'est impossible. Ce ne serait pas juste pour vous.

Je continuerai donc à séduire les petites paysannes... et à vous aimer.

Ils entreprirent sans hâte les préparatifs de son départ.

– Gardez ces toiles, voulez-vous ? Ou alors donnez-les à mon ami pour qu'il les vende au marché. Vous en tirerez peut-être une ou deux livres, avec lesquelles vous achèterez un truc fabuleux.

– Vous me laisserez votre adresse ?

Il la griffonna sur un morceau de papier qu'il lui fourra dans le décolleté de sa robe.

– Je reviendrai peut-être. Est-ce que vous garderez ma chambre pour avoir la cuisine ?

A cet instant, Claire entendit une porte s'ouvrir et des pas venir dans sa direction. Sans même se retourner, elle sut que c'était Kit.

– Eh bien... l'enfant prodigue... le mauvais sujet...

– Moi-même, major... à votre service.

– Je viens du marché, et j'ai entendu dire qu'on vous avait vu passer, avec votre sac sur l'épaule, mais personne ne savait si vous partiez ou si vous reveniez...

Malgré son ton enjoué, Claire s'aperçut qu'il était inquiet. C'est elle qu'il venait voir et non Alan. Il voulait s'assurer qu'elle ne s'était pas mis en tête de partir avec lui.

– C'est un peu les deux, major. J'arrive... et je pars.

– Je t'emmène à la gare ?

Alan sourit de toutes ses dents.

– Non, Kit, merci beaucoup. Je vais y aller à pied... avec Claire. Venez, Claire... prenez votre manteau et votre chapeau.

Elle partit chez elle pour s'habiller. Alan resta un long moment à contempler la porte. Puis il se retourna vers Kit, lui montrant un visage vidé de toute expression, où seuls se lisaient la fatigue, l'effort qu'il faisait pour continuer simplement à exister. D'une voix moqueuse, il déclara :

– Je suppose que je peux compter sur vous pour veiller sur elle, major ?

– Certainement.

La voix de Kit était rauque. Il était rempli de colère mais sentait monter en lui une tendresse qu'il s'en voulait d'éprouver. Une grande pitié. Il avait envie de hurler : « Secoue-toi, bon Dieu, mon gars ! » Mais le souvenir des tranchées jonchées de cadavres l'en empêchait.

– Vous allez l'épouser, Kit ?

– Oui. Si je peux.

– Oh ! vous y arriverez... si vraiment vous le voulez. Vous obtenez toujours ce que vous voulez.

– En tout cas, ce ne sera pas faute d'essayer.

– Très bien. Continuez. Je ne vais pas lui dire adieu. C'est lâche, je sais, mais pourquoi ne pas rester fidèle à sa nature ? Et puis, je ne suis pas masochiste.

Frissonnant dans son trench-coat, il hissa son sac sur son épaule et se dirigea vers la porte de service, pour sortir par la cour de derrière. Soudain, il hésita et sortit avec tant de douceur que Kit détourna les yeux.

– Je l'aime, vous savez. Trop pour prendre ce risque. Je ne reviendrai pas. C'est le meilleur service que je puisse lui rendre. Le seul, même. Dites-lui... dites-lui que je rentre chez moi.

– C'est vrai ?

– Je vais vers le sud, en tout cas.

– Espèce d'idiot. Tu as de l'argent ?

Kit avait beaucoup de choses à offrir : de l'argent, de quoi manger, s'abriter et se chauffer, et il était profondément peiné qu'Alan ne veuille rien accepter.

– Tout va très bien pour moi, Kit.

– Ce n'est pas vrai, mon garçon.

– Mais si... le principal c'est que tout aille bien

pour *elle*. Et les chances seront plus grandes si je ne me trouve pas en travers de son chemin.

Il tendit la main. Kit luttait contre l'émotion qui lui étreignait la gorge et, soudain, il le prit par l'épaule.

– Imbécile. Tu sais où me trouver si tu as besoin...

– Merci, Kit. Elle sera bien avec vous. Mieux qu'avec l'autre. Vous êtes au courant.

– Oui.

– Alors, faites tout ce que vous pourrez, Kit. Elle a besoin de quelqu'un comme vous, avec une tête et des nerfs solides.

– Toi aussi.

– Sans doute. Dites-lui seulement que... merci, Kit.

Il esquissa un salut moqueur, puis traversa la cour en balançant un sac à moitié vide, et en sifflotant une chanson de corps de garde.

– Bonne chance, murmura Kit.

Alors il referma la porte, prit les tasses et les soucoupes de Miriam sur l'étagère, et mit de l'eau à chauffer.

– Il est parti ?

Claire avait les larmes aux yeux. Elle semblait inquiète, mais pas surprise.

– Oui. C'est mieux ainsi.

Il avait envie de la consoler et il savait quelle méthode employer.

– Il vous demande de ne pas le suivre, Claire. Il m'a chargé de vous dire au revoir... J'ai eu l'impression qu'il n'avait pas l'intention de revenir. Je suis désolé que vous ayez du chagrin. J'ai mis la bouilloire sur le feu. Une tasse de thé ne résout pas tous les problèmes, mais vous aurez au moins de quoi vous occuper les mains.

Elle s'assit à la table. Elle imaginait Alan arrivant chez lui et se demanda combien de temps il résisterait. Et surtout combien de temps il lui faudrait pour s'y rendre.

Kit continuait à parler. Il lui raconta plusieurs anecdotes amusantes à propos de la *Couronne*, des Keller, de la famille du maire, de la nouvelle blonde d'Arnold Crozier, une fille qui vendait des journaux au kiosque de la gare et qui, paraît-il, lui coûtait plus cher à entretenir que sa Rolls.

– Tenez... buvez votre thé. En parlant de filles sans cervelle, vous savez sûrement que le mariage Swanfield est remis. Pauvre Roger Timms, il paraît que c'est une appendicite aiguë. L'opération a été extrêmement délicate. Il lui faudra un bon moment pour se remettre. Voilà notre Polly en liberté.

– Pas tant que ça. Ils vont la surveiller.

– Certainement. Allons, Claire... buvez votre thé.

– Pensez-vous qu'il s'en sortira... je veux parler d'Alan ?

– Je ne pense pas.

Il s'assit auprès d'elle et posa une main sur les siennes.

– De toute façon, Claire, vous ne pouvez rien pour lui.

– Oh !... je le sais bien.

– Dites-moi... pourquoi ne viendriez-vous pas habiter à l'hôtel, maintenant qu'il est parti ? Ce serait mieux pour tout le monde.

– Vous trouvez, Kit ?

– Oui.

– Je vais y réfléchir.

La pression de sa main s'accrut légèrement.

– Je veux que vous veniez.

Elle se tourna vers lui et il la regarda tendrement, avec un sourire un peu moqueur.

– Je vous avais bien dit que je finirais par ne plus sentir que je suis le fils d'une cuisinière.

– Vous y êtes arrivé.

– Non. J'ai trouvé mieux. J'ai appris à en être fier.

20

Roger Timms avait bien failli mourir. Il avait eu une crise très grave et l'opération avait été délicate. Sa mère pensait qu'il ne s'en remettrait jamais ; pourtant, les forces lui revenaient lentement mais sûrement.

Trop lentement au gré de Miriam.

– Le mariage pourrait peut-être avoir lieu juste avant Noël, proposa-t-elle, dans l'espoir de se débarrasser de Polly.

Ce n'était pas l'avis d'Edith Timms.

– Roger est bien plus fragile qu'il n'en a l'air.

Assise au chevet du convalescent, le jour qui aurait dû être celui de son mariage, Polly trouvait que son fiancé avait l'air d'une baleine échouée, essoufflée et légèrement en sueur. En regardant sa montre en platine et diamants – cadeau de fiançailles de Roger –, elle prit conscience de deux choses : primo, que, sans cette appendicite, il serait son époux légitime depuis deux minutes et, secundo, qu'elle n'avait presque jamais été seule avec lui, en dehors des promenades en voiture, pendant lesquelles il conduisait ou bien essayait de l'embrasser et de lui dégrafer son corsage.

Jamais, que ce fût à l'occasion de ces assauts contre sa vertu, ou dans la foule et l'agitation des bars, des boîtes de nuit et des réceptions privées, ils n'avaient eu l'ombre d'une conversation.

– Comment te sens-tu, Roger ?

– Oh !... ça va.

Il lui disait la même chose tous les jours.

– Je t'ai apporté des chocolats.

Qu'aurait-elle pu lui apporter d'autre ? Qu'est-ce qui serait susceptible de l'intéresser et de lui plaire ?

– Tu pourrais me donner un baiser, Polly.

Elle sourit et réprima un frisson. S'il avait été son mari, à cette heure, elle aurait été obligée de lui accorder bien davantage.

Elle rentra chez elle et contempla sa robe de mariée, pendue toute seule dans un placard. Elle l'avait dessinée elle-même. Faxby n'en verrait jamais de si belle ; d'ailleurs, pour le moment, personne ne l'avait vue, pas même les bonnes ou les demoiselles d'honneur, afin que l'effet ne soit pas gâché par les bavardages. Elle avait passé des heures à mettre au point chaque panneau. Certains étaient raidis par les broderies de perles, d'autres étaient légers, diaphanes et s'envoleraient au moindre souffle, pour donner l'impression qu'elle évoluait au centre d'un nuage scintillant.

La mariée de la saison. La plus jolie mariée de toutes les saisons, remontant l'allée centrale de l'église recouverte d'un tapis rouge, au son de l'orgue, à la rencontre de son époux. Elle oubliait alors que ce serait ce brave Roger, et voyait à sa place le jeune guerrier mince et musclé qui lui avait brisé le cœur, sans même y penser.

Lui avait-il brisé le cœur ? A quoi bon se poser la question ? Il avait quitté Faxby peu après l'anniversaire de Miriam. Elle s'était fiancée avec Roger. Aujourd'hui, elle aurait dû devenir sa femme. Ce n'était que partie remise.

En attendant, elle accomplissait son devoir, et il était fort ennuyeux. Assise au chevet du convalescent, elle cherchait quelque chose à lui dire. Elle s'efforçait de le regarder le moins possible, car à la vue de ce corps boudiné flottant dans un pyjama à rayures rouges et bleues, elle ne pouvait s'empêcher de s'imaginer couchée à côté de lui.

Le lendemain après-midi, elle arriva un peu plus tard, et encore davantage le surlendemain.

– Roger était impatient de vous voir, ma chérie, ne manqua pas de remarquer Edith.

Elle avait vu en Edith Timms la mère de ses rêves ; mais, en réalité, c'était la mère de Roger.

– Roger, mon chéri... Voici Polly. Je suis sûre qu'elle ne te fera plus attendre.

Voici Polly. Elle avait déjà offert à son fils un poney, un chat persan, une bicyclette, une voiture. Aujourd'hui... joliment emballée dans une chemise de nuit en soie... voici Polly.

Claire écrivit à Miriam pour lui dire combien elle regrettait que le mariage eût été repoussé, et pour lui apprendre – ce qui n'intéressait nullement Miriam – que Dorothée habitait désormais le parc de Faxby. Elle envoya un panier de fruits à Roger Timms et une courte lettre à Polly. Puis, sans prévenir personne, sauf sa mère, elle quitta l'appartement de Mannheim Crescent pour s'installer à la *Couronne* où elle disposait d'une petite chambre et d'un salon, à côté de Mme Tarrant et juste au-dessous de l'élégant appartement de Kit.

Dorothée savait bien ce qu'Edward aurait pensé de cette initiative et elle se demandait si elle-même l'approuvait vraiment.

– De la sorte, je serai toujours sur place, et c'est important. De plus, je n'aurai pas à préparer mes repas ni à allumer mon feu.

Cela voulait dire également qu'elle serait plus près que jamais de « cet homme ».

– Je ne couche pas avec lui, maman, déclara-t-elle sans ménagement.

– Ah ! (Dorothée semblait surprise.) Et tu penses que tu le feras ?

Dorothée avait-elle vraiment posé cette question ? Edward – Dieu ait son âme – en aurait été horrifié.

– Je ne sais pas, maman, répondit Claire ravie. Tu penses que je devrais ?

– Prends garde de ne pas être enceinte... voilà ce que je pense.

Claire n'avait plus de raison de voir les Swanfield. Seul Toby continuait à venir déjeuner à la *Couronne* où il restait parfois bien après l'heure du thé, devant sa fine Napoléon, en lui racontant des potins qu'elle écoutait avec un sourire poli. Hélas ! Polly était enchaînée au chevet de son fiancé sur ordre de leurs mères respectives. Eunice avait du mal avec les enfants ; elle se tourmentait à cause des résultats scolaires de Simon – ou plutôt de l'absence de résultats – et elle était furieuse parce que Benoît tardait à prendre Justin à l'usine. Elle n'avait pas tort, pourtant. C'était une affaire de famille et, en tant que petit-fils aîné d'Aaron Swanfield, Justin avait des droits. C'était le principal argument d'Eunice et, en tout cas, si son oncle Benoît refusait de lui donner un emploi, personne d'autre ne l'embaucherait. Eunice avait même essayé de réunir le conseil d'administration pour mettre Benoît en minorité, mais c'était perdu d'avance. Elle n'avait réussi qu'à rendre la vie encore plus difficile pour Toby, au bureau. Benoît lui avait conseillé de rappeler sa femme à l'ordre, ce qui était assez piquant de la part d'un homme dont l'épouse courait la ville pour tirer des jeunes filles du péché, avec une bouteille de gin dans l'estomac et une autre dans son sac à main. On l'aurait déjà arrêtée une bonne dizaine de fois pour ivrognerie si elle n'avait pas été Mme Benoît Swanfield. Mais Toby n'avait pas pensé à tout cela pendant que son beau-frère le réprimandait, et il reconnaissait que, de toute façon, il n'aurait pas eu le courage de le lui dire.

Seigneur... déjà 16 heures ? Toby haussa les épaules. Inutile de retourner au bureau, maintenant. Ou de rentrer chez lui pour tomber sur Justin boudant parce que sa mère n'arrivait pas à lui décrocher un poste de directeur, de chef de cabinet ou de Dieu sait quoi, et pour entendre Simon et Eunice se chamailler sur des opérations. Quant aux petits, ils étaient intenables depuis qu'Eunice avait renvoyé leur bonne et décidé de s'occuper d'eux elle-même. Non, il ne rentrerait pas chez lui. Pas tout de suite. Sa femme s'ingéniait à lui cacher la mauvaise conduite de ses aînés, et il était fatigué de faire semblant d'être dupe. Depuis quelque temps, Justin – et sans doute Simon aussi – ne se contentait plus de lui prendre de la menue monnaie dans ses poches ; il s'appropriait ses chemises et ses cravates de soie, qu'Eunice remplaçait aussitôt. Pauvre Eunice. Elle devrait plutôt s'acheter une robe. Il avait tenté une ou deux fois de le lui dire, mais cela n'avait servi à rien. Non, il ne rentrerait pas chez lui. Pouvait-il s'installer au salon pour lire les journaux ? Il ne dérangerait personne. Ensuite, quand MacAllister ouvrirait le bar, il boirait un verre, même si ce n'était plus comme avant.

Claire comprit qu'il voulait dire « sans Polly ».

L'ajournement du mariage repoussait à plus tard l'épreuve de revoir Benoît. Mais Nola passait de temps à autre à la *Couronne* pour prendre un cocktail, avant de repartir en courant afin d'analyser les rêves et déceler les névroses d'une mère de famille nombreuse et sans ressources, dont la principale obsession était souvent d'essayer d'emprunter quelques shillings afin de payer le loyer.

Le voyage en Italie n'avait pas donné les résultats escomptés. Nola y était partie comme à la croisade, à la recherche de cet instinct maternel qu'elle ne possédait pas naturellement, comme elle l'avait appris en pratiquant sa propre analyse, selon la méthode freudienne revue par Mlle Drew. Ses intentions étaient très nobles. Elle voulait se sacrifier pour ses enfants, dût-elle pour cela retourner à un époux devant qui elle se sentait humiliée. Elle savait qu'il n'avait aucune affection pour elle et espérait qu'il n'en aurait jamais. C'était sa façon de faire pénitence pour son crime d'infanticide. Elle le suivit partout, la tête basse, à Rome et à Venise, excessive dans son obéissance comme dans le reste. Elle le suivit dans Pise et Florence, silencieuse comme ses deux fils de plus en plus déconcertés. « Où veux-tu aller ? » lui demanda-t-il. Un an plus tôt, elle aurait couru à Vienne pour se jeter aux pieds d'un disciple de Freud. Cette idée ne l'effleura qu'un instant. Elle était trop fatiguée.

– Où tu voudras.

– On rentre ?

Fort heureusement, les deux garçons ne voulaient pas de son sacrifice. Ils voulaient de l'*argent*. On leur avait appris à mesurer l'affection en termes pécuniaires, et c'était leur père qui tenait les cordons de la bourse. C'était lui qui payait ce voyage, les hôtels de luxe, la grande vie, comme autrefois le père de Nola. Elle se rendait vaguement compte que Christian et même Conrad, qui était plus profond – c'était bien son fils –, admiraient Benoît pour cela. Et chez elle, qu'admiraient-ils ? Elle comprit soudain que sa présence les embarrassait. Dans ces conditions, quel meilleur service leur rendre que de disparaître ? Un soir, elle alla sur les bords de l'Arno mais, l'esprit troublé par le chianti et le cointreau, elle ne vit même pas que le fleuve était à sec, si bien qu'elle regagna l'hôtel, non pas comme Ophélie ramenée inanimée par des porteurs, mais les pieds enduits de vase.

Il n'est pas si facile de se suicider. Le temps de commencer à gratter la boue sur le bas de sa robe et ses souliers – qu'elle finit par jeter –, elle prit conscience de l'inutilité de son entreprise, et perdit l'envie de faire une seconde tentative.

– On rentre, répéta Benoît qui semblait lui aussi avoir perdu sa détermination.

Oui, mais pas à Montfleuri. Dès son arrivée, elle se précipita impasse de Tous-les-Saints et entra directement dans le minuscule réduit qui servait de bureau à Mlle Drew, sans s'occuper de la foule des personnes qui attendaient.

– Je suis désespérée, s'écria-t-elle.

Mlle Drew, qui avait l'habitude du désespoir des pauvres – d'ordinaire, les « dames » avaient le bon goût de ne pas parler de ces choses-là –, parut interloquée.

– Je croyais qu'en me dévouant à eux je guérirais. Mais ils n'ont pas voulu. Je me suis enivrée, je me suis jetée dans le fleuve, et ils m'ont traitée avec *politesse*. Je n'ai même pas réussi à me suicider.

Nola éclata en sanglots. Ne sachant comment calmer une femme aussi bien habillée, elle qui avait l'habitude des ménagères en tablier, Mlle Drew appela Mlle Pickles à la rescousse. Après avoir bien regardé Nola, celle-ci laissa tomber son diagnostic.

– Votre problème, ma chère, c'est l'oisiveté. Il n'y a rien de tel que le travail, voyez-vous. Vous voulez essayer ?

On lui donna des papiers à remplir jusqu'au moment où M. Kilmartin émit quelques réserves au sujet de ses « aptitudes ». – « Ces documents sont confidentiels, mademoiselle. Ils contiennent des détails sur la vie privée de nos protégés qui ne doivent pas servir à alimenter la conversation dans les bars chics. » – Après cela, elles lui confièrent peu à peu ceux des clients qui ne demandaient pas mieux que de raconter leur vie.

Pas les meilleurs clients, bien entendu, pas les cas « intéressants ». Mlle Pickles se réservait les filles qui correspondaient le mieux à ses méthodes pratiques, et Mlle Drew gardait pour elle les conflits affectifs tortueux qu'elle était si habile à démêler. On ne lui demanda pas de s'occuper de la petite qui était amoureuse de son beau-père, ni du musicien de Taylor Street atteint de paralysie nerveuse à la main qui lui avait servi à faire un faux, ni des jeunes prostituées qui risquaient un jour de monter sur les planches, et dont la conversation était déjà très attrayante.

Mais peut-être Nola accepterait-elle de s'intéresser à quelques personnalités mineures de la communauté délinquante de Faxby, à ces cas désespérés, ces incurables qui, de toute façon, ne pouvaient tomber plus bas. Le plus lamentable des voleurs, la plus ordinaire des filles de joie, ceux qui ne savaient même pas s'exprimer, les simples d'esprit, tous ceux qui avaient fini, après tant d'années, par agacer et lasser Mlles Pickles et Drew.

Nola n'était pas la personne idéale. Elles le savaient bien. Mais elles étaient débordées de travail, très mal payées, et Nola était pleine de bonne volonté.

– Madame Swanfield, pourriez-vous avoir la gentillesse de conduire ce pauvre monsieur à l'Armée du Salut ?

Le pauvre monsieur en question était mal embouché et il avait une tendance suspecte à se gratter. La voiture de Nola conserva plusieurs heures une odeur de corps mal lavé, de transpiration et d'étoffe imbibée d'urine. Il lui demanda « de l'argent pour boire une bière », c'est-à-dire quelques shillings tout au plus, et elle lui donna un billet de cinq livres, parce qu'elle n'avait rien d'autre. L'homme s'échappa aussitôt des locaux de l'Armée du Salut et n'y remit jamais les pieds.

– Ma chère Nola, vous seriez un ange de ramener cette grand-mère chez elle. Elle a encore bu un coup de trop, et les juges ont promis de l'envoyer en prison, si la police la prenait en train de créer du scandale sur la voie publique.

La grand-mère paraissait avoir au moins quatre-vingt-dix ans. Elle était ivre au point qu'elle ne se rappelait même plus où elle habitait.

– Juste ciel, soupira Mlle Drew quand Nola la ramena impasse de Tous-les-Saints. Promenez-la un peu dans la ville... la mémoire lui reviendra peut-être. Sinon... je ne crois pas que l'Armée du Salut la recueillera après ce qu'elle a fait la dernière fois. Vous n'aurez qu'à la laisser quelque part, le plus loin possible du poste de police.

Les névrosés étaient la spécialité de Mlle Drew. Mais pas les vagabonds qui emportaient leur névrose avec eux, ni les ivrognes qui l'oubliaient.

– Faites pour le mieux, poursuivit-elle, n'imaginant pas une seconde que Nola emmènerait la vieille dame à Montfleuri, ce qui aurait provoqué le départ de tous les domestiques si Benoît n'y avait mis bon ordre. Après son départ, Polly et Miriam se livrèrent à une vaste chasse aux poux qui dura plusieurs jours.

– Si vous pouviez *parler* avec cette femme, madame Swanfield ?

La mission semblait ne présenter aucun danger. Il s'agissait d'une psychopathe très volubile qui inventait une nouvelle histoire de sa vie tous les jours. Les deux demoiselles la trouvaient ennuyeuse mais inoffensive ; elles savaient qu'il lui fallait seulement un public devant lequel jouer. Mais Nola était fascinée. Elle était tellement persuadée qu'elle avait affaire à une dame de la bonne société tombée dans le malheur qu'elle l'emmena déjeuner à la *Couronne*, ce qui offusqua le conseiller Redfearn qui mangeait à la table voisine et qui avait un jour condamné cette femme pour une raison quelconque. Quant à Kit, il fut extrêmement contrarié en constatant que les savons, les serviettes et surtout une étole en chinchilla avaient disparu des toilettes des dames.

– Ah ! madame Swanfield, voici Patsy. Elle est très seule. Pourriez-vous lui tenir compagnie... une fois par semaine, par exemple, pendant une heure ou deux ?

Patsy était dépressive. Elle était capable de parler nuit et jour de catastrophe, de malheur, de suicide, et de raconter que personne ne l'avait jamais aimée ni comprise. Elle le croyait et Nola le croyait aussi.

– J'ai besoin de vous, disait Patsy.

– Vous pouvez m'appeler... à n'importe quelle heure du jour ou de la nuit.

Nola lui écrivit son numéro de téléphone et son adresse sur un papier. A partir de ce jour, une sonnerie stridente retentissait parfois en plein milieu de la nuit, et on entendait les balbutiements hystériques de Patsy appelant au secours : « Venez tout de suite. » Ou alors, le lendemain matin, on découvrait Patsy en personne blottie contre la porte de la cuisine derrière laquelle elle avait attendu toute la nuit.

– Voici Ginny, madame Swanfield... une nature très attachante. Mais, surtout, ne lui donnez pas d'argent. Notre but est d'aider nos malades à se prendre en charge eux-mêmes. Aussi, pas d'argent. S'il vous plaît.

Ginny était une petite femme très vive et apparemment très prolifique, même si les enfants qui l'entouraient n'étaient pas forcément à elle. Elle se plaignit de douleurs dans les mains, aggravées par le fait qu'elle n'avait pas de gants. Nola ôta aussitôt les siens – des gants en daim avec piqûres sellier – et les lui donna. Elle aurait été bien déçue de voir qu'ils étaient vendus pour cinq shillings le soir même, au marché de Faxby.

– Dieu vous bénisse, madame Swanfield, disait Ginny avant d'aller vendre les couvertures dont ses « mioches » – des enfants de voisins engagés pour la journée – avaient besoin pour l'hiver, les chaussures sans lesquelles ils ne pouvaient se rendre en classe, les casseroles où elle faisait cuire la nourriture pour « leurs petits ventres », le berceau destiné au « pauvre bâtard » qui, d'après elle, ne tarderait pas à arriver.

– J'ai l'impression d'être assiégée, se plaignait Miriam.

– Ne monte surtout pas dans sa voiture, lui conseilla Polly.

Elle venait en effet de trouver sur le siège du passager de la voiture de Nola une créature qu'elle identifia immédiatement comme étant un pou, bien qu'elle n'en eût encore jamais vu. Elle dut en outre jeter au feu une robe de soie presque neuve.

– J'ai attrapé des dartres, annonça Nola d'un air triomphant. Regardez mes mains... là, aux articulations.

– Eloignez-vous, hurla Polly.

– Ne vous approchez pas de mes enfants, dit Eunice.

– Seigneur, soupira Miriam en s'effondrant dans un fauteuil. Seigneur Jésus... surtout, pas un mot à qui que ce soit.

– Elle tombera bientôt amoureuse d'un cambrioleur, dit Toby à Claire, sans aucune malice. Que penseront les Greenwood et les Redfearn s'ils siègent au tribunal le jour où elle viendra demander à la cour de le remettre à sa garde, sous prétexte qu'elle est la seule à le comprendre ?

Que penseraient Mlle Pickles et Mlle Drew ? Que penserait Benoît ?

Claire évitait même de se poser la question. Elle tâchait de penser à lui le moins possible. Mais, un soir, elle entendit, venant de la salle de restaurant, la voix bien timbrée d'Elvina Redfearn dominant celle des autres convives. « Chère amie, disait-elle à son invitée, si vous êtes tentée par une petite maison à la campagne, j'ai quelque chose à vous signaler. Benoît Swanfield vend une ferme absolument délicieuse, dans les Dales. Il a dû en hériter, car il met tout ce qu'elle contient aux enchères... samedi prochain, je crois. Je compte bien y assister. Nous pourrions peut-être y aller ensemble. Il y aura de très belles pièces de verrerie. »

Claire se réfugia dans les toilettes et s'appuya sur le lavabo en fermant les yeux, le front pressé contre la glace.

Il vendait la maison, les lampes de Tiffany, la collection de vases, les tapis chinois, tous leurs souvenirs. Ainsi, il n'avait pu se résoudre à y emmener une autre femme. Elle était partagée entre l'exultation et le désespoir. Où irait-il maintenant pour trouver la paix, le repos et l'illusion de la liberté ? Pour lui, cette maison était bien plus qu'un endroit commode pour ses aventures. C'était son refuge. Les yeux toujours clos, elle revit la grande salle, avec ses poutres et son plafond bas. Cela aussi, elle le lui avait volé.

Quelques jours plus tard, un coursier des usines Swanfield déposa à l'hôtel un paquet qui lui était destiné et sur lequel une main impérieuse avait écrit : *Fragile. Manipuler avec précaution.* Reconnaissant aussitôt l'écriture, elle devina que c'était la coupe en forme de lys. Le soir venu, elle l'emporta chez elle, sans pouvoir la déballer. L'objet semblait la regarder à travers son emballage de papier bistre et, le lendemain matin, quand elle se leva, elle le vit qui l'attendait. Elle le cacha dans l'armoire, sous une pile de pull-overs, mais il continua de la hanter. Il lui était aussi impossible de le donner que de le conserver. Finalement, elle l'apporta chez sa mère, et le plaça dans la chambre d'amis.

Dorothée acceptait de plus en plus souvent d'aller à la *Couronne*, pour prendre le thé dans le salon rococo. Là, au moins, elle ne risquait pas de rencontrer Richmal Lyall. Elle ne considérait plus Kit comme « cet homme » qu'Edward lui avait appris à mépriser, mais comme le directeur d'un établissement agréable, un personnage plein de charme et d'autorité.

– Le major est en grande forme, aujourd'hui.

– Il l'est toujours.

– Ces gâteaux sont délicieux.

– Ils le sont toujours aussi.

Kit avait pourtant l'impression qu'Amandine Keller manifestait certains signes de lassitude vis-à-vis de son amant et de sa poissonnerie, maintenant que son mari s'apprêtait à ouvrir un restaurant qui s'appellerait *Chez Aristide*.

– Même si ce n'est qu'un bistrot, elle sera la patronne. Savez-vous faire un millefeuille, Claire ?

– Pas du tout. De plus, je ne crois pas que ce sera un bistrot. La dernière fois que je suis passée devant, j'ai vu qu'on avait installé un vélum rouge et or au-dessus de l'entrée.

– La prochaine fois, ne passez pas, entrez et essayez de découvrir ce qu'il mijote. Vous trouverez bien un prétexte. Laissez-lui croire que vous cherchez du travail, et voyez s'il réagit. Arrangez-vous pour qu'il vous montre la carte.

– Vous n'êtes pas inquiet, Kit, j'espère ?

– Inquiet ? Quelle drôle d'idée ! Il n'arrivera pas à me chiper mes clients.

– Je pense en effet qu'ils vous reviendront tous.

– Moi aussi. De toute façon, ça n'aura peut-être pas beaucoup d'importance.

– Que voulez-vous dire ?

– Que je songe à m'installer ailleurs.

Cette nouvelle la stupéfia.

– Kit ! s'écria-t-elle.

En réalité, cette exclamation voulait dire : « Comment pouvez-vous m'abandonner ? »

– Pas tout de suite, poursuivit-il. Dans mon esprit, la *Couronne* n'était qu'un banc d'essai. Et je crois que l'essai est concluant.

– Quels sont vos projets ?

– Vous les connaîtrez quand j'aurai pris ma décision. Mais cela doit rester entre nous. Je ne veux pas que les Crozier viennent m'ennuyer tant que l'affaire ne sera pas complètement réglée. Je ne pourrai m'en occuper sérieusement qu'après Noël.

– Vous ne pouvez rien me dire d'autre ?

– Je ne resterai pas à Faxby, en tout cas. A vous dire la vérité, je pense qu'il n'y a plus d'avenir ici... pour un établissement comme le mien et comme celui d'Aristide. Si la situation économique continue à se dégrader, comme on peut le prévoir, les Redfearn, les Swanfield et les Greenwood n'oseront plus manger leur contrefilet ni boire du Moët & Chandon, pendant que les chômeurs rôdent dans les rues. Ils choisiront des endroits tranquilles et discrets, loin des gares et des arrêts de tram. Par exemple, des relais de campagne dans les Dales ou dans la région des lacs, où l'on ne peut aller qu'en voiture, et qui sont très accessibles maintenant que les routes sont en bon état et que les forgerons se sont transformés en mécaniciens.

– Ça me paraît hasardeux.

– Comme la *Couronne*, au début. Pourtant, vous êtes venue travailler avec moi.

– Est-ce que vous me demandez... ?

– Mais naturellement. Dès que je le pourrai. Il y a seulement quelques petits détails à régler, entre autres, trouver de l'argent.

– Ah ! c'est vrai... le directeur de votre banque est venu dîner très souvent, ces derniers temps.

– J'espère que nous l'avons favorablement impressionné.

– J'en suis certaine.

– Tâchons de réaliser une bonne recette pour Noël. Les bénéfices me seront utiles.

Aux environs de Noël, Polly reparut à la *Couronne*, remorquant son fiancé, comme autrefois, au grand mécontentement de sa mère et de celle de Roger. Edith Timms affirmait que son fils n'était pas encore assez solide pour boire, danser et « faire la bringue », tandis que Miriam arguait que, s'il était assez bien pour faire la bringue, il l'était aussi pour se marier.

La construction de la maison des futurs époux avait du retard. De toute façon, Edith Timms estimait qu'il ne serait pas prudent que Roger s'installe dans une bâtisse neuve en plein cœur de l'hiver, car il était encore fragile.

Polly, qui était très docile depuis la maladie de Roger, et qui restait parfois des heures d'affilée plongée dans ce qu'Edith appelait une rêverie et Miriam une transe, souriait en hochant la tête.

– Très bien. Ce sera comme vous voudrez.

Quel amour, cette petite, songeait Edith qui dut pourtant réviser son jugement le matin où Roger rentra à la maison totalement anéanti. La veille, il avait emmené Polly à la *Couronne*, après quoi ils étaient allés dans trois réceptions différentes. Pendant que Polly dansait, il s'était occupé en bavardant avec Sally Templeton ou Adela Adair, à qui il offrait un verre de temps à autre.

Polly n'avait pas dansé depuis le début du mois de septembre. Maintenant, elle rattrapait le temps perdu. Elle amassait des souvenirs de bonheur pour le jour proche où Edith Timms, qu'elle avait crue son amie, l'obligerait à être sage.

L'idée ne lui vint pas de rompre ses fiançailles. C'était une chose qui ne se faisait pas, à moins d'une raison très grave, surtout en un temps où il n'y avait pas abondance de fiancés. En dehors de sa crise d'appendicite qu'on ne pouvait tout de même pas lui reprocher, Roger ne s'était rendu coupable de rien qui pût mériter son courroux, si ce n'est qu'il s'était montré à elle dans un pyjama froissé. Elle avait accepté de l'épouser, et tout le monde – sa mère, celle de Roger et Benoît – l'avait crue. On avait dépensé beaucoup d'argent. Benoît avait pris des dispositions concernant sa part d'héritage, en accord avec les banquiers, les notaires et M. Timms. La maison de Lawnswood Hill se remplissait comme par magie de meubles et de tapis. Il y avait aussi sa robe de mariée. Et que dire du placard plein à craquer des cadeaux qui avaient déjà commencé à affluer, avant l'opération de Roger, et pour lesquels elle avait envoyé des remerciements ? Elle se sentait incapable de tirer un trait sur tout cela. Et puis, être la femme d'un homme riche et jeune – même s'il était sot, gros et menacé par une calvitie précoce – ne valait-il pas mieux que de devenir une vieille fille, résignée comme Sally Templeton ou aigrie comme Adela Adair ?

Sans en avoir vraiment conscience, elle était au désespoir et se conduisait avec une désinvolture en accord avec l'époque.

Quelle merveille, songeait Arnold Crozier en la contemplant par-dessus l'épaule de la blonde qu'il avait découverte au kiosque à journaux où il envisageait déjà de la ramener.

– Quel gâchis, murmurait tristement Toby en regardant Roger Timms redevenu un pilier du bar, assis auprès de Sally Templeton qui attendait l'heure fixée par sa maman pour rentrer chez elle.

Puis, après le départ de l'orchestre, il soudoyait Adela Adair avec des cigarettes turques, pour qu'elle se mette au piano, afin que Polly puisse continuer à danser.

Noël passa comme dans un rêve. Froids et gris pour tout le monde, janvier et février furent des mois radieux pour Polly, et ce fut dans cet état d'esprit qu'elle revit Roy Kington.

Elle ne l'avait pas oublié. Elle était trop fière pour parler de lui, et mettait un point d'honneur à ne pas demander de ses nouvelles à son frère Rex. Elle savait malgré tout où il était, car Sally Templeton, faisant preuve de ce que Polly considérait comme une absence notoire d'amour-propre, avait mené une enquête et appris qu'il était à Cheltenham, chez l'ancien colonel de sa compagnie. Il l'avait traitée ignominieusement. Il méritait sa haine. Pourtant, quand elle le vit arriver à la *Couronne*, un soir de février, avec son air dur et arrogant, sa blessure se rouvrit, mais en même temps le souvenir d'un bonheur qu'il aurait mieux valu oublier reflua en elle.

Non, elle ne l'avait pas oublié. Elle n'avait pas oublié non plus l'humiliation qu'elle avait subie, la dureté avec laquelle il l'avait traitée et l'ultime affront qu'il lui avait infligé. Mais pour l'instant elle voulait avant tout qu'il s'intéressât à elle, et non à Sally, à Adela Adair ou à l'une de ces filles qu'il mettait en émoi.

Pendant que Sally lui manifestait sa joie de le revoir, et qu'Adela s'avançait dans la lumière pour qu'il pût admirer sa chevelure flamboyante et ses épaules couvertes de taches de rousseur, Polly l'ignorait.

Elle dansait.

Appuyé contre un pilier, il la regardait, tandis que Sally et Adela le couvaient des yeux.

Cette nuit-là, quand Roger la raccompagna chez elle, elle ne lui permit aucune des privautés qu'il prenait habituellement.

– Je suis tellement fatiguée, Roger... J'ai mal à la tête.

Par chance, la seule évocation d'un mal de tête impressionnait beaucoup Roger Timms, sa mère en étant régulièrement victime dès qu'une crise survenait dans la famille. Il estimait qu'en de pareils moments il valait mieux se faire oublier.

– Encore cette sale migraine, lui dit Polly le lendemain soir, à la *Couronne*. Il y a trop de fumée ici. Je vais sortir un instant pour prendre l'air. Non. Ne viens pas. J'ai besoin d'être tranquille.

Il se rassit en souriant, ayant déjà entendu cent fois ces mêmes mots de la bouche de sa mère. Quand Edith ne voulait pas être dérangée, personne ne s'avisait de lui désobéir. Les femmes étaient toutes les mêmes.

Polly rejoignit Roy dans l'impasse, derrière l'hôtel. Elle était venue dans l'intention de lui déclarer son mépris et de lui dire un adieu définitif.

– Je n'ai pas réussi à t'oublier, Polly, dit Roy.

Elle ne s'attendait pas à cette déclaration.

– Je suis parti à cause de toi. Je ne pouvais plus rester une fois que tu fus fiancée avec ce type. Je suis seulement revenu pour voir ma mère et ensuite... rien ne me retient plus ici.

En réalité, il était parti parce qu'on lui avait promis un emploi à Cheltenham, et il ne serait jamais revenu à Faxby si ses espoirs s'étaient concrétisés. Polly n'était à ses yeux qu'une petite garce qui avait voulu se moquer de lui. Mais, en voyant le désir qu'elle éveillait chez les autres hommes, il avait décidé de tenter sa chance une dernière fois.

– Je n'ai pas cessé de penser à toi, Polly.

A Cheltenham, il avait fait la connaissance d'une femme plus âgée et plus expérimentée que lui, qui lui avait enseigné des méthodes de stratégie amoureuse. Elle lui avait expliqué qu'il est souvent plus facile de conquérir une femme en lui promettant l'amour plutôt que le plaisir.

– Tu m'as manqué, Polly.

L'effet produit dépassa toutes ses espérances.

– Je ne te crois pas.

Mais elle avait tellement envie de le croire qu'il n'eut qu'à insister un peu pour la convaincre de sa sincérité.

– Pourquoi as-tu emmené cette affreuse fille le jour de l'anniversaire de ma mère ?

En parfait soldat, il passa immédiatement à l'attaque pour mieux se défendre. Il prétendit que c'était pour se venger. Une réaction stupide, bien sûr, mais à qui la faute ? Polly l'avait torturé, elle l'avait rendu à moitié fou. Il était prêt à la tuer, et s'il était vrai qu'on tue ce que l'on aime, comme le dit le poète, qu'elle en tire ses conclusions.

Appuyée contre le mur de l'impasse, elle le contemplait, hypnotisée.

– Donne-moi un dernier baiser, ordonna-t-il d'une voix rauque, comme s'il avait la gorge nouée par l'émotion.

Il fallait qu'elle croie que c'était à cause d'elle qu'il allait quitter sa maison, sa mère, et peut-être même son pays natal. En réalité, il n'avait aucun projet précis, et il partageait maintenant un meublé avec un trio de célibataires dont le mode de vie s'accordait avec le sien.

Elle s'avança vers lui d'un pas hésitant, prête à se jeter dans le piège qu'il lui tendait. Mais, se rappelant les conseils de son amie de Cheltenham, il se contenta de l'embrasser tendrement. Il maîtrisait d'autant plus facilement son ardeur qu'il avait rendez-vous dans une heure avec une fille dont la vertu n'était pas farouche.

– Roy, mon chéri... ne pars pas.

– Pourquoi ? demanda-t-il en prenant un ton amer. Je n'ai aucune raison de rester ici.

Aucune, vraiment ? Un peu plus tard, ce soir-là, quand Roger posa sa grosse patte sur son genou, après avoir arrêté la voiture à quelques mètres de l'entrée de Montfleuri, Polly fut envahie par un dégoût si intense qu'elle s'enfuit en criant qu'elle avait mal au cœur, ce qui était vrai.

Le lendemain, elle resta au lit toute la journée. La tête lourde, l'estomac barbouillé, elle ne supportait pas l'odeur de la nourriture et des fleurs que son fiancé – ou la mère de celui-ci – lui avait envoyées.

– C'est une petite crise prénuptiale, déclara Miriam qui se demandait en réalité si sa fille n'était pas déjà enceinte. Ne t'impatiente pas, ma chérie. Tu n'as plus longtemps à attendre.

Elle ne voulait voir personne. Le seul être en qui

elle avait confiance était Edith Timms, et elle ne pouvait décemment pas lui avouer que le contact physique de son fils la rendait malade. Elle avait cru jusqu'ici qu'elle s'y habituerait et que, de toute façon, les rapports charnels n'étaient pas très importants pour une femme. Maintenant, elle se rendait compte qu'elle s'était trompée. Etre l'épouse de Roger était au-dessus de ses forces. Mais, comme elle était incapable de se défendre seule contre les pressions conjuguées des Swanfield et des Timms, elle pensa qu'elle devrait demander à Roy Kington de l'enlever.

Elle sombra dans un état de torpeur, et la fièvre ne la quitta qu'aux premiers jours de mars, au moment où commençaient à éclore les jonquilles.

– Si seulement je pouvais te croire, lui dit Roy. Mais comment aurais-je confiance, après le tour que tu m'as joué ? Comment saurai-je si tu ne te moques pas encore de moi ? Tu m'as fait souffrir, Polly, je te le jure. Je n'ai pas envie que ça recommence.

Si elle l'aimait, elle devait se donner à lui. Ce brave Roger, avec sa maladresse, essayait d'obtenir la même chose, et sa sincérité ne pouvait être mise en doute. Ce qu'elle demandait à Roy était considérable. Il n'avait pas d'argent, et elle n'en aurait plus, si Miriam et Benoît en décidaient ainsi. Il n'exigeait pas grand-chose, après tout. Juste une petite preuve d'affection pour le soutenir quand il affronterait la présence glacée de Benoît. Il ne cherchait plus à la forcer. « S'il te plaît, Polly », disait-il. Ensuite, quand elle aurait accepté de franchir cet obstacle qui lui semblait si gigantesque, ils décideraient s'ils devaient s'enfuir et se marier, ou se précipiter à Montfleuri pour claironner leur amour.

– S'il te plaît, Polly.

– S'il te plaît, Polly. S'il te plaît, balbutiait inlassablement Roger Timms, sauf quand elle trouvait un moyen de l'en empêcher.

– Très bien... dans ce cas, je m'en vais, déclara Roy.

Prise de panique et de désespoir, elle se jeta à son cou. Elle se serait donnée à lui immédiatement, là, contre le mur de l'impasse, s'ils n'avaient été dérangés par des fêtards sortant de la *Couronne*.

– Viens chez moi... c'est juste en face.

Jusque-là, elle avait toujours refusé d'aller chez lui. Ce soir-là, il la sentait tout près de céder. Il fallait en profiter.

– Allons, Polly... viens. Tu es prête. Tu m'aimes... j'arrive presque à y croire...

Elle avait laissé Roger dodelinant devant son verre de whisky, ses yeux de hibou fixés sur Adela Adair et Sally.

– Quelle importance, Polly ? lui murmura Roy à l'oreille. Une fois que tu seras à moi, tu ne retourneras plus avec lui.

Cette idée la plongea dans une telle félicité qu'elle traversa la rue sans s'en apercevoir et ne remarqua même pas l'aspect misérable de sa chambre, les vieux mégots et les bouteilles de bière vides qui l'encombraient. Elle ressentit pourtant un léger malaise devant la hâte avec laquelle il ôta ses vêtements, avant de la déshabiller sans ménagement. Polly tenait à ses robes. Elle n'aimait pas qu'elles soient froissées et qu'elles traînent par terre. Et puis, elle avait horriblement froid.

– Je vais te réchauffer, promit-il.

Son expérience des femmes était vaste, mais celle qu'il avait de la virginité se limitait à avoir perdu la sienne six ans plus tôt environ, à l'occasion d'une beuverie. Ce qu'il avait appris à Cheltenham, concernant le besoin de tendresse et de romantisme des femmes, il le considérait comme un préliminaire inutile, maintenant que la réalisation de ses vœux était si proche. Il avait attendu longtemps avant de venir à bout de Polly Swanfield ; il s'était senti humilié à cause d'elle, car il s'était vanté un peu prématurément d'avoir fait sa conquête. Il fallait se dépêcher, avant qu'elle ne change d'avis. Il voulait lui montrer de quoi il était capable, dans l'espoir qu'elle raconterait ses prouesses à ses amies. Il ignorait tout du plaisir féminin ; il imaginait qu'il survenait en même temps que chez l'homme, ou même pas du tout, pour les « dames » comme sa mère et ses sœurs. Il n'avait jamais beaucoup réfléchi à la question.

– N'est-ce pas formidable ? déclara-t-il.

– Oui.

Il *fallait* que cela le soit. Serrant les dents, allongée sur une mince couverture rugueuse, elle ressentait non point le dégoût qu'elle prévoyait d'éprouver avec Roger, mais une blessure profonde.

Elle n'appréciait pas du tout. Elle ne pouvait s'empêcher d'entendre les bruits de l'immeuble, les bruits que faisaient tous ces inconnus qui parlaient – et écoutaient – derrière la cloison. Puisqu'elle entendait leurs voix, leurs pas, leurs toux, leurs rires, ils entendaient sûrement les grincements du lit et les horribles halètements de Roy. Elle n'avait jamais pensé que l'amour pouvait être si bruyant, et l'idée lui vint tout à coup qu'il était peut-être interdit de le pratiquer ici. N'y avait-il pas des hôteliers qui refusaient de donner une chambre aux couples dépourvus d'un certificat de mariage ? C'était donc illégal. Et si un voisin frappait à la porte ou entrait sans prévenir, en les accusant de mœurs débauchées ? Si quelqu'un les menaçait d'appeler la logeuse, la police... ou Benoît ?

Non, elle n'appréciait pas du tout. Elle avait mal, elle avait peur et elle ne comprenait pas pourquoi elle ne ressentait aucun plaisir. Enfin, du moment qu'il était content, c'était le principal. Elle trouverait sa satisfaction dans la sienne. Elle l'aimait. Comme preuve, elle lui avait offert sa virginité. Aucune autre femme ne pourrait lui donner plus. Dans quelques minutes, elle se rhabillerait et ils parleraient de leurs projets d'avenir. Peut-être voudrait-il aller tout révéler à Benoît dès ce soir. Ou alors il lui proposerait de partir avec lui sur-le-champ. Dans les deux cas, elle gardait l'espoir que Benoît finirait par céder et ne la priverait pas d'un grand mariage, une fois qu'il aurait compris que l'irrémédiable était accompli et que rien ne pourrait les séparer. Après tout, la maison de Lawnswood Hill avait été construite avec son argent à elle. Pourquoi ne s'y installerait-elle pas avec Roy, quand le scandale se serait apaisé ?

Soudain, il frémit, grogna, la serra encore plus brutalement, puis roula sur le côté.

– Hein, que c'était merveilleux ?

– Oui, oui... Formidable.

Maintenant qu'il avait gagné son pari, le moment était venu de se dégager de sa promesse.

– Tu ne le penses pas vraiment, Polly. Tu mens.

– Mais non.

Puisqu'elle lui avait donné la preuve de son amour, Polly s'attendait en retour à de la tendresse, des mots doux et des projets excitants. Elle était atterrée.

– Mais si. Je le vois bien. Tu me trouves minable, dis ? Eh bien, si c'est comme ça, je m'en fiche. Je ne te supplierai pas.

Pendant dix minutes, ce fut elle qui le supplia. Elle pleura, se tordit les mains, lui jura qu'il était extraordinaire, qu'il était merveilleux, qu'elle l'adorait, sans plus se soucier d'être entendue par les voisins.

– Je ne te crois pas.

Comment le convaincre ? Elle lui avait tout donné et, désormais, il était tout pour elle. Elle n'avait personne d'autre. Une terreur intense la transperça de part en part ; elle recommença de pleurer en lui disant combien il comptait pour elle.

– Tais-toi, Polly, pour l'amour du ciel. Tu vois bien que ces murs sont très minces. Inutile d'amuser la galerie.

– Tout à l'heure, tu te moquais bien qu'on t'entende.

– Tout à l'heure, c'était une chose et maintenant, c'en est une autre. C'est différent. A ta place, ma vieille, je m'habillerais. Mon camarade va rentrer d'une minute à l'autre.

Elle obéit, les mains tremblantes, réprimant ses sanglots, assaillie par des doutes qu'elle repoussait de toutes ses forces. Elle se trompait. Il ne pouvait pas lui arriver une chose aussi terrible.

– Désolé que ça n'ait pas marché, dit-il.

– Qu'est-ce que tu veux dire ?

Elle le regardait stupidement, les yeux écarquillés et la bouche ouverte.

– Eh bien, oui, ça n'a pas marché. Tu dois le reconnaître, Polly... c'est pour ça qu'il fallait essayer, tu comprends ? Je pense que je me suis bien fait comprendre. Quel désastre quand on se marie... comme du temps de nos parents... pour s'apercevoir qu'on ne s'entend pas sur un point aussi essentiel.

Il venait de frapper une première fois. Il fallait maintenant lui porter très vite le coup de grâce, car son ami n'allait pas tarder à arriver et il ne serait peut-être pas seul.

– C'est vraiment dommage. Quand je reviendrai d'Irlande – si je reviens –, on pourra faire un nouvel essai, si tu veux. Ah oui... tu ne savais pas que je m'étais engagé dans les *Black and Tans*, mais en amour comme à la guerre, tous les coups sont permis, hein ? Et puisque je retourne me battre... ! Ai-je besoin d'en dire plus ? C'est pour cette raison que je suis revenu, il fallait que je m'arrange avec ma mère et que je mette de l'ordre dans mes affaires, car l'Irlande est un coin dangereux. Hé oui... J'ai rempilé, Polly. Je vais contribuer à imposer la puissance britannique dans notre plus proche colonie.

Elle se jeta sur lui en hurlant, sans se soucier des représailles. Elle voulait planter ses dents ou ses ongles quelque part dans sa chair. Il pouvait bien la tuer du moment que c'était elle qui frappait la première.

Il tenta de la repousser, mais elle avait de la force, et il dut lui assener un coup violent pour se dégager. Une fois à terre, elle n'abandonna pas la partie et essaya de revenir à la charge.

– Quelle fille tu es, Polly... ma parole.

Jamais il ne l'avait trouvée aussi attirante.

– Salaud, siffla-t-elle en s'attaquant à son cou, à ses yeux, son ventre, si bien qu'il fut plus soulagé qu'il ne voulut bien le reconnaître de voir arriver ses amis.

C'étaient des têtes brûlées, comme lui, qui tous s'étaient engagés dans les *Black and Tans*.

– C'est seulement une petite fête entre vous, ou bien peut-on participer ?

– Ne vous gênez pas, dit Roy Kington en riant pour cacher qu'il avait le souffle court.

Ils étaient trois. Polly se sentit acculée. Soudain, abandonnant son manteau, son sac, son argent, toutes ses chères illusions, elle s'enfuit en courant, dévala l'escalier et se retrouva dans la rue.

Ce soir-là, il y avait peu de monde au bar de la *Couronne*. Tapi dans son coin habituel, Arnold Crozier caressait distraitement le bras de sa blonde. Appuyé contre un tabouret de bar, Toby essayait de se décider à rentrer chez lui. Claire mettait de l'ordre et regardait sa montre, en espérant que les clients ne s'éterniseraient pas. En effet, le lendemain matin, Kit Hardie l'emmenait dans le Westmorland, pour visiter une propriété qu'il estimait pouvoir transformer en hôtel. Elle pensait à Kit, ainsi qu'à la journée et à la nuit qu'elle avait accepté de passer avec lui ; aussi n'avait-elle rien remarqué d'anormal. Elle se souvenait d'avoir vu Roger Timms attendre patiemment, offrant un gin-fizz à Sally Templeton et un calvados à Adela Adair, en échange de leur conversation. Donc,

Polly était venue ce soir. Mais, puisque Roger n'était plus là, c'est qu'il avait dû la ramener chez elle. Ils étaient tellement indissociables dans son esprit, qu'elle le chercha des yeux en voyant Polly apparaître, les cheveux en bataille, la mine défaite, et avancer d'un pas chancelant.

Elle paraissait avoir bu. S'était-elle cogné la tête en tombant ? C'était probable et cela expliquait l'état de sa robe.

– Ça va, Polly ?

Mais la jeune fille l'écarta et alla tout droit à la table que Roger occupait habituellement, comme attirée par un aimant. Elle prononça son nom d'une façon étrange et incohérente, puis n'obtenant pas de réponse et ne le voyant pas surgir à son appel, elle demanda :

– Où est Roger ? Où est-il ?

– Je ne sais pas, Polly.

– Il est parti, dit MacAllister.

– Il ne serait pas parti sans moi.

« Ce pauvre imbécile », semblait-elle dire, malgré son air hébété.

MacAllister, qui avait l'habitude des excentricités féminines, haussa dédaigneusement les épaules.

– Comme vous voudrez, ma beauté, mais je l'ai entendu de mes oreilles proposer à Adela Adair de la raccompagner chez elle, et je les ai vus franchir cette porte de mes propres yeux.

Rien ne l'avait préparée à une chose pareille.

– Très bien. Je suis heureuse. Très heureuse. Bon débarras... pour lui, pas pour moi. Bon débarras.

Alors, retirant sa bague de fiançailles de son doigt – avec difficulté car elle était, en effet, trop juste, comme sa mère le lui avait toujours dit –, elle la jeta par terre.

– Bon débarras. Bon débarras...

Plusieurs mains se tendirent pour la retenir, mais ce fut Toby qui la saisit le premier. Elle s'abattit contre lui en sanglotant, s'accusant elle-même de tous les crimes, de toutes les vilenies, tandis qu'il essayait de couvrir sa voix par des : « C'est fini, Polly. Tu ne risques plus rien, maintenant, Polly. »

– Je ne suis bonne à rien, Toby.

– Tu es ma princesse... depuis toujours, ma préférée.

Il l'emmena jusqu'à la voiture, serrée contre lui. Claire les suivit, vaguement inquiète.

– Ne faudrait-il pas que quelqu'un aille avec eux ? demanda-t-elle à Kit.

Kit pensait lui aussi à la journée du lendemain, et les histoires de Polly ne l'intéressaient pas vraiment.

– Mais qui ? Vous êtes la seule qui pourrait les accompagner à Montfleuri, Claire, et je ne vous le suggérerais pas.

– Tout de même...

– Allons, Claire... regardez. C'est ce brave Toby qui la met dans sa voiture et qui lui entoure les jambes d'une couverture... pas Arnold Crozier. Je crois qu'elle ne risque rien avec lui. Pas vous ?

– Si, bien sûr.

En effet, l'idée qu'il pouvait en être autrement était ridicule.

– De toute manière, j'ai l'impression que le mal est fait, Claire. Et ce n'est pas Roger, le malheureux...

– Oui, on dirait. Pauvre Polly.

– Oui... pauvre Polly, car j'ai le sentiment très net qu'elle n'a pas apprécié. Mais cela ne nous regarde pas, n'est-ce pas, ma chérie ?

– Pas vraiment.

– Et n'oublions pas qu'il y a une bague somptueuse qui traîne en ce moment sous une table du bar. Il vaudrait mieux la ramasser avant MacAllister. Si Polly n'en veut plus, je pense qu'Edith Timms souhaitera la récupérer.

21

Le lendemain matin, ils prirent le train jusqu'à Windermere, puis une carriole les emmena à Wansfell par une petite route encadrée de rhododendrons en boutons et d'une mer de jonquilles qui frémissaient au vent. Le village se composait d'une douzaine de cottages au toit d'ardoises, bâtis au bord d'un lac, et dont les jardins étaient envahis de fleurs pourpres et jaunes. Sur le flanc de la colline, au-dessus du lac, la grande demeure de Wansfell Howe dressait ses tourelles, au milieu de plusieurs hectares de genêts, de lilas, de rhododendrons géants et d'immenses conifères postés en sentinelle près du portail. Les feuilles mortes de l'automne précédent s'envolaient dans la brise du printemps, tandis que pourrissaient celles des années plus anciennes.

– J'ai été sous-valet de pied ici, dans le temps, dit Kit. Puis valet de pied. Puis majordome, sans en avoir le titre, car le vieux qui était censé remplir cette fonction était hors course. C'était une bonne maison... de braves gens. Il y avait trois garçons qui couraient partout et semaient la pagaille dans le jardin... et dans le lac. Il a fallu les repêcher plus d'une fois. J'ai toujours pensé que c'était un coin bien agréable pour y passer son enfance. Et madame était une femme charmante. La fille d'un comte, mariée un peu en dessous de sa condition, je suppose, puisque son époux n'était pas titré... même s'il était indéniablement un gentleman. Le genre cultivé, toujours le nez dans Wordsworth, Coleridge et De Quincey. Il est mort il y a un an, environ, et depuis la maison est inoccupée. Elle n'a pas voulu vivre ici toute seule.

– Et les garçons ?

– Disparus.

– Tués ?

Kit hocha la tête et regarda l'eau qu'on voyait scintiller à travers l'enchevêtrement des arbres.

– Oui. La première année de la guerre, d'après ce que m'a dit l'intendante. Trois télégrammes dans le même mois. Julian devait avoir dix-neuf ans et les jumeaux vingt et un. De gentils garçons.

– C'est pour cela que la maison est à vendre ?

– Oui. Il n'y a pas d'héritier. J'imagine qu'il y a beaucoup de maisons comme celle-ci en ce moment, dans tout le pays. Il ne reste plus personne. Madame habite à Londres... Dieu merci. Je me demande si j'aurais eu le courage de me présenter devant elle. Pas en tant qu'acheteur éventuel, en tout cas. Oh ! je suis sûr qu'elle aurait été très aimable, mais ça lui aurait fait mal, certainement. En me reconnaissant, l'intendante s'est contentée de me dire : « Je vois que vous vous en êtes tiré, Christopher Hardie. »

– Vous n'en avez pas honte, j'espère ?

– Non... je suis fichtrement content.

– Moi aussi.

Tous les meubles étaient restés. Il y avait des canapés et des fauteuils confortables et robustes, des buffets trapus que le temps et les éraflures de canif avaient couverts de cicatrices. Les antiques tapis étaient usés jusqu'à la trame et de nombreuses pièces de porcelaine blanche et bleue avaient été recollées. Dans la bibliothèque, les fauteuils de cuir et les tables de chêne étaient toujours là, mais on avait enlevé les livres, et ces rayonnages vides semblaient aussi dépossédés que cette maison sans enfants.

– Je fais ce que je peux, Christopher Hardie, déclara l'intendante. Mais la poussière s'installe partout. Madame m'a dit que vous passiez la nuit ici. Dois-je vous préparer une seule chambre ou deux ?

Il y eut un court silence.

– Une seule chambre, s'il vous plaît, dit Claire.

– Parfait. (Elle était trop habituée aux mœurs licencieuses des valets pour être choquée.) Le dîner est à 19 heures. Cela vous convient ?

– Oui, répondit Kit. J'ai apporté du vin. Pourriez-vous le mettre au frais ?

Son ton était enjoué, mais autoritaire. Un instant, la femme hésita, car si elle excusait la licence, elle était à cheval sur la hiérarchie. Elle avait souvent donné des ordres à Christopher Hardie et elle était insensible à ce charme qui lui avait permis de séduire tant de femmes de chambre et de se ménager la bienveillance de la patronne. Monsieur Julian, ce polisson, l'avait toujours aimé, lui aussi. Monsieur Julian abattu d'une balle dans la tête. Et monsieur Stephen « disparu, présumé mort », comme disait le télégramme, déchiqueté par un obus si bien qu'on n'avait même pas pu l'identifier. Et monsieur Granville ? Que lui était-il arrivé ? Son colonnel avait écrit en disant qu'il avait été tué sur le coup et qu'il n'avait pas souffert, mais on n'avait jamais pu en savoir plus. Son père avait tenté de se renseigner. Il avait fait le pied de grue dans les couloirs de Whitehall, et puis il avait renoncé. Par la suite, il avait passé son temps dans le jardin à l'abandon, à regarder le hangar à bateaux que les enfants avaient commencé à peindre en juin 1914, et qui tombait maintenant en ruine. Il avait accueilli la mort à bras ouverts. Aujourd'hui, Hardie était de retour, avec cette jolie fille aux cheveux courts. Des rescapés.

– Le vin, madame Roe.

– Oui.

La maison était assez grande pour un hôtel. Il y avait deux salons spacieux donnant sur le lac et les rives pentues qui le bordaient, de l'autre côté. Les fenêtres de la bibliothèque s'ouvraient sur une galerie couverte. Les cuisines étaient vieillottes, mais vastes. Une salle de billard attenante à la salle à manger permettrait d'ajouter une quarantaine de couverts, si le besoin s'en présentait. Les chambres à coucher, réparties sur deux étages, étaient nombreuses. De quelque côté qu'on se tournât, la vue était saisissante. Les jardins auraient fait jadis la fierté d'un horticulteur. Le village de Wansfell était charmant et les environs extrêmement pittoresques. On pouvait pratiquer l'escalade dans les rochers ou marcher sur les sentiers ceinturant le lac. Enfin, la maison où le poète Wordsworth avait vécu en tendre harmonie avec sa sœur n'était qu'à quelques kilomètres.

– Est-il facile de venir ici ? demanda Claire.

– Oui. A condition de savoir où l'on va. Je n'ai pas encore pris de décision définitive, mais je crois que ce serait bien. Pour moi... et pour vous. Qu'en pensez-vous ? Peut-être préférez-vous attendre demain pour me donner votre réponse ? Ce n'est pas pour ça que je vous ai emmenée ici...

Elle passa son bras sous le sien en riant.

– Ai-je été trop directe, major ? Je ne voudrais pas vous séduire malgré vous.

– Je crois que je céderai de bonne grâce.

Ils descendirent au village, bras dessus bras dessous. La brise ridait la surface de l'eau et agitait les têtes des jonquilles. Les habitants les saluèrent poliment, mais pas un ne se douta que cet élégant gentleman était l'ancien valet de pied de Wansfell Howe.

– Comment réagiront-ils quand ils apprendront qu'un hôtel va s'ouvrir à la porte de leur village, Kit ?

– Mal. Du moins au début. L'épicier lui-même fera grise mine, étant donné que je n'achèterai pas mon foie gras chez lui. Mais, quand il prendra sa retraite, il cédera peut-être son fonds à un jeune qui aura l'idée de vendre des articles qui me dépanneront, moi ou mes clients. Des cartes postales, des cigares, des cigarettes, des pains d'épice maison dans un joli emballage... et le beurre de la région. Il suffit de le mettre dans des pots fantaisie et le tour est joué. D'ailleurs, pourquoi ne pas acheter la boutique moi-même ? Et puis, je procurerai des emplois aux jeunes filles qui sont obligées de quitter le pays, dès l'âge de quinze ans, parce qu'il n'y pas de travail. La plupart d'entre elles ne reviennent jamais. Ainsi, je transformerai le village et il restera vivant.

– Et vous serez le nouveau châtelain.

Elle lui serra affectueusement le bras et il l'embrassa sur le front.

– C'est exactement ce qu'a dû penser Mme Roe, et c'est pour ça qu'elle me déteste.

– Ne vous tracassez pas pour ça.

– Pas du tout. Si elle réussit à se mettre dans la tête qu'elle ne reverra jamais Julian, Stephen et Granville dévaler la colline à l'heure du thé en lui réclamant des *scones* et des *muffins*, je lui proposerai peut-être un emploi. Elle n'a pas d'autre possibilité. Mieux vaudra pour elle travailler chez le jeune Christopher Hardie que de moisir dans une digne misère. J'aimerais qu'elle le comprenne.

Ils remontèrent ensuite vers le manoir au milieu des grands rhododendrons qui déploieraient bientôt leurs splendeurs roses, pourpres, blanches et rouges. Kit examina les bâtiments, tâchant d'évaluer le coût de la réfection. La construction était saine et l'intérieur ne s'était pas trop détérioré depuis son départ. Une fois qu'on aurait enlevé l'ancien mobilier, débarrassé les murs de leurs tapisseries et restauré les plâtres, ce ne serait pas trop mal. Kit imaginait déjà le résultat final : un relais de campagne idéal, avec un confort que jamais la fille d'un comte n'aurait pu lui donner. Des installations sanitaires de première qualité, ce qui n'était pas toujours le cas chez les gens de la bonne société ; des cuisinières et des poêles fonctionnant bien, pour que les clients ne soient jamais contraints de manger froid et de se laver à l'eau glacée. La main-d'œuvre locale était bon marché, et les artisans étaient sérieux. La région était moins isolée qu'autrefois et, dans un monde qui devenait chaque jour plus ordinaire, médiocre et étriqué, l'établissement attirerait la clientèle à cause de sa bonne cuisine et de son cadre idyllique. Quelle que soit la dureté des temps, il y aurait toujours des privilégiés qui viendraient non seulement de Lancaster et de Carlisle – les villes les plus proches –, mais aussi d'Edimbourg, de Manchester, de Londres et de partout. Cette fois ce n'était plus l'argent des Crozier que Kit mettrait en jeu, mais le sien et les fonds prêtés par la banque. Il y avait un risque, mais il avait envie depuis toujours de tenter l'aventure.

– Dans ce cas, il faut vous jeter à l'eau, lui dit Claire.

Ils revisitèrent la maison, pièce par pièce, en tirant des plans d'aménagement. Il n'y aurait évidemment pas de bar de nuit, mais on servirait des cocktails à volonté. Non, il n'envisageait pas de demander à MacAllister ni à M. Clarence de le suivre ; ces citadins sèmeraient le trouble parmi les autochtones. Il pensait en revanche que ces lieux solitaires conviendraient parfaitement à John David, qui gâcherait son génie créateur à préparer les contrefilets poêlés et les soles meunières qu'on servirait sans doute bientôt à la *Couronne*. Avant de proposer à Mme Tarrant de l'engager, il sonderait Mme Roe, qu'il aurait un grand plaisir à mettre au pas. Il n'aurait pas besoin d'Adela Adair, mais Gérard, son actuel maître d'hôtel, saurait former les jeunes filles du pays à servir à table. Il n'avait guère d'espoir de décider Amandine Keller, car son mari allait bientôt ouvrir son restaurant, *Chez Aristide*. Il trouverait quelqu'un d'autre.

– Et vous, Claire ?

Elle se sentait gagnée par son enthousiasme.

– C'est un engagement total que je vous demande. L'endroit est très isolé. Nous serons toujours ensemble.

– Oui.

– « Oui » vous acceptez, ou « oui » vous allez y réfléchir ?

– J'ai toujours eu du mal à me décider, Kit. Pendant la guerre, ça n'aurait servi à rien, de toute façon, et avant j'étais trop jeune.

– Trop protégée ?

– Etouffée.

– Il vous faut un homme sage pour veiller sur vous.

C'est exactement ce que lui avait dit Alan, et elle lui fit la même réponse.

– Oui, je sais.

– Je suis là, Claire.

Mme Roe leur avait donné une chambre avec un balcon qui, dans le clair de lune, semblait suspendu au-dessus du lac. Le lit à l'ancienne était très haut et fleurait bon le chèvrefeuille, la lavande et l'œillet contenus dans des sachets glissés sous le matelas et le traversin. La courtepointe brodée à la main était un peu usée par endroits, et Claire la plia soigneusement, devinant qu'elle était le fruit d'un travail accompli avec amour.

Elle n'était nullement intimidée. Sa décision était prise depuis plusieurs mois. Kit n'avait eu qu'à choisir le moment. Elle était prête. Sans impatience ni passion, mais préparée et consentante, de corps et d'esprit. Ils étaient des amis qui allaient devenir des amants. Peut-être était-ce une bonne progression. Elle lui ouvrit les bras et, sans éprouver la moindre gêne, elle le laissa lui ôter ses bas et lui embrasser les chevilles et les genoux. Il défit un à un les boutons de son corsage, sans se presser, puis il le lui enleva délicatement en la caressant du bout des doigts. Il la désirait depuis longtemps et il se récompensait de sa propre patience en explorant son corps de la main, des lèvres et des yeux. Il avait toute la nuit devant lui. Il avait aimé une multitude de femmes, mais jamais avec ce sentiment que c'était un acte trop rare et trop précieux pour l'accomplir dans la précipitation. Il voulait le déguster, comme le gourmet qu'il était par nature, et s'en délecter totalement. Il la prit simplement et sans hâte, ne cherchant pas à déployer la virtuosité qui avait fait sa réputation auprès des femmes.

– Je t'aime, lui dit-il.

– Kit ! s'exclama-t-elle en riant. Ce n'est vraiment pas la peine de me dire ça... vraiment.

– Je ne crois pas que tu m'épouseras, Claire. Je me trompe ?

– Je... je n'y ai pas pensé. Est-ce nécessaire ?

– Ce sera préférable si tu t'installes ici... à cause des gens du pays. Moi aussi, je préférerais.

Des rayons de lune filtraient par la fenêtre et se posaient sur le visage de Kit. D'une main paresseuse, elle le caressa.

– Tu ne seras pas fidèle, Kit... tu le sais bien. Par habitude. Tu ne pourras pas résister à tes adoratrices.

Peut-être avait-elle raison.

– J'essaierai, déclara-t-il en lui baisant la main.

– Voilà au moins qui est honnête.

– Je ne peux pas te le promettre, Claire. Ça vaut peut-être mieux que de faire des serments insensés et de ne pas les tenir. Tu as raison. J'ai toujours été infidèle et je n'ai jamais promis de ne pas l'être. C'est une chose normale parmi les domestiques. Les gages sont maigres, mais c'est la bonne vie. Un magnum de Moët et Chandon par-ci, une femme de chambre par-là, et on tire sa révérence. Quand je suis entré dans l'armée, c'était pareil, si ce n'est que les femmes de chambre ont laissé la place aux épouses d'agents de change. Tu sais ce que c'est. Ainsi, je ne suis pas homme à me marier, ni par nature ni par habitude. Je n'ai pas besoin d'une femme pour tenir ma maison et me préparer mes repas. Je n'ai pas d'opinion arrêtée au sujet des enfants. S'il en vient, je pense que je saurai m'en arranger. Sinon, je ne me mettrai pas martel en tête. Mon but n'est pas de trouver quelqu'un – femme ou enfant – pour me soutenir dans mes vieux jours. Si j'arrive jusque-là, je me débrouillerai tout seul. De toute manière, les enfants ne restent pas à la maison. Mais j'aimerais vivre avec toi, Claire. Si j'arrive à te décider et à te garder, il faudrait que je sois fou pour risquer de tout perdre pour une passade. Tu ne crois pas ? Nous serions bien ensemble, Claire.

– Tu as sûrement raison.

– Mais tu n'arrives pas à te décider.

Elle sourit, soupira et se blottit contre lui, prête à s'endormir.

Le lendemain, quand l'aube commença d'éclairer la chambre d'un jour gris, ils se réveillèrent dans les bras l'un de l'autre.

– Et si on restait encore une nuit ?

– La *Couronne* ne va pas s'écrouler sans toi ?

– J'aimerais bien, mais je ne crois pas.

Après avoir encore une fois inspecté la maison, ils descendirent au bord du lac et passèrent une heure à faire des ricochets. Ils déjeunèrent légèrement et restèrent tout l'après-midi au lit. Quand ils reparurent, à l'heure du dîner, Mme Roe les accueillit avec un sourire pincé qui disait assez combien elle désapprouvait les mœurs licencieuses de l'ex-valet de pied de Wansfell Howe.

– Elle connaissait ma mère, raconta Kit à Claire, tout en mangeant le caneton rôti que l'intendante leur avait servi. C'est pour cette raison que je suis venu travailler ici. Ma mère et Mme Roe étaient natives du même village, dans le Northumberland. Il n'y a jamais eu de M. Roe, pas plus que de M. Hardie. On appelle les intendantes Madame, par politesse. Un peu avant ma venue au monde, ma mère a été obligée de rentrer chez elle, couverte de honte. Emma Roe, elle, a gardé la tête froide, et elle est allée plus vite et plus loin. Quand j'ai eu seize ans, ma mère m'a conduit ici avec tout ce que je possédais dans un sac en tapisserie. Elle était tombée bien bas, la pauvre. Elle avait travaillé dans de grandes maisons et fait de la cuisine de qualité, mais sa santé s'était détériorée, et elle était alors cuisinière à la journée chez un pasteur, tandis qu'Emma Roe était intendante à Wansfell Howe. Ma mère était mal à l'aise et Emma nous accueillit avec un peu de condescendance. Sans doute était-ce plus fort qu'elle... une petite vengeance, car ma mère avait toujours été la plus jolie fille du village. Son amie la regarda de haut, mais elle ne s'en formalisa pas. Elle voulait que j'obtienne la place et elle avait besoin d'Emma pour me pistonner auprès du majordome. J'ai été engagé, et elle est morte le mois suivant. Je regrette qu'elle ne puisse pas me voir aujourd'hui.

Claire se pencha au-dessus de la table pour l'embrasser. Un baiser d'amie, de compréhension et de sympathie, plus qu'un baiser d'amour.

– Elle serait fière de toi.

– Non, soupira-t-il. Elle aurait été fière de me voir maître d'hôtel à Montfleuri. Elle a été toute sa vie sous les ordres des majordomes et, pour elle, c'était quelque chose. Aujourd'hui, elle dirait que je cherche à m'élever au-dessus de ma condition, ce qui, à ses yeux, était la certitude de mal finir. Elle estimait qu'il fallait rester à sa place. Elle serait morte une seconde fois, de saisissement, en apprenant que je songe à engager Mme Roe. Quant au fait que j'aie l'audace de prétendre à votre main, madame Swanfield...

Le lendemain, ils se levèrent tard, car Mme Roe ne les avait pas réveillés.

Il lui donna un billet de cinq livres pour ses peines et aussi – bien qu'il ne le lui dît pas – en souvenir de sa mère. Il la pria ensuite de faire atteler la carriole pour les emmener à la gare.

– Pourquoi ne me demandes-tu pas de rester une autre nuit ? dit Claire malicieusement, bien qu'elle connût la réponse.

– Parce que j'ai un rendez-vous urgent avec ma banque, ma chérie.

Une fois de plus, Mme Roe leva les yeux au ciel.

– La carriole attend... *major* Hardie.

Le voyage avait été un succès total. Ils y avaient mis tous leurs espoirs et ils étaient comblés. Une réussite rare, un de ces cadeaux dont la vie n'est pas prodigue et dont ils étaient par conséquent très reconnaissants. En rentrant à Faxby, ils ne furent pas surpris de voir que la *Couronne* était toujours debout, mais ils se sentaient moins concernés qu'avant. Ils avaient d'autres préoccupations. Ils n'étaient plus tout à fait les mêmes personnes que celles qui en étaient parties trois jours plus tôt et, en se retrouvant dans la cohue du vendredi soir, il leur fallut un moment pour s'apercevoir que M. Clarence, Mme Tarrant, Gérard et MacAllister avaient un air bizarre.

Polly avait rompu ses fiançailles.

Toby Hartwell était mort.

Claire savait que son devoir était d'aller à Montfleuri. En toute humanité, elle ne pouvait faire moins. Elle savait aussi que Kit, que Miriam ne considérerait jamais comme un officier, ne pouvait pas l'accompagner. Qui alors ? Dorothée serait peut-être le rempart dont elle n'aurait plus dû avoir besoin, contre Benoît. Elle emprunta la vieille Talbot de John David pour aller au parc de Faxby où elle trouva sa mère parfaitement disposée à présenter ses condoléances à Montfleuri. Elle était désolée pour Toby qui avait toujours été gentil pour elle, et elle était en ébullition à cause des rumeurs qui couraient aux *Délices* et dans les rayons de Taylor & Timms au sujet de Roger et de Polly. Il était évident que le fait que Roger eût laissé tomber Polly pour une traînée qui, disait-on, avait plus de trente ans, touchait bien plus Dorothée que la triste fin de Toby Hartwell qui s'était tué le matin même sur la route en allant... Dorothée ne savait pas trop où il allait.

Et Miriam pas davantage. C'était inexplicable. Epouvantable. Assise au milieu d'un grand canapé, perchée au bord du coussin, comme une enfant, ses pieds minuscules touchant à peine le sol, elle sembla à Claire plus petite que jamais. Le rouge et la poudre auxquels elle prétendait ne jamais avoir recours faisaient des plaques sur ses joues rondes et lisses. Malgré son émotion, elle leur offrit le choix entre du thé ou du sherry, et leur demanda si elles voulaient une gaufre ou une tranche de cake. Il y avait aussi quelques cousines éloignées, de vieilles tantes et des « amis de toujours », qu'elle avait accueillis avec un sourire courageux, en prenant un ton grave mais ferme qui indiquait que le rituel du deuil serait respecté.

Eunice était en haut, dans son ancienne chambre de jeune fille. On lui avait administré une forte dose de calmant et une infirmière veillait à son chevet. En apprenant la tragique nouvelle, Polly s'était effondrée elle aussi. Elle était couchée, d'autant plus que... la pauvre enfant – et là, les vieilles parentes dressèrent l'oreille – avait eu personnellement une grosse contrariété. Benoît était... sur les lieux... à une quinzaine de kilomètres d'ici, s'occupant de toutes les formalités à accomplir dans ce genre de circonstance. Ah ! mon Dieu, c'était plus simple de mourir dans son lit. Un instant, Miriam sembla en vouloir à Toby d'être tombé dans une carrière désaffectée avec sa puissante automobile, au lieu de « partir » tranquillement d'une crise cardiaque, comme Edward Lyall.

Non. Elle n'avait aucune idée de l'endroit où allait Toby à cette heure du petit matin. Quand Eunice se serait un peu remise, peut-être pourrait-elle apporter quelques éclaircissements. Personne n'était au courant. D'autant plus fâcheux que Toby avait passé sa dernière soirée ici, à Montfleuri. Mais si. Il était venu spécialement pour réconforter Polly qui, hélas ! avait de bonnes raisons d'être déprimée. Quel scandale ! Comment avaient-ils pu se tromper à ce point sur ce garçon ? Edith Timms avait une grosse part de responsabilité dans cette affaire. C'était évident, et Miriam ne voyait pas pourquoi elle ne dirait pas les choses tout crûment. Sa fille avait été *abusée*. Quel autre mot employer ? Ce jeune homme lui avait promis le mariage, et il l'avait laissée tomber d'une façon humiliante, pour une personne dont la réputation était plus que douteuse. Edith Timms saurait peut-être s'entendre avec ce genre de créature, mais Miriam était fière d'en être incapable. Polly était folle de chagrin, bien entendu... complètement désemparée.

La veille, au matin, elle l'avait trouvée allant et venant dans les couloirs, en robe de chambre, le regard fixe, se tordant les mains, pleurant à chaudes larmes. Elle faisait penser à cette reine de tragédie... laquelle déjà ? ah oui, lady Macbeth. Quel chagrin ! Comment pouvait-on se mettre dans un état pareil pour un homme ? Surtout un homme aussi... *ordinaire* que Roger Timms. Elle avait continué toute la journée à faire les cent pas, à gémir, si bien que Miriam s'était sentie soulagée de voir Toby arriver vers 17 heures pour prendre la relève. C'était justement l'heure du thé, et elle n'était pas mécontente, après cette longue journée agitée, de pouvoir boire tranquillement son Earl Grey en mangeant ses tartines en paix, puis de faire un petit somme, pendant que Toby s'occupait de Polly. Le cher garçon. Il avait toujours été si gentil avec elle, toujours prêt à lui passer ses caprices, car il fallait bien reconnaître que Polly était parfois difficile. Aussi, quand elle s'était réveillée, au bout d'une demi-heure, elle avait appris que Toby l'avait emmenée faire un tour en voiture et s'était dit que c'était une excellente idée. Mais à leur retour, vers les 20 heures, Polly semblait plus effondrée que jamais, et Toby paraissait un peu tendu, ce qui n'était pas étonnant, après avoir passé trois heures avec Polly. Miriam, qui comprenait ce qu'il avait dû endurer, l'avait remercié et avait attendu sur le pas de la porte que sa voiture eût disparu.

Ensuite, il était rentré chez lui. C'était une certitude. Ses enfants l'avaient vu et Eunice aussi sans doute, bien qu'elle ne fût pas actuellement en état de témoigner. Il était monté dans sa chambre sans parler à personne, afin sans doute de se changer pour le dîner. Puis, ce matin, vers 5 heures, on avait retrouvé sa voiture en miettes dans une carrière. Non. Personne ne savait ce qui s'était passé. Le véhicule avait quitté la route dans un virage particulièrement dangereux, et il avait été repéré, quelques heures plus tard, par un automobiliste qui avait remarqué que le garde-fou était enfoncé. L'homme avait alors averti les gendarmes de l'endroit qui, à leur tour, avaient averti leurs collègues de Faxby. Ceux-ci avaient eu le bon sens de prévenir Benoît et non Eunice. Benoît était parti aussitôt pour reconnaître le corps... un devoir pénible et bien inutile. Ensuite, il avait fallu annoncer la nouvelle à Eunice. Benoît l'avait ramenée à Montfleuri dans un état voisin de la folie. Jamais, tant qu'elle vivrait, Miriam n'oublierait ces cris épouvantables. Et puis, Polly s'était mise de la partie. Elle avait dévalé l'escalier en se cognant la tête à plusieurs reprises contre la rampe. Quel spectacle ! Il était rare que Miriam ne sût pas faire face à une situation. Mais cette fois, en voyant Polly se frapper la tête contre le bois, elle s'était sentie impuissante. Elle en avait été profondément commotionnée. Ah !... c'était gentil de l'avoir remarqué. Oui, elle était très fatiguée. Si seulement elle pouvait se reposer un peu, en fermant les yeux, avec une compresse d'eau de Cologne sur le front, ça lui permettrait de récupérer un peu.

Claire assista aux obsèques en tant qu'employée de la *Couronne* et non comme membre de la famille. Elle préféra rester avec Kit, Mme Tarrant, MacAllister et M. Clarence, puisque c'était à l'hôtel qu'elle avait le mieux connu Toby. Adela Adair, qui était également présente, n'avait pas fait une mauvaise affaire en acceptant que Roger Timms la raccompagnât chez elle. Etant donné les circonstances, Edith et Roger n'étaient pas là, et la famille était représentée par M. Timms qui se tenait à l'écart, visiblement gêné par la présence de la jeune fille que son fils avait abandonnée, comme de celle qu'il s'était soudain mis en tête d'épouser. Les Greenwood, les Redfearn et les Templeton étaient venus en force, ainsi que les chefs de service des usines Swanfield et quelques messieurs d'allure sportive, dont le bookmaker de Toby, qui pleurait sincèrement la disparition de l'un de ses clients favoris.

– Triste affaire.

Ces mots revenaient sur les lèvres de tous les assistants qui étaient d'accord pour reconnaître que Toby était vraiment un chic type. Personne ne souhaitait soulever la question de savoir ce qu'il faisait sur cette route solitaire.

C'était une journée de mars, lugubre, froide et ventée. Triste affaire. Alors, enterrons-la et oublions-la. C'était préférable.

Claire leva les yeux et aperçut Benoît de l'autre côté de la tombe ouverte. Elle le voyait pour la première fois depuis des mois, cerné, comme toujours, par des femmes piaillantes et envahissantes. Disparaissant sous ses voiles de deuil, Miriam s'appuyait contre lui d'un côté, tandis qu'il soutenait Polly de l'autre. Derrière eux, Nola, vêtue d'un tailleur de tweed, d'une cape et d'un curieux chapeau de chasseur, tenue qui ne convenait pas du tout à la circonstance, refusait de prendre part à une douleur n'émanant pas de l'impasse de Tous-les-Saints. Désormais, sa conversation était pimentée de références à « l'une de mes prostituées », « l'un de mes pickpockets », ou encore, « une fille à moi qui a été violée par son père, à l'âge de treize ans ».

Abrutie par le laudanum, Eunice était soutenue par ses deux aînés, Simon raidi par le chagrin et Justin par l'inquiétude. En effet, il avait entendu dire qu'il y a des femmes qui se jettent sur le cercueil de leur époux, au moment où on le descend dans la tombe. Il était hanté par l'idée que sa mère pourrait les imiter. Dans ce cas, serait-ce son devoir de prendre la situation en main, lui qui était son fils aîné et l'homme le plus âgé de la famille, après Benoît qui était déjà fort occupé avec sa mère et sa sœur ? Devrait-il sauter dans la fosse pour aller la chercher, sous les yeux de toute la bonne société de Faxby ? Si elle faisait une chose pareille, il ne le lui pardonnerait jamais. Il la détesterait pour le restant de ses jours.

Mais quand la cérémonie fut terminée et que le cercueil eut disparu sous les premières pelletées de terre, elle se laissa emmener docilement. Son regard fixe était empreint d'une lueur inquiétante, et Justin pensa qu'il aurait eu peur si elle n'avait pas été sa mère. En tout cas, elle n'avait pas provoqué de scandale, laissant ce soin à Polly, qui lui avait toujours ravi la vedette, et qui, au moment de partir, s'effondra au bord de la tombe, prise d'une nausée soudaine.

– Mon Dieu... la pauvre petite.

Un frémissement de curiosité parcourut l'assistance.

Ils avaient tous conspiré pour lui briser le cœur. Qui aurait cru que Polly avait un cœur à briser ? Pourtant, devant le spectacle lamentable de cette fille sanglotant, face contre terre, dans son manteau de castor maculé de boue, il était impossible d'en douter.

Claire voulut aller vers elle, mais Kit la retint par le bras en lui disant :

– Laisse, chérie.

Ce fut Benoît qui la releva et l'emmena jusqu'à la voiture, comme un pantin désarticulé.

Eunice retourna chez elle le soir même. Miriam ne s'opposa nullement à sa décision, car elle était vraiment épuisée, et le départ de sa fille signifiait aussi celui de ses petits-enfants. Des garçons adorables, certes, mais à petite dose, d'autant plus qu'elle se sentait moins en forme que d'habitude. Leur présence chez elle, pendant ces quatre derniers jours, lui avait été très pénible. D'abord, ils étaient toujours affamés ; il leur fallait d'énormes goûters, des dîners gargantuesques et des petits déjeuners cuisinés, ce qui créait beaucoup de complications, dans ces moments si difficiles, alors que Polly se laissait mourir de faim et qu'elle-même se serait contentée de grignoter quelque chose. Elle ne protesta donc pas quand Eunice décida de ramener sa couvée affamée au logis.

– Ça vaut mieux, ma chérie... c'est le seul moyen d'oublier.

L'objectif d'Eunice n'était pourtant pas d'oublier Toby, mais de lui élever un sanctuaire, à la grande déception de Justin qui espérait hériter de la garde-robe paternelle. Il avait toujours considéré que son père avait très bon goût en matière vestimentaire, et il se désolait en pensant que ses pyjamas, ses chemises de soie, ses blazers merveilleusement coupés, ses pantalons Oxford et ses tricots en cachemire resteraient à moisir au fond d'une armoire, parce que sa mère s'était mis en tête de conserver la chambre de son mari dans l'état où il l'avait quittée. Elle avait été jusqu'à s'opposer à ce qu'on lave sa brosse à cheveux. Elle est bizarre, se dit Justin. Puis, un ou deux jours plus tard, quand elle se jeta sur lui pour lui arracher le pull-over qu'il avait sur le dos, et qu'il avait en réalité subtilisé à son père bien avant sa mort, un autre mot lui vint à l'esprit en la voyant bercer le vêtement dans ses bras, celui de folle.

Il se rendit compte, sans la moindre émotion, qu'il n'aimait pas sa mère. Malgré tout, il était sûr que jamais il ne lui aurait montré la lettre si, dans sa « folie », elle ne la lui avait prise de force.

Il la trouva au fond d'une poche du pardessus en poil de chameau qu'il convoitait depuis longtemps, d'autant plus que Benoît en avait un semblable, qu'il portait avec un naturel que son neveu s'efforçait d'imiter. Ce manteau était donc devenu un symbole d'autorité, un signe de réussite sociale, et Justin le voulait. Il l'aperçut, accroché à une patère dans le garage vide. Il avait échappé aux recherches d'Eunice. Justin l'enfila aussitôt et, plongeant les mains dans les poches, il sentit les gants de conduite de son père et – chose curieuse – un bout de papier froissé.

Justin se souvint que son père avait ce manteau sur lui la dernière fois qu'il l'avait vu. Il était monté dans sa chambre sans l'ôter ; puisqu'il était maintenant dans le garage, cela prouvait qu'il était redescendu avec. La voiture n'avait peut-être pas voulu démarrer, et Toby avait dû enlever son pardessus pour regarder sous le capot ; ensuite, il avait oublié de le remettre, et il était parti en le laissant dans le garage. Personne ne pourrait donc soupçonner Justin. Il n'imaginait pas que son geste pouvait avoir une importance quelconque et, dans sa hâte de dissimuler sa découverte à sa mère, il n'aurait même pas songé à lire la lettre s'il ne l'avait d'abord prise pour un billet de cinq livres. Dès qu'il eut déchiffré les premiers mots, il fut saisi par une vive curiosité.

Polly, ma chérie, disait la lettre, *je t'aime depuis si longtemps. En frère, pensais-je, ou même en père... ma princesse, ma préférée. Je me suis obligé à le croire. Mais nous savons tous deux maintenant – comment ne nous en sommes-nous pas aperçus plus tôt ? – que la vérité était tout autre. Je ne t'aurais jamais touchée, jamais, tu le sais, si tu ne t'étais pas tournée vers moi dans ta détresse, me réclamant de l'amour sans t'en rendre compte, avec ton innocence habituelle. Tu avais besoin de moi et tu t'es raccrochée à moi comme si tu te noyais. Je t'ai sauvée et je me suis perdu. Je t'ai prise et j'ai effacé l'outrage que tu avais subi. Souviens-toi de ça et oublie ce que je t'ai demandé aujourd'hui. J'étais fou de croire que tu pourrais accepter. Tu n'as rien à te reprocher. Polly... tu as éclairé mon existence. Ces cinq dernières années, ma vie n'a été supportable que grâce à toi. Désormais, je ne veux plus vivre dans les ténèbres. Polly, mon amour...*

Il ne put continuer.

– Justin... ?

Eunice qui, depuis deux jours, suivait son fils comme une ombre, s'approcha en voyant la porte du garage ouverte.

– Justin... les affaires qui sont ici sont à ton père ; ce sont *ses* affaires. Sors d'ici.

– Oh ! maman... je t'en prie.

– Cesse de fouiller dans ce qui appartient à ton père et à *moi*, Justin.

Elle reconnut alors le manteau que portait Justin et se jeta sur lui pour l'en dépouiller, le tirant par les revers et les manches. Soudain, elle vit qu'il avait une lettre dans la main. L'écriture de Toby. Les mots de Toby. *Son* Toby. Comment ce petit voleur qui, il n'y avait pas si longtemps, était son fils chéri, osait-il la lui soustraire ? Telle une furie, elle le frappa au visage ; c'était de nouveau cette folle dont il aurait eu si peur si elle n'avait pas été sa mère.

C'en était trop.

Il jeta la lettre et s'enfuit.

Ayant décidé que la comédie avait assez duré, Miriam avait fini par convaincre Polly de descendre pour le dîner. La scène qui s'était déroulée sur la tombe de Toby avait déjà été assez désastreuse, et puisqu'il fallait maintenant trouver un autre fiancé, il était préférable qu'on ne crût pas que sa fille avait perdu la raison à cause de Roger. Comprenant qu'elle ne pouvait pas rester indéfiniment enfermée dans sa chambre, Polly avait fini par accepter de venir à table, et elle faisait tourner les aliments en rond dans son assiette, du bout de sa fourchette. Le repas venait de s'achever. Benoît avait regagné son bureau, et les deux femmes étaient assises au salon dans un silence pesant. Soudain, Eunice apparut sur le seuil, hors d'haleine. Elle était accourue à Montfleuri dans l'intention manifeste d'assassiner sa sœur.

– Eunice, ma chérie.

– Traînée !

Polly se leva d'un bond. Elle comprit aussitôt.

– Non, murmura-t-elle. Non...

– Tu as tué mon mari.

– Non... non... je t'en supplie.

– Criminelle !

– Oh non...

– Tu l'as séduit et tu l'as tué. Il s'est jeté dans la carrière à cause de toi.

Elle avait toujours détesté Polly, du moins le croyait-elle à cet instant. Toujours. En la voyant reculer, la terreur peinte sur le visage, se recroqueviller, s'aplatir, comme la catin, la vermine qu'elle était, Eunice exulta. Elle n'avait pas besoin d'arme. Rien que ses mains nues autour de son cou. Polly, qui était pourtant plus grande, plus forte et bien plus jeune, était incapable de se défendre ; elle se contentait de geindre et de trembler, parce qu'elle se savait coupable.

– O mon Dieu...

Miriam, blanche comme un linge, courut chercher Benoît qui eut beaucoup de mal à les séparer.

Bien qu'elle n'eût aucune tendresse particulière pour aucune de ses filles, le spectacle d'Eunice en furie, et de Polly glacée d'épouvante, le bruit, l'odeur de tant de haine et d'horreur lui perçaient le cœur. Et que disaient-elles ? Eunice lançait des accusations effrayantes contre Polly et Toby. Comment était-ce possible ? Ce n'était pas vrai ; c'était trop ignoble. Pourtant, au lieu de nier, Polly tremblait, sanglotait et suppliait Benoît de tenir Eunice à l'écart. Pendant qu'Eunice... était-elle devenue folle ? Les médecins, l'asile... oh non, pas ça ! Elle ferma les yeux et, dans un brouillard, elle vit défiler des images de fous qu'on l'avait obligée à regarder dans sa jeunesse, des êtres enchaînés et délirants qui l'avaient alors épouvantée, comme sa propre fille l'épouvantait en ce moment. Ou bien c'était Toby qui était devenu fou ? Il avait dû fabriquer cette lettre de toutes pièces. Les hommes ont parfois des idées bizarres, surtout à cet âge. Elle essaya d'intervenir, de leur soumettre cette version que l'on pourrait en tout cas servir aux domestiques et aux voisins. Elle ouvrit la bouche, remua la langue, mais aucun son ne sortit. Sa voix s'était peut-être perdue dans ce tohu-bohu. Elle fit une nouvelle tentative ; elle voulait les raisonner. Sa sagesse était préférable à leur vérité... et elle était moins dangereuse.

– Mes enfants... calmez-vous.

Mais soudain Polly s'empara des coussins du canapé et – quelle réaction ridicule – les jeta sur sa sœur que Benoît maintenait toujours. Miriam eut l'impression que tout se brouillait autour d'elle.

– Mes enfants... Oh !... je ne me sens pas très bien.

Ils ne l'entendirent pas, et quelques instants s'écoulèrent avant qu'ils ne remarquent qu'elle n'était plus assise droite dans son fauteuil, mais qu'elle s'était évanouie.

On la transporta sur son lit et on appela le médecin.

– Reste avec elle, ordonna Benoît à Eunice. Monte dans ta chambre et n'en bouge pas, lança-t-il sèchement à Polly.

Elles obéirent. Polly ferma sa porte à clé, en se disant que sa vie était finie, qu'Eunice la tue ou non. Quoi qu'il lui arrive désormais, elle le méritait. Aucune punition ne serait assez sévère. Elle s'était tournée vers Toby comme vers un père. Il avait toujours été si bon, si tendre, elle le connaissait si bien, elle avait tant d'affection pour lui, tant de confiance, qu'elle s'était réfugiée tout naturellement dans ses bras, avec une sensation de sécurité semblable à celle qu'elle éprouvait quand elle était toute petite, et qu'elle n'avait plus retrouvée depuis la mort d'Aaron. Elle s'était sentie si bien. « Je t'aime bien, Toby. » Elle se rappelait lui avoir murmuré ces mots, et ce qui s'était produit ensuite avait été comme le prolongement de ce miracle. Ses baisers passionnés ne lui avaient pas paru suspects. Il était si tendre, il n'avait manifesté aucune agressivité, et même quand il lui fit ce que Roy Kington lui avait fait si peu de temps avant, elle ne s'en était presque pas aperçue et n'avait pas établi de rapprochement entre les deux événements. La chose avait été si brève, si vite terminée, qu'elle avait à peine interrompu les caresses réconfortantes dont elle avait tant besoin.

Et il était mort à cause de ça.

Le lendemain, il lui avait demandé de partir avec lui. Le courage lui avait manqué, elle avait perdu la tête, et lui la vie. Ne sachant trop comment s'y prendre pour se supprimer elle-même, elle souhaitait du fond du cœur que sa sœur la tue. Il valait bien mieux pour tout le monde qu'elle disparaisse. Pourtant, une heure plus tard, quand elle se trouva face à face avec

Eunice, dans la salle de bains, elle fut saisie de frayeur et se plaqua contre le mur en fermant les yeux.

– Et maintenant, tu as tué maman, siffla Eunice.

– Non, réussit à articuler Polly.

– Si, insista Eunice.

En réalité, Miriam n'était pas morte. Elle était même hors de danger. Mais le désir de meurtre qu'Eunice ressentait quelques heures plus tôt avait laissé place à un besoin de faire du mal.

– Elle est morte, et c'est toi qui l'as tuée. Avant de mourir, elle a dit que c'était ta faute. Te voilà seule avec moi, Polly.

– Et Benoît ?

– Non... Il est allé s'occuper des formalités.

Cela paraissait affreusement vraisemblable.

– Donc, il n'y a que moi...

Polly cria, repoussant Eunice avec la force du désespoir, elle prit la fuite, pour sauver cette vie qui lui semblait pourtant indigne. Elle dévala l'escalier, sortit de la maison et courut jusqu'à la grille de la propriété. Elle était bannie, exilée.

– Polly est-elle toujours dans sa chambre ? demanda Benoît une heure plus tard, se souvenant soudain de sa sœur.

– Oui, répondit Eunice qui avait retrouvé assez de raison pour avoir conscience qu'elle mentait, mais sans pouvoir s'en empêcher.

– Veille à ce qu'elle y reste.

La route de Montfleuri à Faxby descendait, et Polly la suivit tout naturellement. Où aller ? Vers la rivière, peut-être ? Ou la voie du chemin de fer ? Elle savait qu'elle était incapable de mettre fin à ses jours. Il faudrait trouver une autre sorte de punition. Ce fut à ce moment qu'elle croisa Arnold Crozier, au volant de sa Rolls, ce qui n'était guère surprenant, étant donné qu'elle était arrivée au voisinage de la

Couronne. Il s'arrêta et l'invita à monter dans sa voiture.

Elle garda très peu de souvenirs de cette soirée. N'ayant presque rien mangé depuis plusieurs jours, la première gorgée de vin lui monta instantanément à la tête. Il y avait longtemps qu'il l'observait. A ses yeux, elle était en quelque sorte le modèle original sur lequel était calquée la série de blondes interchangeables qui se succédaient dans son lit. Elle était la blonde d'entre les blondes, l'évaporée par excellence, le piment que réclamait son palais blasé. Jusque-là, il la croyait intouchable, aussi saisit-il sa chance avec beaucoup de calme et d'habileté, conscient qu'il n'y avait rien à gagner, dans ce domaine, à avoir trop de scrupules. Il l'emmena dans la Suite mandarine et lui fit boire toute une bouteille de champagne. Elle devint chatte, prit des airs de sainte nitouche, et manifesta le désir d'être cajolée et caressée. Alors, il la porta triomphalement sur le lit mandarine et déploya une maestria que Polly elle-même aurait admirée, si elle avait été plus lucide.

Arnold Crozier n'était pas beau, mais il aimait et comprenait les femmes. Entre ses mains, le corps de Polly, détendu par l'alcool, était un joyau qu'il fallait faire scintiller, un festin à déguster avec la délicatesse d'un gourmet. Il s'efforça de lui donner du plaisir, sans y parvenir. Polly rêvait qu'elle était couchée avec Arnold Crozier et qu'une sensation très étrange naissait au creux de son abdomen, puis envahissait tout son corps, une sensation qu'elle avait éprouvée en rêve une fois ou deux, mais jamais avec cette intensité. Quand elle se réveilla à côté d'Arnold, dans la lumière grise du matin, il suscita de nouveau en elle cette chose incroyable. Elle se dit alors qu'elle avait trouvé une solution de remplacement aux rails de chemin de fer. L'araignée l'avait capturée. Ce qu'il lui faisait était répugnant, mais elle n'en était pas moins remplie d'émoi. Existait-il un meilleur moyen de s'avilir ?

Elle lui annonça qu'elle ne pouvait pas retourner à Montfleuri. Il aurait dû s'inquiéter, car cela ressemblait à un piège. Mais Polly n'était pas seulement à son goût, c'était aussi une Swanfield, une jeune fille riche et de bonne famille. Il commençait justement à se lasser de ces aventures qui lui coûtaient souvent plus cher qu'elles ne valaient.

– Je t'emmène avec moi, déclara-t-il.

Polly appréciait l'autorité des hommes d'un certain âge. Elle monta dans la Rolls, enveloppée dans un manteau de soirée en velours, oublié par la dernière blonde d'Arnold. Après une courte étape à Manchester, pour acheter des vêtements, ils prirent le train, puis le bateau pour Rotterdam où Arnold se rendait pour ses affaires.

N'avait-elle plus rien à craindre ? Elle savait qu'il avait téléphoné, ou fait téléphoner, à Montfleuri. Jusqu'à présent, personne n'était venu la chercher. Le jour, elle restait prostrée dans une perpétuelle somnolence, incapable de rassembler ses pensées. La nuit, il réveillait invariablement l'étrange sensation.

– Pourquoi ne pas se marier ? proposa-t-il.

Elle éclata en sanglots. Comment pourrait-elle se marier sans robe blanche, sans voile brodé et sans une douzaine de filles d'honneur vertes de jalousie ?

– Réfléchis, dit-il en haussant les épaules.

– Oh non ! Je ne pourrais pas.

Elle fut toutefois obligée de reconsidérer sa décision au bout de trois semaines, quand elle se rendit compte qu'elle attendait un enfant.

22

Miriam avait eu une crise cardiaque, déclenchée, selon elle, par les bouleversantes révélations de ses filles, et son rétablissement était entravé par la dépression nerveuse d'Eunice et l'inconduite de Polly.

Le choc avait été si terrible qu'après trois ou quatre mois elle ne pouvait toujours pas y penser sans pleurer. Et, comme elle ne pensait guère à autre chose, elle passait le plus clair de son temps à verser des larmes. Benoît avait sûrement fait tout ce qu'il pouvait. Pourtant, elle se disait qu'il aurait dû s'apercevoir que Polly n'était pas à la maison. Il est vrai qu'Eunice avait brouillé les pistes, en prétendant avoir parlé à sa sœur à travers la porte de sa chambre, alors qu'elle l'avait mise en fuite en la menaçant de Dieu sait quoi. Tout de même, Benoît aurait dû se douter qu'Eunice n'avait plus sa raison, que le coup avait été trop rude pour elle, après avoir perdu Toby, d'apprendre comment elle l'avait perdu. Elle n'arrivait pas à accepter cette idée. D'ailleurs, qui pourrait la critiquer ? En effet, qu'il se fût suicidé ou qu'il eût eu un véritable accident, il avait voulu la quitter. Quel malheur ! Mais c'était un malheur encore plus grand que Benoît n'ait pas su que Polly s'était enfuie, la croyant endormie dans son lit, avant qu'Arnold Crozier lui téléphone pour lui annoncer qu'il l'emmenait en voyage avec lui.

Et Benoît l'avait laissée partir.

Bien entendu, il disait maintenant que c'était la faute d'Eunice. Et comment aurait-il pu abandonner deux femmes malades, quatre enfants et l'usine pour courir sur le continent à la poursuite de Polly ?

– De toute façon, le mal est fait, avait-il rétorqué. Je pense même qu'il l'était déjà quand il m'a téléphoné.

Oui, voilà ce qu'il lui avait dit : à elle, la mère de Polly, sans se soucier de l'état d'impuissance et de faiblesse où elle était. Elle était devenue une infirme, incapable de se lever plus d'une heure ou deux par jour, pendant lesquelles, si le temps le permettait, on l'emmenait dans le jardin où elle prenait le soleil dans une chaise longue. Voilà où elle en était, avec pour compagnie Eunice qui restait collée à elle comme un chien perdu, la figure sale, les cheveux embroussaillés, le regard fixe. Quant à Nola, malgré ses grandes idées humanitaires, elle ne s'intéressait aux malheurs d'autrui que s'ils avaient pour cadre une chambre meublée misérable, dans les parages de la place de l'Hôtel-de-Ville. Et ces gosses qui n'arrêtaient pas de claquer les portes, de crier, d'abîmer ses meubles, de rayer le parquet et de fumer au lit – oui, ils avaient beau le nier et Eunice s'en moquer, elle en était sûre.

Voilà où elle en était. Pendant ce temps, aux dernières nouvelles, Polly se dorait au soleil de Cannes.

A Faxby, on se perdait en conjectures. Comme il fallait s'y attendre, les événements de la fatale nuit n'étaient pas passés inaperçus des domestiques. Bien entendu, ils avaient bavardé avec d'autres domestiques qui, à leur tour, n'avaient pas perdu de temps pour répandre la nouvelle. Aujourd'hui, l'opinion publique se partageait entre ceux qui croyaient que Polly avait séduit Toby – le veinard ; ceux qui estimaient que c'était l'inverse ; ceux qui pensaient que tout cela était une invention d'un esprit malade – celui de Toby ou d'Eunice, selon le cas ; et, enfin, un groupe assez important, composé surtout de femmes, qui jugeait qu'Eunice était une idiote de ne pas avoir prévu la chose, puis de s'être mise dans un tel état quand elle était arrivée.

Le seul point sur lequel tout le monde s'accordait, c'était pour dire que c'était une triste affaire. Polly suscitait plus d'indulgence qu'elle n'aurait dû, parce que Arnold Crozier, malgré sa réputation de vieux débauché, était millionnaire. Un certain nombre de personnes excusaient sa conduite, à cause de ses fiançailles rompues avec Roger Timms.

Mais nul ne savait vraiment ce qui s'était passé. Un grand nombre de personnes avaient été conviées au mariage. La plupart avaient acheté leur cadeau, ce qui les mettait dans une position à peine moins embarrassante que ceux qui l'avaient déjà envoyé ; il était en effet délicat de les retourner chez Taylor & Timms d'où ils provenaient généralement. Que faire ? Apparemment, Polly s'était mariée à l'étranger, dans l'intimité, et, puisqu'elle n'avait invité personne, elle avait perdu ses droits à recevoir des présents. Il fallait tout de même les conserver, pour le cas où Edith Timms finirait par se rendre à l'insistance de son fils et accepterait – point sur lequel elle était jusque-là farouchement opposée – d'assister à son mariage avec Adela Adair.

A moins qu'il ne s'en aille, comme Polly, et ne revienne marié ?

C'était vraiment le monde à l'envers.

Jamais Edith ne s'était imaginé que la domination qu'elle exerçait sur son fils pourrait prendre fin. Pourtant, en la circonstance, et bien qu'elle refusât de l'admettre, elle savait qu'elle avait perdu la partie. Ce fut une surprise pour tout le monde, et d'abord pour Adela Adair. Elle avait trente-deux ans et se sentait plus âgée. C'était une femme de santé médiocre, sans grand talent et sans beauté, mais quand elle était assise au piano, à la lumière des bougies, ses cheveux roux étaient d'un assez bel effet, et elle avait l'art de poudrer très habilement ses taches de son. Elle n'était pas particulièrement ambitieuse ni vertueuse, elle connaissait ses limites dans ces domaines, et n'avait vu en Roger qu'un moyen commode de se procurer du calvados et des cigarettes turques. Ayant remarqué le manège de Polly, elle avait un peu pitié de lui, tout en le considérant comme un imbécile. Le soir où sa fiancée l'avait fait attendre un peu trop longtemps et où il lui avait proposé de la raccompagner, elle avait accepté, sans aucune arrière-pensée. Ensuite, elle lui avait offert une tasse de chocolat, par simple politesse. Mais il s'était installé confortablement devant la cheminée, dans cet appartement qui, pour être un peu vétuste, n'en était pas moins chaud, gai et propre. Puis, comme elle se sentait seule et que c'était dans la progression logique des choses, elle l'avait emmené dans son lit.

Roger Timms avait vingt-sept ans. Il était doté d'une robuste constitution et d'un tempérament vigoureux, mais la timidité et une absence totale de confiance en soi l'avaient empêché d'avoir des expériences amoureuses. Il avait toujours été maladroit, « empoté », disait sa mère ; il avait du mal à comprendre ce qu'il fallait faire, même pour des choses relativement simples. Edith se moquait de sa gaucherie. Polly avait suivi son exemple, et l'adoration qu'il avait conçue pour elle le rendait encore plus balourd et plus emprunté. Il avait peur d'être ridicule la nuit de ses noces.

Cette seule pensée lui donnait des sueurs froides. Il désirait ce moment et le redoutait à la fois. Il se demandait comment il allait pouvoir s'en sortir. Polly se moquerait de lui, bien entendu, ce qui ne vint pas une seconde à l'idée d'Adela Adair, qui était plus âgée, plus indulgente et moins exigeante. Naturellement, il s'y prit très mal, et ne lui donna pas le moindre plaisir, mais elle s'arrangea pour qu'il crût le contraire, en se disant qu'il y a un commencement à tout et que le meilleur moyen pour qu'il apprît était de l'encourager un tant soit peu.

– C'était merveilleux, Roger.

Il n'en revenait pas. Elle avait fait de lui un homme. Et, surtout, elle était gentille et riait de ses plaisanteries au lieu de rire de lui. C'était très agréable. Il n'imaginait pas que les femmes pouvaient être si gentilles et si simples. Il avait beau ne pas être très malin, il comprit vite qu'il ne serait jamais si détendu et si bien avec Polly.

Ensuite, les événements se bousculèrent, ce qui provoqua une certaine confusion dans l'esprit déjà embrouillé de Roger. L'affaire de la bague, par exemple. « Rendez-la à Roger et dites-lui qu'il la donne à quelqu'un d'autre », s'était écriée Polly quand Kit lui avait téléphoné le lendemain matin. Kit transmit le message et, parce que ça l'arrangeait, Roger choisit de croire qu'elle savait où il avait passé la nuit, et qu'elle lui rendait donc sa liberté. Splendide. Il avait déjà décidé de ne pas l'épouser, mais il ne savait pas comment le lui dire, aussi fut-il immensément soulagé. Il alla trouver sa mère de ce pas pour lui annoncer joyeusement qu'il avait trouvé une autre fiancée.

– Allons, allons, mon petit. Tu me fatigues. J'ai mal à la tête, ce matin.

Comme Polly, pensa Roger.

– Eh bien, Roger... qu'est-ce que c'est que cette histoire ?

Il n'était pas intelligent, mais il était entêté, et Edith l'avait sous-estimé. En outre, ne s'étant jamais doutée de la peur qu'il avait d'être méprisé par Polly à cause de sa maladresse en amour, elle ne pouvait évaluer à sa juste valeur sa reconnaissance envers Adela Adair. Roger se tenait un raisonnement très simple : pourquoi chercher ailleurs ce qu'il avait déjà trouvé, et courir le risque d'être une nouvelle fois tourné en ridicule ? Il avait découvert sa moitié, voilà tout.

– Seigneur, dit Adela quand il songea enfin à la mettre au courant du rôle qu'elle jouait. Ta pauvre mère ! Je ne peux pas lui faire ça.

MacAllister la saisit alors par le bras et l'entraîna à l'autre bout du bar.

– Avez-vous perdu la tête ? murmura-t-il. C'est Timms de Taylor & Timms. Ne vous occupez pas de sa mère. Contentez-vous de le rendre heureux.

Polly, sous le nom de Mme Arnold Crozier, revint en Angleterre pour la naissance de son enfant. Elle possédait un manteau de vison abricot pour l'été et un bleu pour l'hiver. Elle portait des bagues à chaque doigt, et les diamants qu'elle avait aux oreilles étaient plus gros que celui qu'elle avait restitué à Roger. Les biens de son époux comprenaient plusieurs grands magasins d'une importance comparable à celle de Taylor & Timms, répartis dans tout le pays. Elle descendit de la Rolls, jolie, élégante, et elle pénétra dans le hall de la *Couronne* avec Arnold venu faire une courte visite à Faxby afin de prendre des dispositions pour l'avenir de l'hôtel.

– Bonjour, Claire. Nous revoilà. Comme c'est drôle. Vous allez devoir me servir le thé, me distraire et satisfaire à tous mes caprices, pendant que mon mari... quelle farce, hein ?... et votre... comment l'appelez-vous ?

– Mon patron, murmura Claire.

– Bon. Soyons discrets. Votre patron. J'ai pourtant entendu dire autre chose, et je ne vous critique pas le moins du monde. Quoi qu'il en soit, vous êtes censée vous occuper de moi pendant que mon époux et ce vieux traître de Kit Hardie – non, maintenant, je ne le trouve plus vieux, croyez-moi – discutent de choses importantes. Par exemple, comment gagner l'argent que nous dépensons... ou, en tout cas, que je dépense.

La dernière fois que Claire avait vu Polly, c'était

une enfant terrifiée, agenouillée au bord de la tombe de Toby. Elle la retrouvait éclatante, caustique, étincelante de sourires et de diamants, babillant, s'agitant, prenant des poses, et se regardant évoluer. Elle était en représentation et jouait à la jeune femme d'un homme riche qui veut que tout le monde remarque qu'elle est folle de son argent.

– Ah ! mon Dieu, rien n'a changé ici.

Après avoir voyagé pendant plusieurs mois avec Arnold, elle s'était habituée aux palaces où ils avaient toujours la plus belle suite. Elle aurait même pu faire remplir sa baignoire avec du champagne, si elle l'avait voulu. Et des robes ! Il fallait que Claire vienne chez elle – elle lui enverrait la Rolls – ne serait-ce que pour qu'elle lui montre ses toilettes. Pour l'instant, elle avait surtout des manteaux, des chapeaux et des chaussures, étant donné son état, mais dès qu'elle aurait retrouvé sa ligne, une seule destination : Paris. Elle en reviendrait avec des malles pleines. Arnold ne s'y opposerait pas. Il aimait la voir dépenser. Ou du moins, il aimait la voir habillée de façon que tout le monde la regarde. Il était ravi quand les gens se retournaient sur elle. Il était très connaisseur en bijoux. Nanette, la femme de son frère, estimait qu'elle devrait les laisser au coffre. A quoi bon en avoir, dans ces conditions ? Elle les mettait pour prendre son petit déjeuner, et même pour dormir, quand l'envie l'en prenait. Pourquoi pas ? Arnold ne s'en plaignait pas. C'était une compensation pour ne pas avoir eu un grand mariage. Oh si, ils s'étaient mariés légalement ! Elle avait mis son vison abricot, un chapeau à plumes et piqué quelques orchidées çà et là. Enfin... !

– Venez prendre un verre.

Elle entra dans le bar de sa démarche dansante et tendit les deux mains à MacAllister, à qui l'on n'avait pas encore proposé de venir à Wansfell Howe et qui, par conséquent, l'accueillit avec toute la chaleur due à la femme de son patron.

– Comment dois-je vous appeler ? Pol... madame Crozier ?

– Polly ira très bien. Un *gin and tonic*, Claire ?

– Je suis en service.

– Puisque vous vous occupez de moi, prenez un whisky sour, comme Roger.

Elle avait prononcé son nom sans aucun embarras.

– Il s'est marié avec cette femme ?

– Je crois. En tout cas, elle nous a donné son congé et elle nous a quittés la semaine dernière. Ils ont dû partir quelque part, discrètement.

– Pour échapper à cette pauvre Edith. Je ne les critique pas. Il sera plus heureux avec elle qu'il ne l'aurait été avec moi.

N'avait-elle pas d'autres souvenirs ? Apparemment, non.

– J'ai ma voiture personnelle, naturellement.

– Naturellement.

– Et des comptes partout... même chez Harrods.

Au moment où MacAllister tirait son rideau et où elles s'apprêtaient à partir, elle hésita un instant puis, se dirigeant vers l'extrémité du bar, elle s'appuya contre le dernier tabouret.

– C'est là qu'il se mettait... je parle de Toby.

– Oui, je sais.

– Soir après soir. Espérant que je viendrais, et ne me quittant pas des yeux quand j'arrivais. C'est lui qui me l'a dit. Pensez-vous que ce soit vrai ? Ou bien est-ce seulement un de ces trucs que racontent les hommes... ?

Un silence s'installa entre les deux femmes. L'émotion était si vive que la voix de Claire parvint comme étouffée.

– S'il vous l'a dit, Polly, je pense qu'il y a de grandes chances pour que ce soit vrai.

– Oui. Moi aussi. Et maintenant montons dans

cette infâme Suite mandarine pour prendre le thé. Avec des sandwiches... du saumon fumé et des gâteaux. Amandine est toujours là ?

– Non. Nous avons engagé une Suissesse... une personne minuscule, qui fait de délicieux éclairs.

– Ah ! très bien. J'en veux une douzaine.

Tranquillement installée dans ce qui avait été l'antre de débauche de son mari, ses chevilles légèrement enflées reposant sur un pouf, elle engloutit des éclairs, des gâteaux au chocolat et des beignets aux groseilles, avec son appétit coutumier.

– Je mange pour deux.

– Au moins.

– Des jumeaux ? Vous croyez ? Ce serait merveilleux !

– Vous êtes contente d'avoir un enfant, Polly ?

– Ça vous étonne, hein ?

Claire secoua la tête.

– Moi aussi. On ne se connaît pas toujours bien. Le seul fait d'être mariée avec Arnold m'a appris beaucoup de choses. Je crois que j'ai *vieilli*.

– Vous voulez dire que vous avez grandi ?

– Non. J'ai bien dit « vieilli ».

Alors, appuyant sa tête contre le dossier du fauteuil, son ventre doucement arrondi par un enfant dont elle ne savait pas avec certitude qui en était le père, elle sourit et, après beaucoup d'hésitation, elle révéla à Claire les circonstances de la mort de Toby.

– Je voulais simplement que quelqu'un sache ce que je ressentais, c'est tout. Quand j'ai repris mes esprits, ce qui a été assez long, je me suis reproché de ne pas être partie avec lui. Mais quelle vie il aurait eue avec moi, telle que j'étais alors. Je ne l'aurais pas rendu heureux. C'est ce que je me suis dit pour me consoler. Mais quand même... est-ce que je l'ai tué, Claire ?

– Vous aviez vingt ans, Polly, et lui quarante-cinq.

Il aurait dû savoir que vous n'étiez pas de taille à assumer la situation.

– En suis-je moins fautive ? Et ne me dites pas qu'il devait être fatigué d'Eunice pour perdre ainsi la tête à cause de moi. J'y ai pensé. Elle aussi, sûrement. Si j'étais sa seule raison de vivre, il ne lui restait plus grand-chose, alors. La vie l'avait usé jusqu'à la corde, le pauvre.

– Certainement.

– Le plus terrible, c'est qu'il me manque.

Elle pleurait sans bruit ; les larmes s'amassaient au bord de ses cils, puis roulaient l'une après l'autre le long de ses joues. Quand elle eut suffisamment épanché son chagrin, elle se tamponna les yeux avec un mouchoir de batiste et sourit.

– Je ne devrais pas me mettre dans un tel état... à cause du bébé. Je l'aime, ça, je peux vous le dire. Je ne sais pas à quoi il ressemblera ni même si ce sera un garçon ou une fille, et je m'en fiche... quoique je préférerais une fille.

– Pourquoi, Polly ?

– Oh !... on a tendance à se représenter un bébé comme étant obligatoirement du sexe masculin, je me demande pourquoi. Une copie du père. Moi aussi, au début, je croyais que ce serait un garçon, mais j'avais trop l'impression de jouer à la devinette. Alors, je me suis dit : pourquoi pas une fille ? Une copie de moi qui ne serait pas moi. C'est-à-dire qu'elle ne serait ni gâtée ni négligée, comme moi. Je m'y prendrais beaucoup mieux avec une fille, et Arnold me laissera faire. Il s'imagine que cet enfant ne sera pour moi qu'un jouet, voyez-vous.

– Oui. Je comprends.

– Dites, Claire... je voudrais...

Y avait-il une chose qu'Arnold ne pouvait lui donner ?

– Voilà, j'aimerais bien revoir ma mère. Pensez-vous qu'elle me mettra à la porte si je vais à Montfleuri ?

– Franchement, Polly, je n'en sais rien.

Toby disparu, Claire n'avait plus aucune source d'information sur ce qui se passait dans la grande maison. Pour la première fois, elle prit conscience qu'il lui manquait, à elle aussi.

– Je n'ai plus aucune nouvelle, ajouta-t-elle.

– Il faut que je sois sûre, vous comprenez. Je n'ai pas envie qu'Eunice se jette sur moi... à cause du bébé. Je ne veux pas que ma mère ait une autre attaque. Mais si elle acceptait de me recevoir et qu'elle y soit préparée... ? Je ne reviendrai pas à Faxby avant la naissance et... on ne sait jamais. J'ai le pressentiment que si je ne la revois pas maintenant... Bon, vous comprenez ce que je veux dire. Ne pourriez-vous pas monter pour demander...

Non, Claire ne pouvait pas. Mais, comme elle n'avait aucune raison valable pour justifier son refus, Polly s'obstina. Il était normal qu'une fille dans son état ait envie de voir sa mère. Arnold Crozier, qui était partisan des situations claires en ce qui concernait les questions d'argent, aurait bien été trouver Miriam lui-même. Non qu'il eût besoin de la fortune de Polly. Loin de là. Il suffisait de regarder les mains de sa femme. Mais, puisqu'elle avait de l'argent, c'était dommage d'y renoncer. Pourquoi ne pas s'en servir pour constituer une dotation au premier enfant de Polly ? Mais ce qui lui tenait le plus à cœur, c'était que sa « jolie Polly » ne soit pas malheureuse, surtout dans son état. Claire avait-elle une raison précise de ne pas vouloir aller à Montfleuri ? N'était-ce pas tout simplement... une lubie ? Il lui fit comprendre qu'il était hors de question de se montrer capricieuse, quand le bonheur de sa femme était en jeu.

– Tu devrais accepter, lui conseilla Kit.

– Non. Dis-lui qu'il aille au diable.

– Tes sentiments personnels ne l'intéressent pas du tout.

Elle le regarda d'un air atterré.

– Je n'étais pas absolument certaine que tu savais, Kit.

– Pour Benoît Swanfield ? Si, je le sais. Ce n'est d'ailleurs pas la meilleure initiative que tu aies prise.

– Mettons cela sur le compte de la « neurasthénie ».

– D'accord. Maintenant, va le trouver et profites-en pour lui demander de te remettre ton capital, afin de l'investir dans Wansfell Howe.

Elle se sentit soudain aussi joyeuse qu'elle était abattue l'instant d'avant, et elle éclata de rire.

Il fallait agir vite. Inutile de téléphoner pour demander un rendez-vous, puisque Miriam et Eunice ne bougeaient plus de Montfleuri. Claire appela pourtant et laissa un message avertissant Benoît de sa visite.

Son cœur s'arrêta de battre quand elle vit sa voiture dans l'allée. Elle avait espéré qu'il ne serait pas là. Mais cet espoir était une trahison vis-à-vis d'elle-même, et c'était peut-être aussi une réaction déloyale envers Kit. Elle se demanda malgré tout s'il en serait vraiment affecté. Il n'exigeait pas d'elle un amour passionné. Un tel sentiment l'aurait embarrassé. Et elle ? Il désirait établir entre eux une relation fondée sur une association librement consentie, stimulante, vivifiée par un travail accompli en commun, pimentée par des rapports amoureux pleins de fantaisie. Il voulait qu'elle reste près de lui, à la barre, pour qu'elle le relaie, comme elle le faisait ces derniers temps où elle consacrait chaque seconde de son temps libre et chaque parcelle de son énergie à Wansfell Howe. Son meilleur ami était aussi son amant et, sur bien des plans, elle était plus heureuse avec lui qu'elle ne l'avait été avec Benoît, avec Paul ou avec n'importe qui.

Le valet de chambre était nouveau. Il la reçut comme une étrangère et l'informa, avec un respect que son prédécesseur ne lui avait jamais témoigné, que « madame » l'attendait au salon, et que M. Swanfield avait demandé qu'elle lui accorde ensuite quelques instants d'entretien.

Elle hocha la tête avec un sourire indécis et remarqua aussitôt que la maison avait changé. Sans être vraiment négligée, car le ménage était fait tous les matins, elle semblait dépeuplée et ne vivre que par endroits. Les deux femmes restaient confinées dans leurs chambres de malade et Benoît ne quittait pas son bureau. Les repas étaient servis individuellement sur des plateaux, et les domestiques, que personne ne surveillait plus, s'occupaient le moins possible des enfants livrés à eux-mêmes. Les plantes du hall étaient desséchées et sans vie. Montfleuri, ce nid luxueux que Miriam s'était constitué avec tant de soin, l'œuvre de sa vie, était en train de prendre cet aspect impersonnel qu'ont les institutions gérées par l'administration.

Pourtant, bien qu'elle fût diminuée, Miriam gardait assez de finesse pour accueillir Claire sans reproches. Elle savait bien que le genre de tirades qu'affectionnait Dorothée (« Alors, vous condescendez enfin à venir me voir ? Il était temps. Comment se fait-il que vous ne soyez pas venue plus tôt ? ») ne produirait pas l'effet désiré. Elle sourit donc et, de la petite voix essoufflée qu'elle avait maintenant, elle déclara :

– Je suis si heureuse de vous voir, ma chère enfant.

C'était vrai. Elle n'avait jamais été aussi sincère de sa vie.

La maladie l'avait transformée. Claire s'y attendait, mais elle fut quand même choquée de la trouver si rabougrie, si vieillie, avec son corps d'enfant malingre enveloppé dans un peignoir de dentelle beaucoup trop grand pour elle, et son alliance flottant autour de son annulaire. Sa physionomie avait perdu sa vivacité et sa douceur. Toutes ses ressources intellectuelles étaient monopolisées par la volonté de retrouver assez de santé et de force pour recommencer à manigancer ses petites intrigues.

Claire s'assit auprès d'elle et lui prit la main. Dans cette pièce aussi, le changement la frappa. Ce salon, qui était le cœur vivant de la maison, paraissait abandonné ; les vases, qui jadis regorgeaient de fleurs, étaient vides ; les bibelots n'étaient pas tout à fait à leur place et certains avaient même disparu. Plusieurs cadres étaient accrochés de guingois, la bonne estimant sans doute que sa tâche était de les épousseter et non de les redresser.

Devinant combien cela devait irriter Miriam, Claire se leva et les remit droit.

– Merci, ma chérie. C'est très gentil. Comme vous voyez, je suis réduite à l'impuissance.

Elle demeura relativement sereine jusqu'à l'arrivée d'Eunice, ou plutôt de la caricature d'Eunice. Elle n'avait jamais été élégante, loin de là, mais aujourd'hui on aurait dit que ses vêtements étaient simplement épinglés sur elle et qu'ils allaient se désagréger d'un instant à l'autre. Il émanait de cette femme qui avait toujours été très nerveuse une impression d'anxiété latente, d'excitation perpétuelle, d'agitation incessante, et Claire se sentit aussitôt gagnée par cette fébrilité.

– Ah ! tu es là, maman.

Miriam ferma les yeux.

– Comment allez-vous, Eunice ?

C'est tout ce que Claire trouva à dire.

– Je suis très occupée.

– Ah !... c'est bien.

– Oui, j'ai beaucoup à faire.

Sur ce, elle commença de tourner dans la pièce, déplaçant un peu les objets, fouillant sous les coussins, tirant sur les rideaux, s'emparant brusquement d'une pile de journaux qu'elle avait elle-même posés là, pour les apporter près de la fenêtre où elle les examina à la lumière, avec une intense concentration. Que cherchait-elle ? Des excuses ? Un but ? Un pardon ? Elle avait grand besoin de tout cela.

– Elle me suit partout, murmura Miriam, comme un prisonnier qui se plaindrait derrière le dos de son geôlier. Et elle suit aussi Benoît. Elle le guette dans le vestibule, prête à bondir sur lui. Ou bien elle traîne derrière la porte de ma chambre... j'entends sa respiration et les craquements du plancher, même quand j'ai dit à l'infirmière de ne pas la laisser entrer. Elvira Redfearn pense qu'elle devrait partir quelque part, pendant un moment. Mais que ferais-je de ses garçons ? Je ne suis pas de taille, Claire. De plus, ils énervent tellement Benoît qu'il ne le lui cache même plus, et ça la fait pleurer... et pleurer d'une façon que vous n'imaginez pas. Ah ! mon Dieu ! Et Nola qui continue à attirer tous ces gens bizarres à la porte de la cuisine, si bien que les domestiques ne veulent pas rester ou menacent de partir, ce qui n'est pas mieux. Je n'ai plus la force de recevoir ceux qui se présentent pour être engagés ; c'est Benoît qui a trouvé le valet de chambre, mais c'est à la maîtresse de maison de choisir les bonnes, vous comprenez... et je ne suis pas en état. La maison s'en va à vau-l'eau. J'assiste à la catastrophe depuis mon lit. Doit-on s'étonner si je ne me remets pas plus vite ?

On entendit un grand fracas dans le vestibule, des bruits de chaussures cloutées raclant le parquet, des rires étouffés, puis une voix qui disait : « Attention, Simon », suivie d'un fracas de verre cassé et d'un grand silence.

– Eunice... murmura Miriam en fermant les yeux.

Mais Eunice, qui était plongée dans la lecture des journaux de la semaine précédente, ne l'entendit même pas.

– Eunice... les enfants.

Quels enfants ? Elle leva ses yeux éteints. Elle avait passé la plus grande partie de sa vie à les aimer, à s'occuper d'eux, à les défendre. Pourtant, c'était Justin qui lui avait donné la lettre de Toby. Justin et Simon lui avaient tous deux bien fait comprendre qu'ils entendaient continuer à profiter de la vie et qu'ils ne voyaient pas l'utilité de renoncer à leurs vacances d'été. Même les petits étaient déçus de ne pas aller à Grange-over-Sands. Ils étaient tous quatre prêts à oublier leur père. Elle ne le leur pardonnerait pas.

Que Benoît s'en occupe donc.

Qu'il s'occupe aussi de Nola dont on venait justement d'entendre la voiture remonter l'allée dans un bruit de ferraille. Son apparition fut annoncée par les toussotements et les éternuements du moteur, puis des claquements de porte. Elle avait l'air très décidé, dans son tailleur de tweed.

– Miriam, cria-t-elle depuis le seuil de la pièce. Il y a du verre cassé dans tout le vestibule. Encore ces petits monstres.

Eunice fondit en larmes.

– Retenez-vous, lui dit Nola qui n'avait pas de pitié à prodiguer. Réfléchissez bien, Eunice, et vous verrez que si vous pleurez parce que vous avez perdu vos souliers, il y a beaucoup de gens, autour de vous, qui n'ont plus de pieds.

Nola se tenait très droite. Elle avait adopté une allure presque martiale, maintenant que la vaillante Mlle Pickles était sur le point de prendre sa retraite. Nola voulait sa place et, pour l'obtenir, elle pensait qu'il était nécessaire – comme Mlle Drew l'avait plaisamment remarqué – non seulement de poser sa candidature au poste de Mlle Pickles, mais d'être Mlle Pickles.

– C'est comme ça, Eunice.

Eunice pleura encore plus fort. Elle laissa tomber les journaux et renversa une plante verte.

– Pourriez-vous dire à l'infirmière que je voudrais remonter dans ma chambre ? demanda Miriam à mi-voix.

Claire l'accompagna et resta encore une demi-heure avec elle. L'infirmière traitait sa patiente comme une enfant. Elle la mit au lit, lui demanda de « manger gentiment », de « prendre son petit médicament », de « faire un petit dodo », et d'être « bien sage ».

– Je crois que nous sommes épuisée, dit-elle avec un sourire pincé qui laissait supposer que Claire en était responsable.

– Une minute, répliqua celle-ci avec une froideur indiquant qu'elle partirait quand elle le voudrait bien.

Claire avait tout de suite compris que la visite de Polly causerait un immense plaisir à sa mère, mais qu'elle ferait beaucoup de mal à sa sœur. De plus ce serait une démarche imprudente, étant donné l'état de Polly et la fragilité psychique d'Eunice. Il valait mieux que Miriam, quand elle serait un peu rétablie, aille à Bradford, à Manchester ou dans tout autre endroit où se trouverait Polly. C'était affreux de penser qu'elle ne connaissait même pas l'adresse de sa fille. Sa fille préférée.

– Bientôt, je me sentirai mieux.

En réalité, ce n'était pas une affirmation mais une question qu'elle posait timidement à tous ceux qui voudraient bien lui répondre.

– Bien entendu, dit l'infirmière.

Quand Claire redescendit, le vestibule était toujours jonché de morceaux de verre. Le majordome était en faction au pied de l'escalier, non pas pour diriger les opérations de déblaiement, mais pour lui rappeler que Benoît l'attendait.

– Par ici, madame.

Il ouvrit la porte du bureau, ce rempart élevé entre Benoît et le chaos qui envahissait insidieusement la maison.

Il était assis à sa table. Un fauteuil attendait Claire en face de lui, de l'autre côté d'une barricade de dossiers, de cendriers en cristal taillé et de coffrets à cigares. Cette pièce, où personne n'entrait sans y être invité par Benoît, était inchangée. Une oasis. Un camp retranché entouré par des sauvages belliqueux. Combien de temps leur faudrait-il pour enfoncer la porte ?

Il vit qu'elle frissonnait, et lui sourit sans lui en demander la raison. Un stylo à la main, l'air légèrement impatienté, il semblait aussi maître de lui que de coutume. Elle le trouva vieilli.

– Je vous apporte un message de Polly.

Il fallait bien que quelqu'un commence.

– Ah oui. Arnold Crozier m'a écrit. Je pense qu'il faudra que je le reçoive. Comment va-t-elle ?

Déconcertée, Claire se rendit compte qu'elle ne s'attendait pas à cette question.

– Elle est triste et elle a peur. Et, puis, elle se sent très coupable. Mais je pense qu'elle finira par s'en sortir. Elle est ravie pour l'enfant. Et ne me dites pas qu'elle le considère comme un jouet.

– Je n'en avais aucunement l'intention, répondit-il en posant son stylo.

Cette attraction que son esprit exerçait sur elle, ses mains qui avançaient vers elle, tout en restant immobiles, cette force de gravitation, ce n'était pas... juste.

Ce n'était pas normal. Pas après si longtemps. Elle se refusait à y croire. Et, puisqu'ils le déploraient l'un et l'autre, il fallait en finir au plus vite et partir.

– Je suppose que Crozier veut que je lui remette sa part d'héritage.

– Il parle de constituer une dotation pour l'enfant.

– Oui. C'est normal, si l'on songe qu'il n'est peut-être pas de lui.

– Pouvez-vous retirer une somme si importante de l'affaire ?

– Il faut trouver une formule. C'est ce que je suis justement en train d'étudier. Je déplace des chiffres d'une colonne à l'autre. Heureusement que je m'y entends... tout comme Arnold Crozier.

– La situation est-elle mauvaise ?

– A l'usine ? Aussi bonne que possible. Meilleure que dans bien d'autres. Ne vous inquiétez pas. L'héritage est à l'abri. A propos, vous voulez peut-être récupérer votre part ?

– Pourquoi donc ?

– Pour l'investir dans un hôtel au bord d'un lac, par exemple.

– Ah !... vous êtes au courant ?

– Elvira Redfearn est au courant, et elle en a tiré certaines conclusions. Et comme Elvira a toujours raison...

Il ouvrit un tiroir, en sortit un formulaire et prit son stylo.

– Voici une autorisation pour dégager votre capital. Je n'ai plus qu'à le signer.

– Merci.

Il signa, lui tendit l'imprimé. Elle l'examina un moment, puis le reposa sur la table.

– Pourriez-vous investir cet argent pour moi, Benoît ?

– Dans quoi ?

– Dans les usines Swanfield.

Il baissa la tête, et elle ne vit plus que la masse de ses cheveux sombres et sa main qui se crispait.

– Si je vous obéis, vous risquez de tout perdre, remarqua-t-il en relevant la tête.

– Je crois que ça m'est égal.

– Ce n'est peut-être pas l'avis de votre ami Kit Hardie.

– Kit n'en a pas besoin. Il se débrouillera. Il réussira avec cet hôtel, quoi qu'il arrive.

– Il doit être ravi de votre confiance.

– Je ne sais pas. De toute façon, il a confiance en lui, voyez-vous. Assez pour deux.

– Il a de la chance. Prenez votre argent, Claire, s'il vous plaît, et...

– Partez ?

– Oui.

– Vous avez vendu la ferme, n'est-ce pas ?

– Oui.

– Avec tout son contenu ?

– Ça valait mieux.

– Et maintenant ?

– Quoi... *maintenant* ?

– Que faites-vous, maintenant, pour...

– Rien, Claire.

– Rien du tout ?

– Je vais à l'usine. Je travaille.

– Et puis, vous revenez ici.

C'était insupportable.

– Evidemment.

Soir après soir, assis derrière ce bureau, derrière cette porte. C'était trop cruel. Qui pourrait partager sa vie, pénétrer dans son isolement, sinon elle ? Qui d'autre qu'elle pouvait réparer le mal qu'elle lui avait fait ?

– Je vois Elvira de temps en temps.

– Ce n'est pas vrai. Je l'ai entendue dire à quelqu'un qu'elle ne vous voyait plus jamais. Ça n'a pas marché, dites, Benoît ? Vous pensiez redevenir comme avant, et vous n'avez pas pu ?

– Oui.

– C'est ma faute.

– Oui. Je le crains.

Il fit brusquement pivoter son siège et lui tourna le dos. Sa voix lui parvenait comme un écho lointain.

– Je suis désolé, Claire. J'ai essayé. J'ai repris

contact avec d'anciennes connaissances et je me suis aperçu que je me démenais en pure perte.

– Et avec Nola ?

– Un échec... monumental. Pourtant, c'était facile. Dieu sait comme il aurait été simple de la subjuguer. Elle a toujours eu besoin de se dévouer à quelque chose ou à quelqu'un, alors pourquoi pas moi ? Elle était mûre pour tomber aux pieds de n'importe qui. Ce voyage en Italie avait pour but de l'amener à se prosterner devant les miens. Mais je n'ai pas pu. Une impossibilité physique. On ne peut pas cacher cette sorte de répugnance à une femme avertie. Cette tentative a échoué, elle aussi.

– Et maintenant ?

– A moins que vous ne me reveniez, Claire, plus rien ne me semble avoir beaucoup d'intérêt.

– Vous revenir... comment... ?

Elle ne s'attendait pas à cet aveu ; elle avait compté sur lui pour ne rien dire. La chambre bleue. Il n'y avait rien de changé. Elle l'aimait et elle lui avait fait du mal. Miriam et Nola avaient plus que jamais besoin d'elle ; Christian et Conrad continuaient à l'ignorer et la verraient toujours comme une intruse. Sur l'autre face de la médaille, il y avait Kit, l'air pur, l'eau calme, la vie avec un ami qui était aussi son amant.

– Venez vivre avec moi, Claire... tout simplement.

– Ici ?

– J'ai besoin de vous. Je n'ai plus foi en moi-même. Autrefois... oui. Mais plus maintenant.

– Je vous l'ai prise ?

– Je crois. Je ne suis plus maître de moi-même, à cause de vous. Vous m'avez privé de ma force. Je ne peux pas partir d'ici. Vous devez me comprendre. C'est impossible... J'ai besoin de vous, Claire. Sans vous, ce serait intolérable.

Fermant les yeux, elle s'efforça de chasser l'image de Wansfell Howe sous le soleil. Elle baissa la tête.

– Oui, Benoît.
– Alors, vous viendrez ?
– Oui, dit-elle à voix basse.
– Ici... à Montfleuri ?
– Oui.
– Comme ma femme... en abandonnant tout... et tout le monde ? Sauf que vous ne serez pas ma femme... pas au début... et peut-être jamais.
– Oui, Benoît.
– Quand ?
Tout de suite. Le ciel clair du lac s'était embrumé. Le soleil s'était caché. Il fallait qu'elle prenne ses dispositions rapidement, avant qu'il ne reparaisse.
– Aujourd'hui, Benoît.
Il se retourna vers elle.
– Je crois que vous en seriez capable.
– Naturellement.
– C'est tout ce que je voulais savoir. Vous êtes libre.
Il se leva, la prit par les épaules et la secoua doucement.
– Claire... Claire... comment avez-vous pu m'en croire capable ? C'est impossible, voyons. Je suis déçu que vous ayez une si piètre opinion de moi. J'assumerai tout seul le poids de mes malheurs. Tout va très bien.
– Ce n'est pas vrai.
– Mais si. Je me suis seulement laissé un peu aller. Je vous ai demandé de consentir pour moi à une chose qui vous fait horreur. Je vous ai demandé un sacrifice, et vous avez accepté. Peut-être avions-nous tous deux besoin de le savoir. C'est tout. Je saurai toujours que vous m'aimez assez pour dire oui, et vous saurez que je vous aime trop pour vous le permettre. Maintenant, n'en parlons plus. Tournons la page. Vous êtes libre de moi, et je suis libre de vous. Je me sens beaucoup mieux. Pas vous ?
Elle ne le croyait pas. De la part d'un autre

homme, elle aurait pu penser à de la versatilité, mais chez Benoît c'était forcément une façade cachant quelque chose d'infiniment plus complexe. Quelque chose de douloureux, de terrible, de dangereux.

– Benoît... vous avez dit que ce serait intolérable.

– J'ai menti. Ce n'est pas la première fois.

– Vous avez dit que vous aviez besoin de moi.

– Oui. Kit Hardie aussi. Chacun à notre façon. Et vous, qu'êtes-vous donc ? Le gros lot pour celui qui aura le plus besoin de vous ? Est-ce ainsi que vous vous voyez ?

– C'est possible.

Il semblait s'être totalement repris.

– Parfait. Alors, puis-je vous dire qui est, à mon humble avis, la personne qui a le plus besoin de vous ?

– Dites.

– Vous-même, Claire.

Comme elle secouait la tête, non en signe de dénégation, mais pour exprimer son étonnement, il s'emporta :

– Mais oui, Claire. Ce n'est ni moi ni Hardie, mais vous-même. Alors, partez avec lui dans son hôtel, ou bien emportez votre argent et ouvrez un établissement concurrent de l'autre côté du lac, si vous estimez que c'est mieux. Vivez enfin pour vous... au moins pendant un certain temps. Apprenez à vous défendre. Voilà ce que je veux de vous. Allez-y... lancez-vous.

Elle se retrouva sur la grande route, au volant de la voiture de John David, sans même savoir comment elle y était arrivée. La tête lui tournait et elle ressentait une immense lassitude physique. Ah oui, ils s'étaient tous ligués pour l'user, la détruire, moins par leurs exigences mêmes que par les obligations que la pitié lui imposait. Qu'était-il arrivé à Benoît ? Qu'avait-elle fait pour qu'il ait tant changé ? Etait-ce sa proposition de remettre son argent dans l'affaire ?

Puis l'offre de sa personne ? Oui, elle avait accepté toutes ses requêtes, consenti à tout, elle s'était rendue totalement, sans un murmure de protestation. Mais pourquoi cette reddition avait-elle provoqué en lui un tel revirement, alors qu'il aurait pu l'obtenir dix-huit mois plus tôt, s'il avait insisté davantage ? Il devait y avoir une raison. Du coup, elle s'arrêta net et s'appuya contre le volant pour réfléchir à tous les mots, toutes les impressions, toutes les nuances de leur conversation, obsédée par la conviction que quelque chose lui échappait. Il avait parlé de liberté. Mais quelle liberté ? Une peur l'envahit qu'elle refusait de nommer. Non. Elle voulut faire demi-tour, et les deux roues arrière s'enfoncèrent dans le fossé. Abandonnant la voiture, elle partit en courant en direction de Montfleuri.

Il n'y avait personne. Nulle part. Elle n'avait jamais vu une maison aussi vide. Benoît ! Son bureau qui, un instant plus tôt, était couvert de papiers, était complètement débarrassé de tous les documents concernant l'héritage, les fonds de dépôt, l'argent de Polly, l'argent d'Eunice, son argent. Tous les papiers étaient signés, scellés et rangés de façon qu'on sache où les trouver. Tout était réglé, terminé. De cela aussi il s'était libéré.

Benoît ! Elle retourna dans le vestibule en courant. Le silence était oppressant. Elle hurla son nom et, soudain, elle le vit. Il ne semblait ni terrorisé ni moribond, mais seulement légèrement intrigué et amusé. Elle se jeta contre lui, non pas dans un élan d'amour, mais pour vérifier que son cœur battait, qu'il était sain et sauf, toujours prisonnier mais intact.

– J'ai cru...

– Quoi ? dit-il en riant. Que j'allais me tirer une balle dans la tête ? Un jour, j'ai essayé de tuer un coq de bruyère et je n'y suis même pas parvenu.

– Ne vous moquez pas.

Mais ses cris avaient attiré l'attention, et elle vit

Eunice et Nola arriver à leur tour. Simon semblait gêné, et Justin ennuyé d'assister à un nouveau drame. L'infirmière de Miriam, elle-même, se pencha au-dessus de la rampe pour ne pas perdre une occasion d'étoffer le stock d'anecdotes qu'elle transportait d'un client à l'autre.

Et Benoît riait.

– Vous ne pouvez pas faire ça, dit la sœur de Benoît en se tordant les mains de désespoir. Pas vous... vous n'êtes pas comme *eux*.

– Ah ! c'est ainsi, remarqua la femme de Benoît, oubliant de jouer les Mlle Pickles pour redevenir Nola. Mais je ne divorcerai pas. Je regrette, la commission ne le tolérera pas.

La maîtresse de Benoît voyait le cercle de famille avancer sur lui, prêt à se refermer.

– Ecartez-vous, hurla-t-elle, en se mettant devant lui, les bras écartés, pour le protéger.

– Allons dans mon bureau, proposa Benoît sans cesser de rire.

Il la souleva, la porta jusqu'à son bureau et la laissa tomber dans un fauteuil de cuir.

– O mon Dieu... qu'est-ce que j'ai fait ?

– Vous avez volé à mon secours, il me semble. Personne n'avait encore eu cette idée. Ce n'était pas nécessaire, mais c'est très gentil.

– Benoît, vous ne pourriez pas cesser de rire, s'il vous plaît ? C'est insupportable.

– Excusez-moi.

– Je croyais vraiment que vous vouliez...

Elle pensa soudain à Toby.

– Non, Claire. Je suis incapable de tuer. De nature – croyez-le ou non –, je n'ai pas du tout le cœur dur. Si nous étions au Moyen Age, je serais entré dans un monastère. Si. Pas pour des motifs religieux, mais pour ne pas être chevalier, pour ne pas avoir à aller à la chasse et à participer aux guerres et aux tournois. Oui, j'aurais vécu dans une île d'Ecosse, un endroit avec une merveilleuse vue sur la mer, et j'aurais passé mon temps à illustrer des chroniques savantes. Ça m'aurait très bien convenu.

– Mais qu'est-ce que vous me racontez là ?

– Mon père ne voulait pas d'un fils timide, alors j'ai très vite appris à paraître distant. Il ne voulait pas non plus d'un lâche.

– Vous ne l'êtes pas.

– Si. Je n'ai jamais aimé avoir mal, et j'ai beaucoup souffert étant enfant ; moins de ce qu'on me faisait que de ce que personne n'avait le temps ni l'envie de me faire. J'ai gardé de cette époque le souvenir d'une impression de froid – seulement ça –, rien à voir avec un manque d'affection, mais simplement un froid mordant. Avant Miriam, mon père était très avare de son argent. Il économisait sur la lumière et le chauffage. Il ne permettait qu'un maigre feu dans la cuisine. C'était bien suffisant pour lui, pour la gouvernante et pour moi, puisqu'il allait se réchauffer ailleurs tous les soirs. Je me souviens de la gouvernante qui tirait sa chaise près du feu, accaparant le peu de chaleur, pour me punir de la méchanceté de mon père, et moi, tremblant et pleurnichant, j'essayais de lui soutirer une parole affectueuse et je me détestais à cause de ça. Mon seul recours a été de m'endurcir, et elle a alors cessé de me traiter avec mépris, même si elle ne m'en a pas aimé davantage.

– Vous aviez envie qu'elle vous aime.

– Bien entendu. Je ne me souviens ni de son nom ni de son visage. J'étais petit. Elle était la seule personne dans mon existence, en dehors de mon père qui me semblait totalement étranger et qui me terrifiait. Bien sûr que j'avais envie qu'elle m'aime ! Mais elle ne m'aimait pas. La pauvre, elle avait ses soucis personnels. Je le comprends maintenant. Elle ne savait certainement pas où aller et se doutait que mon père en avait assez d'elle. Peut-être était-elle amoureuse de lui, et comme elle n'était plus très jeune, elle devait être désespérée. A l'époque, je voyais seulement qu'elle ne m'aimait pas. J'en ai peut-être tiré la conclusion que je n'avais rien pour être aimé... auquel cas il valait mieux ne pas essayer avec quelqu'un d'autre. Tout ce dont je me souviens, c'est que chaque fois que je tentais de m'approcher du feu, elle me donnait une gifle et me repoussait. Il m'arrive encore d'en rêver. Nola – ou sa Mlle Drew – vous expliquerait sûrement que la douleur et l'humiliation provoquées par ces coups m'ont fait redouter cette chaleur que je désirais tant. Miriam dirait la même chose, à sa façon. Je pense qu'elles ont raison. Toute ma vie, j'ai évité les contacts humains parce que le bonheur qu'on en tire ne me semble pas compenser la peur de les perdre. C'est ça, la lâcheté. Pis encore, au début, j'ai repoussé Nola à plusieurs reprises, non pas par crainte de l'aimer mais parce que je ne voulais pas m'encombrer de son amour. A la mort de mon père, je me suis éloigné de Polly, qui était adorable et qui aurait trouvé en moi un bien meilleur père que Toby ou Arnold Crozier. J'aurais pu m'entendre avec Eunice si j'avais eu le courage de laisser libre cours à mon affection, et aujourd'hui, elle pourrait s'appuyer sur moi, se réfugier près de moi, qui suis son frère, au lieu de dériver dans la folie. Et Toby, qu'ai-je fait avec lui, sinon le terroriser ? Si j'avais été plus disponible, il serait venu me parler d'homme à homme. De même pour ses enfants et les miens. Je les intimide exprès parce que je trouve que c'est plus... non, pas plus facile... mais plus sûr. D'accord... d'accord... mon père n'a rien arrangé en m'instituant juge, juré... et geôlier. Mais je n'ai pas d'excuses, Claire. Ça me convenait. Je me suis toujours bien connu. C'est la première fois que je me sens l'envie de changer tout ça.

– Pourquoi maintenant ?

– Qui le sait ? Mieux vaut ne pas poser la question. Prions seulement pour que ça dure. J'ai souri de votre sottise quand vous avez pensé que je pouvais être assez ignoble pour vous imposer mes infirmes – moi compris. J'ai été ému par votre générosité... très ému. Oh, ce n'est pas la première fois, évidemment, mais là, elle n'a pas réussi à me faire peur. Je veux peut-être cesser de résister. Et si c'est la résistance qui provoque la douleur... qui sait ?

Il lui sourit.

– Pauvre Claire... je vous étonne ?

– Oui. Plutôt.

– Très bien. Alors juste une question...

– Laquelle, Benoît ?

– Qui a le plus besoin de vous ?

– Moi, répondit-elle avec un sourire.

23

A Noël, Claire installa sa mère dans la Suite mandarine, que les Crozier n'occupaient pas, Polly étant tout près de son terme. D'ailleurs, elle donna naissance à une fille, Cassandra, le jour même du 25 décembre.

– Cassandra Crozier ! (Dorothée avait visiblement du mal à prononcer ces noms.) Pauvre petit trésor.

Quand Claire trouva enfin un moment pour monter à Montfleuri, avec un panier de pâtisseries suisses, elle nota que Miriam aimait beaucoup ce nom qui évoquait pour elle la reine Cassandra.

En revanche, elle était un peu perplexe à cause de la lettre qu'elle avait reçue le matin de sa fille, dans laquelle celle-ci se livrait à de grandes envolées lyriques – mais oui, ma chère – à propos de cette pénible chose qu'est un accouchement.

– Elle dit qu'elle a hâte de recommencer. Mon Dieu ! C'est effrayant... je dirais presque *primitif.* Et son mari ? Je ne pense pas qu'il veuille avoir une tribu d'enfants, à son âge. Pauvre Arnold. Espérons qu'il n'aura pas à regretter de l'avoir épousée.

Comme cadeau de Noël, Polly avait envoyé à sa mère un superbe châle en dentelle. Du reste, elle lui faisait souvent parvenir de menus présents, des fleurs, des chocolats, du parfum et des petits mots tendres sur du papier rose et parfumé. Le dernier chic.

Polly était en train d'obtenir son pardon. Quant à Eunice, depuis son installation dans un « hôtel », comme Miriam s'obstinait à le dire, elle était en passe d'être complètement oubliée.

Miriam n'y était pour rien, bien entendu. Ce n'était pas à elle, la mère d'Eunice, de prendre la décision de... Claire comprenait certainement qu'elle n'aurait pas eu le cœur de s'y résoudre toute seule. Aussi Benoît s'en était-il chargé.

Evidemment, ce séjour était terriblement coûteux. Benoît n'avait rien négligé ; il écrivait fréquemment à sa sœur et il allait même la voir de temps en temps, bien que le voyage fût compliqué. Mais ce qui comptait avant tout, comme il le disait lui-même, c'était qu'Eunice se rétablît.

Ces derniers temps, en effet, elle se conduisait bizarrement et ses enfants étaient devenus intenables. Quelle bonne idée avait eue Benoît de faire entrer Justin dans ce célèbre régiment où il apprenait toutes ces choses sportives... à jouer au polo et à s'amuser avec ces machines volantes qui fascinaient tant Toby. Les petits étaient inscrits dans une très bonne école, du côté de New Forest, si bien qu'ils n'étaient pas loin de leur mère. Il ne restait plus que Simon qui ne donnait aucun souci, surtout depuis que Benoît avait engagé cette chère Mme Bishop pour tenir la maison. Une véritable perle. Toujours gaie et heureuse de rendre service. Elle se donnait un mal fou. Et sa fille, Amy, n'hésitait pas à venir bavarder avec elle. Une gentille petite, un peu simplette, mais pleine de bonne volonté. Et infatigable pour faire la lecture.

Oui, elle le reconnaissait, Benoît s'était démené pour trouver Mme Bishop et Amy. Mlle Evans, la nouvelle infirmière, n'était pas sèche et empesée comme l'autre – comment s'appelait-elle, déjà ? C'était un joli brin de fille avec de beaux cheveux auburn et un rire communicatif. Aaron aurait été content de voir le mal que Benoît se donnait pour elle, mais qu'aurait-il dit, en revanche, de sa décision de s'installer à Lawnswood Hill, la maison construite pour Polly ? Mais oui, parfaitement. Polly ne s'y était jamais vraiment intéressée, et les Timms voulaient seulement en avoir pour leur argent. Comme ni Polly ni Roger n'étaient parvenus à se décider, Benoît l'avait fait construire à son idée. Il fallait donc croire qu'il s'y était attaché. Il disait, en outre, que c'était plus pratique pour lui, car elle était proche de l'usine et, le soir, il y était plus au calme pour travailler, quand il rapportait des dossiers. Miriam n'avait pas l'intention de mettre ses raisons en doute, de même qu'elle avait résolu de croire Nola quand elle prétendait que ses nouvelles responsabilités professionnelles l'obligeaient à passer cinq nuits par semaine – ou était-ce sept ? – chez cette insupportable Mlle Drew. Apparemment, elles suivaient des cours ensemble et rédigeaient des dissertations sur ces sujets indiscrets et même carrément indécents dont se délectait Nola, des histoires de petites filles qui veulent avoir... euh... – bref, ce qu'ont les petits garçons... vous comprenez ce que je veux dire, mon petit... – et qui s'imaginent qu'elles ont été mutilées ou qu'elles n'ont pas mérité de l'avoir. Ce genre d'ânerie. Maintenant qu'elle avait auprès d'elle des jeunes filles comme Amy Bishop et Mlle Evans, quel soulagement d'être délivrée de la hantise d'entendre soudain Nola animer les repas avec ses anecdotes de jeunes gens qui sont *bizarres*... vous savez bien... parce qu'ils n'ont pas été nourris au sein, ou impuissants parce qu'ils ont surpris leur grand-père dans son intimité et qu'ils craignent de ne jamais l'égaler.

Nola ne jurait plus que par la biologie. Ce n'étaient pas des propos à tenir autour d'une table. Pas à Montfleuri, en tout cas. Oh ! sa conduite était irréprochable. La Commission de liberté surveillée de Faxby ne choisissait que des personnes aux mœurs parfaites, et la présence d'Elvira Redfearn et d'Arthur Greenwood en son sein était l'assurance que le moindre écart de la part de Nola serait aussitôt connu.

C'était du moins l'opinion de Miriam.

– Quand je pense que j'avais peur d'elle, remarqua Dorothée installée dans une chaise longue de la Suite mandarine.

Actuellement, son seul souci était de savoir comment elle allait s'habiller pour dîner ; elle avait le choix entre une robe qu'elle s'était achetée chez Taylor & Timms, et une autre que Claire lui avait offerte.

Dorothée était comblée. Elle avait une maison, et personne d'autre qu'elle-même à satisfaire. Elle était plus jeune et en bien meilleure santé que Mme Swanfield, et sa fille ne s'était pas enfuie avec un homme – ou deux ? –, assez âgé pour être son père. Par conséquent, elle était heureuse et le serait encore davantage le jour où Claire épouserait Kit Hardie.

Incroyable, si l'on songeait à quel point Edward était terrifié, et l'avait terrifiée, à l'idée que Claire puisse « s'abaisser », c'était le mot qu'il employait, à devenir la femme d'un domestique et, qui plus est, d'un domestique des Swanfield. Ils n'avaient pourtant jamais été ses amis. Qui, parmi eux, était venu à son enterrement ? Eunice, qui avait fini par perdre la raison, et Toby qui, quoi qu'on en dise, avait été acculé au suicide par sa femme et sa belle-sœur... Miriam Swanfield avait eu une crise cardiaque et vivait maintenant dans sa grande maison vide, avec une infirmière et une dame de compagnie, cherchant à faire croire qu'elle était ravie que Polly ait épousé – il était temps – un millionnaire. Elle disait aussi qu'Eunice séjournait dans un charmant hôtel de la côte Sud, que Benoît et sa femme s'entendaient parfaitement bien puisqu'ils avaient assisté ensemble au dîner annuel de la chambre de commerce et au banquet du maire, alors que tout le monde savait qu'il s'était installé dans cet affreux cube moderne, à Lawnswood Hill, une maison avec des murs tout blancs, des tapis noirs et un curieux dispositif de cuivre et d'acier qui servait d'éclairage et qu'il prétendait être une œuvre d'art. Pendant ce temps, Nola s'était convertie aux tailleurs de tweed, aux cigarettes russes et à la compagnie des femmes.

En comparaison, quelle joie ce serait de voir *sa* fille mariée avec un ancien majordome qui était aujourd'hui hôtelier à part entière, et qui l'avait reçue comme une reine quand elle était allée à Wansfell Howe, pour l'inauguration. Elle aimait bien Kit, ce qui ne l'avait pas empêchée d'être très inquiète en découvrant que Claire avait mis de l'argent dans la société. Pas toute sa fortune, loin de là, mais assez pour assurer une demande en mariage. Sans compter le mal qu'elle s'était donné pour lui depuis qu'il avait racheté cette ruine pour la transformer en un établissement accueillant qui était plein tous les week-ends, même en cette saison creuse d'après les fêtes.

Claire serait très bien avec lui. Et, pour cette raison, elle avait fait semblant d'ignorer qu'ils avaient certainement dormi dans le même lit, la nuit de l'inauguration, de même qu'elle avait affecté de ne pas entendre la réflexion que sa fille avait lancée, le lendemain : « Peut-être n'avez-vous pas l'étoffe d'un mari, Kit, mais vous êtes un véritable ami... et un amant merveilleux. » Alors, en l'embrassant sur le bout du nez et en lui ébouriffant les cheveux, comme un homme qui a eu tout ce qu'il voulait, il avait répondu : « Vous saurez toujours où me trouver. »

Dorothée n'avait pas très bien compris. D'ailleurs, les jeunes la déconcertaient. Il ne fallait naturellement pas oublier qu'ils avaient traversé la guerre et affronté des situations dramatiques, à un âge où Dorothée n'avait même pas le droit de choisir un chapeau. Il lui arrivait de les plaindre d'avoir une si grande liberté. En ce qui la concernait, on lui avait dit une fois pour toutes ce qui était bien et ce qui était mal ; c'était plus commode. Eux, ils devaient le trouver tout seuls.

Courageuse, équilibrée, intelligente. Et très séduisante, surtout dans sa longue robe en résille, brodée de minuscules perles de jais. Oui, Dorothée Lyall était fière de sa fille.

Ce soir-là, la *Couronne* était très animée. Claire en était d'autant plus satisfaite qu'on lui avait dit par deux fois que *Chez Aristide* était tout juste à moitié plein, et que Keller était d'une humeur massacrante, ce qui signifiait qu'ils récupéreraient Amandine dans une ou deux semaines. Par chance, le successeur de John David, un Gallois qui souffrait lui aussi de neurasthénie, était apprécié des notables de la ville. Sa cuisine penchait davantage du côté des filets grillés et des soles meunières prédites par Kit. Il suffisait pourtant de descendre au bar pour s'apercevoir que l'argent ne manquait pas à tout le monde. Claire adressa un signe de tête à MacAllister et nota que le jazz et le gin coulaient toujours à flots, et que des filles dans le style de Polly continuaient à danser, à flirter et à espérer. En revanche on n'y voyait plus ni Toby ni Arnold Crozier ni Roger Timms ni Roy Kington... ni Kit. Elle remonta ensuite pour effectuer sa tournée coutumière au restaurant, s'arrêtant à chaque table, comme Kit le lui avait appris. « Vous êtes satisfait, monsieur ? Quel plaisir de vous voir, madame Redfearn. Vous avez une robe superbe, madame Timms. Le diplomate vous a plu, monsieur Greenwood... puis-je vous faire goûter un peu de mousse au chocolat ? »

La guerre était finie. Il lui avait fallu du temps pour en prendre conscience, pour comprendre que ses actes d'aujourd'hui pouvaient avoir des conséquences sur le lendemain. Pendant longtemps, « demain » avait été un luxe, le gros lot sur lequel il valait mieux ne pas trop compter car on n'était pas certain de le gagner. Elle commençait enfin à croire qu'il y avait de fortes chances qu'un jour succède à l'autre, et qu'il fallait donc prévoir l'avenir, ou du moins y penser. Elle avait écrit à Alan pour le lui dire, mais il n'avait pas répondu.

L'argent qu'elle avait placé dans Wansfell Howe était en sécurité. Son investissement dans l'amitié de Kit également. Ils avaient mis au point une formule qui leur convenait à tous deux, et elle espérait qu'il ne serait jamais nécessaire d'expliquer pourquoi à Dorothée.

Elle regagna son bureau – le bureau de Kit – et s'assit. Il y avait une lettre au sommet de la pile de courrier qui contenait aussi des factures et une grande enveloppe remplie d'instructions illisibles gribouillées par Arnold Crozier.

M. Clarence entra. Elle rectifia avec lui certaines erreurs qu'il avait commises en prenant des réservations, mais avec bonne humeur, car elle le savait susceptible.

Mme Tarrant vint ensuite lui demander l'autorisation de remplacer du linge détérioré, et elle la lui accorda tout en la remerciant d'avoir tenu compagnie à sa mère pour le thé.

Le nouveau chef, John Michael, passa la tête dans l'entrebâillement de la porte pour lui dire bonsoir, avec l'espoir de recevoir des félicitations dont elle le gratifia généreusement.

Elle lut son courrier, répondit à Arnold Crozier en ajoutant un message pour Polly, puis elle prit le téléphone et demanda à l'opératrice le numéro de Lawnswood Hill.

Cela aussi, Dorothée aurait du mal à le comprendre.

– Swanfield à l'appareil, dit une voix.

– Ici également, répondit-elle, en entendant son rire étouffé.

– Evidemment. Qui d'autre pourrait m'appeler à une heure pareille ?

– Je vous dérange ?

– Vous m'avez toujours dérangé.

– Que faites-vous, Benoît ?

– Je suis seul et je m'en trouve très bien. Voulez-vous venir pour être seule avec moi... quand, par exemple ?

– Demain. A 20 heures ?

– Très bien.

– Tout va bien ?

– Oui. Et pour vous ?

Ses affaires l'accaparaient. Il était calme et plus heureux.

MacAllister entra, furieux et un peu éméché. Il venait se plaindre de la nouvelle pianiste, Mlle Sidonie, qui se donnait de plus grands airs encore que Mme Roger Timms. Elle le calma, puis elle le renvoya : il se sentait « compris ».

Elle aussi avait retrouvé son calme. Elle se rétablissait et apprenait à grandir. Elle attendait non pas Benoît, mais *avec* Benoît. Patiemment, et de plus en plus sûre d'elle-même. Elle avait confiance en lui. Avec le temps qui jouait pour eux, et non pour Miriam. Le temps que ses enfants deviennent indépendants et assez grands pour comprendre. Le temps qu'il faudrait à Nola pour redescendre sur terre. Le temps, qui n'était en lui-même ni un ennemi ni un ami, mais qui passerait forcément. En attendant, elle était directrice de l'hôtel de la *Couronne*.

Littérature

extrait du catalogue

Cette collection est d'abord marquée par sa diversité : classiques, grands romans contemporains ou même des livres d'auteurs réputés plus difficiles, comme Borges, Soupault. En fait, c'est tout le roman qui est proposé ici, Henri Troyat, Bernard Clavel, Guy des Cars, Frison-Roche, Djian mais aussi des écrivains étrangers tels que Colleen McCullough ou Konsalik.

Les classiques tels que Stendhal, Maupassant, Flaubert, Zola, Balzac, etc. sont publiés en texte intégral au prix le plus bas de toute l'édition. Chaque volume est complété par un cahier photos illustrant la biographie de l'auteur.

ADAMS Richard	**Les garennes de Watership Down** 2078/**6**★
ADLER Philippe	**C'est peut-être ça l'amour** 2284/**3**★
	Les amies de ma femme 2439/**3**★
AMADOU Jean	**Heureux les convaincus** 2110/**3**★
AMADOU J. et KANTOF A.	**La belle anglaise** 2684/**4**★
AMADOU, COLLARO & ROUCAS	**Le Bêbête show** 2824/**5**★ & 2825/**5**★ Illustré
ANDREWS Virginia C.	Fleurs captives :
	-Fleurs captives 1165/**4**★
	-Pétales au vent 1237/**4**★
	-Bouquet d'épines 1350/**4**★
	-Les racines du passé 1818/**4**★
	-Le jardin des ombres 2526/**4**★
	-Les enfants des collines 2727/**5**★
	L'ange de la nuit 2870/**5**★ (Oct. 90)
ANGER Henri	**La mille et unième rue** 2564/**4**★
APOLLINAIRE Guillaume	**Les onze mille verges** 704/**1**★
	Les exploits d'un jeune don Juan 875/**1**★
ARCHER Jeffrey	**Kane et Abel** 2109/**6**★
	Faut-il le dire à la Présidente ? 2376/**4**★
ARSAN Emmanuelle	**Les débuts dans la vie** 2867/**3**★ (Oct. 90)
ARTUR José	**Parlons de moi, y a que ça qui m'intéresse** 2542/**4**★
ATWOOD Margaret	**La servante écarlate** 2781/**4**★
AUEL Jean M.	**Les chasseurs de mammouths** 2213/**5**★ et 2214/**5**★
AURIOL H. et NEVEU C.	**Une histoire d'hommes / Paris-Dakar** 2423/**4**★
AVRIL Nicole	**Monsieur de Lyon** 1049/**3**★
	La disgrâce 1344/**3**★
	Jeanne 1879/**3**★
	L'été de la Saint-Valentin 2038/**2**★
	La première alliance 2168/**3**★
	Sur la peau du Diable 2702/**4**★
AZNAVOUR-GARVARENTZ	**Petit frère** 2358/**3**★
BACH Richard	**Jonathan Livingston le goéland** 1562/**1**★ Illustré
	Illusions / Le Messie récalcitrant 2111/**2**★
	Un pont sur l'infini 2270/**4**★
BALLARD J.G.	**Le jour de la création** 2792/**4**★
BALZAC Honoré de	**Le père Goriot** 1988/**2**★
BARBER Noël	**Tanamera** 1804/**4**★ & 1805/**4**★
BARRET André	**La Cocagne** 2682/**6**★
BATS Joël	**Gardien de ma vie** 2238/**3**★ Illustré
BAUDELAIRE Charles	**Les Fleurs du mal** 1939/**2**★

BÉARN Myriam et Gaston de	L'Or de Brice Bartrès 2514/4★
	Gaston Phébus - Le lion des Pyrénées 2772/6★
	Gaston Phébus - Les créneaux de feu 2773/6★ (Sept. 90)
BÉART Guy	L'espérance folle 2695/5★
BEAULIEU PRESLEY Priscilla	Elvis et moi 2157/4★ Illustré
BECKER Stephen	Le bandit chinois 2624/5★
BELLEMARE Pierre	Les dossiers extraordinaires 2820/4★ & 2821/4★
	Les dossiers d'Interpol 2844/4★ & 2845/4★ (Août 90)
BELLETO René	Le revenant 2841/5★
BELLONCI Maria	Renaissance privée 2637/6★ Inédit
BENZONI Juliette	Un aussi long chemin 1872/4★
	Le Gerfaut des Brumes :
	-Le Gerfaut 2206/6★
	-Un collier pour le diable 2207/6★
	-Le trésor 2208/5★
	-Haute-Savane 2209/5★
BERBEROVA Nina	Le laquais et la putain 2850/2★ (Sept. 90)
BERG Jean de	L'image 1686/1★
BERTRAND Jacques A.	Tristesse de la Balance... 2711/1★
BEYALA Calixthe	C'est le soleil qui m'a brûlée 2512/2★
	Tu t'appeleras Tanga 2807/3★
BINCHY Maeve	Nos rêves de Castlebay 2444/6★
BISIAUX M. et JAJOLET C.	Chat plume (60 écrivains...) 2545/5★
	Chat huppé (60 personnalités...) 2646/6★
BLIER Bertrand	Les valseuses 543/5★
BOMSEL Marie-Claude	Pas si bêtes 2331/3★ Illustré
BORGES et BIOY CASARES	Nouveaux contes de Bustos Domecq 1908/3★
BORY Jean-Louis	Mon village à l'heure allemande 81/4★
BOULET Marc	Dans la peau d'un Chinois 2789/5★ Illustré
BOURGEADE Pierre	Le lac d'Orta 2410/2★
BRADFORD Sarah	Grace 2002/4★
BROCHIER Jean-Jacques	Un cauchemar 2046/2★
	L'hallali 2541/2★
BRUNELIN André	Gabin 2680/5★ & 2681/5★ Illustré
BURON Nicole de	Vas-y maman 1031/2★
	Dix-jours-de-rêve 1481/3★
	Qui c'est, ce garçon ? 2043/3★
	C'est quoi, ce petit boulot ? 2880/4★ (Sept. 90)
CARRERE Emmanuel	Bravoure 2729/4★
CARS Guy des	La brute 47/3★
	Le château de la juive 97/4★
	La tricheuse 125/3★
	L'impure 173/4★
	La corruptrice 229/3★
	La demoiselle d'Opéra 246/3★
	Les filles de joie 265/3★
	La dame du cirque 295/2★
	Cette étrange tendresse 303/3★
	La cathédrale de haine 322/3★
	L'officier sans nom 331/3★
	Les sept femmes 347/4★
	La maudite 361/3★
	L'habitude d'amour 376/3★

	La révoltée 492/4★
	Amour de ma vie 516/3★
	Le faussaire 548/5★
	La vipère 615/4★
	L'entremetteuse 639/4★
	Une certaine dame 696/4★
	L'insolence de sa beauté 736/3★
	L'amour s'en va-t-en guerre 765/2★
	Le donneur 809/2★
	J'ose 858/2★
	La justicière 1163/2★
	La vie secrète de Dorothée Gindt 1236/2★
	La femme qui en savait trop 1293/2★
	Le château du clown 1357/4★
	La femme sans frontières 1518/3★
	Le boulevard des illusions 1710/3★
	La coupable 1880/3★
	L'envoûteuse 2016/5★
	Le faiseur de morts 2063/3★
	La vengeresse 2253/3★
	Sang d'Afrique 2291/5★
	Le crime de Mathilde 2375/4★
	La voleuse 2660/3★
	Le grand monde 2840/8★
	La mère porteuse 2885/4★ (Nov. 90)
CARS Jean des	Sleeping Story 832/4★
	Elisabeth d'Autriche ou la fatalité 1692/4★
	La princesse Mathilde 2827/6★
CASSAR Jacques	Dossier Camille Claudel 2615/5★
CATO Nancy	L'Australienne 1969/4★ & 1970/4★
	Les étoiles du Pacifique 2183/4★ & 2184/4★
	Lady F. 2603/4★
CESBRON Gilbert	Chiens perdus sans collier 6/2★
	C'est Mozart qu'on assassine 379/3★
CHABAN-DELMAS Jacques	La dame d'Aquitaine 2409/2★
CHEDID Andrée	La maison sans racines 2065/2★
	Le sixième jour 2529/3★
	Le sommeil délivré 2636/3★
	L'autre 2730/3★
	Les marches de sable 2886/3★ (Nov. 90)
CHOW CHING LIE	Le palanquin des larmes 859/4★
	Concerto du fleuve Jaune 1202/3★
CHRIS Long	Johnny 2380/4★ Illustré
CLANCIER Georges-Emmanuel	Le pain noir 651/3★
	La fabrique du roi 652/3★
CLAUDE Catherine	Le magot de Josepha 2865/2★ (Oct. 90)
CLAUDE Hervé	L'enfant à l'oreille cassée 2753/2★
	Le désespoir des singes 2788/3★
CLAVEL Bernard	Le tonnerre de Dieu 290/1★
	Le voyage du père 300/1★
	L'Espagnol 309/4★
	Malataverne 324/1★
	L'hercule sur la place 333/3★
	Le tambour du bief 457/2★

CLAVEL (suite)	L'espion aux yeux verts 499/3*
	La grande patience :
	1-La maison des autres 522/4*
	2-Celui qui voulait voir la mer 523/4*
	3-Le cœur des vivants 524/4*
	4-Les fruits de l'hiver 525/4*
	Le Seigneur du Fleuve 590/3*
	Pirates du Rhône 658/2*
	Le silence des armes 742/3*
	Tiennot 1099/2*
	Les colonnes du ciel :
	1-La saison des loups 1235/3*
	2-La lumière du lac 1306/4*
	3-La femme de guerre 1356/3*
	4-Marie Bon Pain 1422/3*
	5-Compagnons du Nouveau-Monde 1503/3*
	Terres de mémoire 1729/2*
	Qui êtes-vous ? 1895/2*
	Le Royaume du Nord :
	-Harricana 2153/4*
	-L'Or de la terre 2328/4*
	-Miséréré 2540/4*
	-Amarok 2764/3*
CLERC Christine	L'Arpeggione 2513/3*
CLOSTERMANN Pierre	Le Grand Cirque 2710/4*
COCTEAU Jean	Orphée 2172/2*
COLETTE	Le blé en herbe 2/1*
COLLINS Jackie	Les dessous de Hollywood 2234/4* & 2235/4*
COLOMBANI M.-F.	Donne-moi la main, on traverse 2881/3* (Nov. 90)
COMPANEEZ Nina	La grande cabriole 2696/4*
CONROY Pat	Le Prince des marées 2641/5* & 2642/5*
CONTRUCCI Jean	Un jour, tu verras... 2478/3*
CORMAN Avery	Kramer contre Kramer 1044/3*
	50 bougies et tout recommence 2754/3*
COUSTEAU Commandant	Nos amis les baleines 2853/7* (Sept. 90) Illustré
	Les dauphins et la liberté 2854/7* (Sept. 90) Illustré
CUNY Jean-Pierre	L'aventure des plantes 2659/4*
DANA Jacqueline	Les noces de Camille 2477/3*
DAUDET Alphonse	Tartarin de Tarascon 34/1*
	Lettres de mon moulin 844/1*
DAVENAT Colette	Daisy Rose 2597/6*
	Le soleil d'Amérique 2726/6*
DHOTEL André	Le pays où l'on n'arrive jamais 61/2*
DICKENS Charles	Espoir et passions (Un conte de deux villes) 2643/5*
DIDEROT Denis	Jacques le fataliste 2023/3*
DJIAN Philippe	37°2 le matin 1951/4*
	Bleu comme l'enfer 1971/4*
	Zone érogène 2062/4*
	Maudit manège 2167/5*
	50 contre 1 2363/3*
	Echine 2658/5*
	Crocodiles 2785/2*
DORIN Françoise	Les lits à une place 1369/4*
	Les miroirs truqués 1519/4*

	Les jupes-culottes 1893/4★
	Les corbeaux et les renardes 2748/5★
DUBOIS Jean-Paul	Tous les matins je me lève 2749/3★
DUFOUR Hortense	Le Diable blanc (Le roman de Calamity Jane) 2507/4★
	La garde du cocon 2765/4★
	Le château d'absence 2902/5★ (Déc. 90)
DUMAS Alexandre	Le vicomte de Bragelonne 2298/4★ & 2299/4★
DYE Dale A.	Platoon 2201/3★ Inédit
Dr ETIENNE et DUMONT	Le marcheur du Pôle 2416/3★
EHLE John	Winter people 2742/4★
EXBRAYAT Charles	Ceux de la forêt 2476/2★
FIELDING Joy	Le dernier été de Joanne Hunter 2586/4★
FLAUBERT Gustave	Madame Bovary 103/3★
FOUCAULT Jean-Pierre & Léon	Les éclats de rire 2391/3★
FRANCK Dan	Les Adieux 2377/3★
FRANCOS Ania	Sauve-toi, Lola ! 1678/4★
FRISON-ROCHE Roger	La peau de bison 715/2★
	La vallée sans hommes 775/3★
	Carnets sahariens 866/3★
	Premier de cordée 936/3★
	La grande crevasse 951/3★
	Retour à la montagne 960/3★
	La piste oubliée 1054/3★
	Le rapt 1181/4★
	Djebel Amour 1225/4★
	Le versant du soleil 1451/4★ & 1452/4★
	Nahanni 1579/3★ Illustré
	L'esclave de Dieu 2236/6★
FYOT Pierre	Les remparts du silence 2417/3★
GEDGE Pauline	La dame du Nil 2590/6★
GERBER Alain	Une rumeur d'éléphant 1948/5★
	Les heureux jours de monsieur Ghichka 2252/2★
	Les jours de vin et de roses 2412/2★
GOES Albrecht	Jusqu'à l'aube 1940/3★
GOISLARD Paul-Henry	Sarah :
	1-La maison de Sarah 2583/5★
	2-La femme de Prague 2584/4★
	3-La croisée des Amours 2731/6★
GORBATCHEV Mikhaïl	Perestroïka 2408/4★
GRAFFITI Kriss	Et l'amour dans tout ça 2822/2★
GRAY Martin	Le livre de la vie 839/2★
	Les forces de la vie 840/2★
GRIMM Ariane	Journal intime d'une jeune fille 2440/3★
GROULT Flora	Maxime ou la déchirure 518/2★
	Un seul ennui, les jours raccourcissent 897/2★
	Ni tout à fait la même, ni tout à fait une autre 1174/3★
	Une vie n'est pas assez 1450/3★
	Mémoires de moi 1567/2★
	Le passé infini 1801/2★
	Le temps s'en va, madame.... 2311/2★
	Belle ombre 2898/4★ (Déc. 90)
GUIROUS D. et GALAN N.	Si la Cococour m'était contée 2296/4★ Illustré
GURGAND Marguerite	Les demoiselles de Beaumoreau 1282/3★
HADENGUE Philippe S.	Petite chronique des gens de la nuit... 2851/6★ (Sept. 90)

2838

Photocomposition Assistance 44 - Bouguenais
Impression Brodard et Taupin
à La Flèche (Sarthe) le 8 juin 1990
6512C-5 Dépôt légal juin 1990
ISBN 2-277-22838-9
Imprimé en France
Editions J'ai lu
27, rue Cassette, 75006 Paris
diffusion France et étranger : Flammarion